La Chartreuse
de Parme

STENDHAL

La Chartreuse de Parme

CHRONOLOGIE
PRÉSENTATION
NOTES
DOSSIER

par Fabienne Bercegol

GF Flammarion

*Du même auteur
dans la même collection*

ARMANCE
CHRONIQUES ITALIENNES
DE L'AMOUR
LAMIEL
LUCIEN LEUWEN (2 vol.)
LE ROSE ET LE VERT
LE ROUGE ET LE NOIR

© Flammarion, Paris, 2000, pour cette édition
ISBN : 2-08-071119-9

SOMMAIRE

———

CHRONOLOGIE   6

PRÉSENTATION   19

La Chartreuse
de Parme

Avertissement   51
Livre premier   55
Livre second   325

DOSSIER

1. Sources   613
2. Balzac et Stendhal   633
3. Waterloo ou la naissance du héros ?   649
4. La prison d'amour ou l'héroïsme
   romanesque   663

BIBLIOGRAPHIE   677

6

CHRONOLOGIE	REPÈRES HISTORIQUES ET CULTURELS	VIE ET ŒUVRES DE STENDHAL
1783	Règne de Louis XVI qui se poursuit depuis 1774. Naissance officielle des États-Unis.	(23 janvier) Naissance à Grenoble d'Henri Beyle, fils de Chérubin Beyle (qu'il n'aime pas) et d'Henriette, née Gagnon (qu'il chérit). Enfance et adolescence à Grenoble.
1784	Mort de d'Alembert et de Diderot. Beaumarchais, *Le Mariage de Figaro* ; David, *Le Serment des Horaces*.	
1785	Sade, *Les Cent Vingt Journées de Sodome*.	
1786	Mozart, *Les Noces de Figaro*.	
1787	Mozart, *Don Giovanni*.	
1788	Naissance de Byron. Bernardin de Saint-Pierre, *Paul et Virginie* ; Rétif de La Bretonne, *Les Nuits de Paris* ; publication posthume des derniers livres des *Confessions* de Rousseau.	

1789	Réunion des états généraux qui se transforment en Assemblée nationale. Début de la Révolution française. David, *Brutus*.	
1790	Naissance de Lamartine ; mort de Condorcet, d'André Chénier et de Chamfort.	(23 novembre) Mort de sa mère.
1791	Sade, *Justine* ; David, *Le Serment du Jeu de paume* ; Mozart, *La Flûte enchantée*.	
1792	Rouget de Lisle, *La Marseillaise*. Naissance de Rossini.	
1793	(21 janvier) Exécution du roi. Début de la Terreur.	
1794	Sade, *La Philosophie dans le boudoir* ; David, *La Mort de Marat*.	
1795	Installation du Directoire.	
1796	Bonaparte devient général en chef de l'armée d'Italie. (10 mai) Victoire de Lodi. (15 mai) Bonaparte entre à Milan. (17 novembre) Victoire d'Arcole.	Entrée d'Henry Beyle à l'école centrale de Grenoble.

CHRONOLOGIE

	REPÈRES HISTORIQUES ET CULTURELS	VIE ET ŒUVRES DE STENDHAL
1797	(14 janvier) Victoire de Rivoli. En Italie, fin de l'Ancien Régime et création des Républiques cisalpine (Lombardie, duché de Modène) et ligurienne. Naissance de Vigny ; Chateaubriand, *Essai sur les révolutions*.	
1798	Campagne d'Égypte. Naissance de Michelet et de Delacroix ; Gros, *Bonaparte au pont d'Arcole* ; Haydn, *La Création*.	
1799	Crise politique au Directoire. Retour de Bonaparte en France. (18 Brumaire) Coup d'État : Bonaparte devient consul provisoire avec Sieyès et Ducos. Déclaration de guerre à l'Autriche (la deuxième coalition chasse provisoirement les Français de l'Italie). Mort de Beaumarchais ; naissance de Balzac ; David, *L'Enlèvement des Sabines* ; Goya, *Les Caprices* ; Beethoven, *Sonate dite pathétique*.	Après avoir obtenu de brillants résultats à l'école centrale, Henri Beyle part pour Paris et est accueilli chez Noël Daru, son cousin.

1800	Constitution instaurant le Consulat. Deuxième campagne d'Italie : (20 mai) Bonaparte franchit le Saint-Bernard. (2 juin) Bonaparte entre à Milan. (14 juin) Victoire de Marengo contre les Autrichiens qui seront de nouveau vaincus en décembre : ils évacuent l'Italie. Mme de Staël, *De la littérature*.	Entrée au ministère de la Guerre et départ pour l'Italie, dans l'armée napoléonienne. Il reçoit le baptême du feu en franchissant les Alpes. Il vit un bonheur fou à Milan, où il découvre la musique de Cimarosa et les belles Italiennes. Il fait la connaissance d'Angela Pietragrua. En septembre, il est nommé sous-lieutenant de cavalerie.
1801	Traité de paix avec l'Autriche et la Russie (traité de Lunéville). L'Italie repasse sous domination française. Signature du Concordat. Chateaubriand, *Atala* ; Haydn, *Les Saisons*.	Henri Beyle mène une vie de dilettante en Italie. Dégoûté par la vie de garnison, il tombe malade, obtient un congé et repart pour Grenoble.
1802	Bonaparte est consul à vie. Certains territoires italiens deviennent départements français (cas du Piémont, de la République ligurienne, des États du Pape). Les autres seront attribués aux membres de la famille impériale. Naissance de Victor Hugo et d'Alexandre Dumas ; Chateaubriand, *Génie du christianisme* ; Mme de Staël, *Delphine* ; traduction du *Werther* de Goethe ; Gérard, *Mme Récamier* ; Beethoven, *Sonate au clair de lune*, *Sonate à Kreutzer*.	De retour à Paris, il lit les Idéologues, fréquente les salles de spectacle, rêve d'écrire une pièce comique. Liaison avec Adèle Rebuffel.

CHRONOLOGIE	REPÈRES HISTORIQUES ET CULTURELS	VIE ET ŒUVRES DE STENDHAL
1803	Naissance de Mérimée et de Berlioz.	Liaison avec une comédienne, Mélanie Guilbert, qu'il suivra à Marseille l'année suivante. Il travaille dans une maison d'exportation.
1804	(18 mai) Napoléon Bonaparte est proclamé empereur des Français. Naissance de George Sand, d'Eugène Sue et de Sainte-Beuve ; Gros, *Les Pestiférés de Jaffa* ; Ingres, *Portrait de Napoléon* ; Goya, *La Maja desnuda* ; Senancour, *Obermann*.	
1805	Napoléon devient roi d'Italie. Il règne sur l'ancienne République cisalpine, la Vénétie et le Trentin. Chateaubriand, *René*.	
1806	David, *Le Sacre de Napoléon*.	De retour à Paris, il renoue avec les Daru et accomplit plusieurs missions pour le ministère de la Guerre. Nommé adjoint provisoire aux commissaires des Guerres, il est envoyé à Brunswick.
1807	Mme de Staël, *Corinne*.	Henri Beyle est titularisé. Il fait divers voyages et de nombreuses lectures.

1808	Guerre d'Espagne. Les Français occupent Madrid. Naissance de Nerval et de Barbey d'Aurevilly ; Girodet, *Atala portée au tombeau* ; Gœthe, *Faust I* ; Gros, *La Bataille d'Eylau* ; Ingres, *La Grande Baigneuse*.	Rentré à Paris, il y connaît la vie qu'il aime (lectures, dîners, théâtre) ; il participe à la campagne de Vienne, mais n'assiste pas à la bataille de Wagram. Il séjourne à Vienne et y mène une vie agréable, avec sa cousine, la comtesse Daru, dont il s'est épris.
1809	Chateaubriand, *Les Martyrs* ; Gœthe, *Les Affinités électives*.	
1810	Promulgation du Code pénal. Mariage de Napoléon avec Marie-Louise de Habsbourg, fille de l'empereur d'Autriche. Naissance de Musset, de Chopin et de Schumann ; Mme de Staël, *De l'Allemagne* ; W. Scott, *La Dame du lac* ; Goya commence à réaliser les eaux-fortes des *Désastres de la guerre* (qu'il achèvera en 1823).	Il est nommé auditeur au Conseil d'État, puis inspecteur du mobilier et des bâtiments de la Couronne. Il connaît une vie mondaine et galante à Paris et pense toujours à écrire pour le théâtre.
1811	Naissance du roi de Rome. Naissance de Théophile Gautier ; Chateaubriand, *Itinéraire de Paris à Jérusalem*.	Il repart pour l'Italie à la fin de l'été : Angela Pietragrua devient sa maîtresse. Voyage à Bologne, Florence, Rome, Naples.

CHRONOLOGIE	REPÈRES HISTORIQUES ET CULTURELS	VIE ET ŒUVRES DE STENDHAL
1812	Campagne de Russie, incendie de Moscou, passage de la Berezina. Géricault, *Officier de chasseurs à cheval* ; Byron, *Childe-Harold* ; Beethoven, *Septième et Huitième Symphonies*.	À Paris, il travaille à l'*Histoire de la peinture en Italie*. (Août-septembre) Il part rejoindre la Grande Armée, entre à Moscou et supporte héroïquement l'épreuve de la retraite.
1813		Il n'obtient aucune récompense pour sa conduite pendant la retraite ; il en est déçu. Il assiste à la bataille de Bautzen puis séjourne à Paris, à Grenoble et en Italie.
1814	Invasion de la France par les Alliés. Abdication de Napoléon qui part pour l'île d'Elbe. Retour de Louis XVIII : première Restauration. Ouverture du congrès de Vienne qui redessine la carte de l'Europe : l'Italie est de nouveau divisée, l'Autriche y est plus forte que jamais (elle est installée dans le royaume lombardo-vénitien et, indirectement, à Modène et Parme). L'Ancien Régime est rétabli. Mort de Bernardin de Saint-Pierre et de Sade ; David, *Léonidas aux Thermopyles* ; Géricault, *Le Cuirassier blessé* ; Ingres, *La Grande Odalisque*.	Sans emploi, il quitte Paris en juillet. Début d'un long séjour à Milan, où il retrouve Angela, mais pour une liaison de plus en plus houleuse. Il commence à travailler aux *Vies de Haydn, Mozart et Métastase*.

1815	Publication des *Vies de Haydn, Mozart et Métastase* sous le pseudonyme de Louis-Alexandre-César Bombet. Rupture définitive avec Angela.	(1er-20 mars) Napoléon revient de l'île d'Elbe. Les Cent-Jours. (18 juin) Désastre de Waterloo. Nouvelle abdication de Napoléon qui part pour Sainte-Hélène (il y meurt en mai 1821). Retour de Louis XVIII sur le trône : deuxième Restauration.
1816	Vie mondaine en Italie. Il rencontre lord Byron et voyage.	Constant, *Adolphe* ; Rossini, *Le Barbier de Séville*.
1817	Stendhal commence la *Vie de Napoléon*. Il publie l'*Histoire de la peinture en Italie* et *Rome, Naples et Florence* en 1817. Il signe alors pour la première fois M. de Stendhal.	Mort de Mme de Staël.
1818	Début de sa grande passion insatisfaite pour Métilde Dembowski, rencontrée à Milan. Séjour sur le lac de Côme à l'automne.	
1819	Stendhal est désespéré par l'indifférence de Métilde. Sous l'influence de cet amour malheureux, il prépare *De l'amour*. Rencontre souvent Rossini.	Gérard, *Corinne au cap Misène* ; Géricault, *Le Radeau de la Méduse* ; Hugo, *Bug-Jargal* ; Scott, *Ivanhoé, La Fiancée de Lammermoor* ; Byron, *Don Juan*.
1820	Stendhal pense encore au théâtre et continue *De l'amour*. Il passe pour un espion.	Face à l'absolutisme autrichien, un mouvement d'opposition naît en Italie (le carbonarisme) : insurrections libérales à Naples et dans le Piémont. Lamartine, *Méditations poétiques*.

CHRONOLOGIE	REPÈRES HISTORIQUES ET CULTURELS	VIE ET ŒUVRES DE STENDHAL
1821	Naissance de Baudelaire et de Flaubert.	Il est soupçonné de carbonarisme par le gouvernement autrichien. Après avoir revu le lac de Côme, il quitte Métilde et se décide à rentrer à Paris. Voyage à Londres.
1822	Naissance d'Edmond de Goncourt. Vigny, *Poèmes* ; Schubert, *Symphonie inachevée* ; Beethoven, *Missa solemnis*.	Publication de *De l'amour*. Il mène une vie mondaine à Paris et collabore au *New Monthly Magazine*.
1823	Hugo, *Han d'Islande* ; Lamartine, *Nouvelles Méditations poétiques* ; Scott, *Quentin Durward*.	Publication de la *Vie de Rossini* et de *Racine et Shakespeare*. À l'automne, il repart pour l'Italie.
1824	Mort de Louis XVIII. Charles X lui succède. Mort de Byron en Grèce ; début du Cénacle (autour de Nodier, puis de Hugo) ; Delacroix, *Les Massacres de Scio* ; création de la *Neuvième Symphonie* de Beethoven à Vienne.	De retour à Paris, il a une liaison avec la comtesse Curial. Il travaille au second *Racine et Shakespeare* et à une nouvelle édition de *Rome, Naples et Florence*.
1825	Mérimée, *Théâtre de Clara Gazul*.	Publication du second *Racine et Shakespeare*. Mort de Métilde à Milan.
1826	Hugo, *Odes et Ballades* ; Vigny, *Poèmes antiques et modernes*, *Cinq-Mars*.	Fin de sa liaison avec la comtesse Curial. Voyage à Londres. Il travaille sur un projet de roman. Nouvelle édition de *Rome, Naples et Florence*.

1827	Delacroix, *La Mort de Sardanapale* ; Ingres, *L'Apothéose d'Homère* ; création du *Moïse* de Rossini à Paris ; Hugo, préface de *Cromwell*.	En août, publication de son premier roman, *Armance*. Il repart pour l'Italie, mais Milan lui est interdite par la police autrichienne. Il passe l'année suivante à Paris.
1829	Rossini, *Guillaume Tell* ; Balzac, *Le Dernier Chouan* ; A. Dumas, *Henry III et sa cour* ; Hugo, *Les Orientales*, *Le Dernier Jour d'un condamné* ; Mérimée, *Chronique du règne de Charles IX* ; Goethe, *Les Années de voyage de Wilhelm Meister*.	Brève liaison avec Alberthe de Rubempré. Publication des *Promenades dans Rome* et de *Vanina Vanini* dans la *Revue de Paris*.
1830	Révolution de Juillet. Abdication de Charles X. Louis-Philippe devient roi des Français. Monarchie de Juillet. Balzac, *Scènes de la vie privée* ; Hugo, bataille d'*Hernani* ; Musset, *Contes d'Espagne et d'Italie* ; Corot, *La Cathédrale de Chartres* ; Berlioz, *La Symphonie fantastique*.	Liaison avec Giulia Rinieri. Publication du *Rouge et le Noir* en novembre. Départ pour l'Italie, où il vient d'être nommé consul à Trieste, puis – suite au refus de l'Autriche – à Civita-Vecchia.
1831	Nouvelle insurrection libérale en Italie, en Romagne, à Parme et à Modène. Répression brutale par les Autrichiens, sur demande des souverains italiens. Balzac, *La Peau de chagrin* ; Hugo, *Notre-Dame de Paris* ; Bellini, *Norma* ; Delacroix, *La Liberté guidant le peuple*.	Début du séjour à Civita-Vecchia. Voyage en Italie.

	REPÈRES HISTORIQUES ET CULTURELS	VIE ET ŒUVRES DE STENDHAL
1832	Épidémie de choléra. Insurrection vendéenne, arrestation de la duchesse de Berry. G. Sand, *Indiana* ; Vigny, *Stello* ; S. Pellico, *Mes prisons* ; Chopin, *Neuf Mazurkas*.	Il continue de parcourir l'Italie et écrit *Souvenirs d'égotisme* (publication posthume).
1833	Balzac, *Eugénie Grandet*, *Louis Lambert* ; Hugo, *Lucrèce Borgia*, *Marie Tudor* ; G. Sand, *Lélia* ; Musset, *Les Caprices de Marianne* ; Chopin, *Trois Nocturnes*.	Début du travail sur les manuscrits italiens. Mariage de Giulia qu'il aime encore. Après un séjour à Paris, il revient en Italie en compagnie de G. Sand et de Musset.
1834	Soulèvements républicains à Lyon et à Paris. Massacre de la rue Transnonain à Paris. Mort de La Fayette. Balzac, *L'Histoire des Treize* ; Musset, *Lorenzaccio* ; Lamennais, *Paroles d'un croyant* ; Sainte-Beuve, *Volupté* ; Delacroix, *Femmes d'Alger*.	Stendhal vit à Civita-Vecchia, c'est-à-dire à Rome. Il commence à travailler à *Lucien Leuwen* (roman laissé inachevé, qui fera l'objet d'une publication posthume).
1835	Promulgation des « lois scélérates » limitant la liberté de la presse. Attentat contre Louis-Philippe. Tocqueville, *De la démocratie en Amérique (I)* ; Balzac, *Le Père Goriot* ; Hugo, *Les Chants du crépuscule* ; Musset, *les Nuits* ; Vigny, *Chatterton* ; Bellini, *Les Puritains* ; Donizetti, *Lucia di Lammermoor*.	Il s'ennuie ferme à Civita-Vecchia. Il abandonne *Lucien Leuwen* pour la *Vie de Henry Brulard* (publication posthume).

C H R O N O L O G I E

1836	Naissance de la presse moderne (*Le Siècle*, *La Presse*). Balzac, *Le Lys dans la vallée* ; Gautier, *Mademoiselle de Maupin* ; Musset, *Confession d'un enfant du siècle*.	Il obtient un congé de trois mois pour Paris. Il y restera, en définitive, pendant trois années. Il travaille toujours à la *Vie de Henry Brulard* et aux *Mémoires sur Napoléon*.
1837	Balzac, *César Birotteau*, *Illusions perdues (I)* ; Mérimée, *La Vénus d'Ille* ; G. Sand, *Mauprat* ; première exécution, à Paris, du *Requiem* de Berlioz.	Stendhal reprend sa vie parisienne. Il publie dans la *Revue des Deux Mondes* deux « chroniques italiennes » (*Vittoria Accoramboni*, *Les Cenci*). Il fait un voyage en France après lequel il commence à rédiger les *Mémoires d'un touriste*.
1838	Mort de Talleyrand. Balzac, *La Maison Nucingen* ; Hugo, *Ruy Blas* ; Lamartine, *La Chute d'un ange* ; Delacroix, *Un intérieur de cour au Maroc*.	Publication, en juin, des *Mémoires d'un touriste*. Il voyage de nouveau en France et continue de publier dans la presse des « chroniques italiennes » (*La Duchesse de Palliano*). Il rédige *L'Abbesse de Castro* et, de novembre à décembre, s'enferme pour écrire *La Chartreuse de Parme*.
1839	Balzac, *Illusions perdues (II)* ; Chopin, *Préludes* ; Schumann, *Le Carnaval de Vienne* ; première exécution du *Roméo et Juliette* de Berlioz.	Publication de *L'Abbesse de Castro* dans la *Revue des Deux Mondes*. Correction des épreuves de *La Chartreuse*. (17 mars) Publication de l'épisode de Waterloo dans *Le Constitutionnel*. En avril, publication de

REPÈRES HISTORIQUES ET CULTURELS	VIE ET ŒUVRES DE STENDHAL
	La Chartreuse de Parme en plusieurs volumes. En juin, Stendhal repart à Civita-Vecchia qu'il atteint en août. Il séjourne à Rome avec Mérimée et commence *Lamiel* (son dernier roman, laissé inachevé, qui connaîtra une publication posthume).
1840 Ministère Soult-Guizot. Transfert des cendres de Napoléon à Paris. Naissance de Zola ; Hugo, *Les Rayons et les Ombres* ; Mérimée, *Colomba* ; Tocqueville, *De la démocratie en Amérique (II)* ; Schubert, *Lieder*.	Stendhal s'ennuie à Civita-Vecchia. Il connaît un nouvel amour, Earline. Il entreprend des fouilles et chasse. (15 octobre) Il lit l'article de Balzac sur *La Chartreuse de Parme*, paru dans la *Revue parisienne*. En tenant compte de ses conseils, il corrige son roman.
1841 Crise orientale. Balzac, *Le Curé de village* ; Delacroix, *Prise de Constantinople par les croisés*.	(15 mars) Attaque d'apoplexie. Il obtient un congé et rentre en France, à Paris.
1842 Mort du duc d'Orléans. Naissance de Mallarmé ; Balzac, *Mémoires de deux jeunes mariées* ; A. Bertrand, *Gaspard de la nuit* ; E. Sue, *Les Mystères de Paris* (parus de 1842 à 1843 dans *Le Journal des débats*) ; Verdi, *Nabucco*.	(22 mars) Nouvelle attaque d'apoplexie, dans la rue Neuve-des-Capucines. Il meurt le lendemain, sans avoir repris connaissance.

C H R O N O L O G I E

STENDHAL AVANT *LA CHARTREUSE*

« L e vrai métier de l'animal est d'écrire un roman dans un grenier, car je préfère le plaisir d'écrire des folies à celui de porter un habit brodé qui coûte huit cents francs [1] » : ainsi se présente Stendhal dans une lettre à Domenico Fiore, en avril 1835, alors qu'il « crève d'ennui » à Civita-Vecchia, où Louis-Philippe l'a nommé consul en 1831, et rêve à cette Italie idéale qu'il n'a cessé de célébrer depuis ses premiers écrits. Célèbre pour le lecteur désormais habitué à compter Stendhal parmi les plus grands romanciers de son siècle [2], cette phrase reste surprenante par sa date : Stendhal a cinquante-deux ans, lorsqu'il se définit enfin comme romancier, et reconnaît là sa vocation, sa vraie vie, le but ultime de sa chasse au bonheur. C'est qu'effectivement il est venu tard au roman, au terme d'un parcours inattendu, qui ne laissait guère deviner cette orientation finale. En fait, si le roman a été long-temps absent de ses projets d'écrivain, le romanesque est, depuis son enfance, l'univers imaginaire qu'il a fait sien, au point de vouloir y trouver un modèle de vie : comme l'a brillamment démontré Michel Crouzet dans un essai

---

1. Stendhal, *Correspondance générale*, éd. V. Del Litto, Champion, 1999, t. V, p. 470.
2. Comme il l'avait lui-même prévu, cette reconnaissance ne vint pas avant la fin du XIXᵉ siècle. Il fut pendant longtemps admis que Stendhal avait été un écrivain de bien moins grande envergure que Balzac. Sur ce parallèle volontiers fait au XIXᵉ siècle, et le plus souvent au détriment de notre auteur, voir l'article de Ph. Berthier, « Stendhal contre Balzac », dans *Balzac, une poétique du roman*, sous la dir. de S. Vachon, Presses Universitaires de Vincennes, 1996, p. 423-434.

récent [1], Stendhal fut plus qu'un lecteur, un viveur de romans, un jeune homme qui voulut trouver, dans l'imaginaire enchanté de la rêverie amoureuse et héroïque que lui renvoyaient ses lectures favorites, un idéal à épouser, mieux, un principe d'intelligibilité du réel et de l'homme, une parole de vérité. Il y avait, sans nul doute, danger à opter ainsi pour le monde des chimères, et il mit en effet du temps à apprendre à concilier idéalisme et observation de l'âpre réalité : ainsi s'expliquent certainement ses réticences à l'égard d'un genre qu'il n'osa pratiquer que lorsqu'il fut sûr de savoir maîtriser le romanesque, pour mieux, il est vrai, assurer son triomphe.

Lorsqu'il dicte les premiers mots de *La Chartreuse*, à l'automne 1838, Stendhal n'a donc jamais écrit que deux romans achevés : *Armance* (1827) et *Le Rouge et le Noir* (1830), auquel il doit, après l'échec du premier, sa notoriété. Ajoutons qu'en 1822 a paru *De l'amour*, où il révélait déjà des virtualités de romancier et définissait l'érotique et l'esthétique de ses futurs romans : il y présentait le processus de « cristallisation », ce travail de l'imaginaire qui rend la beauté relative au désir et plie la réalité à ses exigences, et y opposait l'amour comme stratégie de conquête, comme chasse, à la manière de don Juan, à l'« amour à la Werther », qui toujours diffère et magnifie le désir [2]. Quant au *Rouge*, rangé par Balzac parmi les productions de ce qu'il appelle l'« école du désenchantement », il a longtemps été lu, en raison de sa sécheresse, de sa violence, de son militantisme, de son sublime sombre et sanglant, comme l'envers de *La Chartreuse*, œuvre d'euphorie et d'apaisement, au point de faire croire à une bipartition essentielle de la création stendhalienne et, partant, de son

---

1. M. Crouzet, « Comment et pourquoi Stendhal est-il devenu romancier ? », dans *Le Roman stendhalien*, Orléans, Paradigme, 1996, p. 219-364.
2. Stendhal, *De l'amour*, éd. V. Del Litto, Gallimard, coll. « Folio », 1980, p. 30 *sq.*, pour l'analyse de la cristallisation, p. 235-245 pour « Werther et don Juan ». Tout cela va se retrouver dans la biographie amoureuse de Fabrice.

lectorat [1]. Sans nier cette différence radicale de ton et de portée, il importe néanmoins de remarquer que les deux romans sont frères par bien des thèmes et des situations, comme le mythe napoléonien, la fascination pour l'héroïsme militaire, le redoublement de la figure féminine, l'exploitation paradoxale du motif de la prison, la trajectoire du héros, de l'ambition au renoncement, à la découverte dans l'amour vrai de la plénitude du sens et du bonheur. Même la satire politique, quoique adoucie dans *La Chartreuse*, leur est commune.

En dépit de son succès, *Le Rouge et le Noir* n'ouvre pas à Stendhal une longue et féconde carrière de romancier. Au contraire, il connaît de nouveau des doutes : il est à la recherche d'une nouvelle écriture romanesque, moins dure, moins tendue, moins cassante, mais il a beau multiplier les ébauches de romans, il se révèle incapable d'en terminer aucun. En 1834, il commence *Lucien Leuwen*, grand roman social et politique, dans lequel il s'efforce, comme il le fera dans *La Chartreuse*, de dépasser l'odieux de la réalité en faisant du jeu politique une comédie, avec la conviction que le comique est désormais supérieur à tout, grand roman d'amour aussi, où triomphe l'« amour de loin ». Abandonné, le roman reste inachevé et laisse place à d'autres projets, écrits autobiographiques, récits de voyage, récits italiens, dont la genèse accompagne parfois celle de *La Chartreuse* : c'est le cas pour *L'Abbesse de Castro* [2], dont la rédaction, commencée en septembre 1838 et achevée en février 1839, encadre très exactement celle de *La Chartreuse*, dont elle constitue, au demeurant, un véritable doublet, Stendhal écrivant là un récit chevaleresque qui puise aux mêmes sources que son roman (l'Arioste, le Tasse, pour l'essentiel) et célèbre les mêmes valeurs de foi et d'amour absolu.

---

1. Sur cette tradition critique, voir l'article de Ph. Berthier,
qui s'emploie à la rejeter, « Rougistes et chartreux »,
dans *Stendhal, La Chartreuse de Parme ou la « chimère absente »*,
textes réunis par J.-L. Diaz, Sedes, 1996, p. 5-11.
2. Dans *Chroniques italiennes*, éd. B. Didier, GF-Flammarion, 1977.

Genèse de *La Chartreuse de Parme* : le mythe de l'improvisation

Dans cette carrière de romancier tardive et souvent malheureuse [1] une œuvre tranche donc, par l'incroyable facilité et la rapidité de sa rédaction : *La Chartreuse de Parme*. Voyons les faits : le 4 novembre 1838, Stendhal s'enferme dans son logement parisien après avoir donné l'ordre à son portier de n'y laisser pénétrer personne est, (il fait-il dire, à la chasse). À en croire ses notes, le 15 novembre, il a déjà écrit 270 pages de son roman ; le 2 décembre, il en est à la page 640. Le 26 décembre, il remet « six énormes cahiers » à son cousin, Romain Colomb, qui trouve un éditeur, Ambroise Dupont, celui-là même qui avait assuré la publication des *Mémoires d'un touriste*. L'impression étant rapidement lancée, Stendhal peut corriger les épreuves du 6 février au 26 mars 1839. Selon une anecdote célèbre, il égare alors un cahier et, sans se décontenancer, improvise sur-le-champ « *la Prison* qui n'a presque pas été corrigée ». Le 17 mars, l'épisode de Waterloo fait l'objet d'une publication séparée dans *Le Constitutionnel*, sous la signature de Frédérick de Stendhal. Début avril, enfin, le livre est publié en deux volumes : Stendhal a dû écourter la fin, contraint par l'éditeur qu'effrayait déjà la longueur de l'ouvrage et qui ne voulait pas entendre parler d'un troisième volume. L'histoire ne s'arrête pas là : toujours en quête d'améliorations, Stendhal entreprend aussitôt des relectures critiques, prévoit corrections et additions, avec d'autant plus de zèle que, le 15 octobre 1840, il reçoit, en Italie, l'article de Balzac et entend bien profiter de ses reproches et suggestions (voir Dossier, p. 634). Il renoncera finalement à se ranger aux avis de son critique, mais il n'en continue pas moins, jusqu'à la veille de sa mort,

---

1. Notons que la malédiction de l'inachèvement pèsera jusqu'au bout, puisque Stendhal ne finira pas son dernier roman, *Lamiel*, entrepris juste après *La Chartreuse*. On trouvera une lumineuse analyse des raisons de cet inachèvement chronique dans la préface de M. Crouzet à son édition des *Romans abandonnés*, UGE, coll. « 10/18 », 1968, p. 9-58.

d'annoter le roman, comme l'atteste une ultime note du 8 mars 1842.

Avec *La Chartreuse* naît un véritable mythe, celui d'un chef-d'œuvre improvisé en 52 jours, au rythme de 22 à 24 pages par jour, dans un état de grâce qui relève du miracle. D'emblée on fut, de fait, émerveillé par l'exploit, tant physique qu'intellectuel, que représentait cette rédaction, presque d'un jet, sans arrêt ni hésitation. Cette facilité fascina, elle choqua aussi, dans la mesure où elle semblait contrevenir au sérieux de la création littéraire, rarement associée, à l'époque de Stendhal, à autant d'allégresse et de frivolité. Rapide, aisée, la rédaction de *La Chartreuse* fut ainsi totalement heureuse et détendue, et c'est d'abord dans cette joie de l'écriture, dans ce plaisir de l'invention, qu'il faut chercher la source de cette atmosphère de bonheur et de légèreté dans laquelle baigne le roman. Livre « inspiré » plus que « pensé », selon la formule de Jean Prévost [1], *La Chartreuse* fut écrite, si l'on en croit son auteur, sans qu'il ait jamais « songé à l'*art* de faire un roman [2] ». Sans nul doute, Stendhal a raison d'insister lui-même sur cette improvisation qui a fait la gloire de l'ouvrage et qui correspond bien à une réalité, celle d'une composition orale, dictée, sans presque aucune correction [3]. Il importe, du reste, de garder en mémoire que *La Chartreuse* est un texte parlé, dans la mesure où cela explique, en grande partie, les incohérences ou inadvertances que l'on y rencontre et, surtout, le rythme endiablé du roman, l'abondance événementielle et le rôle de conteur qu'assume le narrateur. Il est, en outre, évident que cette improvisation favorise la liberté et la spontanéité d'un imaginaire enfin assumé et suivi dans

---

1. J. Prévost, *La Création chez Stendhal*, Mercure de France, 1951, p. 345.
2. Stendhal l'avoue dans le premier brouillon de sa réponse à Balzac. Il ajoute : « J'avais fait dans ma jeunesse quelques plans de romans ; en écrivant des plans je me glace. » Voir *Correspondance générale*, *op. cit.*, t. VI, p. 400.
3. Stendhal le dit encore à Balzac : « Je vous avouerai que beaucoup de passages de narration sont restés tels que je les ai dictés, sans correction aucune. » *Ibid.*, p. 403.

tous ses caprices (l'épisode de la Fausta, par exemple, dans lequel il est permis de voir l'apogée de ce goût qu'a toujours eu Stendhal pour la digression, la composition fantaisiste), d'une écriture qui sait enfin préserver dans toute leur richesse, et utiliser au mieux, les trouvailles de l'imagination. Ajoutons que cette écriture souveraine, qui s'autorise tous les plaisirs et toutes les folies, suffit déjà à donner à l'œuvre un parfum d'italianité, dans la mesure où l'Italie est par excellence, aux yeux de Stendhal, le pays où, dans la vie comme dans l'art, le don d'improvisation est le mieux partagé [1].

Et pourtant, il faut se garder de mythifier à l'excès cette dictée, presque sans retouches, du roman, et ne pas se laisser abuser par la fluidité et la liberté de sa composition. De fait, l'étude de cette dernière le prouve, spontanéité et cohérence font ici bon ménage, et l'on aurait tort de conclure de l'improvisation à l'absence de structuration du roman [2] : au contraire, l'exemple de la *commedia dell'arte* est là pour rappeler que les canevas sont d'autant plus nécessaires qu'on prétend avancer à l'aventure, pour soutenir et canaliser le flux de l'imagination. S'il se garde de construire des plans qui pourraient le « glacer », Stendhal, fidèle à ses habitudes, ne se prive du reste pas de l'aide précieuse que peuvent apporter les croquis, avant ou après la rédaction, pour fixer le cadre d'une action, le déplacement des personnages, et veiller à leur vraisemblance. Qu'il s'agisse du dessin relatif à la bataille de Waterloo ou du croquis, plus

---

1. *La Chartreuse* nous en fournira maintes preuves, en nous montrant, à plusieurs reprises, des personnages s'adonnant à l'improvisation théâtrale (Marietta et Giletti jouent le répertoire de la *commedia dell'arte*, tandis que Gina, naturellement douée pour cet art de l'invention spontanée qu'elle pratique au quotidien, propose à la cour des pièces où l'improvisation est reine) ou musicale (Gina y excelle encore, mais ne doit pas faire oublier Clélia, qui, en chantant et en jouant du piano, invente un moyen inédit de communiquer avec Fabrice).

2. B. Didier le confirme, dans un article où elle recense les « schémas structurants » qui viennent, dans *La Chartreuse*, équilibrer « la liberté de l'improvisation ». Voir « Improvisation et canevas », dans *La Chartreuse de Parme. Chant et tombeau*, textes réunis et présentés par D. Sangsue, *Recherches et Travaux*, Hors série n° 13, 1997, p. 11-33.

détaillé, des environs de Parme, nous avons bien là, à défaut de scénarios tout prêts, des aide-mémoire destinés non plus, comme dans la *Vie de Henry Brulard*, à tenir lieu de description, mais à garantir l'improvisation de tout risque d'incohérence et de négligence [1]. N'oublions pas, en outre, qu'au moment où il se met à dicter *La Chartreuse* Stendhal n'est plus un débutant : il a derrière lui une pratique de romancier qui, en dépit de ses échecs, lui a permis de réfléchir aux situations et aux passions les plus capables d'intéresser et de toucher le lecteur [2].

Enfin, ici comme ailleurs, Stendhal avance parce qu'il bâtit sur des « pilotis », part de textes qu'il transforme, certes, considérablement, mais qui n'en restent pas moins inscrits, en filigrane, dans l'œuvre achevée. Au début surtout, comme s'il avait été nécessaire de « chauffer » l'imagination, d'endiguer un flot d'idées et d'images qui menaçait la cohésion et la clarté de l'œuvre, on s'aperçoit qu'il a eu besoin de s'appuyer sur des récits et de couler sa parole dans les schémas narratifs qu'ils lui proposaient. Ainsi, nous montrons dans le premier chapitre du Dossier comment il a su exploiter des manuscrits italiens qui lui offraient des caractères et des situations romanesques susceptibles de combler son imaginaire. Il serait néanmoins réducteur de ramener la genèse de *La Chartreuse* à ses sources italiennes. Au moins faut-il rappeler, pour en rester à ce pays, que, comme il l'avait fait pour certaines de ses chroniques – *Les Cenci*, notamment –, Stendhal s'inspire aussi de tableaux qu'il a vus. Ainsi Fabrice hérite-t-il de son modèle, Alexandre Farnèse, une nature d'homme fortuné, une vocation au bonheur, que Stendhal a pu deviner, autant que lire, sur le portrait du futur

---

1. On trouvera une reproduction de ces croquis dans l'édition du roman en Livre de Poche (1983), p. 82 et 753.
2. Le personnage de Clélia est, par exemple, le fruit de ses réflexions sur les situations de conflits d'exigences et sur la dramatisation des passions qu'ils requièrent. Stendhal doit en cela beaucoup à sa lecture du *Génie du christianisme*. Voir, sur ce point, notre article, « Clélia ou le romanesque des "combats intérieurs de l'âme" dans *La Chartreuse de Parme* », dans *Stendhal, La Chartreuse de Parme*, textes réunis par M. Crouzet, éd. InterUniversitaires, 1996, p. 295-310.

pape [1]. Comment oublier, en outre, la présence du Corrège dans ce roman, qui détermine – nous y reviendrons – son style, son esthétique, et peut-être même jusqu'au choix de Parme [2] ? De passage dans cette ville, en 1811 et en 1814, Stendhal a pu y admirer, certes rapidement, ses fresques dont il note dans son *Journal* l'effet « vraiment divin », et dont il loue encore, dans *Rome, Naples et Florence*, le « sublime » contrastant avec la platitude de la ville. La description qu'il donne alors de la *Madone bénie par Jésus*, œuvre qui l'« a touché jusqu'aux larmes » et qu'il a voulu contempler « un quart d'heure seul, perché au haut de l'échelle », est particulièrement intéressante, car elle révèle bien ce qui le bouleverse dans cette peinture : le mélange de sensualité et de mystique. S'enchantant des « yeux baissés de la Vierge », de sa « pose passionnée », de la « simplicité de ses vêtements [3] », il compose déjà, sans le savoir, le portrait de Clélia, l'héroïne aux yeux baissés, en qui se réalise miraculeusement l'union corrégienne de la timidité, de la pudeur et de la passion la plus ardente.

Se fondant sur ses souvenirs de dilettante et de lecteur, Stendhal peut donc avancer vite, parce qu'il trouve dans sa mémoire des modèles descriptifs ou narratifs capables de soutenir l'improvisation et de l'orienter sans la contraindre. Œuvre-somme, située au confluent de tous les genres et de tous les univers romanesques, *La Chartreuse* n'a pu progresser aussi rapidement que parce que Stendhal retrouve alors toutes ces anecdotes qu'il avait laissées, en quelque sorte, en réserve dans ses textes italiens – *Rome, Naples et Florence*, par exemple – et puise avec bonheur dans ce fonds imaginaire que lui ont légué ses lectures les plus déterminantes, celles du Tasse, de l'Arioste, de Cervantes et de Rousseau. Occultant cette lente maturation, le mythe de l'improvisation est encore

---

1. Il mentionne « le portrait idéalisé d'Alexandre, cet homme heureux », qui se trouve à Saint-Pierre, sur son tombeau (Stendhal s'enchante de sa « beauté sublime » dans *Promenades dans Rome*), en marge de la copie de l'« Origine des grandeurs de la famille Farnèse » (voir Dossier, p. 614).
2. Voir la note 5, p. 52.
3. Stendhal, *Rome, Naples et Florence*, éd. de P. Brunel, Gallimard, coll. « Folio », 1987, p. 155.

mystificateur, dans la mesure où il ne tient pas compte des habitudes de travail de Stendhal, qui, depuis son retour à Paris, multiplie les projets de rédaction et de publication, passant sans solution de continuité de l'un à l'autre, et n'hésitant pas à utiliser, pour une œuvre finalement plus prometteuse, des brouillons rédigés au départ dans une autre optique [1]. C'est dire que si *La Chartreuse* naît vite, c'est qu'elle est, en partie, déjà écrite, et que la dictée peut consister en un fructueux travail d'amplification et de suture de fragments ou de chapitres destinés à d'autres écrits. Ainsi en va-t-il du premier chapitre du roman, pour lequel Stendhal pille ses œuvres historiques, en particulier les *Mémoires sur Napoléon*, auxquels il travaillait en 1837. On sait, par ailleurs, qu'à partir du 1er septembre 1838 il s'était mis à rédiger, à l'intention des filles de la comtesse de Montijo – l'une d'elles est la future impératrice –, dont il fréquentait le salon, un récit de la bataille de Waterloo adoptant le point de vue d'un combattant. Dès ce moment, il avait donc à sa disposition, comme il l'indique lui-même dans ses notes, le « chapitre de la vivandière » et « la vue postérieure de Waterloo ».

Or, le 3 septembre 1838, Stendhal a l'idée géniale de lier les deux histoires sur lesquelles il travaillait jusque-là séparément, celle de ces Farnèse, à propos desquels, sur sa copie du manuscrit de l'« Origine », il avait déjà noté, le 16 août 1838, « to make of this sketch a romanzetto », et celle de cette bataille mémorable qui concluait malheureusement la geste napoléonienne. Entre-temps, il s'était demandé comment transformer en caractère romanesque la figure d'un ministre redouté. Il faut donc comprendre que, lorsqu'il écrit, rétrospectivement, que le 3 septembre 1838, « [he] had the idea of the *Chartreuse* », il veut dire non qu'il a découvert, ce jour-là, le sujet d'un nouveau roman, mais qu'il a alors compris comment réunir et organiser des composantes historiques et romanesques alors dispersées dans divers projets. Ce travail de recomposition prend, le

---

1. Voir Dossier, chapitre I. G. Rannaud revient sur cette « simultanéité des chantiers littéraires » et sur ses conséquences sur la genèse de *La Chartreuse*, dans son article « Le roman du bonheur », dans *Stendhal, La Chartreuse de Parme ou la « chimère absente »*, *op. cit.*, p. 13-26.

8 novembre 1838, un tournant décisif, lorsque Stendhal a cette autre idée géniale de « change[r] Alexandre en Fabrice », c'est-à-dire de situer désormais dans l'Italie du début du XIXᵉ siècle les aventures du jeune homme promis à une carrière ecclésiastique et de sa courtisane de tante. Essentielle, cette décision d'actualiser la chronique l'est d'abord du point de vue politique, car elle permet à Stendhal de faire la satire de l'Europe de la Sainte-Alliance. Comme l'a bien souligné Maurice Bardèche, une telle transposition n'a rien de pittoresque : elle est là pour créer un effet d'ironie, pour donner au destin de Fabrice « une teinte de haut comique politique », puisqu'elle revient à élever aux honneurs un homme qui n'est plus simplement un « enfant gâté de la fortune », un don Juan heureux à qui suffisent les femmes, le luxe et l'aventure, mais un « proscrit moral », un homme qui, d'emblée, par ses choix politiques, par sa décision de rallier l'ennemi, a fait sécession, et qui ne cessera, ensuite, de découvrir et de montrer que l'essence du bonheur est à trouver ailleurs que dans une carrière habilement négociée [1]. Capitale, l'initiative de Stendhal l'est encore parce qu'elle lui permet de se placer dans une position où il peut enfin harmoniser tous les pôles antithétiques de son œuvre et de sa personnalité, faire le lien entre la France et l'Italie, être à la fois dans l'histoire et dans la légende, dans l'actualité et dans le passé.

Œuvre de synthèse et d'apaisement, *La Chartreuse* pouvait l'être, parce que se fondaient en elle, mieux que jamais, l'inspiration autobiographique et l'inspiration italienne. S'il y a bien quelque naïveté à prétendre, comme le fait Auguste Bussière dans un article fondateur de 1843, que ce roman est « le couronnement logique de toute sa vie et de toutes ses pensées, le livre spécial pour lequel il semblait être né à la vie d'écrivain, le fruit mûr et doré promis par tous ses ouvrages antérieurs [2] », il faut néanmoins reconnaître que *La Chartreuse* s'inscrit dans une logique de la poétique romanesque de Stendhal, qui a changé avec *Lucien Leuwen* :

---

1. M. Bardèche, *Stendhal romancier*, La Table ronde, 1947, p. 361 *sq.*
2. A. Bussière, « Henri Beyle (M. de Stendhal) », dans *Stendhal*, Presses de l'université de Paris-Sorbonne, coll. « Mémoire de la critique », 1996, p. 211.

roman politique et comique, nous l'avons dit, ce dernier
était en effet aussi un roman à caractère autobiographique,
qui amenait son auteur à comprendre que la clé de l'invention romanesque était dans la mémoire, dans un moi
retrouvé plus essentiellement dans ses origines que dans sa
tension orgueilleuse. Or, à bien des égards, *La Chartreuse*
est un livre de mémoires, par sa technique – on le lui a du
reste reproché –, et surtout parce que Stendhal y transpose
tous les souvenirs de ses voyages, de ses amours, de ses campagnes napoléoniennes : il suffit de lire les derniers chapitres
de la *Vie de Henry Brulard* pour constater qu'il a prêté à
Fabrice, à Waterloo, tous les sentiments, toutes les impressions, toutes les mésaventures qui furent les siens, alors
qu'il franchissait, à dix-sept ans, le Saint-Bernard, et recevait, « fou de bonheur » et d'émotion, le baptême du feu.
Seulement, interrompant sa narration à son arrivée à Milan
en 1800, Stendhal s'était rendu compte que ce bonheur, si
passionnément cherché et enfin goûté jusqu'à la folie en
Italie, il lui était impossible de le décrire nettement, de le
raconter tel qu'il l'avait ressenti sans l'altérer, sans mentir.
Le miracle de *La Chartreuse*, ce fut alors de permettre précisément cette transposition romanesque que la sincérité,
l'exactitude requises par le récit autobiographique interdi-
saient. et qui était pourtant la seule façon de revivre et de dire
ce bonheur. Mais Stendhal comprit que, pour narrer cet événement inaugural, il fallait le rendre moins personnel, il
fallait – et c'est là une caractéristique du romantisme –
confondre l'autobiographie et l'histoire, faire de cette
seconde naissance, de cet avènement à la vraie vie, plus
qu'un événement historique : un recommencement de
l'humanité, un réveil des vertus cardinales de l'énergie et de
la passion [1].

Revenant aux *Mémoires sur Napoléon*, c'est donc en
racontant l'entrée triomphale des armées napoléoniennes

---

[1]. Ph. Berthier remarque, en outre, que cette entrée triomphale, cet acte
de naissance de la liberté pour tout un peuple coïncide avec l'entrée dans
le roman, qui selon lui va par la suite démentir l'orientation historique
et euphorique de ce début. Voir « Stendhal n'a jamais appris à écrire
ou l'incipit », dans *La Chartreuse de Parme revisitée*, textes réunis par
Ph. Berthier, *Recherches et Travaux*, n° 40, 1991, p. 19-32.

à Milan qu'il va pouvoir enfin peindre, ainsi généralisé et encore magnifié, cet « intervalle de bonheur fou et complet [1] » que furent son arrivée et son installation dans sa patrie de cœur. Un calcul de gloire le pousse néanmoins à revenir, comme il l'avait fait dans ses *Mémoires*, à 1796, et à raconter l'accueil que reçurent les Français à Milan cette année-là, et non lorsqu'il y était, en 1800 : c'est qu'alors leur retour fut moins brillant et la campagne menée moins héroïque. S'il en reste à 1796, c'est qu'il entend célébrer, au seuil de son roman, l'époque la plus prestigieuse et la plus pure de la geste napoléonienne, les temps heureux où le tyran Napoléon ne perçait pas encore sous le héros militaire et révolutionnaire, où Bonaparte, dans toute sa fougue et sa jeunesse, menait une armée valeureuse et désintéressée d'exploit en exploit [2]. Si l'on veut trouver à *La Chartreuse* une source profonde, si l'on peut se risquer, sinon à expliquer du moins à comprendre le prodige, c'est très certainement vers ce passé personnel qu'il faut se tourner, vers ces années heureuses qu'il se plaît à fondre dans une histoire triomphale, au sein d'une Italie mythique, plus vraie que l'Italie réelle. De ce premier chapitre qui donne le ton du roman et l'installe dans son climat de gaieté bouffe [3], *La Chartreuse* ne pouvait jaillir qu'avec allégresse et facilité, tant Stendhal avait su y condenser l'essentiel de son rêve de bonheur.

LA COMPOSITION DU ROMAN

Si les études thématiques de *La Chartreuse* abondent, si sa structure archétypale et mythique a été soigneusement analysée par Gilbert Durand et par Michaël Nerlich [4], et sa

---

1. Stendhal, *Vie de Henry Brulard*, éd. de B. Didier, Gallimard, coll. « Folio », p. 433.
2. Sur le jugement de Stendhal sur Napoléon, voir l'article de C. Mariette, « Le Napoléon de Stendhal », dans *Recherches et Travaux*, n° 46, 1994, p. 43-52.
3. Voir M. Crouzet, « Viva la libertà. Viva l'ilarità ! », dans *Le Roman stendhalien*, *op. cit.*, p. 9-18.
4. Respectivement dans *Le Décor mythique de La Chartreuse de Parme*, José Corti, 1990 (rééd.) et dans *Apollon et Dionysos ou la Science incertaine des signes*, Marburg, Hitzeroth, 1989.

dimension politique de mieux en mieux prise en compte, on constate en revanche que les approches formelles de l'œuvre restent rares, précisément parce que le mythe de l'improvisation a trop longtemps fait croire à une composition désinvolte, difficile à appréhender avec ordre et rigueur. D'où l'intérêt de s'arrêter sur la conduite du récit [1], et plus particulièrement sur ces irrégularités, ces singularités, dont on a fait grief à Stendhal, et qu'il a lui-même cherché à corriger après la publication du roman. Ainsi, la critique a d'emblée souligné l'incertitude qui, dans *La Chartreuse*, pèse sur le véritable sujet du roman, et plus encore sur l'identité de son personnage principal, ce qui la distingue radicalement du *Rouge*, dont le caractère monographique est beaucoup plus affirmé. Balzac, par exemple, estime que Fabrice ne se distingue pas assez des autres protagonistes pour pouvoir endosser le statut de héros et qu'il est donc impossible, tel qu'il est décrit, de considérer sa vie comme le sujet du livre [2]. De fait, Fabrice partage avec ses comparses des qualités – noblesse de sang et de cœur, bravoure, prodigalité, gaieté et esprit, sensibilité et passion – qui, dans le roman, distinguent une élite héroïque [3] ; force est de constater, par ailleurs, qu'il n'est pas toujours au centre d'un récit qui se caractérise, au

---

1. Signalons que P.-L. Rey y consacre un long chapitre de son éclairante présentation du roman, PUF, coll. « Études littéraires », 1992, p. 39-72.
2. D'où, selon lui, l'erreur de Stendhal qui a ruiné l'unité de son roman en recommençant, en fait, un nouveau livre avec l'histoire des amours de Fabrice et de Clélia et en ne voyant pas que son histoire était terminée à partir du moment où « la grande comédie de la cour », sujet véritable, à ses yeux, de cette *Chartreuse* bien mal nommée, était finie (voir Dossier, chapitre ii). Il n'est du reste pas le seul à hésiter sur la véritable fin du roman. Un siècle plus tard, J. Prévost considérera encore qu'il y a deux fins dans *La Chartreuse*, comme, du reste, dans *Le Rouge*, l'une « selon le rêve », l'autre « selon les forces extérieures » (*La Création chez Stendhal*, *op. cit.*, p. 363-364).
3. Y. Ansel a donc raison d'écrire que *La Chartreuse* « n'est pas le roman d'un individu, mais l'histoire d'un groupe, d'un ensemble de personnages qui se reconnaissent entre eux, que rassemble un certain nombre de valeurs communes ». Voir son article « Thermomètre des valeurs et affinités électives », dans *Stendhal, La Chartreuse de Parme ou la « chimère absente »*, *op. cit.*, p. 133-144.

contraire, par de fréquentes sautes d'intérêt. Il faut en effet reconnaître que le sort de la Sanseverina, de Mosca, de Clélia nous intéresse autant que le sien et que, jusqu'au livre second, et à l'exception notable de l'épisode de Waterloo, c'est surtout la Sanseverina que nous voyons sur le devant de la scène. C'est elle qui mène le jeu, qui décide du cours de la vie de Fabrice, qu'elle envoie où bon lui semble ; ce sont ses intrigues à la cour de Parme, ce sont les triomphes ou les craintes de son amant qui occupent le récit. Fabrice, lui, ne se distingue que par ses frasques galantes et, lorsqu'il est en danger, se révèle incapable d'agir par lui-même : après le meurtre de Giletti, c'est surtout Ludovic qui fait preuve d'initiative. Tout change pourtant avec l'épisode de la prison. Désormais, si la duchesse continue de mener les affaires, Fabrice ne peut plus être oublié ; même s'il est absent de la scène, c'est toujours dans son intérêt que la duchesse agit, tandis que sa passion pour Clélia s'impose, sans plus aucun doute possible, mais, tardivement, comme le sujet principal du récit. On remarque, en outre, que la multiplication des perspectives est de règle dans *La Chartreuse*, puisque l'histoire s'inscrit, au gré des épisodes, dans la visée de plusieurs héros. Stendhal ajoute lui-même à la confusion : il choisit un titre mystificateur, ou, du moins, trop longtemps décalé par rapport à l'action pour qu'on puisse en découvrir le véritable sujet ; et, dans l'Avertissement, il désigne la « duchesse Sanseverina » comme personnage principal du récit qu'il va rapporter. Pourtant, c'est Fabrice qu'il appelle sans cesse « notre héros », avec une bonne dose d'ironie sans doute ; et s'il avoue, dans ses brouillons de réponse à Balzac, utiliser cette expression pour éviter des répétitions, il défend toutefois la continuité de son récit en demandant : « N'est-ce pas la vie de Fabrice qu'on écrit [1] ? » C'est du reste par rapport à lui que se distribuent les événements et les personnages du roman, puisque l'attention qui leur est accordée est fonction de l'influence qu'ils exercent sur

---

1. Stendhal, *Correspondance générale*, *op. cit.*, t. VI, p. 410 (voir Dossier, p. 642) et 408.

sa destinée [1], et Stendhal se sent obligé de s'excuser d'avoir commencé son roman avant sa naissance, ce qui est à la fois avouer une faute de composition et reconnaître à Fabrice le statut de personnage directeur [2].

Le manque de cohérence et d'unité de *La Chartreuse* vient encore du fait que Stendhal s'y est fort peu préoccupé de nouer fortement l'intrigue et de créer un lien de nécessité entre les événements qui surviennent, au contraire, de manière subite et inopinée, sans avoir le moins du monde été préparés, annoncés, sans s'enchaîner logiquement les uns aux autres. D'emblée, on a donc reproché à Stendhal de s'être contenté d'une suite linéaire d'aventures, régie par la seule loi du hasard, et d'avoir ainsi retrouvé la structure lâche et décousue du roman picaresque, dans lequel le caractère fortuit des aventures légitime précisément la juxtaposition et l'indépendance des épisodes. Force est de reconnaître encore que, si Stendhal n'a guère fait d'efforts pour préparer les péripéties et ajuster les événements les uns aux autres, il n'a pas soigné davantage les entrées de ses personnages, qui apparaissent au fur et à mesure, selon les besoins de l'intrigue, sans avoir été présentés, et disparaissent ensuite, lorsqu'ils ne sont plus utiles : d'où le reproche, cette fois-ci, d'avoir écrit des Mémoires, où les personnages se succèdent en fonction des nécessités de l'action. Stendhal était du reste tout à fait conscient d'aller ainsi à l'encontre de la technique habituelle du roman, et notamment du modèle canonique fourni, à son époque, par le roman balzacien, où tout est expliqué dès le début, où rien d'utile à l'intrigue ne doit être imprévu, où il peut y avoir des mystères à dissiper, mais rien qui soit totalement accidentel, inattendu, fortuit. Ainsi, tout en improvisant *La Chartreuse*, il n'oublie pas de poser des jalons, d'introduire des thèmes appelés à devenir dominants (il en va ainsi du thème de la réclusion, qui s'épanouit dans le livre second, mais a déjà été présenté

---

1. Notons ce commentaire révélateur du narrateur à propos de Rassi : « Comme ce personnage va prendre une assez grande influence sur la destinée de Fabrice, on peut en dire un mot », p. 341.
2. P. 68.

à travers les prophéties de l'abbé Blanès, où se dessine d'emblée la trajectoire du héros). Il tente, en outre, d'améliorer sa méthode de présentation des personnages : il est, par exemple, évident que c'est pour éviter que Clélia ne domine inopinément la deuxième partie du roman qu'il la fait apparaître dès le chapitre V, dans une scène prémonitoire (la première rencontre avec Fabrice, « avec accompagnement de gendarmes » !) et la décrit ensuite, dans le chapitre suivant, en des termes qui peuvent annoncer sa destinée future [1], comme il paraît clair que c'est pour empêcher que Ferrante Palla ne surgisse de façon trop imprévue qu'il le fait nommer par Mosca, pour un motif, par ailleurs, très accessoire [2]. Cela est encore bien peu, et Stendhal en convient. Aussi, lorsqu'il se relit, cherche-t-il à mieux annoncer ces personnages (voir Dossier, p. 646), mais ces projets étant restés en l'état, rien ne corrige dans le roman l'arbitraire et l'imprévu de l'apparition de Gonzo, du marquis Crescenzi, ou de Ludovic. Ne faut-il voir là que négligence de sa part ? Il est permis d'en douter, car s'il renonce à ses projets de révision, c'est aussi qu'il détient là un certain art de conter qui lui est cher, une technique, après tout, qui a sa cohérence [3], qui a surtout son prix, dans la mesure où elle permet un romanesque vraiment d'aventure – comprenons : un romanesque qui fait la part belle à la chance, au caprice, qui se refuse à tout prévoir et à tout définir, qui rejette la nécessité pour

---

1. Mosca la présente à la duchesse comme « la plus belle personne des États du prince » ; elle passe pour « fort dévote et fort amie de la solitude », p. 185 et 189.

2. P. 182 (Mosca apprend à Gina que le duc Sanseverina-Taxis s'est compromis pour « avoir prêté vingt-cinq napoléons à Ferrante Palla, un fou de notre pays, mais quelque peu homme de génie », car auteur de vers sublimes).

3. Dans ces apparitions successives et rapides des personnages, G. Blin voit une conséquence tout à fait logique de la technique des « restrictions de champ » choisie par Stendhal, et cite d'ailleurs, à l'appui de son interprétation, le raisonnement de Stendhal lui-même, s'excusant de ce procédé en rappelant que c'est la vie de Fabrice qu'il raconte et que tout le reste doit donc être regardé comme marginal, négligeable. Voir *Stendhal et les problèmes du roman*, José Corti, 1954, p. 151-152.

reconnaître quelques droits à la variante, aux possibles, à l'inattendu.

Mal lié, le roman passe encore pour être mal équilibré. Sont en cause, cette fois-ci, les fortes variations de la vitesse narrative dans *La Chartreuse,* qui créent un rythme « en accordéon [1] », faisant alterner périodes lentes et brusques accélérations, créant ainsi un déséquilibre certain dans la distribution des épisodes, d'autant que plusieurs jouissent d'une longueur tout à fait disproportionnée à leur durée dans le temps de l'histoire et à leur rôle dans la progression de l'action, tandis que d'autres, essentiels, sont à peine mentionnés. Il est ainsi des quarts d'heure, dans *La Chartreuse*, qui durent plus que des années, selon que le narrateur aura décidé de conter par le menu les journées, les heures de la vie de son héros, de résumer à grands traits les événements de plusieurs années, ou de les passer sous silence. On aura un exemple de chacun de ces procédés en comparant le récit long et circonstancié de l'escapade de Fabrice au clocher de l'abbé Blanès, le sommaire du début du chapitre VII, qui couvre en quelques lignes quatre années, et le raccourci fulgurant de la page 71, où le narrateur décide tout simplement de « glisser » sur un intervalle de dix ans. Ces écarts sont très souvent le reflet des fortes variations dans le rythme même de la vie des héros. De fait, si *La Chartreuse* se distingue, aux yeux de bien des lecteurs (de Julien Gracq, par exemple), par son *tempo* d'une enivrante rapidité, par ce mouvement sans bride auquel elle doit son atmosphère d'allégresse et de liberté, il ne faut pas pour autant oublier que son originalité et son charme tiennent aussi à l'alternance de moments effrénés, de moments de crise, de grande dépense énergétique et passionnelle, où le rythme même de la vie intérieure des personnages s'affole, et de moments de pause et d'apaisement, qui permettent aux héros de se retrouver, de se recueillir et de goûter enfin le bonheur dans le calme et le silence. Le retour au lac, toujours associé aux tentatives de repli sur soi et de méditation chez Fabrice et Gina, l'expérience de la prison pour ce dernier sont autant de moyens

---

1. L'expression est de P.-L. Rey, *Stendhal, La Chartreuse de Parme, op. cit.*, p. 49.

d'atteindre à cet apaisement des tourments de l'âme et des violences de la vie, et de créer ainsi, dans la composition du roman, cette oscillation permanente entre temps dynamique et temps statique [1], entre « repos » et « galops », « cette respiration profonde de la tension et de la détente, de la vie ramassée et de la vie qui s'étale [2] ». Cet art de la halte et du rebondissement ne pouvait que favoriser les ruptures de rythme au niveau de la narration, et de fait, il peut paraître tout à fait naturel que le temps se distende dans ces épisodes où plus rien n'arrive que les petits événements quotidiens d'une intimité heureuse, où les héros connaissent le bonheur précisément dans la pure jouissance de l'instant présent, dans la pure sensation d'une permanence heureuse et pleine. Au demeurant, de semblables modulations rythmiques affectent l'énoncé stendhalien, sans pour autant remettre en cause la régularité, la coulée d'une écriture, dont le liant, la qualité effusive nuancent fortement l'idéal de style coupé, de phrase nette, prôné par Stendhal lui-même [3].

De tels changements de vitesse narrative soulignent l'autonomie de l'univers romanesque de *La Chartreuse*, roman qui se déroule véritablement selon son propre rythme, en dehors de toute règle, de tout souci de composition. Une étude détaillée de la chronologie interne du roman pourrait encore le prouver [4]. De fait, malgré le premier chapitre, qui semble, un temps, nous greffer sur un roman historique soumis aux faits et aux dates de l'histoire réelle, *La Chartreuse* se délivre très vite de toute servitude à l'égard de la réalité historique, en instaurant son propre temps historique. Il est ainsi facile de vérifier que les dates des crises politiques à Parme ne correspondent jamais à

---

1. Selon la terminologie utilisée par C. Weiand dans son article « L'esthétique du temps dans *La Chartreuse de Parme* », dans *Stendhal, La Chartreuse de Parme*, éd. InterUniversitaires, 1996, p. 103-118.
2. J.-P. Richard, « Connaissance et tendresse chez Stendhal », dans *Stendhal, Flaubert*, Le Seuil, 1954, p. 43.
3. Pour une étude du style de Stendhal, voir l'article d'E. Bordas, « Stendhal *bel cantiste. Tempo* et *legato* dans *La Chartreuse de Parme* », dans *La Chartreuse de Parme. Chant et tombeau, op. cit.*, p. 61-76.
4. Signalons que cette chronologie a été établie par H. Martineau dans son édition du roman chez Garnier (1961), p. 517-521.

celles des mouvements de révolution en Europe, et *vice versa*. Balzac, sur ce point, avait vu juste : Stendhal crée dans son roman une tranche d'histoire totalement autonome, mais c'est pour mieux retrouver le réel, pour mieux en révéler la vérité, moins en l'imitant qu'en la suggérant par analogie [1]. Il faut, en outre, remarquer qu'à partir du moment où le roman s'écarte de l'histoire réelle, il devient difficile de repérer dans le récit les références chronologiques, et donc d'établir le calendrier du roman. De fait, si Stendhal accumule les précisions horaires, souvent avec un effet comique, il se montre, au contraire, particulièrement avare en dates, et ajoute encore à la confusion en commettant de nombreuses erreurs. C'est le cas notamment avec les indications de l'âge des personnages, dont l'imprécision ou l'inexactitude contribue grandement à brouiller le déroulement chronologique du roman.

Toutes ces irrégularités et négligences sont à l'évidence des conséquences de l'improvisation qui est à l'origine de *La Chartreuse*, de cette rédaction rapide, d'un seul jet, au cours de laquelle Stendhal, entraîné par le mouvement même de son récit, par le jaillissement inépuisable de son imagination, ne prend pas la peine de s'arrêter pour réfléchir, soigner la construction, vérifier et corriger les erreurs inévitables. L'essentiel est alors pour lui d'aller de l'avant, d'écrire et surtout, de se livrer à la joie d'écrire, de s'abandonner librement à tous les caprices et à toutes les fantaisies de son imagination, en ne reconnaissant pour loi que son plaisir de conteur. D'où les digressions, les accélérations ou les ralentissements, en fonction du plaisir pris à raconter tel ou tel épisode, quelle que soit son importance dans la progression du récit. *La Chartreuse* n'en devient pas pour autant une

---

1. Le même raisonnement vaut pour les personnages, dans la mesure où le roman rejoint, là aussi, la réalité historique, la dépasse même, au dire de Balzac, qui voit, par exemple, dans Mosca « le plus remarquable portrait qu'on puisse jamais faire du prince de Metternich », et pense même qu'« il est douteux que le prince de Metternich soit aussi grand que Mosca », alors que Stendhal affirme n'avoir imité personne, n'avoir eu en tête aucun des modèles finalement reconnus par Balzac. Voir Dossier, p. 635 et 644.

œuvre totalement disparate et fantaisiste, privée de toute unité et de toute nécessité. Stendhal savait, au demeurant, tout en improvisant, où il allait : il avait d'emblée choisi son titre, et la mort de Sandrino, il l'a dit à plusieurs reprises [1], lui a servi de phare pendant toute la dictée. Il s'appuyait en outre sur une structure narrative assez solide pour autoriser, sans risque de se perdre, digressions et rajouts éventuels. Ainsi, en dépit des anomalies de composition, l'intrigue est menée sans défaillance, et en toute logique, à son aboutissement, et, quoique complexe, reste toujours limpide. Quant aux aventures des héros, toutes fortuites et décousues qu'elles peuvent paraître, elles n'en restent pas moins ordonnées selon la continuité d'un destin idéal. Vue dans sa totalité, la vie de Fabrice se déploie et s'achève selon une courbe parfaite. Comme le remarque avec justesse Jean-Pierre Richard, « si dominé qu'il se veuille par le hasard, le roman stendhalien demeure en effet un roman, c'est-à-dire une composition où quelques héros choisis déroulent une destinée exemplaire [2] ». Ajoutons à cela que la cohésion de l'ensemble, qui aurait pu être mise à mal par la dispersion de l'action et de la fonction de personnage principal, est en fait assurée par la présence quasi constante d'un narrateur, qui se fait plus ou moins ouvertement le porte-parole de l'auteur et, sous couvert d'adresses flatteuses au lecteur, impose ses valeurs idéologiques et esthétiques, sa conception du romanesque et du naturel de l'écriture [3]. Il assure à lui seul l'unité véritable du récit, en lui donnant ce ton unique de « conversation libre et gaie [4] » qui fait du lecteur un confident, un élu distingué pour sa qualité

---

1. Par exemple, dans le premier brouillon de réponse à Balzac : « J'ai fait *La Chart[reuse]* ayant en vue la mort de Sandrino, fait qui m'a vivement touché dans la nature. » Voir *Correspondance générale*, *op. cit.*, t. VI, p. 405.
2. J.-P. Richard, *Stendhal, Flaubert, op. cit.*, p. 121.
3. Ces adresses ont été analysées par H. Neira dans son article « L'apostrophe au lecteur dans *La Chartreuse de Parme* », *L'Année Stendhal*, n° 1, 1997, p. 67-74.
4. P. Valéry est de ceux qui ont le mieux parlé du ton propre à Stendhal et de la relation privilégiée qu'il cherche à instaurer avec son lecteur. Voir *Œuvres*, Gallimard, Bibliothèque de la Pléiade, 1957, t. I, p. 553-582.

d'âme, avec lequel s'établit une relation de sympathie, une communion dans le plaisir du romanesque.

L'ART DE L'ESTOMPE

Singulière, la technique romanesque de Stendhal l'est encore par le peu de place qu'elle accorde à la description et au portrait. Stendhal en a eu conscience : il a bien vu que ce choix l'isolait dans son siècle, l'éloignait du modèle romanesque dominant, fourni par Walter Scott et repris, par exemple, par Balzac. Plus exactement, il a compris très vite qu'il lui fallait choisir entre « deux extrêmes en fait de roman », « Walter Scott et *La Princesse de Clèves* [1] », c'est-à-dire entre un roman historique et descriptif, et un roman psychologique où l'essentiel est de « peindre les passions et les divers sentiments qui agitent l'âme ». Or, dès la publication d'*Armance*, on voit que Stendhal a choisi son camp, et a opté pour la formule du roman axé sur un drame psychologique, où la description se fait rare, parce que le romancier préfère s'en remettre à la peinture par l'imagination du lecteur. Au risque de compromettre la clarté de son récit, il renoncera à rajouter des descriptions dans *La Chartreuse*, gagné par l'ennui que lui inspirent de tels passages chez les autres écrivains [2].

On remarquera néanmoins que descriptions et portraits n'y sont pas tout à fait absents. Il pouvait, du reste, difficilement en être autrement dans un roman qui s'ouvre sur une citation de l'Arioste célébrant la vertu inspiratrice des

---

1. Titre d'un article qu'il publie en février 1830. On trouvera une étude comparée du roman de Mme de La Fayette et de *La Chartreuse* dans ces deux articles : É. Ravoux, « Mme de La Fayette et Stendhal », *Stendhal-Club*, 15 octobtre 1971, p. 62-68, et A. Niderst, « *La Chartreuse de Parme* et *La Princesse de Clèves* », *Papers on French Seventeenth-Century Literature*, n° 47, 1997, p. 465-473.
2. Sur ces projets de remaniement, voir Dossier, p. 646-647. On notera que, dans ses *Souvenirs d'égotisme*, Stendhal avait déjà clamé son horreur des descriptions. Il écrivait alors : « J'ai oublié de peindre ce salon. Sir Walter Scott et ses imitateurs eussent sagement commencé par là, mais moi, j'abhorre la description matérielle. L'ennui de la faire m'empêche de faire des romans. » Voir *Souvenirs d'égotisme*, éd. de B. Didier, Gallimard, coll. « Folio », 1983, p. 76.

lieux enchanteurs, et faisant donc attendre leur présentation. Ainsi Stendhal décrit-il des paysages, avec un souci du détail qui prouve qu'il n'a pas tout à fait oublié la leçon des Idéologues. Rien ne montre mieux ce goût du distinct et de la clarté que les vues célèbres du paysage alpin réparties dans *La Chartreuse*, où la nature s'offre à chaque fois au regard, parfaitement nettoyée de toute incertitude [1]. Les portraits en pied ne font pas non plus défaut, mais ils représentent des personnages secondaires, le plus souvent antipathiques, et virent donc à la caricature. On en aura de bons exemples avec ceux de la marquise Raversi, de la Balbi, et surtout de Giletti, dont la laideur est tout de suite soulignée par les disgrâces de la silhouette et les traces de la maladie [2]. De tels portraits associant systématiquement laideur de l'âme et laideur du corps confirment, s'il le fallait, que la beauté est toujours, chez Stendhal, un don de la nature réservé aux privilégiés. Remarquons néanmoins qu'il a su se préserver de tout manichéisme et créer des personnages secondaires capables de rivaliser avec les héros, par leurs qualités de cœur ou d'esprit (le chanoine Borda ou, dans une moindre mesure, l'archevêque Landriani, par exemple). Ces portraits de personnages secondaires, même brièvement esquissés, témoignent du plaisir qu'il prend à camper vigoureusement des figures pittoresques, à les doter d'une personnalité, d'un physique, beaucoup plus individualisés que ne l'exigeaient les besoins immédiats de l'action. C'est le cas notamment de la troupe des comédiens et de tout ce petit monde que croise Fabrice au hasard des routes (aubergistes, employés de police, la vivandière, etc.), personnages hauts en couleur qu'il s'est plu à caractériser en quelques traits vifs et saillants.

On note en revanche une absence presque totale de description de l'espace urbain, qui contribue à cette déficience du monde réel dans *La Chartreuse* que la critique a souvent relevée. Certes, Stendhal ne néglige pas totalement la topographie de Parme ni son passé historique (l'onomastique y renvoie souvent), mais il ne prête guère attention à ce qu'il y a réellement dans la ville, ajoute des

1. Voir p. 232, p. 397.
2. P. 187-189 et p. 226.

éléments de décor imaginaires (la tour, l'église Sainte-Marie-de-la-Visitation, le réservoir d'eau du palais Sanseverina, par exemple), et, surtout, hormis la tour Farnèse, ne se soucie pas de nous montrer la ville, ses rues, ses palais, ses églises. Parme reste un nom, un ensemble de lieux indiqués au fur et à mesure de l'action, sans cohérence ni composition. Comme Milan, réduite à la Scala et à la cour du prince Eugène, Parme est surtout un espace social et mondain dominé par les lieux de l'influence et du pouvoir (la cour, les salons), un lieu qui tend au décor de théâtre, schématisé, abstrait, utile, comme pur espace de jeu, où s'échangent paroles et regards, où se règle le ballet des entrées et des sorties des personnages. Plus étonnant, les lieux longuement contemplés et admirés par les héros ne sont pas toujours décrits avec précision et eux-mêmes ne bénéficient, le plus souvent, d'aucun portrait un tant soit peu circonstancié.

Or, cette rareté de la description renvoie moins à une incapacité à décrire qu'à un choix délibérément concerté, celui d'un idéal esthétique dont Stendhal a d'emblée trouvé le modèle dans la peinture du Corrège. Celui-ci, de fait, lui a fourni beaucoup plus qu'un répertoire de tableaux chers à son cœur ; Stendhal a trouvé dans ses toiles l'incarnation la plus parfaite d'une sensibilité esthétique qui se retrouvera aussi bien dans d'autres arts (la musique, par exemple), dans des œuvres littéraires (*La Princesse de Clèves*, notamment), voire dans des paysages. Roman corrégien, *La Chartreuse* l'est en effet, pas seulement parce qu'il arrive à Stendhal d'y figurer ses héros – Fabrice surtout – à l'image des personnages du peintre parmesan [1], mais parce que sa poétique romanesque relève, dans son ensemble, d'un idéal dont le Corrège est devenu, à ses yeux, la meilleure illustration [2]. Cet idéal, il le conçoit comme une technique, celle du clair-obscur et de la représentation des lointains, soit un art de la nuance et de l'estompe, qui jette l'âme dans la rêverie et permet l'envol de l'imagination. Cherchant à recréer par

---

1. P. 160.
2. Sur cet idéal esthétique incarné par le Corrège, voir Ph. Berthier, *Stendhal et ses peintres italiens*, Genève, Droz, 1977, et M. Crouzet, *Le Naturel, la Grâce et le Réel*, Flammarion, 1986.

l'écriture cette impression picturale, il privilégie donc les descriptions rapides, souvent même seulement esquissées, qui reflètent d'abord un état d'âme et valent surtout par leur pouvoir d'évocation. Quant à la Sanseverina, Stendhal a pu dire qu'elle était copiée du Corrège [1], dans la mesure où elle apparaît toujours comme dans le lointain, jamais dessinée avec précision ni caractérisée psychologiquement, parce que essentiellement imprévisible, mobile, insaisissable. Par là, elle est l'exemple parfait de cette liberté, de cette indétermination que Stendhal laisse à ses personnages, et qui leur permet d'inventer librement leurs actions, leur propre destin, au point de se surprendre eux-mêmes et de déconcerter leur créateur. Figure corrégienne, la Sanseverina l'est encore par ses zones d'ombre, et en particulier par l'ambiguïté si soigneusement entretenue de ses sentiments pour Fabrice, qui vont sans cesse osciller entre amour, amitié, admiration et tendresse. Stendhal lui a fait la grâce d'une passion incertaine et à demi consciente, jamais avouée en tout cas [2], autant dire qu'il a fait d'elle l'emblème esthétique de *La Chartreuse*, en nous la présentant d'abord comme un personnage séduisant par son mystère, fascinant parce que inépuisable, indéfinissable, et par là propice à la rêverie. Capitale, la référence au Corrège l'est donc, car au-delà de la description elle oriente, par l'idéal de la promesse qu'elle incarne, l'esthétique, l'érotique et le style de Stendhal. De là vient en effet ce choix de dire peu pour suggérer beaucoup, de se situer entre clarté et obscurité, dans la transparence énigmatique de l'inépuisable ; de là, encore, le recours à l'ellipse, pour évoquer tous ces moments de bonheur intense, par nature ineffables, qu'il faut savoir taire pour en préserver l'authenticité.

---

1. Voir le brouillon de réponse à Balzac reproduit dans le Dossier, p. 642.
2. Sur les zones d'ombre du personnage, et notamment sur son refus de l'aveu, voir l'article de M. Ménard, « La Sanseverina : amour et silences », dans M. Crouzet (éd.), *Stendhal, La Chartreuse de Parme, op. cit.*, p. 61-70.

« UN GRAND ROMAN ITALIEN [1] » ?

Placée sous le signe du Corrège, *La Chartreuse* reste incontestablement l'ouvrage dans lequel se déploie avec le plus d'ampleur et de magnificence ce qu'a été, pour Stendhal, le mythe italien. C'est dire que le degré de réalité de cette Italie importe peu : certes, il ne faut jamais oublier que Stendhal s'appuie sur un cadre géopolitique fidèlement reproduit [2], mais celui-ci sert autant le romanesque que le réalisme, dans la mesure où Stendhal trouve dans cette Italie aux multiples frontières – où l'obtention d'un passeport est la préoccupation dominante – un lieu idéal pour mettre en scène les aventures d'un jeune proscrit et les démêlés d'une femme avec un prince soucieux de l'éclat de son État. L'Italie efface, au demeurant, les distinctions traditionnelles entre réel et irréel, dans la mesure où elle offre à l'écrivain une matière qui est spontanément romanesque, un cadre, des vies, des faits qui, sans cesser d'être vrais, s'élèvent naturellement à la hauteur de la fable. Là est bien le miracle : dans ce pays où l'on n'écrit pas de romans, le romanesque est tout sauf un cliché, il est une manière de vivre, une morale de la grandeur, qui porte les personnages au sublime et autorise le merveilleux, cette « magie d'un conte de l'Orient » qu'avait bien relevée Balzac [3]. C'est dire qu'au-delà des limites historiques et géographiques du roman, Stendhal cherche à ressaisir une identité nationale, un fonds primitif sur lequel ni le temps ni les régimes politiques n'ont de prise. Il en est convaincu, le prestigieux passé politique et culturel de ce pays l'a doté d'une force, d'une énergie qu'aucun pouvoir ne pourra jamais totalement annihiler. Même opprimée, même décadente, l'Italie garde sa nature intacte, sa jeunesse, sa puissance, et c'est cette vigueur,

---

1. Titre de l'article qu'Italo Calvino a consacré à *La Chartreuse*, dans *Le Magazine littéraire*, janvier 1983, p. 21-25.
2. G. Mouillaud-Fraisse le rappelle dans « Frontières », dans *Stendhal, La Chartreuse de Parme ou « la chimère absente »*, *op. cit.*, p. 61-68.
3. Voir Dossier, p. 636. Sur le romanesque de la matière italienne, voir l'analyse de M. Crouzet, que nous résumons ici, dans « Comment et pourquoi Stendhal est-il devenu romancier ? », p. 297-304.

inemployée mais toujours présente, qui garantit la permanence d'un génie national et donne bon espoir quant à son avenir politique. C'est du reste ce que montre le premier chapitre : cette Italie réveillée par les troupes napoléoniennes et rendue, en un clin d'œil, à son dynamisme premier ; c'est encore tout le sens de l'admiration du chanoine Borda pour l'équipée impériale de Fabrice : « Il y a encore des âmes en Italie ! et, quoi qu'on fasse ! chère patrie [1] ! »

Synthèse d'italianité [2], *La Chartreuse* l'est encore, parce que dans cette somme romanesque Stendhal a rassemblé, dans toutes ses composantes – historiques, culturelles, morales –, ce qui, à ses yeux, a fait le caractère italien, sa différence et sa magie. L'Italie qu'il présente, c'est le pays qu'il a souhaité, c'est la société idéale dans laquelle il a pensé trouver le lieu le plus en harmonie avec les exigences de son moi. Rien n'y manque en effet : pays où la société pèse peu sur l'individu, l'Italie, nous dit sans cesse le narrateur, est ainsi miraculeusement préservée du fléau de la vanité qui sévit en France. L'Italien, et c'est là, selon Stendhal, ce qui fait sa supériorité, n'a cure que de lui-même : délivré du joug de l'opinion, il peut vivre dans un égoïsme pur, une liberté totale, au gré de son propre désir. Sur cette terre d'aventures héroïques et galantes, la grande affaire sera pour lui de jouir, de vivre ses plaisirs ou ses passions dans toute leur fougue, sans scrupules ni retenue. Peu doué pour la pensée, le raisonnement, la logique (Fabrice le prouve !), il s'épanouit comme être physique, dans la plénitude de l'instant, joue à merveille d'une sensibilité et d'une expressivité qui destinaient son pays à devenir la terre d'élection de l'art. Sensuelle, cette Italie est aussi rebelle, dans la mesure où elle est un pays sans interdit, où rien ne vient s'opposer à la véhémence, à la violence même, d'hommes et de femmes habitués à suivre leurs impulsions, dans l'oubli de toute morale.

Mais ce mythe connaît aussi des limites. Roman « italianissime », *La Chartreuse* n'en est pas moins, aussi, un

---

1. P. 160.
2. M. Crouzet l'a montré dans une étude qui a fait date, *Stendhal et l'italianité. Essai de mythologie romantique*, José Corti, 1982.

roman français, dans lequel la peinture de la cour de Parme, qui devient vite le centre du roman, doit tout à la lecture assidue par Stendhal des *Mémoires* de Saint-Simon et autres textes contemporains décrivant par le menu la vie des courtisans dans la France des XVIIe et XVIIIe siècles [1]. À coup sûr, le roman y gagne cet esprit, cette gaieté, cet enjouement qui font, il faut le reconnaître, tout le plaisir de sa lecture [2]. Mais par là même s'ouvre une brèche par laquelle s'engouffrent tous ces travers, la vanité, l'hypocrisie, l'intérêt, dont le narrateur nous avait pourtant dit l'Italie épargnée, et qui n'épargnent en fait, dans le roman, que Blanès et Ferrante Palla [3]. Pour les autres, leur héroïsme est entaché des pires défauts de leur classe, égoïsme, arrogance, culte des privilèges, mépris du peuple, caprices, parfois mortels, comme dans le cas de Sandrino, dont la mort rend suspecte la grandeur morale de Fabrice. Mais il y a plus inquiétant : dans cette cour d'« opérette [4] », où une femme peut régner à coup de fêtes somptueuses, dans cet univers de pure convention, de pure représentation, où la politique se pratique sur le mode du jeu et requiert avant tout la maîtrise de l'acteur et du metteur en scène, des exactions et des crimes ont bien lieu, corruption de la justice, incarcération d'opposants politiques, tentatives d'empoisonnement, régicide, qui dépassent de très loin la réalité française de la Restauration que Stendhal avait fustigée dans *Le Rouge*, et ne semblent pourtant pas troubler la bienveillante indulgence du narrateur. Certes, la matière italienne interdisait la satire, et la cour fournissait à Stendhal ce qu'il avait toujours cherché : un lieu poétique, qui permît d'introduire la politique dans le romanesque, sans pour autant renoncer à toute visée esthétique, sans risquer de tomber dans l'odieux. Il n'empêche : cette cour qui autorise la stylisation du réel,

---

1. M. Crouzet insiste sur cet enracinement français du roman dans sa brillante analyse de la cour et du politique. Voir « Le romanesque de la Cour », dans *Le Roman stendhalien*, *op. cit.*, p. 55-98.
2. On lira à ce propos cet autre article déterminant de M. Crouzet, « *La Chartreuse de Parme*, roman de l'esprit », *ibid.*, p. 99-135.
3. Y. Ansel le souligne dans son article « Lire *toute* la fable… », dans *La Chartreuse de Parme. Chant et tombeau*, *op. cit.*, p. 91-112.
4. Selon la formule de P. Valéry, *op. cit.*, p. 555.

sa représentation comique, abrite un pouvoir despotique, à l'idéologie réactionnaire, dont s'accommodent, quand ils n'en sont pas eux-mêmes les artisans, les principaux personnages, et dont les implications politiques peuvent à juste titre déconcerter [1]. De fait, le roman confirme les réticences de Stendhal à l'égard d'un régime démocratique dans lequel il ne veut voir que promesses d'ennui, et vérifie par là même l'idée, maintes fois avancée, que le despotisme, en étouffant la pensée, en favorisant le loisir, est propice aux arts et à l'amour, et entretient l'énergie, en suscitant, par ses abus mêmes, de saines réactions dont la violence, surtout lorsqu'il s'agit d'assassinat politique, éveille en Stendhal une curiosité mal déguisée.

Si l'analyse du politique et du pouvoir est bien une approche pertinente de *La Chartreuse*, force est donc de constater son essentielle ambiguïté : autant que l'énergie et la volupté, la haine et la défiance, la peur et la terreur qu'elles engendrent en retour sont les vertus cardinales d'un pays où la bassesse, la lâcheté, la fourberie, la cruauté ont leur représentant patenté en la personne de Rassi [2]. Le problème est qu'avec de tels personnages, mi-bouffons mi-monstres, on hésite toujours entre l'odieux et le grotesque, entre le rire et l'indignation, entre la gravité et la légèreté, parce que Stendhal, à l'exception de quelques rares condamnations fermes d'un tel régime, fait tout pour ruiner le sérieux et rendre le jugement foncièrement instable. C'est à coup sûr simplifier *La Chartreuse* que de vouloir y trouver à tout prix l'écho d'une morale, d'une idéologie qui feraient l'économie de cette ironie diffuse dans le roman, laquelle frappe d'équivoque toute vérité, tout axiome, et entretient, jusqu'au bout, l'ambiguïté. Là est sans nul doute le plus grand scandale du roman : fuir l'évidence, la morale toute faite, mettre en déroute le sens, du moins tant qu'on en reste au roman du

---

1. C'est ce que remarque avec lucidité R.N. Coe dans son article « *La Chartreuse de Parme*, portrait d'une réaction », repris dans P.-L. Rey (éd.), *Stendhal, La Chartreuse de Parme*, Klincksieck, coll. « Parcours critique », 1996, p. 75-89.
2. M. Crouzet se penche sur le personnage et sur ses ambiguïtés dans son article « Outrage à magistrat », repris dans *Le Roman stendhalien*, *op. cit.*, p. 137-161.

pouvoir. L'épisode de la tour le confirmera [1] : dans *La Chartreuse*, le jeu, l'indécidabilité du sens s'arrêtent dès que Fabrice est emprisonné, non parce qu'il est menacé (nous pourrons toujours en douter), mais parce qu'il est amoureux. S'il est une certitude ici, c'est que le pouvoir corrompt, que la cour, sous ses dehors brillants, avilit, qu'il faut donc la fuir pour revenir à soi, se ressourcer et atteindre enfin à une authenticité de sentiment, peut-être même à une spiritualité, qu'interdit la mondanité. D'où la grandeur suspecte de ceux qui ne peuvent se déprendre de ce milieu, et donc, de Mosca. « Roman de l'ambiguïté [2] », *La Chartreuse* n'en libère pas moins une vérité, certes romanesque, mais d'un romanesque radical, qui touche au sacré.

Fabienne BERCEGOL.

Éditions des œuvres de Stendhal utilisées :

Correspondance générale, éd. de V. Del Litto, Champion, 1999.
Chroniques italiennes, éd. de B. Didier, GF-Flammarion, 1977.
De l'amour, éd. de V. Del Litto, Gallimard, coll. « Folio », 1980.
Histoire de la peinture en Italie, éd. de V. Del Litto, Gallimard, coll. « Folio », 1996.
Journal, dans *Œuvres intimes*, éd. de H. Martineau, Gallimard, « Bibliothèque de la Pléiade », 1955.
Le Rouge et le Noir, éd. de M. Crouzet, Le Livre de Poche classique, 1997.
Mémoires sur Napoléon, éd. Climats, 1997.
Promenades dans Rome, préface de M. Crouzet, éd. de V. Del Litto, Gallimard, coll. « Folio », 1997.
Romans abandonnés, éd. de M. Crouzet, UGE, coll. « 10/18 », 1968.
Rome, Naples et Florence, éd. de P. Brunel, Gallimard, coll. « Folio », 1987.
Souvenirs d'égotisme, éd. de B. Didier, Gallimard, coll. « Folio », 1983.

---

1. Voir l'analyse que nous lui consacrons dans le Dossier, chapitre IV.
2. Selon le titre de l'important article de G. Rannaud, « *La Chartreuse de Parme*, roman de l'ambiguïté », repris dans P.-L. Rey (éd.), *Stendhal, La Chartreuse de Parme, op. cit.*, p. 59-74.

Vie de Henry Brulard, éd. de B. Didier, Gallimard, coll. « Folio »,
    1973.
Vie de Napoléon, Payot, 1969.
Vie de Rossini, dans *L'Âme et la Musique*, éd. de S. Esquier,
    Stock, 1999.

Nous renvoyons dans nos notes à d'autres éditions du roman
    (nous mentionnons alors seulement l'auteur de l'édition) :

La Chartreuse de Parme, éd. de H. Martineau, Garnier, 1961.
La Chartreuse de Parme, éd. de V. Del Litto, Le Livre de Poche,
    1983.
La Chartreuse de Parme, éd. de M. Crouzet, Robert Laffont,
    coll. « Bouquins », 1980.

Le lecteur trouvera dans les éditions de H. Martineau et de
    M. Crouzet les notes portées sur les exemplaires du roman
    ainsi que les variantes non reproduites dans la présente édi-
    tion.
Pour les distinguer de notre annotation, les notes de Stendhal
    accompagnant les chapitres du roman sont appelées par des
    astérisques.

La Chartreuse de Parme

AVERTISSEMENT

C'est dans l'hiver de 1830 et à trois cents lieues de Paris que cette nouvelle fut écrite ; ainsi aucune allusion aux choses de 1839 [1].

Bien des années avant 1830, dans le temps où nos armées parcouraient l'Europe, le hasard me donna un billet de logement pour la maison d'un chanoine : c'était à Padoue [2], charmante ville d'Italie ; le séjour s'étant prolongé, nous devînmes amis.

---

1. L'Avertissement abonde en dates, car Stendhal fait tout pour que se rejoignent les chronologies extra- et intradiégétiques, et ancre par ailleurs son roman dans le temps biographique (voir la note à propos de la date finale). On remarque ici que la date à laquelle le narrateur dit avoir entendu l'histoire de la Sanseverina et l'avoir rédigée coïncide avec la fin de la fiction, puisque Fabrice meurt en 1830 et la comtesse Mosca peu après. Comme il l'avait fait pour *Le Rouge et le Noir*, Stendhal, par précaution, altère les dates réelles de composition de son roman (voir notre Présentation). Mais une correction de l'exemplaire Chaper montre qu'il prévoyait finalement de supprimer la phrase dans laquelle il affirme ne pas faire référence à 1839. C'était, au demeurant, la meilleure façon de faire penser à la comparaison !

2. Stendhal eut à plusieurs reprises l'occasion de passer, et même de demeurer, à Padoue, mais pas lorsqu'il était sous-lieutenant au 6e dragons. En revanche, il y passa probablement en 1830, alors qu'il se rendait à Trieste. Il invente très certainement le séjour chez le chanoine, comme il l'avait déjà fait dans les *Mémoires sur Napoléon*, en changeant de ville : « Je logeais par billet de logement, chez les plus chauds patriotes ; par exemple, chez un chanoine de Reggio, qui m'apprit toute l'histoire contemporaine du pays » (Préface, p. 26).

Repassant à Padoue vers la fin de 1830, je courus à la maison du bon chanoine : il n'était plus, je le savais, mais je voulais revoir le salon où nous avions passé tant de soirées aimables, et, depuis, si souvent regrettées. Je trouvai le neveu du chanoine et la femme de ce neveu qui me reçurent comme un vieil ami. Quelques personnes survinrent, et l'on ne se sépara que fort tard ; le neveu fit venir du café Pedroti [1] un excellent zambajon [2]. Ce qui nous fit veiller surtout, ce fut l'histoire de la duchesse Sanseverina [3] à laquelle quelqu'un fit allusion, et que le neveu voulut bien raconter tout entière, en mon honneur [4].

– Dans le pays où je vais, dis-je à mes amis, je ne trouverai guère de soirées comme celle-ci, et pour passer les longues heures du soir je ferai une nouvelle de votre histoire.

– En ce cas, dit le neveu, je vais vous donner les annales de mon oncle, qui, à l'article Parme [5], mentionne quelques-

1. Il s'agit probablement du célèbre café Pedrocchi, que Stendhal fréquentait et dont il fait l'éloge dans son *Journal* : « l'excellent restaurateur Pedrocchi, le meilleur de l'Italie, et presque égal à ceux de Paris » (*Journal*, p. 1270).
2. Sabayon : crème mousseuse à base de jaunes d'œufs, de sucre et de vin, qu'appréciait beaucoup Stendhal.
3. On voit que, dans cet Avertissement, Stendhal désigne bien la duchesse et son règne parmesan comme le sujet du roman (voir Présentation, p. 32). Il a pu trouver ce nom (qu'il a féminisé) dans une chronique qui racontait la mise à mort de la duchesse San Severino, décapitée en 1612 sur ordre de Ranuce Ier, un Farnèse, pour avoir prétendument conspiré contre lui.
4. En inventant ses sources, Stendhal ne se contente pas de donner à sa fiction un semblant d'authenticité par un procédé (reconstitution de l'histoire à partir d'un récit oral et/ou d'un manuscrit) déjà abondamment exploité par les romanciers du XVIIIe siècle et par W. Scott. En créant cette origine, il dévoile son idéal de romancier, son désir d'être un écrivain-conteur, capable de restituer par l'écrit un peu de ce plaisir que donne une conversation, libre, animée, enjouée, entre amis, et de tenir assez en haleine son lecteur pour lui faire passer la nuit. Son seul objectif de romancier, il l'a dit maintes fois, est de susciter cette adhésion à la fable, cette curiosité passionnée qui font que l'on ne peut plus lâcher le livre, et que l'on est prêt à veiller pour en terminer la lecture.
5. La critique s'est beaucoup interrogée sur les raisons du choix de Parme. Le Corrège est né près de Parme, et le désir d'y situer le roman le plus fidèle à l'idéal esthétique et poétique qu'il incarne peut sembler déterminant (voir Présentation, p. 39-42). Mais il faut aussi se rappeler que Parme est la ville où régnèrent, dès le XVIe siècle, ces Farnèse dont la vie

unes des intrigues de cette cour, du temps que la duchesse
y faisait la pluie et le beau temps ; mais, prenez garde !
cette histoire n'est rien moins que morale, et maintenant
que vous vous piquez de pureté évangélique en France,
elle peut vous procurer le renom d'assassin.

Je publie cette nouvelle sans rien changer au manuscrit
de 1830, ce qui peut avoir deux inconvénients :

Le premier pour le lecteur : les personnages étant italiens l'intéresseront peut-être moins, les cœurs de ce pays-
là diffèrent assez des cœurs français : les Italiens sont sincères, bonnes gens, et, non effarouchés, disent ce qu'ils
pensent ; ce n'est que par accès qu'ils ont de la vanité ;
alors elle devient passion, et prend le nom de *puntiglio* [1].
Enfin la pauvreté n'est pas un ridicule parmi eux.

Le second inconvénient est relatif à l'auteur.

J'avouerai que j'ai eu la hardiesse de laisser aux personnages les aspérités de leurs caractères ; mais, en revanche,
je le déclare hautement, je déverse le blâme le plus moral
sur beaucoup de leurs actions [2]. À quoi bon leur donner la

---

inspire Stendhal (voir Dossier, chapitre I), et que ce dernier, pour l'avoir
visitée à deux reprises, connaissait assez la cité pour pouvoir l'évoquer,
sans que son imagination fût pour autant contrainte par des souvenirs
trop précis. Par la musicalité de son nom et l'imaginaire pictural auquel
elle est associée, Parme pouvait donc encore le faire rêver. Enfin, des raisons politiques ont certainement joué : Stendhal l'a dit à Balzac, il « ne
pouvait pas s'attaquer à un grand État » (voir Dossier, chapitre II), il va
donc transposer, pour l'essentiel, à Parme l'histoire politique du duché de
Modène. Le petit duché de Parme, donné en 1814 en viager à l'ex-impé-
ratrice des Français, Marie-Louise, qui le conserva jusqu'à sa mort, lui
permettait en effet, sans prendre de risques, de faire la critique du pouvoir et de la vie des cours. Mais l'important reste de comprendre, comme
l'avait bien vu Balzac, que Parme vaut ici comme l'emblème du politique
et de toute cour.
1. Point d'honneur, pique d'amour-propre. Stendhal résume à grands
traits ce qui constitue, à ses yeux, la spécificité et le privilège du caractère
italien (voir Présentation, p. 44). Dans *De l'amour* (chap. XXXVIII), il a
longuement analysé ce phénomène italien de la « pique », dont l'épisode
de la Fausta, dans *La Chartreuse*, sera l'exacte illustration.
2. Même dans le rôle fictif de simple adaptateur d'annales, Stendhal se
sent responsable de l'éthique de son récit, aussi n'hésite-t-il pas à intervenir, pour se désengager, par la voix de son narrateur, dès qu'il s'imagine que son lecteur, choqué, pourrait lui reprocher d'être solidaire de
telles mœurs. Seulement, il le fait avec une ironie qui laisse deviner plus

haute moralité et les grâces des caractères français, lesquels aiment l'argent par-dessus tout et ne font guère de péchés par haine ou par amour ? Les Italiens de cette nouvelle sont à peu près le contraire. D'ailleurs il me semble que toutes les fois qu'on s'avance de deux cents lieues du midi au nord, il y a lieu à un nouveau paysage comme à un nouveau roman [1]. L'aimable nièce du chanoine avait connu et même beaucoup aimé la duchesse Sanseverina, et me prie de ne rien changer à ses aventures, lesquelles sont blâmables.

23 janvier 1839 [2].

---

de sympathie que d'indignation, et rend finalement d'autant plus savoureuses ces aventures au parfum de scandale. Sur ces manœuvres caractéristiques du récit stendhalien, voir l'étude désormais classique de G. Blin, dans *Stendhal et les problèmes du roman*, *op. cit.*, IIIe partie (« Les intrusions d'auteur »).

1. Stendhal va chercher dans la théorie des climats chère à Montesquieu ou à Mme de Staël une caution réaliste pour sa géographie imaginaire de l'Italie : il s'agit pour lui d'authentifier l'irréductible étrangeté des caractères italien et français et, du même coup, le jugement qu'il porte sur eux.

2. La date n'est pas choisie au hasard : Henri Beyle est né le 23 janvier 1783… Établissant un lien direct entre l'auteur et le narrateur, cette date, tout comme les cryptogrammes, est un exemple de cette écriture codée qu'affectionne Stendhal. Elle nous rappelle qu'il écrit d'abord pour lui-même, pour son propre plaisir. C'est encore la veille du jour où il a signé le contrat d'édition de *La Chartreuse* avec Ambroise Dupont.

LIVRE PREMIER

Gia mi fur dolci inviti a empir le carte
I luoghi ameni.

ARIOSTE, Satire IV [1].

---

1. « Jadis des lieux charmants me furent de douces invitations à écrire »,
Arioste, *Satire* IV, vers 115-116. L'épigraphe est l'occasion, pour
Stendhal, de rendre hommage à l'un des grands écrivains, qui, dès
l'enfance, a le plus marqué son imaginaire et l'a mis, avec son poème
héroï-comique du *Roland furieux* (vers 1502), sur la voie du roman, en
lui proposant un modèle parfait de romanesque dissonant, mêlé d'esprit,
de gaieté, d'ironie. Sur cette influence de l'Arioste sur Stendhal, voir
M. Crouzet, « Comment et pourquoi Stendhal est-il devenu romancier ? », *op. cit.*, p. 242-252. Elle lui permet ici de rattacher à une tradition littéraire, celle de l'écriture née de la contemplation passée de lieux
enchanteurs, l'origine de son projet romanesque, et donc de l'ennoblir.
Voir sur ce point l'analyse de M. Reid dans son article « Paysages », dans
La Chartreuse de Parme, Chant et tombeau, op. cit., p. 35-36.

CHAPITRE PREMIER

MILAN EN 1796 [1]

Le 15 mai 1796, le général Bonaparte fit son entrée dans Milan à la tête de cette jeune armée qui venait de passer le pont de Lodi [2], et d'apprendre au monde qu'après tant de

---

1. Il faut remarquer que c'est le seul chapitre du roman qui a un titre. Nous montrons dans le Dossier (chapitre I) comment Stendhal récrit ici le chapitre VII des *Mémoires sur Napoléon*. Rappelons qu'en choisissant de raconter l'entrée des troupes françaises en 1796 (et non en 1800), Stendhal se donne les moyens de concilier, au seuil de son roman, le mythe italien et le mythe napoléonien. Il l'a expliqué dans la Préface des *Mémoires sur Napoléon*, retenir cette date, c'est pouvoir admirer sans réserve celui qui n'a pas encore trahi la Révolution : « C'était le début de Napoléon. Suivant moi, elle [cette campagne] fait mieux connaître qu'aucune autre et son génie militaire et son caractère. Si l'on veut considérer l'exiguïté des moyens, la magnifique défense de l'Autriche, et la défiance de soi-même qu'a toujours l'homme qui débute, quelque grand qu'on veuille le supposer, on trouvera que c'est peut-être la plus belle campagne de Napoléon. Enfin, en 1797 on pouvait l'aimer avec passion et sans restriction ; il n'avait point encore volé la liberté à son pays ; rien d'aussi grand n'avait paru depuis des siècles » (p. 25). Quant à Milan, ville où Stendhal a connu Métilde, sa grande passion, et qu'il a dû quitter, en 1821, soupçonné de carbonarisme, sans pouvoir y séjourner de nouveau, il l'a élue comme patrie de cœur, comme terre d'élection de l'amour et du bonheur à l'italienne.
2. Nommé général en chef de l'armée d'Italie le 2 mars 1796, Bonaparte, au terme d'une campagne qui a fait l'admiration de tous les stratèges, vainquit les Autrichiens le 10 mai 1796 par le combat meurtrier du pont de Lodi (ville située au sud de Milan). Le 15 mai, il était reçu à Milan en libérateur : ainsi prenait fin, provisoirement, la domination autrichienne sur la Lombardie. Célébrant à son tour l'exploit de cette première campagne d'Italie, Chateaubriand s'exclame, dans les *Mémoires d'outre-tombe* : « L'aigle ne marche pas, il vole, chargé de banderoles de victoires suspendues à son cou et à ses ailes » (Bordas, 1992, t. II, p. 318).

siècles César et Alexandre avaient un successeur. Les miracles de bravoure et de génie dont l'Italie fut témoin en quelques mois réveillèrent un peuple endormi ; huit jours encore avant l'arrivée des Français, les Milanais ne voyaient en eux qu'un ramassis de brigands, habitués à fuir toujours devant les troupes de Sa Majesté Impériale et
10 Royale : c'était du moins ce que leur répétait trois fois la semaine un petit journal grand comme la main, imprimé sur du papier sale.

Au Moyen Âge, les Lombards républicains avaient fait preuve d'une bravoure égale à celle des Français, et ils méritèrent de voir leur ville entièrement rasée par les empereurs d'Allemagne. Depuis qu'ils étaient devenus de *fidèles sujets*, leur grande affaire était d'imprimer des sonnets sur de petits mouchoirs de taffetas rose quand arrivait le mariage d'une jeune fille appartenant à quelque famille
20 noble ou riche [1]. Deux ou trois ans après cette grande époque de sa vie, cette jeune fille prenait un cavalier servant : quelquefois le nom du sigisbée [2] choisi par la famille du mari occupait une place honorable dans le contrat de mariage. Il y avait loin de ces mœurs efféminées aux émotions profondes que donna l'arrivée imprévue de

---

1. Très présents dans le roman, les sonnets y fonctionnent comme indices d'italianité : Stendhal l'a remarqué à plusieurs reprises, ils sont, pour l'Italien, l'expression poétique la plus naturelle de l'esprit et ont leur place aussi bien dans la vie privée que dans la vie publique.
2. Cavalier servant qui, dans les familles aristocratiques, accompagnait les jeunes femmes dans leurs sorties mondaines, avec l'accord du mari. Stendhal parle souvent de ce trait de mœurs qui surprenait, et même choquait les voyageurs étrangers en Italie. Dans le chapitre VII des *Mémoires sur Napoléon*, il précise que cette coutume avait été importée par les Espagnols, qu'effectivement, « à Gênes, dans les familles nobles, le contrat de mariage porta[it] le nom du futur cavalier servant », que très vite, l'amour s'en mêlant, « une femme, un an ou deux après son mariage, remplaça[it] par un cavalier de son choix l'ami de la maison choisi par le mari ». Il ajoute enfin : « Cet usage des cavaliers servants était général en Lombardie, quand l'armée française y arriva, en mai 1796, et les dames le défendaient comme très moral. Le bail d'un cavalier servant dure trois ou quatre ans et fort souvent quinze ou vingt ; il dure parce que chaque instant peut le rompre. Ce qui serait bien autrement difficile à expliquer, c'est le naturel parfait, la simplicité admirable des façons d'agir milanaises. Les explications seraient tout à fait inintelligibles, ou même révoltantes, dans le nord de la France » (p. 128-129).

l'armée française. Bientôt surgirent des mœurs nouvelles et passionnées. Un peuple tout entier s'aperçut, le 15 mai 1796, que tout ce qu'il avait respecté jusque-là était souverainement ridicule et quelquefois odieux. Le départ du dernier régiment de l'Autriche marqua la chute des idées anciennes : exposer sa vie devint à la mode [1] ; on vit que pour être heureux après des siècles de sensations affadissantes, il fallait aimer la patrie d'un amour réel et chercher les actions héroïques. On était plongé dans une nuit profonde par la continuation du despotisme jaloux de Charles Quint et de Philippe II [2] ; on renversa leurs statues, et tout à coup l'on se trouva inondé de lumière. Depuis une cinquantaine d'années, et à mesure que l'*Encyclopédie* et Voltaire éclataient en France, les moines criaient au bon peuple de Milan, qu'apprendre à lire ou quelque chose au monde était une peine fort inutile, et qu'en payant bien exactement la dîme à son curé, et lui racontant fidèlement tous ses petits péchés, on était à peu près sûr d'avoir une belle place en paradis. Pour achever d'énerver ce peuple autrefois si terrible et si raisonneur, l'Autriche lui avait vendu à bon marché le privilège de ne point fournir de recrues à son armée.

En 1796, l'armée milanaise se composait de vingt-quatre faquins [3] habillés de rouge, lesquels gardaient la ville de concert avec quatre magnifiques régiments de grenadiers hongrois. La liberté des mœurs était extrême, mais la passion fort rare ; d'ailleurs, outre le désagrément de devoir tout raconter au curé, sous peine de ruine même en ce monde, le bon peuple de Milan était encore soumis à certaines petites entraves monarchiques qui ne laissaient pas que d'être vexantes. Par exemple

---

1. On note qu'héroïsme patriotique et héroïsme passionnel vont ici de pair, et que la redécouverte du bonheur, qui est conversion à l'énergie, à l'intensité du vécu, passe par le détachement, l'acceptation du risque, le défi lancé à la mort.
2. Stendhal n'a cessé, dans ses écrits italiens, de déplorer la déchéance des Milanais, sous le règne espagnol (la Lombardie fut annexée par Charles Quint en 1535, puis passa aux Habsbourg d'Espagne en 1556), puis autrichien (à partir de 1714).
3. « Individu sans valeur, plat et impertinent » (Le Robert). Stendhal reprend ici une note de la *Vie de Rossini* (voir Dossier, p. 629).

l'archiduc [1], qui résidait à Milan et gouvernait au nom de l'Empereur, son cousin, avait eu l'idée lucrative de faire le commerce des blés. En conséquence, défense aux paysans
60 de vendre leurs grains jusqu'à ce que Son Altesse eût rempli ses magasins.

En mai 1796, trois jours après l'entrée des Français, un jeune peintre en miniature, un peu fou, nommé Gros [2], célèbre depuis, et qui était venu avec l'armée, entendant raconter au grand café des *Servi* [3] (à la mode alors) les exploits de l'archiduc, qui de plus était énorme, prit la liste des glaces imprimée en placard sur une feuille de vilain papier jaune. Sur le revers de la feuille il dessina le gros archiduc ; un soldat français lui donnait un coup de baïon-
70 nette dans le ventre, et, au lieu de sang, il en sortait une quantité de blé incroyable. La chose nommée plaisanterie ou caricature n'était pas connue en ce pays de despotisme cauteleux. Le dessin laissé par Gros sur la table du café des *Servi* parut un miracle descendu du ciel ; il fut gravé dans la nuit, et le lendemain on en vendit vingt mille exemplaires [4].

---

1. L'archiduc Ferdinand d'Autriche (1754-1806) fut nommé gouverneur de Milan en 1771, lors de son mariage avec Marie-Béatrice d'Este. Il était en fait l'oncle de l'empereur régnant, François II. Stendhal a déjà parlé de ses spéculations sur les blés dans *Rome, Naples et Florence* (p. 99) et dans le chapitre VII des *Mémoires sur Napoléon* (il y mentionne aussi la caricature dont il est question ensuite).
2. Antoine-Jean Gros (1771-1835), élève de l'école de David, suivit les campagnes d'Italie (mais il vint à Milan plus tard que ne le dit Stendhal) et se rendit célèbre en peignant des tableaux qui, par leur style pictural, annonçaient le romantisme et forgeaient le mythe de l'épopée impériale (*Bonaparte au pont d'Arcole*, 1798, *Bonaparte visitant les pestiférés de Jaffa*, 1804, *Le Champ de bataille d'Eylau*, 1808).
3. Il s'agit du café Nuovo, situé corsia dei Servi. Dans les *Mémoires sur Napoléon*, Stendhal raconte que, sans descendre de voiture, « les dames viennent prendre des glaces au café le plus célèbre ; c'était alors celui de la Corsia dei Servi » (p. 126).
4. Seul fait précis, concret, daté, de ce premier chapitre, cette caricature fait événement, parce qu'à elle seule elle détermine un avant et un après dans l'histoire du peuple italien et met en place une série d'antithèses qui vont structurer l'œuvre, notamment la distribution des personnages, qui désormais se répartiront en partisans et en ennemis de la gaieté, c'est-à-dire, tant il y a équivalence chez Stendhal, en héros et en grotesques. En réapprenant au peuple italien l'art de se moquer de tout et de tous, elle lui ouvre la voie de l'héroïsme, qui repose d'abord, dans cet univers, sur

Le même jour, on affichait l'avis d'une contribution de guerre de six millions, frappée pour les besoins de l'armée française, laquelle, venant de gagner six batailles et de conquérir vingt provinces, manquait seulement de sou-liers, de pantalons, d'habits et de chapeaux.

La masse de bonheur et de plaisir qui fit irruption en Lombardie avec ces Français si pauvres fut telle que les prêtres seuls et quelques nobles s'aperçurent de la lour-deur de cette contribution de six millions, qui, bientôt, fut suivie de beaucoup d'autres. Ces soldats français riaient et chantaient toute la journée ; ils avaient moins de vingt-cinq ans, et leur général en chef, qui en avait vingt-sept, passait pour l'homme le plus âgé de son armée. Cette gaieté, cette jeunesse, cette insouciance, répondaient d'une façon plaisante aux prédications furibondes des moines qui, depuis six mois, annonçaient du haut de la chaire sacrée que les Français étaient des monstres, obligés, sous peine de mort, à tout brûler et à couper la tête à tout le monde. À cet effet, chaque régiment marchait avec la guillotine en tête.

Dans les campagnes l'on voyait sur la porte des chaumières le soldat français occupé à bercer le petit enfant de la maîtresse du logis, et presque chaque soir quelque tambour, jouant du violon, improvisait un bal. Les contredanses se trouvant beaucoup trop savantes et compliquées pour que les soldats, qui d'ailleurs ne les savaient guère, pussent les apprendre aux femmes du pays, c'étaient celles-ci qui montraient aux jeunes Fran-çais *la Monférine*, *la Sauteuse* et autres danses ita-liennes.

Les officiers avaient été logés, autant que possible, chez les gens riches ; ils avaient bon besoin de se refaire. Par

---

cette aptitude à la légèreté, sur ce sens aigu de la dérision, y compris à l'égard de soi-même, qui libèrent le moi de l'emprise du sérieux et le ren-dent infiniment disponible à la grandeur. Bafouant l'autorité, elle montre encore que c'est par le rire que s'acquiert, dans ce roman, la liberté, que se combattent les tyrannies. Mais elle n'échappe pas à l'usage systéma-tique de l'ironie, puisque, l'excusant et l'accusant tout à la fois, le narra-teur déclare « un peu fou » le peintre, et présente un despote par lui-même caricatural, farcesque, de sorte que la réalité est déjà du côté de la gaieté bouffe.

exemple, un lieutenant nommé Robert [1] eut un billet de loge-
110 ment pour le palais de la marquise del Dongo. Cet officier,
jeune réquisitionnaire assez leste, possédait pour tout bien,
en entrant dans ce palais, un écu de six francs qu'il venait de
recevoir à Plaisance. Après le passage du pont de Lodi, il prit
à un bel officier autrichien tué par un boulet un magnifique
pantalon de nankin tout neuf, et jamais vêtement ne vint plus
à propos. Ses épaulettes d'officier étaient en laine, et le drap
de son habit était cousu à la doublure des manches pour que
les morceaux tinssent ensemble ; mais il y avait une circonstance plus triste : les semelles de ses souliers étaient en mor-
120 ceaux de chapeau également pris sur le champ de bataille,
au-delà du pont de Lodi. Ces semelles improvisées tenaient
au-dessus des souliers par des ficelles fort visibles, de façon
que lorsque le majordome de la maison se présenta dans la
chambre du lieutenant Robert pour l'inviter à dîner avec
madame la marquise, celui-ci fut plongé dans un mortel
embarras. Son voltigeur [2] et lui passèrent les deux heures qui
les séparaient de ce fatal dîner à tâcher de recoudre un peu
l'habit et à teindre en noir avec de l'encre les malheureuses
ficelles des souliers. Enfin le moment terrible arriva. « De la
130 vie je ne fus plus mal à mon aise, me [3] disait le lieutenant
Robert ; ces dames pensaient que j'allais leur faire peur, et
moi j'étais plus tremblant qu'elles. Je regardais mes souliers

---

1. Rappelons que Stendhal a déjà décrit la misère de ce lieutenant et
raconté l'anecdote du dîner chez une marquise dans les *Mémoires sur
Napoléon* (voir Dossier, chapitre I). On pense qu'il a pu s'inspirer d'un
certain Charles Robert, grenoblois, vivant à Milan comme négociant,
qu'il présente dans les *Mémoires d'un touriste* comme « ancien capitaine
d'Italie de 1796 ». Même si les deux personnages n'ont aucun lien, on
peut aussi se souvenir qu'au début d'août 1838 Stendhal, pris dans la
vogue de Robert Macaire, ébauche un roman destiné à devenir « un
roman de la coquinerie », dont le héros se nomme précisément Robert.
On trouvera ce texte, « A-Imagination », dans l'édition de M. Crouzet
des *Romans abandonnés*, *op. cit.*, p. 217-233.
2. « Fantassin appartenant à des compagnies d'élite extrêmement mobiles »
(Le Robert).
3. G. Blin a souligné l'ambiguïté de cette première personne, qui certes
peut être le narrateur, mais aussi le neveu du chanoine, ou le chanoine
lui-même. Voir *Stendhal et les problèmes du roman*, *op. cit.*, p. 219,
note 2. Si l'on retient l'hypothèse du narrateur, on constate alors qu'il ne
tient pas l'histoire seulement du neveu du chanoine, comme il l'affirmait
dans l'Avertissement.

et ne savais comment marcher avec grâce. La marquise del Dongo, ajoutait-il, était alors dans tout l'éclat de sa beauté : vous l'avez connue avec ses yeux si beaux et d'une douceur angélique, et ses jolis cheveux d'un blond foncé qui dessinaient si bien l'ovale de cette figure charmante. J'avais dans ma chambre une Hérodiade de Léonard de Vinci [1], qui semblait son portrait. Dieu voulut que je fusse tellement saisi de cette beauté surnaturelle que j'en oubliai mon costume. 140 Depuis deux ans je ne voyais que des choses laides et misérables dans les montagnes du pays de Gênes : j'osai lui adresser quelques mots sur mon ravissement.

« Mais j'avais trop de sens pour m'arrêter longtemps dans le genre complimenteur. Tout en tournant mes phrases, je voyais, dans une salle à manger toute de marbre, douze laquais et des valets de chambre vêtus avec ce qui me semblait alors le comble de la magnificence. Figurez-vous que ces coquins-là avaient non seulement de bons souliers, mais encore des boucles d'argent. Je voyais du coin de l'œil tous 150 ces regards stupides fixés sur mon habit, et peut-être aussi sur mes souliers, ce qui me perçait le cœur. J'aurais pu d'un mot faire peur à tous ces gens ; mais comment les mettre à leur place sans courir le risque d'effaroucher les dames ? car la marquise pour se donner un peu de courage, comme elle me l'a dit cent fois depuis, avait envoyé prendre au couvent où elle était pensionnaire en ce temps-là, Gina del Dongo, sœur de son mari, qui fut depuis cette charmante comtesse Pietranera [2] : personne dans la prospérité ne la surpassa par

---

1. Stendhal a coutume de comparer les beautés lombardes à ce tableau, qui est, en fait, une *Salomé* attribuée à Luini. Gina bénéficiera plus loin de la même comparaison. Il faut savoir, en outre, que Stendhal avait reconnu dans les traits de Métilde, son grand amour milanais, le charme des modèles de Vinci. Si l'*Hérodiade* revient, sous sa plume, avec autant de constance comme image de la beauté, c'est que, comme l'écrit Ph. Berthier, « Léonard n'a été que l'horizon esthétique sur lequel [il] a rêvé son grand amour impossible pour Métilde » (*Stendhal et ses peintres italiens*, Genève, Droz, 1977, p. 60).
2. On pense que le personnage a pour modèle la maîtresse milanaise de Stendhal, Angela Pietragrua, qu'il avait attendue pendant onze ans, et qui le récompensa par de multiples infidélités ! Sur leur tumultueuse liaison, de 1811 à 1815, on lira, dans la biographie de Stendhal par M. Crouzet, le chapitre « Que dans "Pietragrua" il y avait bel et bien "grue" » ! (p. 207-213). Stendhal a, bien sûr, ici fortement idéalisé son modèle.

160 la gaieté et l'esprit aimable, comme personne ne la surpassa
par le courage et la sérénité d'âme dans la fortune contraire.

« Gina, qui pouvait avoir alors treize ans, mais qui en
paraissait dix-huit, vive et franche, comme vous savez, avait
tant de peur d'éclater de rire en présence de mon costume,
qu'elle n'osait pas manger ; la marquise, au contraire, m'accablait de politesses contraintes ; elle voyait fort bien dans
mes yeux des mouvements d'impatience. En un mot, je faisais
une sotte figure, je mâchais le mépris, chose qu'on dit impossible à un Français. Enfin une idée descendue du ciel vint
170 m'illuminer : je me mis à raconter à ces dames ma misère, et
ce que nous avions souffert depuis deux ans dans les montagnes du pays de Gênes où nous retenaient de vieux généraux imbéciles. Là, disais-je, on nous donnait des assignats
qui n'avaient pas cours dans le pays, et trois onces de pain par
jour. Je n'avais pas parlé deux minutes, que la bonne marquise
avait les larmes aux yeux, et la Gina était devenue sérieuse.

– Quoi, monsieur le lieutenant, me disait celle-ci, trois
onces de pain !

– Oui, mademoiselle ; mais en revanche la distribution
180 manquait trois fois la semaine et comme les paysans chez
lesquels nous logions étaient encore plus misérables que
nous, nous leur donnions un peu de notre pain.

« En sortant de table, j'offris mon bras à la marquise
jusqu'à la porte du salon, puis, revenant rapidement sur mes
pas, je donnai au domestique qui m'avait servi à table cet
unique écu de six francs sur l'emploi duquel j'avais fait tant
de châteaux en Espagne.

« Huit jours après, continuait Robert, quand il fut bien
avéré que les Français ne guillotinaient personne, le marquis
190 del Dongo revint de son château de Grianta [1], sur le lac de
Côme, où bravement il s'était réfugié à l'approche de
l'armée, abandonnant aux hasards de la guerre sa jeune
femme si belle et sa sœur. La haine que ce marquis avait pour
nous était égale à sa peur, c'est-à-dire incommensurable : sa

---

1. Il existe, sur la côte ouest du lac de Côme, une localité portant le nom
de Griante, mais il n'y a pas de château. Dongo existe aussi, au nord du
lac. Enfin, à Musso, on trouve les ruines d'une forteresse qui, au
XVIIe siècle, appartenait à un Cossonio di Dongo, lié aux Autrichiens, qui
lui avaient donné le titre de marquis (M. Crouzet).

grosse figure pâle et dévote était amusante à voir quand il me faisait des politesses. Le lendemain de son retour à Milan, je reçus trois aunes de drap et deux cents francs sur la contribution des six millions : je me remplumai, et devins le chevalier de ces dames, car les bals commencèrent. »

L'histoire du lieutenant Robert fut à peu près celle de tous les Français ; au lieu de se moquer de la misère de ces braves soldats, on en eut pitié, et on les aima.

Cette époque de bonheur imprévu et d'ivresse ne dura que deux petites années ; la folie avait été si excessive et si générale, qu'il me [1] serait impossible d'en donner une idée, si ce n'est par cette réflexion historique et profonde : ce peuple s'ennuyait depuis cent ans.

La volupté naturelle aux pays méridionaux avait régné jadis à la cour des Visconti et des Sforce, ces fameux ducs de Milan. Mais depuis l'an 1635 [2], que les Espagnols s'étaient emparés du Milanais, et emparés en maîtres taciturnes, soupçonneux, orgueilleux, et craignant toujours la révolte, la gaieté s'était enfuie. Les peuples, prenant les mœurs de leurs maîtres, songeaient plutôt à se venger de la moindre insulte par un coup de poignard qu'à jouir du moment présent.

La joie folle, la gaieté, la volupté, l'oubli de tous les sentiments tristes, ou seulement raisonnables, furent poussés à un tel point, depuis le 15 mai 1796, que les Français entrèrent à Milan, jusqu'en avril 1799, qu'ils en furent chassés à la suite de la bataille de Cassano [3], que l'on a pu citer de vieux marchands millionnaires, de vieux usuriers, de vieux notaires qui, pendant cet intervalle, avaient oublié d'être moroses et de gagner de l'argent.

Tout au plus eût-il été possible de compter quelques familles appartenant à la haute noblesse, qui s'étaient retirées dans leurs palais à la campagne, comme pour bouder contre l'allégresse générale et l'épanouissement de tous les cœurs. Il est véritable aussi que ces familles nobles et

---

1. La première personne renvoie ici, de toute évidence, à l'auteur, à ses souvenirs, à ses valeurs.
2. Sur l'exemplaire Chaper, Stendhal a corrigé la date : c'est bien en 1535 que les Espagnols s'emparèrent de la Lombardie.
3. Elle eut lieu le 28 avril 1799 (Moreau fut battu par Souvorov), celle de Novi le 15 août 1799. Les Français perdirent le Milanais, puis toute l'Italie conquise, sauf Gênes.

riches avaient été distinguées d'une manière fâcheuse dans
230 la répartition des contributions de guerre demandées pour
l'armée française.

Le marquis del Dongo, contrarié de voir tant de gaieté,
avait été un des premiers à regagner son magnifique château de Grianta, au-delà de Côme, où les dames menèrent
le lieutenant Robert. Ce château, situé dans une position
peut-être unique au monde, sur un plateau de cent cinquante pieds au-dessus de ce lac sublime dont il domine
une grande partie, avait été une place forte. La famille del
Dongo le fit construire au quinzième siècle, comme le
240 témoignaient de toutes parts les marbres chargés de ses
armes ; on y voyait encore des ponts-levis et des fossés
profonds, à la vérité privés d'eau ; mais avec ces murs de
quatre-vingts pieds de haut et de six pieds d'épaisseur, ce
château était à l'abri d'un coup de main ; et c'est pour cela
qu'il était cher au soupçonneux marquis. Entouré de vingt-
cinq ou trente domestiques qu'il supposait dévoués, apparemment parce qu'il ne leur parlait jamais que l'injure à la
bouche, il était moins tourmenté par la peur qu'à Milan.

Cette peur n'était pas tout à fait gratuite : il correspon-
250 dait fort activement avec un espion placé par l'Autriche
sur la frontière suisse à trois lieues de Grianta, pour faire
évader les prisonniers faits sur le champ de bataille, ce qui
aurait pu être pris au sérieux par les généraux français.

Le marquis avait laissé sa jeune femme à Milan : elle y
dirigeait les affaires de la famille, elle était chargée de
faire face aux contributions imposées à la *casa del Dongo*,
comme on dit dans le pays ; elle cherchait à les faire diminuer, ce qui l'obligeait à voir ceux des nobles qui avaient
accepté des fonctions publiques, et même quelques non
260 nobles fort influents. Il survint un grand événement dans
cette famille. Le marquis avait arrangé le mariage de sa
jeune sœur Gina avec un personnage fort riche et de la plus
haute naissance ; mais il portait de la poudre [1] : à ce titre,

---

1. Ce détail reviendra souvent dans le roman (Mosca portera lui aussi de
la poudre). L'étiquette l'imposait, comme marque de ralliement au pouvoir ultra, à l'Autriche. Stendhal savait, par des anecdotes qu'on lui avait
rapportées, qu'un homme sans poudre était regardé par le roi de Naples,
Ferdinand IV, comme un jacobin, un terroriste.

Gina le recevait avec des éclats de rire, et bientôt elle fit la folie d'épouser le comte Pietranera. C'était à la vérité un fort bon gentilhomme, très bien fait de sa personne, mais ruiné de père en fils, et, pour comble de disgrâce, partisan fougueux des idées nouvelles. Pietranera était sous-lieutenant dans la légion italienne [1], surcroît de désespoir pour le marquis.

Après ces deux années de folie et de bonheur, le Directoire de Paris, se donnant des airs de souverain bien établi, montra une haine mortelle pour tout ce qui n'était pas médiocre. Les généraux ineptes qu'il donna à l'armée d'Italie perdirent une suite de batailles dans ces mêmes plaines de Vérone, témoins deux ans auparavant des prodiges d'Arcole et de Lonato. Les Autrichiens se rapprochèrent de Milan ; le lieutenant Robert, devenu chef de bataillon et blessé à la bataille de Cassano, vint loger pour la dernière fois chez son amie la marquise del Dongo. Les adieux furent tristes [2] ; Robert partit avec le comte Pietranera qui suivait les Français dans leur retraite sur Novi. La jeune comtesse, à laquelle son frère refusa de payer sa légitime [3], suivit l'armée montée sur une charrette.

Alors commença cette époque de réaction et de retour aux idées anciennes, que les Milanais appellent *i tredici mesi* (*les treize mois*), parce qu'en effet leur bonheur voulut que ce retour à la sottise ne durât que treize mois, jusqu'à Marengo [4]. Tout ce qui était vieux, dévot, morose, reparut à la tête des affaires, et reprit la direction de la société : bientôt les gens restés fidèles aux bonnes doc-

---

1. Première composante de l'armée nationale que Bonaparte voulut organiser dans la République cisalpine qu'était devenue la Lombardie.
2. Peut-être faut-il voir là une discrète allusion à la liaison entre la marquise et le lieutenant ? Dans l'exemplaire Chaper, une note précise, à propos de Fabrice : « Il passait même dans le temps pour le fils de ce beau lieutenant Robert. »
3. « Portion assurée par la loi à certains héritiers sur la part héréditaire qu'ils auraient eue en entier si le défunt n'avait disposé autrement de cette part » (Littré).
4. La bataille eut lieu le 14 juin 1800 : Bonaparte remporta sur les Autrichiens une demi-victoire que la propagande transforma en éclatante victoire. Dès le 2 juin, il était entré à Milan. Les Autrichiens évacuèrent peu après la Lombardie et le Piémont, et durent signer la paix de Lunéville (1801).

trines publièrent dans les villages que Napoléon avait été
pendu par les Mameluks en Égypte [1], comme il le méritait
à tant de titres.

Parmi ces hommes qui étaient allés bouder dans leurs
terres et qui revenaient altérés de vengeance, le marquis
del Dongo se distinguait par sa fureur ; son exagération le
porta naturellement à la tête du parti. Ces messieurs, fort
honnêtes gens quand ils n'avaient pas peur, mais qui trem-
300 blaient toujours, parvinrent à circonvenir le général autrichien : assez bon homme il se laissa persuader que la
sévérité était de la haute politique, et fit arrêter cent cinquante patriotes : c'était bien alors ce qu'il y avait de
mieux en Italie.

Bientôt on les déporta aux *bouches de Cattaro* [2], et, jetés
dans des grottes souterraines, l'humidité et surtout le manque
de pain firent bonne et prompte justice de tous ces coquins.

Le marquis del Dongo eut une grande place, et, comme
il joignait une avarice sordide à une foule d'autres belles
310 qualités, il se vanta publiquement de ne pas envoyer un
écu à sa sœur, la comtesse Pietranera : toujours folle
d'amour, elle ne voulait pas quitter son mari, et mourait de
faim en France avec lui. La bonne marquise était désespérée ; enfin elle réussit à dérober quelques petits diamants dans son écrin, que son mari lui reprenait tous les
soirs pour l'enfermer sous son lit, dans une caisse de fer :
la marquise avait apporté huit cent mille francs de dot à
son mari, et recevait quatre-vingts francs par mois pour ses
dépenses personnelles. Pendant les treize mois que les
320 Français passèrent hors de Milan, cette femme si timide
trouva des prétextes et ne quitta pas le noir.

Nous avouerons que, suivant l'exemple de beaucoup de
graves auteurs, nous avons commencé l'histoire de notre
héros une année avant sa naissance [3]. Ce personnage essentiel n'est autre, en effet, que Fabrice Valserra, *marchesino*

---

1. Bonaparte mena la campagne d'Égypte en 1798-1799.
2. Ce golfe, constitué de plusieurs bassins, existe bien sur le littoral
adriatique. Stendhal a déjà fait allusion à cet épisode tragique dans *Rome,
Naples et Florence* (p. 69).
3. Stendhal « suit l'exemple » de Sterne, qui fait pire dans son roman
parodique *Vie et opinions de Tristram Shandy* (1760-1767), puisque le
héros n'apparaît qu'au milieu ! Fabrice serait né en mai 1797.

del Dongo [1], comme on dit à Milan *. Il venait justement de se donner la peine de naître [2] lorsque les Français furent chassés, et se trouvait, par le hasard de la naissance, le second fils de ce marquis del Dongo si grand seigneur, et dont vous connaissez déjà le gros visage blême, le sourire faux et la haine sans bornes pour les idées nouvelles. Toute la fortune de la maison était substituée au fils aîné Ascanio del Dongo, le digne portrait de son père. Il avait huit ans, et Fabrice deux, lorsque tout à coup ce général Bonaparte, que tous les gens bien nés croyaient pendu depuis longtemps, descendit du mont Saint-Bernard [3]. Il entra dans Milan : ce moment est encore unique dans l'histoire ; figurez-vous tout un peuple amoureux fou [4]. Peu de jours après, Napoléon gagna la bataille de Marengo. Le reste est inutile à dire. L'ivresse des Milanais fut au comble ; mais, cette fois, elle était mélangée d'idées de vengeance : on avait appris la haine à ce bon peuple. Bientôt l'on vit arriver ce qui restait des patriotes déportés aux bouches de Cattaro ; leur retour fut célébré par une fête nationale [5]. Leurs figures pâles, leurs

*(marginal line numbers: 330, 340)*

---

1. Si Dongo est bien un nom d'origine italienne, on s'accorde en revanche pour reconnaître dans Valserra le nom d'une ancienne famille dauphinoise, Valserre ou Vaulserre des Adrets. Par son nom, comme par sa filiation supposée, Fabrice réconcilie donc la France et l'Italie, la terre natale ainsi réhabilitée et la terre du rêve.

* On prononce *markésine*. Dans les usages du pays, empruntés à l'Allemagne, ce titre se donne à tous les fils de marquis, *contine* à tous les fils de comte, *contessina* à toutes les filles de comte, etc. (NdA).

2. Beaumarchais, *Le Mariage de Figaro*, acte V, scène III, monologue de Figaro, qui s'en prend au comte Almaviva : « Noblesse, fortune, un rang, des places, tout cela rend si fier ! Qu'avez-vous fait pour tant de biens ? Vous vous êtes donné la peine de naître, et rien de plus. » Fabrice sera l'un de ces aristocrates à qui la naissance assure honneurs, carrière, fortune, mais il saura se détacher de tous ces biens.

3. Rappelons que Stendhal a participé à cette opération militaire qu'il raconte à la fin de la *Vie de Henry Brulard*. Bonaparte franchit le col du Grand-Saint-Bernard le 20 mai 1800 : David a immortalisé ce moment dans l'un de ses plus célèbres tableaux (*Bonaparte au Grand-Saint-Bernard*, 1801). On en déduit ici que Fabrice est né en 1798.

4. Les historiens démentent sur ce point les propos de Stendhal : l'accueil fut beaucoup moins chaleureux qu'en 1796.

5. Stendhal a noté dans son *Journal*, à la date du 29 juillet 1801 : « Grande fête aux flambeaux pour la rentrée des patriotes détenus par les Autrichiens aux bouches de Cattaro. Concert, illumination à jour et bal. J'entends un assez bon castrat » (p. 416).

grands yeux étonnés, leurs membres amaigris, faisaient
un étrange contraste avec la joie qui éclatait de toutes
parts. Leur arrivée fut le signal du départ pour les
familles les plus compromises. Le marquis del Dongo fut
des premiers à s'enfuir à son château de Grianta. Les
350 chefs des grandes familles étaient remplis de haine et de
peur ; mais leurs femmes, leurs filles, se rappelaient les
joies du premier séjour des Français, et regrettaient
Milan et les bals si gais, qui aussitôt après Marengo
s'organisèrent à la *Casa Tanzi*. [1] Peu de jours après la
victoire, le général français, chargé de maintenir la
tranquillité dans la Lombardie, s'aperçut que tous les
fermiers des nobles, que toutes les vieilles femmes de la
campagne, bien loin de songer encore à cette étonnante
victoire de Marengo qui avait changé les destinées de
360 l'Italie, et reconquis treize places fortes en un jour,
n'avaient l'âme occupée que d'une prophétie de saint
Giovita, le premier patron de Brescia. Suivant cette
parole sacrée, les prospérités des Français et de
Napoléon devaient cesser treize semaines juste après
Marengo. Ce qui excuse un peu le marquis del Dongo et
tous les nobles boudeurs des campagnes, c'est que réellement et sans comédie ils croyaient à la prophétie. Tous
ces gens-là n'avaient pas lu quatre volumes en leur vie ;
ils faisaient ouvertement leurs préparatifs pour rentrer à
370 Milan au bout des treize semaines, mais le temps, en
s'écoulant, marquait de nouveaux succès pour la cause
de la France. De retour à Paris, Napoléon, par de sages
décrets, sauvait la révolution à l'intérieur, comme il
l'avait sauvée à Marengo contre les étrangers. Alors les
nobles lombards, réfugiés dans leurs châteaux, découvri-
rent que d'abord ils avaient mal compris la prédiction du
saint patron de Brescia : il ne s'agissait pas de treize
semaines, mais bien de treize mois. Les treize mois
s'écoulèrent, et la prospérité de la France semblait s'aug-
380 menter tous les jours.

---

1. « Le mot *casa* est employé dans le sens de maison appartenant à une
famille patricienne ; il est ainsi synonyme de *palazzo*. La *casa Tanzi* se
trouvait en plein centre de Milan » (V. Del Litto).

Nous glissons sur dix années de progrès et de bonheur, de 1800 à 1810 [1] ; Fabrice passa les premières au château de Grianta, donnant et recevant force coups de poing au milieu des petits paysans du village, et n'apprenant rien, pas même à lire. Plus tard, on l'envoya au collège des jésuites à Milan. Le marquis son père exigea qu'on lui montrât le latin, non point d'après ces vieux auteurs qui parlent toujours des républiques, mais sur un magnifique volume orné de plus de cent gravures, chef-d'œuvre des artistes du XVIIᵉ siècle ; c'était la généalogie latine des Valserra, marquis del Dongo, publiée en 1650 par Fabrice del Dongo, archevêque de Parme [2]. La fortune des Valserra étant surtout militaire, les gravures représentaient force batailles, et toujours on voyait quelque héros de ce nom donnant de grands coups d'épée. Ce livre plaisait fort au jeune Fabrice. Sa mère, qui l'adorait, obtenait de temps en temps la permission de venir le voir à Milan ; mais son mari ne lui offrant jamais d'argent pour ces voyages, c'était sa belle-sœur, l'aimable comtesse Pietranera, qui lui en prêtait. Après le retour des Français, la comtesse était devenue l'une des femmes les plus brillantes de la cour du prince Eugène, vice-roi d'Italie [3].

Lorsque Fabrice eut fait sa première communion, elle obtint du marquis, toujours exilé volontaire, la permission

---

1. L'une des ellipses les plus remarquables du roman, qui glisse ainsi sur les années les plus prospères de l'Empire, au cours desquelles l'Italie voit son nom revenir sur les cartes et retrouve un semblant d'unité, en dépit de son découpage partiel en États.

2. Ces gravures, comme plus loin les estampes des campagnes napoléoniennes qui ornent le palais de la comtesse Pietranera, vont faire office de guide et d'oracle personnel pour le jeune Fabrice (Gina le dira, du reste, au chanoine Borda). De là lui viendront d'abord ces rêveries héroïques, cet esprit chevaleresque qui vont le définir, décider de ce qu'il sera et des valeurs que toujours il honorera. Comme Julien, comme l'auteur lui-même, Fabrice est un être qui se fait, qui voit le monde et les hommes à travers ces quelques livres, et, surtout, ces quelques images qui fixent pour lui un idéal. Par ailleurs, il importe de noter que Fabrice a un ancêtre qui a été archevêque de Parme : comme le cardinal de Retz, l'un de ses possibles modèles, il est en quelque sorte voué, par sa naissance, à occuper une telle fonction. Par sa valeur prémonitoire, ce détail contribue à donner à sa vie l'allure d'un destin.

3. Eugène de Beauharnais (1781-1824), fils de Joséphine, et donc beau-fils de Bonaparte, fut vice-roi d'Italie de 1805 à 1814.

de le faire sortir quelquefois de son collège. Elle le trouva
singulier, spirituel, fort sérieux, mais joli garçon, et ne
déparant point trop le salon d'une femme à la mode ; du
reste, ignorant à plaisir, et sachant à peine écrire. La comtesse, qui portait en toutes choses son caractère enthou-
410 siaste, promit sa protection au chef de l'établissement, si
son neveu Fabrice faisait des progrès étonnants, et à la fin
de l'année avait beaucoup de prix. Pour lui donner les
moyens de les mériter, elle l'envoyait chercher tous les
samedis soir, et souvent ne le rendait à ses maîtres que le
mercredi ou le jeudi. Les jésuites, quoique tendrement
chéris par le prince vice-roi, étaient repoussés d'Italie par
les lois du royaume, et le supérieur du collège, homme
habile, sentit tout le parti qu'il pourrait tirer de ses relations avec une femme toute-puissante à la cour. Il n'eut
420 garde de se plaindre des absences de Fabrice, qui, plus
ignorant que jamais, à la fin de l'année obtint cinq premiers prix. À cette condition, la brillante comtesse Pietranera, suivie de son mari, général commandant une des
divisions de la garde, et de cinq ou six des plus grands personnages de la cour du vice-roi, vint assister à la distribution des prix chez les jésuites. Le supérieur fut compli-
menté par ses chefs.

La comtesse conduisait son neveu à toutes ces fêtes
brillantes qui marquèrent le règne trop court de l'aimable
430 prince Eugène. Elle l'avait créé de son autorité officier de
hussards, et Fabrice, âgé de douze ans, portait cet uniforme. Un jour, la comtesse, enchantée de sa jolie tournure, demanda pour lui au prince une place de page, ce qui
voulait dire que la famille del Dongo se ralliait. Le lendemain, elle eut besoin de tout son crédit pour obtenir que le
vice-roi voulût bien ne pas se souvenir de cette demande,
à laquelle rien ne manquait que le consentement du père
du futur page, et ce consentement eût été refusé avec éclat.
À la suite de cette folie, qui fit frémir le marquis boudeur,
440 il trouva un prétexte pour rappeler à Grianta le jeune
Fabrice. La comtesse méprisait souverainement son frère ;
elle le regardait comme un sot triste, et qui serait méchant
si jamais il en avait le pouvoir. Mais elle était folle de
Fabrice, et, après dix ans de silence, elle écrivit au marquis

pour réclamer son neveu : sa lettre fut laissée sans réponse.

À son retour dans ce palais formidable, bâti par le plus belliqueux de ses ancêtres, Fabrice ne savait rien au monde que faire l'exercice et monter à cheval [1]. Souvent le comte Pietranera, aussi fou de cet enfant que sa femme, le faisait monter à cheval, et le menait avec lui à la parade.

En arrivant au château de Grianta, Fabrice, les yeux encore bien rouges des larmes répandues en quittant les beaux salons de sa tante, ne trouva que les caresses passionnées de sa mère et de ses sœurs. Le marquis était enfermé dans son cabinet avec son fils aîné, le *marchesino* Ascanio. Ils y fabriquaient des lettres chiffrées qui avaient l'honneur d'être envoyées à Vienne ; le père et le fils ne paraissaient qu'aux heures des repas. Le marquis répétait avec affectation qu'il apprenait à son successeur naturel à tenir, en partie double, le compte des produits de chacune de ses terres. Dans le fait, le marquis était trop jaloux de son pouvoir pour parler de ces choses-là à un fils, héritier nécessaire de toutes ces terres substituées [2]. Il l'employait à chiffrer des dépêches de quinze ou vingt pages que deux ou trois fois la semaine il faisait passer en Suisse, d'où on les acheminait à Vienne. Le marquis prétendait faire connaître à ses souverains légitimes l'état intérieur du royaume d'Italie qu'il ne connaissait pas lui-même, et toutefois ses lettres avaient beaucoup de succès ; voici comment. Le marquis faisait compter sur la grande route, par quelque agent sûr, le nombre des soldats de tel régiment français ou italien qui changeait de garnison, et, en rendant compte du fait à la cour de Vienne, il avait soin de diminuer d'un grand quart le nombre des soldats présents. Ces

1. Par cette ignorance, ce peu de goût pour l'étude et les exercices de la pensée, Fabrice est bien le prototype de l'Italien, tel que se le figure Stendhal. Son domaine est la jouissance, le plaisir des sens, le bonheur physique. Qu'il s'agisse de ses joies de cavalier ou, comme plus loin, de ses expéditions sur le lac qui révèlent son intrépidité et sa fougue, ces jeux disent le plaisir pris à se mouvoir sans entraves, à agir, à se dépenser physiquement, bref, à jouir de son corps dans toute sa mobilité et dans toute son énergie. Longtemps Fabrice restera ce jeune cavalier qui ne se tient pas de joie dès qu'il a un bon cheval entre les jambes et qui, du reste, préfère un cheval à une maîtresse ! (p. 162).
2. « Terres faisant partie d'une succession » (V. Del Litto).

lettres, d'ailleurs ridicules, avaient le mérite d'en démentir
d'autres plus véridiques, et elles plaisaient. Aussi, peu de
temps avant l'arrivée de Fabrice au château, le marquis
avait-il reçu la plaque d'un ordre renommé : c'était la cin-
480 quième qui ornait son habit de chambellan. À la vérité, il
avait le chagrin de ne pas oser arborer cet habit hors de son
cabinet ; mais il ne se permettait jamais de dicter une
dépêche sans avoir revêtu le costume brodé, garni de tous
ses ordres. Il eût cru manquer de respect d'en agir autrement.

La marquise fut émerveillée des grâces de son fils. Mais
elle avait conservé l'habitude d'écrire deux ou trois fois
par an au général comte d'A*** ; c'était le nom actuel du
lieutenant Robert. La marquise avait horreur de mentir aux
490 gens qu'elle aimait ; elle interrogea son fils et fut épouvantée de son ignorance.

S'il me semble peu instruit, se disait-elle, à moi qui ne
sais rien, Robert, qui est si savant, trouverait son éducation
absolument manquée ; or maintenant il faut du mérite.
Une autre particularité qui l'étonna presque autant, c'est
que Fabrice avait pris au sérieux toutes les choses religieuses qu'on lui avait enseignées chez les jésuites.
Quoique fort pieuse elle-même, le fanatisme de cet enfant
la fit frémir ; si le marquis a l'esprit de deviner ce moyen
500 d'influence, il va m'enlever l'amour de mon fils. Elle
pleura beaucoup, et sa passion pour Fabrice s'en augmenta.

La vie de ce château, peuplé de trente ou quarante
domestiques, était fort triste ; aussi Fabrice passait-il
toutes ses journées à la chasse ou à courir le lac sur une
barque. Bientôt il fut étroitement lié avec les cochers et les
hommes des écuries ; tous étaient partisans fous des Français et se moquaient ouvertement des valets de chambre
dévots, attachés à la personne du marquis ou à celle de son
510 fils aîné. Le grand sujet de plaisanterie contre ces personnages graves, c'est qu'ils portaient de la poudre à l'instar
de leurs maîtres.

CHAPITRE II

… Alors que Vesper vient embrunir nos yeux,
Tout épris d'avenir, je contemple les cieux,
En qui Dieu nous escrit, par notes non obscures,
Les sorts et les destins de toutes créatures.
Car lui, du fond des cieux regardant un humain,
Parfois mû de pitié, lui montre le chemin ;
Par les astres du ciel qui sont ses caractères,
Les choses nous prédit et bonnes et contraires ;
Mais les hommes, chargés de terre et de trépas,
Méprisent tel écrit, et ne le lisent pas.

RONSARD [1].

Le marquis professait une haine vigoureuse pour les lumières : ce sont les idées, disait-il, qui ont perdu l'Italie ; il ne savait trop comment concilier cette sainte horreur de

---

1. Cette longue épigraphe, extraite du livre II des *Sonnets pour Hélène*, est la seule à figurer au début d'un chapitre, dans ce roman. Les vers 5 et 6 sont de Stendhal lui-même, qui modifie ainsi l'original (Ronsard avait écrit : « Car lui, dédaignant comme le font les humains / D'avoir encre et et papier et plume entre les mains ») pour introduire l'abbé Blanès. D'une manière générale, l'épigraphe annonce ces présages, prémonitions, prédictions, difficiles à repérer et à interpréter, et pourtant appelés à devenir dominants dans la vie de Fabrice et à l'auréoler de merveilleux. Elle contribue à doter *La Chartreuse* de ce réseau de signes qui l'a souvent fait comparer aux romans médiévaux. René Servoise propose une étude de cette citation dans son article « L'épigraphe de Ronsard dans *La Chartreuse de Parme* », *Stendhal club*, 15 octobre 1960, et dans un autre, plus récent, « Le merveilleux dans *La Chartreuse de Parme* », *RHLF*, novembre-décembre 1999, p. 1192-1194.

l'instruction, avec le désir de voir son fils Fabrice perfectionner l'éducation si brillamment commencée chez les jésuites. Pour courir le moins de risques possible, il chargea le bon abbé Blanès [1], curé de Grianta, de faire continuer à Fabrice ses études en latin. Il eût fallu que le curé lui-même sût cette langue ; or elle était l'objet de ses
10 mépris ; ses connaissances en ce genre se bornaient à réciter, par cœur, les prières de son missel, dont il pouvait rendre à peu près le sens à ses ouailles. Mais ce curé n'en était pas moins fort respecté et même redouté dans le canton ; il avait toujours dit que ce n'était point en treize semaines ni même en treize mois, que l'on verrait s'accomplir la célèbre prophétie de saint Giovita, le patron de Brescia. Il ajoutait, quand il parlait à des amis sûrs, que ce nombre *treize* devait être interprété d'une façon qui étonnerait bien du monde, s'il était permis de tout dire
20 (1813).

Le fait est que l'abbé Blanès, personnage d'une honnêteté et d'une vertu *primitives* [2], et de plus homme d'esprit, passait toutes les nuits au haut de son clocher ; il était fou d'astrologie. Après avoir usé ses journées à calculer des conjonctions et des positions d'étoiles, il employait la meilleure part de ses nuits à les suivre dans le ciel. Par suite de sa pauvreté, il n'avait d'autre instrument qu'une longue lunette à tuyau de carton. On peut juger du mépris qu'avait pour l'étude des langues un homme qui passait sa
30 vie à découvrir l'époque précise de la chute des empires et

---

1. L'abbé porte le nom d'un acteur italien célèbre que Stendhal, dans *Rome, Naples et Florence*, désigne comme « le Talma de l'Italie ». On a rapproché l'abbé Blanès des personnages d'astrologues des romans de W. Scott, mais il ne faut pas oublier qu'Alexandre Farnèse, le modèle de Fabrice, était lui-même passionné de magie et d'astrologie. Balzac a conseillé, en vain, à Stendhal de supprimer ce personnage qu'il jugeait inutile (voir Dossier, chapitre II) : en fait, quoique peu présent dans le roman, il n'en joue pas moins un rôle majeur, parce qu'il est, en quelque sorte, le père spirituel de Fabrice, et que ses prédictions structurent le récit, l'orientent, l'approfondissent surtout, en faisant intervenir le destin.
2. Appliqué plusieurs fois à l'abbé et à Fabrice, cet adjectif, que Stendhal affectionne et qui, de toute évidence, sert à distinguer les vrais héros du roman, valorise leur authenticité, leur naïveté, la permanence en eux d'un fonds de pureté et de force que rien ne peut altérer.

des révolutions qui changent la face du monde. Que sais-
je de plus sur un cheval, disait-il à Fabrice, depuis qu'on
m'a appris qu'en latin il s'appelle *equus* ?

Les paysans redoutaient l'abbé Blanès comme un grand
magicien : pour lui, à l'aide de la peur qu'inspiraient ses
stations dans le clocher, il les empêchait de voler. Ses
confrères les curés des environs, fort jaloux de son
influence, le détestaient ; le marquis del Dongo le méprisait tout simplement parce qu'il raisonnait trop pour un
homme de si bas étage. Fabrice l'adorait : pour lui plaire 40
il passait quelquefois des soirées entières à faire des additions ou des multiplications énormes. Puis il montait au
clocher : c'était une grande faveur et que l'abbé Blanès
n'avait jamais accordée à personne ; mais il aimait cet
enfant pour sa naïveté. Si tu ne deviens pas hypocrite, lui
disait-il, peut-être tu seras un homme.

Deux ou trois fois par an, Fabrice, intrépide et passionné dans ses plaisirs, était sur le point de se noyer dans
le lac. Il était le chef de toutes les grandes expéditions des
petits paysans de Grianta et de la Cadenabia [1]. Ces enfants 50
s'étaient procuré quelques petites clefs, et quand la nuit
était bien noire, ils essayaient d'ouvrir les cadenas de ces
chaînes qui attachent les bateaux à quelque grosse pierre
ou à quelque arbre voisin du rivage. Il faut savoir que sur
le lac de Côme l'industrie des pêcheurs place des lignes
dormantes à une grande distance des bords. L'extrémité
supérieure de la corde est attachée à une planchette
doublée de liège, et une branche de coudrier très flexible,
fichée sur cette planchette, soutient une petite sonnette qui
tinte lorsque le poisson, pris à la ligne, donne des 60
secousses à la corde.

Le grand objet de ces expéditions nocturnes, que
Fabrice commandait en chef, était d'aller visiter les
lignes dormantes, avant que les pêcheurs eussent entendu
l'avertissement donné par les petites clochettes. On choisissait les temps d'orage ; et, pour ces parties hasar-
deuses, on s'embarquait le matin, une heure avant l'aube.
En montant dans la barque, ces enfants croyaient se pré-

---

1. Cadenabbia, en fait, sur la rive ouest du lac de Côme, l'un des paysages que Stendhal chérissait.

cipiter dans les plus grands dangers, c'était là le beau
70 côté de leur action ; et, suivant l'exemple de leurs pères,
ils récitaient dévotement un *Ave Maria*. Or, il arrivait
souvent qu'au moment du départ, et à l'instant qui suivait
l'*Ave Maria*, Fabrice était frappé d'un présage. C'était là
le fruit qu'il avait retiré des études astrologiques de son
ami l'abbé Blanès, aux prédictions duquel il ne croyait
point. Suivant sa jeune imagination, ce présage lui
annonçait avec certitude le bon ou le mauvais succès ; et
comme il avait plus de résolution qu'aucun de ses camarades, peu à peu toute la troupe prit tellement l'habitude
80 des présages, que si, au moment de s'embarquer, on
apercevait sur la côte un prêtre, ou si l'on voyait un cor-
beau s'envoler à main gauche, on se hâtait de remettre le
cadenas à la chaîne du bateau, et chacun allait se recou-
cher. Ainsi l'abbé Blanès n'avait pas communiqué sa
science assez difficile à Fabrice ; mais à son insu, il lui
avait inoculé une confiance illimitée dans les signes qui
peuvent prédire l'avenir.

Le marquis sentait qu'un accident arrivé à sa correspondance chiffrée pouvait le mettre à la merci de sa sœur ;
90 aussi tous les ans, à l'époque de la Sainte-Angela, fête de
la comtesse Pietranera, Fabrice obtenait la permission
d'aller passer huit jours à Milan. Il vivait toute l'année
dans l'espérance ou le regret de ces huit jours. En cette
grande occasion, pour accomplir ce voyage politique, le
marquis remettait à son fils quatre écus, et, suivant l'usage,
ne donnait rien à sa femme, qui le menait. Mais un des cuisiniers, six laquais et un cocher avec deux chevaux, par-
taient pour Côme, la veille du voyage, et chaque jour, à
Milan, la marquise trouvait une voiture à ses ordres, et un
100 dîner de douze couverts.

Le genre de vie boudeur que menait le marquis del
Dongo était assurément fort peu divertissant ; mais il avait
cet avantage qu'il enrichissait à jamais les familles qui
avaient la bonté de s'y livrer. Le marquis, qui avait plus de
deux cent mille livres de rente, n'en dépensait pas le
quart ; il vivait d'espérances. Pendant les treize années
de 1800 à 1813, il crut constamment et fermement que
Napoléon serait renversé avant six mois. Qu'on juge de
son ravissement quand, au commencement de 1813, il

apprit les désastres de la Bérésina [1] ! La prise de Paris et la   110
chute de Napoléon faillirent lui faire perdre la tête ; il se
permit alors les propos les plus outrageants envers sa
femme et sa sœur. Enfin, après quatorze années d'attente, il
eut cette joie inexprimable de voir les troupes autrichiennes
rentrer dans Milan. D'après les ordres venus de Vienne, le
général autrichien reçut le marquis del Dongo avec une
considération voisine du respect ; on se hâta de lui offrir
une des premières places dans le gouvernement, et il
l'accepta comme le paiement d'une dette. Son fils aîné eut
une lieutenance dans l'un des plus beaux régiments de la   120
monarchie ; mais le second ne voulut jamais accepter une
place de cadet qui lui était offerte. Ce triomphe, dont le
marquis jouissait avec une insolence rare, ne dura que
quelques mois, et fut suivi d'un revers humiliant. Jamais il
n'avait eu le talent des affaires, et quatorze années passées
à la campagne, entre ses valets, son notaire et son médecin,
jointes à la mauvaise humeur de la vieillesse qui était sur-
venue, en avaient fait un homme tout à fait incapable. Or il
n'est pas possible, en pays autrichien, de conserver une
place importante sans avoir le genre de talent que réclame   130
l'administration lente et compliquée, mais fort raisonnable,
de cette vieille monarchie. Les bévues du marquis del
Dongo scandalisaient les employés et même arrêtaient la
marche des affaires. Ses propos ultra-monarchiques irri-
taient les populations qu'on voulait plonger dans le sommeil et l'incurie. Un beau jour, il apprit que Sa Majesté
avait daigné accepter gracieusement la démission qu'il
donnait de son emploi dans l'administration, et en même
temps lui conférait la place de *second grand majordome
major* du royaume lombardo-vénitien [2]. Le marquis fut   140

---

1. Rappelons qu'après avoir occupé Moscou (septembre 1812) Napoléon, en butte à la réaction patriotique des Russes, dut ordonner la
retraite, qui fut terrible et meurtrière, notamment lors du franchissement
de la rivière Berezina (27-29 octobre 1812). Paris fut occupé par les
Alliés le 31 mars 1814, et Napoléon, après avoir abdiqué, dut se retirer à
l'île d'Elbe. La Lombardie fut rendue à l'Autriche en 1815 et forma, avec
la Vénétie, le royaume lombardo-vénitien.
2. Il semblerait que Stendhal se soit inspiré de la mésaventure politique
du comte Mellerio, lié aux Autrichiens, qui fut lui aussi contraint à une
rapide démission en raison de son incompétence. Le titre concédé au
marquis est aussi pompeux que nul !

indigné de l'injustice atroce dont il était victime ; il fit imprimer une lettre à un ami, lui qui exécrait tellement la liberté de la presse. Enfin il écrivit à l'Empereur que ses ministres le trahissaient, et n'étaient que des jacobins. Ces choses faites, il revint tristement à son château de Grianta. Il eut une consolation. Après la chute de Napoléon, certains personnages puissants à Milan firent assommer dans les rues le comte Prina [1], ancien ministre du roi d'Italie, et homme du premier mérite. Le comte Pietranera exposa sa
150 vie pour sauver celle du ministre, qui fut tué à coups de parapluie, et dont le supplice dura cinq heures. Un prêtre, confesseur du marquis del Dongo, eût pu sauver Prina en lui ouvrant la grille de l'église de San Giovanni, devant laquelle on traînait le malheureux ministre, qui même un instant fut abandonné dans le ruisseau, au milieu de la rue ; mais il refusa d'ouvrir sa grille avec dérision, et, six mois après, le marquis eut le bonheur de lui faire obtenir un bel avancement.

Il exécrait le comte Pietranera, son beau-frère, lequel,
160 n'ayant pas cinquante louis de rente, osait être assez content, s'avisait de se montrer fidèle à ce qu'il avait aimé toute sa vie, et avait l'insolence de prôner cet esprit de justice sans acception de personnes, que le marquis appelait un jacobinisme infâme. Le comte avait refusé de prendre du service en Autriche ; on fit valoir ce refus, et, quelques mois après la mort de Prina, les mêmes personnages qui avaient payé les assassins obtinrent que le général Pietranera serait jeté en prison. Sur quoi la comtesse, sa femme, prit un passeport et demanda des chevaux de poste pour
170 aller à Vienne dire la vérité à l'empereur. Les assassins de Prina eurent peur, et l'un d'eux, cousin de madame Pietranera, vint lui apporter à minuit, une heure avant son départ pour Vienne, l'ordre de mettre en liberté son mari. Le lendemain, le général autrichien fit appeler le comte Pietranera, le reçut avec toute la distinction possible, et l'assura

---

1. Ministre des Finances sous la République cisalpine, puis sous le royaume d'Italie, le comte Prina, dont Stendhal souligne le dévouement à Napoléon, fut effectivement tué à coups de parapluie le 20 avril 1814. Stendhal a souvent raconté cet assassinat, dont il tient pour responsables les partisans de l'Autriche et ceux de l'indépendance italienne.

que sa pension de retraite ne tarderait pas à être liquidée sur le pied le plus avantageux. Le brave général Bubna [1], homme d'esprit et de cœur, avait l'air tout honteux de l'assassinat de Prina et de la prison du comte.

Après cette bourrasque, conjurée par le caractère ferme de la comtesse, les deux époux vécurent, tant bien que mal, avec la pension de retraite, qui, grâce à la recommandation du général Bubna, ne se fit pas attendre.

Par bonheur, il se trouva que, depuis cinq ou six ans, la comtesse avait beaucoup d'amitié pour un jeune homme fort riche, lequel était aussi ami intime du comte, et ne manquait pas de mettre à leur disposition le plus bel attelage de chevaux anglais qui fût alors à Milan, sa loge au théâtre de la Scala, et son château à la campagne. Mais le comte avait la conscience de sa bravoure, son âme était généreuse, il s'emportait facilement, et alors se permettait d'étranges propos. Un jour qu'il était à la chasse avec des jeunes gens, l'un d'eux, qui avait servi sous d'autres drapeaux que lui, se mit à faire des plaisanteries sur la bravoure des soldats de la République cisalpine ; le comte lui donna un soufflet, l'on se battit aussitôt, et le comte, qui était seul de son bord, au milieu de tous ces jeunes gens, fut tué. On parla beaucoup de cette espèce de duel, et les personnes qui s'y étaient trouvées prirent le parti d'aller voyager en Suisse.

Ce courage ridicule qu'on appelle résignation, le courage d'un sot qui se laisse prendre sans mot dire, n'était point à l'usage de la comtesse. Furieuse de la mort de son mari, elle aurait voulu que Limercati, ce jeune homme riche, son ami intime, prît aussi la fantaisie de voyager en Suisse, et de donner un coup de carabine ou un soufflet au meurtrier du comte Pietranera.

Limercati trouva ce projet d'un ridicule achevé et la comtesse s'aperçut que chez elle le mépris avait tué

180

190

200

---

1. Le comte Ferdinand Bubna von Littiz fut nommé gouverneur de la Lombardie, mais en 1818. M. Crouzet considère que Stendhal fait ici agir Gina comme l'avait fait, en 1820-1822, la comtesse Confalonieri, qui, avec l'assentiment du gouverneur, réussit à sauver son mari, suspect de carbonarisme. Stendhal est d'autant plus indulgent pour Bubna que celui-ci sut efficacement protéger Métilde Dembowski, qui était elle aussi impliquée dans ces complots politiques.

210 l'amour. Elle redoubla d'attention pour Limercati ; elle voulait réveiller son amour, et ensuite le planter là et le mettre au désespoir. Pour rendre ce plan de vengeance intelligible en France, je dirai qu'à Milan, pays fort éloigné du nôtre, on est encore au désespoir par amour. La comtesse, qui, dans ses habits de deuil, éclipsait de bien loin toutes ses rivales, fit des coquetteries aux jeunes gens qui tenaient le haut du pavé, et l'un d'eux, le comte N... [1], qui, de tout temps, avait dit qu'il trouvait le mérite de Limercati un peu lourd, un peu empesé pour une femme
220 d'autant d'esprit, devint amoureux fou de la comtesse. Elle écrivit à Limercati :

« Voulez-vous agir une fois en homme d'esprit ?

« Figurez-vous que vous ne m'avez jamais connue.

« Je suis, avec un peu de mépris peut-être, votre très humble servante,

« GINA PIETRANERA [2]. »

À la lecture de ce billet, Limercati partit pour un de ses châteaux ; son amour s'exalta, il devint fou, et parla de se brûler la cervelle, chose inusitée dans les pays à enfer. Dès
230 le lendemain de son arrivée à la campagne, il avait écrit à la comtesse pour lui offrir sa main et ses deux cent mille livres de rente. Elle lui renvoya sa lettre non décachetée par le groom du comte N... Sur quoi Limercati a passé trois ans dans ses terres, revenant tous les deux mois à Milan, mais sans avoir jamais le courage d'y rester, et ennuyant tous ses amis de son amour passionné pour la comtesse, et du récit circonstancié des bontés que jadis elle avait pour lui. Dans les commencements, il ajoutait

---

1. Stendhal le désignera plus loin sous le nom de Nani.
2. La critique a attiré l'attention sur le nombre considérable de lettres dans ce roman, et sur leur importance pour le déroulement de l'intrigue comme pour la caractérisation des personnages. Élément de réalisme, elles contribuent aussi, par les jeux auxquels elles se prêtent (falsification, codage, détournement, etc.), à la gaieté du roman, et reflètent ce plaisir d'écrire et de lire qui a présidé à sa composition. Voir notamment les deux articles suivants : D. Sangsue, « Les lettres dans *La Chartreuse de Parme* », dans *Stendhal, La Chartreuse de Parme ou la « chimère absente »*, *op. cit.*, p. 41-52, et B. Didier, « Écris, [...] toi qui as une main droite », dans *Stendhal, La Chartreuse de Parme*, éd. InterUniversitaires, p. 311-324.

qu'avec le comte N... elle se perdait, et qu'une telle liaison la déshonorait.

La comtesse n'avait aucune sorte d'amour pour le comte N..., et c'est ce qu'elle lui déclara quand elle fut tout à fait sûre du désespoir de Limercati. Le comte, qui avait de l'usage, la pria de ne point divulguer la triste vérité dont elle lui faisait confidence : – Si vous avez l'extrême indulgence, ajouta-t-il, de continuer à me recevoir avec toutes les distinctions extérieures accordées à l'amant régnant, je trouverai peut-être une place convenable.

Après cette déclaration héroïque la comtesse ne voulut plus des chevaux ni de la loge du comte N... Mais depuis quinze ans elle était accoutumée à la vie la plus élégante : elle eut à résoudre ce problème difficile ou pour mieux dire impossible : vivre à Milan avec une pension de quinze cents francs. Elle quitta son palais, loua deux chambres à un cinquième étage, renvoya tous ses gens et jusqu'à sa femme de chambre remplacée par une pauvre vieille faisant des ménages. Ce sacrifice était dans le fait moins héroïque et moins pénible qu'il ne nous semble ; à Milan la pauvreté n'est pas un ridicule [1], et partant ne se montre pas aux âmes effrayées comme le pire des maux. Après quelques mois de cette pauvreté noble, assiégée par les lettres continuelles de Limercati, et même du comte N... qui lui aussi voulait épouser, il arriva que le marquis del Dongo, ordinairement d'une avarice exécrable, vint à penser que ses ennemis pourraient bien triompher de la misère de sa sœur. Quoi ! une del Dongo être réduite à vivre avec la pension que la cour de Vienne, dont il avait tant à se plaindre, accorde aux veuves de ses généraux !

Il lui écrivit qu'un appartement et un traitement dignes de sa sœur l'attendaient au château de Grianta. L'âme mobile de la comtesse embrassa avec enthousiasme l'idée de ce nouveau genre de vie ; il y avait vingt ans qu'elle n'avait pas habité ce château vénérable s'élevant majestueusement au milieu des vieux châtaigniers plantés du temps des Sforce. Là, se disait-elle, je trouverai le repos, et, à mon âge, n'est-ce pas le bonheur ? (Comme elle avait

240

250

260

270

---

1. C'est une composante essentielle du mythe italien.

trente et un ans elle se croyait arrivée au moment de la
retraite.) Sur ce lac sublime où je suis née, m'attend enfin
280 une vie heureuse et paisible.

Je ne sais si elle se trompait, mais ce qu'il y a de sûr
c'est que cette âme passionnée, qui venait de refuser si lestement l'offre de deux immenses fortunes, apporta le bonheur au château de Grianta. Ses deux nièces étaient folles
de joie. – Tu m'as rendu les beaux jours de la jeunesse, lui
disait la marquise en l'embrassant ; la veille de ton arrivée,
j'avais cent ans. La comtesse se mit à revoir, avec Fabrice,
tous ces lieux enchanteurs voisins de Grianta, et si célé-
brés par les voyageurs [1] : la villa Melzi de l'autre côté du
290 lac, vis-à-vis le château, et qui lui sert de point de vue ; au-
dessus le bois sacré des *Sfondrata*, et le hardi promontoire
qui sépare les deux branches du lac, celle de Côme, si
voluptueuse, et celle qui court vers Lecco, pleine de
sévérité : aspects sublimes et gracieux, que le site le plus
renommé du monde, la baie de Naples, égale, mais ne sur-
passe point. C'était avec ravissement que la comtesse
retrouvait les souvenirs de sa première jeunesse et les
comparait à ses sensations actuelles. Le lac de Côme, se
disait-elle, n'est point environné, comme le lac de Genève,

---

1. Ici intervient l'une des descriptions les plus longues du roman, et à
coup sûr l'une des plus importantes. Certes, Stendhal décrit un paysage
bien réel (la villa Melzi, le bois de Sfondrata, le dessin du lac, rien de tout
cela n'est inventé) et puise dans ses souvenirs : il a lui-même visité les
lieux, les a décrits à plusieurs reprises et les tient pour les plus beaux du
monde. Mais ce paysage est aussi un lieu commun littéraire, une varia-
tion sur le thème du *locus amœnus*. Plus précisément, Stendhal s'inspire
de la description des jardins d'Armide (Le Tasse, *La Jérusalem délivrée*,
chant XVI) et n'oublie pas – mais, cette fois-ci, pour s'en démar-
quer – les descriptions du lac de Genève par Rousseau dans *La Nouvelle
Héloïse*. Paysage-état d'âme, cette description, insérée dans un monologue intérieur, donne accès, pour la première fois, aux pensées de Gina
et en révèle les ambiguïtés : comment oublier, ici, la présence de Fabrice,
à peine signalée, et pourtant certainement déterminante dans le vécu de
ce bonheur ? Pour être tue, pour n'être pas consciente, la passion n'en est
pas moins là et enchante le paysage. Le chanoine Borda, dans un accès
de jalousie, ne s'y trompera pas et découvrira les vraies raisons de ce
bonheur. Paysage-oracle, enfin, le lac délivre un message, d'ordre esthétique et moral, qui vaut comme l'un de ces présages qui orientent le
roman. Voir sur ce point l'analyse de M. Crouzet dans son article
« L'espace et l'aventure. Lieux et lieux communs », repris dans *Le
Roman stendhalien*, *op. cit.*, p. 21-33.

de grandes pièces de terre bien closes et cultivées selon les meilleures méthodes, choses qui rappellent l'argent et la spéculation. Ici de tous côtés je vois des collines d'inégales hauteurs couvertes de bouquets d'arbres plantés par le hasard, et que la main de l'homme n'a point encore gâtés et forcés *à rendre du revenu* [1]. Au milieu de ces collines aux formes admirables et se précipitant vers le lac par des pentes si singulières, je puis garder toutes les illusions des descriptions du Tasse et de l'Arioste. Tout est noble et tendre, tout parle d'amour, rien ne rappelle les laideurs de la civilisation. Les villages situés à mi-côte sont cachés par de grands arbres, et au-dessus des sommets des arbres s'élève l'architecture charmante de leurs jolis clochers. Si quelque petit champ de cinquante pas de large vient interrompre de temps à autre les bouquets de châtaigniers et de cerisiers sauvages, l'œil satisfait y voit croître des plantes plus vigoureuses et plus heureuses là qu'ailleurs. Par-delà ces collines, dont le faîte offre des ermitages qu'on voudrait tous habiter, l'œil étonné aperçoit les pics des Alpes, toujours couverts de neige, et leur austérité sévère lui rappelle des malheurs de la vie ce qu'il en faut pour accroître la volupté présente. L'imagination est touchée par le son lointain de la cloche de quelque petit village caché sous les arbres [2] : ces sons portés sur les eaux

---

1. À l'encontre de Rousseau, Stendhal célèbre ici un paysage vierge de toute culture, de tout travail, de tout asservissement à l'économie (sur cet « exercice de contre-écriture », voir l'article déjà cité de M. Reid, « Paysages »). On se souvient que dans le chapitre II du *Rouge* le narrateur ironise sur « la mutilation périodique » des arbres, qui finissent par ressembler « à la plus vulgaire des plantes potagères », et se moque de ce « grand mot qui décide de tout à Verrières : RAPPORTER DU REVENU » (p. 16).

2. Stendhal est sensible à la musique des cloches, il l'a déjà avoué dans *De l'amour* ou dans *Rome, Naples et Florence en 1817*. Dans l'un des passages les plus célèbres de la *Vie de Henry Brulard*, il décrit l'émotion que de tels sons provoquèrent en lui lors de son arrivée à Rolle : « J'entendis tout à coup sonner en grande volée la cloche majestueuse d'une église située dans la colline à un quart de lieue au-dessus de Rolle ou de Nyon, j'y montai. Je voyais ce beau lac s'étendre sous mes yeux, le son de la cloche était une ravissante musique qui accompagnait mes idées et leur donnait une physionomie sublime. Là, ce me semble, a été mon approche la plus voisine du *bonheur parfait*. Pour un tel moment, il vaut la peine d'avoir vécu » (p. 413).

qui les adoucissent prennent une teinte de douce mélancolie et de résignation, et semblent dire à l'homme : La vie
s'enfuit, ne te montre donc point si difficile envers le bonheur qui se présente, hâte-toi de jouir. Le langage de ces
lieux ravissants, et qui n'ont point de pareils au monde,
rendit à la comtesse son cœur de seize ans. Elle ne conce-
330   vait pas comment elle avait pu passer tant d'années sans
revoir le lac. Est-ce donc au commencement de la
vieillesse, se disait-elle, que le bonheur se serait réfugié ?
Elle acheta une barque que Fabrice, la marquise et elle
ornèrent de leurs mains, car on manquait d'argent pour
tout, au milieu de l'état de maison le plus splendide ;
depuis sa disgrâce le marquis del Dongo avait redoublé de
faste aristocratique. Par exemple, pour gagner dix pas de
terrain sur le lac, près de la fameuse allée de platanes, à
côté de la Cadenabia, il faisait construire une digue dont le
340   devis allait à quatre-vingt mille francs. À l'extrémité de la
digue on voyait s'élever, sur les dessins du fameux marquis Cagnola [1], une chapelle bâtie tout entière en blocs de
granit énormes, et, dans la chapelle, Marchesi, le sculpteur
à la mode de Milan, lui bâtissait un tombeau sur lequel des
bas-reliefs nombreux devaient représenter les belles
actions de ses ancêtres.

Le frère aîné de Fabrice, le marchesine Ascagne, voulut
se mettre des promenades de ces dames ; mais sa tante
jetait de l'eau sur ses cheveux poudrés, et avait tous les
350   jours quelque nouvelle niche à lancer à sa gravité. Enfin il
délivra de l'aspect de sa grosse figure blafarde la joyeuse
troupe qui n'osait rire en sa présence. On pensait qu'il
était l'espion du marquis son père, et il fallait ménager ce
despote sévère et toujours furieux depuis sa démission
forcée.

Ascagne jura de se venger de Fabrice.

Il y eut une tempête où l'on courut des dangers ;
quoiqu'on eût infiniment peu d'argent, on paya généreuse-

---

1. Le marquis Louis Cagnola (1762-1833) avait fait ériger à Milan, en
l'honneur de Napoléon, un arc de triomphe, qu'il modifia ensuite de
manière à célébrer ses ennemis. Marchesi (1790-1858) était un élève de
Canova : Stendhal le citera encore parmi les artistes chargés d'orner le
palais du marquis Crescenzi, à l'occasion de son mariage avec Clélia.

ment les deux bateliers pour qu'ils ne dissent rien au marquis, qui déjà témoignait beaucoup d'humeur de ce qu'on 360
emmenait ses deux filles. On rencontra une seconde
tempête ; elles sont terribles et imprévues sur ce beau lac :
des rafales de vent sortent à l'improviste de deux gorges
de montagnes placées dans des directions opposées et lut-
tent sur les eaux. La comtesse voulut débarquer au milieu
de l'ouragan et des coups de tonnerre ; elle prétendait que,
placée sur un rocher isolé au milieu du lac, et grand
comme une petite chambre, elle aurait un spectacle
singulier ; elle se verrait assiégée de toutes parts par des
vagues furieuses ; mais, en sautant de la barque, elle tomba 370
dans l'eau. Fabrice se jeta après elle pour la sauver, et tous
deux furent entraînés assez loin [1]. Sans doute il n'est pas
beau de se noyer, mais l'ennui, tout étonné, était banni du
château féodal. La comtesse s'était passionnée pour le
caractère primitif et pour l'astrologie de l'abbé Blanès. Le
peu d'argent qui lui restait après l'acquisition de la barque
avait été employé à acheter un petit télescope de rencontre,
et presque tous les soirs, avec ses nièces et Fabrice, elle
allait s'établir sur la plate-forme d'une des tours gothiques
du château. Fabrice était le savant de la troupe, et l'on pas- 380
sait là plusieurs heures fort gaiement, loin des espions.

Il faut avouer qu'il y avait des journées où la comtesse
n'adressait la parole à personne ; on la voyait se promener
sous les hauts châtaigniers, plongée dans de sombres
rêveries ; elle avait trop d'esprit pour ne pas sentir parfois
l'ennui qu'il y a à ne pas échanger ses idées [2]. Mais le lendemain elle riait comme la veille : c'étaient les doléances
de la marquise, sa belle-sœur, qui produisaient ces impressions sombres sur cette âme naturellement si agissante.

– Passerons-nous donc ce qui nous reste de jeunesse 390
dans ce triste château ! s'écriait la marquise.

Avant l'arrivée de la comtesse, elle n'avait pas même le
courage d'avoir de ces regrets.

---

1. Stendhal reprend ici un épisode de son texte de départ, « La jeunesse
d'Alexandre Farnèse » (voir Dossier, chapitre I), et se souvient toujours
de *La Nouvelle Héloïse*, de cette tempête sur le lac qui faillit provoquer
la perte de Julie et de Saint-Preux (Quatrième partie, lettre XVII).
2. Stendhal lui prête ici son caractère, son besoin impérieux de conversation, sa hantise de l'ennui.

L'on vécut ainsi pendant l'hiver de 1814 à 1815. Deux
fois, malgré sa pauvreté, la comtesse vint passer quelques
jours à Milan ; il s'agissait de voir un ballet sublime de
Vigano [1], donné au théâtre de la Scala, et le marquis ne
défendait point à sa femme d'accompagner sa belle-sœur.
On allait toucher les quartiers de la petite pension, et
400 c'était la pauvre veuve du général cisalpin qui prêtait
quelques sequins à la richissime marquise del Dongo. Ces
parties étaient charmantes ; on invitait à dîner de vieux
amis, et l'on se consolait en riant de tout, comme de vrais
enfants. Cette gaieté italienne, pleine de *brio* et d'imprévu,
faisait oublier la tristesse sombre que les regards du marquis et de son fils aîné répandaient autour d'eux à Grianta.
Fabrice, à peine âgé de seize ans, représentait fort bien le
chef de la maison.

Le 7 mars 1815, les dames étaient de retour, depuis
410 l'avant-veille, d'un charmant petit voyage de Milan ; elles
se promenaient dans la belle allée de platanes récemment
prolongée sur l'extrême bord du lac. Une barque parut,
venant du côté de Côme, et fit des signes singuliers. Un
agent du marquis sauta sur la digue : Napoléon venait de
débarquer au golfe de Juan [2]. L'Europe eut la bonhomie
d'être surprise de cet événement, qui ne surprit point le
marquis del Dongo ; il écrivit à son souverain une lettre
pleine d'effusion de cœur ; il lui offrait ses talents et plusieurs millions, et lui répétait que ses ministres étaient des
420 jacobins d'accord avec les meneurs de Paris.

Le 8 mars, à six heures du matin, le marquis, revêtu de
ses insignes, se faisait dicter, par son fils aîné, le brouillon
d'une troisième dépêche politique ; il s'occupait avec gravité à la transcrire de sa belle écriture soignée, sur du
papier portant en filigrane l'effigie du souverain. Au même
instant, Fabrice se faisait annoncer chez la comtesse Pietranera.

– Je pars, lui dit-il, je vais rejoindre l'Empereur, qui est
aussi roi d'Italie ; il avait tant d'amitié pour ton mari ! Je

---

1. Chorégraphe et danseur italien qu'admirait Stendhal. Il loue ses ballets
à plusieurs reprises dans la *Vie de Rossini*.
2. Il débarqua, en fait, le 1ᵉʳ mars, et vingt jours après, au terme d'un
voyage triomphal, il entrait à Paris. Louis XVIII partit pour Gand.

passe par la Suisse. Cette nuit, à Menagio, mon ami Vasi, 430
le marchand de baromètres [1], m'a donné son passeport ;
maintenant donne-moi quelques napoléons, car je n'en ai
que deux à moi ; mais s'il le faut, j'irai à pied.

La comtesse pleurait de joie et d'angoisse. – Grand
Dieu ! pourquoi faut-il que cette idée te soit venue !
s'écriait-elle en saisissant les mains de Fabrice.

Elle se leva et alla prendre dans l'armoire au linge, où
elle était soigneusement cachée, une petite bourse ornée
de perles ; c'était tout ce qu'elle possédait au monde.

– Prends, dit-elle à Fabrice ; mais au nom de Dieu ! ne 440
te fais pas tuer. Que restera-t-il à ta malheureuse mère et à
moi, si tu nous manques ? Quant au succès de Napoléon,
il est impossible, mon pauvre ami ; nos messieurs sauront
bien le faire périr. N'as-tu pas entendu, il y a huit jours, à
Milan, l'histoire des vingt-trois projets d'assassinat tous si
bien combinés et auxquels il n'échappa que par miracle ?
et alors il était tout-puissant. Et tu as vu que ce n'est pas
la volonté de le perdre qui manque à nos ennemis ; la
France n'était plus rien depuis son départ.

C'était avec l'accent de l'émotion la plus vive que la 450
comtesse parlait à Fabrice des futures destinées de Napoléon. – En te permettant d'aller le rejoindre, je lui sacrifie
ce que j'ai de plus cher au monde, disait-elle. Les yeux de
Fabrice se mouillèrent, il répandit des larmes en embrassant la comtesse, mais sa résolution de partir ne fut pas un
instant ébranlée. Il expliquait avec effusion à cette amie si
chère toutes les raisons qui le déterminaient, et que nous
prenons la liberté de trouver bien plaisantes [2].

– Hier soir, il était six heures moins sept minutes, nous
nous promenions, comme tu sais, sur le bord du lac dans 460
l'allée de platanes, au-dessous de la Casa Sommariva [3], et
nous marchions vers le sud. Là, pour la première fois, j'ai

---

1. Vasi était le nom d'un graveur et dessinateur, maître de Piranèse. Le
commerce de baromètres était bien une activité locale. D'après Stendhal,
Silvio Pellico aurait projeté d'écrire un roman dont le héros exerçait précisément ce métier.
2. Bel exemple d'ironie : Stendhal feint de prendre ses distances, mais il
est en fait plein d'indulgence pour le caractère superstitieux de l'Italien.
3. Aujourd'hui « villa Carlotta », renommée pour son parc et sa collection d'œuvres d'art.

remarqué au loin le bateau qui venait de Côme, porteur d'une si grande nouvelle. Comme je regardais ce bateau sans songer à l'Empereur, et seulement enviant le sort de ceux qui peuvent voyager, tout à coup j'ai été saisi d'une émotion profonde. Le bateau a pris terre, l'agent a parlé bas à mon père, qui a changé de couleur, et nous a pris à part pour nous annoncer la *terrible nouvelle* [1]. Je me
470 tournai vers le lac sans autre but que de cacher les larmes de joie dont mes yeux étaient inondés. Tout à coup, à une hauteur immense et à ma droite j'ai vu un aigle, l'oiseau de Napoléon ; il volait majestueusement se dirigeant vers la Suisse, et par conséquent vers Paris. Et moi aussi, me suis-je dit à l'instant, je traverserai la Suisse avec la rapidité de l'aigle, et j'irai offrir à ce grand homme bien peu de chose, mais enfin tout ce que je puis offrir, le secours de mon faible bras. Il voulut nous donner une patrie et il aima mon oncle. À l'instant, quand je voyais encore l'aigle, par
480 un effet singulier mes larmes se sont taries ; et la preuve que cette idée vient d'en haut, c'est qu'au même moment, sans discuter, j'ai pris ma résolution et j'ai vu les moyens d'exécuter ce voyage. En un clin d'œil toutes les tristesses qui, comme tu sais, empoisonnent ma vie, surtout les dimanches, ont été comme enlevées par un souffle divin. J'ai vu cette grande image de l'Italie se relever de la fange où les Allemands la retiennent plongée [2] * ; elle étendait ses bras meurtris et encore à demi chargés de chaînes vers son roi et son libérateur. Et moi, me suis-je dit, fils encore
490 inconnu de cette mère malheureuse, je partirai, j'irai mourir ou vaincre avec cet homme marqué par le destin, et qui voulut nous laver du mépris que nous jettent même les

---

1. Selon H. Martineau, la scène évoque le passage de la *Vie de Henry Brulard*, où, à l'annonce de la mort de Louis XVI, l'enfant exulte, tandis que son père est consterné (p. 121).
2. Fabrice reprend effectivement ici quelques vers du poème de Monti (1754-1828), « In morte di Lorenzo Mascheroni », écrit en l'honneur de ce géomètre qui avait soutenu la cause des Français en Italie. Stendhal connaissait Monti et appréciait son œuvre. Sa note est un bel exemple de duplicité (elle fait écho au « C'est un scélérat qui parle » de *Tartuffe*), et trahit sa sympathie pour son héros.
* C'est un personnage passionné qui parle, il traduit en prose quelques vers du célèbre Monti (NdA).

plus esclaves et les plus vils parmi les habitants de l'Europe.

– Tu sais, ajouta-t-il à voix basse en se rapprochant de la comtesse, et fixant sur elle ses yeux d'où jaillissaient des flammes, tu sais ce jeune marronnier que ma mère, l'hiver de ma naissance, planta elle-même au bord de la grande fontaine dans notre forêt, à deux lieues d'ici : avant de rien faire, j'ai voulu l'aller visiter. Le printemps n'est pas trop avancé, me disais-je : eh bien ! si mon arbre a des feuilles, ce sera un signe pour moi. Moi aussi je dois sortir de l'état de torpeur où je languis dans ce triste et froid château. Ne trouves-tu pas que ces vieux murs noircis, symboles maintenant et autrefois moyens du despotisme, sont une véritable image du triste hiver ? ils sont pour moi ce que l'hiver est pour mon arbre.

Le croirais-tu, Gina ? hier soir à sept heures et demie j'arrivais à mon marronnier ; il avait des feuilles, de jolies petites feuilles déjà assez grandes ! Je les baisai sans leur faire de mal. J'ai bêché la terre avec respect à l'entour de l'arbre chéri. Aussitôt, rempli d'un transport nouveau, j'ai traversé la montagne ; je suis arrivé à Menagio : il me fallait un passeport pour entrer en Suisse. Le temps avait volé, il était déjà une heure du matin quand je me suis vu à la porte de Vasi. Je pensais devoir frapper longtemps pour le réveiller ; mais il était debout avec trois de ses amis. À mon premier mot : « Tu vas rejoindre Napoléon ! » s'est-il écrié ; et il m'a sauté au cou. Les autres aussi m'ont embrassé avec transport. « Pourquoi suis-je marié ! » disait l'un d'eux.

Madame Pietranera était devenue pensive ; elle crut devoir présenter quelques objections. Si Fabrice eût eu la moindre expérience, il eût bien vu que la comtesse elle-même ne croyait pas aux bonnes raisons qu'elle se hâtait de lui donner. Mais, à défaut d'expérience, il avait de la résolution ; il ne daigna pas même écouter ces raisons. La comtesse se réduisit bientôt à obtenir de lui que du moins il fît part de son projet à sa mère.

– Elle le dira à mes sœurs, et ces femmes me trahiront à leur insu ! s'écria Fabrice avec une sorte de hauteur héroïque.

– Parlez donc avec plus de respect, dit la comtesse souriant au milieu de ses larmes, du sexe qui fera votre
fortune ; car vous déplairez toujours aux hommes, vous
avez trop de feu pour les âmes prosaïques [1].

La marquise fondit en larmes en apprenant l'étrange
projet de son fils ; elle n'en sentait pas l'héroïsme, et fit
tout son possible pour le retenir. Quand elle fut convaincue
540 que rien au monde, excepté les murs d'une prison, ne
pourrait l'empêcher de partir, elle lui remit le peu d'argent
qu'elle possédait ; puis elle se souvint qu'elle avait depuis
la veille huit ou dix petits diamants valant peut-être dix
mille francs, que le marquis lui avait confiés pour les faire
monter à Milan. Les sœurs de Fabrice entrèrent chez leur
mère tandis que la comtesse cousait ces diamants dans
l'habit de voyage de notre héros ; il rendait à ces pauvres
femmes leurs chétifs napoléons. Ses sœurs furent tellement enthousiasmées de son projet, elles l'embrassaient
550 avec une joie si bruyante qu'il prit à la main quelques diamants qui restaient encore à cacher, et voulut partir sur-le-
champ.

– Vous me trahiriez à votre insu, dit-il à ses sœurs.
Puisque j'ai tant d'argent, il est inutile d'emporter des
hardes ; on en trouve partout. Il embrassa ces personnes
qui lui étaient si chères, et partit à l'instant même sans
vouloir rentrer dans sa chambre. Il marcha si vite, craignant toujours d'être poursuivi par des gens à cheval, que
le soir même il entrait à Lugano. Grâce à Dieu, il était dans
560 une ville suisse, et ne craignait plus d'être violenté sur la
route solitaire par des gendarmes payés par son père. De
ce lieu, il lui écrivit une belle lettre, faiblesse d'enfant qui
donna de la consistance à la colère du marquis. Fabrice
prit la poste, passa le Saint-Gothard ; son voyage fut
rapide, et il entra en France par Pontarlier. L'Empereur
était à Paris. Là commencèrent les malheurs de Fabrice ; il
était parti dans la ferme intention de parler à l'Empereur :

---

1. Paroles prémonitoires, qui vaudraient aussi bien pour Julien dans *Le
Rouge et le Noir*. Stendhal utilise à maintes reprises l'adjectif « prosaïque », pour désigner tout ce qui, par sa vulgarité, sa vilenie, son
égoïsme calculateur, s'oppose au romanesque, à l'héroïsme, à la noblesse
d'âme, bref, à ce qu'il appelle l'« espagnolisme ».

jamais il ne lui était venu à l'esprit que ce fût chose difficile. À Milan, dix fois par jour il voyait le prince
Eugène et eût pu lui adresser la parole. À Paris, tous les   570
matins, il allait dans la cour du château des Tuileries
assister aux revues passées par Napoléon ; mais jamais il
ne put approcher de l'Empereur. Notre héros croyait tous
les Français profondément émus comme lui de l'extrême
danger que courait la patrie. À la table de l'hôtel où il
était descendu, il ne fit point mystère de ses projets et de
son dévouement ; il trouva des jeunes gens d'une douceur aimable, encore plus enthousiastes que lui, et qui,
en peu de jours, ne manquèrent pas de lui voler tout
l'argent qu'il possédait. Heureusement, par pure   580
modestie, il n'avait pas parlé des diamants donnés par sa
mère. Le matin où, à la suite d'une orgie, il se trouva
décidément volé, il acheta deux beaux chevaux, prit pour
domestique un ancien soldat palefrenier du maquignon,
et, dans son mépris pour les jeunes Parisiens beaux
parleurs, partit pour l'armée. Il ne savait rien, sinon
qu'elle se rassemblait vers Maubeuge. À peine fut-il
arrivé sur la frontière, qu'il trouva ridicule de se tenir
dans une maison, occupé à se chauffer devant une bonne
cheminée, tandis que des soldats bivouaquaient. Quoi   590
que pût lui dire son domestique, qui ne manquait pas de
bon sens, il courut se mêler imprudemment aux bivouacs
de l'extrême frontière, sur la route de Belgique. À peine
fut-il arrivé au premier bataillon placé à côté de la route,
que les soldats se mirent à regarder ce jeune bourgeois,
dont la mise n'avait rien qui rappelât l'uniforme. La nuit
tombait, il faisait un vent froid. Fabrice s'approcha d'un
feu, et demanda l'hospitalité en payant. Les soldats se
regardèrent étonnés surtout de l'idée de payer [1], et lui
accordèrent avec bonté une place au feu ; son domes-   600
tique lui fit un abri. Mais, une heure après, l'adjudant du

---

1. Dans tout cet épisode, Fabrice trahit son ingénuité par son utilisation
maladroite de l'argent : son éducation consistera notamment à apprendre
à s'en servir, à le gérer, à le dissimuler. Sur le statut de l'argent dans ce
roman, dont il renforce l'idéologie aristocratique, le caractère poétique et
foncièrement amoral, on lira l'article de J.-J. Hamm, « Argent et bonheur
dans *La Chartreuse de Parme* », dans *Stendhal, La Chartreuse de Parme
ou la « chimère absente »*, *op. cit.*, p. 125-132.

régiment passant à portée du bivouac, les soldats allèrent lui raconter l'arrivée de cet étranger parlant mal français. L'adjudant interrogea Fabrice, qui lui parla de son enthousiasme pour l'Empereur avec un accent fort suspect ; sur quoi ce sous-officier le pria de le suivre jusque chez le colonel, établi dans une ferme voisine. Le domestique de Fabrice s'approcha avec les deux chevaux. Leur vue parut frapper si vivement l'adjudant sous-officier,
610 qu'aussitôt il changea de pensée, et se mit à interroger aussi le domestique. Celui-ci, ancien soldat, devinant d'abord le plan de campagne de son interlocuteur, parla des protections qu'avait son maître, ajoutant que, certes, on ne lui *chiperait* pas ses beaux chevaux. Aussitôt un soldat appelé par l'adjudant lui mit la main sur le collet ; un autre soldat prit soin des chevaux, et, d'un air sévère, l'adjudant ordonna à Fabrice de le suivre sans répliquer.

Après lui avoir fait faire une bonne lieue, à pied, dans
620 l'obscurité rendue plus profonde en apparence par le feu des bivouacs qui de toutes parts éclairaient l'horizon, l'adjudant remit Fabrice à un officier de gendarmerie qui, d'un air grave, lui demanda ses papiers. Fabrice montra son passeport qui le qualifiait marchand de baromètres *portant sa marchandise*.

– Sont-ils bêtes, s'écria l'officier, c'est aussi trop fort !

Il fit des questions à notre héros qui parla de l'Empereur et de la liberté dans les termes du plus vif enthou-
630 siasme ; sur quoi l'officier de gendarmerie fut saisi d'un rire fou.

– Parbleu ! tu n'es pas trop adroit ! s'écria-t-il. Il est un peu fort de café que l'on ose nous expédier des blancs-becs [1] de ton espèce ! Et quoi que pût dire Fabrice, qui se tuait à expliquer qu'en effet il n'était pas marchand de baromètres, l'officier l'envoya à la prison de B... [2], petite ville du voisinage où notre héros arriva sur les trois heures du matin, outré de fureur et mort de fatigue.

---

1. « Jeune homme sans expérience et sûr de soi » (Le Robert). L'injure va revenir comme un *leitmotiv*.
2. Beaumont, au sud de la Sambre, selon V. Del Litto.

Fabrice, d'abord étonné, puis furieux, ne comprenant absolument rien à ce qui lui arrivait, passa trente-trois longues journées dans cette misérable prison [1] ; il écrivait lettres sur lettres au commandant de la place, et c'était la femme du geôlier, belle Flamande de trente-six ans, qui se chargeait de les faire parvenir. Mais comme elle n'avait nulle envie de faire fusiller un aussi joli garçon, et que d'ailleurs il payait bien, elle ne manquait pas de jeter au feu toutes ces lettres. Le soir, fort tard, elle daignait venir écouter les doléances du prisonnier ; elle avait dit à son mari que le blanc-bec avait de l'argent, sur quoi le prudent geôlier lui avait donné carte blanche. Elle usa de la permission et reçut quelques napoléons d'or, car l'adjudant n'avait enlevé que les chevaux, et l'officier de gendarmerie n'avait rien confisqué du tout. Une après-midi du mois de juin, Fabrice entendit une forte canonnade assez éloignée. On se battait donc enfin ! son cœur bondissait d'impatience. Il entendit aussi beaucoup de bruit dans la ville ; en effet un grand mouvement s'opérait, trois divisions traversaient B… Quand, sur les onze heures du soir, la femme du geôlier vint partager ses peines, Fabrice fut plus aimable encore que de coutume ; puis lui prenant les mains :

– Faites-moi sortir d'ici, je jurerai sur l'honneur de revenir dans la prison dès qu'on aura cessé de se battre.

– Balivernes que tout cela ! As-tu du *quibus* [2] ? Il parut inquiet, il ne comprenait pas le mot *quibus*. La geôlière, voyant ce mouvement, jugea que les eaux étaient basses, et, au lieu de parler de napoléons d'or comme elle l'avait résolu, elle ne parla plus que de francs.

– Écoute, lui dit-elle, si tu peux donner une centaine de francs, je mettrai un double napoléon sur chacun des yeux du caporal qui va venir relever la garde pendant la nuit. Il ne pourra te voir partir de prison, et si son régiment doit filer dans la journée, il acceptera.

---

1. À partir de là, l'itinéraire de Fabrice va être régulièrement jalonné d'emprisonnements, ou progressera sous la menace d'un emprisonnement. Autant d'annonces narratives qui structurent solidement le roman et préparent l'épisode de la tour.
2. Terme populaire qui signifie « argent ».

Le marché fut bientôt conclu. La geôlière consentit même à cacher Fabrice dans sa chambre d'où il pourrait plus facilement s'évader le lendemain matin.

Le lendemain, avant l'aube, cette femme tout attendrie dit à Fabrice :

— Mon cher petit, tu es encore bien jeune pour faire ce
680 vilain métier : crois-moi, n'y reviens plus.

— Mais quoi ! répétait Fabrice, il est donc criminel de vouloir défendre la patrie ?

— Suffit. Rappelle-toi toujours que je t'ai sauvé la vie ; ton cas était net, tu aurais été fusillé ; mais ne le dis à personne, car tu nous ferais perdre notre place à mon mari et à moi ; surtout ne répète jamais ton mauvais conte d'un gentilhomme de Milan déguisé en marchand de baromètres, c'est trop bête. Écoute-moi bien, je vais te donner les habits d'un hussard mort avant-hier dans la prison :
690 n'ouvre la bouche que le moins possible, mais enfin, si un maréchal des logis ou un officier t'interroge de façon à te forcer de répondre, dis que tu es resté malade chez un paysan qui t'a recueilli par charité comme tu tremblais la fièvre dans un fossé de la route. Si l'on n'est pas satisfait de cette réponse, ajoute que tu vas rejoindre ton régiment. On t'arrêtera peut-être à cause de ton accent : alors dis que tu es né en Piémont, que tu es un conscrit resté en France l'année passée [1], etc. etc.

Pour la première fois, après trente-trois jours de fureur,
700 Fabrice comprit le fin mot de tout ce qui lui arrivait. On le prenait pour un espion. Il raisonna avec la geôlière, qui, ce matin-là, était fort tendre ; et enfin, tandis qu'armée d'une aiguille elle rétrécissait les habits du hussard, il raconta son histoire bien clairement à cette femme étonnée. Elle y crut un instant ; il avait l'air si naïf, et il était si joli habillé en hussard !

---

1. Le mensonge est plausible, car le Piémont ayant fait partie de l'Empire français jusqu'en 1814, ses habitants devaient se soumettre à la conscription. Fabrice doit faire croire qu'il est un conscrit resté en France après 1814. On remarquera que cette belle geôlière est la première de ces femmes protectrices qui vont initier Fabrice à la guerre, à la vie, à l'amour aussi : la prison est d'emblée un espace féminin, dont les douceurs compensent les désagéments de l'incarcération.

– Puisque tu as tant de bonne volonté pour te battre, lui dit-elle enfin à demi persuadée, il fallait donc en arrivant à Paris t'engager dans un régiment. En payant à boire à un maréchal des logis, ton affaire était faite ! La geôlière ajouta beaucoup de bons avis pour l'avenir, et enfin, à la petite pointe du jour, mit Fabrice hors de chez elle, après lui avoir fait jurer cent et cent fois que jamais il ne prononcerait son nom, quoi qu'il pût arriver. Dès que Fabrice fut sorti de la petite ville, marchant gaillardement le sabre de hussard sous le bras, il lui vint un scrupule. Me voici, se dit-il, avec l'habit et la feuille de route d'un hussard mort en prison, où l'avait conduit, dit-on, le vol d'une vache et de quelques couverts d'argent ! j'ai pour ainsi dire succédé à son être… et cela sans le vouloir ni le prévoir en aucune manière ! Gare la prison !…. Le présage est clair, j'aurai beaucoup à souffrir de la prison !

Il n'y avait pas une heure que Fabrice avait quitté sa bienfaitrice, lorsque la pluie commença à tomber avec une telle force qu'à peine le nouvel hussard pouvait-il marcher, embarrassé par des bottes grossières qui n'étaient pas faites pour lui. Il fit rencontre d'un paysan monté sur un méchant cheval, il acheta le cheval en s'expliquant par signes ; la geôlière lui avait recommandé de parler le moins possible, à cause de son accent.

Ce jour-là l'armée, qui venait de gagner la bataille de Ligny, était en pleine marche sur Bruxelles ; on était à la veille de la bataille de Waterloo [1]. Sur le midi, la pluie à verse continuant toujours, Fabrice entendit le bruit du canon ; ce bonheur lui fit oublier tout à fait les affreux moments de désespoir que venait de lui donner cette prison si injuste [2]. Il marcha jusqu'à la nuit très avancée, et

---

1. Donc, le 17 juin 1815. À Ligny, Napoléon avait rejeté Blücher vers Liège, mais il n'avait pas remporté une victoire décisive. Il se porta alors à la rencontre des Anglais, qui s'étaient regroupés sur le plateau de Mont-Saint-Jean, au sud de Waterloo. La pluie continue, la boue, la fatigue des hommes l'obligèrent à différer l'attaque. Ce retard le perdit, en donnant aux Prussiens, qui avaient débordé Grouchy (Fabrice prétendra appartenir à sa cavalerie), le temps de rejoindre les Anglais sur le champ de bataille.
2. Stendhal lui prête la joie qu'il ressentit lui-même au fort de Bard, lorsqu'il vit le feu pour la première fois (*Vie de Henry Brulard*, p. 422).

comme il commençait à avoir quelque bon sens, il alla prendre son logement dans une maison de paysan fort éloi-
740 gnée de la route. Ce paysan pleurait et prétendait qu'on lui avait tout pris ; Fabrice lui donna un écu, et il trouva de l'avoine. Mon cheval n'est pas beau, se dit Fabrice ; mais qu'importe, il pourrait bien se trouver du goût de quelque adjudant, et il alla coucher à l'écurie à ses côtés. Une heure avant le jour, le lendemain, Fabrice était sur la route, et, à force de caresses, il était parvenu à faire prendre le trot à son cheval. Sur les cinq heures, il entendit la canonnade : c'étaient les préliminaires de Waterloo.

CHAPITRE III

Fabrice trouva bientôt des vivandières [1], et l'extrême reconnaissance qu'il avait pour la geôlière de B*** le porta à leur adresser la parole : il demanda à l'une d'elles où était le 4e régiment de hussards, auquel il appartenait.

– Tu ferais tout aussi bien de ne pas tant te presser, mon petit soldat, dit la cantinière touchée par la pâleur et les beaux yeux de Fabrice. Tu n'as pas encore la poigne assez ferme pour les coups de sabre qui vont se donner aujourd'hui. Encore si tu avais un fusil, je ne dis pas, tu pourrais lâcher ta balle tout comme un autre.

Ce conseil déplut à Fabrice ; mais il avait beau pousser son cheval, il ne pouvait aller plus vite que la charrette de la cantinière. De temps à autre le bruit du canon semblait se rapprocher et les empêchait de s'entendre, car Fabrice était tellement hors de lui d'enthousiasme et de bonheur, qu'il avait renoué la conversation. Chaque mot de la cantinière redoublait son bonheur en le lui faisant comprendre. À l'exception de son vrai nom et de sa fuite de prison, il finit par tout dire à cette femme qui semblait si bonne. Elle était fort étonnée et ne comprenait rien du tout à ce que lui racontait ce beau jeune soldat.

– Je vois le fin mot, s'écria-t-elle enfin d'un air de triomphe : vous êtes un jeune bourgeois amoureux de la femme de quelque capitaine du 4e de hussards. Votre

1. « Femme autorisée à suivre les troupes pour leur vendre des vivres et des boissons » (Le Robert).

amoureuse vous aura fait cadeau de l'uniforme que vous portez, et vous courez après elle [1]. Vrai, comme Dieu est là-haut, vous n'avez jamais été soldat ; mais, comme un brave garçon que vous êtes, puisque votre régiment est au feu, vous voulez y paraître, et ne pas passer pour un 30 capon [2].

Fabrice convint de tout : c'était le seul moyen qu'il eût de recevoir de bons conseils. J'ignore toutes les façons d'agir de ces Français, se disait-il, et, si je ne suis pas guidé par quelqu'un, je parviendrai encore à me faire jeter en prison, et l'on me volera mon cheval.

— D'abord, mon petit, lui dit la cantinière, qui devenait de plus en plus son amie, conviens que tu n'as pas vingt et un ans : c'est tout le bout du monde si tu en as dix-sept.

40 C'était la vérité, et Fabrice l'avoua de bonne grâce.

— Ainsi, tu n'es pas même conscrit ; c'est uniquement à cause des beaux yeux de la madame que tu vas te faire casser les os. Peste ! elle n'est pas dégoûtée. Si tu as encore quelques-uns de ces *jaunets* [3] qu'elle t'a remis, il faut *primo* que tu achètes un autre cheval ; vois comme ta rosse dresse les oreilles quand le bruit du canon ronfle d'un peu près ; c'est là un cheval de paysan qui te fera tuer dès que tu seras en ligne. Cette fumée blanche, que tu vois là-bas par-dessus la haie, ce sont des feux de peloton, mon 50 petit ! Ainsi, prépare-toi à avoir une fameuse venette [4], quand tu vas entendre siffler les balles. Tu ferais aussi bien de manger un morceau tandis que tu en as encore le temps.

Fabrice suivit ce conseil, et, présentant un napoléon à la vivandière, la pria de se payer.

— C'est pitié de le voir ! s'écria cette femme ; le pauvre petit ne sait pas seulement dépenser son argent ! Tu mériterais bien qu'après avoir empoigné ton napoléon je fisse prendre son grand trot à Cocotte ; du diable si ta rosse pourrait me suivre. Que ferais-tu, nigaud, en me voyant

---

1. L'hypothèse est plausible : les officiers étaient souvent suivis de leur femme.

2. « Poltron, lâche, couard » (Le Robert). Terme d'argot italien, précise H. Martineau.

3. Pièces d'or.

4. Expression populaire pour « avoir peur ».

détaler ? Apprends que, quand le brutal [1] gronde, on ne 60
montre jamais d'or. Tiens, lui dit-elle, voilà dix-huit francs
cinquante centimes, et ton déjeuner te coûte trente sous.
Maintenant, nous allons bientôt avoir des chevaux à
revendre. Si la bête est petite, tu en donneras dix francs, et,
dans tous les cas, jamais plus de vingt francs, quand ce
serait le cheval des quatre fils Aymon [2].

Le déjeuner fini, la vivandière, qui pérorait toujours, fut
interrompue par une femme qui s'avançait à travers
champs, et qui passa sur la route.

– Holà, hé ! lui cria cette femme ; holà ! Margot ! ton 70
6e léger [3] est sur la droite.

– Il faut que je te quitte, mon petit, dit la vivandière à
notre héros ; mais en vérité tu me fais pitié ; j'ai de
l'amitié pour toi, sacrédié ! Tu ne sais rien de rien, tu vas
te faire moucher [4], comme Dieu est Dieu ! Viens-t'en au
6e léger avec moi.

– Je comprends bien que je ne sais rien, lui dit Fabrice,
mais je veux me battre et suis résolu d'aller là-bas vers
cette fumée blanche.

– Regarde comme ton cheval remue les oreilles ! Dès 80
qu'il sera là-bas, quelque peu de vigueur qu'il ait, il te forcera la main, il se mettra à galoper, et Dieu sait où il te
mènera. Veux-tu m'en croire ? Dès que tu seras avec les
petits soldats, ramasse un fusil et une giberne, mets-toi à
côté des soldats et fais comme eux, exactement. Mais,
mon Dieu, je parie que tu ne sais pas seulement déchirer
une cartouche.

Fabrice, fort piqué, avoua cependant à sa nouvelle amie
qu'elle avait deviné juste.

– Pauvre petit ! il va être tué tout de suite ; vrai comme 90
Dieu ! ça ne sera pas long. Il faut absolument que tu
viennes avec moi, reprit la cantinière d'un air d'autorité.

– Mais je veux me battre.

---

1. C'est-à-dire le canon.
2. Selon H. Martineau, Stendhal se souvient de la vignette représentant
les quatre frères sur un même cheval, qui se trouvait sur la couverture de
ce livre populaire relevant de la littérature de colportage, la *Chronique
des quatre fils Aymon*.
3. Par suite du refus de Grouchy, ce régiment ne combattit pas à Waterloo.
4. Il faut comprendre : « tu vas recevoir des coups » (H. Martineau).

– Tu te battras aussi ; va, le 6ᵉ léger est un fameux, et aujourd'hui il y en a pour tout le monde.

– Mais serons-nous bientôt à votre régiment ?

– Dans un quart d'heure tout au plus.

Recommandé par cette brave femme, se dit Fabrice, mon ignorance de toutes choses ne me fera pas prendre
100 pour un espion, et je pourrai me battre. À ce moment, le bruit du canon redoubla, un coup n'attendait pas l'autre. C'est comme un chapelet, dit Fabrice.

– On commence à distinguer les feux de peloton, dit la vivandière en donnant un coup de fouet à son petit cheval qui semblait tout animé par le feu.

La cantinière tourna à droite et prit un chemin de traverse au milieu des prairies ; il y avait un pied de boue ; la petite charrette fut sur le point d'y rester : Fabrice poussa à la roue. Son cheval tomba deux fois ; bientôt le
110 chemin, moins rempli d'eau, ne fut plus qu'un sentier au milieu du gazon. Fabrice n'avait pas fait cinq cents pas que sa rosse s'arrêta tout court : c'était un cadavre, posé en travers du sentier, qui faisait horreur au cheval et au cavalier.

La figure de Fabrice, très pâle naturellement, prit une teinte verte fort prononcée ; la cantinière, après avoir regardé le mort, dit, comme se parlant à elle-même : Ça n'est pas de notre division. Puis, levant les yeux sur notre héros, elle éclata de rire.
120 – Ha ! ha ! mon petit ! s'écria-t-elle, en voilà du nanan ! Fabrice restait glacé. Ce qui le frappait surtout c'était la saleté des pieds de ce cadavre qui déjà était dépouillé de ses souliers, et auquel on n'avait laissé qu'un mauvais pantalon tout souillé de sang.

– Approche, lui dit la cantinière ; descends de cheval ; il faut que tu t'y accoutumes ; tiens, s'écria-t-elle, il en a eu par la tête.

Une balle, entrée à côté du nez, était sortie par la tempe opposée, et défigurait ce cadavre d'une façon hideuse ; il
130 était resté avec un œil ouvert.

– Descends donc de cheval, petit, dit la cantinière, et donne-lui une poignée de main pour voir s'il te la rendra.

Sans hésiter, quoique prêt à rendre l'âme de dégoût, Fabrice se jeta à bas de cheval et prit la main du cadavre qu'il secoua ferme ; puis il resta comme anéanti ; il sentait qu'il n'avait pas la force de remonter à cheval. Ce qui lui faisait horreur surtout c'était cet œil ouvert [1].

La vivandière va me croire un lâche, se disait-il avec amertume ; mais il sentait l'impossibilité de faire un mouvement : il serait tombé. Ce moment fut affreux ; Fabrice fut sur le point de se trouver mal tout à fait. La vivandière s'en aperçut, sauta lestement à bas de sa petite voiture, et lui présenta, sans mot dire, un verre d'eau-de-vie qu'il avala d'un trait ; il put remonter sur sa rosse, et continua la route sans dire une parole. La vivandière le regardait de temps à autre du coin de l'œil.

– Tu te battras demain, mon petit, lui dit-elle enfin, aujourd'hui tu resteras avec moi. Tu vois bien qu'il faut que tu apprennes le métier de soldat.

– Au contraire, je veux me battre tout de suite, s'écria notre héros d'un air sombre, qui sembla de bon augure à la vivandière. Le bruit du canon redoublait et semblait s'approcher. Les coups commençaient à former comme une basse continue ; un coup n'était séparé du coup voisin par aucun intervalle, et sur cette basse continue, qui rappelait le bruit d'un torrent lointain, on distinguait fort bien les feux de peloton.

Dans ce moment la route s'enfonçait au milieu d'un bouquet de bois ; la vivandière vit trois ou quatre soldats des nôtres [2] qui venaient à elle courant à toutes jambes ; elle sauta lestement à bas de sa voiture et courut se cacher à quinze ou vingt pas du chemin. Elle se blottit dans un trou qui était resté au lieu où l'on venait d'arracher un grand arbre. Donc, se dit Fabrice, je vais voir si je suis un

---

1. Stendhal éprouva pareil dégoût, en 1809, à Ebelsberg, lorsqu'il dut passer dans des rues jonchées de cadavres. L'un de ses camarades prit la main d'un officier mort (*Journal*, p. 887). La critique n'a pas manqué de souligner la réaction d'aristocrate de Fabrice qu'indisposent d'abord la laideur et la saleté du cadavre.
2. Le détail est important car il crée un effet d'ironie. Débordant le point de vue de Fabrice, le narrateur nous permet de comprendre, avant lui, que la menace est nulle et que son premier acte de bravoure sera ridicule, car inutile et déplacé.

lâche ! Il s'arrêta auprès de la petite voiture abandonnée
par la cantinière et tira son sabre. Les soldats ne firent pas
attention à lui et passèrent en courant le long du bois, à
gauche de la route.

170   – Ce sont des nôtres, dit tranquillement la vivandière
en revenant tout essoufflée vers sa petite voiture… Si ton
cheval était capable de galoper, je te dirais : pousse en
avant jusqu'au bout du bois, vois s'il y a quelqu'un dans
la plaine. Fabrice ne se le fit pas dire deux fois, il arracha
une branche à un peuplier, l'effeuilla et se mit à battre son
cheval à tour de bras ; la rosse prit le galop un instant puis
revint à son petit trot accoutumé. La vivandière avait mis
son cheval au galop : – Arrête-toi donc, arrête ! criait-elle
à Fabrice. Bientôt tous les deux furent hors du bois ; en
180 arrivant au bord de la plaine, ils entendirent un tapage
effroyable, le canon et la mousqueterie tonnaient de tous
les côtés, à droite, à gauche, derrière. Et comme le bouquet de bois d'où ils sortaient occupait un tertre élevé de
huit ou dix pieds au-dessus de la plaine, ils aperçurent
assez bien un coin de la bataille ; mais enfin il n'y avait
personne dans le pré au-delà du bois. Ce pré était bordé,
à mille pas de distance, par une longue rangée de saules,
très touffus ; au-dessus des saules paraissait une fumée
blanche qui quelquefois s'élevait dans le ciel en tour-
190 noyant.

   – Si je savais seulement où est le régiment ! disait la
cantinière embarrassée. Il ne faut pas traverser ce grand
pré tout droit. À propos, toi, dit-elle à Fabrice, si tu vois un
soldat ennemi, pique-le avec la pointe de ton sabre, ne va
pas t'amuser à le sabrer.

   À ce moment, la cantinière aperçut les quatre soldats
dont nous venons de parler, ils débouchaient du bois
dans la plaine à gauche de la route. L'un d'eux était à
cheval.

200   – Voilà ton affaire, dit-elle à Fabrice. Holà ! ho ! cria-
t-elle à celui qui était à cheval, viens donc ici boire le verre
d'eau-de-vie ; les soldats s'approchèrent.

   – Où est le 6e léger ? cria-t-elle.

   – Là-bas, à cinq minutes d'ici, en avant de ce canal qui
est le long des saules ; même que le colonel Macon vient
d'être tué.

– Veux-tu cinq francs de ton cheval, toi ?

– Cinq francs ! tu ne plaisantes pas mal, petite mère, un cheval d'officier que je vais vendre cinq napoléons avant un quart d'heure.

– Donne-m'en un de tes napoléons, dit la vivandière à Fabrice. Puis s'approchant du soldat à cheval : Descends vivement, lui dit-elle, voilà ton napoléon.

Le soldat descendit, Fabrice sauta en selle gaiement, la vivandière détachait le petit portemanteau qui était sur la rosse.

– Aidez-moi donc, vous autres ! dit-elle aux soldats, c'est comme ça que vous laissez travailler une dame !

Mais à peine le cheval de prise sentit le portemanteau, qu'il se mit à se cabrer, et Fabrice, qui montait fort bien, eut besoin de toute sa force pour le contenir.

– Bon signe ! dit la vivandière, le monsieur n'est pas accoutumé au chatouillement du portemanteau.

– Un cheval de général, s'écriait le soldat qui l'avait vendu, un cheval qui vaut dix napoléons comme un liard !

– Voilà vingt francs, lui dit Fabrice, qui ne se sentait pas de joie de se trouver entre les jambes un cheval qui eût du mouvement.

À ce moment, un boulet donna dans la ligne de saules, qu'il prit de biais, et Fabrice eut le curieux spectacle de toutes ces petites branches volant de côté et d'autre comme rasées par un coup de faux.

– Tiens, voilà le brutal qui s'avance, lui dit le soldat en prenant ses vingt francs. Il pouvait être deux heures.

Fabrice était encore dans l'enchantement de ce spectacle curieux, lorsqu'une troupe de généraux, suivis d'une vingtaine de hussards, traversèrent au galop un des angles de la vaste prairie au bord de laquelle il était arrêté : son cheval hennit, se cabra deux ou trois fois de suite, puis donna des coups de tête violents contre la bride qui le retenait. Hé bien, soit ! se dit Fabrice.

Le cheval laissé à lui-même partit ventre à terre et alla rejoindre l'escorte qui suivait les généraux. Fabrice compta quatre chapeaux bordés. Un quart d'heure après, par quelques mots que dit un hussard son voisin, Fabrice comprit qu'un de ces généraux était le célèbre maréchal

Ney [1]. Son bonheur fut au comble ; toutefois il ne put
deviner lequel des quatre généraux était le maréchal Ney ;
250 il eût donné tout au monde pour le savoir, mais il se rappela qu'il ne fallait pas parler. L'escorte s'arrêta pour
passer un large fossé rempli d'eau par la pluie de la veille,
il était bordé de grands arbres et terminait sur la gauche la
prairie à l'entrée de laquelle Fabrice avait acheté le cheval.
Presque tous les hussards avaient mis pied à terre ; le bord
du fossé était à pic et fort glissant, et l'eau se trouvait bien
à trois ou quatre pieds en contrebas au-dessous de la
prairie. Fabrice, distrait par sa joie, songeait plus au maréchal Ney et à la gloire qu'à son cheval, lequel, étant fort
260 animé, sauta dans le canal ; ce qui fit rejaillir l'eau à une
hauteur considérable. Un des généraux fut entièrement
mouillé par la nappe d'eau, et s'écria en jurant : Au diable
la f… bête ! Fabrice se sentit profondément blessé de cette
injure. Puis-je en demander raison ? se dit-il. En attendant,
pour prouver qu'il n'était pas si gauche, il entreprit de
faire monter à son cheval la rive opposée du fossé ; mais
elle était à pic et haute de cinq à six pieds. Il fallut y
renoncer ; alors il remonta le courant, son cheval ayant de
l'eau jusqu'à la tête, et enfin trouva une sorte d'abreuvoir ;
270 par cette pente douce il gagna facilement le champ de
l'autre côté du canal. Il fut le premier homme de l'escorte
qui y parut ; il se mit à trotter fièrement le long du bord :
au fond du canal les hussards se démenaient, assez embar-
rassés de leur position ; car en beaucoup d'endroits l'eau
avait cinq pieds de profondeur. Deux ou trois chevaux prirent peur et voulurent nager, ce qui fit un barbotement
épouvantable. Un maréchal des logis s'aperçut de la
manœuvre que venait de faire ce blanc-bec, qui avait l'air
si peu militaire.
280   – Remontez ! il y a un abreuvoir à gauche ! s'écria-t-il,
et peu à peu tous passèrent.

1. Héros des campagnes napoléoniennes (il fut fait prince de la Moskova
après s'être couvert de gloire en Russie), le maréchal Ney se rallia à
Louis XVIII en 1814, mais rejoignit avec ses troupes l'Empereur à son
retour de l'île d'Elbe. Il participa effectivement à la bataille de Waterloo,
mais sans grand succès. De retour au pouvoir, les Bourbons le firent
arrêter et condamner à mort pour trahison : il fut fusillé à Paris le
7 décembre 1815.

En arrivant sur l'autre rive, Fabrice y avait trouvé les généraux tout seuls ; le bruit du canon lui sembla redoubler ; ce fut à peine s'il entendit le général, par lui si bien mouillé, qui criait à son oreille :

– Où as-tu pris ce cheval ?

Fabrice était tellement troublé qu'il répondit en italien :

– *L'ho comprato poco fa.* (Je viens de l'acheter à l'instant.)

– Que dis-tu ? lui cria le général.

Mais le tapage devint tellement fort en ce moment, que Fabrice ne put lui répondre. Nous avouerons que notre héros [1] était fort peu héros en ce moment. Toutefois la peur ne venait chez lui qu'en seconde ligne ; il était surtout scandalisé de ce bruit qui lui faisait mal aux oreilles. L'escorte prit le galop ; on traversait une grande pièce de terre labourée, située au-delà du canal, et ce champ était jonché de cadavres.

– Les habits rouges ! les habits rouges [2] ! criaient avec joie les hussards de l'escorte, et d'abord Fabrice ne comprenait pas ; enfin il remarqua qu'en effet presque tous les cadavres étaient vêtus de rouge. Une circonstance lui donna un frisson d'horreur ; il remarqua que beaucoup de ces malheureux habits rouges vivaient encore ; ils criaient évidemment pour demander du secours, et personne ne s'arrêtait pour leur en donner. Notre héros, fort humain, se donnait toutes les peines du monde pour que son cheval ne mît les pieds sur aucun habit rouge. L'escorte s'arrêta ; Fabrice, qui ne faisait pas assez d'attention à son devoir de soldat, galopait toujours en regardant un malheureux blessé.

– Veux-tu bien t'arrêter, blanc-bec ! lui cria le maréchal des logis. Fabrice s'aperçut qu'il était à vingt pas sur la droite en avant des généraux, et précisément du côté où ils regardaient avec leurs lorgnettes. En revenant se ranger à la queue des autres hussards restés à quelques pas en arrière, il vit le plus gros de ces généraux qui parlait à son voisin, général aussi, d'un air d'autorité et presque de

290

300

310

---

1. Sur la mise en scène ironique de l'épisode, voir notre étude dans le Dossier, chapitre III.
2. Uniformes des soldats anglais.

réprimande ; il jurait. Fabrice ne put retenir sa curiosité ;
320 et, malgré le conseil de ne point parler, à lui donné par son
amie la geôlière, il arrangea une petite phrase bien française, bien correcte, et dit à son voisin :

– Quel est-il ce général qui *gourmande* son voisin ?

– Pardi, c'est le maréchal !

– Quel maréchal ?

– Le maréchal Ney, bêta ! Ah çà ! où as-tu servi
jusqu'ici ?

Fabrice, quoique fort susceptible, ne songea point à se
fâcher de l'injure ; il contemplait, perdu dans une admira-
330 tion enfantine, ce fameux prince de la Moskova, le brave
des braves.

Tout à coup on partit au grand galop. Quelques instants
après, Fabrice vit, à vingt pas en avant, une terre labourée
qui était remuée d'une façon singulière. Le fond des
sillons était plein d'eau, et la terre fort humide, qui formait
la crête de ces sillons, volait en petits fragments noirs
lancés à trois ou quatre pieds de haut. Fabrice remarqua en
passant cet effet singulier [1] ; puis sa pensée se remit à
songer à la gloire du maréchal. Il entendit un cri sec auprès
340 de lui : c'étaient deux hussards qui tombaient atteints par
des boulets ; et, lorsqu'il les regarda, ils étaient déjà à
vingt pas de l'escorte. Ce qui lui sembla horrible, ce fut un
cheval tout sanglant qui se débattait sur la terre labourée,
en engageant ses pieds dans ses propres entrailles ; il voulait suivre les autres : le sang coulait dans la boue.

Ah ! m'y voilà donc enfin au feu ! se dit-il. J'ai vu le
feu ! se répétait-il avec satisfaction. Me voici un vrai militaire. À ce moment, l'escorte allait ventre à terre, et notre
héros comprit que c'étaient des boulets qui faisaient voler
350 la terre de toutes parts. Il avait beau regarder du côté d'où
venaient les boulets, il voyait la fumée blanche de la batterie à une distance énorme, et, au milieu du ronflement
égal et continu produit par les coups de canon, il lui semblait entendre des décharges beaucoup plus voisines ; il
n'y comprenait rien du tout.

---

1. Autre effet d'ironie. Certes, le point de vue est ici respecté, mais il y a
toujours décalage dans la compréhension de l'événement, de sorte que
nous nous amusons de la naïveté de Fabrice.

À ce moment, les généraux et l'escorte descendirent dans un petit chemin plein d'eau, qui était à cinq pieds en contrebas.

Le maréchal s'arrêta, et regarda de nouveau avec sa lorgnette. Fabrice, cette fois, put le voir tout à son aise ; il le trouva très blond, avec une grosse tête rouge [1]. Nous n'avons point des figures comme celle-là en Italie, se dit-il. Jamais, moi qui suis si pâle et qui ai des cheveux châtains, je ne serai comme ça, ajoutait-il avec tristesse. Pour lui ces paroles voulaient dire : Jamais je ne serai un héros. Il regarda les hussards ; à l'exception d'un seul, tous avaient des moustaches jaunes. Si Fabrice regardait les hussards de l'escorte, tous le regardaient aussi. Ce regard le fit rougir, et, pour finir son embarras, il tourna la tête vers l'ennemi. C'étaient des lignes fort étendues d'hommes rouges ; mais, ce qui l'étonna fort, ces hommes lui semblaient tout petits. Leurs longues files, qui étaient des régiments ou des divisions, ne lui paraissaient pas plus hautes que des haies. Une ligne de cavaliers rouges trottait pour se rapprocher du chemin en contrebas que le maréchal et l'escorte s'étaient mis à suivre au petit pas, pataugeant dans la boue. La fumée empêchait de rien distinguer du côté vers lequel on s'avançait ; l'on voyait quelquefois des hommes au galop se détacher sur cette fumée blanche.

Tout à coup, du côté de l'ennemi, Fabrice vit quatre hommes qui arrivaient ventre à terre. Ah ! nous sommes attaqués, se dit-il ; puis il vit deux de ces hommes parler au maréchal. Un des généraux de la suite de ce dernier partit au galop du côté de l'ennemi, suivi de deux hussards de l'escorte et des quatre hommes qui venaient d'arriver. Après un petit canal que tout le monde passa, Fabrice se trouva à côté d'un maréchal des logis qui avait l'air fort bon enfant. Il faut que je parle à celui-là, se dit-il, peut-être ils cesseront de me regarder. Il médita longtemps.

– Monsieur, c'est la première fois que j'assiste à la bataille, dit-il enfin au maréchal des logis ; mais ceci est-il une véritable bataille ?

– Un peu. Mais vous, qui êtes-vous ?

---

1. H. Martineau rappelle que Ney était surnommé par les soldats le « rougeaud ».

– Je suis le frère de la femme d'un capitaine.

– Et comment l'appelez-vous, ce capitaine ?

Notre héros fut terriblement embarrassé ; il n'avait point prévu cette question. Par bonheur, le maréchal et l'escorte repartaient au galop. Quel nom français dirai-je ? pensait-il. Enfin il se rappela le nom du maître d'hôtel où
400 il avait logé à Paris ; il rapprocha son cheval de celui du maréchal des logis, et lui cria de toutes ses forces :

– Le capitaine Meunier ! L'autre, entendant mal à cause du roulement du canon, lui répondit : – Ah ! le capitaine Teulier [1] ? Eh bien ! il a été tué. Bravo ! se dit Fabrice. Le capitaine Teulier ; il faut faire l'affligé. – Ah, mon Dieu ! cria-t-il ; et il prit une mine piteuse. On était sorti du chemin en contrebas, on traversait un petit pré, on allait ventre à terre, les boulets arrivaient de nouveau, le maréchal se porta vers une division de cavalerie. L'escorte se
410 trouvait au milieu de cadavres et de blessés ; mais ce spectacle ne faisait déjà plus autant d'impression sur notre héros ; il avait autre chose à penser.

Pendant que l'escorte était arrêtée, il aperçut la petite voiture d'une cantinière, et sa tendresse pour ce corps respectable l'emportant sur tout, il partit au galop pour la rejoindre.

– Restez donc, s… ! lui cria le maréchal des logis.

Que peut-il me faire ici ? pensa Fabrice et il continua de galoper vers la cantinière. En donnant de l'éperon à son
420 cheval, il avait eu quelque espoir que c'était sa bonne cantinière du matin ; les chevaux et les petites charrettes se ressemblaient fort, mais la propriétaire était tout autre, et notre héros lui trouva l'air fort méchant. Comme il l'abordait, Fabrice l'entendit qui disait : Il était pourtant bien bel homme ! Un fort vilain spectacle attendait là le nouveau soldat ; on coupait la cuisse à un cuirassier, beau jeune homme de cinq pieds dix pouces. Fabrice ferma les yeux et but coup sur coup quatre verres d'eau-de-vie.

---

1. Stendhal puise dans ses souvenirs : à Marseille, en 1805, il a été commis chez un commerçant, Meunier et Cie ; il a connu, à Milan, Pierre Teulié, ministre de la Guerre de la République cisalpine, dont il parle toujours en bien.

– Comme tu y vas, gringalet ! s'écria la cantinière. L'eau-de-vie lui donna une idée : il faut que j'achète la bienveillance de mes camarades les hussards de l'escorte. 430

– Donnez-moi le reste de la bouteille, dit-il à la vivandière.

– Mais sais-tu, répondit-elle, que ce reste-là coûte dix francs, un jour comme aujourd'hui ?

Comme il regagnait l'escorte au galop :

– Ah ! tu nous rapportes la goutte ! s'écria le maréchal des logis, c'est pour ça que tu désertais ? Donne.

La bouteille circula ; le dernier qui la prit la jeta en l'air après avoir bu. – Merci, camarade ! cria-t-il à Fabrice. 440 Tous les yeux le regardèrent avec bienveillance. Ces regards ôtèrent un poids de cent livres de dessus le cœur de Fabrice : c'était un de ces cœurs de fabrique trop fine qui ont besoin de l'amitié de ce qui les entoure. Enfin il n'était plus mal vu de ses compagnons, il y avait liaison entre eux ! Fabrice respira profondément, puis d'une voix libre, il dit au maréchal des logis :

– Et si le capitaine Teulier a été tué, où pourrais-je rejoindre ma sœur ? Il se croyait un petit Machiavel [1], de dire si bien Teulier au lieu de Meunier. 450

– C'est ce que vous saurez ce soir, lui répondit le maréchal des logis.

L'escorte repartit et se porta vers des divisions d'infanterie. Fabrice se sentait tout à fait enivré ; il avait bu trop d'eau-de-vie, il roulait un peu sur sa selle : il se souvint fort à propos d'un mot que répétait le cocher de sa mère : Quand on a levé le coude, il faut regarder entre les oreilles de son cheval, et faire comme fait le voisin. Le maréchal s'arrêta longtemps auprès de plusieurs corps de cavalerie qu'il fit charger ; mais pendant une heure ou deux notre 460 héros n'eut guère la conscience de ce qui se passait autour

---

1. Homme politique et philosophe italien (1469-1527), auteur d'un traité, *Le Prince* (1513), où il analyse avec réalisme, voire cynisme, la manière d'acquérir et de conserver le pouvoir. Balzac considérait que Stendhal avait écrit, avec *La Chartreuse*, « le *Prince moderne*, le roman que Machiavel écrirait, s'il vivait banni de l'Italie au XIXᵉ siècle » (voir Dossier, p. 634). Comprenons ici que Fabrice se croit ingénieux, habile, rusé.

de lui. Il se sentait fort las, et quand son cheval galopait il retombait sur la selle comme un morceau de plomb.

Tout à coup le maréchal des logis cria à ses hommes :

– Vous ne voyez donc pas l'Empereur, s… ! Sur-le-champ l'escorte cria *vive l'Empereur !* à tue-tête. On peut penser si notre héros regarda de tous ses yeux, mais il ne vit que des généraux qui galopaient, suivis, eux aussi, d'une escorte [1]. Les longues crinières pendantes que por-
470 taient à leurs casques les dragons de la suite l'empêchèrent de distinguer les figures. Ainsi, je n'ai pu voir l'Empereur sur un champ de bataille, à cause de ces maudits verres d'eau-de-vie ! Cette réflexion le réveilla tout à fait.

On redescendit dans un chemin rempli d'eau, les chevaux voulurent boire.

– C'est donc l'Empereur qui a passé là ? dit-il à son voisin.

– Eh ! certainement, celui qui n'avait pas d'habit brodé. Comment ne l'avez-vous pas vu ? lui répondit le camarade
480 avec bienveillance. Fabrice eut grande envie de galoper après l'escorte de l'Empereur et de s'y incorporer. Quel bonheur de faire réellement la guerre à la suite de ce héros ! C'était pour cela qu'il était venu en France. J'en suis parfaitement le maître, se dit-il, car enfin je n'ai d'autre raison pour faire le service que je fais, que la volonté de mon cheval qui s'est mis à galoper pour suivre ces généraux.

Ce qui détermina Fabrice à rester, c'est que les hussards ses nouveaux camarades lui faisaient bonne mine ; il com-
490 mençait à se croire l'ami intime de tous les soldats avec lesquels il galopait depuis quelques heures. Il voyait entre eux et lui cette noble amitié des héros du Tasse [2] et de

---

1. La déchéance héroïque de Napoléon est manifeste ici : l'ivresse de Fabrice aidant, il n'est plus qu'un personnage insaisissable, emporté dans le tourbillon d'une bataille de plus en plus chaotique.
2. Plus encore que l'Arioste, le Tasse a durablement fasciné Stendhal qui, à l'instar de tous les romantiques français, a trouvé dans *La Jérusalem délivrée* (poème épique composé entre 1570 et 1580, racontant la prise de Jérusalem par Godefroi de Bouillon en 1099) le modèle inégalé d'une épopée chevaleresque et romanesque, où le sublime de l'héroïsme se nuance délicieusement de mélancolie, de tendresse et de volupté. Sur cette véritable initiation de Stendhal par le Tasse, voir, outre l'essai de

l'Arioste. S'il se joignait à l'escorte de l'Empereur, il y aurait une nouvelle connaissance à faire ; peut-être même on lui ferait la mine car ces autres cavaliers étaient des dragons et lui portait l'uniforme de hussard ainsi que tout ce qui suivit le maréchal. La façon dont on le regardait maintenant mit notre héros au comble du bonheur ; il eût fait tout au monde pour ses camarades ; son âme et son esprit étaient dans les nues. Tout lui semblait avoir changé de face depuis qu'il était avec des amis, il mourait d'envie de faire des questions. Mais je suis encore un peu ivre, se dit-il, il faut que je me souvienne de la geôlière. Il remarqua en sortant du chemin creux que l'escorte n'était plus avec le maréchal Ney ; le général qu'ils suivaient était grand, mince, et avait la figure sèche et l'œil terrible.

Ce général n'était autre que le comte d'A..., le lieutenant Robert du 15 mai 1796. Quel bonheur il eût trouvé à voir Fabrice del Dongo [1].

Il y avait déjà longtemps que Fabrice n'apercevait plus la terre volant en miettes noires sous l'action des boulets ; on arriva derrière un régiment de cuirassiers, il entendit distinctement les biscaïens [2] frapper sur les cuirasses et il vit tomber plusieurs hommes.

Le soleil était déjà fort bas, et il allait se coucher lorsque l'escorte, sortant d'un chemin creux, monta une petite pente de trois ou quatre pieds pour entrer dans une terre labourée. Fabrice entendit un petit bruit singulier tout près de lui : il tourna la tête, quatre hommes étaient tombés avec leurs chevaux ; le général lui-même avait été renversé,

---

M. Crouzet déjà cité (« Comment et pourquoi Stendhal est-il devenu romancier ? », p. 242-252), l'article de M. Di Maio, « Stendhal et le Tasse », *H. B.*, Revue internationale d'études stendhaliennes, n° 1, 1997, p. 135-145. Ici, en employant le verbe « se croire », Stendhal suggère ironiquement que tous les rêves de fraternité chevaleresque de Fabrice ne sont qu'une illusion... que la réalité de la guerre ne va pas tarder à dissiper. Le lecteur ne peut que s'attendre à un retournement burlesque !

1. Autre allusion à sa très probable paternité, et autre entorse notable au procédé de la restriction de champ. Nous commentons cette rencontre manquée, ainsi que la dégradation héroïque du personnage, dans le Dossier, p. 659.

2. « Nom donné aux grosses balles sphériques qui remplissaient les boîtes à mitraille » (V. Del Litto).

mais il se relevait tout couvert de sang. Fabrice regardait les hussards jetés par terre : trois faisaient encore quelques mouvements convulsifs, le quatrième criait : Tirez-moi de dessous. Le maréchal des logis et deux ou trois hommes avaient mis pied à terre pour secourir le général qui, s'appuyant sur son aide de camp, essayait de faire quelques pas ; il cherchait à s'éloigner de son cheval qui se débattait renversé par terre et lançait des coups de pied furibonds.

530   Le maréchal des logis s'approcha de Fabrice. À ce moment notre héros entendit dire derrière lui et tout près de son oreille : C'est le seul qui puisse encore galoper. Il se sentit saisir les pieds ; on les élevait en même temps qu'on lui soutenait le corps par-dessous les bras ; on le fit passer par-dessus la croupe de son cheval, puis on le laissa glisser jusqu'à terre, où il tomba assis.

    L'aide de camp prit le cheval de Fabrice par la bride ; le général, aidé par le maréchal des logis, monta et partit au galop ; il fut suivi rapidement par les six hommes qui res-

540 taient. Fabrice se releva furieux, et se mit à courir après eux en criant : *Ladri ! ladri !* (voleurs ! voleurs !). Il était plaisant de courir après des voleurs au milieu d'un champ de bataille.

    L'escorte et le général, comte d'A…, disparurent bientôt derrière une rangée de saules. Fabrice, ivre de colère, arriva aussi à cette ligne de saules ; il se trouva tout contre un canal fort profond qu'il traversa. Puis, arrivé de l'autre côté, il se remit à jurer en apercevant de nouveau, mais à une très grande distance, le général et l'escorte qui

550 se perdaient dans les arbres. Voleurs ! voleurs ! criait-il maintenant en français. Désespéré, bien moins de la perte de son cheval que de la trahison, il se laissa tomber au bord du fossé, fatigué et mourant de faim. Si son beau cheval lui eût été enlevé par l'ennemi, il n'y eût pas songé ; mais se voir trahir et voler par ce maréchal des logis qu'il aimait tant et par ces hussards qu'il regardait comme des frères ! c'est ce qui lui brisait le cœur. Il ne pouvait se consoler de tant d'infamie, et, le dos appuyé contre un saule, il se mit à pleurer à chaudes larmes. Il défaisait un à un tous ses

560 beaux rêves d'amitié chevaleresque et sublime, comme celle des héros de *La Jérusalem délivrée*. Voir arriver la

mort n'était rien, entouré d'âmes héroïques et tendres, de
nobles amis qui vous serrent la main au moment du dernier soupir ! mais garder son enthousiasme, entouré de vils
fripons ¹ ! ! ! Fabrice exagérait comme tout homme
indigné. Au bout d'un quart d'heure d'attendrissement, il
remarqua que les boulets commençaient à arriver jusqu'à
la rangée d'arbres à l'ombre desquels il méditait. Il se leva
et chercha à s'orienter. Il regardait ces prairies bordées par
un large canal et la rangée de saules touffus : il crut se   570
reconnaître. Il aperçut un corps d'infanterie qui passait le
fossé et entrait dans les prairies, à un quart de lieue en
avant de lui. J'allais m'endormir, se dit-il ; il s'agit de
n'être pas prisonnier ; et il se mit à marcher très vite. En
avançant il fut rassuré, il reconnut l'uniforme, les régiments par lesquels il craignait d'être coupé étaient français. Il obliqua à droite pour les rejoindre.

Après la douleur morale d'avoir été si indignement trahi
et volé, il en était une autre qui, à chaque instant, se faisait
sentir plus vivement : il mourait de faim. Ce fut donc avec 580
une joie extrême qu'après avoir marché, ou plutôt couru
pendant dix minutes, il s'aperçut que le corps d'infanterie,
qui allait très vite aussi, s'arrêtait comme pour prendre
position. Quelques minutes plus tard, il se trouvait au
milieu des premiers soldats.

– Camarades, pourriez-vous me vendre un morceau de
pain ?

– Tiens, cet autre qui nous prend pour des boulangers !

Ce mot dur et le ricanement général qui le suivit acca-
blèrent Fabrice. La guerre n'était donc plus ce noble et   590
commun élan d'âmes amantes de la gloire qu'il s'était
figuré d'après les proclamations de Napoléon ! Il s'assit,
ou plutôt se laissa tomber sur le gazon ; il devint très pâle.
Le soldat qui lui avait parlé, et qui s'était arrêté à dix pas
pour nettoyer la batterie de son fusil avec son mouchoir,

---

1. Stendhal a éprouvé pareille déconvenue. Dans la *Vie de Henry Brulard*, à propos des soldats qu'il fréquente, il note : « Au lieu des sentiments d'héroïque amitié que je leur supposais d'après six ans de rêveries
héroïques, basées sur les caractères de Ferragus et de Rinaldo, j'entre-
voyais des égoïstes aigris et méchants, souvent ils juraient contre nous de
colère de nous voir à cheval et eux à pied. Un peu plus ils nous volaient
nos chevaux » (p. 417).

s'approcha et lui jeta un morceau de pain, puis, voyant qu'il ne le ramassait pas, le soldat lui mit un morceau de ce pain dans la bouche. Fabrice ouvrit les yeux, et mangea ce pain sans avoir la force de parler. Quand enfin il 600 chercha des yeux le soldat pour le payer, il se trouva seul, les soldats les plus voisins de lui étaient éloignés de cent pas et marchaient. Il se leva machinalement et les suivit. Il entra dans un bois ; il allait tomber de fatigue et cherchait déjà de l'œil une place commode ; mais quelle ne fut pas sa joie en reconnaissant d'abord le cheval, puis la voiture, et enfin la cantinière du matin ! Elle accourut à lui et fut effrayée de sa mine.

– Marche encore, mon petit, lui dit-elle ; tu es donc blessé ? et ton beau cheval ? En parlant ainsi elle le 610 conduisait vers sa voiture, où elle le fit monter, en le soutenant par-dessous les bras. À peine dans la voiture, notre héros, excédé de fatigue, s'endormit profondément [1] *.

---

1. Peut-être Stendhal se souvient-il ici que dans *Tom Jones* le héros s'endort au moment où se termine un chapitre. On sait qu'il a beaucoup lu Fielding, qu'il tenait pour le maître du roman moderne, et qu'il a imité sa gestion malicieuse de la narration. Quant à la note cryptée qui suit, elle a été déchiffrée ainsi : « Para vosotros Paca y Eugenia, 15 décembre 1838 ». Stendhal s'adresse ici aux deux filles de la comtesse de Montijo, à qui il avait raconté l'équipée impériale (voir Présentation, p. 27).
* Para v. P. y E. 15 x. 38 (NdA).

CHAPITRE IV

Rien ne put le réveiller, ni les coups de fusil tirés fort près de la petite charrette, ni le trot du cheval que la cantinière fouettait à tour de bras. Le régiment attaqué à l'improviste par des nuées de cavalerie prussienne, après avoir cru à la victoire toute la journée, battait en retraite, ou plutôt s'enfuyait du côté de la France.

Le colonel, beau jeune homme, bien *ficelé* [1], qui venait de succéder à Macon, fut sabré ; le chef de bataillon qui le remplaça dans le commandement, vieillard à cheveux blancs, fit faire halte au régiment. – F... ! dit-il aux sol- 10 dats, du temps de la république on attendait pour filer d'y être forcé par l'ennemi... Défendez chaque pouce de terrain et faites-vous tuer, s'écriait-il en jurant ; c'est maintenant le sol de la patrie que ces Prussiens veulent envahir !

La petite charrette s'arrêta, Fabrice se réveilla tout à coup. Le soleil était couché depuis longtemps ; il fut tout étonné de voir qu'il était presque nuit. Les soldats couraient de côté et d'autre dans une confusion qui surprit fort notre héros ; il trouva qu'ils avaient l'air penaud. 20

– Qu'est-ce donc ? dit-il à la cantinière.

– Rien du tout. C'est que nous sommes flambés, mon petit ; c'est la cavalerie des Prussiens qui nous sabre, rien que ça. Le bêta de général a d'abord cru que c'était la

---

1. Expression populaire pour « bien habillé » (H. Martineau).

nôtre [1]. Allons, vivement, aide-moi à réparer le trait de
Cocotte qui s'est cassé.

Quelques coups de fusil partirent à dix pas de distance :
notre héros, frais et dispos, se dit : Mais réellement, pendant toute la journée, je ne me suis pas battu, j'ai seule-
30 ment escorté un général. – Il faut que je me batte, dit-il à
la cantinière.

– Sois tranquille, tu te battras, et plus que tu ne
voudras ! Nous sommes perdus !

– Aubry [2], mon garçon, cria-t-elle à un caporal qui passait, regarde toujours de temps à autre où en est la petite
voiture.

– Vous allez vous battre ? dit Fabrice à Aubry.

– Non, je vais mettre mes escarpins pour aller à la
danse !

40 – Je vous suis.

– Je te recommande le petit hussard, cria la cantinière,
le jeune bourgeois a du cœur. Le caporal Aubry marchait
sans mot dire. Huit ou dix soldats le rejoignirent en courant, il les conduisit derrière un gros chêne entouré de
ronces. Arrivé là il les plaça au bord du bois, toujours sans
mot dire, sur une ligne fort étendue ; chacun était au moins
à dix pas de son voisin.

– Ah çà ! vous autres, dit le caporal, et c'était la première fois qu'il parlait, n'allez pas faire feu avant l'ordre,
50 songez que vous n'avez plus que trois cartouches.

Mais que se passe-t-il donc ? se demandait Fabrice.
Enfin, quand il se trouva seul avec le caporal, il lui dit :

– Je n'ai pas de fusil.

– Tais-toi d'abord ! Avance-toi là, à cinquante pas en
avant du bois, tu trouveras quelqu'un des pauvres soldats
du régiment qui viennent d'être sabrés ; tu lui prendras sa
giberne et son fusil. Ne va pas dépouiller un blessé, au
moins ; prends le fusil et la giberne d'un qui soit bien
mort, et dépêche-toi, pour ne pas recevoir les coups de

---

1. Fabrice se réveille alors que l'armée française est en pleine déroute.
Effectivement, dans la soirée, alors que Grouchy était attendu, surgirent
les Prussiens, qui purent rejoindre les Anglais. La panique fut générale
dans le camp français : seule la Vieille Garde demeura inébranlable.
2. Stendhal cite un officier nommé Aubry dans son *Journal* (p. 411).

fusil de nos gens. Fabrice partit en courant et revint bien 60
vite avec un fusil et une giberne.

– Charge ton fusil et mets-toi là derrière cet arbre, et
surtout ne va pas tirer avant l'ordre que je t'en donnerai…
Dieu de Dieu ! dit le caporal en s'interrompant, il ne sait
pas même charger son arme !…. Il aida Fabrice en continuant son discours. Si un cavalier ennemi galope sur toi
pour te sabrer, tourne autour de ton arbre et ne lâche ton
coup qu'à bout portant quand ton cavalier sera à trois pas
de toi ; il faut presque que ta baïonnette touche son uniforme. 70

– Jette donc ton grand sabre, s'écria le caporal, veux-tu
qu'il te fasse tomber, nom de D… ! Quels soldats on nous
donne maintenant ! En parlant ainsi, il prit lui-même le
sabre qu'il jeta au loin avec colère.

– Toi, essuie la pierre de ton fusil avec ton mouchoir.
Mais as-tu jamais tiré un coup de fusil ?

– Je suis chasseur.

– Dieu soit loué ! reprit le caporal avec un gros soupir.
Surtout ne tire pas avant l'ordre que je te donnerai ; et il
s'en alla. 80

Fabrice était tout joyeux. Enfin je vais me battre réellement, se disait-il, tuer un ennemi ! Ce matin ils nous
envoyaient des boulets, et moi je ne faisais rien que
m'exposer à être tué ; métier de dupe. Il regardait de tous
côtés avec une extrême curiosité. Au bout d'un moment, il
entendit partir sept à huit coups de fusil tout près de lui.
Mais, ne recevant point l'ordre de tirer, il se tenait tranquille derrière son arbre. Il était presque nuit ; il lui semblait être à *l'espère* [1], à la chasse de l'ours, dans la montagne de la Tramezzina, au-dessus de Grianta. Il lui vint 90
une idée de chasseur ; il prit une cartouche dans sa giberne
et en détacha la balle : si je le vois, dit-il, il ne faut pas que
je le manque, et il fit couler cette seconde balle dans le
canon de son fusil. Il entendit tirer deux coups de feu tout
à côté de son arbre ; en même temps il vit un cavalier vêtu
de bleu qui passait au galop devant lui, se dirigeant de sa
droite à sa gauche. Il n'est pas à trois pas, se dit-il, mais à

---

1. À l'affût. Les critiques doutent qu'il y ait eu des ours près du lac de
Côme !

cette distance je suis sûr de mon coup, il suivit bien le cavalier du bout de son fusil et enfin pressa la détente ; le cavalier
100 tomba avec son cheval. Notre héros se croyait à la chasse : il
courut tout joyeux sur la pièce qu'il venait d'abattre. Il touchait déjà l'homme qui lui semblait mourant, lorsque, avec
une rapidité incroyable deux cavaliers prussiens arrivèrent
sur lui pour le sabrer. Fabrice se sauva à toutes jambes vers
le bois ; pour mieux courir il jeta son fusil. Les cavaliers
prussiens n'étaient plus qu'à trois pas de lui lorsqu'il atteignit une nouvelle plantation de petits chênes gros comme le
bras et bien droits qui bordaient le bois. Ces petits chênes
arrêtèrent un instant les cavaliers, mais ils passèrent et se
110 remirent à poursuivre Fabrice dans une clairière. De nouveau
ils étaient près de l'atteindre, lorsqu'il se glissa entre sept à
huit gros arbres. À ce moment, il eut presque la figure brûlée
par la flamme de cinq ou six coups de fusil qui partirent en
avant de lui. Il baissa la tête ; comme il la relevait, il se trouva
vis-à-vis du caporal.

— Tu as tué le tien ? lui dit le caporal Aubry.

— Oui, mais j'ai perdu mon fusil.

— Ce n'est pas les fusils qui nous manquent ; tu es un
bon b… ; malgré ton air cornichon, tu as bien gagné ta
120 journée, et ces soldats-ci viennent de manquer ces deux
qui te poursuivaient et venaient droit à eux ; moi je ne les
voyais pas. Il s'agit maintenant de filer rondement ; le
régiment doit être à un demi-quart de lieue, et, de plus, il
y a un petit bout de prairie où nous pouvons être ramassés
au demi-cercle.

Tout en parlant, le caporal marchait rapidement à la tête
de ses dix hommes. À deux cents pas de là, en entrant dans
la petite prairie dont il avait parlé, on rencontra un général
blessé qui était porté par son aide de camp et par un
130 domestique.

— Vous allez me donner quatre hommes, dit-il au
caporal d'une voix éteinte, il s'agit de me transporter à
l'ambulance ; j'ai la jambe fracassée.

— Va te faire f…, répondit le caporal, toi et tous les
généraux. Vous avez tous trahi l'Empereur aujourd'hui.

— Comment, dit le général en fureur, vous méconnaissez
mes ordres ! Savez-vous que je suis le général comte B***,
commandant votre division, etc., etc. Il fit des phrases.

L'aide de camp se jeta sur les soldats. Le caporal lui lança un coup de baïonnette dans le bras, puis fila avec ses hommes en doublant le pas. Puissent-ils être tous comme toi, répétait le caporal en jurant, les bras et les jambes fracassés ! Tas de freluquets ! Tous vendus aux Bourbons, et trahissant l'Empereur ! Fabrice écoutait avec saisissement cette affreuse accusation [1].

Vers les dix heures du soir, la petite troupe rejoignit le régiment à l'entrée d'un gros village qui formait plusieurs rues fort étroites, mais Fabrice remarqua que le caporal Aubry évitait de parler à aucun des officiers. Impossible d'avancer, s'écria le caporal ! Toutes ces rues étaient encombrées d'infanterie, de cavaliers et surtout de caissons d'artillerie et de fourgons. Le caporal se présenta à l'issue de trois de ces rues ; après avoir fait vingt pas, il fallait s'arrêter : tout le monde jurait et se fâchait.

Encore quelque traître qui commande ! s'écria le caporal ; si l'ennemi a l'esprit de tourner le village nous sommes tous prisonniers comme des chiens. Suivez-moi, vous autres. Fabrice regarda ; il n'y avait plus que six soldats avec le caporal. Par une grande porte ouverte ils entrèrent dans une vaste basse-cour ; de la basse-cour ils passèrent dans une écurie, dont la petite porte leur donna entrée dans un jardin. Ils s'y perdirent un moment errant de côté et d'autre. Mais enfin, en passant une haie, ils se trouvèrent dans une vaste pièce de blé noir. En moins d'une demi-heure, guidés par les cris et le bruit confus, ils eurent regagné la grande route au-delà du village. Les fossés de cette route étaient remplis de fusils abandonnés ; Fabrice en choisit un mais la route, quoique fort large, était tellement encombrée de fuyards et de charrettes, qu'en une demi-heure de temps, à peine si le caporal et Fabrice avaient avancé de cinq cents pas ; on disait que cette route conduisait à Charleroi. Comme onze heures sonnaient à l'horloge du village :

– Prenons de nouveau à travers champ, s'écria le caporal. La petite troupe n'était plus composée que de

---

1. Initié à l'horreur des cadavres, Fabrice découvre ici la trahison. H. Martineau signale qu'après que le général de Bourmont eut rallié l'ennemi, le 15 juin au matin, les troupes étaient devenues très soupçonneuses à l'égard de leurs chefs.

trois soldats, le caporal et Fabrice. Quand on fut à un quart
de lieue de la grande route :

– Je n'en puis plus, dit un des soldats.

– Et moi itou, dit un autre.

– Belle nouvelle ! Nous en sommes tous logés là, dit le
180 caporal ; mais obéissez-moi, et vous vous en trouverez
bien. Il vit cinq ou six arbres le long d'un petit fossé au
milieu d'une immense pièce de blé. Aux arbres ! dit-il à
ses hommes ; couchez-vous là, ajouta-t-il quand on y fut
arrivé, et surtout pas de bruit. Mais, avant de s'endormir,
qui est-ce qui a du pain ?

– Moi, dit un des soldats.

– Donne, dit le caporal, d'un air magistral ; il divisa le
pain en cinq morceaux et prit le plus petit.

– Un quart d'heure avant le point du jour, dit-il en man-
190 geant, vous allez avoir sur le dos la cavalerie ennemie. Il
s'agit de ne pas se laisser sabrer. Un seul est flambé, avec
de la cavalerie sur le dos, dans ces grandes plaines, cinq au
contraire peuvent se sauver : restez avec moi bien unis, ne
tirez qu'à bout portant, et demain soir je me fais fort de
vous rendre à Charleroi. Le caporal les éveilla une heure
avant le jour ; il leur fit renouveler la charge de leurs
armes, le tapage sur la grande route continuait, et avait
duré toute la nuit : c'était comme le bruit d'un torrent
entendu dans le lointain.

200   – Ce sont comme des moutons qui se sauvent, dit
Fabrice au caporal, d'un air naïf.

– Veux-tu bien te taire, blanc-bec ! dit le caporal
indigné ; et les trois soldats qui composaient toute son
armée avec Fabrice regardèrent celui-ci d'un air de colère,
comme s'il eût blasphémé. Il avait insulté la nation.

Voilà qui est fort ! pensa notre héros ; j'ai déjà remarqué
cela chez le vice-roi à Milan ; ils ne fuient pas, non ! Avec
ces Français il n'est pas permis de dire la vérité quand elle
choque leur vanité [1]. Mais quant à leur air méchant je m'en

---

1. L'apprentissage de Fabrice à Waterloo est aussi linguistique : il s'agit
d'apprendre à parler à bon escient, avec les mots qui conviennent,
compte tenu des différences de mentalité, une fois de plus rappelées ; il
s'agit encore de confronter les mots (bataille, par exemple) à la réalité,
de s'habituer au langage troupier, aux façons de raisonner des gens du
peuple (voir plus loin).

moque, et il faut que je le leur fasse comprendre. On mar- 210
chait toujours à cinq cents pas de ce torrent de fuyards qui
couvraient la grande route. À une lieue de là le caporal et
sa troupe traversèrent un chemin qui allait rejoindre la
route et où beaucoup de soldats étaient couchés. Fabrice
acheta un cheval assez bon qui lui coûta quarante francs,
et parmi tous les sabres jetés de côté et d'autre, il choisit
avec soin un grand sabre droit. Puisqu'on dit qu'il faut
piquer, pensa-t-il, celui-ci est le meilleur. Ainsi équipé il
mit son cheval au galop et rejoignit bientôt le caporal qui
avait pris les devants. Il s'affermit sur ses étriers, prit de la 220
main gauche le fourreau de son sabre droit, et dit aux
quatre Français :

– Ces gens qui se sauvent sur la grande route ont l'air
d'un troupeau de moutons… Ils marchent comme des
moutons effrayés…

Fabrice avait beau appuyer sur le mot *mouton*, ses
camarades ne se souvenaient plus d'avoir été fâchés par ce
mot une heure auparavant. Ici se trahit un des contrastes
des caractères italien et français ; le Français est sans
doute le plus heureux, il glisse sur les événements de la vie 230
et ne garde pas rancune.

Nous ne cacherons point que Fabrice fut très satisfait de
sa personne après avoir parlé des *moutons*. On marchait en
faisant la petite conversation. À deux lieues de là le
caporal, toujours fort étonné de ne point voir la cavalerie
ennemie, dit à Fabrice :

– Vous êtes notre cavalerie, galopez vers cette ferme sur
ce petit tertre, demandez au paysan s'il veut nous *vendre* à
déjeuner, dites bien que nous ne sommes que cinq. S'il
hésite donnez-lui cinq francs d'avance de votre argent 240
mais soyez tranquille, nous reprendrons la pièce blanche
après le déjeuner.

Fabrice regarda le caporal, il vit en lui une gravité
imperturbable, et vraiment l'air de la supériorité morale ;
il obéit. Tout se passa comme l'avait prévu le commandant
en chef, seulement Fabrice insista pour qu'on ne reprît pas
de vive force les cinq francs qu'il avait donnés au paysan.

– L'argent est à moi, dit-il à ses camarades, je ne paie
pas pour vous, je paie pour l'avoine qu'il a donnée à mon
cheval.

Fabrice prononçait si mal le français, que ses camarades crurent voir dans ses paroles un ton de supériorité ; ils furent vivement choqués, et dès lors dans leur esprit un duel se prépara pour la fin de la journée. Ils le trouvaient fort différent d'eux-mêmes, ce qui les choquait ; Fabrice au contraire commençait à se sentir beaucoup d'amitié pour eux.

On marchait sans rien dire depuis deux heures, lorsque le caporal, regardant la grande route, s'écria avec un trans-
260 port de joie : Voici le régiment ! On fut bientôt sur la route ; mais, hélas ! autour de l'aigle il n'y avait pas deux cents hommes. L'œil de Fabrice eut bientôt aperçu la vivandière ; elle marchait à pied, avait les yeux rouges et pleurait de temps à autre. Ce fut en vain que Fabrice chercha la petite charrette et Cocotte.

– Pillés, perdus, volés, s'écria la vivandière répondant aux regards de notre héros. Celui-ci, sans mot dire, descendit de son cheval, le prit par la bride, et dit à la vivandière : Montez. Elle ne se le fit pas dire deux fois.
270 – Raccourcis-moi les étriers fit-elle.

Une fois bien établie à cheval elle se mit à raconter à Fabrice tous les désastres de la nuit. Après un récit d'une longueur infinie, mais avidement écouté par notre héros qui, à dire vrai, ne comprenait rien à rien, mais avait une tendre amitié pour la vivandière, celle-ci ajouta :

– Et dire que ce sont les Français qui m'ont pillée, battue, abîmée…

– Comment ! ce ne sont pas les ennemis ? dit Fabrice d'un air naïf, qui rendait charmante sa belle figure grave et
280 pâle…

– Que tu es bête, mon pauvre petit ! dit la vivandière, souriant au milieu de ses larmes ; et quoique ça, tu es bien gentil.

– Et tel que vous le voyez, il a fort bien descendu son Prussien, dit le caporal Aubry qui, au milieu de la cohue générale, se trouvait par hasard de l'autre côté du cheval monté par la cantinière. Mais il est fier, continua le caporal… Fabrice fit un mouvement. Et comment t'appelles-tu ? continua le caporal, car enfin, s'il y a un
290 rapport, je veux te nommer.

– Je m'appelle Vasi, répondit Fabrice faisant une mine singulière, c'est-à-dire *Boulot*, ajouta-t-il se reprenant vivement.

Boulot avait été le nom du propriétaire de la feuille de route que la geôlière de B... lui avait remise ; l'avant-veille il l'avait étudiée avec soin, tout en marchant, car il commençait à réfléchir quelque peu et n'était plus si étonné des choses. Outre la feuille de route du hussard Boulot, il conservait précieusement le passeport italien d'après lequel il pouvait prétendre au noble nom de Vasi, marchand de baromètres. Quand le caporal lui avait reproché d'être fier, il avait été sur le point de répondre : Moi fier ! moi Fabrice Valserra, *marchesino* del Dongo, qui consens à porter le nom d'un Vasi, marchand de baromètres !

Pendant qu'il faisait des réflexions et qu'il se disait : Il faut bien me rappeler que je m'appelle Boulot, ou gare la prison dont le sort me menace, le caporal et la cantinière avaient échangé plusieurs mots sur son compte.

– Ne m'accusez pas d'être une curieuse, lui dit la cantinière en cessant de le tutoyer ; c'est pour votre bien que je vous fais des questions. Qui êtes-vous, là, réellement [1] ?

Fabrice ne répondit pas d'abord ; il considérait que jamais il ne pourrait trouver d'amis plus dévoués pour leur demander conseil, et il avait un pressant besoin de conseils. Nous allons entrer dans une place de guerre, le gouverneur voudra savoir qui je suis, et gare la prison si je fais voir par mes réponses que je ne connais personne au 4ᵉ régiment de hussards dont je porte l'uniforme ! En sa qualité de sujet de l'Autriche, Fabrice savait toute l'importance qu'il faut attacher à un passeport. Les membres de sa famille, quoique nobles et dévots, quoique appartenant au parti vainqueur, avaient été vexés plus de vingt fois à l'occasion de leurs passeports ; il ne fut donc nullement choqué de la question que lui adressait la cantinière. Mais

1. La question n'est pas anodine. Dès cet épisode, Fabrice dispose d'une multiplicité d'identités, source de multiples quiproquos, qui contribuent au merveilleux de son aventure mais suggèrent aussi qu'il ne s'est pas encore trouvé (voir sur ce point la conclusion de notre étude de l'épisode dans le Dossier, chapitre III).

comme, avant que de répondre, il cherchait les mots français les plus clairs, la cantinière, piquée d'une vive curiosité, ajouta pour l'engager à parler : Le caporal Aubry et moi nous allons vous donner de bons avis pour vous
330   conduire.

– Je n'en doute pas, répondit Fabrice : je m'appelle Vasi et je suis de Gênes ; ma sœur, célèbre par sa beauté, a épousé un capitaine. Comme je n'ai que dix-sept ans, elle me faisait venir auprès d'elle pour me faire voir la France, et me former un peu ; ne la trouvant pas à Paris et sachant qu'elle était à cette armée, j'y suis venu, je l'ai cherchée de tous les côtés sans pouvoir la trouver. Les soldats, étonnés de mon accent, m'ont fait arrêter. J'avais de l'argent alors, j'en ai donné au gendarme, qui m'a remis
340   une feuille de route, un uniforme et m'a dit : File, et jure-moi de ne jamais prononcer mon nom.

– Comment s'appelait-il ? dit la cantinière.

– J'ai donné ma parole, dit Fabrice.

– Il a raison, reprit le caporal, le gendarme est un gredin, mais le camarade ne doit pas le nommer. Et comment s'appelle-t-il, ce capitaine, mari de votre sœur ? Si nous savons son nom nous pourrons le chercher.

– Teulier, capitaine au 4ᵉ de hussards, répondit notre héros.
350   – Ainsi, dit le caporal avec assez de finesse, à votre accent étranger, les soldats vous prirent pour un espion ?

– C'est là le mot infâme ! s'écria Fabrice, les yeux brillants. Moi qui aime tant l'Empereur et les Français ! Et c'est par cette insulte que je suis le plus vexé.

– Il n'y a pas d'insulte, voilà ce qui vous trompe ; l'erreur des soldats était fort naturelle, reprit gravement le caporal Aubry.

Alors il lui expliqua avec beaucoup de pédanterie qu'à l'armée il faut appartenir à un corps et porter un uniforme,
360   faute de quoi il est tout simple qu'on vous prenne pour un espion. L'ennemi nous en lâche beaucoup : tout le monde trahit dans cette guerre. Les écailles tombèrent des yeux de Fabrice ; il comprit pour la première fois qu'il avait tort dans tout ce qui lui arrivait depuis deux mois.

– Mais il faut que le petit nous raconte tout, dit la cantinière dont la curiosité était de plus en plus excitée. Fabrice
obéit. Quand il eut fini :

– Au fait, dit la cantinière parlant d'un air grave au
caporal, cet enfant n'est point militaire ; nous allons faire
une vilaine guerre maintenant que nous sommes battus et
trahis. Pourquoi se ferait-il casser les os *gratis pro Deo* ?

– Et même, dit le caporal, qu'il ne sait pas charger son
fusil, ni en douze temps, ni à volonté, c'est moi qui ai
chargé le coup qui a descendu le Prussien.

– De plus, il montre son argent à tout le monde, ajouta
la cantinière ; il sera volé de tout dès qu'il ne sera plus
avec nous.

– Le premier sous-officier de cavalerie qu'il rencontre,
dit le caporal, le confisque à son profit pour se faire payer la
goutte, et peut-être on le recrute pour l'ennemi, car tout le
monde trahit. Le premier venu va lui ordonner de le suivre,
et il le suivra ; il ferait mieux d'entrer dans notre régiment.

– Non pas, s'il vous plaît, caporal ! s'écria vivement
Fabrice ; il est plus commode d'aller à cheval, et d'ailleurs
je ne sais pas charger un fusil, et vous avez vu que je
manie un cheval.

Fabrice fut très fier de ce petit discours. Nous ne rendrons pas compte de la longue discussion sur sa destinée
future qui eut lieu entre le caporal et la cantinière. Fabrice
remarqua qu'en discutant ces gens répétaient trois ou
quatre fois toutes les circonstances de son histoire : les
soupçons des soldats, le gendarme lui vendant une feuille
de route et un uniforme, la façon dont la veille il s'était
trouvé faire partie de l'escorte du maréchal, l'Empereur vu
au galop, le cheval *escofié* [1], etc., etc.

Avec une curiosité de femme, la cantinière revenait sans
cesse sur la façon dont on l'avait dépossédé du bon cheval
qu'elle lui avait fait acheter.

– Tu t'es senti saisir par les pieds, on t'a fait passer doucement par-dessus la queue de ton cheval, et l'on t'a assis
par terre ! Pourquoi répéter si souvent, se disait Fabrice, ce
que nous connaissons tous trois parfaitement bien ? Il ne

_____

1. C'est-à-dire tué. Or le cheval de Fabrice fut volé, et non pas tué. Inadvertance de Stendhal ?

savait pas encore que c'est ainsi qu'en France les gens du peuple vont à la recherche des idées.

Combien as-tu d'argent ? lui dit tout à coup la cantinière. Fabrice n'hésita pas à répondre ; il était sûr de la noblesse d'âme de cette femme : c'est là le beau côté de la France.

– En tout, il peut me rester trente napoléons en or et huit ou dix écus de cinq francs.

410 – En ce cas, tu as le champ libre ! s'écria la cantinière ; tire-toi du milieu de cette armée en déroute ; jette-toi de côté, prends la première route un peu frayée que tu trouveras là sur ta droite ; pousse ton cheval ferme, toujours t'éloignant de l'armée. À la première occasion achète des habits de pékin [1]. Quand tu seras à huit ou dix lieues, et que tu ne verras plus de soldats, prends la poste, et va te reposer huit jours et manger des biftecks dans quelque bonne ville. Ne dis jamais à personne que tu as été à l'armée, les gendarmes te ramasseraient comme déserteur ; et, quoique tu sois bien gentil, 420 mon petit, tu n'es pas encore assez futé pour répondre à des gendarmes. Dès que tu auras sur le dos des habits de bourgeois, déchire ta feuille de route en mille morceaux et reprends ton nom véritable ; dis que tu es Vasi. Et d'où devra-t-il dire qu'il vient ? fit-elle au caporal.

– De Cambrai sur l'Escaut : c'est une bonne ville toute petite, entends-tu ? et où il y a une cathédrale et Fénelon [2].

– C'est ça, dit la cantinière ; ne dis jamais que tu as été à la bataille, ne souffle mot de B***, ni du gendarme qui t'a vendu la feuille de route. Quand tu voudras rentrer à 430 Paris, rends-toi d'abord à Versailles, et passe la barrière de Paris de ce côté-là en flânant, en marchant à pied comme un promeneur. Couds tes napoléons dans ton pantalon ; et surtout quand tu as à payer quelque chose, ne montre tout juste que l'argent qu'il faut pour payer. Ce qui me chagrine, c'est qu'on va t'empaumer [3], on va te chiper tout ce que tu as ; et que feras-tu une fois sans argent ? toi qui ne sais pas te conduire ? etc.

---

1. C'est-à-dire de civil (terme d'argot militaire).
2. Archevêque de Cambrai, Fénelon y mourut en 1715. Dans le brouillon de réponse à Balzac que nous reproduisons dans le Dossier (p. 642), Stendhal cite ses *Dialogues des morts* et les juge « bien écrits ».
3. « Posséder quelqu'un en trompant, en enjôlant » (Le Robert).

La bonne cantinière parla longtemps encore ; le caporal appuyait ses avis par des signes de tête, ne pouvant trouver jour à saisir la parole. Tout à coup cette foule qui couvrait la grande route, d'abord doubla le pas ; puis, en un clin d'œil, passa le petit fossé qui bordait la route à gauche, et se mit à fuir à toutes jambes. – Les Cosaques ! les Cosaques [1] ! criait-on de tous les côtés.

– Reprends ton cheval ! s'écria la cantinière.

– Dieu m'en garde ! dit Fabrice. Galopez ! fuyez ! je vous le donne. Voulez-vous de quoi racheter une petite voiture ? La moitié de ce que j'ai est à vous.

– Reprends ton cheval, te dis-je ! s'écria la cantinière en colère ; et elle se mettait en devoir de descendre. Fabrice tira son sabre : – Tenez-vous bien ! lui cria-t-il, et il donna deux ou trois coups de plat de sabre au cheval, qui prit le galop et suivit les fuyards.

Notre héros regarda la grande route ; naguère trois ou quatre mille individus s'y pressaient, serrés comme des paysans à la suite d'une procession. Après le mot *cosaques* il n'y vit exactement plus personne ; les fuyards avaient abandonné des shakos [2], des fusils, des sabres, etc. Fabrice, étonné, monta dans un champ à droite du chemin, et qui était élevé de vingt ou trente pieds ; il regarda la grande route des deux côtés et la plaine, il ne vit pas trace de cosaques. Drôles de gens, que ces Français ! se dit-il. Puisque je dois aller sur la droite, pensa-t-il, autant vaut marcher tout de suite ; il est possible que ces gens aient pour courir une raison que je ne connais pas. Il ramassa un fusil, vérifia qu'il était chargé, remua la poudre de l'amorce, nettoya la pierre, puis choisit une giberne bien garnie, et regarda encore de tous les côtés ; il était absolument seul au milieu de cette plaine naguère si couverte de monde. Dans l'extrême lointain, il voyait les fuyards qui commençaient à disparaître derrière les arbres, et couraient toujours. Voilà qui est bien singulier ! se dit-il ; et, se rappelant la manœuvre employée la veille par le caporal, il

---

1. Ils n'étaient évidemment pas présents à Waterloo ! Mais la campagne de Russie étant dans toutes les mémoires, les soldats se souvenaient de leur férocité et exprimaient ainsi leur terreur.
2. « Ancienne coiffure militaire rigide, à visière, imitée de celle des hussards hongrois » (Le Robert).

alla s'asseoir au milieu d'un champ de blé. Il ne s'éloignait
pas, parce qu'il désirait revoir ses bons amis, la cantinière et
le caporal Aubry.

Dans ce blé, il vérifia qu'il n'avait plus que dix-huit
napoléons, au lieu de trente comme il le pensait ; mais il
lui restait de petits diamants qu'il avait placés dans la doublure des bottes du hussard, le matin, dans la chambre de
480 la geôlière, à B***. Il cacha ses napoléons du mieux qu'il
put, tout en réfléchissant profondément à cette disparition
si soudaine. Cela est-il d'un mauvais présage pour moi ?
se disait-il. Son principal chagrin était de ne pas avoir
adressé cette question au caporal Aubry : Ai-je réellement
assisté à une bataille ? Il lui semblait que oui, et il eût été
au comble du bonheur, s'il en eût été certain.

Toutefois, se dit-il, j'y ai assisté portant le nom d'un prisonnier, j'avais la feuille de route d'un prisonnier dans ma
poche, et, bien plus, son habit sur moi ! Voilà qui est fatal
490 pour l'avenir : qu'en eût dit l'abbé Blanès ? Et ce malheureux Boulot est mort en prison ! Tout cela est de sinistre
augure ; le destin me conduira en prison. Fabrice eût donné
tout au monde pour savoir si le hussard Boulot était réellement coupable ; en rappelant ses souvenirs, il lui semblait
que la geôlière de B*** lui avait dit que le hussard avait été
ramassé non seulement pour des couverts d'argent, mais
encore pour avoir volé la vache d'un paysan, et battu le
paysan à toute outrance : Fabrice ne doutait pas qu'il ne fût
mis un jour en prison pour une faute qui aurait quelque rap-
500 port avec celle du hussard Boulot. Il pensait à son ami le
curé Blanès ; que n'eût-il pas donné pour pouvoir le
consulter ! Puis il se rappela qu'il n'avait pas écrit à sa tante
depuis qu'il avait quitté Paris. Pauvre Gina ! se dit-il, et il
avait les larmes aux yeux, lorsque tout à coup il entendit un
petit bruit tout près de lui, c'était un soldat qui faisait
manger le blé par trois chevaux auxquels il avait ôté la
bride, et qui semblaient morts de faim ; il les tenait par le
bridon. Fabrice se leva comme un perdreau, le soldat eut
peur. Notre héros le remarqua, et céda au plaisir de jouer un
510 instant le rôle de hussard.

– Un de ces chevaux m'appartient, f… ! s'écria-t-il,
mais je veux bien te donner cinq francs pour la peine que
tu as prise de me l'amener ici.

– Est-ce que tu te fiches de moi ? dit le soldat. Fabrice
le mit en joue à six pas de distance.

– Lâche le cheval ou je te brûle !

Le soldat avait son fusil en bandoulière, il donna un tour
d'épaule pour le reprendre.

– Si tu fais le plus petit mouvement tu es mort ! s'écria
Fabrice en lui courant dessus.   520

– Eh bien ! donnez les cinq francs et prenez un des chevaux, dit le soldat confus, après avoir jeté un regard de
regret sur la grande route où il n'y avait absolument personne. Fabrice, tenant son fusil haut de la main gauche, de
la droite lui jeta trois pièces de cinq francs.

– Descends, ou tu es mort… Bride le noir et va-t'en plus
loin avec les deux autres… Je te brûle si tu remues.

Le soldat obéit en rechignant. Fabrice s'approcha du
cheval et passa la bride dans son bras gauche, sans perdre
de vue le soldat qui s'éloignait lentement ; quand Fabrice   530
le vit à une cinquantaine de pas, il sauta lestement sur le
cheval. Il y était à peine et cherchait l'étrier de droite avec
le pied, lorsqu'il entendit siffler une balle de fort près :
c'était le soldat qui lui lâchait son coup de fusil. Fabrice,
transporté de colère, se mit à galoper sur le soldat qui
s'enfuit à toutes jambes, et bientôt Fabrice le vit monté sur
un de ses deux chevaux et galopant. Bon, le voilà hors de
portée, se dit-il. Le cheval qu'il venait d'acheter était
magnifique, mais paraissait mourant de faim. Fabrice
revint sur la grande route, où il n'y avait toujours âme qui   540
vive ; il la traversa et mit son cheval au trot pour atteindre
un petit pli de terrain sur la gauche où il espérait retrouver
la cantinière ; mais quand il fut au sommet de la petite
montée il n'aperçut, à plus d'une lieue de distance, que
quelques soldats isolés. Il est écrit que je ne la reverrai
plus [1], se dit-il avec un soupir, brave et bonne femme ! Il
gagna une ferme qu'il apercevait dans le lointain et sur la
droite de la route. Sans descendre de cheval, et après avoir

---

1. Reprise de la formule constamment employée par Jacques, dans
Jacques le Fataliste de Diderot. On sait que Stendhal appréciait fort ce
roman et qu'il y a trouvé, autant que chez Fielding, le modèle de cette
narration ironique, subversive, multipliant les adresses au lecteur, qu'il a
faite sienne.

payé d'avance, il fit donner de l'avoine à son pauvre
550 cheval, tellement affamé qu'il mordait la mangeoire. Une
heure plus tard, Fabrice trottait sur la grande route toujours
dans le vague espoir de retrouver la cantinière, ou du moins
le caporal Aubry. Allant toujours et regardant de tous les
côtés il arriva à une rivière marécageuse traversée par un
pont en bois assez étroit. Avant le pont, sur la droite de la
route, était une maison isolée portant l'enseigne du Cheval
Blanc. Là, je vais dîner, se dit Fabrice. Un officier de cavalerie avec le bras en écharpe se trouvait à l'entrée du pont ; il
était à cheval et avait l'air fort triste ; à dix pas de lui, trois
560 cavaliers à pied arrangeaient leurs pipes.

— Voilà des gens, se dit Fabrice, qui m'ont bien la mine
de vouloir m'acheter mon cheval encore moins cher qu'il
ne m'a coûté. L'officier blessé et les trois piétons le regardaient venir et semblaient l'attendre. Je devrais bien ne pas
passer sur ce pont, et suivre le bord de la rivière à droite,
ce serait la route conseillée par la cantinière pour sortir
d'embarras… Oui, se dit notre héros ; mais si je prends la
fuite, demain j'en serai tout honteux : d'ailleurs mon
cheval a de bonnes jambes, celui de l'officier est probable-
570 ment fatigué ; s'il entreprend de me démonter je galoperai.
En faisant ces raisonnements, Fabrice *rassemblait* son
cheval [1] et s'avançait au plus petit pas possible.

— Avancez donc, hussard, lui cria l'officier d'un air
d'autorité.

Fabrice avança quelques pas et s'arrêta.

— Voulez-vous me prendre mon cheval ? cria-t-il.

— Pas le moins du monde ; avancez.

Fabrice regarda l'officier : il avait des moustaches
blanches, et l'air le plus honnête du monde ; le mouchoir
580 qui soutenait son bras gauche était plein de sang, et sa
main droite aussi était enveloppée d'un linge sanglant. Ce
sont les piétons qui vont sauter à la bride de mon cheval se
dit Fabrice ; mais, en y regardant de près, il vit que les piétons aussi étaient blessés.

— Au nom de l'honneur, lui dit l'officier qui portait les
épaulettes de colonel, restez ici en vedette, et dites à tous

---

1. « Le tenir de manière à le préparer aux mouvements qu'on veut lui
faire exécuter » (Le Robert).

les dragons, chasseurs et hussards que vous verrez, que le colonel Le Baron [1] est dans l'auberge que voilà, et que je leur ordonne de venir me joindre. Le vieux colonel avait l'air navré de douleur ; dès le premier mot il avait fait la conquête de notre héros, qui lui répondit avec bon sens :

– Je suis bien jeune, monsieur, pour que l'on veuille m'écouter ; il faudrait un ordre écrit de votre main.

– Il a raison, dit le colonel en le regardant beaucoup, écris l'ordre, La Rose, toi qui as une main droite.

Sans rien dire, La Rose tira de sa poche un petit livret de parchemin, écrivit quelques lignes, et, déchirant une feuille, la remit à Fabrice ; le colonel répéta l'ordre à celui-ci, ajoutant qu'après deux heures de faction il serait relevé, comme de juste, par un des trois cavaliers blessés qui étaient avec lui. Cela dit, il entra dans l'auberge avec ses hommes. Fabrice les regardait marcher et restait immobile au bout de son pont de bois, tant il avait été frappé par la douleur morne et silencieuse de ces trois personnages. On dirait des génies enchantés [2], se dit-il. Enfin il ouvrit le papier plié et lut l'ordre ainsi conçu :

« Le colonel Le Baron, du 6e dragons, commandant la seconde brigade de la première division de cavalerie du 14e corps, ordonne à tous cavaliers, dragons, chasseurs et hussards de ne point passer le pont, et de le rejoindre à l'auberge du Cheval Blanc, près le pont, où est son quartier général.

« Au quartier général, près le pont de la *Sainte*, le 19 juin 1815.

« Pour le colonel Le Baron, blessé au bras droit, et par son ordre, le maréchal des logis,

« La Rose. »

---

1. Nom du colonel du régiment (précisément, le 6e dragons) dans lequel se trouvait Stendhal en 1800. La Rose et Henriet sont aussi des noms rencontrés par l'auteur pendant sa carrière militaire.

2. Première allusion aux *Mille et Une Nuits*. Faisant, dans son article, l'éloge de *La Chartreuse*, Balzac avait bien vu que ces récits ont, « en bien des parties, [...] la magie d'un conte de l'Orient ». Sachant que Stendhal a toujours témoigné un vif intérêt pour ces contes, on peut, de fait, tenter un rapprochement avec *La Chartreuse*, qui rappelle *Les Mille et Une Nuits* par sa poésie, son merveilleux, son narrateur aux manières de conteur, et prête à la Sanseverina la séduction magique et le rôle d'initiatrice de Shéhérazade auprès du roi.

Il y avait à peine une demi-heure que Fabrice était en
sentinelle au pont [1], quand il vit arriver six chasseurs
montés et trois à pied ; il leur communique l'ordre du
620 colonel. – Nous allons revenir, disent quatre des chasseurs
montés, et ils passent le pont au grand trot. Fabrice parlait
alors aux deux autres. Durant la discussion qui s'animait,
les trois hommes à pied passent le pont. Un des deux chasseurs montés qui restaient finit par demander à revoir
l'ordre, et l'emporte en disant :

– Je vais le porter à mes camarades, qui ne manqueront
pas de revenir ; attends-les ferme. Et il part au galop ; son
camarade le suit. Tout cela fut fait en un clin d'œil.

Fabrice, furieux, appela un des soldats blessés, qui parut
630 à une des fenêtres du Cheval Blanc. Ce soldat, auquel
Fabrice vit des galons de maréchal des logis, descendit et
lui cria en s'approchant :

– Sabre à la main donc ! vous êtes en faction. Fabrice
obéit, puis lui dit :

– Ils ont emporté l'ordre.

– Ils ont de l'humeur de l'affaire d'hier, reprit l'autre
d'un air morne. Je vais vous donner un de mes pistolets ;
si l'on force de nouveau la consigne, tirez-le en l'air, je
viendrai, ou le colonel lui-même paraîtra.

640 Fabrice avait fort bien vu un geste de surprise chez le
maréchal des logis, à l'annonce de l'ordre enlevé ; il comprit que c'était une insulte personnelle qu'on lui avait
faite, et se promit bien de ne plus se laisser jouer.

Armé du pistolet d'arçon du maréchal des logis, Fabrice
avait repris fièrement sa faction lorsqu'il vit arriver à lui
sept hussards montés : il s'était placé de façon à barrer le
pont, il leur communique l'ordre du colonel, ils en ont l'air
fort contrarié, le plus hardi cherche à passer. Fabrice suivant le sage précepte de son amie la vivandière qui, la
650 veille au matin, lui disait qu'il fallait piquer et non sabrer,

---

1. Dans cette « aventure » digne d'un roman de chevalerie au cours de
laquelle il livre, pour l'honneur, son premier duel en défendant un pont,
Fabrice reçoit, selon G. Durand (*Le Décor mythique de La Chartreuse de
Parme, op. cit.*, p. 88), l'initiation suprême, celle du sang et de la blessure. Il saura désormais se battre, et pourra affronter Giletti dans un nouveau combat singulier.

abaisse la pointe de son grand sabre droit et fait mine d'en porter un coup à celui qui veut forcer la consigne.

– Ah ! il veut nous tuer, le blanc-bec ! s'écrient les hussards, comme si nous n'avions pas été assez tués hier ! Tous tirent leurs sabres à la fois et tombent sur Fabrice, il se crut mort ; mais il songea à la surprise du maréchal des logis, et ne voulut pas être méprisé de nouveau. Tout en reculant sur son pont, il tâchait de donner des coups de pointe. Il avait une si drôle de mine en maniant ce grand sabre droit de grosse cavalerie, beaucoup trop lourd pour lui, que les hussards virent bientôt à qui ils avaient affaire ; ils cherchèrent alors non pas à le blesser, mais à lui couper son habit sur le corps. Fabrice reçut ainsi trois ou quatre petits coups de sabre sur les bras. Pour lui, toujours fidèle au précepte de la cantinière, il lançait de tout son cœur force coups de pointe. Par malheur un de ces coups de pointe blessa un hussard à la main : fort en colère d'être touché par un tel soldat, il riposta par un coup de pointe à fond qui atteignit Fabrice au haut de la cuisse. Ce qui fit porter le coup, c'est que le cheval de notre héros, loin de fuir la bagarre, semblait y prendre plaisir et se jeter sur les assaillants. Ceux-ci voyant couler le sang de Fabrice le long de son bras droit, craignirent d'avoir poussé le jeu trop avant, et, le poussant vers le parapet gauche du pont, partirent au galop. Dès que Fabrice eut un moment de loisir il tira en l'air son coup de pistolet pour avertir le colonel.

Quatre hussards montés et deux à pied, du même régiment que les autres, venaient vers le pont et en étaient encore à deux cents pas lorsque le coup de pistolet partit : ils regardaient fort attentivement ce qui se passait sur le pont, et s'imaginant que Fabrice avait tiré sur leurs camarades, les quatre à cheval fondirent sur lui au galop et le sabre haut ; c'était une véritable charge. Le colonel Le Baron, averti par le coup de pistolet, ouvrit la porte de l'auberge et se précipita sur le pont au moment où les hussards au galop y arrivaient, et il leur intima lui-même l'ordre de s'arrêter.

– Il n'y a plus de colonel ici, s'écria l'un d'eux, et il poussa son cheval. Le colonel exaspéré interrompit la remontrance qu'il leur adressait, et, de sa main droite blessée, saisit la rêne de ce cheval du côté hors du montoir.

– Arrête ! mauvais soldat, dit-il au hussard ; je te connais, tu es de la compagnie du capitaine Henriet.

– Eh bien ! que le capitaine lui-même me donne l'ordre ! Le capitaine Henriet a été tué hier, ajouta-t-il en ricanant ; et va te faire f...

En disant ces paroles il veut forcer le passage et pousse le vieux colonel qui tombe assis sur le pavé du pont.
700 Fabrice, qui était à deux pas plus loin sur le pont, mais faisant face au côté de l'auberge, pousse son cheval, et tandis que le poitrail du cheval de l'assaillant jette par terre le colonel qui ne lâche point la rêne hors du montoir, Fabrice, indigné, porte au hussard un coup de pointe à fond. Par bonheur le cheval du hussard, se sentant tiré vers la terre par la bride que tenait le colonel, fit un mouvement de côté, de façon que la longue lame du sabre de grosse cavalerie de Fabrice glissa le long du gilet du hussard et passa tout entière sous ses yeux. Furieux, le hussard se retourne
710 et lance un coup de toutes ses forces, qui coupe la manche de Fabrice et entre profondément dans son bras : notre héros tombe.

Un des hussards démontés voyant les deux défenseurs du pont par terre, saisit l'à-propos, saute sur le cheval de Fabrice et veut s'en emparer en le lançant au galop sur le pont.

Le maréchal des logis, en accourant de l'auberge, avait vu tomber son colonel, et le croyait gravement blessé. Il court après le cheval de Fabrice et plonge la pointe de son
720 sabre dans les reins du voleur ; celui-ci tombe. Les hussards, ne voyant plus sur le pont que le maréchal des logis à pied, passent au galop et filent rapidement. Celui qui était à pied s'enfuit dans la campagne.

Le maréchal des logis s'approcha des blessés. Fabrice s'était déjà relevé, il souffrait peu, mais perdait beaucoup de sang. Le colonel se releva plus lentement ; il était tout étourdi de sa chute, mais n'avait reçu aucune blessure.

– Je ne souffre, dit-il au maréchal des logis, que de mon ancienne blessure à la main.
730 Le hussard blessé par le maréchal des logis mourait.

– Le diable l'emporte ! s'écria le colonel, mais, dit-il au maréchal des logis et aux deux autres cavaliers qui accouraient, songez à ce petit jeune homme que j'ai exposé mal à propos. Je vais rester au pont moi-même pour tâcher d'arrêter ces enragés. Conduisez le petit jeune homme à l'auberge et pansez son bras ; prenez une de mes chemises.

CHAPITRE V

Toute cette aventure n'avait pas duré une minute ; les blessures de Fabrice n'étaient rien ; on lui serra le bras avec des bandes taillées dans la chemise du colonel. On voulait lui arranger un lit au premier étage de l'auberge :

– Mais pendant que je serai ici bien choyé au premier étage, dit Fabrice au maréchal des logis, mon cheval, qui est à l'écurie, s'ennuiera tout seul et s'en ira avec un autre maître.

– Pas mal pour un conscrit ! dit le maréchal des logis ;
10 et l'on établit Fabrice sur de la paille bien fraîche, dans la mangeoire même à laquelle son cheval était attaché.

Puis, comme Fabrice se sentait très faible, le maréchal des logis lui apporta une écuelle de vin chaud et fit un peu la conversation avec lui. Quelques compliments inclus dans cette conversation mirent notre héros au troisième ciel.

Fabrice ne s'éveilla que le lendemain au point du jour ; les chevaux poussaient de longs hennissements et faisaient un tapage affreux ; l'écurie se remplissait de fumée.
20 D'abord Fabrice ne comprenait rien à tout ce bruit, et ne savait même où il était ; enfin à demi étouffé par la fumée, il eut l'idée que la maison brûlait ; en un clin d'œil il fut hors de l'écurie et à cheval. Il leva la tête ; la fumée sortait avec violence par les deux fenêtres au-dessus de l'écurie et le toit était couvert d'une fumée noire qui tourbillonnait. Une centaine de fuyards étaient arrivés dans la nuit à l'auberge du Cheval Blanc ; tous criaient et juraient. Les

cinq ou six que Fabrice put voir de près lui semblèrent
complètement ivres ; l'un d'eux voulait l'arrêter et lui
criait : Où emmènes-tu mon cheval ?   30

Quand Fabrice fut à un quart de lieue, il tourna la tête ;
personne ne le suivait, la maison était en flammes. Fabrice
reconnut le pont, il pensa à sa blessure et sentit son bras
serré par des bandes et fort chaud. Et le vieux colonel, que
sera-t-il devenu ? Il a donné sa chemise pour panser mon
bras. Notre héros était ce matin-là du plus beau sang-froid
du monde ; la quantité de sang qu'il avait perdue l'avait
délivré de toute la partie romanesque de son caractère.

À droite ! se dit-il, et filons. Il se mit tranquillement à
suivre le cours de la rivière qui, après avoir passé sous le   40
pont, coulait vers la droite de la route. Il se rappelait les
conseils de la bonne cantinière. Quelle amitié ! se disait-il,
quel caractère ouvert !

Après une heure de marche, il se trouva très faible. Ah
çà ! vais-je m'évanouir ? se dit-il : si je m'évanouis, on me
vole mon cheval, et peut-être mes habits, et avec les habits
le trésor. Il n'avait plus la force de conduire son cheval, et
il cherchait à se tenir en équilibre, lorsqu'un paysan, qui
bêchait dans un champ à côté de la grande route, vit sa
pâleur et vint lui offrir un verre de bière et du pain.   50

– À vous voir si pâle, j'ai pensé que vous étiez un des
blessés de la grande bataille ! lui dit le paysan. Jamais
secours ne vint plus à propos. Au moment où Fabrice
mâchait le morceau de pain noir, les yeux commençaient
à lui faire mal quand il regardait devant lui. Quand il fut un
peu remis, il remercia. Et où suis-je ? demanda-t-il. Le
paysan lui apprit qu'à trois quarts de lieue plus loin se
trouvait le bourg de Zonders [1], où il serait très bien soigné.
Fabrice arriva dans ce bourg, ne sachant pas trop ce qu'il
faisait, et ne songeant à chaque pas qu'à ne pas tomber de   60
cheval. Il vit une grande porte ouverte, il entra : c'était
l'auberge de l'Étrille. Aussitôt accourut la bonne maîtresse
de la maison, femme énorme ; elle appela du secours
d'une voix altérée par la pitié. Deux jeunes filles aidèrent
Fabrice à mettre pied à terre ; à peine descendu de cheval,

---

1. Nom inventé, ou déformé (H. Martineau signale que Stendhal, en
1838, aux Pays-Bas, était passé par Grootzundert).

il s'évanouit complètement. Un chirurgien fut appelé, on le saigna. Ce jour-là et ceux qui suivirent, Fabrice ne savait pas trop ce qu'on lui faisait, il dormait presque sans cesse.

70   Le coup de pointe à la cuisse menaçait d'un dépôt considérable. Quand il avait sa tête à lui, il recommandait qu'on prît soin de son cheval, et répétait souvent qu'il paierait bien, ce qui offensait la bonne maîtresse de l'auberge et ses filles. Il y avait quinze jours qu'il était admirablement soigné, et il commençait à reprendre un peu ses idées, lorsqu'il s'aperçut un soir que ses hôtesses avaient l'air fort troublé. Bientôt un officier allemand entra dans sa chambre : on se servait pour lui répondre d'une langue qu'il n'entendait pas ; mais il vit bien qu'on parlait de lui ; il feignit de dormir. Quelque temps après, quand il pensa

80 que l'officier pouvait être sorti, il appela ses hôtesses :

    – Cet officier ne vient-il pas m'écrire sur une liste et me faire prisonnier ? L'hôtesse en convint les larmes aux yeux.

    – Eh bien ! il y a de l'argent dans mon dolman [1] ! s'écria-t-il en se relevant sur son lit, achetez-moi des habits bourgeois, et, cette nuit, je pars sur mon cheval. Vous m'avez déjà sauvé la vie une fois en me recevant au moment où j'allais tomber mourant dans la rue ; sauvez-la-moi encore en me donnant les moyens de rejoindre ma mère.

90   En ce moment, les filles de l'hôtesse se mirent à fondre en larmes ; elles tremblaient pour Fabrice ; et, comme elles comprenaient à peine le français, elles s'approchèrent de son lit pour lui faire des questions. Elles discutèrent en flamand avec leur mère ; mais, à chaque instant, des yeux attendris se tournaient vers notre héros ; il crut comprendre que sa fuite pouvait les compromettre gravement, mais qu'elles voulaient bien en courir la chance. Il les remercia avec effusion et en joignant les mains. Un juif du pays fournit un habillement complet ; mais, quand il

100 l'apporta vers les dix heures du soir, ces demoiselles reconnurent, en comparant l'habit avec le dolman de Fabrice, qu'il fallait le rétrécir infiniment. Aussitôt elles se mirent à l'ouvrage ; il n'y avait pas de temps à perdre.

_____

1. « Veste ajustée à brandebourgs que portaient les hussards, les chasseurs à cheval » (Le Robert).

Fabrice indiqua quelques napoléons cachés dans ses habits, et pria ses hôtesses de les coudre dans les vêtements qu'on venait d'acheter. On avait apporté avec les habits une belle paire de bottes neuves. Fabrice n'hésita point à prier ces bonnes filles de couper les bottes à la hussarde à l'endroit qu'il leur indiqua, et l'on cacha ses petits diamants dans la doublure des nouvelles bottes.

Par un effet singulier de la perte du sang et de la faiblesse qui en était la suite, Fabrice avait presque tout à fait oublié le français ; il s'adressait en italien à ses hôtesses, qui parlaient un patois flamand, de façon que l'on s'entendait presque uniquement par signes. Quand les jeunes filles, d'ailleurs parfaitement désintéressées, virent les diamants, leur enthousiasme pour lui n'eut plus de bornes ; elles le crurent un prince déguisé. Aniken, la cadette et la plus naïve, l'embrassa sans autre façon. Fabrice, de son côté, les trouvait charmantes ; et vers minuit, lorsque le chirurgien lui eut permis un peu de vin, à cause de la route qu'il allait entreprendre, il avait presque envie de ne pas partir. Où pourrais-je être mieux qu'ici ? disait-il [1]. Toutefois, sur les deux heures du matin, il s'habilla. Au moment de sortir de sa chambre, la bonne hôtesse lui apprit que son cheval avait été emmené par l'officier qui, quelques heures auparavant, était venu faire la visite de la maison.

– Ah ! canaille ! s'écriait Fabrice en jurant, à un blessé ! Il n'était pas assez philosophe, ce jeune Italien, pour se rappeler à quel prix lui-même avait acheté ce cheval [2].

---

1. L'importance de la communication par signes, la tentation de ne pas fuir, la séduction réciproque de Fabrice et d'Aniken, tout préfigure ici la prison d'amour et suggère que Fabrice, comme le lui avait prédit sa tante, a bien commencé sa carrière de don Juan. Stendhal utilise du reste, juste après, au moment de la séparation, une formule, qui a tout d'une litote (« les adieux furent tendres »), semblable à celle qu'il avait utilisée, au moment du départ du lieutenant Robert, pour suggérer sa liaison avec la marquise (« les adieux furent tristes »).

2. Le narrateur se permettra de relever de telles inconséquences dans le comportement de la Sanseverina face au prince, avec une malice peut-être moins appuyée que d'habitude, qui laisse néanmoins incertain son jugement moral. De tels illogismes font en tout cas le bonheur de ces personnages, qu'ils préservent de tout sentiment de culpabilité. Ils prouvent encore une fois que l'Italien est un être d'instinct et de passion plus que de raisonnement.

Aniken lui apprit en pleurant qu'on avait loué un cheval pour lui ; elle eût voulu qu'il ne partît pas ; les adieux furent tendres. Deux grands jeunes gens, parents de la bonne hôtesse, portèrent Fabrice sur la selle ; pendant la route ils le soutenaient à cheval, tandis qu'un troisième, qui précédait le petit convoi de quelques centaines de pas, examinait s'il n'y avait point de patrouille suspecte sur les chemins. Après deux heures de marche, on s'arrêta chez une cousine de l'hôtesse de l'Étrille. Quoi que Fabrice pût

140 leur dire, les jeunes gens qui l'accompagnaient ne voulurent jamais le quitter ; ils prétendaient qu'ils connaissaient mieux que personne les passages dans les bois.

– Mais demain matin, quand on saura ma fuite, et qu'on ne vous verra pas dans le pays, votre absence vous compromettra, disait Fabrice.

On se remit en marche. Par bonheur, quand le jour vint à paraître, la plaine était couverte d'un brouillard épais. Vers les huit heures du matin, l'on arriva près d'une petite ville. L'un des jeunes gens se détacha pour voir si les che-

150 vaux de la poste avaient été volés. Le maître de poste avait eu le temps de les faire disparaître, et de recruter des rosses infâmes dont il avait garni ses écuries. On alla chercher deux chevaux dans les marécages où ils étaient cachés, et, trois heures après, Fabrice monta dans un petit cabriolet tout délabré, mais attelé de deux bons chevaux de poste. Il avait repris des forces. Le moment de la séparation avec les jeunes gens, parents de l'hôtesse, fut du dernier pathétique ; jamais, quelque prétexte aimable que Fabrice pût trouver, ils ne voulurent accepter d'argent.

160 – Dans votre état, monsieur, vous en avez plus de besoin que nous, répondaient toujours ces braves jeunes gens. Enfin ils partirent avec des lettres où Fabrice, un peu fortifié par l'agitation de la route, avait essayé de faire connaître à ses hôtesses tout ce qu'il sentait pour elles. Fabrice écrivait les larmes aux yeux, et il y avait certainement de l'amour dans la lettre adressée à la petite Aniken.

Le reste du voyage n'eut rien que d'ordinaire. En arrivant à Amiens il souffrait beaucoup du coup de pointe qu'il avait reçu à la cuisse ; le chirurgien de campagne

170 n'avait pas songé à débrider la plaie, et, malgré les saignées, il s'y était formé un dépôt. Pendant les quinze jours

que Fabrice passa dans l'auberge d'Amiens, tenue par une
famille complimenteuse et avide, les alliés envahissaient la
France, et Fabrice devint comme un autre homme, tant il
fit de réflexions profondes sur les choses qui venaient de
lui arriver. Il n'était resté enfant que sur un point : ce qu'il
avait vu était-ce une bataille, et en second lieu, cette
bataille était-elle Waterloo ? Pour la première fois de sa
vie il trouva du plaisir à lire ; il espérait toujours trouver
dans les journaux, ou dans les récits de la bataille, quelque   180
description qui lui permettrait de reconnaître les lieux
qu'il avait parcourus à la suite du maréchal Ney, et plus
tard avec l'autre général. Pendant son séjour à Amiens, il
écrivit presque tous les jours à ses bonnes amies de
l'Étrille. Dès qu'il fut guéri, il vint à Paris ; il trouva à son
ancien hôtel vingt lettres de sa mère et de sa tante qui le
suppliaient de revenir au plus vite. Une dernière lettre de
la comtesse Pietranera avait un certain tour énigmatique
qui l'inquiéta fort, cette lettre lui enleva toutes ses rêveries
tendres. C'était un caractère auquel il ne fallait qu'un mot   190
pour prévoir facilement les plus grands malheurs ; son
imagination se chargeait ensuite de lui peindre ces malheurs avec les détails les plus horribles.

« Garde-toi bien de signer les lettres que tu écris pour
donner de tes nouvelles, lui disait la comtesse. À ton
retour tu ne dois point venir d'emblée sur le lac de Côme :
arrête-toi à Lugano, sur le territoire suisse. » Il devait
arriver dans cette petite ville sous le nom de Cavi ; il trouverait à la principale auberge le valet de chambre de la
comtesse, qui lui indiquerait ce qu'il fallait faire. Sa tante   200
finissait par ces mots : « Cache par tous les moyens possibles la folie que tu as faite, et surtout ne conserve sur toi
aucun papier imprimé ou écrit ; en Suisse tu seras environné des amis de Sainte-Marguerite [1] [*]. Si j'ai assez
d'argent, lui disait la comtesse, j'enverrai quelqu'un à
Genève, à l'hôtel des Balances, et tu auras des détails que
je ne puis écrire et qu'il faut pourtant que tu saches avant

---

1. Pellico a effectivement raconté, au début de *Mes Prisons*, son incarcération dans ces locaux, siège de la police autrichienne, en 1820-1821.
* M. Pellico a rendu ce nom européen, c'est celui de la rue de Milan où
se trouvent le palais et les prisons de la police (NdA).

d'arriver. Mais, au nom de Dieu, pas un jour de plus à Paris ; tu y serais reconnu par nos espions. » L'imagina-
210 tion de Fabrice se mit à se figurer les choses les plus étranges, et il fut incapable de tout autre plaisir que celui de chercher à deviner ce que sa tante pouvait avoir à lui apprendre de si étrange. Deux fois, en traversant la France, il fut arrêté ; mais il sut se dégager ; il dut ces désagréments à son passeport italien et à cette étrange qualité de marchand de baromètres, qui n'était guère d'accord avec sa figure jeune et son bras en écharpe.

Enfin, dans Genève, il trouva un homme appartenant à la comtesse qui lui raconta de sa part, que lui, Fabrice,
220 avait été dénoncé à la police de Milan comme étant allé porter à Napoléon des propositions arrêtées par une vaste conspiration organisée dans le ci-devant royaume d'Italie. Si tel n'eût pas été le but de son voyage, disait la dénonciation, à quoi bon prendre un nom supposé ? Sa mère chercherait à prouver ce qui était vrai ; c'est-à-dire :

1° Qu'il n'était jamais sorti de la Suisse.

2° Qu'il avait quitté le château à l'improviste à la suite d'une querelle avec son frère aîné.

À ce récit, Fabrice eut un sentiment d'orgueil. J'aurais
230 été une sorte d'ambassadeur auprès de Napoléon ! se dit-il ; j'aurais eu l'honneur de parler à ce grand homme, plût à Dieu ! Il se souvint que son septième aïeul, le petit-fils de celui qui arriva à Milan à la suite de Sforce [1], eut l'honneur d'avoir la tête tranchée par les ennemis du duc, qui le surprirent comme il allait en Suisse porter des propositions aux louables cantons et recruter des soldats. Il voyait des yeux de l'âme l'estampe relative à ce fait, placée dans la généalogie de la famille. Fabrice, en interrogeant ce valet de chambre, le trouva outré d'un détail qui enfin lui
240 échappa, malgré l'ordre exprès de le lui taire, plusieurs fois répété par la comtesse. C'était Ascagne, son frère aîné, qui l'avait dénoncé à la police de Milan. Ce mot cruel donna comme un accès de folie à notre héros. De Genève pour aller en Italie on passe par Lausanne ; il voulut partir

---

1. François Sforza se fit reconnaître comme duc de Milan en 1450. On retrouve ici l'importance des estampes et de l'imaginaire héroïque, mais caduc, dont elles imprègnent Fabrice.

à pied et sur-le-champ, et faire ainsi dix ou douze lieues, quoique la diligence de Genève à Lausanne dût partir deux heures plus tard. Avant de sortir de Genève, il se prit de querelle dans un des tristes cafés du pays, avec un jeune homme qui le regardait, disait-il, d'une façon singulière. Rien de plus vrai, le jeune Genevois flegmatique, raison- 250 nable et ne songeant qu'à l'argent, le croyait fou ; Fabrice en entrant avait jeté des regards furibonds de tous les côtés, puis renversé sur son pantalon la tasse de café qu'on lui servait. Dans cette querelle, le premier mouvement de Fabrice fut tout à fait du XVIe siècle : au lieu de parler de duel au jeune Genevois, il tira son poignard et se jeta sur lui pour l'en percer. En ce moment de passion, Fabrice oubliait tout ce qu'il avait appris sur les règles de l'hon- neur, et revenait à l'instinct, ou, pour mieux dire, aux sou- venirs de la première enfance [1]. 260

L'homme de confiance intime qu'il trouva dans Lugano augmenta sa fureur en lui donnant de nouveaux détails. Comme Fabrice était aimé à Grianta, personne n'eût pro- noncé son nom, et sans l'aimable procédé de son frère [2], tout le monde eût feint de croire qu'il était à Milan, et jamais l'attention de la police de cette ville n'eût été appelée sur son absence.

– Sans doute les douaniers ont votre signalement, lui dit l'envoyé de sa tante, et si nous suivons la grande route, à

_____

1. Le geste de Fabrice est, aux yeux de Stendhal, caractéristique de l'Ita- lien, et contribue à l'élever au sublime, en tant que manifestation spon- tanée et superlative d'un moi fort, qui se libère de toute contrainte. Il trahit fort bien la susceptibilité extrême, la véhémence propres à l'Italien, tout entier à sa passion, à ses pulsions, à sa nature, dans l'oubli de toute morale et de toute loi. Il prouve, en outre, qu'en dépit de sa déchéance politique l'Italie a su préserver ce potentiel de force et d'énergie, de vio- lence et de transgression, qui avait fait sa grandeur à la Renaissance, et que Stendhal admire toujours autant. Sur cette valorisation, héroïque et esthétique, du coup de poignard dans les écrits italiens de Stendhal, on lira l'article de M. Crouzet, « L'Italie est une "fête à coups de couteaux", repris dans *Le Roman stendhalien, op. cit.*, p. 170-217.
2. On sera sensible, à la lecture de ce roman, à l'abondance de tels euphé- mismes qui atténuent la laideur, physique ou morale, du réel et contri- buent à son enjolivement, tout en préservant l'enjouement de la narration. M. Crouzet les a relevés et étudiés dans son article « *La Chartreuse de Parme*, roman de l'euphémisme », dans *Stendhal, La Chartreuse de Parme, op. cit.*, p. 129-171.

270 la frontière du royaume lombardo-vénitien, vous serez arrêté [1].

Fabrice et ses gens connaissaient les moindres sentiers de la montagne qui sépare Lugano du lac de Côme : ils se déguisèrent en chasseurs, c'est-à-dire en contrebandiers, et comme ils étaient trois et porteurs de mines assez résolues, les douaniers qu'ils rencontrèrent ne songèrent qu'à les saluer. Fabrice s'arrangea de façon à n'arriver au château que vers minuit ; à cette heure, son père et tous les valets de chambre portant de la poudre étaient couchés

280 depuis longtemps. Il descendit sans peine dans le fossé profond et pénétra dans le château par la petite fenêtre d'une cave : c'est là qu'il était attendu par sa mère et sa tante ; bientôt ses sœurs accoururent. Les transports de tendresse et les larmes se succédèrent pendant longtemps, et l'on commençait à peine à parler raison lorsque les premières lueurs de l'aube vinrent avertir ces êtres qui se croyaient malheureux, que le temps volait.

– J'espère que ton frère ne se sera pas douté de ton arrivée, lui dit madame Pietranera ; je ne lui parlais guère

290 depuis sa belle équipée, ce dont son amour-propre me faisait l'honneur d'être fort piqué : ce soir à souper j'ai daigné lui adresser la parole ; j'avais besoin de trouver un prétexte pour cacher la joie folle qui pouvait lui donner des soupçons. Puis, lorsque je me suis aperçue qu'il était tout fier de cette prétendue réconciliation, j'ai profité de sa joie pour le faire boire d'une façon désordonnée, et certainement il n'aura pas songé à se mettre en embuscade pour continuer son métier d'espion.

– C'est dans ton appartement qu'il faut cacher notre

300 hussard, dit la marquise, il ne peut partir tout de suite dans ce premier moment, nous ne sommes pas assez maîtresses de notre raison, et il s'agit de choisir la meilleure façon de mettre en défaut cette terrible police de Milan.

On suivit cette idée ; mais le marquis et son fils aîné remarquèrent, le jour d'après, que la marquise était sans cesse dans la chambre de sa belle-sœur. Nous ne nous

---

1. Rappelons qu'à l'issue du congrès de Vienne (septembre 1814-juin 1815) le royaume lombardo-vénitien est devenu partie intégrante de l'empire d'Autriche. Or Fabrice a servi l'ennemi…

arrêterons pas à peindre les transports de tendresse et de joie qui ce jour-là encore agitèrent ces êtres si heureux. Les cœurs italiens sont, beaucoup plus que les nôtres, tourmentés par les soupçons et par les idées folles que leur présente une imagination brûlante, mais en revanche leurs joies sont bien plus intenses et durent plus longtemps. Ce jour-là la comtesse et la marquise étaient absolument privées de leur raison ; Fabrice fut obligé de recommencer tous ses récits : enfin on résolut d'aller cacher la joie commune à Milan, tant il sembla difficile de se dérober plus longtemps à la police du marquis et de son fils Ascagne.

On prit la barque ordinaire de la maison pour aller à Côme ; en agir autrement eût été réveiller mille soupçons ; mais en arrivant au port de Côme la marquise se souvint qu'elle avait oublié à Grianta des papiers de la dernière importance : elle se hâta d'y envoyer les bateliers, et ces hommes ne purent faire aucune remarque sur la manière dont ces deux dames employaient leur temps à Côme. À peine arrivées, elles louèrent au hasard une de ces voitures qui attendent pratique [1] près de cette haute tour du Moyen Âge qui s'élève au-dessus de la porte de Milan [2]. On partit à l'instant même sans que le cocher eût le temps de parler à personne. À un quart de lieue de la ville on trouva un jeune chasseur de la connaissance de ces dames, et qui par complaisance, comme elles n'avaient aucun homme avec elles, voulut bien leur servir de chevalier jusqu'aux portes de Milan, où il se rendait en chassant. Tout allait bien, et ces dames faisaient la conversation la plus joyeuse avec le jeune voyageur, lorsque à un détour que fait la route pour tourner la charmante colline et le bois de San-Giovanni, trois gendarmes déguisés sautèrent à la bride des chevaux [3]. – Ah ! mon mari nous a trahis ! s'écria la mar-

1. Clientèle (vieilli).
2. Il s'agit de la tour du Baradello, sur la route de Milan.
3. La scène qui suit est incontestablement l'une des plus importantes du roman. Elle permet à Stendhal d'améliorer le système de présentation des personnages, en introduisant Clélia dès les premières pages (voir Présentation, p. 34), et de consolider la structure de son récit en jouant, une fois de plus, de l'annonce narrative : de fait, la première rencontre de Fabrice et de Clélia entourés de gendarmes a, pour l'essentiel, une fonction prémonitoire ; elle laisse comprendre qu'ils sont voués à s'aimer en

quise, et elle s'évanouit. Un maréchal des logis qui était
340 resté un peu en arrière s'approcha de la voiture en trébu-
chant, et dit d'une voix qui avait l'air de sortir du cabaret :

– Je suis fâché de la mission que j'ai à remplir, mais je
vous arrête, général Fabio Conti.

Fabrice crut que le maréchal des logis lui faisait une
mauvaise plaisanterie en l'appelant *général*. Tu me le
paieras, se dit-il ; il regardait les gendarmes déguisés et
guettait le moment favorable pour sauter à bas de la voiture et se sauver à travers champs.

La comtesse sourit à tout hasard, je crois, puis dit au
350 maréchal des logis :

– Mais, mon cher maréchal, c'est donc cet enfant de
seize ans que vous prenez pour le général Conti ?

– N'êtes-vous pas la fille du général ? dit le maréchal
des logis.

– Voyez mon père, dit la comtesse en montrant Fabrice.
Les gendarmes furent saisis d'un rire fou.

– Montrez vos passeports sans raisonner, reprit le maréchal des logis piqué de la gaieté générale.

– Ces dames n'en prennent jamais pour aller à Milan,
360 dit le cocher d'un air froid et philosophique ; elles viennent de leur château de Grianta. Celle-ci est madame la
comtesse Pietranera, celle-là, madame la marquise del
Dongo.

Le maréchal des logis, tout déconcerté, passa à la tête
des chevaux, et là tint conseil avec ses hommes. La conférence durait bien depuis cinq minutes, lorsque la comtesse
Pietranera pria ces messieurs de permettre que la voiture

---

prison et souligne ainsi l'ambivalence du lieu, que Fabrice doit donc
désirer autant que craindre. Capitale, cette scène l'est encore dans la
mesure où elle illustre à merveille la poétique de Stendhal, ce goût qu'il
a avoué pour les genres, tel l'opéra bouffe, pour les œuvres qui pratiquent
le mélange des tons, le mariage du rire et des larmes, de la gaieté et de
l'émotion, de l'allégresse et de la tendresse. Le burlesque, dû en grande
partie, ici, à la folle succession des quiproquos et à l'ébriété fatale du
maréchal des logis, mais aussi l'esprit, l'art de la caricature viennent fort
à propos contrecarrer le sérieux (on a du mal à se souvenir que Fabrice
court un danger réel au milieu de gendarmes secoués de rire, et finalement aux ordres de la comtesse !) et s'unir au lyrisme du coup de foudre,
dont ils conjurent le sentimentalisme, préservant ainsi la scène de la
fadeur de l'idylle.

fût avancée de quelques pas et placée à l'ombre ; la chaleur était accablante, quoiqu'il ne fût que onze heures du matin ; Fabrice, qui regardait fort attentivement de tous les côtés, cherchant le moyen de se sauver, vit déboucher d'un petit sentier à travers champs, et arriver sur la grande route, couverte de poussière, une jeune fille de quatorze à quinze ans qui pleurait timidement sous son mouchoir. Elle s'avançait à pied entre deux gendarmes en uniforme, et, à trois pas derrière elle, aussi entre deux gendarmes, marchait un grand homme sec qui affectait des airs de dignité comme un préfet suivant une procession.

– Où les avez-vous donc trouvés ? dit le maréchal des logis tout à fait ivre en ce moment.

– Se sauvant à travers champs, et pas plus de passeports que sur la main.

Le maréchal des logis parut perdre tout à fait la tête ; il avait devant lui cinq prisonniers au lieu de deux qu'il lui fallait. Il s'éloigna de quelques pas, ne laissant qu'un homme pour garder le prisonnier qui faisait de la majesté, et un autre pour empêcher les chevaux d'avancer.

– Reste, dit la comtesse à Fabrice qui déjà avait sauté à terre, tout va s'arranger.

On entendit un gendarme s'écrier :

– Qu'importe ! s'ils n'ont pas de passeports, ils sont de bonne prise tout de même. Le maréchal des logis semblait n'être pas tout à fait aussi décidé ; le nom de la comtesse Pietranera lui donnait de l'inquiétude, il avait connu le général, dont il ne savait pas la mort. Le général n'est pas un homme à ne pas se venger si j'arrête sa femme mal à propos, se disait-il.

Pendant cette délibération qui fut longue, la comtesse avait lié conversation avec la jeune fille qui était à pied sur la route et dans la poussière à côté de la calèche ; elle avait été frappée de sa beauté [1].

– Le soleil va vous faire mal, mademoiselle ; ce brave soldat, ajouta-t-elle en parlant au gendarme placé à la tête des chevaux, vous permettra bien de monter en calèche.

---

1. Contrairement à ce qu'il avait fait dans *Le Rouge et le Noir*, Stendhal va ici favoriser les rencontres entre les deux héroïnes appelées à se partager le cœur du héros, et se gardera de les dresser toujours en rivales.

Fabrice, qui rôdait autour de la voiture, s'approcha pour aider la jeune fille à monter. Celle-ci s'élançait déjà sur le marchepied, le bras soutenu par Fabrice, lorsque l'homme imposant, qui était à six pas en arrière de la voiture, cria d'une voix grossie par la volonté d'être digne :

410 — Restez sur la route, ne montez pas dans une voiture qui ne vous appartient pas.

Fabrice n'avait pas entendu cet ordre ; la jeune fille, au lieu de monter dans la calèche, voulut redescendre, et Fabrice continuant à la soutenir elle tomba dans ses bras. Il sourit, elle rougit profondément ; ils restèrent un instant à se regarder après que la jeune fille se fut dégagée de ses bras [1].

— Ce serait une charmante compagne de prison, se dit Fabrice : quelle pensée profonde sous ce front ! elle sau-
420 rait aimer.

Le maréchal des logis s'approcha d'un air d'autorité :

— Laquelle de ces dames se nomme Clélia [2] Conti ?

— Moi, dit la jeune fille.

— Et moi, s'écria l'homme âgé, je suis le général Fabio Conti, chambellan de S.A.S. monseigneur le prince de Parme ; je trouve fort inconvenant qu'un homme de ma sorte soit traqué comme un voleur.

— Avant-hier, en vous embarquant au port de Côme, n'avez-vous pas envoyé promener l'inspecteur de police
430 qui vous demandait votre passeport ? Eh bien ! aujourd'hui il vous empêche de vous promener.

— Je m'éloignais déjà avec ma barque, j'étais pressé, le temps étant à l'orage ; un homme sans uniforme m'a crié du quai de rentrer au port, je lui ai dit mon nom et j'ai continué mon voyage.

— Et ce matin vous vous êtes enfui de Côme ?

— Un homme comme moi ne prend pas de passeport pour aller de Milan voir le lac. Ce matin, à Côme, on m'a

---

1. Voir notre analyse de ce passage dans le Dossier (p. 672).
2. Le personnage de Clélia est créé à partir de plusieurs modèles (on pense qu'elle doit beaucoup à Eugénie de Montijo et à Métilde Dembowski), et doit certainement son nom à Cléria, la maîtresse d'Alexandre Farnèse, dont parle l'« Origine des grandeurs de la famille Farnèse » (voir Dossier, chapitre i). Mais on peut aussi penser à Clélie, l'héroïne de Mlle de Scudéry, pour le romanesque qu'elle incarne.

dit que je serais arrêté à la porte, je suis sorti à pied avec ma fille ; j'espérais trouver sur la route quelque voiture qui me conduirait jusqu'à Milan, où certes ma première visite sera pour porter mes plaintes au général commandant la province. $\quad$ 440

Le maréchal des logis parut soulagé d'un grand poids.

– Eh bien ! général, vous êtes arrêté, et je vais vous conduire à Milan. Et vous, qui êtes-vous ? dit-il à Fabrice.

– Mon fils, reprit la comtesse : Ascagne, fils du général de division Pietranera.

– Sans passeport, madame la comtesse ? dit le maréchal des logis fort radouci. $\quad$ 450

– À son âge il n'en a jamais pris ; il ne voyage jamais seul, il est toujours avec moi.

Pendant ce colloque, le général Conti faisait de la dignité de plus en plus offensée avec les gendarmes.

– Pas tant de paroles, lui dit l'un d'eux, vous êtes arrêté, suffit !

– Vous serez trop heureux, dit le maréchal des logis, que nous consentions à ce que vous louiez un cheval de quelque paysan ; autrement, malgré la poussière et la chaleur, et le grade de chambellan de Parme, vous marcherez $\quad$ 460 fort bien à pied au milieu de nos chevaux.

Le général se mit à jurer.

– Veux-tu bien te taire ! reprit le gendarme. Où est ton uniforme de général ? Le premier venu ne peut-il pas dire qu'il est général ?

Le général se fâcha de plus belle. Pendant ce temps les affaires allaient beaucoup mieux dans la calèche.

La comtesse faisait marcher les gendarmes comme s'ils eussent été ses gens. Elle venait de donner un écu à l'un d'eux pour aller chercher du vin et surtout de l'eau fraîche $\quad$ 470 dans une cassine [1] que l'on apercevait à deux cents pas. Elle avait trouvé le temps de calmer Fabrice, qui, à toute force, voulait se sauver dans le bois qui couvrait la colline ; j'ai de bons pistolets, disait-il. Elle obtint du général irrité qu'il laisserait monter sa fille dans la voiture. À cette occasion, le général, qui aimait à parler de lui et de sa famille, apprit à ces dames que sa fille n'avait que douze ans, étant

---

1. Une ferme.

née en 1803, le 27 octobre ; mais tout le monde lui donnait quatorze ou quinze ans, tant elle avait de raison.

480   Homme tout à fait commun, disaient les yeux de la comtesse à la marquise. Grâce à la comtesse, tout s'arrangea après un colloque d'une heure. Un gendarme, qui se trouva avoir affaire dans le village voisin, loua son cheval au général Conti, après que la comtesse lui eut dit : Vous aurez 10 francs. Le maréchal des logis partit seul avec le général ; les autres gendarmes restèrent sous un arbre en compagnie avec quatre énormes bouteilles de vin, sorte de petites *dames-jeannes*[1], que le gendarme envoyé à la cassine avait rapportées, aidé par un paysan. Clélia Conti

490   fut autorisée par le digne chambellan à accepter, pour revenir à Milan, une place dans la voiture de ces dames, et personne ne songea à arrêter le fils du brave général comte Pietranera. Après les premiers moments donnés à la politesse et aux commentaires sur le petit incident qui venait de se terminer, Clélia Conti remarqua la nuance d'enthousiasme avec laquelle une aussi belle dame que la comtesse parlait à Fabrice ; certainement elle n'était pas sa mère. Son attention fut surtout excitée par des allusions répétées à quelque chose d'héroïque, de hardi, de dangereux au

500   suprême degré, qu'il avait fait depuis peu ; malgré toute son intelligence, la jeune Clélia ne put deviner de quoi il s'agissait.

Elle regardait avec étonnement ce jeune héros dont les yeux semblaient respirer encore tout le feu de l'action. Pour lui, il était un peu interdit de la beauté si singulière de cette jeune fille de douze ans, et ses regards la faisaient rougir.

Une lieue avant d'arriver à Milan, Fabrice dit qu'il allait voir son oncle, et prit congé des dames.

510   – Si jamais je me tire d'affaire, dit-il à Clélia, j'irai voir les beaux tableaux de Parme[2], et alors daignerez-vous vous rappeler ce nom : Fabrice del Dongo ?

---

1. « Sorte de bonbonne » (Le Robert).
2. Fabrice associe Clélia à ces « beaux tableaux » et fait d'elle un chef-d'œuvre vivant : on retrouve le miracle italien, cette aptitude qu'a le réel d'égaler, voire de dépasser l'art et de satisfaire ainsi, avec la même générosité, la passion de l'esthète et celle de l'amant.

– Bon ! dit la comtesse, voilà comme tu sais garder l'incognito ! Mademoiselle, daignez vous rappeler que ce mauvais sujet est mon fils et s'appelle Pietranera et non del Dongo.

Le soir, fort tard, Fabrice rentra dans Milan par la porte *Renza* [1], qui conduit à une promenade à la mode. L'envoi des deux domestiques en Suisse avait épuisé les fort petites économies de la marquise et de sa sœur ; par bonheur, Fabrice avait encore quelques napoléons, et l'un des diamants, qu'on résolut de vendre.

Ces dames étaient aimées et connaissaient toute la ville ; les personnages les plus considérables dans le parti autrichien et dévot allèrent parler en faveur de Fabrice au baron Binder [2], chef de la police. Ces messieurs ne concevaient pas, disaient-ils, comment l'on pouvait prendre au sérieux l'incartade d'un enfant de seize ans qui se dispute avec un frère aîné et déserte la maison paternelle.

– Mon métier est de tout prendre au sérieux, répondait doucement le baron Binder, homme sage et triste ; il établissait alors cette fameuse police de Milan, et s'était engagé à prévenir une révolution comme celle de 1746 [3], qui chassa les Autrichiens de Gênes. Cette police de Milan, devenue depuis si célèbre par les aventures de MM. Pellico et d'Andryane [4], ne fut pas précisément cruelle, elle exécutait raisonnablement et sans pitié des lois sévères. L'empereur François II voulait qu'on frappât de terreur ces imaginations italiennes si hardies.

1. Ou « porta Orientale », actuellement porta Venezia.
2. Nom d'un émissaire de Metternich à Paris.
3. Il y eut bien, cette année-là, à Gênes, une insurrection contre les Autrichiens, qui durent quitter cette ville qu'ils occupaient depuis peu.
4. Deux héros du carbonarisme, devenus, surtout pour le premier, des symboles du patriotisme persécuté par le tyran étranger. Tous deux furent effectivement arrêtés par la police de Milan, condamnés à mort, puis finalement condamnés à la détention à vie dans la forteresse du Spielberg, dont il sera sans cesse question dans le roman. Pellico fut gracié après neuf ans d'incarcération et écrivit alors ses Mémoires, *Mes Prisons* (1832), dont le succès fut considérable. Pour décrire l'expérience de la prison, Stendhal, qui avait connu Pellico lors de ses années milanaises, emprunte beaucoup à cette œuvre et aux *Mémoires d'un prisonnier d'État* d'Andryane (1837-1838).

– Donnez-moi jour par jour, répétait le baron Binder aux protecteurs de Fabrice, l'indication prouvée de ce qu'a fait le jeune *marchesino* del Dongo ; prenons-le depuis le moment de son départ de Grianta, 8 mars, jusqu'à son arrivée, hier soir, dans cette ville, où il est caché dans une des chambres de l'appartement de sa mère, et je suis prêt à le traiter comme le plus aimable et le plus espiègle des jeunes gens de la ville. Si vous ne pouvez pas me fournir l'itinéraire du jeune homme pendant toutes les journées qui
550 ont suivi son départ de Grianta, quels que soient la grandeur de sa naissance et le respect que je porte aux amis de sa famille, mon devoir n'est-il pas de le faire arrêter ? Ne dois-je pas le retenir en prison jusqu'à ce qu'il m'ait donné la preuve qu'il n'est pas allé porter des paroles à Napoléon de la part de quelques mécontents qui peuvent exister en Lombardie parmi les sujets de Sa Majesté Impériale et Royale ? Remarquez encore, messieurs, que si le jeune del Dongo parvient à se justifier sur ce point, il restera coupable d'avoir passé à l'étranger sans passeport régulièrement délivré, et
560 de plus en prenant un faux nom et faisant usage sciemment d'un passeport délivré à un simple ouvrier, c'est-à-dire à un individu d'une classe tellement au-dessous de celle à laquelle il appartient.

Cette déclaration, cruellement raisonnable, était accompagnée de toutes les marques de déférence et de respect que le chef de la police devait à la haute position de la marquise del Dongo et à celle des personnages importants qui venaient s'entremettre pour elle.

La marquise fut au désespoir quand elle apprit la
570 réponse du baron Binder.

– Fabrice va être arrêté, s'écria-t-elle en pleurant, et une fois en prison, Dieu sait quand il en sortira ! Son père le reniera !

Mme Pietranera et sa belle-sœur tinrent conseil avec deux ou trois amis intimes, et, quoi qu'ils pussent dire, la marquise voulut absolument faire partir son fils dès la nuit suivante.

– Mais tu vois bien, lui disait la comtesse, que le baron Binder sait que ton fils est ici ; cet homme n'est point
580 méchant.

– Non, mais il veut plaire à l'empereur François.

– Mais s'il croyait utile à son avancement de jeter Fabrice en prison, il y serait déjà, et c'est lui marquer une défiance injurieuse que de le faire sauver.

– Mais nous avouer qu'il sait où est Fabrice, c'est nous dire : faites-le partir ! Non, je ne vivrai pas tant que je pourrai me répéter : Dans un quart d'heure mon fils peut être entre quatre murailles ! Quelle que soit l'ambition du baron Binder, ajoutait la marquise, il croit utile à sa position personnelle en ce pays d'afficher des ménagements pour un homme du rang de mon mari, et j'en vois une preuve dans cette ouverture de cœur singulière avec laquelle il avoue qu'il sait où prendre mon fils. Bien plus, le baron détaille complaisamment les deux contraventions dont Fabrice est accusé d'après la dénonciation de son indigne frère ; il explique que ces deux contraventions emportent la prison ; n'est-ce pas nous dire que si nous aimons mieux l'exil, c'est à nous de choisir ?

– Si tu choisis l'exil, répétait toujours la comtesse, de la vie nous ne le reverrons. Fabrice, présent à tout l'entretien, avec un des anciens amis de la marquise maintenant conseiller au tribunal formé par l'Autriche, était grandement d'avis de prendre la clef des champs. Et, en effet, le soir même il sortit du palais caché dans la voiture qui conduisait au théâtre de la Scala sa mère et sa tante. Le cocher, dont on se défiait, alla faire comme d'habitude une station au cabaret, et pendant que le laquais, homme sûr, gardait les chevaux, Fabrice, déguisé en paysan, se glissa hors de la voiture et sortit de la ville. Le lendemain matin il passa la frontière avec le même bonheur, et quelques heures plus tard il était installé dans une terre que sa mère avait en Piémont, près de Novare, précisément à Romagnano, où Bayard fut tué [1].

590

600

610

---

1. Il existe bien une localité de ce nom, au nord de Novare, près de laquelle Bayard fut mortellement blessé en 1524. Rappelons qu'à l'issue du congrès de Vienne le Piémont est devenu un royaume indépendant, mais allié de l'Autriche. Si la mention du « chevalier sans peur et sans reproche » contribue à inscrire *La Chartreuse* dans le sillage du roman de chevalerie, cette fin de chapitre est là pour rappeler quelles sanctions bien réelles encourt, sous la domination autrichienne, un jeune homme ayant servi sous le drapeau étranger. Désormais, Fabrice est connnu de la police autrichienne et ne reviendra dans sa terre natale qu'à ses risques et périls. Il lui faudra, plus que jamais, savoir se jouer des frontières.

On peut penser avec quelle attention ces dames arrivées dans leur loge, à la Scala [1], écoutaient le spectacle. Elles n'y étaient allées que pour pouvoir consulter plusieurs de leurs amis appartenant au parti libéral, et dont l'apparition au palais del Dongo eût pu être mal interprétée par la police. Dans la loge, il fut résolu de faire une nouvelle démarche auprès du baron Binder. Il ne pouvait pas être question d'offrir une somme d'argent à ce magistrat parfaitement honnête homme, et d'ailleurs ces dames étaient fort pauvres, elles avaient forcé Fabrice à emporter tout ce qui restait sur le produit du diamant.

Il était fort important toutefois d'avoir le dernier mot du baron. Les amis de la comtesse lui rappelèrent un certain chanoine Borda [2], jeune homme fort aimable, qui jadis avait voulu lui faire la cour, et avec d'assez vilaines façons ; ne pouvant réussir, il avait dénoncé son amitié pour Limercati au général Pietranera, sur quoi il avait été chassé comme un vilain. Or, maintenant ce chanoine faisait tous les soirs la partie de tarots de la baronne Binder, et naturellement était l'ami intime du mari. La comtesse se décida à la démarche horriblement pénible d'aller voir ce chanoine ; et le lendemain matin de bonne heure, avant qu'il sortît de chez lui, elle se fit annoncer.

Lorsque le domestique unique du chanoine prononça le nom de la comtesse Pietranera, cet homme fut ému au point d'en perdre la voix ; il ne chercha point à réparer le désordre d'un négligé fort simple.

– Faites entrer et allez-vous-en, dit-il d'une voix éteinte. La comtesse entra ; Borda se jeta à genoux.

– C'est dans cette position qu'un malheureux fou doit recevoir vos ordres, dit-il à la comtesse qui ce matin-là, dans son négligé à demi-déguisement, était d'un piquant irrésistible. Le profond chagrin de l'exil de Fabrice, la vio-

1. Stendhal a souvent décrit ces loges de la Scala, où il était d'usage de recevoir et de s'adonner au plaisir de la conversation plus qu'à celui de la musique. Dans le chapitre VII des *Mémoires sur Napoléon*, il évoque les rendez-vous mondains et galants des loges de la Scala, qu'il définit comme « de petits salons, où chacune [de ces dames] recevait à la fois huit ou dix amis » (p. 127). C'est encore là que, dans le chapitre suivant, Gina s'entretiendra avec Mosca et que naîtra leur liaison.
2. Nom d'un docteur de Pavie que Stendhal avait consulté en 1815.

lence qu'elle se faisait pour paraître chez un homme qui en avait agi traîtreusement avec elle, tout se réunissait pour donner à son regard un éclat incroyable.

– C'est dans cette position que je veux recevoir vos ordres, s'écria le chanoine, car il est évident que vous avez 650 quelque service à me demander, autrement vous n'auriez pas honoré de votre présence la pauvre maison d'un malheureux fou : jadis transporté d'amour et de jalousie, il se conduisit avec vous comme un lâche, une fois qu'il vit qu'il ne pouvait vous plaire.

Ces paroles étaient sincères et d'autant plus belles que le chanoine jouissait maintenant d'un grand pouvoir : la comtesse en fut touchée jusqu'aux larmes ; l'humiliation, la crainte glaçaient son âme, en un instant l'attendrissement et un peu d'espoir leur succédaient. D'un état fort 660 malheureux elle passait en un clin d'œil presque au bonheur.

– Baise ma main, dit-elle au chanoine en la lui présentant, et lève-toi. (Il faut savoir qu'en Italie le tutoiement indique la bonne et franche amitié tout aussi bien qu'un sentiment plus tendre.) Je viens te demander grâce pour mon neveu Fabrice. Voici la vérité complète et sans le moindre déguisement comme on la dit à un vieil ami [1]. À seize ans et demi il vient de faire une insigne folie ; nous étions au château de Grianta, sur le lac de Côme. Un soir, 670 à sept heures, nous avons appris, par un bateau de Côme, le débarquement de l'Empereur au golfe de Juan. Le lendemain matin Fabrice est parti pour la France, après s'être fait donner le passeport d'un de ses amis du peuple, un marchand de baromètres nommé Vasi. Comme il n'a pas l'air précisément d'un marchand de baromètres, à peine

---

1. Dans ce roman de la mauvaise foi et de l'équivoque généralisée qu'est aussi *La Chartreuse*, tout le monde ment et détourne le langage selon ses besoins. De la vérité, nous n'aurons jamais que des versions, partielles et partiales, comme ici, pour l'équipée de Fabrice, tour à tour résumée et interprétée, selon divers procédés (dialogue, monologue intérieur, pour l'essentiel), par Gina et le chanoine. B. Didier voit dans ces rappels de l'épisode, dans ces réitérations du récit, l'une des techniques utilisées par Stendhal pour donner de la cohérence à son roman (dans son article « Rappels, annonces et réitérations du récit », dans *Stendhal, La Chartreuse de Parme ou la « chimère absente »*, *op. cit.*, p. 27-40).

avait-il fait dix lieues en France, que sur sa bonne mine on
l'a arrêté ; ses élans d'enthousiasme en mauvais français
semblaient suspects. Au bout de quelque temps il s'est
680 sauvé et a pu gagner Genève ; nous avons envoyé à sa rencontre à Lugano…

– C'est-à-dire à Genève, dit le chanoine en souriant. La
comtesse acheva l'histoire.

– Je ferai pour vous tout ce qui est humainement possible, reprit le chanoine avec effusion ; je me mets entièrement à vos ordres. Je ferai même des imprudences, ajouta-
t-il. Dites, que dois-je faire au moment où ce pauvre salon
sera privé de cette apparition céleste, et qui fait époque
dans l'histoire de ma vie ?

690 – Il faut aller chez le baron Binder lui dire que vous
aimez Fabrice depuis sa naissance, que vous avez vu naître
cet enfant quand vous veniez chez nous, et qu'enfin, au
nom de l'amitié qu'il vous accorde, vous le suppliez
d'employer tous ses espions à vérifier si, avant son départ
pour la Suisse, Fabrice a eu la moindre entrevue avec
aucun de ces libéraux qu'il surveille. Pour peu que le
baron soit bien servi, il verra qu'il s'agit ici uniquement
d'une véritable étourderie de jeunesse. Vous savez que
j'avais, dans mon bel appartement du palais Dugnani, les
700 estampes des batailles gagnées par Napoléon : c'est en
lisant les légendes de ces gravures que mon neveu apprit à
lire. Dès l'âge de cinq ans mon pauvre mari lui expliquait
ces batailles ; nous lui mettions sur la tête le casque de
mon mari, l'enfant traînait son grand sabre. Eh bien ! un
beau jour, il apprend que le dieu de mon mari, que l'Empereur est de retour en France ; il part pour le rejoindre,
comme un étourdi, mais il n'y réussit pas. Demandez à
votre baron de quelle peine il veut punir ce moment de
folie.

710 – J'oubliais une chose, s'écria le chanoine, vous allez
voir que je ne suis pas tout à fait indigne du pardon que
vous m'accordez. Voici, dit-il en cherchant sur la table
parmi ses papiers, voici la dénonciation de cet infâme *col-
torto* (hypocrite), voyez, signée *Ascanio Valserra del
Dongo*, qui a commencé toute cette affaire ; je l'ai prise
hier soir dans les bureaux de la police, et suis allé à la
Scala, dans l'espoir de trouver quelqu'un allant d'habitude

dans votre loge, par lequel je pourrais vous la faire communiquer. Copie de cette pièce est à Vienne depuis longtemps. Voilà l'ennemi que nous devons combattre. Le chanoine lut la dénonciation avec la comtesse, et il fut convenu que, dans la journée, il lui en ferait tenir une copie par une personne sûre. Ce fut la joie dans le cœur que la comtesse rentra au palais del Dongo. 720

– Il est impossible d'être plus galant homme que cet ancien *coquin*, dit-elle à la marquise ; ce soir à la Scala, à dix heures trois quarts à l'horloge du théâtre, nous renverrons tout le monde de notre loge, nous éteindrons les bougies, nous fermerons notre porte, et, à onze heures, le chanoine lui-même viendra nous dire ce qu'il a pu faire. C'est ce que nous avons trouvé de moins compromettant pour lui. 730

Ce chanoine avait beaucoup d'esprit ; il n'eut garde de manquer au rendez-vous : il y montra une bonté complète et une ouverture de cœur sans réserve que l'on ne trouve guère que dans les pays où la vanité ne domine pas tous les sentiments. Sa dénonciation de la comtesse au général Pietranera, son mari, était un des grands remords de sa vie, et il trouvait un moyen d'abolir ce remords.

Le matin, quand la comtesse était sortie de chez lui : La voilà qui fait l'amour avec son neveu, s'était-il dit avec amertume, car il n'était point guéri [1]. Altière comme elle l'est, être venue chez moi !… À la mort de ce pauvre Pietranera, elle repoussa avec horreur mes offres de service, quoique fort polies et très bien présentées par le colonel Scotti, son ancien amant. La belle Pietranera vivre avec 1 500 francs ! ajoutait le chanoine en se promenant avec action dans sa chambre ! Puis aller habiter le château de Grianta avec un abominable *secatore* [2], ce marquis del Dongo !… Tout s'explique maintenant ! Au fait, ce jeune Fabrice est plein de grâces, grand, bien fait, une figure toujours riante… et, mieux que cela, un certain regard chargé 740

750

---

1. Dans sa jalousie, le chanoine voit juste, et est ainsi le premier, dans le roman, à nommer cette passion que Gina ne voudra jamais totalement s'avouer (voir le début du chapitre suivant). L'expression « faire l'amour » est à prendre dans son sens vieilli de « faire la cour ».
2. Ennuyeux, raseur (mot italien, dont l'orthographe correcte est « seccatore », signale V. Del Litto).

de douce volupté… une physionomie à la Corrège [1], ajoutait le chanoine avec amertume.

La différence d'âge… point trop grande… Fabrice né
après l'entrée des Français, vers 98, ce me semble ; la comtesse peut avoir vingt-sept ou vingt-huit ans [2], impossible
d'être plus jolie, plus adorable ; dans ce pays fertile en
beautés, elle les bat toutes ; la Marini, la Gherardi, la Ruga,
760 l'Aresi, la Pietragrua, elle l'emporte sur toutes ces
femmes… [3]. Ils vivaient heureux cachés sur ce beau lac de
Côme quand le jeune homme a voulu rejoindre Napoléon…
Il y a encore des âmes en Italie ! et, quoi qu'on fasse ! Chère
patrie [4] !… Non, continuait ce cœur enflammé par la
jalousie, impossible d'expliquer autrement cette résignation
à végéter à la campagne, avec le dégoût de voir tous les
jours, à tous les repas, cette horrible figure du marquis del
Dongo, plus cette infâme physionomie blafarde du *marchesino* Ascanio, qui sera pis que son père !… Eh bien ! je la
770 servirai franchement. Au moins j'aurai le plaisir de la voir
autrement qu'au bout de ma lorgnette.

Le chanoine Borda expliqua fort clairement l'affaire à
ces dames. Au fond, Binder était on ne peut pas mieux
disposé ; il était charmé que Fabrice eût pris la clef des
champs avant les ordres qui pouvaient arriver de Vienne ;
car le Binder n'avait pouvoir de décider de rien, il attendait
des ordres pour cette affaire comme pour toutes les autres ;
il envoyait à Vienne chaque jour la copie exacte de toutes
les informations : puis il attendait.

780   Il fallait que dans son exil à Romagnano Fabrice [5],

---

1. Voir notre Présentation (p. 41).
2. Fabrice est bien né en 1798, mais Gina, en 1815, a trente-deux ans.
3. Comme dans les *Mémoires sur Napoléon* (chap. VII, p. 123), Stendhal
cite ici les « beautés » qui faisaient les beaux jours de Milan, lorsqu'il y
arriva en 1800. Angela Pietragrua fut sa maîtresse en 1811 (nous l'avons
déjà citée comme modèle de Gina).
4. Voir notre Présentation (p. 44).
5. Comme à Waterloo, Fabrice, docile, malléable, va se laisser guider et
se plier aux consignes qu'on lui donne pour préserver sa vie et sa liberté.
Mais l'éducation qu'il reçoit est, en l'occurrence, une contre-éducation,
dans la mesure où elle consiste à apprendre à mentir (même au
confesseur !), à faire semblant, à abandonner cet enthousiasme qui le
caractérisait et qui fait peur au pouvoir, à se donner un rôle auquel il faut
avoir soin de ne pas adhérer.

1° ne manquât pas d'aller à la messe tous les jours, prît pour confesseur un homme d'esprit, dévoué à la cause de la monarchie, et ne lui avouât, au tribunal de la pénitence, que des sentiments fort irréprochables ;

2° il ne devait fréquenter aucun homme passant pour avoir de l'esprit, et, dans l'occasion, il fallait parler de la révolte avec horreur, et comme n'étant jamais permise ;

3° il ne devait point se faire voir au café ; il ne fallait jamais lire d'autres journaux que les gazettes officielles de Turin et de Milan ; en général, montrer du dégoût pour la lecture, ne jamais lire, surtout aucun ouvrage imprimé après 1720, exception tout au plus pour les romans de Walter Scott [1] ;

4° enfin, ajouta le chanoine avec un peu de malice, il faut surtout qu'il fasse ouvertement la cour à quelqu'une des jolies femmes du pays, de la classe noble, bien entendu ; cela montrera qu'il n'a pas le génie sombre et mécontent d'un conspirateur en herbe.

Avant de se coucher, la comtesse et la marquise écrivirent à Fabrice deux lettres infinies dans lesquelles on lui expliquait avec une anxiété charmante tous les conseils donnés par Borda.

Fabrice n'avait nulle envie de conspirer : il aimait [2] Napoléon, et, en sa qualité de noble, se croyait fait pour être plus heureux qu'un autre et trouvait les bourgeois ridicules. Jamais il n'avait ouvert un livre depuis le collège, où il n'avait lu que des livres arrangés par les jésuites. Il s'établit à quelque distance de Romagnan, dans un palais magnifique, l'un des chefs-d'œuvre du fameux architecte San-Micheli [3] ; mais depuis trente ans on ne l'avait pas habité, de sorte qu'il pleuvait dans toutes les pièces et pas une fenêtre ne fermait. Il s'empara des chevaux de

---

1. V. Del Litto précise qu'en raison de leur structure historique ces romans, qui connaissaient un énorme succès, n'étaient pas jugés dangereux pour la morale.

2. Le verbe montre bien que l'attachement de Fabrice pour Napoléon n'est pas d'ordre idéologique, mais affectif et symbolique : il n'incarne pas, à ses yeux, un idéal politique (ce dernier paragraphe nous rappelle au demeurant combien Fabrice pense peu à la politique et s'en désintéresse !), mais un idéal héroïque, susceptible de combler son imagination, avide de prouesses.

3. Architecte véronais (1484-1559), qui construisit de nombreux palais, dont la liberté décorative annonce l'esthétique baroque.

l'homme d'affaires, qu'il montait sans façon toute la
journée ; il ne parlait point, et réfléchissait. Le conseil de
prendre une maîtresse dans une famille *ultra* lui parut plaisant et il le suivit à la lettre. Il choisit pour confesseur un
jeune prêtre intrigant qui voulait devenir évêque (comme
le confesseur du Spielberg) [1] * ; mais il faisait trois lieues
à pied et s'enveloppait d'un mystère qu'il croyait impé-
nétrable, pour lire le *Constitutionnel* [2], qu'il trouvait
820 sublime : cela est aussi beau qu'Alfieri et le Dante [3] !
s'écriait-il souvent. Fabrice avait cette ressemblance avec
la jeunesse française qu'il s'occupait beaucoup plus
sérieusement de son cheval et de son journal que de sa
maîtresse bien pensante. Mais il n'y avait pas encore de
place pour l'*imitation des autres* [4] dans cette âme naïve et
ferme, et il ne se fit pas d'amis dans la société du gros
bourg de Romagnano ; sa simplicité passait pour de la
hauteur ; on ne savait que dire de ce caractère. *C'est un
cadet mécontent de n'être pas aîné*, dit le curé.

-----

1. Le Spielberg est la forteresse de Brno, en Moravie, qui servait de
prison d'État au pouvoir autrichien : là furent incarcérés les patriotes
italiens. Stendhal fait ici allusion à l'aumônier des prisonniers,
qu'Andryane accuse, dans ses *Mémoires*, de duplicité, dans la mesure où
il rapportait à l'empereur leurs aveux, ce qui lui valut d'être très jeune
évêque.
* Voir les curieux Mémoires de M. Andryane, amusants comme un
conte, et qui resteront comme Tacite (NdA).
2. Journal des libéraux, en France, lu, en Italie (et à Parme, voir chapitre
suivant), par les opposants au régime ultra et à la domination autrichienne. Le premier numéro parut en octobre 1815 : Stendhal commet
donc une légère erreur en le mettant à la disposition de Fabrice, dès le
mois d'août. Notons qu'une fois de plus Fabrice en apprécie moins les
idées que le style, que l'imaginaire : il réagit en enthousiaste, en dilettante, et non en politique.
3. Vittorio Alfieri (1749-1803), poète et dramaturge italien, dont les
œuvres inspirèrent le mouvement du Risorgimento ; Dante (abréviation
de Durante) Alighieri, poète italien (1265-1321), dont le souvenir est très
présent dans ce roman, notamment à travers la figure de Ferrante Palla
(voir chapitre suivant).
4. L'absence de vanité en Fabrice fait, aux yeux de l'auteur, sa valeur,
tout italienne, et sa singularité : on constate du reste que, comme à
Waterloo, Fabrice a du mal à se lier avec les gens du peuple, qui se
méprennent facilement sur son caractère et ne voient en lui que la fierté
de l'aristocrate. Curieusement, sa simplicité native fait de lui une énigme
et prête au malentendu.

CHAPITRE VI

Nous avouerons avec sincérité que la jalousie du chanoine Borda n'avait pas absolument tort ; à son retour de France, Fabrice parut aux yeux de la comtesse Pietranera comme un bel étranger qu'elle eût beaucoup connu jadis. S'il eût parlé d'amour, elle l'eût aimé ; n'avait-elle pas déjà pour sa conduite et sa personne une admiration passionnée et pour ainsi dire sans bornes ? Mais Fabrice l'embrassait avec une telle effusion d'innocente reconnaissance et de bonne amitié, qu'elle se fût fait horreur à elle-même si elle eût cherché un autre sentiment dans cette amitié presque filiale. Au fond, se disait la comtesse, quelques amis qui m'ont connue il y a six ans, à la cour du prince Eugène, peuvent encore me trouver jolie et même jeune, mais pour lui je suis une femme respectable... et, s'il faut tout dire sans nul ménagement pour mon amour-propre, une femme âgée. La comtesse se faisait illusion sur l'époque de la vie où elle était arrivée, mais ce n'était pas à la façon des femmes vulgaires. À son âge, d'ailleurs, ajoutait-elle, on s'exagère un peu les ravages du temps ; un homme plus avancé dans la vie... [1].

---

1. Bel exemple de monologue intérieur illustrant la mauvaise foi de Gina, du reste relevée par le narrateur qui, sans dissiper totalement le mystère, ne nous laisse néanmoins guère douter de la réalité de sa passion pour Fabrice. Rappelons qu'elle a alors trente-deux ans et Fabrice dix-sept ans.

La comtesse, qui se promenait dans son salon, s'arrêta devant une glace, puis sourit. Il faut savoir que depuis quelques mois le cœur de Mme Pietranera était attaqué d'une façon sérieuse et par un singulier personnage. Peu après le départ de Fabrice pour la France, la comtesse qui, sans qu'elle se l'avouât tout à fait, commençait déjà à s'occuper beaucoup de lui, était tombée dans une profonde mélancolie. Toutes ses occupations lui semblaient sans

30 plaisir, et, si l'on ose ainsi parler, sans saveur ; elle se disait que Napoléon voulant s'attacher ses peuples d'Italie prendrait Fabrice pour aide de camp. – Il est perdu pour moi ! s'écriait-elle en pleurant, je ne le reverrai plus ; il m'écrira, mais que serai-je pour lui dans dix ans ?

Ce fut dans ces dispositions qu'elle fit un voyage à Milan ; elle espérait y trouver des nouvelles plus directes de Napoléon, et, qui sait, peut-être par contrecoup des nouvelles de Fabrice. Sans se l'avouer, cette âme active commençait à être bien lasse de la vie monotone qu'elle

40 menait à la campagne : c'est s'empêcher de mourir, se disait-elle, ce n'est pas vivre. Tous les jours voir ces figures *poudrées*, le frère, le neveu Ascagne, leurs valets de chambre ! Que seraient les promenades sur le lac sans Fabrice ? Son unique consolation était puisée dans l'amitié qui l'unissait à la marquise. Mais depuis quelque temps, cette intimité avec la mère de Fabrice, plus âgée qu'elle, et désespérant de la vie, commençait à lui être moins agréable.

Telle était la position singulière de Mme Pietranera :

50 Fabrice parti, elle espérait peu de l'avenir ; son cœur avait besoin de consolation et de nouveauté. Arrivée à Milan, elle se prit de passion pour l'opéra à la mode ; elle allait s'enfermer toute seule, durant de longues heures, à la Scala, dans la loge du général Scotti, son ancien ami. Les hommes qu'elle cherchait à rencontrer pour avoir des nouvelles de Napoléon et de son armée lui semblaient vulgaires et grossiers. Rentrée chez elle, elle improvisait sur son piano jusqu'à trois heures du matin. Un soir, à la Scala, dans la loge d'une de ses amies, où elle allait cher-

60 cher des nouvelles de France, on lui présenta le comte Mosca, ministre de Parme : c'était un homme aimable et qui parla de la France et de Napoléon de façon à donner à

son cœur de nouvelles raisons pour espérer ou pour craindre. Elle retourna dans cette loge le lendemain : cet homme d'esprit revint, et, tout le temps du spectacle, elle lui parla avec plaisir. Depuis le départ de Fabrice, elle n'avait pas trouvé une soirée vivante comme celle-là. Cet homme qui l'amusait, le comte Mosca della Rovere Sorezana [1], était alors ministre de la Guerre, de la Police et des Finances de ce fameux prince de Parme, Ernest IV [2], si célèbre par ses sévérités que les libéraux de Milan appelaient des cruautés. Mosca pouvait avoir quarante ou quarante-cinq ans ; il avait de grands traits, aucun vestige d'importance, et un air simple et gai qui prévenait en sa faveur ; il eût été fort bien encore, si une bizarrerie de son prince ne l'eût obligé à porter de la poudre dans les cheveux comme gages de bons sentiments politiques. Comme on craint peu de choquer la vanité, on arrive fort vite en Italie au ton de l'intimité, et à dire des choses personnelles. Le correctif de cet usage est de ne pas se revoir si l'on s'est blessé.

– Pourquoi donc, comte, portez-vous de la poudre ? lui dit Mme Pietranera la troisième fois qu'elle le voyait. De

---

1. De multiples noms (comme Talleyrand, le cardinal de Fleury, le comte Saurau, gouverneur de Lombardie en 1815-1818, ou Du Tillot (1711-1774), Premier ministre de Parme lié à une femme influente à la cour) ont été avancés comme modèles possibles de ce personnage aussi essentiel qu'ambigu. Balzac voyait en lui Metternich, mais Stendhal nie l'avoir eu pour modèle (voir Dossier, p. 644). Néanmoins Balzac voyait juste en regardant Mosca comme l'incarnation exemplaire du politique, comme le type même du Premier ministre que toute monarchie sécrète. Il convient d'ajouter à cela que Stendhal lui a prêté beaucoup de lui-même, beaucoup de ses rêves en tout cas : être un grand politique, capable de gagner le cœur d'une femme à la Scala ; il considère donc son personnage avec respect, quelles que soient ses faiblesses.
2. Malgré son nom composé qui mêle les pays et les époques (Ranuce est un nom italien, porté par les Farnèse dans leur passé parmesan, Ernest est un nom souvent porté par les souverains allemands contemporains de Stendhal), le prince de Parme a tout de suite été identifié au duc de Modène, François IV, connu dans toute l'Europe pour sa fortune, sa cruauté et sa politique réactionnaire, et désireux de devenir roi de Lombardie. Il importe aussi de se rappeler que Stendhal a écrit à Balzac : « J'ai appris le Prince en séjournant à Saint-Cloud en 1810 et 1811 » (Dossier, p. 645), ce qui revient alors à rapprocher le personnage et sa politique d'un Napoléon ainsi bien dégradé.

la poudre ! un homme comme vous, aimable, encore jeune et qui a fait la guerre en Espagne avec nous [1] !

– C'est que je n'ai rien volé dans cette Espagne, et qu'il faut vivre. J'étais fou de la gloire ; une parole flatteuse du général français, Gouvion-Saint-Cyr, qui nous commandait, était alors tout pour moi. À la chute de Napoléon, il s'est trouvé que, tandis que je mangeais mon bien à son service, mon père, homme d'imagination et qui me voyait déjà général, me bâtissait un palais dans Parme. En 1813, je me suis trouvé pour tout bien un grand palais à finir et une pension.

– Une pension : 3 500 francs, comme mon mari ?

– Le comte Pietranera était général de division. Ma pension, à moi, pauvre chef d'escadron, n'a jamais été que de 800 francs, et encore je n'en ai été payé que depuis que je suis ministre des Finances.

Comme il n'y avait dans la loge que la dame d'opinions fort libérales à laquelle elle appartenait, l'entretien continua avec la même franchise. Le comte Mosca, interrogé, parla de sa vie à Parme. En Espagne, sous le général Saint-Cyr, j'affrontais des coups de fusil pour arriver à la croix et ensuite à un peu de gloire, maintenant je m'habille comme un personnage de comédie pour gagner un grand état de maison et quelques milliers de francs. Une fois entré dans cette sorte de jeu d'échecs [2], choqué des inso-

---

1. Gina, enthousiaste, découvre que, comme Fabrice, Mosca a servi avec zèle l'Empereur lors de la guerre d'Espagne de 1808 menée contre les Bourbons. Comme il l'expliquera lui-même, il était alors dans le corps d'armée composé essentiellement d'Italiens qu'avait formé le maréchal Gouvion-Saint-Cyr (1764-1830), dont Stendhal appréciait fort les *Mémoires* (il les loue encore dans le brouillon de réponse à Balzac que nous reproduisons dans le Dossier, p. 642). Un tel passé ne fait qu'accroître l'ambiguïté du personnage, qui peut passer, vu ses fonctions du moment, pour traître à la cause jadis défendue, ou pour son ultime et réaliste défenseur (il agirait pour limiter les méfaits de la réaction).
2. Avec, effectivement, beaucoup de franchise (la clairvoyance sur soi et sur les autres le caractérise), Mosca dévoile le mode d'emploi de la politique parmesane, qui n'est que jeu et théâtre (la métaphore du jeu, d'échecs ou de whist, reviendra comme un *leitmotiv* dans le roman), et explique du même coup son personnage, ce rôle qu'il tient par ambition, par goût du pouvoir, mais qui ne le comble pas, parce qu'il n'y adhère pas totalement : dans ce dégagement repose, sans nul doute, sa grandeur, mais il n'est pas sûr que cela suffise à faire admettre sa participation à un pouvoir cruel et réactionnaire.

lences de mes supérieurs, j'ai voulu occuper une des premières places ; j'y suis arrivé : mais mes jours les plus
heureux sont toujours ceux que de temps à autre je puis   110
venir passer à Milan ; là vit encore, ce me semble, le cœur
de votre armée d'Italie.

La franchise, la *disinvoltura* [1] avec laquelle parlait ce
ministre d'un prince si redouté piqua la curiosité de la
comtesse ; sur son titre elle avait cru trouver un pédant
plein d'importance, elle voyait un homme qui avait
honte de la gravité de sa place. Mosca lui avait promis
de lui faire parvenir toutes les nouvelles de France qu'il
pourrait recueillir : c'était une grande indiscrétion à
Milan, dans le mois qui précéda Waterloo ; il s'agissait   120
alors pour l'Italie d'être ou de n'être pas [2] ; tout le
monde avait la fièvre, à Milan, d'espérance ou de
crainte. Au milieu de ce trouble universel, la comtesse fit
des questions sur le compte d'un homme qui parlait si
lestement d'une place si enviée et qui était sa seule ressource.

Des choses curieuses et d'une bizarrerie intéressante
furent rapportées à Mme Pietranera : Le comte Mosca
della Rovere Sorezana, lui dit-on, est sur le point de
devenir Premier ministre et favori déclaré de Ranuce-   130
Ernest IV, souverain absolu de Parme, et, de plus, l'un des
princes les plus riches de l'Europe. Le comte serait déjà
arrivé à ce poste suprême s'il eût voulu prendre une mine
plus grave ; on dit que le prince lui fait souvent la leçon à
cet égard.

– Qu'importent mes façons à Votre Altesse, répond-il
librement, si je fais bien ses affaires ?

– Le bonheur de ce favori, ajoutait-on, n'est pas sans
épines. Il faut plaire à un souverain, homme de sens et
d'esprit sans doute, mais qui, depuis qu'il est monté   140
sur un trône absolu, semble avoir perdu la tête et

1. Autre qualité typiquement italienne qui fascine Stendhal. Pour lui,
l'Italien, n'ayant pas de vanité, ne se souciant pas de l'opinion, a le privilège de pouvoir être naturel, sincère, franc avec lui-même et avec les
autres.
2. Allusion, évidemment, à *Hamlet*. Fabrice a parfois été comparé au
héros shakespearien.

montre, par exemple, des soupçons dignes d'une femmelette [1].

Ernest IV n'est brave qu'à la guerre. Sur les champs de bataille, on l'a vu vingt fois guider une colonne à l'attaque en brave général ; mais après la mort de son père Ernest III, de retour dans ses États, où, pour son malheur, il possède un pouvoir sans limites, il s'est mis à déclamer follement contre les libéraux et la liberté. Bientôt il s'est
150 figuré qu'on le haïssait ; enfin, dans un moment de mauvaise humeur il a fait pendre deux libéraux, peut-être peu coupables, conseillé à cela par un misérable nommé Rassi [2], sorte de ministre de la Justice.

Depuis ce moment fatal, la vie du prince a été changée ; on le voit tourmenté par les soupçons les plus bizarres. Il n'a pas cinquante ans, et la peur l'a tellement amoindri, si l'on peut parler ainsi, que, dès qu'il parle des jacobins et des projets du comité directeur de Paris, on lui trouve la physionomie d'un vieillard de quatre-vingts ans ; il
160 retombe dans les peurs chimériques de la première enfance. Son favori Rassi, fiscal général (ou grand juge), n'a d'influence que par la peur de son maître ; et dès qu'il craint pour son crédit, il se hâte de découvrir quelque nou-

---

1. Dans tout ce chapitre (plus loin Mosca décrira de nouveau le prince), à travers Ranuce Ernest IV, Stendhal brosse le portrait type du souverain avili par l'exercice du pouvoir, vaniteux, égoïste, jaloux du bonheur des autres, dépendant de ses courtisans, criminel par caprice, par ennui, et après cela tyran par peur d'une réaction. Si le portrait, dans les lignes qui suivent, semble tourner à la caricature, il faut néanmoins se rappeler que Stendhal n'entendait pas faire de lui un fantoche grotesque et odieux : dans les ajouts de l'exemplaire Chaper, il a insisté sur son talent politique et sur son absence de bassesse. Gina, du reste, lui reconnaîtra des qualités, physiques et morales.

2. Dans le brouillon de réponse à Balzac que nous reproduisons (Dossier, p. 645, Stendhal affirme : « Rassi était Allemand ; je lui ai parlé
200 fois. » F. Michel en a déduit que le modèle de Rassi serait un certain Wolff, que Stendhal a connu à Brunswick en 1808, et qui servait les Français avec un zèle ridicule parce qu'excessif (voir son article « De Brunswick à Parme. Le fiscal Rassi dans *La Chartreuse de Parme* », dans *Études stendhaliennes*, Mercure de France, 1972, p. 93-101). Balzac, quant à lui, voyait en Rassi « un mélange de Fouché, de Fouquier-Tinville, de Merlin, de Triboulet et de Scapin » : parasite du prince, à la fois monstre et bouffon, le personnage contribue grandement, par cette ambivalence même, à l'ambiguïté du tableau de la cour.

velle conspiration des plus noires et des plus chimériques. Trente imprudents se réunissent-ils pour lire un numéro du *Constitutionnel*, Rassi les déclare conspirateurs et les envoie prisonniers dans cette fameuse citadelle de Parme, terreur de toute la Lombardie[1]. Comme elle est fort élevée, cent quatre-vingts pieds, dit-on, on l'aperçoit de fort loin au milieu de cette plaine immense ; et la forme physique de cette prison, de laquelle on raconte des choses horribles, la fait reine, de par la peur, de toute cette plaine, qui s'étend de Milan à Bologne.

– Le croiriez-vous ? disait à la comtesse un autre voyageur, la nuit, au troisième étage de son palais, gardé par quatre-vingts sentinelles qui, tous les quarts d'heure, hurlent une phrase entière, Ernest IV tremble dans sa chambre. Toutes les portes fermées à dix verrous, et les pièces voisines, au-dessus comme au-dessous, remplies de soldats, il a peur des jacobins. Si une feuille du parquet vient à crier, il saute sur ses pistolets et croit à un libéral caché sous son lit. Aussitôt toutes les sonnettes du château sont en mouvement, et un aide de camp va réveiller le comte Mosca. Arrivé au château, ce ministre de la Police se garde bien de nier la conspiration, au contraire ; seul avec le prince, et armé jusqu'aux dents, il visite tous les coins des appartements, regarde sous les lits, et, en un mot, se livre à une foule d'actions ridicules dignes d'une vieille femme. Toutes ces précautions eussent semblé bien avilissantes au prince lui-même dans les temps heureux où il faisait la guerre et n'avait tué personne qu'à coups de fusil. Comme c'est un homme d'infiniment d'esprit, il a honte de ces précautions ; elles lui semblent ridicules, même au moment où il s'y livre, et la source de l'immense crédit du comte Mosca, c'est qu'il emploie toute son adresse à faire que le prince n'ait jamais à rougir en sa présence. C'est lui, Mosca, qui, en sa qualité de ministre de la Police, insiste pour regarder sous les meubles, et, dit-on à Parme, jusque dans les étuis des

---

1. Première allusion à la tour Farnèse, présentée, dès ce chapitre, dans son ambivalence, comme un lieu où il fait bon être (Gina va en en faire l'expérience juste après), et comme une prison d'État où se déroulent les pires horreurs. Sa position dominante la rapproche déjà du Spielberg.

200 contrebasses [1]. C'est le prince qui s'y oppose, et plaisante
son ministre sur sa ponctualité excessive. Ceci est un pari,
lui répond le comte Mosca : songez aux sonnets satiriques
dont les jacobins nous accableraient si nous vous laissions
tuer. Ce n'est pas seulement votre vie que nous défendons,
c'est notre honneur : mais il paraît que le prince n'est dupe
qu'à demi, car si quelqu'un dans la ville s'avise de dire
que la veille on a passé une nuit blanche au château, le
grand fiscal Rassi envoie le mauvais plaisant à la
citadelle ; et une fois dans cette demeure élevée et *en bon*
210 *air*, comme on dit à Parme, il faut un miracle pour que l'on
se souvienne du prisonnier. C'est parce qu'il est militaire,
et qu'en Espagne il s'est sauvé vingt fois le pistolet à la
main, au milieu des surprises, que le prince préfère le
comte Mosca à Rassi, qui est bien plus flexible et plus bas.
Ces malheureux prisonniers de la citadelle sont au secret
le plus rigoureux, et l'on fait des histoires sur leur compte.
Les libéraux prétendent que, par une invention de Rassi,
les geôliers et confesseurs ont ordre de leur persuader que
tous les mois à peu près, l'un d'eux est conduit à la mort.
220 Ce jour-là les prisonniers ont la permission de monter sur
l'esplanade de l'immense tour, à cent quatre-vingts pieds
d'élévation, et de là ils voient défiler un cortège avec un
espion qui joue le rôle d'un pauvre diable qui marche à la
mort.

Ces contes, et vingt autres du même genre et d'une non
moindre authenticité, intéressaient vivement Mme Pietranera ; le lendemain, elle demandait des détails au comte
Mosca, qu'elle plaisantait vivement. Elle le trouvait amusant et lui soutenait qu'au fond il était un monstre sans
230 s'en douter [2]. Un jour, en rentrant à son auberge, le comte

---

1. V. Del Litto signale que Stendhal emprunte ce détail au roman de
W. Scott, *Peveril du Pic*, dans lequel un nain se cache dans la caisse d'un
violoncelle pour entrer dans le palais royal. Stendhal lui-même, dans
Rome, Naples et Florence, comparait les princes italiens dominés par la
peur au tyran Pygmalion à la défiance légendaire, décrit par Fénelon au
livre VII des *Aventures de Télémaque*.
2. Cette phrase, qui allie le plaisant et l'odieux, définit bien l'ambiguïté
du personnage et du milieu politique dans lequel il évolue. On peut la
rapprocher de la formule de Clélia, qui décrira Parme comme un monde
d'« assassins polis ».

se dit : Non seulement cette comtesse Pietranera est une femme charmante, mais quand je passe la soirée dans sa loge, je parviens à oublier certaines choses de Parme dont le souvenir me perce le cœur. « Ce ministre, malgré son air léger et ses façons brillantes, n'avait pas une âme *à la française* ; il ne savait pas *oublier* les chagrins. Quand son chevet avait une épine, il était obligé de la briser et de l'user à force d'y piquer ses membres palpitants. » Je demande pardon pour cette phrase, traduite de l'italien. Le lendemain de cette découverte, le comte trouva que malgré les affaires qui l'appelaient à Milan, la journée était d'une longueur énorme ; il ne pouvait tenir en place ; il fatigua les chevaux de sa voiture. Vers les six heures, il monta à cheval pour aller au *Corso* [1] ; il avait quelque espoir d'y rencontrer Mme Pietranera ; ne l'y ayant pas vue, il se rappela qu'à huit heures le théâtre de la Scala ouvrait ; il y entra et ne vit pas dix personnes dans cette salle immense. Il eut quelque pudeur de se trouver là. Est-il possible, se dit-il, qu'à quarante-cinq ans sonnés je fasse des folies dont rougirait un sous-lieutenant ! Par bonheur personne ne les soupçonne. Il s'enfuit et essaya d'user le temps en se promenant dans ces rues si jolies qui entourent le théâtre de la Scala. Elles sont occupées par des cafés qui, à cette heure, regorgent de monde ; devant chacun de ces cafés, des foules de curieux établis sur des chaises, au milieu de la rue, prennent des glaces et critiquent les passants. Le comte était un passant remarquable ; aussi eut-il le plaisir d'être reconnu et accosté. Trois ou quatre importuns de ceux qu'on ne peut brusquer, saisirent cette occasion d'avoir audience d'un ministre si puissant. Deux d'entre eux lui remirent des pétitions ; le troisième se contenta de lui adresser des conseils fort longs sur sa conduite politique.

---

1. Dans le chapitre VII des *Mémoires sur Napoléon* (p. 126), Stendhal a décrit ce lieu quotidien de rendez-vous de la bonne compagnie : « Toutes les voitures se rangent à la file, après avoir fait une fois le tour du *Corso*, et restent ainsi une demi-heure. [...] Les plus jolies femmes venaient au *Corso* dans des voitures fort peu élevées au-dessus de terre, nommées *basfardelles*, et qui permettent fort bien la conversation avec les promeneurs à pied. Après une demi-heure de conversation, toutes ces voitures se remettent en mouvement à la nuit tombante (à l'*Ave Maria*). »

On ne dort point, dit-il, quand on a tant d'esprit [1] ; on ne se promène point quand on est aussi puissant. Il rentra au théâtre et eut l'idée de louer une loge au troisième rang ; de là son regard pourrait plonger, sans être remarqué de personne, sur la loge des secondes où il espérait voir arriver la comtesse. Deux grandes heures d'attente ne parurent point trop longues à cet amoureux ; sûr de n'être point vu, il se livrait avec bonheur à toute sa folie. La vieillesse, se disait-il, n'est-ce pas, avant tout, n'être plus capable de ces enfantillages délicieux ?

Enfin la comtesse parut. Armé de sa lorgnette, il l'examinait avec transport : Jeune, brillante, légère comme un oiseau, se disait-il, elle n'a pas vingt-cinq ans. Sa beauté est son moindre charme : où trouver ailleurs cette âme toujours sincère, qui jamais n'agit *avec prudence*, qui se livre tout entière à l'impression du moment, qui ne demande qu'à être entraînée par quelque objet nouveau [2] ? Je conçois les folies du comte Nani.

Le comte se donnait d'excellentes raisons pour être fou, tant qu'il ne songeait qu'à conquérir le bonheur qu'il voyait sous ses yeux. Il n'en trouvait plus d'aussi bonnes quand il venait à considérer son âge et les soucis quelquefois fort tristes qui remplissaient sa vie. Un homme habile à qui la peur ôte l'esprit me donne une grande existence et beaucoup d'argent pour être son ministre ; mais que demain il me renvoie, je reste vieux et pauvre, c'est-à-dire tout ce qu'il y a au monde de plus méprisé ; voilà un aimable personnage à offrir à la comtesse ! Ces pensées étaient trop noires, il revint à Mme Pietranera ; il ne pouvait se lasser de la regarder, et pour mieux penser à elle il ne descendait pas dans sa loge. Elle n'avait pris Nani, vient-on de me dire, que pour faire pièce à cet imbécile de Limercati qui ne voulut pas entendre à donner un coup

---

1. Citation exacte d'un vers de la fable de La Fontaine, « Le Gland et la Citrouille ».
2. Analyse lucide du tempérament de Gina, qui vit dans l'instant et y puise toutes ses ressources, toutes ses idées. Toutes ses décisions, pour êtres fécondes, vraies, seront le fruit d'une illumination soudaine, imprévue, surprenante, même pour elle. À la fin de ce chapitre, le conseil donné au prince, d'une audace folle, en sera la parfaite illustration.

d'épée ou à faire donner un coup de poignard à l'assassin du mari. Je me battrais vingt fois pour elle ! s'écria le comte avec transport. À chaque instant il consultait l'horloge du théâtre qui par des chiffres éclatants de lumière et se détachant sur un fond noir avertit les spectateurs, toutes les cinq minutes, de l'heure où il leur est permis d'arriver dans une loge amie. Le comte se disait : Je ne saurais passer qu'une demi-heure tout au plus dans sa loge, moi, connaissance de si fraîche date ; si j'y reste davantage, je m'affiche, et grâce à mon âge et plus encore à ces maudits cheveux poudrés, j'aurai l'air attrayant d'un Cassandre [1]. Mais une réflexion le décida tout à coup : Si elle allait quitter cette loge pour faire une visite, je serais bien récompensé de l'avarice avec laquelle je m'économise ce plaisir. Il se levait pour descendre dans la loge où il voyait la comtesse ; tout à coup il ne se sentit presque plus d'envie de s'y présenter. Ah ! voici qui est charmant, s'écria-t-il en riant de soi-même, et s'arrêtant sur l'escalier ; c'est un mouvement de timidité véritable ! voilà bien vingt-cinq ans que pareille aventure ne m'est arrivée.

Il entra dans la loge en faisant presque effort sur lui-même ; et, profitant en homme d'esprit de l'accident qui lui arrivait, il ne chercha point du tout à montrer de l'aisance ou à faire de l'esprit en se jetant dans quelque récit plaisant ; il eut le courage d'être timide [2], il employa son esprit à laisser entrevoir son trouble sans être ridicule. Si elle prend la chose de travers, se disait-il, je me perds à jamais. Quoi ! timide avec des cheveux couverts de poudre, et qui sans le secours de la poudre paraîtraient gris ! Mais enfin la chose est vraie, donc elle ne peut être ridicule que si je l'exagère ou si j'en fais trophée. La comtesse s'était si souvent ennuyée au château de Grianta, vis-à-vis des figures poudrées de son frère, de son neveu et de

---

1. Personnage de la *commedia dell'arte* : vieillard qui se croit toujours jeune et qui est constamment dupé par son entourage.
2. Dans *De l'amour* (p. 110), Stendhal faisait cette réflexion : « Tout l'art d'aimer se réduit, ce me semble, à dire exactement ce que le degré d'ivresse du moment comporte, c'est-à-dire, à écouter son âme » ; Mosca l'illustre, en osant ici être naturel, en risquant un ridicule qui, une fois reconnu et accepté, devient sublime.

quelques ennuyeux bien pensants du voisinage, qu'elle ne
songea pas à s'occuper de la coiffure de son nouvel adora-
teur.

L'esprit de la comtesse ayant un bouclier contre l'éclat
de rire de l'entrée, elle ne fut attentive qu'aux nouvelles de
France que Mosca avait toujours à lui donner en particulier, en arrivant dans la loge ; sans doute il inventait. En les
discutant avec lui, elle remarqua ce soir-là son regard, qui
était beau et bienveillant.

340 – Je m'imagine, lui dit-elle, qu'à Parme au milieu de
vos esclaves, vous n'allez pas avoir ce regard aimable, cela
gâterait tout et leur donnerait quelque espoir de n'être pas
pendus.

L'absence totale d'importance chez un homme qui passait pour le premier diplomate de l'Italie parut singulière à
la comtesse ; elle trouva même qu'il avait de la grâce.
Enfin, comme il parlait bien et avec feu, elle ne fut point
choquée qu'il eût jugé à propos de prendre pour une
soirée, et sans conséquence, le rôle d'attentif.

350 Ce fut un grand pas de fait, et bien dangereux ; par bonheur pour le ministre, qui, à Parme, ne trouvait pas de
cruelles, c'était seulement depuis peu de jours que la comtesse arrivait de Grianta ; son esprit était encore tout raidi
par l'ennui de la vie champêtre. Elle avait comme oublié
la plaisanterie ; et toutes ces choses qui appartiennent à
une façon de vivre élégante et légère avaient pris à ses
yeux comme une teinte de nouveauté qui les rendait
sacrées ; elle n'était disposée à se moquer de rien, pas
même d'un amoureux de quarante-cinq ans et timide. Huit
360 jours plus tard, la témérité du comte eût pu recevoir un
tout autre accueil.

À la Scala, il est d'usage de ne faire durer qu'une vingtaine de minutes ces petites visites que l'on fait dans les
loges, le comte passa toute la soirée dans celle où il avait
le bonheur de rencontrer Mme Pietranera : c'est une
femme, se disait-il, qui me rend toutes les folies de la
jeunesse ! Mais il sentait bien le danger. Ma qualité de
pacha tout-puissant à quarante lieues d'ici me fera-t-elle
pardonner cette sottise ? je m'ennuie tant à Parme ! Toute-
370 fois, de quart d'heure en quart d'heure il se promettait de
partir.

– Il faut avouer, madame, dit-il en riant à la comtesse, qu'à Parme je meurs d'ennui, et il doit m'être permis de m'enivrer de plaisir quand j'en trouve sur ma route. Ainsi, sans conséquence et pour une soirée, permettez-moi de jouer auprès de vous le rôle d'amoureux. Hélas ! dans peu de jours je serai bien loin de cette loge qui me fait oublier tous les chagrins et même, direz-vous, toutes les convenances.

Huit jours après cette visite monstre dans la loge à la Scala et à la suite de plusieurs petits incidents dont le récit semblerait long peut-être [1], le comte Mosca était absolument fou d'amour, et la comtesse pensait déjà que l'âge ne devait pas faire objection, si d'ailleurs on le trouvait aimable. On en était à ces pensées quand Mosca fut rappelé par un courrier de Parme. On eût dit que son prince avait peur tout seul. La comtesse retourna à Grianta ; son imagination ne parant plus ce beau lieu, il lui parut désert. Est-ce que je me serais attachée à cet homme ? se dit-elle. Mosca écrivit et n'eut rien à jouer, l'absence lui avait enlevé la source de toutes ses pensées ; ses lettres étaient amusantes, et, par une petite singularité qui ne fut pas mal prise, pour éviter les commentaires du marquis del Dongo qui n'aimait pas à payer des ports de lettres, il envoyait des courriers qui jetaient les siennes à la poste à Côme, à Lecco, à Varèse ou dans quelque autre de ces petites villes charmantes des environs du lac. Ceci tendait à obtenir que le courrier rapportât les réponses ; il y parvint.

Bientôt les jours de courrier firent événement pour la comtesse ; ces courriers apportaient des fleurs, des fruits, de petits cadeaux sans valeur, mais qui l'amusaient ainsi que sa belle-sœur. Le souvenir du comte se mêlait à l'idée de son grand pouvoir ; la comtesse était devenue curieuse de tout ce qu'on disait de lui, les libéraux eux-mêmes rendaient hommage à ses talents. La principale source de mauvaise réputation pour le comte, c'est qu'il passait pour le chef du parti *ultra* à la cour de Parme, et que le parti libéral avait à sa tête une intrigante capable de tout, et

---

1. Pour faire vrai et pour se rendre favorable le lecteur, le narrateur feint d'opérer un tri dans les événements réels et fastidieux. Le procédé est courant dans *La Chartreuse*.

même de réussir, la marquise Raversi [1], immensément riche.
410 Le prince était fort attentif à ne pas décourager celui des
deux partis qui n'était pas au pouvoir ; il savait bien qu'il
serait toujours le maître, même avec un ministère pris dans
le salon de Mme Raversi. On donnait à Grianta mille détails
sur ces intrigues ; l'absence de Mosca, que tout le monde
peignait comme un ministre du premier talent et un homme
d'action, permettait de ne plus songer aux cheveux poudrés,
symbole de tout ce qui est lent et triste, c'était un détail sans
conséquence, une des obligations de la cour, où il jouait
d'ailleurs un si beau rôle. Une cour, c'est ridicule, disait la
420 comtesse à la marquise, mais c'est amusant ; c'est un jeu
qui intéresse, mais dont il faut accepter les règles. Qui s'est
jamais avisé de se récrier contre le ridicule des règles du
whist ? Et pourtant une fois qu'on s'est accoutumé aux
règles, il est agréable de faire l'adversaire *chlemm* [2].

La comtesse pensait souvent à l'auteur de tant de lettres
aimables. Le jour où elle les recevait était agréable pour
elle ; elle prenait sa barque et allait les lire dans les beaux
sites du lac, à la *Pliniana*, à *Bélan*, au bois des *Sfondrata* [3].
Ces lettres semblaient la consoler un peu de l'absence de
430 Fabrice. Elle ne pouvait du moins refuser au comte d'être
fort amoureux ; un mois ne s'était pas écoulé, qu'elle
songeait à lui avec une amitié tendre. De son côté, le
comte Mosca était presque [4] de bonne foi quand il lui

---

1. En déguisant à peine son nom et en le donnant à un personnage caricatural, Stendhal se venge de l'une de ses ennemies milanaises, Fran-
cesca Traversi, cousine de Métilde, qu'elle aurait contribué à détourner
de lui. Elle fut en outre, avec son mari, à l'origine de l'assassinat du
ministre Prina, dont il a été question au chapitre II.
2. C'est-à-dire le battre. Sur cette métaphore du jeu que Gina applique à
son tour à la cour et qui en fait le lieu de l'imprévu, de la convention, du
plaisant et de l'absurde tout à la fois, sur la passion qu'un tel milieu suscite en elle et en Mosca, on lira l'article de M. Crouzet, « Le romanesque
de la cour », repris dans *Le Roman stendhalien, op. cit.*, p. 55-98.
3. Comme dans les chapitres précédents, Stendhal reste fidèle à la géographie du lac (*Pliniana* est le nom d'une villa, *Bélan* est le nom francisé
d'une localité, le bois des *Sfondrata* a déjà été mentionné au chapitre II).
4. L'adverbe est capital, car il met en valeur l'ambiguïté de Mosca, héros
magnanime, dans la mesure où il dit échapper à la politique et se flatte
de pouvoir, par amour, renoncer à son poste, à ses ambitions, mais héros
suspect, dans la mesure où il ne le fait pas et va rester, jusqu'au bout, ce
ministre courtisan que fustigera Gina.

offrait de donner sa démission, de quitter le ministère, et de venir passer sa vie avec elle à Milan ou ailleurs. J'ai 400 000 francs, ajoutait-il, ce qui nous fera toujours 15 000 livres de rente. De nouveau une loge, des chevaux ! etc., se disait la comtesse, c'étaient des rêves aimables. Les sublimes beautés des aspects du lac de Côme recommençaient à la charmer. Elle allait rêver sur ses bords à ce retour de vie brillante et singulière qui, contre toute apparence, redevenait possible pour elle. Elle se voyait sur le *Corso*, à Milan, heureuse et gaie comme au temps du viceroi ; la jeunesse, ou du moins la vie active recommencerait pour moi !

Quelquefois son imagination ardente lui cachait les choses, mais jamais avec elle il n'y avait de ces illusions volontaires que donne la lâcheté. C'était surtout une femme de bonne foi avec elle-même. Si je suis un peu trop âgée pour faire des folies, se disait-elle, l'envie, qui se fait des illusions comme l'amour, peut empoisonner pour moi le séjour de Milan. Après la mort de mon mari, ma pauvreté noble eut du succès, ainsi que le refus de deux grandes fortunes. Mon pauvre petit comte Mosca n'a pas la vingtième partie de l'opulence que mettaient à mes pieds ces deux nigauds Limercati et Nani. La chétive pension de veuve péniblement obtenue, les gens congédiés, ce qui eut de l'éclat, la petite chambre au cinquième qui amenait vingt carrosses à la porte, tout cela forma jadis un spectacle singulier. Mais j'aurai des moments désagréables, quelque adresse que j'y mette, si, ne possédant toujours pour fortune que la pension de veuve, je reviens vivre à Milan avec la bonne petite aisance bourgeoise que peuvent nous donner les 15 000 livres qui resteront à Mosca après sa démission. Une puissante objection, dont l'envie se fera une arme terrible, c'est que le comte, quoique séparé de sa femme depuis longtemps, est marié. Cette séparation se sait à Parme, mais à Milan elle sera nouvelle, et on me l'attribuera. Ainsi, mon beau théâtre de la Scala, mon divin lac de Côme… adieu ! adieu !

Malgré toutes ces prévisions, si la comtesse avait eu la moindre fortune elle eût accepté l'offre de la démission de Mosca. Elle se croyait une femme âgée, et la cour lui faisait peur ; mais, ce qui paraîtra de la dernière invraisem-

blance de ce côté-ci des Alpes, c'est que le comte eût donné cette démission avec bonheur. C'est du moins ce qu'il parvint à persuader à son amie. Dans toutes ses lettres il sollicitait avec une folie toujours croissante une seconde entrevue à Milan, on la lui accorda. Vous jurer que
480 j'ai pour vous une passion folle, lui disait la comtesse, un jour à Milan, ce serait mentir ; je serais trop heureuse d'aimer aujourd'hui, à trente ans passés, comme jadis j'aimais à vingt-deux ! Mais j'ai vu tomber tant de choses que j'avais crues éternelles ! J'ai pour vous la plus tendre amitié, je vous accorde une confiance sans bornes, et de tous les hommes, vous êtes celui que je préfère. La comtesse se croyait parfaitement sincère, pourtant vers la fin, cette déclaration contenait un petit mensonge. Peut-être, si Fabrice l'eût voulu, il l'eût emporté sur tout dans son
490 cœur [1]. Mais Fabrice n'était qu'un enfant aux yeux du comte Mosca ; celui-ci arriva à Milan trois jours après le départ du jeune étourdi pour Novare, et il se hâta d'aller parler en sa faveur au baron Binder. Le comte pensa que l'exil était une affaire sans remède.

Il n'était point arrivé seul à Milan, il avait dans sa voiture le duc Sanseverina-Taxis [2], joli petit vieillard de soixante-huit ans, gris pommelé, bien poli, bien propre, immensément riche, mais pas assez noble. C'était son grand-père seulement qui avait amassé des millions par le
500 métier de fermier général des revenus de l'État de Parme. Son père s'était fait nommer ambassadeur du prince de Parme à la cour de ***, à la suite du raisonnement que voici : – Votre Altesse accorde 30 000 francs à son envoyé à la cour de ***, lequel y fait une figure fort médiocre. Si elle daigne me donner cette place, j'accepterai 6 000 francs d'appointements. Ma dépense à la cour de *** ne sera jamais au-dessous de 100 000 francs par an et mon intendant remettra chaque année 20 000 francs à la caisse des affaires étrangères à Parme. Avec cette somme,

---

1. Comme au début du chapitre, le narrateur intervient pour corriger les mensonges de Gina, qui se cache la vérité.
2. Stendhal n'invente pas non plus ce deuxième nom, dans lequel on peut voir un jeu de mots (sur « taxe ») soulignant le caractère de parvenu de la famille.

l'on pourra placer auprès de moi tel secrétaire d'ambas- 510
sade que l'on voudra, et je ne me montrerai nullement
jaloux des secrets diplomatiques, s'il y en a. Mon but est
de donner de l'éclat à ma maison nouvelle encore, et de
l'illustrer par une des grandes charges du pays.

Le duc actuel, fils de cet ambassadeur, avait eu la gaucherie de se montrer à demi libéral, et, depuis deux ans, il
était au désespoir. Du temps de Napoléon, il avait perdu
deux ou trois millions par son obstination à rester à
l'étranger, et toutefois, depuis le rétablissement de l'ordre
en Europe, il n'avait pu obtenir un certain grand cordon 520
qui ornait le portrait de son père ; l'absence de ce cordon
le faisait dépérir.

Au point d'intimité qui suit l'amour en Italie, il n'y
avait plus d'objection de vanité entre les deux amants. Ce
fut donc avec la plus parfaite simplicité que Mosca dit à la
femme qu'il adorait :

– J'ai deux ou trois plans de conduite à vous offrir, tous
assez bien combinés ; je ne rêve qu'à cela depuis trois
mois.

1° Je donne ma démission, et nous vivons en bons bour- 530
geois à Milan, à Florence, à Naples, où vous voudrez.
Nous avons quinze mille livres de rente, indépendamment
des bienfaits du prince qui dureront plus ou moins.

2° Vous daignez venir dans le pays où je puis quelque
chose, vous achetez une terre, *Sacca* [1], par exemple,
maison charmante, au milieu d'une forêt, dominant le
cours du Pô, vous pouvez avoir le contrat de vente signé
d'ici à huit jours. Le prince vous attache à sa cour. Mais ici
se présente une immense objection. On vous recevra bien
à cette cour ; personne ne s'aviserait de broncher devant 540
moi ; d'ailleurs la princesse se croit malheureuse, et je
viens de lui rendre des services à votre intention. Mais je
vous rappellerai une objection capitale : le prince est parfaitement dévot, et comme vous le savez encore, la fatalité
veut que je sois marié. De là un million de désagréments
de détail. Vous êtes veuve, c'est un beau titre qu'il faudrait

---

1. Sacca est effectivement situé au nord de Parme, sur la rive droite du
Pô.

échanger contre un autre, et ceci fait l'objet de ma troisième proposition.

On pourrait trouver un nouveau mari point gênant. Mais
550 d'abord il le faudrait fort avancé en âge, car pourquoi me refuseriez-vous l'espoir de le remplacer un jour ? Eh bien ? j'ai conclu cette affaire singulière avec le duc Sanseverina-Taxis, qui, bien entendu, ne sait pas le nom de la future duchesse. Il sait seulement qu'elle le fera ambassadeur et lui donnera un grand cordon qu'avait son père, et dont l'absence le rend le plus infortuné des mortels. À cela près, ce duc n'est point trop imbécile ; il fait venir de Paris ses habits et ses perruques. Ce n'est nullement un homme à méchancetés *pourpensées* d'avance, il croit sérieuse-
560 ment que l'honneur consiste à avoir un cordon, et il a honte de son bien. Il vint il y a un an me proposer de fonder un hôpital pour gagner ce cordon ; je me moquai de lui, mais il ne s'est point moqué de moi quand je lui ai proposé un mariage ; ma première condition a été, bien entendu, que jamais il ne remettrait le pied dans Parme.

– Mais savez-vous que ce que vous me proposez là est fort immoral ? dit la comtesse.

– Pas plus immoral que tout ce qu'on fait à notre cour et dans vingt autres. Le pouvoir absolu a cela de commode
570 qu'il sanctifie tout aux yeux des peuples ; or, qu'est-ce qu'un ridicule que personne n'aperçoit [1] ? Notre politique, pendant vingt ans, va consister à avoir peur des jacobins, et quelle peur ! Chaque année nous nous croirons à la veille de 93. Vous entendrez, j'espère, les phrases que je fais là-dessus à mes réceptions ! C'est beau ! Tout ce qui pourra diminuer un peu cette peur sera *souverainement moral* aux yeux des nobles et des dévots. Or, à Parme, tout ce qui n'est pas noble ou dévot est en prison, ou fait ses paquets pour y entrer ; soyez bien convaincue que ce
580 mariage ne semblera singulier chez nous que du jour où je serai disgracié. Cet arrangement n'est une friponnerie

---

1. En cynique parfait, Mosca explique la cour, monde du paraître, de la convention, du mensonge, où la morale s'annule. Lui-même n'a d'autre morale que celle de l'honneur et de son bonheur. On remarquera que dans tout le roman le rôle de Mosca est de décrire la cour, de la prédire, d'élaborer des plans pour en orienter la politique ou pour y vivre au mieux, ce qui contribue à la théâtraliser.

envers personne, voilà l'essentiel, ce me semble. Le prince, de la faveur duquel nous faisons métier et marchandise, n'a mis qu'une condition à son consentement, c'est que la future duchesse fût née noble. L'an passé, ma place, tout calculé, m'a valu cent sept mille francs ; mon revenu a dû être au total de cent vingt-deux mille ; j'en ai placé vingt mille à Lyon. Eh bien ! choisissez : 1° une grande existence basée sur cent vingt-deux mille francs à dépenser, qui, à Parme, font au moins comme quatre cent mille à Milan ; mais avec ce mariage qui vous donne le nom d'un homme passable et que vous ne verrez jamais qu'à l'autel ; 2° ou bien la petite vie bourgeoise avec quinze mille francs à Florence ou à Naples, car je suis de votre avis, on vous a trop admirée à Milan ; l'envie nous y persécuterait, et peut-être parviendrait-elle à nous donner de l'humeur. La grande existence à Parme aura, je l'espère, quelques nuances de nouveauté, même à vos yeux qui ont vu la cour du prince Eugène ; il serait sage de la connaître avant de s'en fermer la porte. Ne croyez pas que je cherche à influencer votre opinion. Quant à moi, mon choix est bien arrêté : j'aime mieux vivre dans un quatrième étage avec vous que de continuer seul cette grande existence.

La possibilité de cet étrange mariage fut débattue chaque jour entre les deux amants. La comtesse vit au bal de la Scala le duc Sanseverina-Taxis qui lui sembla fort présentable. Dans une de leurs dernières conversations, Mosca résumait ainsi sa proposition : il faut prendre un parti décisif, si nous voulons passer le reste de notre vie d'une façon allègre et n'être pas vieux avant le temps. Le prince a donné son approbation ; Sanseverina est un personnage plutôt bien que mal ; il possède le plus beau palais de Parme et une fortune sans bornes ; il a soixante-huit ans et une passion folle pour le grand cordon ; mais une grande tache gâte sa vie, il acheta jadis dix mille francs un buste de Napoléon par Canova [1]. Son second péché qui le fera mourir, si vous ne venez pas à son

---

1. Sculpteur italien (1757-1822) à l'esthétique néoclassique, célèbre notamment pour ses œuvres à la gloire de Napoléon (il exécuta son buste en 1803 et la statue colossale de *Napoléon tenant la Victoire* en 1811).

secours, c'est d'avoir prêté vingt-cinq napoléons à
620 Ferrante Palla [1], un fou de notre pays, mais quelque peu
homme de génie, que depuis nous avons condamné à mort,
heureusement par contumace. Ce Ferrante a fait deux
cents vers en sa vie, dont rien n'approche ; je vous les réci-
terai, c'est aussi beau que le Dante. Le prince envoie Sanseverina à la cour de ***, il vous épouse le jour de son
départ, et la seconde année de son voyage, qu'il appellera
une ambassade, il reçoit ce cordon de *** sans lequel il ne
peut vivre. Vous aurez en lui un frère qui ne sera nullement
désagréable, il signe d'avance tous les papiers que je veux,
630 et d'ailleurs vous le verrez peu ou jamais, comme il vous
conviendra. Il ne demande pas mieux que de ne point se
montrer à Parme où son grand-père fermier et son prétendu libéralisme le gênent. Rassi, notre bourreau, prétend
que le duc a été abonné en secret au *Constitutionnel* par
l'intermédiaire de Ferrante Palla le poète, et cette
calomnie a fait longtemps obstacle sérieux au consentement du prince.

Pourquoi l'historien qui suit fidèlement les moindres
détails du récit qu'on lui a fait serait-il coupable [2] ? Est-ce
640 sa faute si les personnages, séduits par des passions qu'il
ne partage point malheureusement pour lui, tombent dans
des actions profondément immorales ? Il est vrai que des
choses de cette sorte ne se font plus dans un pays où
l'unique passion survivante à toutes les autres est l'argent,
moyen de vanité.

Trois mois après les événements racontés jusqu'ici, la
duchesse Sanseverina-Taxis étonnait la cour de Parme par
son amabilité facile et par la noble sérénité de son esprit ;
sa maison fut sans comparaison la plus agréable de la

---

1. Autre personnage introduit dès les premiers chapitres, Ferrante Palla,
qui jouera un rôle déterminant dans l'évasion de Fabrice et dans le plan
de vengeance de Gina, a pu être inspiré à Stendhal par divers modèles :
la critique cite volontiers le Tasse, Ferrante Pallavicino, pamphlétaire italien du XVIIe siècle, qui fut décapité en 1644 pour avoir écrit des libelles
contre le pape, et encore Dante, qu'il peut rappeler par sa biographie, ses
poèmes, le symbolisme des nombres qui lui est associé. Voir, sur ces
sources possibles, l'article récent de L. Bauer, « Stendhal et Dante. Sur
la figure de Ferrante Palla dans *La Chartreuse de Parme* », *L'Année
Stendhal*, n° 2, 1998, p. 63-74.
2. Stratégie de désengagement déjà utilisée dans l'Avertissement.

ville. C'est ce que le comte Mosca avait promis à son 650
maître. Ranuce-Ernest IV, le prince régnant, et la princesse
sa femme, auxquels elle fut présentée par deux des plus
grandes dames du pays, lui firent un accueil fort distingué.
La duchesse était curieuse de voir ce prince maître du sort
de l'homme qu'elle aimait, elle voulut lui plaire et y
réussit trop. Elle trouva un homme d'une taille élevée,
mais un peu épaisse ; ses cheveux, ses moustaches, ses
énormes favoris étaient d'un beau blond selon ses
courtisans ; ailleurs ils eussent provoqué, par leur couleur
effacée, le mot ignoble de filasse. Au milieu d'un gros 660
visage s'élevait fort peu un tout petit nez presque féminin.
Mais la duchesse remarqua que pour apercevoir tous ces
motifs de laideur, il fallait chercher à détailler les traits du
prince. Au total, il avait l'air d'un homme d'esprit et d'un
caractère ferme. Le port du prince, sa manière de se tenir
n'étaient point sans majesté, mais souvent il voulait
imposer à son interlocuteur ; alors il s'embarrassait lui-
même et tombait dans un balancement d'une jambe à
l'autre presque continuel. Du reste, Ernest IV avait un
regard pénétrant et dominateur ; les gestes de ses bras 670
avaient de la noblesse, et ses paroles étaient à la fois mesu-
rées et concises.

Mosca avait prévenu la duchesse que le prince avait,
dans le grand cabinet où il recevait en audience, un portrait
en pied de Louis XIV [1], et une table fort belle de *scagliola*
de Florence [2]. Elle trouva que l'imitation était frappante ;
évidemment il cherchait le regard et la parole noble de
Louis XIV, et il s'appuyait sur la table de *scagliola*, de
façon à se donner la tournure de Joseph II [3]. Il s'assit aussitôt après les premières paroles adressées par lui à la 680
duchesse, afin de lui donner l'occasion de faire usage du
tabouret qui appartenait à son rang. À cette cour, les
duchesses, les princesses et les femmes des grands

---

1. Grand modèle du prince, qui fait aussi sa faiblesse : le prince est ridicule parce qu'il imite, parce qu'il est seulement d'après le Roi-Soleil. À
travers lui, Stendhal tourne en dérision toutes ces monarchies de la
Sainte-Alliance qui s'épuisent à retrouver l'Ancien Régime et ne réussis-
sent qu'à le parodier.
2. Table mosaïquée (H. Martineau).
3. Empereur germanique (1741-1790), le type même du despote éclairé.

d'Espagne s'assoient seules ; les autres femmes attendent
que le prince ou la princesse les y engagent ; et, pour marquer la différence des rangs, ces personnes augustes ont
toujours soin de laisser passer un petit intervalle avant de
convier les dames non duchesses à s'asseoir. La duchesse
trouva qu'en de certains moments l'imitation de
690 Louis XIV était un peu trop marquée chez le prince ; par
exemple, dans sa façon de sourire avec bonté tout en ren-
versant la tête.

Ernest IV portait un frac à la mode arrivant de Paris ; on
lui envoyait tous les mois de cette ville, qu'il abhorrait, un
frac, une redingote et un chapeau. Mais, par un bizarre
mélange de costumes, le jour où la duchesse fut reçue il
avait pris une culotte rouge, des bas de soie et des souliers
fort couverts, dont on peut trouver les modèles dans les
portraits de Joseph II.

700 Il reçut Mme Sanseverina avec grâce ; il lui dit des
choses spirituelles et fines ; mais elle remarqua fort bien
qu'il n'y avait pas excès dans la bonne réception. – Savez-
vous pourquoi ? lui dit le comte Mosca au retour de
l'audience, c'est que Milan est une ville plus grande et
plus belle que Parme. Il eût craint, en vous faisant l'accueil
auquel je m'attendais et qu'il m'avait fait espérer, d'avoir
l'air d'un provincial en extase devant les grâces d'une
belle dame arrivant de la capitale. Sans doute aussi il est
encore contrarié d'une particularité que je n'ose vous
710 dire : le prince ne voit à sa cour aucune femme qui puisse
vous le disputer en *beauté*. Tel a été hier soir, à son petit
coucher, l'unique sujet de son entretien avec Pernice, son
premier valet de chambre, qui a des bontés pour moi. Je
prévois une petite révolution dans l'étiquette ; mon plus
grand ennemi à cette cour est un sot qu'on appelle le
général Fabio Conti. Figurez-vous un original qui a été à
la guerre un jour peut-être en sa vie, et qui part de là pour
imiter la tenue de Frédéric le Grand [1]. De plus, il tient
aussi à reproduire l'affabilité noble du général Lafayette [2],

---

1. Frédéric II le Grand (1712-1786), roi de Prusse, acquis à la pensée des
Lumières.
2. Le marquis de La Fayette (1757-1834), célèbre pour sa participation à
la guerre d'Indépendance américaine, partisan d'une monarchie libérale.

et cela parce qu'il est ici le chef du parti libéral. (Dieu sait 720 quels libéraux !)

– Je connais le Fabio Conti, dit la duchesse ; j'en ai eu la vision près de Côme ; il se disputait avec la gendarmerie. Elle raconta la petite aventure dont le lecteur se souvient peut-être.

– Vous saurez un jour, madame, si votre esprit parvient jamais à se pénétrer des profondeurs de notre étiquette, que les demoiselles ne paraissent à la cour qu'après leur mariage. Eh bien, le prince a pour la supériorité de sa ville de Parme sur toutes les autres un patriotisme tellement 730 brûlant, que je parierais qu'il va trouver un moyen de se faire présenter la petite Clélia Conti, fille de notre Lafayette. Elle est ma foi charmante, et passait encore, il y a huit jours, pour la plus belle personne des États du prince.

Je ne sais, continua le comte, si les horreurs que les ennemis du souverain ont publiées sur son compte sont arrivées jusqu'au château de Grianta ; on en a fait un monstre, un ogre. Le fait est qu'Ernest IV avait tout plein de bonnes petites vertus, et l'on peut ajouter que, s'il eût 740 été invulnérable comme Achille, il eût continué à être le modèle des potentats. Mais dans un moment d'ennui et de colère, et aussi un peu pour imiter Louis XIV faisant couper la tête à je ne sais quel héros de la Fronde que l'on découvrit vivant tranquillement et insolemment dans une terre à côté de Versailles [1], cinquante ans après la Fronde, Ernest IV a fait pendre un jour deux libéraux. Il paraît que ces imprudents se réunissaient à jour fixe pour dire du mal du prince et adresser au ciel des vœux ardents, afin que la peste pût venir à Parme, et les délivrer du tyran. Le mot 750 *tyran* a été prouvé. Rassi appela cela conspirer ; il les fit condamner à mort, et l'exécution de l'un d'eux, le comte L..., fut atroce. Ceci se passait avant moi. Depuis ce moment fatal, ajouta le comte en baissant la voix, le prince est sujet à des accès de peur *indignes d'un homme*, mais qui sont la source unique de la faveur dont je jouis. Sans

---

1. Allusion à Balthasard de Fargues, ancien frondeur que Louis XIV fit pendre en 1665, en dépit de l'amnistie qui le protégeait. Stendhal tient cette anecdote de Saint-Simon, dont il était un lecteur assidu.

la peur souveraine, j'aurais un genre de mérite trop brusque, trop âpre pour cette cour, où l'imbécile foisonne. Croiriez-vous que le prince regarde sous les lits de son
760 appartement avant de se coucher, et dépense un million, ce qui à Parme est comme quatre millions à Milan, pour avoir une bonne police, et vous voyez devant vous, madame la duchesse, le chef de cette police terrible. Par la police, c'est-à-dire par la peur, je suis devenu ministre de la Guerre et des Finances ; et comme le ministre de l'Intérieur est mon chef nominal, en tant qu'il a la police dans ses attributions, j'ai fait donner ce portefeuille au comte Zurla-Contarini, un imbécile bourreau de travail, qui se donne le plaisir d'écrire quatre-vingts lettres chaque jour.
770 Je viens d'en recevoir une ce matin sur laquelle le comte Zurla-Contarini a eu la satisfaction d'écrire de sa propre main le numéro 20 715.

La duchesse Sanseverina fut présentée à la triste princesse de Parme Clara-Paolina, qui, parce que son mari avait une maîtresse (une assez jolie femme, la marquise Balbi) [1], se croyait la plus malheureuse personne de l'univers, ce qui l'en avait rendue peut-être la plus ennuyeuse. La duchesse trouva une femme fort grande et fort maigre, qui n'avait pas trente-six ans et en paraissait cinquante.
780 Une figure régulière et noble eût pu passer pour belle, quoique un peu déparée par de gros yeux ronds qui n'y voyaient guère, si la princesse ne se fût pas abandonnée elle-même. Elle reçut la duchesse avec une timidité si marquée, que quelques courtisans ennemis du comte Mosca osèrent dire que la princesse avait l'air de la femme qu'on présente, et la duchesse de la souveraine. La duchesse, surprise et presque déconcertée, ne savait où trouver des termes pour se mettre à une place inférieure à celle que la princesse se donnait à elle-même. Pour rendre quelque
790 sang-froid à cette pauvre princesse, qui au fond ne manquait point d'esprit, la duchesse ne trouva rien de mieux que d'entamer et de faire durer une longue dissertation sur la botanique. La princesse était réellement savante en ce genre ; elle avait de fort belles serres avec force plantes des tropiques. La duchesse, en cherchant tout simplement

---

1. Nom de la favorite de Louis XVIII.

à se tirer d'embarras, fit à jamais la conquête de la princesse Clara-Paolina, qui, de timide et d'interdite qu'elle avait été au commencement de l'audience, se trouva vers la fin tellement à son aise, que, contre toutes les règles de l'étiquette, cette première audience ne dura pas moins de cinq quarts d'heure. Le lendemain, la duchesse fit acheter des plantes exotiques, et se porta pour grand amateur de botanique.

La princesse passait sa vie avec le vénérable père Landriani, archevêque de Parme, homme de science, homme d'esprit même, et parfaitement honnête homme, mais qui offrait un singulier spectacle quand il était assis dans sa chaise de velours cramoisi (c'était le droit de sa place), vis-à-vis le fauteuil de la princesse, entourée de ses dames d'honneur et de ses deux dames *pour accompagner*. Le vieux prélat en longs cheveux blancs était encore plus timide, s'il se peut, que la princesse ; ils se voyaient tous les jours, et toutes les audiences commençaient par un silence d'un gros quart d'heure. C'est au point que la comtesse Alvizi, une des dames pour accompagner, était devenue une sorte de favorite, parce qu'elle avait l'art de les encourager à se parler et de les faire rompre le silence.

Pour terminer le cours de ses présentations, la duchesse fut admise chez S.A.S. le prince héréditaire, personnage d'une plus haute taille que son père, et plus timide que sa mère. Il était fort en minéralogie, et avait seize ans. Il rougit excessivement en voyant entrer la duchesse, et fut tellement désorienté, que jamais il ne put inventer un mot à dire à cette belle dame. Il était fort bel homme, et passait sa vie dans les bois un marteau à la main. Au moment où la duchesse se levait pour mettre fin à cette audience silencieuse :

– Mon Dieu ! madame, que vous êtes jolie ! s'écria le prince héréditaire, ce qui ne fut pas trouvé de trop mauvais goût par la dame présentée.

La marquise Balbi, jeune femme de vingt-cinq ans, pouvait encore passer pour le plus parfait modèle du *joli italien*, deux ou trois ans avant l'arrivée de la duchesse Sanseverina à Parme. Maintenant c'étaient toujours les plus beaux yeux du monde et les petites mines les plus gracieuses ; mais, vue de près, sa peau était parsemée d'un

nombre infini de petites rides fines, qui faisaient de la marquise comme une jeune vieille. Aperçue à une certaine distance par exemple au théâtre, dans sa loge, c'était encore
840 une beauté ; et les gens du parterre trouvaient le prince de
fort bon goût. Il passait toutes les soirées chez la marquise
Balbi, mais souvent sans ouvrir la bouche, et l'ennui où
elle voyait le prince avait fait tomber cette pauvre femme
dans une maigreur extraordinaire. Elle prétendait à une
finesse sans bornes, et toujours souriait avec malice ; elle
avait les plus belles dents du monde, et à tout hasard
n'ayant guère de sens, elle voulait, par un sourire malin,
faire entendre autre chose que ce que disaient ses paroles.
Le comte Mosca disait que c'étaient ces sourires conti-
850 nuels, tandis qu'elle bâillait intérieurement, qui lui donnaient tant de rides. La Balbi entrait dans toutes les
affaires, et l'État ne faisait pas un marché de mille francs,
sans qu'il y eût un *souvenir* pour la marquise (c'était le
mot honnête à Parme). Le bruit public voulait qu'elle eût
placé dix millions de francs en Angleterre, mais sa fortune,
à la vérité de fraîche date, ne s'élevait pas en réalité à
quinze cent mille francs. C'était pour être à l'abri de ses
finesses, et pour l'avoir dans sa dépendance, que le comte
Mosca s'était fait ministre des Finances. La seule passion
860 de la marquise était la peur déguisée en avarice sordide :
Je mourrai sur la paille, disait-elle quelquefois au prince
que ce propos outrait. La duchesse remarqua que l'antichambre, resplendissante de dorures, du palais de la Balbi,
était éclairée par une seule chandelle coulant sur une table
de marbre précieux, et les portes de son salon étaient noir-
cies par les doigts des laquais.

— Elle m'a reçue, dit la duchesse à son ami, comme si
elle eût attendu de moi une gratification de cinquante
francs.

870 Le cours des succès de la duchesse fut un peu interrompu par la réception que lui fit la femme la plus adroite
de la cour, la célèbre marquise Raversi, intrigante
consommée qui se trouvait à la tête du parti opposé à celui
du comte Mosca. Elle voulait le renverser, et d'autant plus
depuis quelques mois, qu'elle était nièce du duc Sanseverina, et craignait de voir attaquer l'héritage par les grâces
de la nouvelle duchesse. La Raversi n'est point une femme

à mépriser, disait le comte à son amie, je la tiens pour tellement capable de tout que je me suis séparé de ma femme uniquement parce qu'elle s'obstinait à prendre pour amant 880 le chevalier Bentivoglio, l'un des amis de la Raversi. Cette dame, grande virago aux cheveux fort noirs, remarquable par les diamants qu'elle portait dès le matin, et par le rouge dont elle couvrait ses joues, s'était déclarée d'avance l'ennemie de la duchesse, et en la recevant chez elle prit à tâche de commencer la guerre. Le duc Sanseverina, dans les lettres qu'il écrivait de ***, paraissait tellement enchanté de son ambassade et surtout de l'espoir du grand cordon, que sa famille craignait qu'il ne laissât une partie de sa fortune à sa femme qu'il accablait de petits 890 cadeaux. La Raversi, quoique régulièrement laide, avait pour amant le comte Balbi, le plus joli homme de la cour : en général elle réussissait à tout ce qu'elle entreprenait.

La duchesse tenait le plus grand état de maison. Le palais Sanseverina avait toujours été un des plus magnifiques de la ville de Parme, et le duc, à l'occasion de son ambassade et de son futur grand cordon, dépensait de fort grosses sommes pour l'embellir : la duchesse dirigeait les réparations.

Le comte avait deviné juste : peu de jours après la présen- 900 tation de la duchesse, la jeune Clélia Conti vint à la cour, on l'avait faite chanoinesse. Afin de parer le coup que cette faveur pouvait avoir l'air de porter au crédit du comte, la duchesse donna une fête sous prétexte d'inaugurer le jardin de son palais, et, par ses façons pleines de grâces, elle fit de Clélia, qu'elle appelait sa jeune amie du lac de Côme, la reine de la soirée. Son chiffre se trouva comme par hasard sur les principaux transparents [1]. La jeune Clélia, quoique un peu pensive, fut aimable dans ses façons de parler de la petite aventure près du lac, et de sa vive reconnaissance. On 910 la disait fort dévote et fort amie de la solitude. Je parierais, disait le comte, qu'elle a assez d'esprit pour avoir honte de son père. La duchesse fit son amie de cette jeune fille, elle se sentait de l'inclination pour elle ; elle ne voulait pas

---

1. Toile, gaze ou papier huilé tendu dans un cadre derrière lequel on plaçait une lumière pour faire disparaître ce qu'on voulait représenter. Procédé utilisé lors des fêtes (V. Del Litto).

paraître jalouse, et la mettait de toutes ses parties de plaisir ; enfin son système était de chercher à diminuer toutes les haines dont le comte était l'objet.

Tout souriait à la duchesse ; elle s'amusait de cette existence de cour où la tempête est toujours à craindre ; il lui
920 semblait recommencer la vie. Elle était tendrement attachée au comte, qui littéralement était fou de bonheur. Cette aimable situation lui avait procuré un sang-froid parfait pour tout ce qui ne regardait que ses intérêts d'ambition. Aussi deux mois à peine après l'arrivée de la duchesse, il obtint la patente [1] et les honneurs de Premier ministre, lesquels approchent fort de ceux que l'on rend au souverain lui-même. Le comte pouvait tout sur l'esprit de son maître, on en eut à Parme une preuve qui frappa tous les esprits.

Au sud-est, et à dix minutes de la ville [2], s'élève cette
930 fameuse citadelle si renommée en Italie, et dont la grosse tour a cent quatre-vingts pieds de haut et s'aperçoit de si loin. Cette tour, bâtie sur le modèle du mausolée d'Adrien, à Rome, par les Farnèse, petits-fils de Paul III, vers le commencement du XVIe siècle, est tellement épaisse, que sur l'esplanade qui la termine on a pu bâtir un palais pour le gouverneur de la citadelle et une nouvelle prison appelée la tour Farnèse. Cette prison, construite en l'honneur du fils aîné de Ranuce-Ernest II, lequel était devenu l'amant aimé de sa belle-mère, passe pour belle et singulière dans le pays.
940 La duchesse eut la curiosité de la voir ; le jour de sa visite, la chaleur était accablante à Parme, et là-haut, dans cette position élevée, elle trouva de l'air, ce dont elle fut tellement ravie, qu'elle y passa plusieurs heures. On s'empressa de lui ouvrir les salles de la tour Farnèse.

La duchesse rencontra sur l'esplanade de la grosse tour un pauvre libéral prisonnier, qui était venu jouir de la demi-heure de promenade qu'on lui accordait tous les trois jours.

---

1. « Décision royale, sous forme de lettre ouverte (lettres patentes), accordant ordinairement une faveur à une personne déterminée » (Le Robert). Le comte devient Premier ministre dans l'hiver 1815-1816.
2. Il y a bien une citadelle à Parme, mais il n'y a pas de tour Farnèse. Stendhal cite lui-même son modèle, le château Saint-Ange, à Rome, dont la tour reproduit la construction. Il l'a longuement décrit et en a rappelé l'historique dans *Promenades dans Rome*, à la date du 1er juin 1828.

Redescendue à Parme, et n'ayant pas encore la discrétion nécessaire dans une cour absolue, elle parla de cet homme qui lui avait raconté toute son histoire. Le parti de la marquise 950 Raversi s'empara de ces propos de la duchesse et les répéta beaucoup, espérant fort qu'ils choqueraient le prince. En effet, Ernest IV répétait souvent que l'essentiel était surtout de frapper les imaginations. *Toujours* est un grand mot, disait-il, et plus terrible en Italie qu'ailleurs : en conséquence, de sa vie il n'avait accordé de grâce. Huit jours après sa visite à la forteresse, la duchesse reçut une lettre de commutation de peine signée du prince et du ministre, avec le nom en blanc. Le prisonnier dont elle écrirait le nom devait obtenir la restitution de ses biens, et la permission d'aller passer en 960 Amérique le reste de ses jours. La duchesse écrivit le nom de l'homme qui lui avait parlé. Par malheur cet homme se trouva un demi-coquin, une âme faible ; c'était sur ses aveux que le fameux Ferrante Palla avait été condamné à mort.

La singularité de cette grâce mit le comble à l'agrément de la position de Mme Sanseverina. Le comte Mosca était fou de bonheur, ce fut une belle époque de sa vie, et elle eut une influence décisive sur les destinées de Fabrice. Celui-ci était toujours à Romagnano près de Novare, se confessant, chassant, ne lisant point et faisant la cour à une femme 970 noble comme le portaient ses instructions. La duchesse était toujours un peu choquée de cette dernière nécessité. Un autre signe qui ne valait rien pour le comte, c'est qu'étant avec lui de la dernière franchise sur tout au monde, et pensant tout haut en sa présence, elle ne lui parlait jamais de Fabrice qu'après avoir songé à la tournure de sa phrase.

– Si vous voulez, lui disait un jour le comte, j'écrirai à cet aimable frère que vous avez sur le lac de Côme, et je forcerai bien ce marquis del Dongo, avec un peu de peine pour moi et mes amis de ***, à demander la grâce de votre 980 aimable Fabrice. S'il est vrai, comme je me garderais bien d'en douter, que Fabrice soit un peu au-dessus des jeunes gens qui promènent leurs chevaux anglais dans les rues de Milan, quelle vie que celle qui à dix-huit ans ne fait rien et a la perspective de ne jamais rien faire ! Si le ciel lui avait accordé une vraie passion pour quoi que ce soit, fût-ce pour la pêche à la ligne, je la respecterais ; mais que fera-t-il à Milan même après sa grâce obtenue ? Il montera un

cheval qu'il aurait fait venir d'Angleterre à une certaine
990 heure, à une autre le désœuvrement le conduira chez sa
maîtresse qu'il aimera moins que son cheval... Mais si
vous m'en donnez l'ordre, je tâcherai de procurer ce genre
de vie à votre neveu.

– Je le voudrais officier, dit la duchesse.

– Conseilleriez-vous à un souverain de confier un poste
qui, dans un jour donné, peut être de quelque importance à un
jeune homme 1° susceptible d'enthousiasme, 2° qui a montré de l'enthousiasme pour Napoléon, au point d'aller le
rejoindre à Waterloo ? Songez à ce que nous serions tous si
1000 Napoléon eût vaincu à Waterloo ! Nous n'aurions point de
libéraux à craindre, il est vrai, mais les souverains des
anciennes familles ne pourraient régner qu'en épousant les
filles de ses maréchaux. Ainsi la carrière militaire pour
Fabrice, c'est la vie de l'écureuil dans la cage qui tourne :
beaucoup de mouvement pour n'avancer en rien. Il aura le
chagrin de se voir primer par tous les dévouements plébéiens.
La première qualité chez un jeune homme aujourd'hui, c'est-
à-dire pendant cinquante ans peut-être, tant que nous aurons
peur et que la religion ne sera point rétablie, c'est de n'être
1010 pas susceptible d'enthousiasme et de n'avoir pas d'esprit.

J'ai pensé à une chose, mais qui va vous faire jeter les
hauts cris d'abord, et qui me donnera à moi des peines infinies et pendant plus d'un jour, c'est une folie que je veux
faire pour vous. Mais, dites-moi, si vous le savez, quelle
folie je ne ferais pas pour obtenir un sourire.

– Eh bien ? dit la duchesse.

– Eh bien ! nous avons eu pour archevêques à Parme
trois membres de votre famille : Ascagne del Dongo qui a
écrit, en 16..., Fabrice en 1699, et un second Ascagne
1020 en 1740 [1]. Si Fabrice veut entrer dans la prélature et mar-

---

1. La situation de Fabrice fait penser à celle du cardinal de Retz, lui aussi
destiné, par sa famille, à l'archevêché de Paris (déjà occupé par trois de
ses ancêtres), lui aussi regardé avec défiance par le pouvoir, et poussé par
une tante à laquelle il dut sa nomination. Sur ce parallèle, que pourraient
motiver d'autres aspects de la vie et du caractère de Fabrice, voir l'article de L. Magnani, « Un héros stendhalien à Nantes », dans *Stendhal-
Balzac. II. La province dans le roman*, Presses universitaires de Grenoble,
1978, p. 107-114. Comme Julien, Fabrice, dans un monde où la gloire
militaire n'a plus cours, ne peut plus faire carrière que dans l'Église.

quer par des vertus du premier ordre, je le fais évêque
quelque part, puis archevêque ici, si toutefois mon
influence dure. L'objection réelle est celle-ci : resterai-je
ministre assez longtemps pour réaliser ce beau plan qui
exige plusieurs années ? Le prince peut mourir, il peut
avoir le mauvais goût de me renvoyer. Mais enfin c'est le
seul moyen que j'aie de faire pour Fabrice quelque chose
qui soit digne de vous.

On discuta longtemps : cette idée répugnait fort à la
duchesse.

– Reprouvez-moi, dit-elle au comte, que toute autre carrière est impossible pour Fabrice. Le comte prouva. – Vous
regrettez, ajouta-t-il, le brillant uniforme ; mais à cela je
ne sais que faire.

Après un mois que la duchesse avait demandé pour
réfléchir, elle se rendit en soupirant aux vues sages du
ministre. – Monter d'un air empesé un cheval anglais dans
quelque grande ville, répétait le comte, ou prendre un état
qui ne jure pas avec sa naissance ; je ne vois pas de milieu.
Par malheur, un gentilhomme ne peut se faire ni médecin,
ni avocat, et le siècle est aux avocats.

Rappelez-vous toujours, madame, répétait le comte, que
vous faites à votre neveu, sur le pavé de Milan, le sort dont
jouissent les jeunes gens de son âge qui passent pour les
plus fortunés. Sa grâce obtenue, vous lui donnez quinze,
vingt, trente mille francs ; peu vous importe, ni vous ni
moi ne prétendons faire des économies.

La duchesse était sensible à la gloire ; elle ne voulait pas
que Fabrice fût un simple mangeur d'argent ; elle revint au
plan de son amant.

– Remarquez, lui disait le comte, que je ne prétends
pas faire de Fabrice un prêtre exemplaire comme vous
en voyez tant. Non ; c'est un grand seigneur avant
tout ; il pourra rester parfaitement ignorant si bon lui
semble, et n'en deviendra pas moins évêque et archevêque, si le prince continue à me regarder comme un
homme utile.

Si vos ordres daignent changer ma proposition en décret
immuable, ajouta le comte, il ne faut point que Parme voie
notre protégé dans une petite fortune. La sienne choquera,
si on l'a vu ici simple prêtre ; il ne doit paraître à Parme

qu'avec les *bas violets* * et dans un équipage convenable. Tout le monde alors devinera que votre neveu doit être évêque, et personne ne sera choqué.

Si vous m'en croyez, vous enverrez Fabrice faire sa théologie, et passer trois années à Naples. Pendant les vacances de l'Académie ecclésiastique, il ira, s'il veut, voir Paris et Londres ; mais il ne se montrera jamais à Parme. Ce mot donna comme un frisson à la duchesse.

1070   Elle envoya un courrier à son neveu, et lui donna rendez-vous à Plaisance. Faut-il dire que ce courrier était porteur de tous les moyens d'argent et de tous les passeports nécessaires ?

Arrivé le premier à Plaisance, Fabrice courut au-devant de la duchesse, et l'embrassa avec des transports qui la firent fondre en larmes. Elle fut heureuse que le comte ne fût pas présent ; depuis leurs amours, c'était la première fois qu'elle éprouvait cette sensation.

Fabrice fut profondément touché, et ensuite affligé des
1080   plans que la duchesse avait faits pour lui ; son espoir avait toujours été que, son affaire de Waterloo arrangée, il finirait par être militaire. Une chose frappa la duchesse et augmenta encore l'opinion romanesque qu'elle s'était formée de son neveu ; il refusa absolument de mener la vie de café dans une des grandes villes d'Italie.

– Te vois-tu au *Corso* de Florence ou de Naples, disait la duchesse, avec des chevaux anglais de pur sang ! Pour le soir, une voiture, un joli appartement, etc. Elle insistait avec délices sur la description de ce bonheur vulgaire
1090   qu'elle voyait Fabrice repousser avec dédain. C'est un héros, pensait-elle.

– Et après dix ans de cette vie agréable, qu'aurai-je fait ? disait Fabrice ; que serai-je ? Un jeune homme *mûr* qui doit céder le haut du pavé au premier bel adolescent qui débute dans le monde, lui aussi sur un cheval anglais.

---

* En Italie les jeunes gens protégés ou savants deviennent *monsignore* et *prélat*, ce qui ne veut pas dire évêque ; on porte alors des bas violets. On ne fait pas de vœux pour être *monsignore*. On peut quitter les bas violets et se marier (NdA).

Fabrice rejeta d'abord bien loin le parti de l'Église ; il parlait d'aller à New York, de se faire citoyen et soldat républicain en Amérique.

– Quelle erreur est la tienne ! Tu n'auras pas la guerre, et tu retombes dans la vie de café, seulement sans élégance, sans musique, sans amours, répliqua la duchesse. Crois-moi, pour toi comme pour moi, ce serait une triste vie que celle d'Amérique. Elle lui expliqua le culte du *dieu* dollar, et ce respect qu'il faut avoir pour les artisans de la rue, qui par leurs votes décident de tout [1]. On revint au parti de l'Église.

– Avant de te gendarmer, lui dit la duchesse, comprends donc ce que le comte te demande : il ne s'agit pas du tout d'être un pauvre prêtre plus ou moins exemplaire et vertueux, comme l'abbé Blanès. Rappelle-toi ce que furent tes oncles les archevêques de Parme ; relis les notices sur leurs vies, dans le supplément à la généalogie. Avant tout il convient à un homme de ton nom d'être un grand seigneur, noble, généreux, protecteur de la justice, destiné d'avance à se trouver à la tête de son ordre… et dans toute sa vie ne faisant qu'une coquinerie, mais celle-là fort utile.

– Ainsi voilà toutes mes illusions à vau-l'eau, disait Fabrice en soupirant profondément ; le sacrifice est cruel ! je l'avoue, je n'avais pas réfléchi à cette horreur pour l'enthousiasme et l'esprit, même exercés à leur profit, qui désormais va régner parmi les souverains absolus.

– Songe qu'une proclamation, qu'un caprice du cœur précipite l'homme enthousiaste dans le parti contraire à celui qu'il a servi toute la vie !

– Moi enthousiaste ! répéta Fabrice ; étrange accusation ! je ne puis pas même être amoureux !

– Comment ? s'écria la duchesse.

– Quand j'ai l'honneur de faire la cour à une beauté, même de bonne naissance, et dévote, je ne puis penser à elle que quand je la vois.

Cet aveu fit une étrange impression sur la duchesse.

– Je te demande un mois, reprit Fabrice, pour prendre congé de madame C. de Novare et, ce qui est encore plus

---

1. Gina se fait ici le porte-parole de Stendhal, dont l'idéal républicain se concilie mal avec le matérialisme grossier de la jeune démocratie.

difficile, des châteaux en Espagne de toute ma vie. J'écrirai à ma mère, qui sera assez bonne pour venir me voir à *Belgirate*, sur la rive piémontaise du lac Majeur, et le trente et unième jour après celui-ci, je serai incognito dans Parme.

1140 – Garde-t'en bien ! s'écria la duchesse. Elle ne voulait pas que le comte Mosca la vît parler à Fabrice.

Les mêmes personnages se revirent à Plaisance ; la duchesse cette fois était fort agitée ; un orage s'était élevé à la cour, le parti de la marquise Raversi touchait au triomphe ; il était possible que le comte Mosca fût remplacé par le général Fabio Conti, chef de ce qu'on appelait à Parme le *parti libéral*. Excepté le nom du rival qui croissait dans la faveur du prince, la duchesse dit tout à Fabrice. Elle discuta de nouveau les chances de son avenir, même

1150 avec la perspective de manquer de la toute-puissante protection du comte.

– Je vais passer trois ans à l'Académie ecclésiastique de Naples, s'écria Fabrice ; mais puisque je dois être avant tout un jeune gentilhomme, et que tu ne m'astreins pas à mener la vie sévère d'un séminariste vertueux, ce séjour à Naples ne m'effraie nullement, cette vie-là vaudra bien celle de Romagnano ; la bonne compagnie de l'endroit commençait à me trouver jacobin. Dans mon exil j'ai découvert que je ne sais rien, pas même le latin, pas même

1160 l'orthographe. J'avais le projet de refaire mon éducation à Novare, j'étudierai volontiers la théologie à Naples : c'est une science compliquée. La duchesse fut ravie ; si nous sommes chassés, lui dit-elle, nous irons te voir à Naples. Mais puisque tu acceptes jusqu'à nouvel ordre le parti des bas violets, le comte, qui connaît bien l'Italie actuelle, m'a chargé d'une idée pour toi [1]. Crois ou ne crois pas à ce

---

1. Nouvelles consignes reçues par Fabrice, prié, une nouvelle fois, d'apprendre à feindre, à se conformer, à ne pas penser, à ne pas faire de l'esprit. L'ironie est évidente, lorsque Gina le met en garde contre les philosophes des Lumières, Voltaire, Diderot, Raynal, que Stendhal, au contraire, révérait. Force est de reconnaître néanmoins que Fabrice jouera d'autant mieux ce rôle qu'il correspond à son être véritable et à son rang : comme l'a précisé Mosca, Fabrice doit surtout être lui-même, c'est-à-dire, selon l'idéologie aristocratique de ces personnages, « un grand seigneur » voué à dominer, à bénéficier des privilèges de sa caste.

qu'on t'enseignera, *mais ne fais jamais aucune objection.*
Figure-toi qu'on t'enseigne les règles du jeu de whist ; est-
ce que tu ferais des objections aux règles du whist ? J'ai
dit au comte que tu croyais, et il s'en est félicité ; cela est
utile dans ce monde et dans l'autre. Mais si tu crois, ne
tombe point dans la vulgarité de parler avec horreur de
Voltaire, Diderot, Raynal, et de tous ces écervelés de Français précurseurs des deux chambres. Que ces noms-là se
trouvent rarement dans ta bouche ; mais enfin quand il le
faut, parle de ces messieurs avec une ironie calme ; ce sont
gens depuis longtemps réfutés, et dont les attaques ne sont
plus d'aucune conséquence. Crois aveuglément tout ce
que l'on te dira à l'Académie. Songe qu'il y a des gens qui
tiendront note fidèle de tes moindres objections ; on te pardonnera une petite intrigue galante si elle est bien menée,
et non pas un doute ; l'âge supprime l'intrigue et augmente le doute. Agis sur ce principe au tribunal de la pénitence. Tu auras une lettre de recommandation pour un
évêque factotum du cardinal archevêque de Naples ; à lui
seul tu dois avouer ton escapade en France, et ta présence,
le 18 juin, dans les environs de Waterloo. Du reste abrège
beaucoup, diminue cette aventure, avoue-la seulement
pour qu'on ne puisse pas te reprocher de l'avoir cachée ; tu
étais si jeune alors !

La seconde idée que le comte t'envoie est celle-ci : S'il
te vient une raison brillante, une réplique victorieuse qui
change le cours de la conversation, ne cède point à la tentation de briller, garde le silence ; les gens fins verront ton
esprit dans tes yeux. Il sera temps d'avoir de l'esprit quand
tu seras évêque.

Fabrice débuta à Naples avec une voiture modeste et
quatre domestiques, bons Milanais, que sa tante lui avait
envoyés. Après une année d'étude personne ne disait que
c'était un homme d'esprit, on le regardait comme un grand
seigneur appliqué, fort généreux, mais un peu libertin.

Cette année, assez amusante pour Fabrice, fut terrible
pour la duchesse. Le comte fut trois ou quatre fois à deux
doigts de sa perte ; le prince, plus peureux que jamais
parce qu'il était malade cette année-là, croyait, en le ren-
voyant, se débarrasser de l'odieux des exécutions faites
avant l'entrée du comte au ministère. Le Rassi était le

favori du cœur qu'on voulait garder avant tout. Les périls
du comte lui attachèrent passionnément la duchesse, elle
1210 ne songeait plus à Fabrice. Pour donner une couleur à leur
retraite possible, il se trouva que l'air de Parme, un peu
humide en effet, comme celui de toute la Lombardie, ne
convenait nullement à sa santé. Enfin après des intervalles
de disgrâce, qui allèrent pour le comte, Premier ministre,
jusqu'à passer quelquefois vingt jours entiers sans voir son
maître en particulier, Mosca l'emporta ; il fit nommer le
général Fabio Conti, le prétendu libéral, gouverneur de la
citadelle où l'on enfermait les libéraux jugés par Rassi. Si
Conti use d'indulgence envers ses prisonniers, disait
1220 Mosca à son amie, on le disgracie comme un jacobin
auquel ses idées politiques font oublier ses devoirs de
général ; s'il se montre sévère et impitoyable, et c'est ce
me semble de ce côté-là qu'il inclinera, il cesse d'être le
chef de son propre parti, et s'aliène toutes les familles qui
ont un des leurs à la citadelle. Ce pauvre homme sait
prendre un air tout confit de respect à l'approche du
prince ; au besoin il change de costume quatre fois en un
jour ; il peut discuter une question d'étiquette, mais ce
n'est point une tête capable de suivre le chemin difficile
1230 par lequel seulement il peut se sauver ; et dans tous les cas
je suis là.

Le lendemain de la nomination du général Fabio Conti,
qui terminait la crise ministérielle, on apprit que Parme
aurait un journal ultra-monarchique [1].

– Que de querelles ce journal va faire naître ! disait la
duchesse.

– Ce journal, dont l'idée est peut-être mon chef-
d'œuvre, répondait le comte en riant, peu à peu je m'en
laisserai bien malgré moi ôter la direction par les ultra-
1240 furibonds. J'ai fait attacher de beaux appointements aux
places de rédacteur. De tous côtés on va solliciter ces
places : cette affaire va nous faire passer un mois ou deux,

---

1. Le duc de Modène, modèle de Ranuce-Ernest IV, avait lancé (mais en
1831) un journal destiné à contrecarrer l'influence du *Constitutionnel*.
Mosca donne dans cette fin de chapitre toute la mesure de son habileté
en politique.

et l'on oubliera les périls que je viens de courir. Les graves personnages P. et D. sont déjà sur les rangs.

– Mais ce journal sera d'une absurdité révoltante.

– J'y compte bien, répliquait le comte. Le prince le lira tous les matins et admirera ma doctrine à moi qui l'ai fondé. Pour les détails, il approuvera ou sera choqué ; des heures qu'il consacre au travail en voilà deux de prises. Le journal se fera des affaires, mais à l'époque où arriveront les plaintes sérieuses, dans huit ou dix mois, il sera entièrement dans les mains des ultra-furibonds. Ce sera ce parti qui me gêne qui devra répondre, moi j'élèverai des objections contre le journal ; au fond, j'aime mieux cent absurdités atroces qu'un seul pendu. Qui se souvient d'une absurdité deux ans après le numéro du journal officiel ? Au lieu que les fils et la famille du pendu me vouent une haine qui durera autant que moi et qui peut-être abrégera ma vie.

La duchesse, toujours passionnée pour quelque chose, toujours agissante, jamais oisive, avait plus d'esprit que toute la cour de Parme ; mais elle manquait de patience et d'impassibilité pour réussir dans les intrigues. Toutefois, elle était parvenue à suivre avec passion les intérêts des diverses coteries, elle commençait même à avoir un crédit personnel auprès du prince. Clara-Paolina, la princesse régnante, environnée d'honneurs, mais emprisonnée dans l'étiquette la plus surannée, se regardait comme la plus malheureuse des femmes. La duchesse Sanseverina lui fit la cour, et entreprit de lui prouver qu'elle n'était point si malheureuse. Il faut savoir que le prince ne voyait sa femme qu'à dîner : ce repas durait trente minutes et le prince passait des semaines entières sans adresser la parole à Clara-Paolina. Mme Sanseverina essaya de changer tout cela ; elle amusait le prince, et d'autant plus qu'elle avait su conserver toute son indépendance. Quand elle l'eût voulu, elle n'eût pas pu ne jamais blesser aucun des sots qui pullulaient à cette cour. C'était cette parfaite inhabileté de sa part qui la faisait exécrer du vulgaire des courtisans, tous comtes ou marquis, jouissant en général de cinq mille livres de rentes. Elle comprit ce malheur dès les premiers jours, et s'attacha exclusivement à plaire au souverain et à sa femme, laquelle dominait absolument le prince héréditaire. La duchesse savait amuser le souverain et profitait de l'extrême attention qu'il accordait à ses moindres paroles pour donner de bons ridicules aux courtisans qui la haïssaient. Depuis les sottises que Rassi lui avait fait faire, et les sottises de sang ne se réparent pas, le prince avait peur quelquefois, et s'ennuyait souvent, ce qui l'avait conduit à la triste envie ; il sentait qu'il ne s'amusait guère, et deve-1290 nait sombre quand il croyait voir que d'autres s'amusaient ; l'aspect du bonheur le rendait furieux. Il faut cacher nos amours, dit la duchesse à son ami ; et elle laissa deviner au prince qu'elle n'était plus que fort médiocrement éprise du comte, homme d'ailleurs si estimable.

Cette découverte avait donné un jour heureux à Son Altesse. De temps à autre, la duchesse laissait tomber quelques mots du projet qu'elle aurait de se donner chaque année un congé de quelques mois qu'elle emploierait à voir l'Italie qu'elle ne connaissait point : elle irait visiter 1300 Naples, Florence, Rome. Or, rien au monde ne pouvait faire plus de peine au prince qu'une telle apparence de désertion : c'était là une de ses faiblesses les plus marquées, les démarches qui pouvaient être imputées à mépris pour sa ville capitale lui perçaient le cœur. Il sentait qu'il n'avait aucun moyen de retenir Mme Sanseverina, et Mme Sanseverina était de bien loin la femme la plus brillante de Parme. Chose unique avec la paresse italienne, on revenait des campagnes environnantes pour assister à ses *jeudis* ; c'étaient de véritables fêtes ; presque toujours 1310 la duchesse y avait quelque chose de neuf et de piquant. Le prince mourait d'envie de voir un de ces jeudis ; mais comment s'y prendre ? Aller chez un simple particulier ! c'était une chose que ni son père ni lui n'avaient jamais faite !

Un certain jeudi [1], il pleuvait, il faisait froid ; à chaque instant de la soirée le duc entendait des voitures qui ébran-

---

1. Cette scène illustre à merveille le caractère d'improvisatrice de Gina, dévoile l'origine de son pouvoir, cet art de la fête que lui a légué son modèle, Vandozza (voir Dossier, chapitre I), et caractérise au mieux la cour comme un univers protocolaire, à la fois ridicule et sérieux. Stendhal fait preuve d'originalité en ne faisant pas de Gina une courtisane : peut-être s'inspire-t-il de la princesse des Ursins (1642-1722), qui réussit à exercer une influence considérable sur la cour de Philippe V en gagnant la faveur de la reine.

laient le pavé de la place du palais, en allant chez Mme Sanseverina. Il eut un mouvement d'impatience : d'autres s'amusaient, et lui, prince souverain, maître absolu, qui devait s'amuser plus que personne au monde, il connaissait l'ennui ! Il sonna son aide de camp, il fallut le temps de placer une douzaine de gens affidés dans la rue qui conduisait du palais de Son Altesse au palais Sanseverina. Enfin, après une heure qui parut un siècle au prince, et pendant laquelle il fut vingt fois tenté de braver les poignards et de sortir à l'étourdie et sans nulle précaution, il parut dans le premier salon de Mme Sanseverina. La foudre serait tombée dans ce salon qu'elle n'eût pas produit une pareille surprise. En un clin d'œil, et à mesure que le prince s'avançait, s'établissait dans ces salons si bruyants et si gais un silence de stupeur ; tous les yeux, fixés sur le prince, s'ouvraient outre mesure. Les courtisans paraissaient déconcertés ; la duchesse elle seule n'eut point l'air étonné. Quand enfin l'on eut retrouvé la force de parler, la grande préoccupation de toutes les personnes présentes fut de décider cette importante question : la duchesse avait-elle été avertie de cette visite, ou bien a-t-elle été surprise comme tout le monde ?

Le prince s'amusa, et l'on va juger du caractère tout de premier mouvement de la duchesse, et du pouvoir infini que les idées vagues de départ adroitement jetées lui avaient laissé prendre.

En reconduisant le prince qui lui adressait des mots fort aimables, il lui vint une idée singulière et qu'elle osa bien lui dire tout simplement, et comme une chose des plus ordinaires.

– Si Votre Altesse Sérénissime voulait adresser à la princesse trois ou quatre de ces phrases charmantes qu'elle me prodigue, elle ferait mon bonheur bien plus sûrement qu'en me disant ici que je suis jolie. C'est que je ne voudrais pas pour tout au monde que la princesse pût voir de mauvais œil l'insigne marque de faveur dont Votre Altesse vient de m'honorer. Le prince la regarda fixement et répliqua d'un air sec :

– Apparemment que je suis le maître d'aller où il me plaît.

La duchesse rougit.

– Je voulais seulement, reprit-elle à l'instant, ne pas exposer Son Altesse à faire une course inutile, car ce jeudi sera le dernier ; je vais aller passer quelques jours à Bologne ou à Florence.

Comme elle rentrait dans ses salons, tout le monde la croyait au comble de la faveur, et elle venait de hasarder ce que de mémoire d'homme personne n'avait osé à Parme. Elle fit un signe au comte qui quitta sa table de whist et la suivit dans un petit salon éclairé, mais solitaire.

– Ce que vous avez fait est bien hardi, lui dit-il ; je ne vous l'aurais pas conseillé ; mais dans les cœurs bien épris, ajouta-t-il en riant, le bonheur augmente l'amour, et si vous partez demain matin, je vous suis demain soir. Je ne serai retardé que par cette corvée du ministère des Finances dont j'ai eu la sottise de me charger, mais en quatre heures de temps bien employées on peut faire la remise de bien des caisses. Rentrons, chère amie, et faisons de la fatuité ministérielle en toute liberté, et sans nulle retenue ; c'est peut-être la dernière représentation que nous donnons en cette ville. S'il se croit bravé, l'homme est capable de tout ; il appellera cela *faire un exemple*. Quand ce monde sera parti, nous aviserons aux moyens de vous barricader pour cette nuit ; le mieux serait peut-être de partir sans délai pour votre maison de Sacca, près du Pô, qui a l'avantage de n'être qu'à une demi-heure de distance des États autrichiens.

L'amour et l'amour-propre de la duchesse eurent un moment délicieux ; elle regarda le comte, et ses yeux se mouillèrent de larmes. Un ministre si puissant, environné de cette foule de courtisans qui l'accablaient d'hommages égaux à ceux qu'ils adressaient au prince lui-même, tout quitter pour elle et avec cette aisance !

En rentrant dans les salons, elle était folle de joie. Tout le monde se prosternait devant elle.

Comme le bonheur change la duchesse, disaient de toutes parts les courtisans, c'est à ne pas la reconnaître. Enfin cette âme romaine et au-dessus de tout daigne pourtant apprécier la faveur exorbitante dont elle vient d'être l'objet de la part du souverain.

Vers la fin de la soirée, le comte vint à elle : – Il faut que je vous dise des nouvelles. Aussitôt les personnes qui se trouvaient auprès de la duchesse s'éloignèrent.

– Le prince en rentrant au palais, continua le comte, s'est fait annoncer chez sa femme. Jugez de la surprise ! Je viens vous rendre compte, lui a-t-il dit, d'une soirée fort aimable, en vérité, que j'ai passée chez la Sanseverina. C'est elle qui m'a prié de vous faire le détail de la façon dont elle a arrangé ce vieux palais enfumé. Alors le prince, après s'être assis, s'est mis à faire la description de chacun de vos salons.

Il a passé plus de vingt-cinq minutes chez sa femme qui pleurait de joie ; malgré son esprit, elle n'a pas pu trouver un mot pour soutenir la conversation sur le ton léger que Son Altesse voulait bien lui donner.

Ce prince n'était point un méchant homme, quoi qu'en pussent dire les libéraux d'Italie. À la vérité, il avait fait jeter dans les prisons un assez bon nombre d'entre eux, mais c'était par peur, et il répétait quelquefois comme pour se consoler de certains souvenirs : Il vaut mieux tuer le diable que si le diable nous tue. Le lendemain de la soirée dont nous venons de parler, il était tout joyeux, il avait fait deux belles actions : aller au jeudi et parler à sa femme. À dîner, il lui adressa la parole ; en un mot, ce *jeudi* de Mme Sanseverina amena une révolution d'intérieur dont tout Parme retentit ; la Raversi fut consternée, et la duchesse eut une double joie : elle avait pu être utile à son amant et l'avait trouvé plus épris que jamais.

Tout cela à cause d'une idée bien imprudente qui m'est venue ! disait-elle au comte. Je serais plus libre sans doute à Rome ou à Naples, mais y trouverais-je un jeu aussi attachant ? Non, en vérité, mon cher comte, et vous faites mon bonheur.

CHAPITRE VII

C'est de petits détails de cour aussi insignifiants que celui que nous venons de raconter qu'il faudrait remplir l'histoire des quatre années qui suivirent [1]. Chaque printemps, la marquise venait avec ses filles passer deux mois au palais Sanseverina ou à la terre de Sacca, aux bords du Pô ; il y avait des moments bien doux, et l'on parlait de Fabrice ; mais le comte ne voulut jamais lui permettre une seule visite à Parme. La duchesse et le ministre eurent bien à réparer quelques étourderies, mais en général Fabrice suivait assez
10 sagement la ligne de conduite qu'on lui avait indiquée : un grand seigneur qui étudie la théologie et qui ne compte point absolument sur sa vertu pour faire son avancement. À Naples, il s'était pris d'un goût très vif pour l'étude de l'Antiquité, il faisait des fouilles ; cette passion avait presque remplacé celle des chevaux. Il avait vendu ses chevaux anglais pour continuer des fouilles à Misène, où il avait trouvé un buste de Tibère, jeune encore, qui avait pris rang parmi les plus beaux restes de l'Antiquité [2]. La découverte de ce buste fut presque le plaisir le plus vif qu'il eût
20 rencontré à Naples. Il avait l'âme trop haute pour chercher à imiter les autres jeunes gens, et, par exemple, pour vouloir jouer avec un certain sérieux le rôle d'amoureux. Sans doute il ne manquait point de maîtresses, mais elles

---

1. 1817-1821.
2. Stendhal, qui lui aussi faisait des fouilles pour se divertir, prête à Fabrice sa propre découverte : en 1832, il avait trouvé un buste de Tibère.

n'étaient pour lui d'aucune conséquence, et, malgré son âge, on pouvait dire de lui qu'il ne connaissait point l'amour [1] ; il n'en était que plus aimé. Rien ne l'empêchait d'agir avec le plus beau sang-froid, car pour lui une femme jeune et jolie était toujours l'égale d'une autre femme jeune et jolie ; seulement la dernière connue lui semblait la plus piquante. Une des dames les plus admirées à Naples avait fait des folies en son honneur pendant la dernière année de son séjour, ce qui d'abord l'avait amusé, et avait fini par l'excéder d'ennui, tellement qu'un des bonheurs de son départ fut d'être délivré des attentions de la charmante duchesse d'A***. Ce fut en 1821, qu'ayant subi passablement tous ses examens, son directeur d'études ou gouverneur eut une croix et un cadeau, et lui partit pour voir enfin cette ville de Parme, à laquelle il songeait souvent. Il était *Monsignore*, et il avait quatre chevaux à sa voiture ; à la poste avant Parme, il n'en prit que deux, et dans la ville fit arrêter devant l'église de Saint-Jean [2]. Là se trouvait le riche tombeau de l'archevêque Ascagne del Dongo, son arrière-grand-oncle, l'auteur de la *Généalogie latine*. Il pria auprès du tombeau, puis arriva à pied au palais de la duchesse qui ne l'attendait que quelques jours plus tard. Elle avait grand monde dans son salon, bientôt on la laissa seule.

– Eh bien ! es-tu contente de moi ? lui dit-il en se jetant dans ses bras : grâce à toi, j'ai passé quatre années assez heureuses à Naples, au lieu de m'ennuyer à Novare avec ma maîtresse autorisée par la police.

La duchesse ne revenait pas de son étonnement, elle ne l'eût pas reconnu à le voir passer dans la rue ; elle le trouvait ce qu'il était en effet, l'un des plus jolis hommes de l'Italie ; il avait surtout une physionomie charmante. Elle l'avait envoyé à Naples avec la tournure d'un hardi casse-cou ; la cravache qu'il portait toujours alors semblait faire partie inhérente de son être : maintenant il avait l'air le plus noble et le plus mesuré devant les étrangers, et dans

---

1. Dans tout ce chapitre, Fabrice nous est présenté comme un don Juan léger, inconstant, séducteur malgré lui, et, surtout, ennuyé, désespéré par ce libertinage qui ne satisfait pas son bonheur, et dont il est la première victime.
2. Église Saint-Jean-l'Évangéliste, dans laquelle se trouvaient des œuvres du Corrège (le tombeau est de l'invention de l'auteur).

le particulier, elle lui trouvait tout le feu de sa première
60 jeunesse. C'était un diamant qui n'avait rien perdu à être
poli. Il n'y avait pas une heure que Fabrice était arrivé,
lorsque le comte Mosca survint ; il arriva un peu trop tôt.
Le jeune homme lui parla en si bons termes de la croix de
Parme accordée à son gouverneur, et il exprima sa vive
reconnaissance pour d'autres bienfaits dont il n'osait
parler d'une façon aussi claire, avec une mesure si parfaite, du premier coup d'œil le ministre le jugea favo-
rablement. Ce neveu, dit-il tout bas à la duchesse, est fait
pour orner toutes les dignités auxquelles vous voudrez
70 l'élever par la suite. Tout allait à merveille jusque-là,
mais quand le ministre, fort content de Fabrice, et
jusque-là attentif uniquement à ses faits et gestes, regarda
la duchesse, il lui trouva des yeux singuliers. Ce jeune
homme fait ici une étrange impression, se dit-il. Cette
réflexion fut amère ; le comte avait atteint la *cinquantaine*,
c'est un mot bien cruel et dont peut-être un homme éperdument amoureux peut seul sentir tout le retentissement [1].
Il était fort bon, fort digne d'être aimé, à ses sévérités près
comme ministre. Mais, à ses yeux, ce mot cruel la *cin-*
80 *quantaine* jetait du noir sur toute sa vie et eût été capable
de le faire cruel pour son propre compte. Depuis cinq
années qu'il avait décidé la duchesse à venir à Parme, elle
avait souvent excité sa jalousie, surtout dans les premiers
temps, mais jamais elle ne lui avait donné de sujet de
plainte réel. Il croyait même, et il avait raison, que c'était
dans le dessein de mieux s'assurer de son cœur que la
duchesse avait eu recours à ces apparences de distinction
en faveur de quelques jeunes beaux de la cour. Il était sûr,
par exemple, qu'elle avait refusé les hommages du prince,
90 qui même, à cette occasion, avait dit un mot instructif.

— Mais si j'acceptais les hommages de Votre Altesse, lui
disait la duchesse en riant, de quel front oser reparaître
devant le comte ?

— Je serais presque aussi décontenancé que vous. Le
cher comte ! mon ami ! Mais c'est un embarras bien facile

---

1. Stendhal prête à Mosca ses propres pensées. On se souvient que la *Vie
de Henry Brulard* s'ouvre sur les réflexions que lui inspire cet âge.

à tourner et auquel j'ai songé : le comte serait mis à la citadelle pour le reste de ses jours.

Au moment de l'arrivée de Fabrice, la duchesse fut tellement transportée de bonheur, qu'elle ne songea pas du
tout aux idées que ses yeux pourraient donner au comte. 100
L'effet fut profond et les soupçons sans remède.

Fabrice fut reçu par le prince deux heures après son
arrivée ; la duchesse, prévoyant le bon effet que cette
audience impromptue devait produire dans le public, la
sollicitait depuis deux mois : cette faveur mettait Fabrice
hors de pair dès le premier instant ; le prétexte avait été
qu'il ne faisait que passer à Parme pour aller voir sa mère
en Piémont. Au moment où un petit billet charmant de la
duchesse vint dire au prince que Fabrice attendait ses
ordres, Son Altesse s'ennuyait. Je vais voir, se dit-elle, un 110
petit saint bien niais, une mine plate ou sournoise. Le commandant de la place avait déjà rendu compte de la première visite au tombeau de l'oncle archevêque. Le prince
vit entrer un grand jeune homme, que, sans ses bas violets,
il eût pris pour quelque jeune officier.

Cette petite surprise chassa l'ennui : voilà un gaillard, se
dit-il, pour lequel on va me demander Dieu sait quelles
faveurs, toutes celles dont je puis disposer. Il arrive, il doit
être ému : je m'en vais faire de la politique jacobine ; nous
verrons un peu comment il répondra. 120

Après les premiers mots gracieux de la part du prince :

– Eh bien ! *Monsignore*, dit-il à Fabrice, les peuples de
Naples sont-ils heureux ? Le roi est-il aimé ?

– Altesse Sérénissime, répondit Fabrice sans hésiter un
instant, j'admirais, en passant dans la rue, l'excellente
tenue des soldats des divers régiments de S.M. le Roi ; la
bonne compagnie est respectueuse envers ses maîtres
comme elle doit l'être ; mais j'avouerai que de la vie je
n'ai souffert que les gens des basses classes me parlassent
d'autre chose que du travail pour lequel je les paie. 130

– Peste ! dit le prince, quel *sacre* [1] ! voici un oiseau bien
stylé, c'est l'esprit de la Sanseverina. Piqué au jeu, le

---

1. Oiseau de proie et, par extension, « homme capable de toutes sortes de
rapacités et même de crimes » (Littré). Le prince fait ici du Saint-Simon,
qui utilise souvent cette exclamation pour railler les habiles.

prince employa beaucoup d'adresse à faire parler Fabrice sur ce sujet si scabreux. Le jeune homme, animé par le danger, eut le bonheur de trouver des réponses admirables : c'est presque de l'insolence que d'afficher de l'amour pour son roi, disait-il, c'est de l'obéissance aveugle qu'on lui doit. À la vue de tant de prudence le prince eut presque de l'humeur ; il paraît que voici un homme d'esprit qui nous
140   arrive de Naples, et je n'aime pas *cette engeance* ; un homme d'esprit a beau marcher dans les meilleurs principes et même de bonne foi, toujours par quelque côté il est cousin germain de Voltaire et de Rousseau.

Le prince se trouvait comme bravé par les manières si convenables et les réponses tellement inattaquables du jeune échappé de collège ; ce qu'il avait prévu n'arrivait point : en un clin d'œil il prit le ton de la bonhomie, et, remontant, en quelques mots, jusqu'aux grands principes des sociétés et du gouvernement, il débita, en les adaptant
150   à la circonstance, quelques phrases de Fénelon [1] qu'on lui avait fait apprendre par cœur dès l'enfance pour les audiences publiques.

– Ces principes vous étonnent, jeune homme, dit-il à Fabrice (il l'avait appelé *monsignore* au commencement de l'audience, et il comptait lui donner du *monsignore* en le congédiant, mais dans le courant de la conversation il trouvait plus adroit, plus favorable aux tournures pathétiques, de l'interpeller par un petit nom d'amitié) ; ces principes vous étonnent, jeune homme, j'avoue qu'ils ne ressemblent guère
160   aux *tartines d'absolutisme* (ce fut le mot) que l'on peut lire tous les jours dans mon journal officiel… Mais, grand Dieu ! qu'est-ce que je vais vous citer là ? ces écrivains du journal sont pour vous bien inconnus.

– Je demande pardon à Votre Altesse Sérénissime ; non seulement je lis le journal de Parme, qui me semble assez bien écrit, mais encore je tiens, avec lui, que tout ce qui a été fait depuis la mort de Louis XIV, en 1715, est à la fois un crime et une sottise. Le plus grand intérêt de l'homme, c'est

---

1. Il faut ici se souvenir que *Les Aventures de Télémaque* (1695, publiées en 1699) furent écrites par Fénelon pour proposer à son élève, le duc de Bourgogne, un « art de régner » et pouvaient donc faire partie, en dépit de leurs audaces, de l'éducation d'un prince.

son salut, il ne peut pas y avoir deux façons de voir à ce sujet, et ce bonheur-là doit durer une éternité. Les mots *liberté*, *justice*, *bonheur du plus grand nombre*, sont infâmes et criminels : ils donnent aux esprits l'habitude de la discussion et de la méfiance. Une chambre des députés *se défie* de ce que ces gens-là appellent *le ministère*. Cette fatale habitude de la *méfiance* une fois contractée, la faiblesse humaine l'applique à tout, l'homme arrive à se méfier de la Bible, des ordres de l'Église, de la tradition, etc., etc. ; dès lors il est perdu. Quand bien même, ce qui est horriblement faux et criminel à dire, cette méfiance envers l'autorité des princes *établis de Dieu* donnerait le bonheur pendant les vingt ou trente années de vie que chacun de nous peut prétendre, qu'est-ce qu'un demi-siècle ou un siècle tout entier, comparé à une éternité de supplices ? etc.

On voyait, à l'air dont Fabrice parlait, qu'il cherchait à arranger ses idées de façon à les faire saisir le plus facilement possible par son auditeur, il était clair qu'il ne récitait pas une leçon.

Bientôt le prince ne se soucia plus de lutter avec ce jeune homme dont les manières simples et graves le gênaient.

– Adieu, *monsignore*, lui dit-il brusquement, je vois qu'on donne une excellente éducation dans l'Académie ecclésiastique de Naples, et il est tout simple que quand ces bons préceptes tombent sur un esprit aussi distingué, on obtient des résultats brillants. Adieu ; et il lui tourna le dos.

Je n'ai point plu à cet animal-là, se dit Fabrice.

Maintenant il nous reste à voir, dit le prince dès qu'il fut seul, si ce beau jeune homme est susceptible de passion pour quelque chose ; en ce cas il serait complet... Peut-on répéter avec plus d'esprit les leçons de la tante ? Il me semblait l'entendre parler ; s'il y avait une révolution chez moi, ce serait elle qui rédigerait le *Moniteur*, comme jadis la San Felice à Naples [1] ! Mais la San Felice, malgré ses

---

1. Inadvertance de Stendhal : la marquise Luigia San Felice n'a pas rédigé ce journal (Stendhal la confond avec une autre), mais elle fut bien exécutée en juin 1800, à Naples, pour avoir participé à un complot. Stendhal a raconté cette histoire tragique dans *Rome, Naples et Florence* (p. 359).

vingt-cinq ans et sa beauté, fut un peu pendue ! Avis aux femmes de trop d'esprit. En croyant Fabrice l'élève de sa tante, le prince se trompait : les gens d'esprit qui naissent sur le trône ou à côté perdent bientôt toute finesse de tact ; ils proscrivent, autour d'eux, la liberté de conversation qui leur paraît grossièreté ; ils ne veulent voir que des masques et prétendent juger de la beauté du teint ; le plaisant c'est qu'ils se croient beaucoup de tact. Dans ce cas-ci, par exemple, Fabrice croyait à peu près tout ce que nous lui avons entendu dire ; il est vrai qu'il ne songeait pas deux fois par mois à tous ces grands principes [1]. Il avait des goûts vifs, il avait de l'esprit, mais il avait la foi.

Le goût de la liberté, la mode et le culte du *bonheur du plus grand nombre*, dont le XIXe siècle s'est entiché, n'étaient à ses yeux qu'une *hérésie* qui passera comme les autres, mais après avoir tué beaucoup d'âmes, comme la peste tandis qu'elle règne dans une contrée tue beaucoup de corps. Et malgré tout cela Fabrice lisait avec délices les journaux français, et faisait même des imprudences pour s'en procurer.

Comme Fabrice revenait tout ébouriffé de son audience au palais, et racontait à sa tante les diverses attaques du prince :

– Il faut, lui dit-elle, que tu ailles tout présentement chez le père Landriani, notre excellent archevêque ; vas-y à pied, monte doucement l'escalier, fais peu de bruit dans les antichambres ; si l'on te fait attendre, tant mieux, mille fois tant mieux ! en un mot, sois *apostolique* !

– J'entends, dit Fabrice, notre homme est un Tartufe.

– Pas le moins du monde, c'est la vertu même.

– Même après ce qu'il a fait, reprit Fabrice étonné, lors du supplice du comte Palanza ?

– Oui, mon ami, après ce qu'il a fait : le père de notre archevêque était un commis au ministère des Finances, un petit bourgeois, voilà qui explique tout. Monseigneur Landriani est un homme d'un esprit vif, étendu, profond ; il est sincère, il aime la vertu : je suis convaincue que si un

---

1. Cette scène illustre fort bien l'inconsistance politique de Fabrice, qui indispose jusqu'au prince lui-même par l'éloquence outrée de son discours ultra-réactionnaire, et multiplie les inconséquences.

empereur Décius [1] revenait au monde, il subirait le martyre comme le Polyeucte [2] de l'opéra, qu'on nous donnait la semaine passée. Voilà le beau côté de la médaille, voici le revers : dès qu'il est en présence du souverain, ou seulement du Premier ministre, il est ébloui de tant de grandeur, il se trouble, il rougit ; il lui est matériellement impossible de dire non. De là les choses qu'il a faites, et qui lui ont valu cette cruelle réputation dans toute l'Italie ; mais ce qu'on ne sait pas, c'est que, lorsque l'opinion publique vint l'éclairer sur le procès du comte Palanza, il s'imposa pour pénitence de vivre au pain et à l'eau pendant treize semaines, autant de semaines qu'il y a de lettres dans les noms *Davide Palanza*. Nous avons à cette cour un coquin d'infiniment d'esprit, nommé *Rassi*, grand juge ou fiscal général, qui, lors de la mort du comte Palanza, ensorcela le père Landriani. À l'époque de la pénitence des treize semaines, le comte Mosca, par pitié et un peu par malice, l'invitait à dîner une et même deux fois par semaine ; le bon archevêque, pour faire sa cour, dînait comme tout le monde. Il eût cru qu'il y avait rébellion et jacobinisme à afficher une pénitence pour une action approuvée du souverain. Mais l'on savait que, pour chaque dîner, où son devoir de fidèle sujet l'avait obligé à manger comme tout le monde, il s'imposait une pénitence de deux journées de nourriture au pain et à l'eau.

Monseigneur Landriani, esprit supérieur, savant du premier ordre, n'a qu'un faible, *il veut être aimé* : ainsi, attendris-toi en le regardant, et, à la troisième visite, aime-le tout à fait. Cela, joint à ta naissance, te fera adorer tout de suite. Ne marque pas de surprise s'il te reconduit jusque sur l'escalier, aie l'air d'être accoutumé à ces façons ; c'est un homme né à genoux devant la noblesse. Du reste, sois simple, apostolique, pas d'esprit, pas de brillant, pas de repartie prompte ; si tu ne l'effarouches point, il se plaira avec toi ; songe qu'il faut que de son propre mouvement il te fasse son grand vicaire. Le comte et moi nous serons

---

1. Empereur romain de 249 à 251, qui déclencha la première persécution systématique contre les chrétiens. Il y eut beaucoup de martyrs.
2. Officier romain, dont le martyre (vers 250) fournit à Corneille le sujet de sa tragédie (1641). L'allusion à l'opéra reste ici inexpliquée.

surpris et même fâchés de ce trop rapide avancement, cela est essentiel vis-à-vis du souverain.

280   Fabrice courut à l'archevêché : par un bonheur singulier, le valet de chambre du bon prélat, un peu sourd, n'entendit pas le nom *del Dongo* ; il annonça un jeune prêtre, nommé Fabrice ; l'archevêque se trouvait avec un curé de mœurs peu exemplaires, et qu'il avait fait venir pour le gronder. Il était en train de faire une réprimande, chose très pénible pour lui, et ne voulait pas avoir ce chagrin sur le cœur plus longtemps ; il fit donc attendre trois quarts d'heure le petit-neveu du grand archevêque Ascanio del Dongo.

290   Comment peindre ses excuses et son désespoir quand, après avoir reconduit le curé jusqu'à la seconde antichambre, et lorsqu'il demandait en repassant à cet homme qui attendait, en *quoi il pouvait le servir*, il aperçut les bas violets et entendit le nom Fabrice del Dongo ? La chose parut si plaisante à notre héros, que, dès cette première visite, il hasarda de baiser la main du saint prélat, dans un transport de tendresse. Il fallait entendre l'archevêque répéter avec désespoir : Un del Dongo attendre dans mon antichambre ! Il se crut obligé, en forme d'excuse, de lui
300   raconter toute l'anecdote du curé, ses torts, ses réponses, etc.

Est-il bien possible, se disait Fabrice en revenant au palais Sanseverina, que ce soit là l'homme qui a fait hâter le supplice de ce pauvre comte Palanza !

– Que pense Votre Excellence, lui dit en riant le comte Mosca, en le voyant rentrer chez la duchesse (le comte ne voulait pas que Fabrice l'appelât Excellence).

– Je tombe des nues ; je ne connais rien au caractère des hommes : j'aurais parié, si je n'avais pas su son nom, que
310   celui-ci ne peut voir saigner un poulet.

– Et vous auriez gagné, reprit le comte ; mais quand il est devant le prince, ou seulement devant moi, il ne peut dire non. À la vérité, pour que je produise tout mon effet, il faut que j'aie le grand cordon jaune passé par-dessus l'habit ; en frac il me contredirait, aussi je prends toujours un uniforme pour le recevoir. Ce n'est pas à nous à détruire le prestige du pouvoir, les journaux français le démolissent bien assez vite ; à peine si la *manie respec-*

tante vivra autant que nous, et vous, mon neveu, vous sur-
vivrez au respect. Vous, vous serez bon homme !   320

Fabrice se plaisait fort dans la société du comte : c'était
le premier homme supérieur qui eût daigné lui parler sans
comédie ; d'ailleurs ils avaient un goût commun, celui des
antiquités et des fouilles. Le comte, de son côté, était flatté
de l'extrême attention avec laquelle le jeune homme
l'écoutait ; mais il y avait une objection capitale : Fabrice
occupait un appartement dans le palais Sanseverina, passait sa vie avec la duchesse, laissait voir en toute innocence que cette intimité faisait son bonheur, et Fabrice
avait des yeux, un teint d'une fraîcheur désespérante.   330

De longue main, Ranuce-Ernest IV, qui trouvait rarement de cruelles, était piqué de ce que la vertu de la
duchesse, bien connue à la cour, n'avait pas fait une exception en sa faveur. Nous l'avons vu, l'esprit et la présence
d'esprit de Fabrice l'avaient choqué dès le premier jour. Il
prit mal l'extrême amitié que sa tante et lui se montraient
à l'étourdie ; il prêta l'oreille avec une extrême attention
aux propos de ses courtisans, qui furent infinis. L'arrivée
de ce jeune homme et l'audience si extraordinaire qu'il
avait obtenue firent pendant un mois à la cour la nouvelle   340
et l'étonnement ; sur quoi le prince eut une idée.

Il avait dans sa garde un simple soldat qui supportait le
vin d'une admirable façon ; cet homme passait sa vie au
cabaret, et rendait compte de l'esprit du militaire directement au souverain. Carlone manquait d'éducation, sans
quoi depuis longtemps il eût obtenu de l'avancement. Or,
sa consigne était de se trouver devant le palais tous les
jours quand midi sonnait à la grande horloge. Le prince
alla lui-même un peu avant midi disposer d'une certaine
façon la persienne d'un entresol tenant à la pièce où Son   350
Altesse s'habillait. Il retourna dans cet entresol un peu
après que midi eut sonné, il y trouva le soldat ; le prince
avait dans sa poche une feuille de papier et une écritoire,
il dicta au soldat le billet que voici :

« Votre Excellence a beaucoup d'esprit, sans doute, et c'est
grâce à sa profonde sagacité que nous voyons cet État si bien
gouverné. Mais, mon cher comte, de si grands succès ne marchent point sans un peu d'envie, et je crains fort qu'on ne rie
un peu à vos dépens, si votre sagacité ne devine pas qu'un

360   certain beau jeune homme a eu le bonheur d'inspirer, malgré
lui peut-être, un amour des plus singuliers. Cet heureux mortel
n'a, dit-on, que vingt-trois ans, et, cher comte, ce qui com-
plique la question, c'est que vous et moi nous avons beaucoup
plus que le double de cet âge. Le soir, à une certaine distance,
le comte est charmant, sémillant, homme d'esprit, aimable au
possible ; mais le matin, dans l'intimité, à bien prendre les
choses, le nouveau venu a peut-être plus d'agréments. Or,
nous autres femmes, nous faisons grand cas de cette fraîcheur
de la jeunesse, surtout quand nous avons passé la trentaine. Ne
370   parle-t-on pas déjà de fixer cet aimable adolescent à notre
cour, par quelque belle place ? Et quelle est donc la personne
qui en parle le plus souvent à Votre Excellence ? »

Le prince prit la lettre et donna deux écus au soldat.

— Ceci outre vos appointements, lui dit-il d'un air
morne ; le silence absolu envers tout le monde, ou bien la
plus humide des basses fosses à la citadelle. Le prince
avait dans son bureau une collection d'enveloppes avec les
adresses de la plupart des gens de la cour, de la main de ce
même soldat qui passait pour ne pas savoir écrire, et
380   n'écrivait jamais même ses rapports de police : le prince
choisit celle qu'il fallait.

Quelques heures plus tard, le comte Mosca reçut une
lettre par la poste ; on avait calculé l'heure où elle pourrait
arriver, et au moment où le facteur, qu'on avait vu entrer
tenant une petite lettre à la main, sortit du palais du ministère, Mosca fut appelé chez Son Altesse. Jamais le favori
n'avait paru dominé par une plus noire tristesse ; pour en
jouir plus à l'aise, le prince lui cria en le voyant :

— J'ai besoin de me délasser en jasant au hasard avec
390   l'ami, et non pas de travailler avec le ministre. Je jouis ce
soir d'un mal à la tête fou, et de plus il me vient des idées
noires.

Faut-il parler de l'humeur abominable qui agitait le Premier ministre, comte Mosca della Rovère, à l'instant où il
lui fut permis de quitter son auguste maître ? Ranuce-
Ernest IV était parfaitement habile dans l'art de torturer un
cœur, et je pourrais faire ici sans trop d'injustice la comparaison du tigre qui aime à jouer avec sa proie [1].

---

1. Cette scène illustre bien la cruauté sadique du prince, jaloux du bonheur en amour de Mosca.

Le comte se fit reconduire chez lui au galop ; il cria en passant qu'on ne laissât monter âme qui vive, fit dire à l'*auditeur* de service qu'il lui rendait la liberté (savoir un être humain à portée de sa voix lui était odieux), et courut s'enfermer dans la grande galerie de tableaux. Là enfin il put se livrer à toute sa fureur ; là il passa la soirée sans lumières à se promener au hasard, comme un homme hors de lui. Il cherchait à imposer silence à son cœur, pour concentrer toute la force de son attention dans la discussion du parti à prendre. Plongé dans des angoisses qui eussent fait pitié à son plus cruel ennemi, il se disait : L'homme que j'abhorre loge chez la duchesse, passe tous ses moments avec elle. Dois-je tenter de faire parler une de ses femmes ? Rien de plus dangereux ; elle est si bonne ; elle les paie bien ! elle en est adorée ! (Et de qui, grand Dieu, n'est-elle pas adorée !) Voici la question, reprenait-il avec rage :

Faut-il laisser deviner la jalousie [1] qui me dévore, ou ne pas en parler ?

Si je me tais, on ne se cachera point de moi. Je connais Gina, c'est une femme toute de premier mouvement ; sa conduite est imprévue même pour elle ; si elle veut se tracer un rôle d'avance, elle s'embrouille ; toujours, au moment de l'action, il lui vient une nouvelle idée qu'elle suit avec transport comme étant ce qu'il y a de mieux au monde, et qui gâte tout.

Ne disant mot de mon martyre, on ne se cache point de moi et je vois tout ce qui peut se passer…

Oui, mais en parlant, je fais naître d'autres circonstances ; je fais faire des réflexions ; je préviens beaucoup de ces choses horribles qui peuvent arriver… Peut-être on l'éloigne (le comte respira), alors j'ai presque partie gagnée ; quand même on aurait un peu d'humeur dans le moment, je la calmerai… et cette humeur quoi de plus naturel ?… elle l'aime comme un fils depuis quinze

---

1. Dans *De l'amour* (p. 118-126), Stendhal a consacré deux chapitres à l'analyse de la jalousie, qu'il désigne comme « le plus grand de tous les maux » : comme Mosca, il y passe en revue les diverses attitudes possibles de l'amant qui se découvre un rival. On remarquera une fois de plus l'extraordinaire lucidité de Mosca, qui juge avec clairvoyance Gina et Fabrice, et pose sur lui-même un regard juste, parce que sans illusions.

ans. Là gît tout mon espoir : *comme un fils...* mais elle a
cessé de le voir depuis sa fuite pour Waterloo ; mais en
revenant de Naples, surtout pour elle, c'est un autre
homme. *Un autre homme*, répéta-t-il avec rage, et cet
homme est charmant ; il a surtout cet air naïf et tendre et
cet œil souriant qui promettent tant de bonheur ! et ces
440   yeux-là la duchesse ne doit pas être accoutumée à les
trouver à notre cour !... Ils y sont remplacés par le regard
morne et sardonique. Moi-même, poursuivi par les
affaires, ne régnant que par mon influence sur un homme
qui voudrait me tourner en ridicule, quels regards dois-je
avoir souvent ? Ah ! quelques soins que je prenne, c'est
surtout mon regard qui doit être vieux en moi ! Ma gaieté
n'est-elle pas toujours voisine de l'ironie ?... Je dirai plus,
ici il faut être sincère, ma gaieté ne laisse-t-elle pas entrevoir, comme chose toute proche, le pouvoir absolu... et la
450   méchanceté ? Est-ce que quelquefois je ne me dis pas à
moi-même, surtout quand on m'irrite : Je puis ce que je
veux ? et même j'ajoute une sottise : je dois être plus heureux qu'un autre, puisque je possède ce que les autres
n'ont pas : le pouvoir souverain dans les trois quarts des
choses. Eh bien ! soyons juste ; l'habitude de cette pensée doit gâter mon sourire... doit me donner un air
d'égoïsme... content... Et, comme son sourire à lui est
charmant [1] ! il respire le bonheur facile de la première
jeunesse, et il le fait naître.

460   Par malheur pour le comte, ce soir-là le temps était
chaud, étouffé, annonçant la tempête ; de ces temps, en un
mot, qui, dans ces pays-là, portent aux résolutions
extrêmes. Comment rapporter tous les raisonnements,
toutes les façons de voir ce qui lui arrivait, qui, durant trois
mortelles heures, mirent à la torture cet homme
passionné ? Enfin le parti de la prudence l'emporta, uniquement par suite de cette réflexion : Je suis fou,
probablement ; en croyant raisonner, je ne raisonne pas ; je
me retourne seulement pour chercher une position moins

---

1. Sur cette différence des sourires, qui contribue à déclasser Mosca dans
la hiérarchie héroïque du roman, voir l'article de L. Cellier, « Rires, sourires et larmes dans *La Chartreuse de Parme* », repris dans *Stendhal, La
Chartreuse de Parme*, coll. « Parcours critique », *op. cit.*, p. 132-144.

cruelle, je passe sans la voir à côté de quelque raison déci- 470
sive. Puisque je suis aveuglé par l'excessive douleur, suivons cette règle, approuvée de tous les gens sages, qu'on
appelle *prudence*.

D'ailleurs, une fois que j'ai prononcé le mot fatal
jalousie, mon rôle est tracé à tout jamais [1]. Au contraire, ne
disant rien aujourd'hui, je puis parler demain, je reste
maître de tout. La crise était trop forte, le comte serait
devenu fou, si elle eût duré. Il fut soulagé pour quelques
instants, son attention vint à s'arrêter sur la lettre anonyme. De quelle part pouvait-elle venir ? Il y eut là une 480
recherche de noms, et un jugement à propos de chacun
d'eux, qui fit diversion. À la fin, le comte se rappela un
éclair de malice qui avait jailli de l'œil du souverain quand
il en était venu à dire, vers la fin de l'audience : Oui, cher
ami, convenons-en, les plaisirs et les soins de l'ambition la
plus heureuse, même du pouvoir sans bornes, ne sont rien
auprès du bonheur intime que donnent les relations de tendresse et d'amour. Je suis homme avant d'être prince, et,
quand j'ai le bonheur d'aimer, ma maîtresse s'adresse à
l'homme et non au prince. Le comte rapprocha ce moment 490
de bonheur malin de cette phrase de la lettre : *C'est grâce
à votre profonde sagacité que nous voyons cet État si bien
gouverné.* Cette phrase est du prince, s'écria-t-il, chez un
courtisan elle serait d'une imprudence gratuite ; la lettre
vient de Son Altesse.

Ce problème résolu, la petite joie causée par le plaisir
de deviner fut bientôt effacée par la cruelle apparition des
grâces charmantes de Fabrice, qui revint de nouveau. Ce
fut comme un poids énorme qui retomba sur le cœur du
malheureux. Qu'importe de qui soit la lettre anonyme ! 500
s'écria-t-il avec fureur, le fait qu'elle me dénonce en

---

1. Comme Gina, Mosca craint le pouvoir des mots. Il se rend compte que
certains mots ont une telle force de révélation qu'ils font être le sentiment qu'ils désignent, assignent immanquablement un rôle et créent
ainsi de l'irréparable. De même, plus loin, il aura peur que Gina et
Fabrice n'en viennent à prononcer le mot fatal qui définirait leur sentiment, le fixerait, et leur ouvrirait ainsi la possibilité d'être réellement
amants. Sur cette puissance des mots et sur la peur qu'elle engendre chez
le personnage stendhalien, voir le chapitre « Le mot fatal », dans le livre
de M. Crouzet, *Stendhal et le langage*, Gallimard, 1981.

existe-t-il moins ? Ce caprice peut changer ma vie, dit-il comme pour s'excuser d'être tellement fou. Au premier moment, si elle l'aime d'une certaine façon, elle part avec lui pour Belgirate, pour la Suisse, pour quelque coin du monde. Elle est riche, et d'ailleurs, dût-elle vivre avec quelques louis chaque année, que lui importe ? Ne m'avouait-elle pas, il n'y a pas huit jours, que son palais, si bien arrangé, si magnifique, l'ennuie ? Il faut du nou-
510 veau à cette âme si jeune ! Et avec quelle simplicité se pré-
sente cette félicité nouvelle ! elle sera entraînée avant d'avoir songé au danger, avant d'avoir songé à me plaindre ! Et je suis pourtant si malheureux ! s'écria le comte fondant en larmes.

Il s'était juré de ne pas aller chez la duchesse ce soir-là, mais il n'y put tenir ; jamais ses yeux n'avaient eu une telle soif de la regarder. Sur le minuit il se présenta chez elle ; il la trouva seule avec son neveu, à dix heures elle avait renvoyé tout le monde et fait fermer sa porte.

520 À l'aspect de l'intimité tendre qui régnait entre ces deux êtres, et de la joie naïve de la duchesse, une affreuse diffi-
culté s'éleva devant les yeux du comte, et à l'improviste ! il n'y avait pas songé durant la longue délibération dans la galerie de tableaux : comment cacher sa jalousie ?

Ne sachant à quel prétexte avoir recours, il prétendit que ce soir-là, il avait trouvé le prince excessivement prévenu contre lui, contredisant toutes ses assertions, etc., etc. Il eut la douleur de voir la duchesse l'écouter à peine, et ne faire aucune attention à ces circonstances qui, l'avant-veille
530 encore, l'auraient jetée dans des raisonnements infinis. Le comte regarda Fabrice : jamais cette belle figure lombarde ne lui avait paru si simple et si noble ! Fabrice faisait plus d'attention que la duchesse aux embarras qu'il racontait.

Réellement, se dit-il, cette tête joint l'extrême bonté à l'expression d'une certaine joie naïve et tendre qui est irrésistible. Elle semble dire : il n'y a que l'amour et le bon-
heur qu'il donne qui soient choses sérieuses en ce monde [1]. Et pourtant arrive-t-on à quelque détail où

---

1. Mosca devine la vocation romanesque de Fabrice, et définit plus loin sa vertu cardinale, cette simplicité qui, mariée au détachement, l'élève au sublime.

l'esprit soit nécessaire, son regard se réveille et vous
étonne, et l'on reste confondu.   540

Tout est simple à ses yeux parce que tout est vu de haut.
Grand Dieu ! comment combattre un tel ennemi ? Et après
tout, qu'est-ce que la vie sans l'amour de Gina ? Avec quel
ravissement elle semble écouter les charmantes saillies de
cet esprit si jeune, et qui, pour une femme, doit sembler
unique au monde !

Une idée atroce saisit le comte comme une crampe : le
poignarder là devant elle, et me tuer après ?

Il fit un tour dans la chambre se soutenant à peine sur
ses jambes, mais la main serrée convulsivement autour du   550
manche de son poignard [1]. Aucun des deux ne faisait attention à ce qu'il pouvait faire. Il dit qu'il allait donner un
ordre à son laquais, on ne l'entendit même pas ; la
duchesse riait tendrement d'un mot que Fabrice venait de
lui adresser. Le comte s'approcha d'une lampe dans le premier salon, et regarda si la pointe de son poignard était
bien affilée. Il faut être gracieux et de manières parfaites
envers ce jeune homme, se disait-il en revenant et se rapprochant d'eux.

Il devenait fou ; il lui sembla qu'en se penchant ils se   560
donnaient des baisers, là, sous ses yeux. Cela est impossible en ma présence, se dit-il ; ma raison s'égare. Il faut
se calmer ; si j'ai des manières rudes, la duchesse est
capable, par simple pique de vanité, de le suivre à
Belgirate ; et là, ou pendant le voyage, le hasard peut
amener un mot qui donnera un nom à ce qu'ils sentent l'un
pour l'autre ; et après, en un instant, toutes les conséquences.

La solitude rendra ce mot décisif, et d'ailleurs, une fois
la duchesse loin de moi, que devenir ? et si, après beau-   570
coup de difficultés surmontées du côté du prince, je vais
montrer ma figure vieille et soucieuse à Belgirate, quel
rôle jouerai-je au milieu de ces gens fous de bonheur ?

---

1. Même impulsivité que Fabrice, même énergie tout italienne, même
difficulté à contrôler sa fureur : dans l'échelle de valeurs stendhalienne,
le comte gagne en héroïsme, à se sentir ainsi capable de tuer par dépit
amoureux.

Ici même que suis-je autre chose que le *terzo incomodo* (cette belle langue italienne est toute faite pour l'amour) ! *Terzo incomodo* (un tiers présent qui incommode) ! Quelle douleur pour un homme d'esprit de sentir qu'on joue ce rôle exécrable, et de ne pouvoir prendre sur soi de se lever et de s'en aller !

580   Le comte allait éclater ou du moins trahir sa douleur par la décomposition de ses traits. Comme en faisant des tours dans le salon, il se trouvait près de la porte, il prit la fuite en criant d'un air bon et intime : Adieu vous autres ! il faut éviter le sang, se dit-il.

Le lendemain de cette horrible soirée, après une nuit passée tantôt à se détailler les avantages de Fabrice, tantôt dans les affreux transports de la plus cruelle jalousie, le comte eut l'idée de faire appeler un jeune valet de chambre à lui ; cet homme faisait la cour à une jeune fille nommée

590 Chékina, l'une des femmes de chambre de la duchesse et sa favorite. Par bonheur ce jeune domestique était fort rangé dans sa conduite, avare même, et il désirait une place de concierge dans l'un des établissements publics de Parme. Le comte ordonna à cet homme de faire venir à l'instant Chékina, sa maîtresse. L'homme obéit, et une heure plus tard le comte parut à l'improviste dans la chambre où cette fille se trouvait avec son prétendu. Le comte les effraya tous deux par la quantité d'or qu'il leur donna puis il adressa ce peu de mots à la tremblante Ché-

600 kina, en la regardant entre les deux yeux.

– La duchesse fait-elle l'amour avec *monsignore* ?

– Non, dit cette fille prenant sa résolution après un moment de silence ; … non, *pas encore*, mais il baise souvent les mains de madame, en riant il est vrai, mais avec transport [1].

Ce témoignage fut complété par cent réponses à autant de questions furibondes du comte ; sa passion inquiète fit bien gagner à ces pauvres gens l'argent qu'il leur avait jeté : il finit par croire à ce qu'on lui disait, et fut moins

610 malheureux. – Si jamais la duchesse se doute de cet entre-

---

1. Réponse pleine de finesse, qui illustre bien la psychologie toute en nuances du personnage stendhalien, dont le sentiment reste toujours indéterminé, flou, approximatif.

tien, dit-il à Chékina, j'enverrai votre prétendu passer vingt ans à la forteresse, et vous ne le reverrez qu'en cheveux blancs.

Quelques jours se passèrent pendant lesquels Fabrice à son tour perdit toute sa gaieté.

– Je t'assure, disait-il à la duchesse, que le comte Mosca a de l'antipathie pour moi.

– Tant pis pour Son Excellence, répondait-elle avec une sorte d'humeur.

Ce n'était point là le véritable sujet d'inquiétude qui 620
avait fait disparaître la gaieté de Fabrice. La position où le hasard me place n'est pas tenable, se disait-il. Je suis bien sûr qu'elle ne parlera jamais, elle aurait horreur d'un mot trop significatif comme d'un inceste [1]. Mais si un soir, après une journée imprudente et folle, elle vient à faire l'examen de sa conscience, si elle croit que j'ai pu deviner le goût qu'elle semble prendre pour moi, quel rôle jouerai-je à ses yeux ? exactement le *casto Giuseppe* (proverbe italien, allusion au rôle ridicule de Joseph avec la femme de l'eunuque Putipha) [2].
630

Faire entendre par une belle confidence que je ne suis pas susceptible d'amour sérieux ? je n'ai pas assez de tenue dans l'esprit pour énoncer ce fait de façon à ce qu'il ne ressemble pas comme deux gouttes d'eau à une impertinence. Il ne me reste que la ressource d'une grande passion laissée à Naples, en ce cas, y retourner pour vingt-quatre heures : ce parti est sage, mais c'est bien de la peine ! Resterait un petit amour de bas étage à Parme, ce

----

1. Même peur du mot et de sa portée. L'inceste est l'un des scénarios possibles du roman que Gina est la seule à écarter : tous les autres voient clair sur la nature du sentiment qui la lie à Fabrice. On se souviendra, par ailleurs, que si Fabrice est bien le fils du lieutenant Robert, il n'y aucune relation de consanguinité entre lui et Gina (sœur du marquis del Dongo).
2. Personnage biblique (le dernier des Patriarches, héros du récit romanesque qui clôt le livre de la Genèse), fils de Jacob et de Rachel, Joseph, vendu par ses frères comme esclave en Égypte, fut acheté par Putiphar, ministre du Pharaon. Aimé de sa femme, qui, pour se venger de son refus, l'accusa de l'avoir violentée, il fut emprisonné et retrouva la faveur du Pharaon grâce à la justesse de ses prédictions. Le pardon émouvant accordé à ses frères est resté célèbre. Le personnage a inspiré de nombreuses adaptations théâtrales et musicales.

qui peut déplaire ; mais tout est préférable au rôle affreux
640 de l'homme qui ne veut pas deviner. Ce dernier parti
pourrait, il est vrai, compromettre mon avenir ; il faudrait,
à force de prudence et en achetant la discrétion, diminuer
le danger. Ce qu'il y avait de cruel au milieu de toutes ces
pensées, c'est que réellement Fabrice aimait la duchesse
de bien loin plus qu'aucun être au monde. Il faut être bien
maladroit, se disait-il avec colère, pour tant redouter de ne
pouvoir persuader ce qui est si vrai ! Manquant d'habileté
pour se tirer de cette position, il devint sombre et chagrin.
Que serait-il de moi, grand Dieu ! si je me brouillais avec
650 le seul être au monde pour qui j'aie un attachement
passionné ? D'un autre côté, Fabrice ne pouvait se
résoudre à gâter un bonheur si délicieux par un mot indiscret. Sa position était si remplie de charmes ! l'amitié
intime d'une femme si aimable et si jolie était si douce !
Sous les rapports plus vulgaires de la vie, sa protection lui
faisait une position si agréable à cette cour, dont les
grandes intrigues, grâce à elle qui les lui expliquait,
l'amusaient comme une comédie ! Mais au premier
moment je puis être réveillé par un coup de foudre ! se
660 disait-il. Ces soirées si gaies, si tendres, passées presque
en tête à tête avec une femme si piquante, si elles
conduisent à quelque chose de mieux, elle croira trouver
en moi un amant ; elle me demandera des transports, de la
folie, et je n'aurai toujours à lui offrir que l'amitié la plus
vive, mais sans amour ; la nature m'a privé de cette sorte
de folie sublime. Que de reproches n'ai-je pas eu à
essuyer à cet égard ! Je crois encore entendre la duchesse
d'A***, et je me moquais de la duchesse ! Elle croira
que je manque d'amour pour elle, tandis que c'est
670 l'amour qui manque en moi ; jamais elle ne voudra me
comprendre. Souvent à la suite d'une anecdote sur la
cour contée par elle avec cette grâce, cette folie qu'elle
seule au monde possède, et d'ailleurs nécessaire à mon
instruction, je lui baise les mains et quelquefois la joue.
Que devenir si cette main presse la mienne d'une certaine
façon ?

Fabrice paraissait chaque jour dans les maisons les plus
considérées et les moins gaies de Parme. Dirigé par les
conseils habiles de la duchesse, il faisait une cour savante

aux deux princes père et fils, à la princesse Clara-Paolina 680
et à monseigneur l'archevêque. Il avait des succès, mais
qui ne le consolaient point de la peur mortelle de se
brouiller avec la duchesse.

CHAPITRE VIII

Ainsi moins d'un mois seulement après son arrivée à la cour, Fabrice avait tous les chagrins d'un courtisan, et l'amitié intime qui faisait le bonheur de sa vie était empoisonnée. Un soir, tourmenté par ces idées, il sortit de ce salon de la duchesse où il avait trop l'air d'un amant régnant ; errant au hasard dans la ville, il passa devant le théâtre qu'il vit éclairé ; il entra. C'était une imprudence gratuite chez un homme de sa robe et qu'il s'était bien promis d'éviter à Parme, qui après tout n'est qu'une petite
10 ville de quarante mille habitants [1]. Il est vrai que dès les premiers jours il s'était affranchi de son costume officiel ; le soir, quand il n'allait pas dans le très grand monde, il était simplement vêtu de noir comme un homme en deuil.

Au théâtre il prit une loge du troisième rang pour n'être pas vu ; l'on donnait *La Jeune Hôtesse*, de Goldoni [2]. Il regardait l'architecture de la salle : à peine tournait-il les yeux vers la scène. Mais le public nombreux éclatait de rire à chaque instant ; Fabrice jeta les yeux sur la jeune actrice qui faisait le rôle de l'hôtesse, il la trouva drôle. Il
20 regarda avec plus d'attention, elle lui sembla tout à fait

1. H. Martineau fait néanmoins remarquer qu'il n'était pas rare que des prêtres italiens fréquentassent les salles de spectacle.
2. C'est-à-dire, selon le titre italien, *La Locandiera*, dont le personnage principal, Fabrizio, est aimé de la jeune hôtesse Mirandolina (jouée par Marietta). Stendhal a beaucoup lu et apprécié Goldoni (1707-1793), auteur de comédies par lesquelles il s'efforça de renouveler la scène italienne.

gentille et surtout remplie de naturel : c'était une jeune
fille naïve qui riait la première des jolies choses que Goldoni mettait dans sa bouche, et qu'elle avait l'air tout
étonnée de prononcer. Il demanda comment elle s'appelait, on lui dit : *Marietta Valserra*.

Ah ! pensa-t-il, elle a pris mon nom, c'est singulier ;
malgré ses projets il ne quitta le théâtre qu'à la fin de la
pièce. Le lendemain il revint ; trois jours après il savait
l'adresse de la Marietta Valserra [1].

Le soir même du jour où il s'était procuré cette adresse
avec assez de peine, il remarqua que le comte lui faisait
une mine charmante. Le pauvre amant jaloux, qui avait
toutes les peines du monde à se tenir dans les bornes de la
prudence, avait mis des espions à la suite du jeune homme,
et son équipée du théâtre lui plaisait. Comment peindre la
joie du comte lorsque le lendemain du jour où il avait pu
prendre sur lui d'être aimable avec Fabrice, il apprit que
celui-ci, à la vérité à demi déguisé par une longue redingote bleue, avait monté jusqu'au misérable appartement
que la Marietta Valserra occupait au quatrième étage d'une
vieille maison derrière le théâtre ? Sa joie redoubla
lorsqu'il sut que Fabrice s'était présenté sous un faux nom,
et avait eu l'honneur d'exciter la jalousie d'un mauvais
garnement nommé Giletti, lequel à la ville jouait les troi-

---

1. Début du « roman comique », à la manière de Scarron. On se souviendra que le roman mettant en scène des acteurs dans le quotidien de
leur vie de troupe et incluant des représentations théâtrales était fort à la
mode au temps de *La Chartreuse* : Hoffmann exerce une profonde
influence sur les romantiques avec *La Princesse Brambilla* en 1821 ;
Gautier publie *Mademoiselle de Maupin* en 1836, *Le Capitaine Fracasse*
en 1863. Comme tous ces auteurs, Stendhal va jouer des relations entre
la scène et la réalité, de la confusion qui s'installe, grâce à l'illusion théâtrale, entre les deux. L'onomastique mêle déjà les deux univers, imaginaire et réel, en confondant le personnage et la personne ; comme
Stendhal dans sa jeunesse, Fabrice s'éprend d'une comédienne et
n'arrive pas à distinguer le charme de l'actrice de celui de la femme :
dans *De l'amour*, Stendhal avait déjà analysé la force de séduction de
l'actrice, qui, une fois hors de scène, est toujours vue à travers son personnage et reste ainsi auréolée, en dépit, souvent, de sa médiocrité,
« d'une teinte romanesque et touchante » (p. 63). Giletti lui aussi est,
dans la réalité, son personnage ; il se bat avec les mêmes armes, et est
destiné, par son rôle ridicule dans le spectacle de *commedia dell'arte*
nommé plus loin, à être vaincu.

sièmes rôles de valet, et dans les villages dansait sur la corde. Ce noble amant de la Marietta se répandait en injures contre Fabrice et disait qu'il voulait le tuer.

Les troupes d'opéra sont formées par un *impresario* qui engage de côté et d'autre les sujets qu'il peut payer ou qu'il trouve libres, et la troupe amassée au hasard reste ensemble une saison ou deux tout au plus [1]. Il n'en est pas de même des *compagnies comiques* ; tout en courant de ville en ville et changeant de résidence tous les deux ou trois mois, elles n'en forment pas moins comme une famille dont tous les membres s'aiment ou se haïssent. Il y a dans ces compagnies des ménages établis que les *beaux* des villes où la troupe va jouer trouvent quelquefois beaucoup de difficultés à désunir. C'est précisément ce qui arrivait à notre héros : la petite Marietta l'aimait assez, mais elle avait une peur horrible du Giletti qui prétendait être son maître unique et la surveillait de près. Il protestait partout qu'il tuerait le *monsignore*, car il avait suivi Fabrice et était parvenu à découvrir son nom. Ce Giletti était bien l'être le plus laid et le moins fait pour l'amour : démesurément grand, il était horriblement maigre, fort marqué de la petite vérole et un peu louche. Du reste, plein des grâces de son métier, il entrait ordinairement dans les coulisses où ses camarades étaient réunis, en faisant la roue sur les pieds et sur les mains ou quelque autre tour gentil. Il triomphait dans les rôles où l'acteur doit paraître la figure blanchie avec de la farine et recevoir ou donner un nombre infini de coups de bâton. Ce digne rival de Fabrice avait 32 francs d'appointements par mois et se trouvait fort riche.

Il sembla au comte Mosca revenir des portes du tombeau, quand ses observateurs lui donnèrent la certitude de tous ces détails. L'esprit aimable reparut ; il sembla plus gai et de meilleure compagnie que jamais dans le salon de la duchesse, et se garda bien de rien lui dire de la petite aventure qui le rendait à la vie. Il prit même des précautions pour qu'elle fût informée de tout ce qui se passait le plus tard possible. Enfin il eut le courage d'écouter la

---

1. Stendhal a longuement décrit les mœurs théâtrales en Italie dans la *Vie de Rossini* (voir, par exemple, le chapitre VI, « L'*impresario* et son théâtre »).

raison qui lui criait en vain depuis un mois que toutes les fois que le mérite d'un amant pâlit, cet amant doit voyager.

Une affaire importante l'appela à Bologne, et deux fois par jour des courriers du cabinet lui apportaient bien moins les papiers officiels de ses bureaux que des nouvelles des amours de la petite Marietta, de la colère du terrible Giletti et des entreprises de Fabrice.

Un des agents du comte demanda plusieurs fois *Arlequin squelette et pâté*, l'un des triomphes de Giletti (il sort 90 du pâté au moment où son rival Brighella l'entame et le bâtonne) ; ce fut un prétexte pour lui faire passer cent francs. Giletti, criblé de dettes, se garda bien de parler de cette bonne aubaine, mais devint d'une fierté étonnante.

La fantaisie de Fabrice se changea en pique d'amour-propre (à son âge, les soucis l'avaient déjà réduit à avoir des *fantaisies*) ! La vanité le conduisait au spectacle ; la petite fille jouait fort gaiement et l'amusait ; au sortir du théâtre il était amoureux pour une heure. Le comte revint à Parme sur la nouvelle que Fabrice courait des dangers 100 réels ; le Giletti, qui avait été dragon dans le beau régiment des dragons Napoléon, parlait sérieusement de tuer Fabrice et prenait des mesures pour s'enfuir ensuite en Romagne. Si le lecteur est très jeune, il se scandalisera de notre admiration pour ce beau trait de vertu. Ce ne fut pas cependant un petit effort d'héroïsme de la part du comte que celui de revenir de Bologne ; car enfin, souvent, le matin, il avait le teint fatigué, et Fabrice avait tant de fraîcheur, tant de sérénité ! Qui eût songé à lui faire un sujet de reproche de la mort de Fabrice, arrivée en son absence, 110 et pour une si sotte cause ? Mais il avait une de ces âmes rares qui se font un remords éternel d'une action généreuse qu'elles pouvaient faire et qu'elles n'ont pas faite ; d'ailleurs il ne put supporter l'idée de voir la duchesse triste, et par sa faute.

Il la trouva, à son arrivée, silencieuse et morne ; voici ce qui s'était passé : la petite femme de chambre, Chékina, tourmentée par les remords, et jugeant de l'importance de sa faute par l'énormité de la somme qu'elle avait reçue pour la commettre, était tombée malade. Un soir, la 120 duchesse, qui l'aimait, monta jusqu'à sa chambre. La petite fille ne put résister à cette marque de bonté ; elle fondit en larmes, voulut remettre à sa maîtresse ce qu'elle possédait encore sur l'argent qu'elle avait reçu, et enfin eut le courage de lui avouer les questions faites par le comte et ses réponses. La duchesse courut vers la lampe qu'elle éteignit, puis dit à la petite Chékina qu'elle lui pardonnait, mais à condition qu'elle ne dirait jamais un mot de cette étrange scène à qui que ce fût ; le pauvre comte, ajouta-130 t-elle d'un air léger, craint le ridicule ; tous les hommes sont ainsi.

La duchesse se hâta de descendre chez elle. À peine enfermée dans sa chambre, elle fondit en larmes ; elle trouvait quelque chose d'horrible dans l'idée de faire l'amour avec ce Fabrice qu'elle avait vu naître, et pourtant que voulait dire sa conduite [1] ?

Telle avait été la première cause de la noire mélancolie dans laquelle le comte la trouva plongée ; lui arrivé, elle eut des accès d'impatience contre lui, et presque contre 140 Fabrice ; elle eût voulu ne plus les revoir ni l'un ni l'autre ; elle était dépitée du rôle ridicule à ses yeux que Fabrice jouait auprès de la petite Marietta ; car le comte lui avait tout dit en véritable amoureux incapable de garder un secret. Elle ne pouvait s'accoutumer à ce malheur : son idole avait un défaut ; enfin dans un moment de bonne amitié elle demanda conseil au comte, ce fut pour celui-ci un instant délicieux et une belle récompense du mouvement honnête qui l'avait fait revenir à Parme.

– Quoi de plus simple ! dit le comte en riant ; les jeunes 150 gens veulent avoir toutes les femmes, puis le lendemain, ils n'y pensent plus. Ne doit-il pas aller à Belgirate, voir la marquise del Dongo ? Eh bien ! qu'il parte. Pendant son absence je prierai la troupe comique de porter ailleurs ses talents, je paierai les frais de route ; mais bientôt nous le verrons amoureux de la première jolie femme que le hasard conduira sur ses pas : c'est dans l'ordre, et je ne voudrais pas le voir autrement… S'il est nécessaire, faites écrire par la marquise.

---

1. L'idée se précise dans son esprit (Gina reprend les mots du chanoine Borda), mais, comme toujours, Gina ne conclut pas (le dernier membre de phrase est, du reste, ambigu : il peut être un début d'aveu de la part de Gina, ou une réflexion du narrateur).

Cette idée, donnée avec l'air d'une complète indifférence, fut un trait de lumière pour la duchesse, elle avait peur de Giletti. Le soir le comte annonça, comme par hasard, qu'il y avait un courrier qui, allant à Vienne, passait par Milan ; trois jours après Fabrice recevait une lettre de sa mère. Il partit fort piqué de n'avoir pu encore, grâce à la jalousie de Giletti, profiter des excellentes intentions dont la petite Marietta lui faisait porter l'assurance par une *mammacia*, vieille femme qui lui servait de mère.

Fabrice trouva sa mère et une de ses sœurs à Belgirate, gros village piémontais, sur la rive droite du lac Majeur ; la rive gauche appartient au Milanais, et par conséquent à l'Autriche. Ce lac, parallèle au lac de Côme, et qui court aussi du nord au midi, est situé à une vingtaine de lieues plus au couchant. L'air des montagnes, l'aspect majestueux et tranquille de ce lac superbe qui lui rappelait celui près duquel il avait passé son enfance, tout contribua à changer en douce mélancolie le chagrin de Fabrice, voisin de la colère. C'était avec une tendresse infinie que le souvenir de la duchesse se présentait maintenant à lui ; il lui semblait que de loin il prenait pour elle cet amour qu'il n'avait jamais éprouvé pour aucune femme ; rien ne lui eût été plus pénible que d'en être à jamais séparé, et dans ces dispositions, si la duchesse eût daigné avoir recours à la moindre coquetterie, elle eût conquis ce cœur, par exemple, en lui opposant un rival. Mais bien loin de prendre un parti aussi décisif, ce n'était pas sans se faire de vifs reproches qu'elle trouvait sa pensée toujours attachée aux pas du jeune voyageur. Elle se reprochait ce qu'elle appelait encore une fantaisie, comme si c'eût été une horreur ; elle redoubla d'attentions et de prévenances pour le comte qui, séduit par tant de grâces, n'écoutait pas la saine raison qui prescrivait un second voyage à Bologne.

La marquise del Dongo, pressée par les noces de sa fille aînée qu'elle mariait à un duc milanais, ne put donner que trois jours à son fils bien-aimé ; jamais elle n'avait trouvé en lui une si tendre amitié. Au milieu de la mélancolie qui s'emparait de plus en plus de l'âme de Fabrice, une idée bizarre et même ridicule s'était présentée et tout à coup s'était fait suivre. Oserons-nous dire qu'il voulait consulter l'abbé Blanès ? Cet excellent vieillard était par-

200 faitement incapable de comprendre les chagrins d'un cœur
tiraillé par des passions puériles et presque égales en
force ; d'ailleurs il eût fallu huit jours pour lui faire entrevoir seulement tous les intérêts que Fabrice devait
ménager à Parme ; mais en songeant à le consulter Fabrice
retrouvait la fraîcheur de ses sensations de seize ans. Le
croira-t-on ? ce n'était pas simplement comme homme
sage, comme ami parfaitement doué, que Fabrice voulait
lui parler ; l'objet de cette course et les sentiments qui agitèrent notre héros pendant les cinquante heures qu'elle
210 dura, sont tellement absurdes que sans doute, dans
l'intérêt du récit, il eût mieux valu les supprimer. Je crains
que la crédulité de Fabrice ne le prive de la sympathie du
lecteur ; mais enfin, il était ainsi, pourquoi le flatter lui
plutôt qu'un autre [1] ? Je n'ai point flatté le comte Mosca ni
le prince.

Fabrice donc, puisqu'il faut tout dire, Fabrice reconduï-
sit sa mère jusqu'au port de Laveno [2], rive gauche du lac
Majeur, rive autrichienne, où elle descendit vers les huit
heures du soir. (Le lac est considéré comme un pays
220 neutre, et l'on ne demande point de passeport à qui ne descend point à terre.) Mais à peine la nuit fut-elle venue qu'il
se fit débarquer sur cette même rive autrichienne, au
milieu d'un petit bois qui avance dans les flots. Il avait
loué une *sediola* [3], sorte de tilbury champêtre et rapide, à
l'aide duquel il put suivre, à cinq cents pas de distance, la
voiture de sa mère ; il était déguisé en domestique de la
casa del Dongo, et aucun des nombreux employés de la
police ou de la douane n'eut l'idée de lui demander son
passeport. À un quart de lieue de Côme, où la marquise et
230 sa fille devaient s'arrêter pour passer la nuit, il prit un sentier à gauche, qui, contournant le bourg de Vico, se réunit

---

1. Le ridicule de Fabrice plaide en fait en sa faveur. Derrière ce désaveu
apparent se cache une manœuvre habile du narrateur qui lui permet,
grâce à l'antiphrase, de faire pardonner le personnage et de discréditer les
critères au nom desquels il prétendait devoir le condamner.
2. Sur la rive orientale du lac Majeur.
3. Sorte de cabriolet léger (H. Martineau). Il importe de garder en
mémoire que Fabrice court un danger réel, en sa qualité d'ancien de
Waterloo, à revenir ainsi en territoire autrichien : c'est aussi ce qui fait le
prix de sa visite à l'abbé Blanès.

ensuite à un petit chemin récemment établi sur l'extrême bord du lac. Il était minuit, et Fabrice pouvait espérer de ne rencontrer aucun gendarme. Les arbres des bouquets de bois que le petit chemin traversait à chaque instant dessinaient le noir contour de leur feuillage sur un ciel étoilé, mais voilé par une brume légère. Les eaux et le ciel étaient d'une tranquillité profonde ; l'âme de Fabrice ne put résister à cette beauté sublime ; il s'arrêta, puis s'assit sur un rocher qui s'avançait dans le lac, formant comme un 240 petit promontoire. Le silence universel n'était troublé, à intervalles égaux, que par la petite lame du lac qui venait expirer sur la grève. Fabrice avait un cœur italien ; j'en demande pardon pour lui : ce défaut, qui le rendra moins aimable, consistait surtout en ceci : il n'avait de vanité que par accès, et l'aspect seul de la beauté sublime le portait à l'attendrissement, et ôtait à ses chagrins leur pointe âpre et dure. Assis sur son rocher isolé, n'ayant plus à se tenir en garde contre les agents de la police, protégé par la nuit profonde et le vaste silence, de douces larmes mouillèrent 250 ses yeux, et il trouva là, à peu de frais, les moments les plus heureux qu'il eût goûtés depuis longtemps [1].

Il résolut de ne jamais dire de mensonges à la duchesse, et c'est parce qu'il l'aimait à l'adoration en ce moment, qu'il se jura de ne jamais lui dire qu'*il l'aimait* : jamais il ne prononcerait auprès d'elle le mot d'amour, puisque la passion que l'on appelle ainsi était étrangère à son cœur. Dans l'enthousiasme de générosité et de vertu qui faisait sa félicité en ce moment, il prit la résolution de lui tout dire à la première occasion : son cœur n'avait jamais 260 connu l'amour. Une fois ce parti courageux bien adopté, il se sentit comme délivré d'un poids énorme. Elle me dira peut-être quelques mots sur Marietta : eh bien ! je ne reverrai jamais la petite Marietta, se répondit-il à lui-même avec gaieté.

---

1. Comme pour Gina, le retour au lac (quel qu'il soit) est retour provisoire à soi, à l'authenticité de l'émotion et du sentiment, loin des rôles auxquels contraint la vie en société. Comme elle, Fabrice est sensible à la parole du lac, qui est invitation à l'apaisement, au recueillement, à l'héroïsme de la sincérité. Il découvre là le plaisir des larmes, les vertus de l'attendrissement mélancolique, qui émousse les souffrances et permet la réconciliation avec soi-même.

La chaleur accablante qui avait régné pendant la journée commençait à être tempérée par la brise du matin. Déjà l'aube dessinait par une faible lueur blanche les pics des Alpes qui s'élèvent au nord et à l'orient du lac de Côme. 270 Leurs masses, blanchies par les neiges, même au mois de juin, se dessinent sur l'azur clair d'un ciel toujours pur à ces hauteurs immenses. Une branche des Alpes s'avançant au midi vers l'heureuse Italie sépare les versants du lac de Côme de ceux du lac de Garde. Fabrice suivait de l'œil toutes les branches de ces montagnes sublimes, l'aube en s'éclaircissant venait marquer les vallées qui les séparent en éclairant la brume légère qui s'élevait du fond des gorges.

Depuis quelques instants Fabrice s'était remis en 280 marche ; il passa la colline qui forme la presqu'île de Durini, et enfin parut à ses yeux ce clocher du village de Grianta, où si souvent il avait fait des observations d'étoiles avec l'abbé Blanès. Quelle n'était pas mon ignorance en ce temps-là ! Je ne pouvais comprendre, se disait-il, même le latin ridicule de ces traités d'astrologie que feuilletait mon maître, et je crois que je les respectais surtout parce que, n'y entendant que quelques mots par-ci par-là, mon imagination se chargeait de leur prêter un sens, et le plus romanesque possible.

290 Peu à peu sa rêverie prit un autre cours. Y aurait-il quelque chose de réel dans cette science ? Pourquoi serait-elle différente des autres ? Un certain nombre d'imbéciles et de gens adroits conviennent entre eux qu'ils savent le *mexicain*, par exemple ; ils s'imposent en cette qualité à la société qui les respecte et aux gouvernements qui les paient. On les accable de faveurs précisément parce qu'ils n'ont point d'esprit, et que le pouvoir n'a pas à craindre qu'ils soulèvent les peuples et fassent du pathos à l'aide des sentiments généreux ! Par exemple le père Bari, 300 auquel Ernest IV vient d'accorder quatre mille francs de pension et la croix de son ordre pour avoir restitué dix-neuf vers d'un dithyrambe grec !

Mais, grand Dieu ! ai-je bien le droit de trouver ces choses-là ridicules ? Est-ce bien à moi de me plaindre ? se dit-il tout à coup en s'arrêtant, est-ce que cette même croix ne vient pas d'être donnée à mon gouverneur de Naples ?

Fabrice éprouva un sentiment de malaise profond ; le bel enthousiasme de vertu qui naguère venait de faire battre son cœur se changeait dans le vil plaisir d'avoir une bonne part dans un vol. Eh bien ! se dit-il enfin avec les yeux éteints d'un homme mécontent de soi, puisque ma naissance me donne le droit de profiter de ces abus, il serait d'une insigne duperie à moi de n'en pas prendre ma part ; mais il ne faut point m'aviser de les maudire en public. Ces raisonnements ne manquaient pas de justesse ; mais Fabrice était bien tombé de cette élévation de bonheur sublime où il s'était trouvé transporté une heure auparavant. La pensée du privilège avait desséché cette plante toujours si délicate qu'on nomme le bonheur [1].

S'il ne faut pas croire à l'astrologie, reprit-il en cherchant à s'étourdir, si cette science est, comme les trois quarts des sciences non mathématiques, une réunion de nigauds enthousiastes et d'hypocrites adroits et payés par qui ils servent, d'où vient que je pense si souvent et avec émotion à cette circonstance fatale ? Jadis je suis sorti de la prison de B***, mais avec l'habit et la feuille de route d'un soldat jeté en prison pour de justes causes.

Le raisonnement de Fabrice ne put jamais pénétrer plus loin [2] ; il tournait de cent façons autour de la difficulté sans parvenir à la surmonter. Il était trop jeune encore ; dans ses moments de loisir, son âme s'occupait avec ravissement à goûter les sensations produites par des circonstances romanesques que son imagination était toujours prête à lui fournir. Il était bien loin d'employer son temps à regarder avec patience les particularités réelles des choses pour ensuite deviner leurs causes. Le réel lui semblait encore plat et fangeux ; je conçois qu'on n'aime pas à le regarder, mais alors il ne faut pas en raisonner. Il ne

---

1. On peut penser que le narrateur intervient ici pour dénoncer les préjugés de classe de Fabrice.
2. Nouvelle preuve ici de l'inaptitude de Fabrice à raisonner (la sensation, l'imagination priment chez lui) et des difficultés qu'ont les personnages de ce roman (sauf Mosca) à voir clair en eux-mêmes. Comme Stendhal lui-même dans sa jeunesse, Fabrice pèche ici par son mépris du réel, qu'il n'a pas encore appris à concilier avec l'idéal, avec le romanesque.

faut pas surtout faire des objections avec les diverses
340 pièces de son ignorance.

C'est ainsi que, sans manquer d'esprit, Fabrice ne put
parvenir à voir que sa demi-croyance dans les présages
était pour lui une religion, une impression profonde reçue
à son entrée dans la vie. Penser à cette croyance c'était
sentir, c'était un bonheur. Et il s'obstinait à chercher comment ce pouvait être une science *prouvée*, réelle, dans le
genre de la géométrie par exemple. Il recherchait avec
ardeur, dans sa mémoire, toutes les circonstances où des
présages observés par lui n'avaient pas été suivis de
350 l'événement heureux ou malheureux qu'ils semblaient
annoncer. Mais tout en croyant suivre un raisonnement et
marcher à la vérité, son attention s'arrêtait avec bonheur
sur le souvenir des cas où le présage avait été largement
suivi par l'accident heureux ou malheureux qu'il lui semblait prédire, et son âme était frappée de respect et
attendrie ; et il eût éprouvé une répugnance invincible
pour l'être qui eût nié les présages, et surtout s'il eût
employé l'ironie.

Fabrice marchait sans s'apercevoir des distances, et il
360 en était là de ses raisonnements impuissants, lorsqu'en
levant la tête il vit le mur du jardin de son père. Ce mur,
qui soutenait une belle terrasse, s'élevait à plus de quarante pieds au-dessus du chemin, à droite. Un cordon de
pierres de taille tout en haut, près de la balustrade, lui donnait un air monumental. Il n'est pas mal, se dit froidement
Fabrice, cela est d'une bonne architecture, presque dans le
goût romain ; il appliquait ses nouvelles connaissances en
antiquités. Puis il détourna la tête avec dégoût ; les sévérités de son père, et surtout la dénonciation de son frère
370 Ascagne au retour de son voyage en France, lui revinrent
à l'esprit.

Cette dénonciation dénaturée a été l'origine de ma vie
actuelle ; je puis la haïr, je puis la mépriser, mais enfin elle
a changé ma destinée. Que devenais-je une fois relégué à
Novare et n'étant presque que souffert chez l'homme
d'affaires de mon père, si ma tante n'avait fait l'amour
avec un ministre puissant ? si cette tante se fût trouvée
n'avoir qu'une âme sèche et commune au lieu de cette âme
tendre et passionnée et qui m'aime avec une sorte

d'enthousiasme qui m'étonne ? où en serais-je maintenant 380
si la duchesse avait eu l'âme de son frère le marquis del
Dongo ?

Accablé par ces souvenirs cruels, Fabrice ne marchait
plus que d'un pas incertain ; il parvint au bord du fossé
précisément vis-à-vis la magnifique façade du château. Ce
fut à peine s'il jeta un regard sur ce grand édifice noirci par
le temps. Le noble langage de l'architecture le trouva
insensible ; le souvenir de son frère et de son père fermait
son âme à toute sensation de beauté, il n'était attentif qu'à
se tenir sur ses gardes en présence d'ennemis hypocrites et 390
dangereux. Il regarda un instant, mais avec un dégoût
marqué, la petite fenêtre de la chambre qu'il occupait
avant 1815 au troisième étage. Le caractère de son père
avait dépouillé de tout charme les souvenirs de la première
enfance [1]. Je n'y suis pas rentré, pensa-t-il, depuis le
7 mars à 8 heures du soir. J'en sortis pour aller prendre le
passeport de Vasi, et le lendemain, la crainte des espions
me fit précipiter mon départ. Quand je repassai après le
voyage en France, je n'eus pas le temps d'y monter, même
pour revoir mes gravures, et cela grâce à la dénonciation 400
de mon frère.

Fabrice détourna la tête avec horreur. L'abbé Blanès a
plus de quatre-vingt-trois ans, se dit-il tristement, il ne
vient presque plus au château, à ce que m'a raconté ma
sœur ; les infirmités de la vieillesse ont produit leur effet.
Ce cœur si ferme et si noble est glacé par l'âge. Dieu sait
depuis combien de temps il ne va plus à son clocher ! je
me cacherai dans le cellier, sous les cuves ou sous le pres-
soir jusqu'au moment de son réveil ; je n'irai pas troubler
le sommeil du bon vieillard ; probablement il aura oublié 410
jusqu'à mes traits ; six ans font beaucoup à cet âge ! je ne
trouverai plus que le tombeau d'un ami ! Et c'est un véritable enfantillage, ajouta-t-il, d'être venu ici affronter le
dégoût que me cause le château de mon père.

Fabrice entrait alors sur la petite place de l'église ; ce
fut avec un étonnement allant jusqu'au délire qu'il vit, au
second étage de l'antique clocher, la fenêtre étroite et

---

1. Dans la *Vie de Henry Brulard*, Stendhal a lui aussi accusé son père
d'avoir banni le bonheur de son enfance et des souvenirs qu'elle suscite.

longue éclairée par la petite lanterne de l'abbé Blanès. L'abbé avait coutume de l'y déposer, en montant à la cage
420 de planches qui formait son observatoire, afin que la clarté ne l'empêchât pas de lire sur son planisphère. Cette carte du ciel était tendue sur un grand vase de terre cuite qui avait appartenu jadis à un oranger du château. Dans l'ouverture, au fond du vase, brûlait la plus exiguë des lampes, dont un petit tuyau de fer-blanc conduisait la fumée hors du vase, et l'ombre du tuyau marquait le nord sur la carte. Tous ces souvenirs de choses si simples inondèrent d'émotions l'âme de Fabrice et la remplirent de bonheur.

430 Presque sans y songer, il fit avec l'aide de ses deux mains le petit sifflement bas et bref qui autrefois était le signal de son admission. Aussitôt il entendit tirer à plusieurs reprises la corde qui, du haut de l'observatoire, ouvrait le loquet de la porte du clocher. Il se précipita dans l'escalier, ému jusqu'au transport ; il trouva l'abbé sur son fauteuil de bois à sa place accoutumée ; son œil était fixé sur la petite lunette d'un quart de cercle mural. De la main gauche, l'abbé lui fit signe de ne pas l'interrompre dans son observation ; un instant après il écrivit un chiffre sur
440 une carte à jouer, puis, se retournant sur son fauteuil, il ouvrit les bras à notre héros qui s'y précipita en fondant en larmes. L'abbé Blanès était son véritable père.

– Je t'attendais, dit Blanès, après les premiers mots d'épanchement et de tendresse. L'abbé faisait-il son métier de savant ; ou bien, comme il pensait souvent à Fabrice, quelque signe astrologique lui avait-il par un pur hasard annoncé son retour ?

– Voici ma mort qui arrive, dit l'abbé Blanès.

– Comment ! s'écria Fabrice tout ému.

450 – Oui, reprit l'abbé d'un ton sérieux, mais point triste : cinq mois et demi ou six mois et demi après que je t'aurai revu, ma vie, ayant trouvé son complément de bonheur, s'éteindra

Come face al mancar dell' alimento [1]

---

1. Premier vers du poème « In morte di Lorenzo Mascheroni » de Monti, déjà rencontré dans une note de Stendhal du chapitre II, p. 90.

(comme la petite lampe quand l'huile vient à manquer). Avant le moment suprême, je passerai probablement un ou deux mois sans parler, après quoi je serai reçu dans le sein de notre père ; si toutefois il trouve que j'ai rempli mon devoir dans le poste où il m'avait placé en sentinelle.

Toi tu es excédé de fatigue, ton émotion te dispose au sommeil. Depuis que je t'attends, j'ai caché un pain et une bouteille d'eau-de-vie dans la grande caisse de mes instruments. Donne ces soutiens à ta vie et tâche de prendre assez de forces pour m'écouter encore quelques instants. Il est en mon pouvoir de te dire plusieurs choses avant que la nuit soit tout à fait remplacée par le jour ; maintenant je les vois beaucoup plus distinctement que peut-être je ne les verrai demain. Car, mon enfant, nous sommes toujours faibles, et il faut toujours faire entrer cette faiblesse en ligne de compte. Demain peut-être le vieil homme, l'homme terrestre sera occupé en moi des préparatifs de ma mort, et demain soir à 9 heures, il faut que tu me quittes.

Fabrice lui ayant obéi en silence comme c'était sa coutume :

– Donc, il est vrai, reprit le vieillard, que lorsque tu as essayé de voir Waterloo, tu n'as trouvé d'abord qu'une prison.

– Oui, mon père, répliqua Fabrice étonné.

– Eh bien, ce fut un rare bonheur, car, averti par ma voix, ton âme peut se préparer à une autre prison bien autrement dure, bien plus terrible [1] ! Probablement tu n'en sortiras que par un crime, mais, grâce au ciel, ce crime ne

---

1. Nouvelle annonce narrative du séjour en prison, et, pour la première fois, de la retraite finale de Fabrice, qui permet au lecteur de commencer à comprendre le titre du roman. R. Servoise (dans son article déjà cité sur « Le merveilleux dans *La Chartreuse de Parme* ») n'hésite pas à parler ici d'« initiation » : l'abbé révèle à son protégé le sens des épreuves passées et lui découvre l'avenir, insistant sur les choix qu'il aura à faire et sur la fragilité du bonheur. Fabrice peut bien hésiter sur l'origine de ses prédictions (astrologie ? ou simple mise en garde d'un homme de cœur pour l'arracher à son insouciance ?), l'essentiel est qu'elles orientent sa vie et en permettent une lecture magique. On peut voir dans le crime annoncé le futur régicide et dans le sacrifice d'un innocent la volonté d'écarter le mari de Clélia pour avoir son fils tout à lui (mais il ne sera pas question de le tuer).

sera pas commis par toi. Ne tombe jamais dans le crime
avec quelque violence que tu sois tenté ; je crois voir qu'il
sera question de tuer un innocent, qui, sans le savoir,
usurpe tes droits ; si tu résistes à la violente tentation qui
semblera justifiée par les lois de l'honneur, ta vie sera très
heureuse aux yeux des hommes…, et raisonnablement
490 heureuse aux yeux du sage, ajouta-t-il, après un instant de
réflexion ; tu mourras comme moi, mon fils, assis sur un
siège de bois, loin de tout luxe, et détrompé du luxe, et
comme moi n'ayant à te faire aucun reproche grave.

Maintenant, les choses de l'état futur sont terminées
entre nous, je ne pourrais ajouter rien de bien important.
C'est en vain que j'ai cherché à voir de quelle durée sera
cette prison ; s'agit-il de six mois, d'un an, de dix ans ? Je
n'ai rien pu découvrir ; apparemment j'ai commis quelque
faute, et le ciel a voulu me punir par le chagrin de cette
500 incertitude. J'ai vu seulement qu'après la prison, mais je
ne sais si c'est au moment même de la sortie, il y aura ce
que j'appelle un crime, mais par bonheur je crois être sûr
qu'il ne sera pas commis par toi. Si tu as la faiblesse de
tremper dans ce crime, tout le reste de mes calculs n'est
qu'une longue erreur. Alors tu ne mourras point avec la
paix de l'âme, sur un siège de bois et vêtu de blanc [1]. En
disant ces mots, l'abbé Blanès voulut se lever ; ce fut alors
que Fabrice s'aperçut des ravages du temps ; il mit près
d'une minute à se lever et à se retourner vers Fabrice.
510 Celui-ci le laissait faire, immobile et silencieux. L'abbé se
jeta dans ses bras à diverses reprises ; il le serra avec une
extrême tendresse. Après quoi il reprit avec toute sa gaieté
d'autrefois : Tâche de t'arranger au milieu de mes instruments pour dormir un peu commodément, prends mes
pelisses ; tu en trouveras plusieurs de grand prix que la
duchesse Sanseverina me fit parvenir il y a quatre ans. Elle
me demanda une prédiction sur ton compte, que je me
gardai bien de lui envoyer, tout en gardant ses pelisses et
son beau quart de cercle. Toute annonce de l'avenir est
520 une infraction à la règle, et a ce danger qu'elle peut
changer l'événement, auquel cas toute la science tombe
par terre comme un véritable jeu d'enfant ; et d'ailleurs il

---

1. Soit, dans l'habit du chartreux.

y avait des choses dures à dire à cette duchesse toujours si jolie [1]. À propos, ne sois point effrayé dans ton sommeil par les cloches qui vont faire un tapage effroyable à côté de ton oreille, lorsque l'on va sonner la messe de sept heures ; plus tard, à l'étage inférieur, ils vont mettre en branle le gros bourdon qui secoue tous mes instruments. C'est aujourd'hui saint Giovita, martyr et soldat [2]. Tu sais, le petit village de Grianta a le même patron que la grande ville de Brescia, ce qui, par parenthèse, trompa d'une façon bien plaisante mon illustre maître Jacques Marini de Ravenne. Plusieurs fois il m'annonça que je ferais une assez belle fortune ecclésiastique, il croyait que je serais curé de la magnifique église de Saint-Giovita, à Brescia ; j'ai été curé d'un petit village de sept cent cinquante feux ! Mais tout a été pour le mieux. J'ai vu, il n'y a pas dix ans de cela, que si j'eusse été curé à Brescia, ma destinée était d'être mis en prison sur une colline de la Moravie, au Spielberg. Demain je t'apporterai toutes sortes de mets délicats volés au grand dîner que je donne à tous les curés des environs qui viennent chanter à ma grand-messe. Je les apporterai en bas, mais ne cherche point à me voir, ne descends pour te mettre en possession de ces bonnes choses que lorsque tu m'auras entendu ressortir. Il ne faut pas que tu me revoies *de jour* [3], et le soleil se couchant demain à sept heures et vingt-sept minutes, je ne viendrai t'embrasser que vers les huit heures, et il faut que tu partes pendant que les heures se comptent encore par neuf, c'est-à-dire avant que l'horloge ait sonné dix heures. Prends garde que l'on ne te voie aux fenêtres du clocher : les gendarmes ont ton signalement et ils sont en quelque sorte sous les ordres de ton frère qui est un fameux tyran. Le marquis del Dongo s'affaiblit, ajouta Blanès d'un air

530

540

550

---

1. L'abbé n'est pas tendre avec Gina : Stendhal se sert des reproches de cet homme intègre pour suggérer que son personnage, si brillant soit-il, n'est pas exempt de défauts ni de comportements répréhensibles.
2. Giovita passe pour avoir été décapité à Brescia le 15 février 121. C'est donc à cette date anniversaire qu'avait lieu sa fête, ce qui ne coïncide pas avec la chronologie du roman : des détails de la scène, comme la chaleur, indiquent qu'elle se déroule en été (1821).
3. L'interdit sera repris par Clélia, qui refusera elle aussi d'être vue de jour.

triste, et s'il te revoyait, peut-être te donnerait-il quelque chose de la main à la main. Mais de tels avantages entachés de fraude ne conviennent point à un homme tel que toi, dont la force sera un jour dans sa conscience. Le marquis abhorre son fils Ascagne, et c'est à ce fils qu'échoiront les cinq ou six millions qu'il possède. C'est justice. Toi, à sa mort, tu auras une pension de quatre mille francs, et cinquante aunes de drap noir pour le deuil de tes gens.

CHAPITRE IX

L'âme de Fabrice était exaltée par les discours du vieillard, par la profonde attention et par l'extrême fatigue. Il eut grand-peine à s'endormir, et son sommeil fut agité de songes, peut-être présages de l'avenir ; le matin, à dix heures, il fut réveillé par le tremblement général du clocher, un bruit effroyable semblait venir du dehors. Il se leva éperdu, et se crut à la fin du monde, puis il pensa qu'il était en prison [1] ; il lui fallut du temps pour reconnaître le son de la grosse cloche que quarante paysans mettaient en mouvement en l'honneur du grand saint Giovita, dix auraient suffi.

Fabrice chercha un endroit convenable pour voir sans être vu ; il s'aperçut que de cette grande hauteur, son regard plongeait sur les jardins, et même sur la cour intérieure du château de son père. Il l'avait oublié. L'idée de ce père arrivant aux bornes de la vie changeait tous ses sentiments. Il distinguait jusqu'aux moineaux qui cher-

10

---

1. Fabrice connaît déjà, au cours de cette journée passée dans le clocher, les douceurs que lui réserve son incarcération à la tour Farnèse : plaisir de « voir sans être vu » (sur ce thème majeur de la rêverie spectaculaire, voir l'analyse de G. Durand dans *Le Décor mythique de La Chartreuse de Parme, op. cit.*, dernier chapitre), joie de la contemplation d'un paysage sublime, élévation spirituelle liée à l'altitude et à l'éloignement de ce milieu corrupteur qu'est la cour. L'ébranlement du clocher par la cloche et la frayeur immotivée qu'il suscite préfigurent l'épisode de la chasse aux rats et le rire fou de Fabrice : autant dire que la prison est d'emblée placée sous le signe de la gaieté, et le danger, pourtant bien réel, tourné en plaisanterie.

chaient quelques miettes de pain sur le grand balcon de la
salle à manger. Ce sont les descendants de ceux qu'autre-
20 fois j'avais apprivoisés, se dit-il. Ce balcon, comme tous
les autres balcons du palais, était chargé d'un grand
nombre d'orangers [1] dans des vases de terre plus ou moins
grands : cette vue l'attendrit ; l'aspect de cette cour intérieure, ainsi ornée avec ses ombres bien tranchées et marquées par un soleil éclatant, était vraiment grandiose.

L'affaiblissement de son père lui revenait à l'esprit.
Mais c'est vraiment singulier, se disait-il, mon père n'a
que trente-cinq ans de plus que moi ; trente-cinq et vingt-
trois ne font que cinquante-huit ! Ses yeux, fixés sur les
30 fenêtres de la chambre de cet homme sévère et qui ne
l'avait jamais aimé, se remplirent de larmes. Il frémit, et
un froid soudain courut dans ses veines lorsqu'il crut
reconnaître son père traversant une terrasse garnie d'orangers, qui se trouvait de plain-pied avec sa chambre ; mais
ce n'était qu'un valet de chambre. Tout à fait sous le clocher, une quantité de jeunes filles vêtues de blanc et divi-
sées en différentes troupes étaient occupées à tracer des
dessins avec des fleurs rouges, bleues et jaunes sur le sol
des rues où devait passer la procession. Mais il y avait un
40 spectacle qui parlait plus vivement à l'âme de Fabrice : du
clocher, ses regards plongeaient sur les deux branches du
lac à une distance de plusieurs lieues, et cette vue sublime
lui fit bientôt oublier toutes les autres ; elle réveillait chez
lui les sentiments les plus élevés. Tous les souvenirs de son
enfance vinrent en foule assiéger sa pensée ; et cette
journée passée en prison dans un clocher fut peut-être
l'une des plus heureuses de sa vie.

Le bonheur le porta à une hauteur de pensées assez étrangère à son caractère ; il considérait les événements de la vie,
50 lui, si jeune, comme si déjà il fût arrivé à sa dernière limite.
Il faut en convenir, depuis mon arrivée à Parme, se dit-il
enfin, après plusieurs heures de rêveries délicieuses, je n'ai

---

1. L'oranger est lié au roman familial de Stendhal et au mythe italien :
dans la *Vie de Henry Brulard*, il raconte comment sa tante Élisabeth lui
apprit que ses ancêtres maternels étaient venus « d'un pays où les orangers croissent en pleine terre » (p. 92-93). Très présent, dès *Armance*,
dans le romanesque stendhalien, nous le retrouverons à la tour Farnèse,
associé à Clélia, ainsi que les oiseaux.

point eu de joie tranquille et parfaite, comme celle que je trouvais à Naples en galopant dans les chemins de Vomero ou en courant les rives de Misène. Tous les intérêts si compliqués de cette petite cour méchante m'ont rendu méchant... Je n'ai point du tout de plaisir à haïr, je crois même que ce serait un triste bonheur pour moi que celui d'humilier mes ennemis si j'en avais ; mais je n'ai point d'ennemi... Halte-là ! se dit-il tout à coup, j'ai pour ennemi Giletti... Voilà qui est singulier, se dit-il ; le plaisir que j'éprouverais à voir cet homme si laid aller à tous les diables, survit au goût fort léger que j'avais pour la petite Marietta... Elle ne vaut pas, à beaucoup près, la duchesse d'A*** que j'étais obligé d'aimer à Naples puisque je lui avais dit que j'étais amoureux d'elle. Grand Dieu ! que de fois je me suis ennuyé durant les longs rendez-vous que m'accordait cette belle duchesse ; jamais rien de pareil dans la chambre délabrée et servant de cuisine où la petite Marietta m'a reçu deux fois, et pendant deux minutes chaque fois.

Eh, grand Dieu ! qu'est-ce que ces gens-là mangent ? C'est à faire pitié ! J'aurais dû faire à elle et à la *mammacia* une pension de trois beefsteacks payables tous les jours... La petite Marietta, ajouta-t-il, me distrayait des pensées méchantes que me donnait le voisinage de cette cour.

J'aurais peut-être bien fait de prendre la vie de café, comme dit la duchesse ; elle semblait pencher de ce côté-là, et elle a bien plus de génie que moi. Grâce à ses bienfaits, ou bien seulement avec cette pension de quatre mille francs et ce fonds de quarante mille placés à Lyon et que ma mère me destine, j'aurais toujours un cheval et quelques écus pour faire des fouilles et former un cabinet. Puisqu'il semble que je ne dois pas connaître l'amour, ce seront toujours là pour moi les grandes sources de félicité ; je voudrais, avant de mourir, aller revoir le champ de bataille de Waterloo, et tâcher de reconnaître la prairie où je fus si gaiement enlevé de mon cheval et assis par terre. Ce pèlerinage accompli, je reviendrais souvent sur ce lac sublime ; rien d'aussi beau ne peut se voir au monde, du moins pour mon cœur. À quoi bon aller si loin chercher le bonheur, il est là sous mes yeux [1] !

---

1. Le lac inspire à Fabrice les mêmes réflexions qu'à Gina (chapitre II).

Ah ! se dit Fabrice, comme objection, la police me chasse du lac de Côme, mais je suis plus jeune que les gens qui dirigent les coups de cette police. Ici, ajouta-t-il en riant, je ne trouverais point de duchesse d'A***, mais je trouverais une de ces petites filles là-bas qui arrangent des fleurs sur le pavé et, en vérité, je l'aimerais tout autant : l'hypocrisie me glace même en amour, et nos grandes dames visent à des effets trop sublimes. Napoléon
100 leur a donné des idées de mœurs et de constance.

Diable ! se dit-il tout à coup, en retirant la tête de la fenêtre comme s'il eût craint d'être reconnu malgré l'ombre de l'énorme jalousie de bois qui garantissait les cloches de la pluie, voici une entrée de gendarmes en grande tenue. En effet, dix gendarmes, dont quatre sous-officiers, paraissaient dans le haut de la grande rue du village. Le maréchal des logis les distribuait de cent pas en cent pas, le long du trajet que devait parcourir la procession. Tout le monde me connaît ici ; si l'on me voit, je ne
110 fais qu'un saut des bords du lac de Côme au Spielberg, où l'on m'attachera à chaque jambe une chaîne pesant cent dix livres [1] : et quelle douleur pour la duchesse !

Fabrice eut besoin de deux ou trois minutes pour se rappeler que d'abord il était placé à plus de quatre-vingts pieds d'élévation, que le lieu où il se trouvait était comparativement obscur, que les yeux des gens qui pourraient le regarder étaient frappés par un soleil éclatant, et qu'enfin ils se promenaient les yeux grands ouverts dans des rues dont toutes les maisons venaient d'être blanchies au lait de
120 chaux, en l'honneur de la fête de saint Giovita. Malgré des raisonnements si clairs, l'âme italienne de Fabrice eût été désormais hors d'état de goûter aucun plaisir, s'il n'eût interposé entre lui et les gendarmes un lambeau de vieille toile qu'il cloua contre la fenêtre et auquel il fit deux trous pour les yeux.

Les cloches ébranlaient l'air depuis dix minutes, la procession sortait de l'église, les *mortaretti* se firent entendre.

---

1. Détail emprunté (mais le poids est exagéré) aux récits de détention de Pellico et d'Andryane. La menace du Spielberg va revenir désormais comme un *leitmotiv*, pour rappeler le sérieux de la peine encourue par Fabrice.

Fabrice tourna la tête et reconnut cette petite esplanade garnie d'un parapet et dominant le lac, où si souvent, dans sa jeunesse, il s'était exposé à voir les *mortaretti* lui partir 130 entre les jambes, ce qui faisait que le matin des jours de fête sa mère voulait le voir auprès d'elle.

Il faut savoir que les *mortaretti* (ou petits mortiers) ne sont autre chose que des canons de fusil que l'on scie de façon à ne leur laisser que quatre pouces de longueur ; c'est pour cela que les paysans recueillent avidement les canons de fusil que, depuis 1796, la politique de l'Europe a semés à foison dans les plaines de la Lombardie. Une fois réduits à quatre pouces de longueur, on charge ces petits canons jusqu'à la gueule, on les place à terre dans 140 une position verticale, et une traînée de poudre va de l'un à l'autre ; ils sont rangés sur trois lignes comme un bataillon, et au nombre de deux ou trois cents, dans quelque emplacement voisin du lieu que doit parcourir la procession. Lorsque le Saint-Sacrement approche, on met le feu à la traînée de poudre, et alors commence un feu de file de coups secs, le plus inégal du monde et le plus ridicule ; les femmes sont ivres de joie. Rien n'est gai comme le bruit de ces *mortaretti* entendu de loin sur le lac, et adouci par le balancement des eaux ; ce bruit singulier 150 et qui avait fait si souvent la joie de son enfance chassa les idées un peu trop sérieuses dont notre héros était assiégé ; il alla chercher la grande lunette astronomique de l'abbé, et reconnut la plupart des hommes et des femmes qui suivaient la procession. Beaucoup de charmantes petites filles que Fabrice avait laissées à l'âge de onze et douze ans étaient maintenant des femmes superbes dans toute la fleur de la plus vigoureuse jeunesse ; elles firent renaître le courage de notre héros, et pour leur parler il eût fort bien bravé les gendarmes. 160

La procession passée et rentrée dans l'église par une porte latérale que Fabrice ne pouvait apercevoir, la chaleur devint bientôt extrême même au haut du clocher ; les habitants rentrèrent chez eux et il se fit un grand silence dans le village. Plusieurs barques se chargèrent de paysans retournant à Belagio, à Menagio et autres villages situés sur le lac ; Fabrice distinguait le bruit de chaque coup de rame : ce détail si simple le ravissait en extase ; sa joie

actuelle se composait de tout le malheur, de toute la gêne
170 qu'il trouvait dans la vie compliquée des cours. Qu'il eût
été heureux en ce moment de faire une lieue sur ce beau
lac si tranquille et qui réfléchissait si bien la profondeur
des cieux ! Il entendit ouvrir la porte d'en bas du clocher :
c'était la vieille servante de l'abbé Blanès, qui apportait un
grand panier ; il eut toutes les peines du monde à s'empêcher de lui parler. Elle a pour moi presque autant d'amitié
que son maître, se disait-il, et d'ailleurs je pars ce soir à
neuf heures ; est-ce qu'elle ne garderait pas le secret qu'elle
m'aurait juré, seulement pendant quelques heures ? Mais,
180 se dit Fabrice, je déplairais à mon ami ! je pourrais le compromettre avec les gendarmes ! et il laissa partir la Ghita
sans lui parler. Il fit un excellent dîner, puis s'arrangea
pour dormir quelques minutes : il ne se réveilla qu'à huit
heures et demie du soir, l'abbé Blanès lui secouait le bras,
et il était nuit.

Blanès était extrêmement fatigué, il avait cinquante ans
de plus que la veille. Il ne parla plus de choses sérieuses ;
assis sur son fauteuil de bois, embrasse-moi, dit-il à
Fabrice. Il le reprit plusieurs fois dans ses bras. La mort,
190 dit-il enfin, qui va terminer cette vie si longue, n'aura rien
d'aussi pénible que cette séparation. J'ai une bourse que je
laisserai en dépôt à la Ghita, avec ordre d'y puiser pour ses
besoins, mais de te remettre ce qui restera si jamais tu
viens le demander. Je la connais ; après cette recommandation, elle est capable, par économie pour toi, de ne pas
acheter de la viande quatre fois par an, si tu ne lui donnes
des ordres bien précis. Tu peux toi-même être réduit à la
misère, et l'obole du vieil ami te servira. N'attends rien de
ton frère que des procédés atroces, et tâche de gagner de
200 l'argent par un travail qui te rende utile à la société [1]. Je
prévois des orages étranges ; peut-être dans cinquante ans
ne voudra-t-on plus d'oisifs. Ta mère et ta tante peuvent te
manquer, tes sœurs devront obéir à leurs maris… Va-t'en,
va-t'en ! fuis ! s'écria Blanès avec empressement : il
venait d'entendre un petit bruit dans l'horloge qui annon-

---

1. Sur ce point, l'aristocrate qu'est Fabrice, attaché aux privilèges de sa
naissance, se gardera d'écouter son père spirituel.

çait que dix heures allaient sonner, il ne voulut pas même permettre à Fabrice de l'embrasser une dernière fois.

– Dépêche ! dépêche ! lui cria-t-il ; tu mettras au moins une minute à descendre l'escalier ; prends garde de tomber, ce serait d'un affreux présage.

Fabrice se précipita dans l'escalier, et, arrivé sur la place, se mit à courir. Il était à peine arrivé devant le château de son père, que la cloche sonna dix heures ; chaque coup retentissait dans sa poitrine et y portait un trouble singulier. Il s'arrêta pour réfléchir, ou plutôt pour se livrer aux sentiments passionnés que lui inspirait la contemplation de cet édifice majestueux qu'il jugeait si froidement la veille. Au milieu de sa rêverie, des pas d'homme vinrent le réveiller ; il regarda et se vit au milieu de quatre gendarmes. Il avait deux excellents pistolets dont il venait de renouveler les amorces en dînant, le petit bruit qu'il fit en les armant attira l'attention d'un des gendarmes, et fut sur le point de le faire arrêter. Il s'aperçut du danger qu'il courait et pensa à faire feu le premier ; c'était son droit, car c'était la seule manière qu'il eût de résister à quatre hommes bien armés. Par bonheur les gendarmes, qui circulaient pour faire évacuer les cabarets, ne s'étaient point montrés tout à fait insensibles aux politesses qu'ils avaient reçues dans plusieurs de ces lieux aimables ; ils ne se décidèrent pas assez rapidement à faire leur devoir. Fabrice prit la fuite en courant à toutes jambes. Les gendarmes firent quelques pas en courant aussi et criant : Arrête ! arrête ! puis tout rentra dans le silence. À trois cents pas de là, Fabrice s'arrêta pour reprendre haleine. Le bruit de mes pistolets a failli me faire prendre ; c'est bien pour le coup que la duchesse m'eût dit, si jamais il m'eût été donné de revoir ses beaux yeux, que mon âme trouve du plaisir à contempler ce qui arrivera dans dix ans, et oublie de regarder ce qui se passe actuellement à mes côtés.

Fabrice frémit en pensant au danger qu'il venait d'éviter ; il doubla le pas, mais bientôt il ne put s'empêcher de courir, ce qui n'était pas trop prudent, car il se fit remarquer de plusieurs paysans qui regagnaient leur logis. Il ne put prendre sur lui de s'arrêter que dans la montagne, à plus d'une lieue de Grianta et, même arrêté, il eut une sueur froide en pensant au Spielberg.

Voilà une belle peur ! se dit-il : en entendant le son de ce mot, il fut presque tenté d'avoir honte. Mais ma tante ne me dit-elle pas que la chose dont j'ai le plus besoin c'est
250 d'apprendre à me pardonner ? Je me compare toujours à un modèle parfait, et qui ne peut exister. Eh bien ! je me pardonne ma peur, car, d'un autre côté, j'étais bien disposé à défendre ma liberté, et certainement tous les quatre ne seraient pas restés debout pour me conduire en prison. Ce que je fais en ce moment, ajouta-t-il, n'est pas militaire ; au lieu de me retirer rapidement, après avoir rempli mon objet, et peut-être donné l'éveil à mes ennemis, je m'amuse à une fantaisie plus ridicule [1] peut-être que toutes les prédictions du bon abbé.

260 En effet, au lieu de se retirer par la ligne la plus courte, et de gagner les bords du lac Majeur, où sa barque l'attendait, il faisait un énorme détour pour aller voir *son arbre*. Le lecteur se souvient peut-être de l'amour que Fabrice portait à un marronnier planté par sa mère vingt-trois ans auparavant. Il serait digne de mon frère, se dit-il, d'avoir fait couper cet arbre ; mais ces êtres-là ne sentent pas les choses délicates ; il n'y aura pas songé. Et d'ailleurs, ce ne serait pas d'un mauvais augure, ajouta-t-il avec fermeté. Deux heures plus tard son regard fut consterné ; des
270 méchants ou un orage avaient rompu l'une des principales branches du jeune arbre, qui pendait desséchée [2] ; Fabrice la coupa avec respect, à l'aide de son poignard, et tailla bien net la coupure, afin que l'eau ne pût pas s'introduire dans le tronc. Ensuite, quoique le temps fût bien précieux pour lui, car le jour allait paraître, il passa une bonne heure à bêcher la terre autour de l'arbre chéri. Toutes ces folies accomplies, il reprit rapidement la route du lac Majeur. Au total, il n'était point triste, l'arbre était d'une belle venue, plus vigoureux que jamais, et, en cinq ans, il avait presque
280 doublé. La branche n'était qu'un accident sans consé-

---

1. Comme tous les « enfantillages » commis dans ce chapitre, cette « fantaisie » illustre une nouvelle fois cette légèreté et cette naïveté propres à Fabrice, dans lesquelles on peut voir le signe d'une irresponsabilité regrettable, ou d'un héroïsme supérieur, fait de détachement, d'ingénuité, de confiance en son destin.
2. Deuxième apparition dans le roman du motif de l'arbre-présage. On a vu dans cette branche desséchée l'annonce de la mort de Sandrino.

quence ; une fois coupée, elle ne nuisait plus à l'arbre, et même il serait plus élancé, sa membrure commençant plus haut.

Fabrice n'avait pas fait une lieue, qu'une bande éclatante de blancheur dessinait à l'orient les pics du *Resegon di Lek* [1], montagne célèbre dans le pays. La route qu'il suivait se couvrait de paysans ; mais, au lieu d'avoir des idées militaires, Fabrice se laissait attendrir par les aspects sublimes ou touchants de ces forêts des environs du lac de Côme. Ce sont peut-être les plus belles du monde ; je ne veux pas dire celles qui rendent le plus d'*écus neufs*, comme on dirait en Suisse, mais celles qui parlent le plus à l'âme [2]. Écouter ce langage dans la position où se trouvait Fabrice, en butte aux attentions de MM. les gendarmes lombardo-vénitiens c'était un véritable enfantillage. Je suis à une demi-lieue de la frontière, se dit-il enfin, je vais rencontrer des douaniers et des gendarmes faisant leur ronde du matin : cet habit de drap fin va leur être suspect, ils vont me demander mon passeport ; or, ce passeport porte en toutes lettres un nom promis à la prison ; me voici dans l'agréable nécessité de commettre un meurtre. Si, comme de coutume, les gendarmes marchent deux ensemble, je ne puis pas attendre bonnement pour faire feu que l'un des deux cherche à me prendre au collet ; pour peu qu'en tombant il me retienne un instant, me voilà au Spielberg. Fabrice, saisi d'horreur surtout de cette nécessité de faire feu le premier, peut-être sur un ancien soldat de son oncle, le comte Pietranera, courut se cacher dans le tronc creux d'un énorme châtaignier ; il renouvelait l'amorce de ses pistolets, lorsqu'il entendit un homme qui s'avançait dans le bois en chantant très bien un air délicieux de *Mercadante* [3], alors à la mode en Lombardie.

Voilà qui est d'un bon augure ! se dit Fabrice. Cet air qu'il écoutait religieusement lui ôta la petite pointe de

---

1. Le mont Resegone di Lecco, qui s'élève sur la branche orientale du lac de Côme.
2. Encore une fois, Fabrice fait les mêmes réflexions que Gina, louant la beauté des bords encore sauvages du lac (p. 85).
3. Compositeur napolitain (1795-1870), dont Stendhal découvrit les opéras à Milan en 1820.

colère qui commençait à se mêler à ses raisonnements. Il
regarda attentivement la grande route des deux côtés, il
n'y vit personne ; le chanteur arrivera par quelque chemin
de traverse, se dit-il. Presque au même instant, il vit un
320 valet de chambre très proprement vêtu à l'anglaise, et
monté sur un cheval de suite, qui s'avançait au petit pas en
tenant en main un beau cheval de race, peut-être un peu
trop maigre.

Ah ! si je raisonnais comme Mosca, se dit Fabrice,
lorsqu'il me répète que les dangers que court un homme
sont toujours la mesure de ses droits sur le voisin, je cas-
serais la tête d'un coup de pistolet à ce valet de chambre,
et, une fois monté sur le cheval maigre, je me moquerais
fort de tous les gendarmes du monde. À peine de retour à
330 Parme, j'enverrais de l'argent à cet homme ou à sa
veuve… mais ce serait une horreur !

CHAPITRE X

Tout en se faisant la morale, Fabrice sautait sur la grande route qui de Lombardie va en Suisse : en ce lieu, elle est bien à quatre ou cinq pieds en contrebas de la forêt. Si mon homme prend peur, se dit Fabrice, il part d'un temps de galop, et je reste planté là faisant la vraie figure d'un nigaud. En ce moment, il se trouvait à dix pas du valet de chambre qui ne chantait plus : il vit dans ses yeux qu'il avait peur ; il allait peut-être retourner ses chevaux. Sans être encore décidé à rien, Fabrice fit un saut et saisit la bride du cheval maigre. 10

– Mon ami, dit-il au valet de chambre, je ne suis pas un voleur ordinaire, car je vais commencer par vous donner vingt francs, mais je suis obligé de vous emprunter votre cheval ; je vais être tué si je ne f... pas le camp rapidement. J'ai sur les talons les quatre frères Riva, ces grands chasseurs que vous connaissez sans doute ; ils viennent de me surprendre dans la chambre de leur sœur, j'ai sauté par la fenêtre et me voici. Ils sont sortis dans la forêt avec leurs chiens et leurs fusils. Je m'étais caché dans ce gros châtaignier creux, parce que j'ai vu l'un d'eux traverser la route, 20 leurs chiens vont me dépister ! Je vais monter sur votre cheval et galoper jusqu'à une lieue au-delà de Côme ; je vais à Milan me jeter aux genoux du vice-roi. Je laisserai votre cheval à la poste avec deux napoléons pour vous, si vous consentez de bonne grâce. Si vous faites la moindre résistance, je vous tue avec les pistolets que voici. Si, une fois parti, vous mettez les gendarmes à mes trousses, mon cousin, le brave comte Alari [1], écuyer de l'Empereur, aura soin de vous faire casser les os.

30   Fabrice inventait ce discours à mesure qu'il le prononçait d'un air tout pacifique.

– Au reste, dit-il en riant, mon nom n'est point un secret ; je suis le *marchesino* Ascanio del Dongo, mon château est tout près d'ici, à Grianta. F…, dit-il, en élevant la voix, lâchez donc le cheval ! Le valet de chambre, stupéfait, ne soufflait mot. Fabrice passa son pistolet dans la main gauche, saisit la bride que l'autre lâcha, sauta à cheval et partit au galop. Quand il fut à trois cents pas, il s'aperçut qu'il avait oublié de donner les vingt francs
40   promis ; il s'arrêta : il n'y avait toujours personne sur la route que le valet de chambre qui le suivait au galop ; il lui fit signe avec son mouchoir d'avancer, et quand il le vit à cinquante pas, il jeta sur la route une poignée de monnaie, et repartit. Il vit de loin le valet de chambre ramasser les pièces d'argent. Voilà un homme vraiment raisonnable, se dit Fabrice en riant, pas un mot inutile. Il fila rapidement vers le midi, s'arrêta dans une maison écartée, et se remit en route quelques heures plus tard. À deux heures du matin il était sur le bord du lac Majeur ; bientôt il aperçut
50   sa barque qui battait l'eau, elle vint au signal convenu. Il ne vit point de paysan à qui remettre le cheval ; il rendit la liberté au noble animal, trois heures après il était à Belgirate. Là, se trouvant en pays ami [2], il prit quelque repos ; il était fort joyeux, il avait réussi parfaitement bien. Oserons-nous indiquer les véritables causes de sa joie ? Son arbre était d'une venue superbe, et son âme avait été rafraîchie par l'attendrissement profond qu'il avait trouvé dans les bras de l'abbé Blanès. Croit-il réellement, se disait-il, à toutes les prédictions qu'il m'a faites ; ou bien comme
60   mon frère m'a fait la réputation d'un jacobin, d'un homme sans foi ni loi, capable de tout, a-t-il voulu seulement m'engager à ne pas céder à la tentation de casser la tête à quelque animal qui m'aura joué un mauvais tour ? Le sur-

---

1. Comme d'ordinaire, Stendhal se fonde sur des détails vrais : H. Martineau signale qu'il existait bien alors à Milan un comte Alari, ancien écuyer de Napoléon.
2. C'est-à-dire le Piémont, royaume indépendant.

lendemain Fabrice était à Parme où il amusa fort la duchesse et le comte, en leur narrant avec la dernière exactitude, comme il faisait toujours, toute l'histoire de son voyage.

À son arrivée, Fabrice trouva le portier et tous les domestiques du palais Sanseverina chargés des insignes du plus grand deuil.

– Quelle perte avons-nous faite ? demanda-t-il à la duchesse.

– Cet excellent homme qu'on appelait mon mari vient de mourir à Baden. Il me laisse ce palais ; c'était une chose convenue, mais en signe de bonne amitié, il y ajoute un legs de trois cent mille francs qui m'embarrasse fort ; je ne veux pas y renoncer en faveur de sa nièce, la marquise Raversi, qui me joue tous les jours des tours pendables. Toi qui es amateur, il faudra que tu me trouves quelque bon sculpteur ; j'élèverai au duc un tombeau de trois cent mille francs. Le comte se mit à dire des anecdotes sur la Raversi.

– C'est en vain que j'ai cherché à l'amadouer par des bienfaits, dit la duchesse. Quant aux neveux du duc, je les ai tous faits colonels ou généraux. En revanche, il ne se passe pas de mois qu'ils ne m'adressent quelque lettre anonyme abominable, j'ai été obligée de prendre un secrétaire pour lire les lettres de ce genre.

– Et ces lettres anonymes sont leurs moindres péchés, reprit le comte Mosca ; ils tiennent manufacture de dénonciations infâmes. Vingt fois j'aurais pu faire traduire toute cette clique devant les tribunaux, et Votre Excellence peut penser, ajouta-t-il en s'adressant à Fabrice, si mes bons juges [1] les eussent condamnés.

– Eh bien ! voilà qui me gâte tout le reste, répliqua Fabrice avec une naïveté bien plaisante à la cour, j'aurais mieux aimé les voir condamnés par des magistrats jugeant en conscience.

---

1. Mosca avoue, en faisant de l'esprit, la corruption de la justice à Parme et, reprenant la maxime du prince (p. 203) que citera à son tour Fabrice, affiche son pragmatisme foncier et l'absence chez lui de toute illusion.

– Vous me ferez plaisir, vous qui voyagez pour vous ins-
100 truire, de me donner l'adresse de tels magistrats, je leur
écrirai avant de me mettre au lit.

– Si j'étais ministre, cette absence de juges honnêtes
gens blesserait mon amour-propre.

– Mais il me semble, répliqua le comte, que Votre
Excellence, qui aime tant les Français, et qui même jadis
leur prêta secours de son bras invincible, oublie en ce
moment une de leurs grandes maximes : Il vaut mieux tuer
le diable que si le diable vous tue. Je voudrais voir comment vous gouverneriez ces âmes ardentes, et qui lisent
110 toute la journée l'histoire de la *Révolution de France* avec
des juges qui renverraient acquittés les gens que j'accuse.
Ils arriveraient à ne pas condamner les coquins le plus évidemment coupables et se croiraient des Brutus [1]. Mais je
veux vous faire une querelle ; votre âme si délicate n'a-
t-elle pas quelque remords au sujet de ce beau cheval un
peu maigre que vous venez d'abandonner sur les rives du
lac Majeur ?

– Je compte bien, dit Fabrice d'un grand sérieux, faire
remettre ce qu'il faudra au maître du cheval pour le rem-
120 bourser des frais d'affiches et autres, à la suite desquels il
se le sera fait rendre par les paysans qui l'auront trouvé ;
je vais lire assidûment le journal de Milan, afin d'y chercher l'annonce d'un cheval perdu ; je connais fort bien le
signalement de celui-ci.

– Il est vraiment *primitif*, dit le comte à la duchesse. Et
que serait devenue Votre Excellence, poursuivit-il en riant,
si lorsqu'elle galopait ventre à terre sur ce cheval
emprunté, il se fût avisé de faire un faux pas ? Vous étiez
au Spielberg, mon cher petit neveu, et tout mon crédit eût
130 à peine pu parvenir à faire diminuer d'une trentaine de
livres le poids de la chaîne attachée à chacune de vos
jambes. Vous auriez passé en ce lieu de plaisance une
dizaine d'années ; peut-être vos jambes se fussent-elles

---

1. Meurtrier de César, dont il était pourtant le fils adoptif et à qui il devait
sa carrière, Brutus (vers 85-42) a été regardé, à l'époque révolutionnaire
et au XIXᵉ siècle, comme le type même du vengeur de la liberté opprimée,
comme le patriote idéal capable de faire passer l'intérêt du pays avant les
liens personnels.

enflées et gangrenées, alors on les eût fait couper proprement... [1].

– Ah ! de grâce, ne poussez pas plus loin un si triste roman, s'écria la duchesse les larmes aux yeux. Le voici de retour...

– Et j'en ai plus de joie que vous, vous pouvez le croire, répliqua le ministre, d'un grand sérieux ; mais enfin pour- 140 quoi ce cruel enfant ne m'a-t-il pas demandé un passeport sous un nom convenable, puisqu'il voulait pénétrer en Lombardie ? À la première nouvelle de son arrestation je serais parti pour Milan, et les amis que j'ai dans ce pays-là auraient bien voulu fermer les yeux et supposer que leur gendarmerie avait arrêté un sujet du prince de Parme. Le récit de votre course est gracieux, amusant, j'en conviens volontiers, répliqua le comte en reprenant un ton moins sinistre ; votre sortie du bois sur la grande route me plaît assez ; mais entre nous, puisque ce valet de chambre tenait 150 votre vie entre ses mains, vous aviez droit de prendre la sienne. Nous allons faire à Votre Excellence une fortune brillante, du moins voici madame qui me l'ordonne, et je ne crois pas que mes plus grands ennemis puissent m'accuser d'avoir jamais désobéi à ses commandements. Quel chagrin mortel pour elle et pour moi si dans cette espèce de course au clocher que vous venez de faire avec ce cheval maigre, il eût fait un faux pas. Il eût presque mieux valu, ajouta le comte, que ce cheval vous cassât le cou. 160

– Vous êtes bien tragique ce soir, mon ami, dit la duchesse tout émue.

– C'est que nous sommes environnés d'événements tra- giques, répliqua le comte aussi avec émotion ; nous ne sommes pas ici en France, où tout finit par des chansons ou par un emprisonnement d'un an ou deux, et j'ai réelle- ment tort de vous parler de toutes ces choses en riant. Ah ça ! mon petit neveu, je suppose que je trouve jour à vous faire évêque, car bonnement je ne puis pas commencer par l'archevêché de Parme, ainsi que le veut, très raisonnable- 170

---

1. Ce fut le sort du compagnon de prison de S. Pellico. Le rire habituel de Mosca crée un effet de dissonance avec le sérieux de la menace : il en soulignera lui-même le manque d'à-propos.

ment, Mme la Duchesse ici présente ; dans cet évêché où vous serez loin de nos sages conseils, dites-nous un peu quelle sera votre politique ?

– Tuer le diable plutôt qu'il ne me tue, comme disent fort bien mes amis les Français, répliqua Fabrice avec des yeux ardents ; conserver par tous les moyens possibles, y compris le coup de pistolet, la position que vous m'aurez faite. J'ai lu dans la généalogie des del Dongo l'histoire de celui de nos ancêtres qui bâtit le château de Grianta.
180   Sur la fin de sa vie, son bon ami Galéas [1], duc de Milan, l'envoie visiter un château fort sur notre lac ; on craignait une nouvelle invasion de la part des Suisses. – Il faut pourtant que j'écrive un mot de politesse au commandant, lui dit le duc de Milan en le congédiant ; il écrit et lui remet une lettre de deux lignes ; puis il la lui redemande pour la cacheter, ce sera plus poli, dit le prince. Vespasien del Dongo part, mais en naviguant sur le lac, il se souvient d'un vieux conte grec, car il était savant ; il ouvre la lettre de son bon maître et y trouve l'ordre adressé au
190   commandant du château, de le mettre à mort aussitôt son arrivée. Le *Sforce*, trop attentif à la comédie qu'il jouait avec notre aïeul, avait laissé un intervalle entre la dernière ligne du billet et sa signature ; Vespasien del Dongo y écrit l'ordre de le reconnaître pour gouverneur général de tous les châteaux sur le lac, et supprime la tête de la lettre. Arrivé et reconnu dans le fort, il jette le commandant dans un puits, déclare la guerre au Sforce, et au bout de quelques années il échange sa forteresse contre ces terres immenses qui ont fait la fortune de toutes les branches de
200   notre famille, et qui un jour me vaudront à moi quatre mille livres de rente.

– Vous parlez comme un académicien, s'écria le comte en riant ; c'est un beau coup de tête que vous nous racontez là, mais ce n'est que tous les dix ans que l'on a l'occasion amusante de faire de ces choses piquantes. Un

---

1. Galéas Sforza (1444-1476). Mosca a beau railler le haut fait de l'ancêtre et les illusions héroïques que la généalogie continue de donner à Fabrice, cette histoire de lettre falsifiée n'est pas très éloignée des manipulations épistolaires de *La Chartreuse*, et préfigure notamment la lettre du prince qui fera le malheur de Fabrice.

être à demi stupide, mais attentif, mais prudent tous les jours, goûte très souvent le plaisir de triompher des hommes à imagination. C'est par une folie d'imagination que Napoléon s'est rendu au prudent *John Bull* [1], au lieu de chercher à gagner l'Amérique. John Bull, dans son comptoir, a bien ri de sa lettre où il cite Thémistocle [2]. De tous temps les vils Sancho Pança l'emporteront à la longue sur les sublimes don Quichotte [3]. Si vous voulez consentir à ne rien faire d'extraordinaire, je ne doute pas que vous ne soyez un évêque très respecté, si ce n'est très respectable. Toutefois, ma remarque subsiste ; Votre Excellence s'est conduite avec légèreté dans l'affaire du cheval, elle a été à deux doigts d'une prison éternelle.

Ce mot fit tressaillir Fabrice, il resta plongé dans un profond étonnement. Était-ce là, se disait-il, cette prison dont je suis menacé ? Est-ce le crime que je ne devais pas commettre ? Les prédictions de Blanès, dont il se moquait fort en tant que prophéties, prenaient à ses yeux toute l'importance de présages véritables.

– Eh bien ! qu'as-tu donc ? lui dit la duchesse étonnée ; le comte t'a plongé dans les noires images.

– Je suis illuminé par une vérité nouvelle, et au lieu de me révolter contre elle, mon esprit l'adopte. Il est vrai, j'ai passé bien près d'une prison sans fin ! Mais ce valet de chambre était si joli dans son habit à l'anglaise ! quel dommage de le tuer !

---

1. Personnage créé par J. Arbuthnot pour représenter le peuple anglais dans ses pamphlets satiriques : *Histoire de John Bull* (1712).
2. Allusion à la fameuse lettre que Napoléon envoya au prince d'Angleterre au lendemain de Waterloo, et dans laquelle, se mettant sous la protection des lois anglaises, il se comparait à Thémistocle (homme d'État athénien). Napoléon fut tenté de fuir en Amérique, mais des propos encourageants du capitaine du *Bellérophon* (qui voulut peut-être le tromper) l'incitèrent à se livrer aux Anglais pour échapper aux royalistes français et à Blücher.
3. Allusions aux héros de Cervantes, en qui Stendhal a trouvé le modèle même de l'héroïsme dissonant, souvent ridicule, mais sympathique et finalement généreux, qu'il concède à Fabrice. Stendhal a comparé le caractère des deux personnages dans *De l'amour* : le maître, « tout héroïsme et courtoisie », « toujours rempli d'imaginations romanesques et touchantes », l'écuyer, « tout égoïsme et servilité », « un modèle d'esprit de conduite » (p. 248-249).

Le ministre fut enchanté de son petit air sage.

– Il est fort bien de toutes façons, dit-il en regardant la duchesse. Je vous dirai, mon ami, que vous avez fait une conquête, et la plus désirable de toutes, peut-être.

Ah ! pensa Fabrice, voici une plaisanterie sur la petite Marietta. Il se trompait ; le comte ajouta :

– Votre simplicité *évangélique* a gagné le cœur de notre vénérable archevêque, le père Landriani. Un de ces jours nous allons faire de vous un grand vicaire, et, ce qui fait le charme de cette plaisanterie [1], c'est que les trois grands vicaires actuels, gens de mérite, travailleurs, et dont deux, je pense, étaient grands vicaires avant votre naissance, demanderont, par une belle lettre adressée à leur archevêque, que vous soyez le premier en rang parmi eux. Ces messieurs se fondent sur vos vertus d'abord, et ensuite sur ce que vous êtes petit-neveu du célèbre archevêque Ascagne del Dongo. Quand j'ai appris le respect qu'on avait pour vos vertus, j'ai sur-le-champ nommé capitaine le neveu du plus ancien des vicaires généraux ; il était lieutenant depuis le siège de Tarragone par le maréchal Suchet [2].

– Va-t'en tout de suite en négligé, comme tu es, faire une visite de tendresse à ton archevêque, s'écria la duchesse. Raconte-lui le mariage de ta sœur ; quand il saura qu'elle va être duchesse, il te trouvera bien plus apostolique. Du reste, tu ignores tout ce que le comte vient de te confier sur ta future nomination.

Fabrice courut au palais archiépiscopal ; il y fut simple et modeste, c'était un ton qu'il prenait avec trop de facilité ; au contraire, il avait besoin d'efforts pour jouer le grand seigneur. Tout en écoutant les récits un peu longs de monseigneur Landriani, il se disait : Aurais-je dû tirer un coup de pistolet au valet de chambre qui tenait par la bride le cheval maigre ? Sa raison lui disait oui, mais son cœur ne pouvait s'accoutumer à l'image san-

---

1. Nouveau trait d'esprit de Mosca, qui s'amuse du caractère scandaleux de cette nomination et crée ainsi un effet d'ironie.
2. Héros de la guerre d'Espagne de 1808 : il s'empara de Tarragone en 1811.

glante du beau jeune homme tombant de cheval défiguré [1].

Cette prison où j'allais m'engloutir, si le cheval eût bronché, était-elle la prison dont je suis menacé par tant de présages ?

Cette question était de la dernière importance pour lui, et l'archevêque fut content de son air de profonde attention.

---

1. On se souvient que c'est la laideur du cadavre au visage défiguré par une balle qui avait indisposé Fabrice à Waterloo : de même, ce sera la peur d'avoir le visage abîmé qui le décidera à tuer Giletti. Autant dire qu'il y a en Fabrice une sensibilité délicate, un besoin inné de beauté et de raffinement, qui expliquent aussi son appartenance à l'élite aristocratique du roman.

CHAPITRE XI

Au sortir de l'archevêché, Fabrice courut chez la petite Marietta ; il entendit de loin la grosse voix de Giletti qui avait fait venir du vin et se régalait avec le souffleur et les moucheurs de chandelle, ses amis. La *mammacia*, qui faisait fonction de mère, répondit seule à son signal.

– Il y a du nouveau depuis toi, s'écria-t-elle ; deux ou trois de nos acteurs sont accusés d'avoir célébré par une orgie la fête du grand Napoléon, et notre pauvre troupe, qu'on appelle jacobine, a reçu l'ordre de vider les États de Parme, et vive Napoléon ! Mais le ministre a, dit-on, craché au bassinet [1]. Ce qu'il y a de sûr, c'est que Giletti a de l'argent, je ne sais pas combien, mais je lui ai vu une poignée d'écus. Marietta a reçu cinq écus de notre directeur pour frais de voyage jusqu'à Mantoue et Venise, et moi un. Elle est toujours bien amoureuse de toi, mais Giletti lui fait peur ; il y a trois jours, à la dernière représentation que nous avons donnée, il voulait absolument la tuer ; il lui a lancé deux fameux soufflets, et, ce qui est abominable, il lui a déchiré son châle bleu. Si tu voulais lui donner un châle bleu, tu serais bien bon enfant, et nous dirions que nous l'avons gagné à une loterie. Le tambour-maître des carabiniers donne un assaut demain, tu en trouveras l'heure affichée à tous les coins de rues. Viens nous voir ; s'il est parti pour l'assaut, de façon à nous faire

---

1. « Donner de l'argent à la requête de quelqu'un (souvent à contrecœur) » (Le Robert).

espérer qu'il restera dehors un peu longtemps, je serai à la
fenêtre et je te ferai signe de monter. Tâche de nous
apporter quelque chose de bien joli, et la Marietta t'aime à
la passion.

En descendant l'escalier tournant de ce taudis infâme,
Fabrice était plein de componction : je ne suis point
changé, se disait-il ; toutes mes belles résolutions prises au
bord de notre lac quand je voyais la vie d'un œil si philosophique se sont envolées. Mon âme était hors de son
assiette ordinaire, tout cela était un rêve et disparaît devant
l'austère réalité. Ce serait le moment d'agir, se dit Fabrice
en rentrant au palais Sanseverina sur les onze heures du
soir. Mais ce fut en vain qu'il chercha dans son cœur le
courage de parler avec cette sincérité sublime qui lui semblait si facile la nuit qu'il passa aux rives du lac de Côme.
Je vais fâcher la personne que j'aime le mieux au monde ;
si je parle, j'aurai l'air d'un mauvais comédien ; je ne vaux
réellement quelque chose que dans de certains moments
d'exaltation.

– Le comte est admirable pour moi, dit-il à la duchesse,
après lui avoir rendu compte de la visite à l'archevêché ;
j'apprécie d'autant plus sa conduite que je crois m'apercevoir que je ne lui plais que fort médiocrement ; ma façon
d'agir doit donc être correcte à son égard. Il a ses fouilles
de *Sanguigna* dont il est toujours fou, à en juger du moins
par son voyage d'avant-hier ; il a fait douze lieues au galop
pour passer deux heures avec ses ouvriers. Si l'on trouve
des fragments de statues dans le temple antique dont il
vient de découvrir les fondations, il craint qu'on ne les lui
vole ; j'ai envie de lui proposer d'aller passer trente-six
heures à Sanguigna. Demain, vers les cinq heures, je dois
revoir l'archevêque, je pourrai partir dans la soirée et profiter de la fraîcheur de la nuit pour faire la route.

La duchesse ne répondit pas d'abord.

– On dirait que tu cherches des prétextes pour t'éloigner
de moi, lui dit-elle ensuite avec une extrême tendresse ; à
peine de retour de Belgirate, tu trouves une raison pour
partir.

Voici une belle occasion de parler, se dit Fabrice. Mais
sur le lac j'étais un peu fou, je ne me suis pas aperçu dans
mon enthousiasme de sincérité que mon compliment finit

par une impertinence ; il s'agirait de dire : Je t'aime de l'amitié la plus dévouée, etc., etc., mais mon âme n'est pas susceptible d'amour. N'est-ce pas dire : Je vois que vous avez de l'amour pour moi ; mais prenez garde, je ne puis
70 vous payer en même monnaie ? Si elle a de l'amour, la duchesse peut se fâcher d'être devinée, et elle sera révoltée de mon impudence si elle n'a pour moi qu'une amitié toute simple… et ce sont de ces offenses qu'on ne pardonne point.

Pendant qu'il pesait ces idées importantes, Fabrice, sans s'en apercevoir, se promenait dans le salon, d'un air grave et plein de hauteur, en homme qui voit le malheur à dix pas de lui.

La duchesse le regardait avec admiration ; ce n'était
80 plus l'enfant qu'elle avait vu naître, ce n'était plus le neveu toujours prêt à lui obéir : c'était un homme grave et duquel il serait délicieux de se faire aimer. Elle se leva de l'ottomane où elle était assise, et, se jetant dans ses bras avec transport :

– Tu veux donc me fuir ? lui dit-elle.

– Non, répondit-il de l'air d'un empereur romain, mais je voudrais être sage.

Ce mot était susceptible de diverses interprétations ; Fabrice ne se sentit pas le courage d'aller plus loin et de
90 courir le hasard de blesser cette femme adorable. Il était trop jeune, trop susceptible de prendre de l'émotion ; son esprit ne lui fournissait aucune tournure aimable pour faire entendre ce qu'il voulait dire. Par un transport naturel et malgré tout raisonnement, il prit dans ses bras cette femme charmante et la couvrit de baisers. Au même instant, on entendit le bruit de la voiture du comte qui entrait dans la cour, et presque en même temps lui-même parut dans le salon ; il avait l'air tout ému.

– Vous inspirez des passions bien singulières, dit-il à
100 Fabrice, qui resta presque confondu du mot.

L'archevêque avait ce soir l'audience que Son Altesse Sérénissime lui accorde tous les jeudis ; le prince vient de me raconter que l'archevêque, d'un air tout troublé, a débuté par un discours appris par cœur et fort savant, auquel d'abord le prince ne comprenait rien. Landriani a fini par déclarer qu'il était important pour l'église de

Parme que *monsignore* Fabrice del Dongo fût nommé son premier vicaire général, et, par la suite, dès qu'il aurait vingt-quatre ans accomplis, son coadjuteur *avec future succession* [1].

Ce mot m'a effrayé, je l'avoue, dit le comte ; c'est aller un peu bien vite, et je craignais une boutade d'humeur chez le prince. Mais il m'a regardé en riant et m'a dit en français : Ce sont là de vos coups, monsieur !

– Je puis faire serment devant Dieu et devant Votre Altesse, me suis-je écrié avec toute l'onction possible, que j'ignorais parfaitement le mot de *future succession*. Alors j'ai dit la vérité, ce que nous répétions ici même il y a quelques heures ; j'ai ajouté, avec entraînement, que, par la suite, je me serais regardé comme comblé des faveurs de Son Altesse, si elle daignait m'accorder un petit évêché pour commencer. Il faut que le prince m'ait cru, car il a jugé à propos de faire le gracieux ; il m'a dit, avec toute la simplicité possible : Ceci est une affaire officielle entre l'archevêque et moi, vous n'y entrez pour rien ; le bonhomme m'adresse une sorte de rapport fort long et passablement ennuyeux, à la suite duquel il arrive à une proposition officielle ; je lui ai répondu très froidement que le sujet était bien jeune, et surtout bien nouveau dans ma cour ; que j'aurais presque l'air de payer une lettre de change tirée sur moi par l'Empereur, en donnant la perspective d'une si haute dignité au fils d'un des grands officiers de son royaume lombardo-vénitien. L'archevêque a protesté qu'aucune recommandation de ce genre n'avait eu lieu. C'était une bonne sottise à me dire *à moi* ; j'en ai été surpris de la part d'un homme aussi entendu ; mais il est toujours désorienté quand il m'adresse la parole, et ce soir il était plus troublé que jamais, ce qui m'a donné l'idée qu'il désirait la chose avec passion. Je lui ai dit que je savais mieux que lui qu'il n'y avait point eu de haute recommandation en faveur de del Dongo, que personne à ma cour ne lui refusait de la capacité, qu'on ne parlait point trop mal de ses mœurs, mais que je craignais qu'il ne fût susceptible d'*enthousiasme*, et que je m'étais promis

110

120

130

140

---

1. Stendhal a pu trouver l'expression chez le cardinal de Retz, promis à la même fonction que Fabrice.

de ne jamais élever aux places considérables les fous de
cette espèce avec lesquels un prince n'est sûr de rien.
Alors, a continué Son Altesse, j'ai dû subir un pathos
presque aussi long que le premier : l'archevêque me faisait
l'éloge de l'enthousiasme de la maison de Dieu. Mala-
150 droit, me disais-je, tu t'égares, tu compromets la nomination qui était presque accordée ; il fallait couper court et
me remercier avec effusion. Point : il continuait son
homélie avec une intrépidité ridicule, je cherchais une
réponse qui ne fût point trop défavorable au petit del
Dongo ; je l'ai trouvée, et assez heureuse, comme vous
allez en juger : Monseigneur, lui ai-je dit, Pie VII fut un
grand pape et un grand saint ; parmi tous les souverains,
lui seul osa dire *non* au tyran qui voyait l'Europe à ses
pieds ! eh bien ! il était susceptible d'enthousiasme, ce qui
160 l'a porté, lorsqu'il était évêque d'Imola, à écrire sa
fameuse pastorale *du citoyen cardinal* Chiaramonti en
faveur de la République cisalpine [1].

Mon pauvre archevêque est resté stupéfait, et, pour
achever de le stupéfier, je lui ai dit d'un air fort sérieux :
Adieu, monseigneur, je prendrai vingt-quatre heures pour
réfléchir à votre proposition. Le pauvre homme a ajouté
quelques supplications assez mal tournées et assez inop-
portunes après le mot *adieu* prononcé par moi. Maintenant, comte Mosca della Rovère, je vous charge de dire à
170 la duchesse que je ne veux pas retarder de vingt-quatre
heures une chose qui peut lui être agréable ; asseyez-vous
là et écrivez à l'archevêque le billet d'approbation qui termine toute cette affaire. J'ai écrit le billet, il l'a signé, il
m'a dit : Portez-le à l'instant même à la duchesse. Voici le
billet, madame, et c'est ce qui m'a donné un prétexte pour
avoir le bonheur de vous revoir ce soir.

La duchesse lut le billet avec ravissement. Pendant le
long récit du comte, Fabrice avait eu le temps de se
remettre : il n'eut point l'air étonné de cet incident, il prit

---

1. Évêque d'Imola en 1797, le futur Pie VII composa une homélie pour
soutenir la cause des Français et la démocratie, mais, devenu pape, il
s'opposa à plusieurs reprises à Napoléon qui, par représailles, annexa
les États de l'Église à l'Empire et retint le pape prisonnier à Fontaine-
bleau (1812). Il était toujours pape en 1821.

la chose en véritable grand seigneur qui naturellement a 180
toujours cru qu'il avait droit à ces avancements extraordinaires, à ces coups de fortune qui mettraient un bourgeois
hors des gonds ; il parla de sa reconnaissance, mais en
bons termes, et finit par dire au comte :

– Un bon courtisan doit flatter la passion dominante ;
hier vous témoigniez la crainte que vos ouvriers de Sanguigna ne volent les fragments de statues antiques qu'ils
pourraient découvrir ; j'aime beaucoup les fouilles, moi ;
si vous voulez bien le permettre, j'irai voir les ouvriers.
Demain soir, après les remerciements convenables au 190
palais et chez l'archevêque, je partirai pour Sanguigna.

– Mais devinez-vous, dit la duchesse au comte, d'où
vient cette passion subite du bon archevêque pour
Fabrice ?

– Je n'ai pas besoin de deviner ; le grand vicaire dont le
frère est capitaine me disait hier : Le père Landriani part
de ce principe certain, que le titulaire est supérieur au coadjuteur, et il ne se sent pas de joie d'avoir sous ses ordres
un del Dongo et de l'avoir obligé. Tout ce qui met en
lumière la haute naissance de Fabrice ajoute à son bonheur 200
intime : il a un tel homme pour aide de camp ! En second
lieu monseigneur Fabrice lui a plu, il ne se sent point
timide devant lui ; enfin il nourrit depuis dix ans une haine
bien conditionnée pour l'évêque de Plaisance, qui affiche
hautement la prétention de lui succéder sur le siège de
Parme, et qui de plus est fils d'un meunier. C'est dans ce
but de succession future que l'évêque de Plaisance a pris
des relations fort étroites avec la marquise Raversi, et
maintenant ces liaisons font trembler l'archevêque pour le
succès de son dessein favori, avoir un del Dongo à son 210
état-major, et lui donner des ordres.

Le surlendemain, de bonne heure, Fabrice dirigeait les
travaux de la fouille de Sanguigna [1], vis-à-vis Colorno
(c'est le Versailles des princes de Parme) [2] ; ces fouilles

---

1. Village de la commune de Colorno, où des fouilles eurent effectivement lieu.
2. H. Martineau précise que les Farnèse avaient fait construire à Colorno
une villa que les Bourbons embellirent et qui devint la résidence d'été
des princes de Parme.

s'étendaient dans la plaine tout près de la grande route qui
conduit de Parme au pont de Casal-Maggiore, première
ville de l'Autriche. Les ouvriers coupaient la plaine par
une longue tranchée profonde de huit pieds et aussi étroite
que possible ; on était occupé à rechercher, le long de
l'ancienne voie romaine, les ruines d'un second temple
qui, disait-on dans le pays, existait encore au Moyen Âge.
Malgré les ordres du prince, plusieurs paysans ne voyaient
pas sans jalousie ces longs fossés traversant leurs pro-
priétés. Quoi qu'on pût leur dire, ils s'imaginaient qu'on
était à la recherche d'un trésor, et la présence de Fabrice
était surtout convenable pour empêcher quelque petite
émeute. Il ne s'ennuyait point, il suivait ces travaux avec
passion ; de temps à autre on trouvait quelque médaille, et
il ne voulait pas laisser le temps aux ouvriers de s'accorder
entre eux pour l'escamoter.

La journée était belle, il pouvait être six heures du
matin : il avait emprunté un vieux fusil à un coup, il tira
quelques alouettes [1] ; l'une d'elles blessée alla tomber sur
la grande route ; Fabrice, en la poursuivant, aperçut de loin
une voiture qui venait de Parme et se dirigeait vers la frontière de Casal-Maggiore. Il venait de recharger son fusil
lorsque la voiture fort délabrée s'approchant au tout petit
pas, il reconnut la petite Marietta ; elle avait à ses côtés le
grand escogriffe Giletti, et cette femme âgée qu'elle faisait
passer pour sa mère [2].

Giletti s'imagina que Fabrice s'était placé ainsi au
milieu de la route, et un fusil à la main, pour l'insulter et
peut-être même pour lui enlever la petite Marietta. En
homme de cœur il sauta à bas de la voiture ; il avait dans
la main gauche un grand pistolet fort rouillé, et tenait de la
droite une épée encore dans son fourreau, dont il se servait
lorsque les besoins de la troupe forçaient de lui confier
quelque rôle de marquis.

1. Stendhal chassait aussi, lorsqu'il était en poste en Italie.
2. Cette scène rappelle l'épisode de l'enlèvement d'une jeune femme par
Alexandre Farnèse près d'un champ de fouilles (voir « La jeunesse
d'Alexandre Farnèse », Dossier, chapitre I). Stendhal réussit à conjurer le
tragique de la mort de Giletti en théâtralisant fortement le duel : la narration reste enjouée, Fabrice, de toute évidence peu ému d'avoir tué un
vulgaire comédien, peut continuer à faire de l'esprit.

– Ah ! brigand ! s'écria-t-il, je suis bien aise de te trouver ici à une lieue de la frontière ; je vais te faire ton affaire ; tu n'es plus protégé ici par tes bas violets.

Fabrice faisait des mines à la petite Marietta et ne s'occupait guère des cris jaloux du Giletti, lorsque tout à coup il vit à trois pieds de sa poitrine le bout du pistolet rouillé ; il n'eut que le temps de donner un coup sur ce pistolet, en se servant de son fusil comme d'un bâton : le pistolet partit, mais ne blessa personne.

– Arrêtez donc, f…, cria Giletti au *vetturino* [1] : en même temps il eut l'adresse de sauter sur le bout du fusil de son adversaire et de le tenir éloigné de la direction de son corps ; Fabrice et lui tiraient le fusil chacun de toutes ses forces. Giletti, beaucoup plus vigoureux, plaçant une main devant l'autre, avançait toujours vers la batterie, et était sur le point de s'emparer du fusil, lorsque Fabrice, pour l'empêcher d'en faire usage, fit partir le coup. Il avait bien observé auparavant que l'extrémité du fusil était à plus de trois pouces au-dessus de l'épaule de Giletti : la détonation eut lieu tout près de l'oreille de ce dernier. Il resta un peu étonné, mais se remit en un clin d'œil.

– Ah ! tu veux me faire sauter le crâne, canaille ! je vais te faire ton compte. Giletti jeta le fourreau de son épée de marquis, et fondit sur Fabrice avec une rapidité admirable. Celui-ci n'avait point d'arme et se vit perdu.

Il se sauva vers la voiture, qui était arrêtée à une dizaine de pas derrière Giletti ; il passa à gauche, et saisissant de la main le ressort de la voiture, il tourna rapidement tout autour et repassa tout près de la portière droite qui était ouverte. Giletti, lancé avec ses grandes jambes et qui n'avait pas eu l'idée de se retenir au ressort de la voiture, fit plusieurs pas dans sa première direction avant de pouvoir s'arrêter. Au moment où Fabrice passait auprès de la portière ouverte, il entendit Marietta qui lui disait à demi-voix :

– Prends garde à toi ; il te tuera. Tiens !

Au même instant, Fabrice vit tomber de la portière une sorte de grand couteau de chasse ; il se baissa pour le ramasser, mais, au même instant, il fut touché à l'épaule

1. Cocher.

par un coup d'épée que lui lançait Giletti. Fabrice, en se
relevant, se trouva à six pouces de Giletti qui lui donna
290   dans la figure un coup furieux avec le pommeau de son
épée ; ce coup était lancé avec une telle force qu'il ébranla
tout à fait la raison de Fabrice ; en ce moment il fut sur le
point d'être tué. Heureusement pour lui, Giletti était
encore trop près pour pouvoir lui donner un coup de
pointe. Fabrice, quand il revint à soi, prit la fuite en courant de toutes ses forces ; en courant, il jeta le fourreau du
couteau de chasse et ensuite, se retournant vivement, il se
trouva à trois pas de Giletti qui le poursuivait. Giletti était
lancé, Fabrice lui porta un coup de pointe ; Giletti avec son
300   épée eut le temps de relever un peu le couteau de chasse,
mais il reçut le coup de pointe en plein dans la joue
gauche. Il passa tout près de Fabrice qui se sentit percer la
cuisse, c'était le couteau de Giletti que celui-ci avait eu le
temps d'ouvrir. Fabrice fit un saut à droite ; il se retourna,
et enfin les deux adversaires se trouvèrent à une juste distance de combat.

Giletti jurait comme un damné. Ah ! je vais te couper la
gorge, gredin de prêtre, répétait-il à chaque instant.
Fabrice était tout essoufflé et ne pouvait parler ; le coup de
310   pommeau d'épée dans la figure le faisait beaucoup souffrir, et son nez saignait abondamment ; il para plusieurs
coups avec son couteau de chasse et porta plusieurs bottes
sans trop savoir ce qu'il faisait ; il lui semblait vaguement
être à un assaut public. Cette idée lui avait été suggérée par
la présence de ses ouvriers qui, au nombre de vingt-cinq
ou trente, formaient cercle autour des combattants, mais à
distance fort respectueuse ; car on voyait ceux-ci courir à
tout moment et s'élancer l'un sur l'autre.

Le combat semblait se ralentir un peu ; les coups ne se
320   suivaient plus avec la même rapidité, lorsque Fabrice se
dit : à la douleur que je ressens au visage, il faut qu'il
m'ait défiguré. Saisi de rage à cette idée, il sauta sur son
ennemi la pointe du couteau de chasse en avant. Cette
pointe entra dans le côté droit de la poitrine de Giletti et
sortit vers l'épaule gauche ; au même instant l'épée de
Giletti pénétrait de toute sa longueur dans le haut du bras
de Fabrice, mais l'épée glissa sous la peau, et ce fut une
blessure insignifiante.

Giletti était tombé ; au moment où Fabrice s'avançait vers lui, regardant sa main gauche qui tenait un couteau, cette main s'ouvrait machinalement et laissait échapper son arme.

Le gredin est mort, se dit Fabrice ; il le regarda au visage, Giletti rendait beaucoup de sang par la bouche. Fabrice courut à la voiture.

– Avez-vous un miroir ? cria-t-il à Marietta. Marietta le regardait très pâle et ne répondait pas. La vieille femme ouvrit d'un grand sang-froid un sac à ouvrage vert, et présenta à Fabrice un petit miroir à manche grand comme la main. Fabrice, en se regardant, se maniait la figure : Les yeux sont sains, se disait-il, c'est déjà beaucoup ; il regarda les dents, elles n'étaient point cassées. D'où vient donc que je souffre tant ? se disait-il à demi-voix.

La vieille femme lui répondit :

– C'est que le haut de votre joue a été pilé entre le pommeau de l'épée de Giletti et l'os que nous avons là. Votre joue est horriblement enflée et bleue : mettez-y des sangsues à l'instant, et ce ne sera rien.

– Ah ! des sangsues à l'instant, dit Fabrice en riant, et il reprit tout son sang-froid. Il vit que les ouvriers entouraient Giletti et le regardaient sans oser le toucher.

– Secourez donc cet homme, leur cria-t-il ; ôtez-lui son habit… Il allait continuer, mais, en levant les yeux, il vit cinq ou six hommes à trois cents pas sur la grande route qui s'avançaient à pied et d'un pas mesuré vers le lieu de la scène.

Ce sont des gendarmes, pensa-t-il, et comme il y a un homme de tué, ils vont m'arrêter, et j'aurai l'honneur de faire une entrée solennelle dans la ville de Parme. Quelle anecdote pour les courtisans amis de la Raversi et qui détestent ma tante !

Aussitôt, et avec la rapidité de l'éclair, il jette aux ouvriers ébahis tout l'argent qu'il avait dans ses poches, il s'élance dans la voiture.

– Empêchez les gendarmes de me poursuivre, crie-t-il à ses ouvriers, et je fais votre fortune ; dites-leur que je suis innocent, que cet homme *m'a attaqué et voulait me tuer.*

– Et toi, dit-il au *vetturino*, mets tes chevaux au galop, tu auras quatre napoléons d'or si tu passes le Pô avant que
370 ces gens là-bas puissent m'atteindre.

– Ça va ! dit le *vetturino* ; mais n'ayez donc pas peur, ces hommes là-bas sont à pied, et le trot seul de mes petits chevaux suffit pour les laisser fameusement derrière. Disant ces paroles il les mit au galop.

Notre héros fut choqué de ce mot *peur* employé par le cocher : c'est que réellement il avait eu une peur extrême après le coup de pommeau d'épée qu'il avait reçu dans la figure.

– Nous pouvons contre-passer des gens à cheval venant
380 vers nous, dit le *vetturino* prudent et qui songeait aux quatre napoléons, et les hommes qui nous suivent peuvent crier qu'on nous arrête. Ceci voulait dire : Rechargez vos armes…

– Ah ! que tu es brave, mon petit abbé ! s'écriait la Marietta en embrassant Fabrice. La vieille femme regardait hors de la voiture par la portière : au bout d'un peu de temps elle rentra la tête.

– Personne ne vous poursuit, monsieur, dit-elle à Fabrice d'un grand sang-froid ; et il n'y a personne sur la
390 route devant vous. Vous savez combien les employés de la police autrichienne sont formalistes : s'ils vous voient arriver ainsi au galop, sur la digue au bord du Pô, ils vous arrêteront, n'en ayez aucun doute.

Fabrice regarda par la portière.

– Au trot, dit-il au cocher. Quel passeport avez-vous ? dit-il à la vieille femme.

– Trois au lieu d'un, répondit-elle, et qui nous ont coûté chacun quatre francs : n'est-ce pas une horreur pour de pauvres artistes dramatiques qui voyagent toute l'année !
400 Voici le passeport de M. Giletti, artiste dramatique, ce sera vous ; voici nos deux passeports à la Mariettina et à moi. Mais Giletti avait tout notre argent dans sa poche, qu'allons-nous devenir ?

– Combien avait-il ? dit Fabrice.

– Quarante beaux écus de cinq francs, dit la vieille femme.

– C'est-à-dire six de la petite monnaie, dit la Marietta en riant ; je ne veux pas que l'on trompe mon petit abbé.

– N'est-il pas tout naturel, monsieur, reprit la vieille femme d'un grand sang-froid, que je cherche à vous accrocher trente-quatre écus ? Qu'est-ce que trente-quatre écus pour vous ? Et nous, nous avons perdu notre protecteur ; qui est-ce qui se chargera de nous loger, de débattre les prix avec les *vetturini* quand nous voyageons, et de faire peur à tout le monde ? Giletti n'était pas beau, mais il était bien commode, et si la petite que voilà n'était pas une sotte, qui d'abord s'est amourachée de vous, jamais Giletti ne se fût aperçu de rien, et vous nous auriez donné de beaux écus. Je vous assure que nous sommes bien pauvres.

Fabrice fut touché ; il tira sa bourse et donna quelques napoléons à la vieille femme.

– Vous voyez, lui dit-il, qu'il ne m'en reste que quinze, ainsi il est inutile dorénavant de me tirer aux jambes.

La petite Marietta lui sauta au cou, et la vieille lui baisait les mains. La voiture avançait toujours au petit trot. Quand on vit de loin les barrières jaunes rayées de noir qui annoncent les possessions autrichiennes, la vieille femme dit à Fabrice :

– Vous feriez mieux d'entrer à pied avec le passeport de Giletti dans votre poche ; nous, nous allons nous arrêter un instant, sous prétexte de faire un peu de toilette. Et d'ailleurs, la douane visitera nos effets. Vous, si vous m'en croyez, traversez Casal-Maggiore d'un pas nonchalant ; entrez même au café et buvez le verre d'eau-de-vie ; une fois hors du village, filez ferme. La police est vigilante en diable en pays autrichien : elle saura bientôt qu'il y a eu un homme de tué : vous voyagez avec un passeport qui n'est pas le vôtre, il n'en faut pas tant pour passer deux ans en prison. Gagnez le Pô à droite en sortant de la ville, louez une barque et réfugiez-vous à Ravenne ou à Ferrare [1] ; sortez au plus vite des États autrichiens. Avec deux louis vous pourrez acheter un autre passeport de quelque douanier, celui-ci vous serait fatal ; rappelez-vous que vous avez tué l'homme.

En approchant à pied du pont de bateaux de Casal-Maggiore, Fabrice relisait attentivement le passeport de Giletti. Notre héros avait grand'peur, il se rappelait vivement tout

_____

1. Soit dans un pays neutre, les États pontificaux.

ce que le comte Mosca lui avait dit du danger qu'il y avait
pour lui à rentrer dans les États autrichiens ; or, il voyait à
450   deux cents pas devant lui le pont terrible qui allait lui
donner accès en ce pays, dont la capitale à ses yeux était
le Spielberg. Mais comment faire autrement ? Le duché de
Modène qui borne au midi l'État de Parme lui rendait les
fugitifs en vertu d'une convention expresse ; la frontière
de l'État qui s'étend dans les montagnes du côté de Gênes
était trop éloignée ; sa mésaventure serait connue à Parme
bien avant qu'il pût atteindre ces montagnes ; il ne restait
donc que les États de l'Autriche sur la rive gauche du Pô.
Avant qu'on eût le temps d'écrire aux autorités autri-
460   chiennes pour les engager à l'arrêter, il se passerait peut-
être trente-six heures ou deux jours. Toutes réflexions
faites, Fabrice brûla avec le feu de son cigare son propre
passeport ; il valait mieux pour lui en pays autrichien être
un vagabond que d'être Fabrice del Dongo, et il était possible qu'on le fouillât.

Indépendamment de la répugnance bien naturelle qu'il
avait à confier sa vie au passeport du malheureux Giletti,
ce document présentait des difficultés matérielles : la taille
de Fabrice atteignait tout au plus à cinq pieds cinq pouces,
470   et non pas à cinq pieds dix pouces comme l'énonçait le
passeport [1] ; il avait près de vingt-quatre ans et paraissait
plus jeune, Giletti en avait trente-neuf. Nous avouerons
que notre héros se promena une grande demi-heure sur
une contre-digue du Pô voisine du pont de barques, avant
de se décider à y descendre. Que conseillerais-je à un autre
qui se trouverait à ma place ? se dit-il enfin. Évidemment
de passer : il y a péril à rester dans l'État de Parme ; un
gendarme peut être envoyé à la poursuite de l'homme qui
en a tué un autre, fût-ce même à son corps défendant.
480   Fabrice fit la revue de ses poches, déchira tous les papiers
et ne garda exactement que son mouchoir et sa boîte à
cigares ; il lui importait d'abréger l'examen qu'il allait
subir. Il pensa à une terrible objection qu'on pourrait lui
faire et à laquelle il ne trouvait que de mauvaises
réponses : il allait dire qu'il s'appelait Giletti et tout son
linge était marqué F. D.

---

1. Fabrice : 1,77 m ; Giletti : 1,89 m.

Comme on voit, Fabrice était un de ces malheureux tourmentés par leur imagination ; c'est assez le défaut des gens d'esprit en Italie. Un soldat français d'un courage égal ou même inférieur se serait présenté pour passer sur le pont tout de suite, et sans songer d'avance à aucune difficulté ; mais aussi il y aurait porté tout son sang-froid, et Fabrice était bien loin d'être de sang-froid, lorsque au bout du pont un petit homme, vêtu de gris, lui dit : Entrez au bureau de police pour votre passeport.

Ce bureau [1] avait des murs sales garnis de clous auxquels les pipes et les chapeaux sales des employés étaient suspendus. Le grand bureau de sapin derrière lequel ils étaient retranchés était tout taché d'encre et de vin ; deux ou trois gros registres reliés en peau verte portaient des taches de toutes couleurs, et la tranche de leurs pages était noircie par les mains. Sur les registres placés en pile l'un sur l'autre il y avait trois magnifiques couronnes de laurier qui avaient servi l'avant-veille pour une des fêtes de l'empereur.

Fabrice fut frappé de tous ces détails, ils lui serrèrent le cœur ; il paya ainsi le luxe magnifique et plein de fraîcheur qui éclatait dans son joli appartement du palais Sanseverina. Il était obligé d'entrer dans ce sale bureau et d'y paraître comme inférieur ; il allait subir un interrogatoire.

L'employé qui tendit une main jaune pour prendre son passeport était petit et noir, il portait un bijou de laiton à

490

500

510

---

1. Une fois de plus, Fabrice est d'abord gêné par la laideur d'un décor et le mauvais goût d'un homme qui tranchent avec le raffinement aristocratique auquel il est habitué. Il s'entendra, au contraire, avec le second employé, car ce dernier partage avec lui beauté, jeunesse et gaieté. On appréciera par ailleurs que Stendhal nous surprenne en plaçant l'une des scènes les plus comiques du roman au moment où, comme vient de le rappeler la vieille femme, le danger est pour lui maximal ; d'où l'ambiguïté de l'épisode, qui oscille entre tragique et comique (Stendhal enchaîne les quiproquos), sérieux et légèreté (Fabrice, tout terrifié qu'il est, sait se montrer spirituel et fait lui-même de son aventure une plaisanterie), entre réalisme (exactitude du cadre géopolitique) et romanesque (le hasard y décide de tout). L'enjouement du récit est en grande partie dû à l'attitude du narrateur qui, comme à Waterloo, s'amuse des erreurs, des ridicules de son apprenti-fuyard et transforme l'interrogatoire en un piquant spectacle. Jamais Fabrice n'a été aussi proche de Don Quichotte, de ses illusions romanesques, de son héroïsme à la fois dérisoire et sublime.

sa cravate. Ceci est un bourgeois de mauvaise humeur, se dit Fabrice ; le personnage parut excessivement surpris en lisant le passeport, et cette lecture dura bien cinq minutes.

– Vous avez eu un accident, dit-il à l'étranger en indiquant sa joue du regard.

– Le *vetturino* nous a jetés en bas de la digue du Pô. Puis le silence recommença et l'employé lançait des
520   regards farouches sur le voyageur.

J'y suis, se dit Fabrice, il va me dire qu'il est fâché d'avoir une mauvaise nouvelle à m'apprendre et que je suis arrêté. Toutes sortes d'idées folles arrivèrent à la tête de notre héros, qui dans ce moment n'était pas fort logique. Par exemple, il songea à s'enfuir par la porte du bureau qui était restée ouverte ; je me défais de mon habit ; je me jette dans le Pô, et sans doute je pourrai le traverser à la nage. Tout vaut mieux que le Spielberg. L'employé de police le regardait fixement au moment où il calculait les chances de
530   succès de cette équipée, cela faisait deux bonnes physionomies. La présence du danger donne du génie à l'homme raisonnable, elle le met, pour ainsi dire, au-dessus de lui-même ; à l'homme d'imagination elle inspire des romans, hardis il est vrai mais souvent absurdes.

Il fallait voir l'œil indigné de notre héros sous l'œil scrutateur de ce commis de police orné de ses bijoux de cuivre. Si je le tuais, se disait Fabrice, je serais condamné pour meurtre à vingt ans de galère ou à la mort, ce qui est bien moins affreux que le Spielberg avec une chaîne de cent
540   vingt livres à chaque pied et huit onces de pain pour toute nourriture, et cela dure vingt ans ; ainsi je n'en sortirais qu'à quarante-quatre ans. La logique de Fabrice oubliait que, puisqu'il avait brûlé son passeport, rien n'indiquait à l'employé de police qu'il fût le rebelle Fabrice del Dongo.

Notre héros était suffisamment effrayé, comme on le voit, il l'eût été bien davantage s'il eût connu les pensées qui agitaient le commis de police. Cet homme était ami de Giletti ; on peut juger de sa surprise lorsqu'il vit son passeport entre les mains d'un autre ; son premier mouvement
550   fut de faire arrêter cet autre, puis il songea que Giletti pouvait bien avoir vendu son passeport à ce beau jeune homme qui apparemment venait de faire quelque mauvais coup à Parme. Si je l'arrête, se dit-il, Giletti sera compro-

mis ; on découvrira facilement qu'il a vendu son passeport ; d'un autre côté, que diront mes chefs si l'on vient à vérifier que moi, ami de Giletti, j'ai visé son passeport porté par un autre ? L'employé se leva en bâillant et dit à Fabrice : – Attendez, monsieur ; puis, par une habitude de police, il ajouta : il s'élève une difficulté. Fabrice dit à part soi : Il va s'élever ma fuite.   560

En effet, l'employé quittait le bureau dont il laissait la porte ouverte, et le passeport était resté sur la table de sapin. Le danger est évident, pensa Fabrice ; je vais prendre mon passeport et repasser le pont au petit pas, je dirai au gendarme, s'il m'interroge, que j'ai oublié de faire viser mon passeport par le commissaire de police du dernier village des États de Parme. Fabrice avait déjà son passeport à la main, lorsque, à son inexprimable étonnement, il entendit le commis aux bijoux de cuivre qui disait :

– Ma foi je n'en puis plus ; la chaleur m'étouffe ; je vais 570
au café prendre la demi-tasse. Entrez au bureau quand vous aurez fini votre pipe, il y a un passeport à viser ; l'étranger est là.

Fabrice, qui sortait à pas de loup, se trouva face à face avec un beau jeune homme qui se disait en chantonnant : Eh bien, visons donc ce passeport, je vais leur faire mon paraphe.

– Où monsieur veut-il aller ?

– À Mantoue, Venise et Ferrare.

– Ferrare soit, répondit l'employé en sifflant ; il prit une 580
griffe, imprima le visa en encre bleue sur le passeport, écrivit rapidement les mots : Mantoue, Venise et Ferrare dans l'espace laissé en blanc par la griffe, puis il fit plusieurs tours en l'air avec la main, signa et reprit de l'encre pour son paraphe qu'il exécuta avec lenteur et en se donnant des soins infinis. Fabrice suivait tous les mouvements de cette plume ; le commis regarda son paraphe avec complaisance, il y ajouta cinq ou six points, enfin il remit le passeport à Fabrice en disant d'un air léger : bon voyage, monsieur.

Fabrice s'éloignait d'un pas dont il cherchait à dissi- 590
muler la rapidité, lorsqu'il se sentit arrêter par le bras gauche : instinctivement il mit la main sur le manche de son poignard, et s'il ne se fût vu entouré de maisons, il fût peut-être tombé dans une étourderie. L'homme qui lui tou-

chait le bras gauche, lui voyant l'air tout effaré, lui dit en forme d'excuse :

– Mais j'ai appelé monsieur trois fois, sans qu'il répondît ; monsieur a-t-il quelque chose à déclarer à la douane ?

600 – Je n'ai sur moi que mon mouchoir ; je vais ici tout près chasser chez un de mes parents.

Il eût été bien embarrassé si on l'eût prié de nommer ce parent. Par la grande chaleur qu'il faisait et avec ces émotions Fabrice était mouillé comme s'il fût tombé dans le Pô. Je ne manque pas de courage entre les comédiens, mais les commis ornés de bijoux de cuivre me mettent hors de moi ; avec cette idée je ferai un sonnet comique pour la duchesse.

À peine entré dans Casal-Maggiore, Fabrice prit à 610 droite une mauvaise rue qui descend vers le Pô. J'ai grand besoin, se dit-il, des secours de Bacchus et de Cérès, et il entra dans une boutique au-dehors de laquelle pendait un torchon gris attaché à un bâton ; sur le torchon était écrit le mot *Trattoria*. Un mauvais drap de lit soutenu par deux cerceaux de bois fort minces, et pendant jusqu'à trois pieds de terre, mettait la porte de la *Trattoria* à l'abri des rayons directs du soleil. Là, une femme à demi nue et fort jolie reçut notre héros avec respect, ce qui lui fit le plus vif plaisir ; il se hâta de lui dire qu'il mourait de faim. Pendant 620 que la femme préparait le déjeuner, entra un homme d'une trentaine d'années, il n'avait pas salué en entrant ; tout à coup il se releva du banc où il s'était jeté d'un air familier, et dit à Fabrice : *Eccellenza, la riverisco* (je salue Votre Excellence). Fabrice était très gai en ce moment, et au lieu de former des projets sinistres, il répondit en riant [1] :

---

1. Dans toute cette fin de chapitre et dans le chapitre suivant, le cadre réaliste du roman sert de caution au romanesque le plus débridé : Fabrice évolue dans un espace merveilleux, où une suite de rencontres inespérées et d'heureuses coïncidences le préserve de tout danger. Lui-même semble avoir hérité d'un don magique, celui de se jouer de tous les contrôles, de changer d'identités à sa guise, de disparaître totalement quand il le faut. Il accomplit ainsi le vœu de Stendhal qui, dans ses *Souvenirs d'égotisme*, avoue souvent penser à l'anneau d'Angélique (p. 70). Quant à Ludovic et Pépé (chapitre suivant), leur dévouement inconditionnel à la duchesse contribue à nous situer dans un univers de conte de fées, où les tensions entre maître et serviteurs ne sauraient exister.

– Et d'où diable connais-tu mon Excellence ?

– Comment ! Votre Excellence ne reconnaît pas Ludovic, l'un des cochers de Mme la duchesse Sanseverina ? À *Sacca*, la maison de campagne où nous allions tous les ans, je prenais toujours la fièvre ; j'ai demandé la 630 pension à madame et me suis retiré. Me voici riche ; au lieu de la pension de douze écus par an à laquelle tout au plus je pouvais avoir droit, madame m'a dit que pour me donner le loisir de faire des sonnets, car je suis poète en *langue vulgaire* [1], elle m'accordait vingt-quatre écus, et M. le comte m'a dit que si jamais j'étais malheureux, je n'avais qu'à venir lui parler. J'ai eu l'honneur de mener *monsignore* pendant un relais lorsqu'il est allé faire sa retraite comme un bon chrétien à la chartreuse de Velleja [2].

Fabrice regarda cet homme et le reconnut un peu. 640 C'était un des cochers les plus coquets de la casa Sanseverina : maintenant qu'il était riche, disait-il, il avait pour tout vêtement une grosse chemise déchirée et une culotte de toile, jadis teinte en noir, qui lui arrivait à peine aux genoux ; une paire de souliers et un mauvais chapeau complétaient l'équipage. De plus, il ne s'était pas fait la barbe depuis quinze jours. En mangeant son omelette, Fabrice fit la conversation avec lui absolument comme d'égal à égal [3] ; il crut voir que Ludovic était l'amant de l'hôtesse. Il termina rapidement son déjeuner, puis dit à 650 demi-voix à Ludovic : J'ai un mot pour vous.

– Votre Excellence peut parler librement devant elle, c'est une femme réellement bonne, dit Ludovic d'un air tendre.

– Eh bien, mes amis, reprit Fabrice sans hésiter, je suis malheureux et j'ai besoin de votre secours. D'abord il n'y a rien de politique dans mon affaire ; j'ai tout simplement

---

1. C'est-à-dire en italien (par opposition au latin, langue noble).
2. Localité située près de Parme, où se trouve une abbaye (pas une chartreuse). C'est encore là que Fabrice se retirera après le mariage de Clélia. C'est aussi une annonce de la retraite finale.
3. Autre composante du mythe italien selon Stendhal : cette familiarité spontanée, qui fait fi de la différence de rang, s'explique par l'absence de vanité, par l'inconstance du tissu social en Italie. En dépit de sa naissance, Ludovic, parce qu'il incarne une italianité idéale, fait bien partie de l'élite héroïque du roman.

tué un homme qui voulait m'assassiner parce que je parlais à sa maîtresse.

660   – Pauvre jeune homme ! dit l'hôtesse.

– Que Votre Excellence compte sur moi ! s'écria le cocher avec des yeux enflammés par le dévouement le plus vif ; où Son Excellence veut-elle aller ?

– À Ferrare. J'ai un passeport, mais j'aimerais mieux ne pas parler aux gendarmes, qui peuvent avoir connaissance du fait.

– Quand avez-vous expédié cet autre ?

– Ce matin à six heures.

– Votre Excellence n'a-t-elle point de sang sur ses 670 vêtements ? dit l'hôtesse.

– J'y pensais, reprit le cocher, et d'ailleurs le drap de ces vêtements est trop fin ; on n'en voit pas beaucoup de semblable dans nos campagnes, cela nous attirerait les regards ; je vais acheter des habits chez le juif. Votre Excellence est à peu près de ma taille, mais plus mince.

– De grâce, ne m'appelez plus Excellence, cela peut attirer l'attention.

– Oui, Excellence, répondit le cocher en sortant de la boutique.

680   – Eh bien ! eh bien ! cria Fabrice, et l'argent ! revenez donc !

– Que parlez-vous d'argent ! dit l'hôtesse, il a soixante-sept écus qui sont fort à votre service. Moi-même, ajouta-t-elle en baissant la voix, j'ai une quarantaine d'écus que je vous offre de bien bon cœur ; on n'a pas toujours de l'argent sur soi lorsqu'il arrive de ces accidents.

Fabrice avait ôté son habit à cause de la chaleur en entrant dans la *Trattoria*.

– Vous avez là un gilet qui pourrait nous causer de 690 l'embarras s'il entrait quelqu'un : cette belle *toile anglaise* attirerait l'attention. Elle donna à notre fugitif un gilet de toile teinte en noir, appartenant à son mari. Un grand jeune homme entra dans la boutique par une porte intérieure, il était mis avec une certaine élégance.

– C'est mon mari, dit l'hôtesse. Pierre-Antoine, dit-elle au mari, monsieur est un ami de Ludovic ; il lui est arrivé un accident ce matin de l'autre côté du fleuve, il désire se sauver à Ferrare.

– Eh ! nous le passerons, dit le mari d'un air fort poli, nous avons la barque de Charles-Joseph.

700

Par une autre faiblesse de notre héros, que nous avouerons aussi naturellement que nous avons raconté sa peur dans le bureau de police au bout du pont, il avait les larmes aux yeux ; il était profondément attendri par le dévouement parfait qu'il rencontrait chez ces paysans : il pensait aussi à la bonté caractéristique de sa tante ; il eût voulu pouvoir faire la fortune de ces gens. Ludovic rentra chargé d'un paquet.

– Adieu cet autre, lui dit le mari d'un air de bonne amitié.

– Il ne s'agit pas de ça, reprit Ludovic d'un ton fort 710 alarmé, on commence à parler de vous, on a remarqué que vous avez hésité en entrant dans notre *vicolo* [1], et quittant la belle rue comme un homme qui chercherait à se cacher.

– Montez vite à la chambre, dit le mari.

Cette chambre, fort grande et fort belle, avait de la toile grise au lieu de vitres aux deux fenêtres, on y voyait quatre lits larges chacun de six pieds et hauts de cinq.

– Et vite, et vite ! dit Ludovic ; il y a un fat de gendarme nouvellement arrivé qui voulait faire la cour à la jolie femme d'en bas, et auquel j'ai prédit que quand il va en 720 correspondance sur la route, il pourrait bien se rencontrer avec une balle ; si ce chien-là entend parler de Votre Excellence, il voudra nous jouer un tour, il cherchera à vous arrêter ici afin de faire mal noter la *Trattoria* de la Théodolinde.

Eh quoi ! continua Ludovic en voyant sa chemise toute tachée de sang et des blessures serrées avec des mouchoirs, le *porco* s'est donc défendu ? En voilà cent fois plus qu'il n'en faut pour vous faire arrêter : je n'ai point acheté de chemise. Il ouvrit sans façon l'armoire du mari et donna une de 730 ses chemises à Fabrice qui bientôt fut habillé en riche bourgeois de campagne. Ludovic décrocha un filet suspendu à la muraille, plaça les habits de Fabrice dans le panier où l'on met le poisson, descendit en courant et sortit rapidement par une porte de derrière ; Fabrice le suivit.

– Théodolinde, cria-t-il en passant près de la boutique, cache ce qui est en haut, nous allons attendre dans les

---

1. Ruelle.

saules ; et toi, Pierre-Antoine, envoie-nous bien vite une barque, on paie bien.

740   Ludovic fit passer plus de vingt fossés à Fabrice. Il y avait des planches fort longues et fort élastiques qui servaient de ponts sur les plus larges de ces fossés ; Ludovic retirait ces planches après avoir passé. Arrivé au dernier canal, il tira la planche avec empressement.

– Respirons maintenant, dit-il ; ce chien de gendarme aurait plus de deux lieues à faire pour atteindre Votre Excellence. Vous voilà tout pâle, dit-il à Fabrice, je n'ai point oublié la petite bouteille d'eau-de-vie.

– Elle vient fort à propos : la blessure à la cuisse com-
750   mence à se faire sentir ; et d'ailleurs j'ai eu une fière peur dans le bureau de la police au bout du pont.

– Je le crois bien, dit Ludovic ; avec une chemise remplie de sang comme était la vôtre, je ne conçois pas seulement comment vous avez osé entrer en un tel lieu. Quant aux blessures, je m'y connais : je vais vous mettre dans un endroit bien frais où vous pourrez dormir une heure ; la barque viendra nous y chercher s'il y a moyen d'obtenir une barque ; sinon, quand vous serez un peu reposé nous ferons encore deux petites lieues, et je vous mènerai à un
760   moulin où je prendrai moi-même une barque. Votre Excellence a bien plus de connaissances que moi : madame va être au désespoir quand elle apprendra l'accident ; on lui dira que vous êtes blessé à mort, peut-être même que vous avez tué l'autre en traître. La marquise Raversi ne manquera pas de faire courir tous les mauvais bruits qui peuvent chagriner madame. Votre Excellence pourrait écrire.

– Et comment faire parvenir la lettre ?

– Les garçons du moulin où nous allons gagnent douze sous par jour ; en un jour et demi ils sont à Parme, donc
770   quatre francs pour le voyage ; deux francs pour l'usure des souliers : si la course était faite pour un pauvre homme tel que moi, ce serait six francs ; comme elle est pour le service d'un seigneur, j'en donnerai douze.

Quand on fut arrivé au lieu du repos dans un bois de vernes et de saules, bien touffu et bien frais, Ludovic alla à plus d'une heure de là chercher de l'encre et du papier. Grand Dieu, que je suis bien ici ! s'écria Fabrice. Fortune ! adieu, je ne serai jamais archevêque !

À son retour, Ludovic le trouva profondément endormi et ne voulut pas l'éveiller. La barque n'arriva que vers le coucher du soleil ; aussitôt que Ludovic la vit paraître au loin, il appela Fabrice qui écrivit deux lettres.

– Votre Excellence a bien plus de connaissances que moi, dit Ludovic d'un air peiné, et je crains bien de lui déplaire au fond du cœur, quoi qu'elle en dise, si j'ajoute une certaine chose.

– Je ne suis pas aussi nigaud que vous le pensez, répondit Fabrice, et, quoi que vous puissiez dire, vous serez toujours à mes yeux un serviteur fidèle de ma tante, et un homme qui a fait tout au monde pour me tirer d'un fort vilain pas.

Il fallut bien d'autres protestations encore pour décider Ludovic à parler, et quand enfin il en eut pris la résolution, il commença par une préface qui dura bien cinq minutes. Fabrice s'impatienta, puis il se dit : À qui la faute ? à notre vanité que cet homme a fort bien vue du haut de son siège. Le dévouement de Ludovic le porta enfin à courir le risque de parler net.

– Combien la marquise Raversi ne donnerait-elle pas au piéton que vous allez expédier à Parme pour avoir ces deux lettres ! Elles sont de votre écriture, et par conséquent font preuves judiciaires contre vous. Votre Excellence va me prendre pour un curieux indiscret ; en second lieu, elle aura peut-être honte de mettre sous les yeux de madame la duchesse ma pauvre écriture de cocher ; mais enfin votre sûreté m'ouvre la bouche, quoique vous puissiez me croire un impertinent. Votre Excellence ne pourrait-elle pas me dicter ces deux lettres ? Alors je suis le seul compromis, et encore bien peu, je dirais au besoin que vous m'êtes apparu au milieu d'un champ avec une écritoire de corne dans une main et un pistolet dans l'autre, et que vous m'avez ordonné d'écrire.

– Donnez-moi la main, mon cher Ludovic, s'écria Fabrice, et pour vous prouver que je ne veux point avoir de secret pour un ami tel que vous, copiez ces deux lettres telles qu'elles sont. Ludovic comprit toute l'étendue de cette marque de confiance et y fut extrêmement sensible, mais au bout de quelques lignes, comme il voyait la barque s'avancer rapidement sur le fleuve :

820   – Les lettres seront plus tôt terminées, dit-il à Fabrice, si
Votre Excellence veut prendre la peine de me les dicter.
Les lettres finies, Fabrice écrivit un A et un B à la dernière
ligne, et, sur une petite rognure de papier qu'ensuite il
chiffonna, il mit en français : *Croyez A et B*. Le piéton
devait cacher ce papier froissé dans ses vêtements.

La barque arrivant à portée de la voix, Ludovic appela
les bateliers par des noms qui n'étaient pas les leurs ; ils ne
répondirent point et abordèrent cinq cents toises plus bas,
regardant de tous les côtés pour voir s'ils n'étaient point
830 aperçus par quelque douanier.

– Je suis à vos ordres, dit Ludovic à Fabrice, voulez-
vous que je porte moi-même les lettres à Parme ? Voulez-
vous que je vous accompagne à Ferrare ?

– M'accompagner à Ferrare est un service que je
n'osais presque vous demander. Il faudra débarquer et
tâcher d'entrer dans la ville sans montrer le passeport. Je
vous dirai que j'ai la plus grande répugnance à voyager
sous le nom de Giletti, et je ne vois que vous qui puissiez
m'acheter un autre passeport.

840   – Que ne parliez-vous à Casal-Maggiore ! Je sais un
espion qui m'aurait vendu un excellent passeport, et pas
cher, pour quarante ou cinquante francs.

L'un des deux mariniers qui était né sur la rive droite du
Pô, et par conséquent n'avait pas besoin de passeport à
l'étranger pour aller à Parme, se chargea de porter les
lettres. Ludovic, qui savait manier la rame, se fit fort de
conduire la barque avec l'autre.

– Nous allons trouver sur le bas Pô, dit-il, plusieurs
barques armées appartenant à la police, et je saurai les
850 éviter. Plus de dix fois on fut obligé de se cacher au milieu
de petites îles à fleur d'eau, chargées de saules. Trois fois
on mit pied à terre pour laisser passer les barques vides
devant les embarcations de la police. Ludovic profita de ces
longs moments de loisir pour réciter à Fabrice plusieurs de
ses sonnets [1]. Les sentiments étaient assez justes, mais

---

1. Ludovic incarne le naturel artiste du peuple italien, autre composante
majeure de l'italianité stendhalienne. Énergique, spontané, naïf, son art
n'a que faire d'un savoir, car il vit de sensations et de passions, éprouvées
intensément et singulièrement.

comme émoussés par l'expression, et ne valaient pas la peine d'être écrits ; le singulier, c'est que cet ex-cocher avait des passions et des façons de voir vives et pittoresques ; il devenait froid et commun dès qu'il écrivait. C'est le contraire de ce que nous voyons dans le monde, se dit Fabrice ; l'on sait maintenant tout exprimer avec grâce, mais les cœurs n'ont rien à dire. Il comprit que le plus grand plaisir qu'il pût faire à ce serviteur fidèle ce serait de corriger les fautes d'orthographe de ses sonnets.

– On se moque de moi quand je prête mon cahier, disait Ludovic ; mais si Votre Excellence daignait me dicter l'orthographe des mots lettre à lettre, les envieux ne sauraient plus que dire : l'orthographe ne fait pas le génie. Ce ne fut que le surlendemain dans la nuit que Fabrice put débarquer en toute sûreté dans un bois de vernes, une lieue avant que d'arriver à *Ponte Lago Oscuro*. Toute la journée il resta caché dans une chènevière, et Ludovic le précéda à Ferrare ; il y loua un petit logement chez un juif pauvre, qui comprit tout de suite qu'il y avait de l'argent à gagner si l'on savait se taire. Le soir, à la chute du jour, Fabrice entra dans Ferrare monté sur un petit cheval ; il avait bon besoin de ce secours, la chaleur l'avait frappé sur le fleuve ; le coup de couteau qu'il avait à la cuisse et le coup d'épée que Giletti lui avait donné dans l'épaule, au commencement du combat, s'étaient enflammés et lui donnaient de la fièvre.

CHAPITRE XII

Le juif, maître du logement, avait procuré un chirurgien discret, lequel, comprenant à son tour qu'il y avait de l'argent dans la bourse, dit à Ludovic que sa *conscience* l'obligeait à faire son rapport à la police sur les blessures du jeune homme que lui, Ludovic, appelait son frère.

– La loi est claire, ajouta-t-il ; il est trop évident que votre frère ne s'est point blessé lui-même, comme il le raconte, en tombant d'une échelle, au moment où il tenait à la main un couteau tout ouvert.

Ludovic répondit froidement à cet honnête chirurgien que, s'il s'avisait de céder aux inspirations de sa conscience, il aurait l'honneur, avant de quitter Ferrare, de tomber sur lui précisément avec un couteau ouvert à la main. Quand il rendit compte de cet incident à Fabrice, celui-ci le blâma fort, mais il n'y avait plus un instant à perdre pour décamper. Ludovic dit au juif qu'il voulait essayer de faire prendre l'air à son frère ; il alla chercher une voiture, et nos amis sortirent de la maison pour n'y plus rentrer. Le lecteur trouve bien longs, sans doute, les récits de toutes ces démarches que rend nécessaires l'absence d'un passeport : ce genre de préoccupation n'existe plus en France ; mais en Italie, et surtout aux environs du Pô, tout le monde parle passeport [1]. Une fois

---

1. Le narrateur a beau mettre en avant la réalité géographique et politique de l'Italie morcelée, il est évident que Stendhal se fait d'abord plaisir en racontant en détail ces aventures aussi charmantes que superflues. Nous retrouvons là la liberté de composition de *La Chartreuse*, et l'égotisme de son auteur.

sorti de Ferrare sans encombre, comme pour faire une promenade, Ludovic renvoya le fiacre, puis il rentra en ville par une autre porte, et revint prendre Fabrice avec une *sediola* qu'il avait louée pour faire douze lieues. Arrivés près de Bologne, nos amis se firent conduire à travers champs sur la route qui de Florence conduit à Bologne ; ils passèrent la nuit dans la plus misérable auberge qu'ils purent découvrir, et, le lendemain, Fabrice se sentant la force de marcher un peu, ils entrèrent à Bologne [1] comme des promeneurs. On avait brûlé le passeport de Giletti : la mort du comédien devait être connue, et il y avait moins de péril à être arrêtés comme gens sans passeports que comme porteurs de passeport d'un homme tué.

Ludovic connaissait à Bologne deux ou trois domestiques de grandes maisons ; il fut convenu qu'il irait prendre langue auprès d'eux. Il leur dit que, venant de Florence et voyageant avec son jeune frère, celui-ci, se sentant le besoin de dormir, l'avait laissé partir seul une heure avant le lever du soleil. Il devait le rejoindre dans le village où lui, Ludovic, s'arrêterait pour passer les heures de la grande chaleur. Mais Ludovic, ne voyant point arriver son frère, s'était déterminé à retourner sur ses pas ; il l'avait retrouvé blessé d'un coup de pierre et de plusieurs coups de couteau, et, de plus, volé par des gens qui lui avaient cherché dispute. Ce frère était joli garçon, savait panser et conduire les chevaux, lire et écrire, et il voudrait bien trouver une place dans quelque bonne maison. Ludovic se réserva d'ajouter, quand l'occasion s'en présenterait, que, Fabrice tombé, les voleurs s'étaient enfuis emportant le petit sac dans lequel étaient leur linge et leurs passeports.

En arrivant à Bologne, Fabrice, se sentant très fatigué, et n'osant, sans passeport, se présenter dans une auberge, était entré dans l'immense église de Saint-Pétrone. Il y trouva une fraîcheur délicieuse ; bientôt il se sentit tout ranimé. Ingrat que je suis, se dit-il tout à coup, j'entre dans une église, et c'est pour m'y asseoir, comme dans un café ! Il se jeta à genoux, et remercia Dieu avec effusion de la protection évidente dont il était entouré depuis qu'il avait eu le malheur de tuer Giletti. Le danger qui le faisait

---

1. Donc dans les États pontificaux.

encore frémir, c'était d'être reconnu dans le bureau de police de Casal-Maggiore. Comment, se disait-il, ce commis, dont les yeux marquaient tant de soupçons et qui a relu mon passeport jusqu'à trois fois, ne s'est-il pas aperçu que je n'ai pas cinq pieds dix pouces, que je n'ai pas trente-huit ans, que je ne suis pas fort marqué de la petite vérole ? Que de grâces je vous dois, ô mon Dieu [1] ! Et j'ai pu tarder jusqu'à ce moment de mettre mon néant à vos pieds ! Mon orgueil a voulu croire que c'était à une vaine prudence humaine que je devais le bonheur d'échapper au Spielberg qui déjà s'ouvrait pour m'engloutir !

Fabrice passa plus d'une heure dans cet extrême attendrissement, en présence de l'immense bonté de Dieu. Ludovic s'approcha sans qu'il l'entendît venir, et se plaça en face de lui. Fabrice, qui avait le front caché dans ses mains, releva la tête, et son fidèle serviteur vit les larmes qui sillonnaient ses joues.

– Revenez dans une heure, lui dit Fabrice assez durement.

Ludovic pardonna ce ton à cause de la piété. Fabrice récita plusieurs fois les sept psaumes de la pénitence, qu'il savait par cœur ; il s'arrêtait longuement aux versets qui avaient du rapport avec sa situation présente.

Fabrice demandait pardon à Dieu de beaucoup de choses, mais, ce qui est remarquable, c'est qu'il ne lui vint pas à l'esprit de compter parmi ses fautes le projet de devenir archevêque, uniquement parce que le comte Mosca était Premier ministre, et trouvait cette place et la grande existence qu'elle donne convenables pour le neveu de la duchesse. Il l'avait désirée sans passion, il est vrai, mais enfin il y avait songé, exactement comme à une place de ministre ou de général. Il ne lui était point venu à la pensée que sa conscience pût être intéressée dans ce projet de la duchesse. Ceci est un trait remarquable de la religion qu'il devait aux enseignements des jésuites milanais. Cette

---

1. Dans tout ce chapitre, l'ironie à l'égard des effusions religieuses de Fabrice n'est pas absente, mais elle se nuance d'indulgence, car la piété est l'une des composantes de l'Italie idéale de Stendhal, qui ne manque pas en revanche, selon son habitude, de railler les jésuites.

religion *ôte le courage de penser aux choses inaccoutu-*
mées, et défend surtout l'*examen personnel*, comme le
plus énorme des péchés ; c'est un pas vers le protestan- 100
tisme. Pour savoir de quoi l'on est coupable, il faut interroger son curé, ou lire la liste des péchés, telle qu'elle se
trouve imprimée dans les livres intitulés : *Préparation au*
sacrement de la Pénitence. Fabrice savait par cœur la liste
des péchés rédigée en langue latine, qu'il avait apprise à
l'Académie ecclésiastique de Naples. Ainsi, en récitant
cette liste, parvenu à l'article du meurtre, il s'était fort
bien accusé devant Dieu d'avoir tué un homme, mais en
défendant sa vie. Il avait passé rapidement, et sans y
faire la moindre attention, sur les divers articles relatifs 110
au péché de *simonie* [1] (se procurer par de l'argent les
dignités ecclésiastiques). Si on lui eût proposé de donner
cent louis pour devenir premier grand vicaire de l'archevêque de Parme, il eût repoussé cette idée avec horreur ;
mais quoiqu'il ne manquât ni d'esprit ni surtout de
logique, il ne lui vint pas une seule fois à l'esprit que le
crédit du comte Mosca, employé en sa faveur, fût une
simonie. Tel est le triomphe de l'éducation jésuitique :
donner l'habitude de ne pas faire attention à des choses
plus claires que le jour. Un Français, élevé au milieu des 120
traits d'intérêt personnel et de l'ironie de Paris, eût pu,
sans être de mauvaise foi, accuser Fabrice d'hypocrisie au
moment même où notre héros ouvrait son âme à Dieu
avec la plus extrême sincérité et l'attendrissement le plus
profond.

Fabrice ne sortit de l'église qu'après avoir préparé la
confession qu'il se proposait de faire dès le lendemain ; il
trouva Ludovic assis sur les marches du vaste péristyle en
pierre qui s'élève sur la grande place en avant de la façade
de Saint-Pétrone. Comme après un grand orage l'air est 130
plus pur, ainsi l'âme de Fabrice était tranquille, heureuse
et comme rafraîchie.

---

1. « Volonté réfléchie d'acheter ou de vendre à prix temporel une chose
spirituelle (ou assimilable à une chose spirituelle) » (Le Robert). On voit
bien ici que le narrateur souligne l'authenticité du sentiment religieux en
Fabrice, pour faire pardonner son inconséquence, due au demeurant
autant à son détachement qu'à ses préjugés aristocratiques.

– Je me trouve fort bien, je ne sens presque plus mes blessures, dit-il à Ludovic en l'abordant ; mais avant tout je dois vous demander pardon ; je vous ai répondu avec humeur lorsque vous êtes venu me parler dans l'église ; je faisais mon examen de conscience. Eh bien ! où en sont nos affaires ?

140 – Elles vont au mieux : j'ai arrêté un logement, à la vérité bien peu digne de Votre Excellence, chez la femme d'un de mes amis, qui est fort jolie et de plus intimement liée avec l'un des principaux agents de la police. Demain j'irai déclarer comme quoi nos passeports nous ont été volés ; cette déclaration sera prise en bonne part ; mais je paierai le port de la lettre que la police écrira à Casal-Maggiore, pour savoir s'il existe dans cette commune un nommé Ludovic San-Micheli, lequel a un frère, nommé Fabrice, au service de Mme la duchesse Sanseverina, à Parme. Tout est fini, *siamo a cavallo* (proverbe italien :

150 nous sommes sauvés).

Fabrice avait pris tout à coup un air fort sérieux : il pria Ludovic de l'attendre un instant, rentra dans l'église presque en courant, et à peine y fut-il que de nouveau il se précipita à genoux ; il baisait humblement les dalles de pierre. C'est un miracle, Seigneur, s'écriait-il les larmes aux yeux : quand vous avez vu mon âme disposée à rentrer dans le devoir, vous m'avez sauvé. Grand Dieu ! il est possible qu'un jour je sois tué dans quelque affaire : souvenez-vous au moment de ma mort de l'état où mon âme

160 se trouve en ce moment. Ce fut avec les transports de la joie la plus vive que Fabrice récita de nouveau les sept psaumes de la pénitence. Avant que de sortir il s'approcha d'une vieille femme qui était assise devant une grande madone et à côté d'un triangle de fer placé verticalement sur un pied de même métal. Les bords de ce triangle étaient hérissés d'un grand nombre de pointes destinées à porter les petits cierges que la piété des fidèles allume devant la célèbre madone de Cimabue [1]. Sept cierges seulement étaient allumés quand Fabrice s'approcha ; il plaça

---

1. Le culte marial est caractéristique de la dévotion italienne, mais Stendhal invente ici l'existence de cette madone.

cette circonstance dans sa mémoire avec l'intention d'y   170
réfléchir ensuite plus à loisir.

– Combien coûtent les cierges ? dit-il à la femme.

– Deux bajocs [1] pièce.

En effet ils n'étaient guère plus gros qu'un tuyau de
plume, et n'avaient pas un pied de long.

– Combien peut-on placer encore de cierges sur votre
triangle ?

– Soixante-trois, puisqu'il y en a sept d'allumés.

Ah ! se dit Fabrice, soixante-trois et sept font soixante-
dix : ceci encore est à noter. Il paya les cierges, plaça lui-   180
même et alluma les sept premiers, puis se mit à genoux
pour faire son offrande, et dit à la vieille femme en se
relevant :

– C'est *pour grâce reçue*.

– Je meurs de faim, dit Fabrice à Ludovic, en le rejoi-
gnant.

– N'entrons point dans un cabaret, allons au logement ;
la maîtresse de la maison ira vous acheter ce qu'il faut
pour déjeuner ; elle volera une vingtaine de sous et en sera
d'autant plus attachée au nouvel arrivant.   190

– Ceci ne tend à rien moins qu'à me faire mourir de
faim une grande heure de plus, dit Fabrice en riant avec la
sérénité d'un enfant, et il entra dans un cabaret voisin de
Saint-Pétrone. À son extrême surprise, il vit à une table
voisine de celle où il était placé, Pépé, le premier valet de
chambre de sa tante, celui-là même qui autrefois était venu
à sa rencontre jusqu'à Genève. Fabrice lui fit signe de se
taire ; puis, après avoir déjeuné rapidement, le sourire du
bonheur errant sur ses lèvres, il se leva ; Pépé le suivit, et,
pour la troisième fois notre héros entra dans Saint-Pétrone.   200
Par discrétion, Ludovic resta à se promener sur la place.

– Hé, mon Dieu, monseigneur ! Comment vont vos
blessures ? Mme la duchesse est horriblement inquiète :
un jour entier elle vous a cru mort abandonné dans
quelque île du Pô, je vais lui expédier un courrier à l'instant même. Je vous cherche depuis six jours, j'en ai passé
trois à Ferrare, courant toutes les auberges.

– Avez-vous un passeport pour moi ?

---

1. Monnaie de l'État pontifical.

– J'en ai trois différents : l'un avec les noms et les titres
210 de Votre Excellence ; le second avec votre nom seulement,
et le troisième sous un nom supposé, Joseph Bossi [1] ;
chaque passeport est en double expédition, selon que Votre
Excellence voudra arriver de Florence ou de Modène. Il ne
s'agit que de faire une promenade hors de la ville. M. le
comte vous verrait loger avec plaisir à l'auberge *del Pelegrino*, dont le maître est son ami.

Fabrice, ayant l'air de marcher au hasard, s'avança dans
la nef droite de l'église jusqu'au lieu où ses cierges étaient
allumés ; ses yeux se fixèrent sur la madone de Cimabue,
220 puis il dit à Pépé en s'agenouillant : Il faut que je rende
grâce un instant ; Pépé l'imita. Au sortir de l'église, Pépé
remarqua que Fabrice donnait une pièce de vingt francs au
premier pauvre qui lui demanda l'aumône ; ce mendiant
jeta des cris de reconnaissance qui attirèrent sur les pas de
l'être charitable les nuées de pauvres de tout genre qui
ornent d'ordinaire la place de Saint-Pétrone. Tous voulaient avoir leur part du napoléon. Les femmes, désespérant de pénétrer dans la mêlée qui l'entourait, fondirent sur
Fabrice, lui criant s'il n'était pas vrai qu'il avait voulu
230 donner son napoléon pour être divisé parmi tous les
pauvres du bon Dieu. Pépé, brandissant sa canne à pomme
d'or, leur ordonna de laisser Son Excellence tranquille.

– Ah ! Excellence, reprirent toutes ces femmes d'une
voix plus perçante, donnez aussi un napoléon d'or pour les
pauvres femmes ! Fabrice doubla le pas, les femmes le
suivirent en criant, et beaucoup de pauvres mâles, accourant par toutes les rues, firent comme une sorte de petite
sédition. Toute cette foule horriblement sale et énergique
criait : *Excellence*. Fabrice eut beaucoup de peine à se
240 délivrer de la cohue ; cette scène rappela son imagination
sur la terre. Je n'ai que ce que je mérite, se dit-il, je me suis
frotté à la canaille [2].

---

1. Nom d'un peintre milanais (1777-1815), dont Stendhal a souvent parlé
dans ses écrits sur la peinture.
2. Fabrice est ici le porte-parole de Stendhal, qui, dans la *Vie de Henry
Brulard*, avoue : « J'abhorre la canaille […], en même temps que sous le
nom de *peuple* je désire passionnément son bonheur » (p. 161) ; et, plus
loin : « J'aime le peuple, je déteste ses oppresseurs, mais ce serait pour moi
un supplice de tous les instants que de vivre avec le peuple » (p. 168).

Deux femmes le suivirent jusqu'à la porte de Sara-
gosse par laquelle il sortait de la ville ; Pépé les arrêta en
les menaçant sérieusement de sa canne, et leur jetant
quelque monnaie. Fabrice monta la charmante colline de
San Michele in Bosco, fit le tour d'une partie de la ville
en dehors des murs, prit un sentier, arriva à cinq cents pas
sur la route de Florence, puis rentra dans Bologne et
remit gravement au commis de la police un passeport où 250
son signalement était noté d'une façon fort exacte. Ce
passeport le nommait Joseph Bossi, étudiant en théologie. Fabrice y remarqua une petite tache d'encre rouge
jetée, comme par hasard, au bas de la feuille vers l'angle
droit [1]. Deux heures plus tard il eut un espion à ses
trousses, à cause du titre d'*Excellence* que son compagnon lui avait donné devant les pauvres de Saint-Pétrone,
quoique son passeport ne portât aucun des titres qui donnent à un homme le droit de se faire appeler Excellence
par ses domestiques. 260

Fabrice vit l'espion, et s'en moqua fort ; il ne songeait
plus ni aux passeports ni à la police, et s'amusait de tout
comme un enfant. Pépé, qui avait ordre de rester auprès
de lui, le voyant fort content de Ludovic, aima mieux
aller porter lui-même de si bonnes nouvelles à la
duchesse. Fabrice écrivit deux très longues lettres aux
personnes qui lui étaient chères ; puis il eut l'idée d'en
écrire une troisième au vénérable archevêque Landriani.
Cette lettre produisit un effet merveilleux, elle contenait
un récit fort exact du combat avec Giletti. Le bon arche- 270
vêque, tout attendri, ne manqua pas d'aller lire cette
lettre au prince, qui voulut bien l'écouter, assez curieux
de voir comment ce jeune *monsignore* s'y prenait pour
excuser un meurtre aussi épouvantable. Grâce aux nombreux amis de la marquise Raversi, le prince ainsi que
toute la ville de Parme croyait que Fabrice s'était fait
aider par vingt ou trente paysans pour assommer un mauvais comédien qui avait l'insolence de lui disputer la
petite Marietta. Dans les cours despotiques, le premier

---

1. M. Crouzet signale que c'était là le procédé utilisé par la police ponti-
ficale pour désigner un suspect.

280 intrigant adroit dispose de la *vérité* [1], comme la mode en
dispose à Paris.

– Mais, que diable ! disait le prince à l'archevêque, on
fait faire ces choses-là par un autre ; mais les faire soi-
même, ce n'est pas l'usage ; et puis on ne tue pas un comédien tel que Giletti, on l'achète.

Fabrice ne se doutait en aucune façon de ce qui se passait à Parme. Dans le fait, il s'agissait de savoir si la mort
de ce comédien, qui de son vivant gagnait trente-deux
francs par mois, amènerait la chute du ministère ultra et de
290 son chef le comte Mosca.

En apprenant la mort de Giletti, le prince, piqué des airs
d'indépendance que se donnait la duchesse, avait ordonné
au fiscal général Rassi de traiter tout ce procès comme s'il
se fût agi d'un libéral. Fabrice, de son côté, croyait qu'un
homme de son rang était au-dessus des lois ; il ne calculait
pas que dans les pays où les grands noms ne sont jamais
punis, l'intrigue peut tout, même contre eux. Il parlait souvent à Ludovic de sa parfaite innocence qui serait bien vite
proclamée ; sa grande raison c'est qu'il n'était pas cou-
300 pable. Sur quoi Ludovic lui dit un jour :

– Je ne conçois pas comment Votre Excellence, qui a
tant d'esprit et d'instruction, prend la peine de dire de ces
choses-là à moi qui suis son serviteur dévoué ; Votre
Excellence use de trop de précautions, ces choses-là sont
bonnes à dire en public ou devant un tribunal. Cet homme
me croit un assassin et ne m'en aime pas moins, se dit
Fabrice, tombant de son haut.

Trois jours après le départ de Pépé, il fut bien étonné de
recevoir une lettre énorme fermée avec une tresse de soie
310 comme du temps de Louis XIV, et adressée à *Son Excellence révérendissime monseigneur Fabrice del Dongo,
premier grand vicaire du diocèse de Parme, chanoine* [2],
etc.

Mais, est-ce que je suis encore tout cela ? se dit-il en
riant. L'épître de l'archevêque Landriani était un chef-

---

1. Toute la fin de ce chapitre va, de fait, prouver que la loi de la cour est
d'abolir la vérité, de manipuler le langage à des fins intéressées.
2. Les titres sont toujours ironiques dans ce roman : la grandeur de
Fabrice est précisément de ne pas les prendre au sérieux.

d'œuvre de logique et de clarté ; elle n'avait pas moins de dix-neuf grandes pages, et racontait fort bien tout ce qui s'était passé à Parme à l'occasion de la mort de Giletti.

« Une armée française commandée par le maréchal Ney et marchant sur la ville n'aurait pas produit plus d'effet, lui disait le bon archevêque ; à l'exception de la duchesse et de moi, mon très cher fils, tout le monde croit que vous vous êtes donné le plaisir de tuer l'histrion Giletti. Ce malheur vous fût-il arrivé, ce sont de ces choses qu'on assoupit avec deux cents louis et une absence de six mois ; mais la Raversi veut renverser le comte Mosca à l'aide de cet incident. Ce n'est point l'affreux péché du meurtre que le public blâme en vous, c'est uniquement la *maladresse* ou plutôt l'insolence de ne pas avoir daigné recourir à un *bulo* (sorte de fier-à-bras, subalterne). Je vous traduis ici en termes clairs les discours qui m'environnent, car depuis ce malheur à jamais déplorable, je me rends tous les jours dans trois maisons des plus considérables de la ville pour avoir l'occasion de vous justifier. Et jamais je n'ai cru faire un plus saint usage du peu d'éloquence que le Ciel a daigné m'accorder. »

Les écailles tombaient des yeux de Fabrice [1], les nombreuses lettres de la duchesse, remplies de transports d'amitié, ne daignaient jamais raconter. La duchesse lui jurait de quitter Parme à jamais, si bientôt il n'y rentrait triomphant. Le comte fera pour toi, lui disait-elle dans la lettre qui accompagnait celle de l'archevêque, tout ce qui est humainement possible. Quant à moi, tu as changé mon caractère avec cette belle équipée ; je suis maintenant aussi avare que le banquier Tombone ; j'ai renvoyé tous mes ouvriers, j'ai fait plus, j'ai dicté au comte l'inventaire de ma fortune, qui s'est trouvée bien moins considérable que je ne le pensais. Après la mort de l'excellent comte Pietranera, que, par parenthèse, tu aurais bien plutôt dû venger, au lieu de t'exposer contre un être de l'espèce de Giletti, je restai avec douze cents livres de rente et cinq mille francs de dette ; je me souviens, entre autres choses, que j'avais deux douzaines et demie de souliers de satin blanc venant de Paris, et une seule paire de souliers pour

---

1. Formule déjà utilisée à Waterloo. On mesure encore ici la nullité politique de Fabrice.

marcher dans la rue. Je suis presque décidée à prendre les
trois cent mille francs que me laisse le duc, et que je voulais employer en entier à lui élever un tombeau magnifique. Au reste, c'est la marquise Raversi qui est ta principale ennemie, c'est-à-dire la mienne ; si tu t'ennuies seul
à Bologne, tu n'as qu'à dire un mot, j'irai te joindre. Voici
360　quatre nouvelles lettres de change, etc., etc.

La duchesse ne disait mot à Fabrice de l'opinion qu'on
avait à Parme sur son affaire, elle voulait avant tout le
consoler et, dans tous les cas, la mort d'un être ridicule tel
que Giletti ne lui semblait pas de nature à être reprochée
sérieusement à del Dongo. Combien de Giletti nos
ancêtres n'ont-ils pas envoyés dans l'autre monde, disait-
elle au comte, sans que personne se soit mis en tête de leur
en faire un reproche [1] !

Fabrice tout étonné, et qui entrevoyait pour la première
370　fois le véritable état des choses, se mit à étudier la lettre de
l'archevêque. Par malheur l'archevêque lui-même le
croyait plus au fait qu'il ne l'était réellement. Fabrice
comprit que ce qui faisait surtout le triomphe de la marquise Raversi, c'est qu'il était impossible de trouver des
témoins *de visu* de ce fatal combat. Le valet de chambre
qui le premier en avait apporté la nouvelle à Parme était à
l'auberge du village Sanguigna lorsqu'il avait eu lieu ; la
petite Marietta et la vieille femme qui lui servait de mère
avaient disparu, et la marquise avait acheté le *vetturino* qui
380　conduisait la voiture et qui faisait maintenant une déposi-
tion abominable.

« Quoique la procédure soit environnée du plus profond mystère, écrivait le bon archevêque avec son style cicéronien [2], et
dirigée par le fiscal général Rassi, dont la seule charité chrétienne peut m'empêcher de dire du mal, mais qui a fait sa fortune en s'acharnant après les malheureux accusés comme le
chien de chasse après le lièvre ; quoique le Rassi, dis-je, dont
votre imagination ne saurait s'exagérer la turpitude et la véna-
lité, ait été chargé de la direction du procès par un prince

---

1. Fabrice et Gina ont en commun la même vision aristocratique du
monde.
2. Stendhal se plaît à citer longuement cette lettre, qu'il aurait pu seulement mentionner ou résumer, parce qu'il s'amuse à pasticher l'éloquence
de l'archevêque.

irrité, j'ai pu lire les trois dépositions du *vetturino*. Par un 390
insigne bonheur, ce malheureux se contredit. Et j'ajouterai,
parce que je parle à mon vicaire général, à celui qui, après
moi, doit avoir la direction de ce diocèse, que j'ai mandé le
curé de la paroisse qu'habite ce pécheur égaré. Je vous dirai,
mon très cher fils, mais sous le secret de la confession, que ce
curé connaît déjà, par la femme du *vetturino*, le nombre
d'écus qu'il a reçus de la marquise Raversi ; je n'oserai dire
que la marquise a exigé de lui de vous calomnier, mais le fait
est probable. Les écus ont été remis par un malheureux prêtre
qui remplit des fonctions peu relevées auprès de cette mar- 400
quise, et auquel j'ai été obligé d'interdire la messe pour la
seconde fois. Je ne vous fatiguerai point du récit de plusieurs
autres démarches que vous deviez attendre de moi, et qui
d'ailleurs rentrent dans mon devoir. Un chanoine, votre collègue à la cathédrale, et qui d'ailleurs se souvient un peu trop
quelquefois de l'influence que lui donnent les biens de sa
famille dont, par la permission divine, il est resté le seul héritier, s'étant permis de dire chez M. le comte Zurla, ministre
de l'Intérieur, qu'il regardait cette bagatelle comme prouvée
contre vous (il parlait de l'assassinat du malheureux Giletti), 410
je l'ai fait appeler devant moi, et là, en présence de mes trois
autres vicaires généraux, de mon aumônier et de deux curés
qui se trouvaient dans la salle d'attente, je l'ai prié de nous
communiquer, à nous ses frères, les éléments de la conviction
complète qu'il disait avoir acquise contre un de ses collègues
à la cathédrale ; le malheureux n'a pu articuler que des raisons peu concluantes ; tout le monde s'est élevé contre lui, et
quoique je n'aie cru devoir ajouter que bien peu de paroles, il
a fondu en larmes et nous a rendus témoins du plein aveu de
son erreur complète, sur quoi je lui ai promis le secret en mon 420
nom et en celui de toutes les personnes qui avaient assisté à
cette conférence, sous la condition toutefois qu'il mettrait
tout son zèle à rectifier les fausses impressions qu'avaient pu
causer les discours par lui proférés depuis quinze jours.

« Je ne vous répéterai point, mon cher fils, ce que vous devez
savoir depuis longtemps, c'est-à-dire que des trente-quatre
paysans employés à la fouille entreprise par le comte Mosca
et que la Raversi prétend soldés par vous pour vous aider dans
un crime, trente-deux étaient au fond de leur fossé, tout occupés de leurs travaux, lorsque vous vous saisîtes du couteau de 430
chasse et l'employâtes à défendre votre vie contre l'homme
qui vous attaquait à l'improviste. Deux d'entre eux, qui
étaient hors du fossé, crièrent aux autres : *On assassine*

Monseigneur ! Ce cri seul montre votre innocence dans tout son éclat. Eh bien ! le fiscal général Rassi prétend que ces deux hommes ont disparu, bien plus, on a retrouvé huit des hommes qui étaient au fond du fossé ; dans leur premier inter- rogatoire six ont déclaré avoir entendu le cri *on assassine Monseigneur* ! Je sais, par voies indirectes, que dans leur cin- 440 quième interrogatoire, qui a eu lieu hier soir, cinq ont déclaré qu'ils ne se souvenaient pas bien s'ils avaient entendu directe- ment ce cri ou si seulement il leur avait été raconté par quelqu'un de leurs camarades. Des ordres sont donnés pour que l'on me fasse connaître la demeure de ces ouvriers terras- siers, et leurs curés leur feront comprendre qu'ils se damnent si, pour gagner quelques écus, ils se laissent aller à altérer la vérité. »

Le bon archevêque entrait dans des détails infinis, comme on peut en juger par ceux que nous venons de rap- 450 porter. Puis il ajoutait en se servant de la langue latine :

« Cette affaire n'est rien moins qu'une tentative de change- ment de ministère. Si vous êtes condamné, ce ne peut être qu'aux galères ou à la mort, auquel cas j'interviendrais en déclarant, du haut de ma chaire archiépiscopale, que je sais que vous êtes innocent, que vous avez tout simplement défendu votre vie contre un brigand, et qu'enfin je vous ai défendu de revenir à Parme tant que vos ennemis y triompheront ; je me propose même de stigmatiser, comme il le mérite, le fiscal général ; la haine contre cet homme est 460 aussi commune que l'estime pour son caractère est rare. Mais enfin la veille du jour où ce fiscal prononcera cet arrêt si injuste, la duchesse Sanseverina quittera la ville et peut-être même les États de Parme : dans ce cas l'on ne fait aucun doute que le comte ne donne sa démission. Alors, très proba- blement, le général Fabio Conti arrive au ministère, et la mar- quise Raversi triomphe. Le grand mal de votre affaire, c'est qu'aucun homme entendu n'est chargé en chef des démarches nécessaires pour mettre au jour votre innocence et déjouer les tentatives faites pour suborner des témoins. Le comte croit 470 remplir ce rôle ; mais il est trop grand seigneur pour descen- dre à de certains détails ; de plus, en sa qualité de ministre de la Police, il a dû donner, dans le premier moment, les ordres les plus sévères contre vous. Enfin, oserai-je le dire ? Notre souverain seigneur vous croit coupable, ou du moins simule cette croyance, et apporte quelque aigreur dans cette affaire. » (Les mots correspondant à *notre souverain seigneur* et à

simule cette croyance étaient en grec, et Fabrice sut un gré
infini à l'archevêque d'avoir osé les écrire. Il coupa avec un
canif cette ligne de sa lettre, et la détruisit sur-le-champ.)

Fabrice s'interrompit vingt fois en lisant cette lettre ; il 480
était agité des transports de la plus vive reconnaissance : il
répondit à l'instant par une lettre de huit pages. Souvent il
fut obligé de relever la tête pour que ses larmes ne tombas-
sent pas sur son papier. Le lendemain, au moment de
cacheter cette lettre, il en trouva le ton trop mondain. Je
vais l'écrire en latin, se dit-il, elle en paraîtra plus convenable au digne archevêque. Mais en cherchant à construire
de belles phrases latines bien longues, bien imitées de
Cicéron, il se rappela qu'un jour l'archevêque, lui parlant
de Napoléon, affectait de l'appeler Buonaparte [1] ; à l'ins- 490
tant disparut toute l'émotion qui la veille le touchait
jusqu'aux larmes. Ô roi d'Italie, s'écria-t-il, cette fidélité
que tant d'autres t'ont jurée de ton vivant, je te la garderai
après ta mort. Il m'aime, sans doute, mais parce que je suis
un del Dongo et lui le fils d'un bourgeois. Pour que sa
belle lettre en italien ne fût pas perdue, Fabrice y fit
quelques changements nécessaires, et l'adressa au comte
Mosca.

Ce jour-là même, Fabrice rencontra dans la rue la petite
Marietta ; elle devint rouge de bonheur, et lui fit signe de 500
la suivre sans l'aborder. Elle gagna rapidement un portique
désert ; là, elle avança encore la dentelle noire qui, suivant
la mode du pays, lui couvrait la tête, de façon à ce qu'elle
ne pût être reconnue ; puis, se retournant vivement :

– Comment se fait-il, dit-elle à Fabrice, que vous mar-
chiez ainsi librement dans la rue ? Fabrice lui raconta son
histoire.

– Grand Dieu ! vous avez été à Ferrare ! Moi qui vous y
ai tant cherché ! Vous saurez que je me suis brouillée avec
la vieille femme parce qu'elle voulait me conduire à 510
Venise, où je savais bien que vous n'iriez jamais, puisque
vous êtes sur la liste noire de l'Autriche. J'ai vendu mon
collier d'or pour venir à Bologne, un pressentiment
m'annonçait le bonheur que j'ai de vous y rencontrer ; la

---

1. C'est ainsi que l'appelaient, en 1815, les royalistes, dans leurs pamphlets notamment, pour fustiger son origine étrangère.

vieille femme est arrivée deux jours après moi. Ainsi, je ne vous engagerai point à venir chez nous, elle vous ferait encore de ces vilaines demandes d'argent qui me font tant de honte. Nous avons vécu fort convenablement depuis le jour fatal que vous savez, et nous n'avons pas dépensé le quart de ce que vous lui donnâtes. Je ne voudrais pas aller vous voir à l'auberge du *Pelegrino*, ce serait une publicité. Tâchez de louer une petite chambre dans une rue déserte, et à l'*Ave Maria* (la tombée de la nuit), je me trouverai ici, sous ce même portique. Ces mots dits, elle prit la fuite.

CHAPITRE XIII

Toutes les idées sérieuses furent oubliées à l'apparition imprévue de cette aimable personne. Fabrice se mit à vivre à Bologne dans une joie et une sécurité profondes. Cette disposition naïve à se trouver heureux de tout ce qui remplissait sa vie perçait dans les lettres qu'il adressait à la duchesse ; ce fut au point qu'elle en prit de l'humeur. À peine si Fabrice le remarqua ; seulement il écrivit en signes abrégés sur le cadran de sa montre [1] : quand j'écris à la D. ne jamais dire *quand j'étais prélat, quand j'étais homme d'église : cela la fâche*. Il avait acheté deux petits chevaux dont il était fort content : il les attelait à une calèche de louage toutes les fois que la petite Marietta voulait aller voir quelqu'un de ces sites ravissants des environs de Bologne ; presque tous les soirs il la conduisait à la *Chute du Reno*. [2] Au retour, il s'arrêtait chez l'aimable Crescentini [3], qui se croyait un peu le père de la Marietta.

Ma foi ! si c'est là la vie de café qui me semblait si ridicule pour un homme de quelque valeur, j'ai eu tort de la repousser, se dit Fabrice. Il oubliait qu'il n'allait jamais au café que pour lire le *Constitutionnel*, et que, parfaitement inconnu à tout le beau monde de Bologne, les jouissances

---

1. Procédé à la mode, auquel Stendhal avait eu recours dans sa vie amoureuse.
2. Ces cascades étaient un lieu de promenade fort prisé.
3. Il s'agirait d'un castrat, ce qui peut paraître ici curieux.

de vanité n'entraient pour rien dans sa félicité présente.
Quand il n'était pas avec la petite Marietta, on le voyait à
l'Observatoire, où il suivait un cours d'astronomie ; le pro-
fesseur l'avait pris en grande amitié et Fabrice lui prêtait
ses chevaux le dimanche pour aller briller avec sa femme
au *Corso* de la *Montagnola* [1].

Il avait en exécration de faire le malheur d'un être quel-
30 conque, si peu estimable qu'il fût. La Marietta ne voulait
pas absolument qu'il vît la vieille femme ; mais un jour
qu'elle était à l'église, il monta chez la *mammacia* qui
rougit de colère en le voyant entrer. C'est le cas de faire le
del Dongo, se dit Fabrice.

– Combien la Marietta gagne-t-elle par mois quand elle
est engagée ? s'écria-t-il de l'air dont un jeune homme qui
se respecte entre à Paris au balcon des Bouffes.

– Cinquante écus.

– Vous mentez comme toujours ; dites la vérité, ou par
40 Dieu vous n'aurez pas un centime.

– Eh bien, elle gagnait vingt-deux écus dans notre compagnie à Parme, quand nous avons eu le malheur de vous
connaître ; moi je gagnais douze écus, et nous donnions à
Giletti, notre protecteur, chacune le tiers de ce qui nous
revenait. Sur quoi, tous les mois à peu près, Giletti faisait
un cadeau à la Marietta ; ce cadeau pouvait bien valoir
deux écus.

– Vous mentez encore ; vous, vous ne receviez que
quatre écus. Mais si vous êtes bonne avec la Marietta, je
50 vous engage comme si j'étais un *impresario* ; tous les
mois vous recevrez douze écus pour vous et vingt-deux
pour elle ; mais si je lui vois les yeux rouges, je fais ban-
queroute.

– Vous faites le fier ; eh bien ! votre rebelle générosité
nous ruine, répondit la vieille femme d'un ton furieux ;
nous perdons l'*avviamento* (l'achalandage). Quand nous
aurons l'énorme malheur d'être privées de la protection de
Votre Excellence, nous ne serons plus connues d'aucune
troupe, toutes seront au grand complet ; nous ne trouve-
60 rons pas d'engagement, et par vous, nous mourrons de
faim.

_____

1. Autre lieu de promenade à la mode.

– Va-t'en au diable, dit Fabrice en s'en allant.

– Je n'irai pas au diable ; vilain impie ! mais tout simplement au bureau de la police, qui saura de moi que vous
êtes un *monsignore* qui a jeté le froc aux orties, et que vous
ne vous appelez pas plus Joseph Bossi que moi. Fabrice
avait déjà descendu quelques marches de l'escalier, il
revint.

– D'abord la police sait mieux que toi quel peut être
mon vrai nom ; mais si tu t'avises de me dénoncer, si tu as 70
cette infamie, lui dit-il d'un grand sérieux, Ludovic te parlera, et ce n'est pas six coups de couteau que recevra ta
vieille carcasse, mais deux douzaines, et tu seras pour six
mois à l'hôpital, et sans tabac.

La vieille femme pâlit et se précipita sur la main de
Fabrice, qu'elle voulut baiser :

– J'accepte avec reconnaissance le sort que vous nous
faites, à la Marietta et à moi. Vous avez l'air si bon, que
je vous prenais pour un niais ; et pensez-y bien, d'autres
que moi pourront commettre la même erreur ; je vous 80
conseille d'avoir habituellement l'air plus grand seigneur. Puis elle ajouta avec une impudence admirable :
Vous réfléchirez à ce bon conseil, et comme l'hiver n'est
pas bien éloigné, vous nous ferez cadeau à la Marietta et
à moi de deux bons habits de cette belle étoffe anglaise
que vend le gros marchand qui est sur la place Saint-
Pétrone.

L'amour de la jolie Marietta offrait à Fabrice tous les
charmes de l'amitié la plus douce, ce qui le faisait songer
au bonheur du même genre qu'il aurait pu trouver auprès 90
de la duchesse.

Mais n'est-ce pas une chose bien plaisante, se disait-il
quelquefois, que je ne sois pas susceptible de cette préoccupation exclusive et passionnée qu'ils appellent de
l'amour ? Parmi les liaisons que le hasard m'a données à
Novare ou à Naples, ai-je jamais rencontré de femme dont
la présence, même dans les premiers jours, fût pour moi
préférable à une promenade sur un joli cheval inconnu ?
Ce qu'on appelle amour, ajoutait-il, serait-ce donc encore
un mensonge ? J'aime sans doute, comme j'ai bon appétit 100
à six heures ! Serait-ce cette propension quelque peu vulgaire dont ces menteurs auraient fait l'amour d'Othello,

l'amour de Tancrède [1] ? ou bien faut-il croire que je suis organisé autrement que les autres hommes ? Mon âme manquerait d'une passion, pourquoi cela ? ce serait une singulière destinée !

À Naples, surtout dans les derniers temps, Fabrice avait rencontré des femmes qui, fières de leur rang, de leur beauté et de la position qu'occupaient dans le monde les adorateurs qu'elles lui avaient sacrifiés, avaient prétendu le mener. À la vue de ce projet, Fabrice avait rompu de la façon la plus scandaleuse et la plus rapide. Or, se disait-il, si je me laisse jamais transporter par le plaisir, sans doute très vif, d'être bien avec cette jolie femme qu'on appelle la duchesse Sanseverina, je suis exactement comme ce Français étourdi qui tua un jour la poule aux œufs d'or. C'est à la duchesse que je dois le seul bonheur que j'aie jamais éprouvé par les sentiments tendres ; mon amitié pour elle est ma vie, et d'ailleurs, sans elle que suis-je ? un pauvre exilé réduit à vivoter péniblement dans un château délabré des environs de Novare. Je me souviens que durant les grandes pluies d'automne j'étais obligé, le soir, crainte d'accident, d'ajuster un parapluie sur le ciel de mon lit. Je montais les chevaux de l'homme d'affaires, qui voulait bien le souffrir par respect pour mon *sang bleu* (pour ma haute puissance) [2], mais il commençait à trouver mon séjour un peu long ; mon père m'avait assigné une pension de douze cents francs, et se croyait damné de donner du pain à un jacobin. Ma pauvre mère et mes sœurs se laissaient manquer de robes pour me mettre en état de faire quelques petits cadeaux à mes maîtresses. Cette façon

---

1. Othello, personnage central de la tragédie homonyme (1604) de Shakespeare, éprouve pour Desdémone un amour pur, fait de confiance, de tendresse et d'admiration, qui sera malheureusement détruit par les tourments de la jalousie. Tancrède, personnage de *La Jérusalem délivrée* du Tasse : modèle de vertu chevaleresque, il s'est épris de la belle Clorinde, qui lui est interdite parce que sarrasine. Cette passion impossible vire à la tragédie, lorsqu'il tue en duel sa bien-aimée, qui reçoit de ses mains, en mourant, le baptême. Fou de douleur, Tancrède restera toujours fidèle au souvenir de l'aimée. Stendhal était particulièrement sensible à la scène de la mort de Clorinde, qui représentait à ses yeux un idéal érotique et esthétique, celui de l'union du désir et de la violence, de la suavité et de la cruauté.
2. « Naissance » serait plus logique.

d'être généreux me perçait le cœur. Et, de plus, on commençait à soupçonner ma misère, et la jeune noblesse des environs allait me prendre en pitié. Tôt ou tard, quelque fat eût laissé voir son mépris pour un jacobin pauvre et malheureux dans ses desseins, car, aux yeux de ces gens-là, je n'étais pas autre chose. J'aurais donné ou reçu quelque bon coup d'épée qui m'eût conduit à la forteresse de Fenestrelles [1], ou bien j'eusse de nouveau été me réfugier en Suisse, toujours avec douze cents francs de pension. J'ai le bonheur de devoir à la duchesse l'absence de tous ces maux ; de plus, c'est elle qui sent pour moi les transports d'amitié que je devrais éprouver pour elle.

Au lieu de cette vie ridicule et piètre qui eût fait de moi un animal triste, un sot, depuis quatre ans je vis dans une grande ville et j'ai une excellente voiture, ce qui m'a empêché de connaître l'envie et tous les sentiments bas de la province. Cette tante trop aimable me gronde toujours de ce que je ne prends pas assez d'argent chez le banquier. Veux-je gâter à jamais cette admirable position ? Veux-je perdre l'unique amie que j'aie au monde ? Il suffit de proférer *un mensonge*, il suffit de dire à une femme charmante et peut-être unique au monde, et pour laquelle j'ai l'amitié la plus passionnée : *Je t'aime*, moi qui ne sais pas ce que c'est qu'aimer d'amour [2]. Elle passerait la journée à me faire un crime de l'absence de ces transports qui me sont inconnus. La Marietta, au contraire, qui ne voit pas dans mon cœur et qui prend une caresse pour un transport de l'âme, me croit fou d'amour, et s'estime la plus heureuse des femmes.

Dans le fait je n'ai connu un peu cette préoccupation tendre qu'on appelle, je crois, *l'amour*, que pour cette

---

1. Prison d'État du Piémont.
2. Dans le premier brouillon de réponse à Balzac, Stendhal avait écrit : « Je m'étais dit : pour être un peu original en 1880 après des milliers de romans, il faut que le héros ne soit pas amoureux au 1er volume, et qu'il y ait 2 héroïnes » (*Correspondance*, t. VI, p. 405). Les scrupules de Fabrice, son refus de céder aux facilités du désir, nous rappellent que, même sur cette terre de libres passions qu'est l'Italie, la réserve et l'obstacle restent, pour le héros stendhalien, la loi du véritable amour : à la femme qui se livre, il préférera finalement celle qui se refuse.

jeune Aniken de l'auberge de *Zonders*, près de la frontière de Belgique.

C'est avec regret [1] que nous allons placer ici l'une des plus mauvaises actions de Fabrice : au milieu de cette vie tranquille, une misérable *pique* de vanité [2] s'empara de ce cœur rebelle à l'amour, et le conduisit fort loin. En même temps que lui se trouvait à Bologne la fameuse Fausta F***, sans contredit l'une des premières chanteuses de notre époque, et peut-être la femme la plus capricieuse que l'on ait jamais vue. L'excellent poète Burati [3], de Venise, avait fait sur son compte ce fameux sonnet satirique qui alors se trouvait dans la bouche des princes comme des derniers gamins de carrefours.

« Vouloir et ne pas vouloir, adorer et détester en un jour, n'être contente que dans l'inconstance, mépriser ce que le monde adore, tandis que le monde l'adore, la Fausta a ces défauts et bien d'autres encore. Donc ne vois jamais ce serpent. Si tu la vois, imprudent, tu oublies ses caprices. As-tu le bonheur de l'entendre, tu t'oublies toi-même, et l'amour fait de toi, en un moment, ce que Circé fit jadis des compagnons d'Ulysse. »

Pour le moment ce miracle de beauté était sous le charme des énormes favoris et de la haute insolence du jeune comte M***, au point de n'être pas révoltée de son abominable jalousie. Fabrice vit ce comte dans les rues de Bologne, et fut choqué de l'air de supériorité avec lequel il occupait le pavé, et daignait montrer ses grâces au

---

1. L'utilité de cet épisode a, de fait, souvent été discutée, par Stendhal lui-même qui, dans le brouillon de réponse à Balzac qui figure dans le Dossier (p. 642), fait part de ses scrupules : certes, il le justifie alors en tant qu'expérience nécessaire pour prouver l'inaptitude de Fabrice à l'amour et y ménage des symétries avec le reste du roman, mais la longueur même du chapitre donne plutôt à penser qu'une fois de plus Stendhal s'est surtout fait plaisir, en composant ce récit qu'il faut lire comme défense et illustration, par la parodie, du romanesque, dans une atmosphère de gaieté bouffe (pour une analyse de cet épisode, on lira l'article de P. Laforgue, dans *La Chartreuse de Parme ou la « chimère absente »*, et celui de D. Philippot, « *La Chartreuse-bouffe* ou la folie de la gaieté », *H.B.*, n° 1, 1997).
2. Cette « maladie de l'honneur » a longuement été analysée au chapitre XXXVIII de *De l'amour*.
3. Poète satirique (1778-1832), que Stendhal fréquenta et apprécia.

public. Ce jeune homme était fort riche, se croyait tout permis, et comme ses *prepotenze* [1] lui avaient attiré des menaces, il ne se montrait guère qu'environné de huit ou dix *buli* (sorte de coupe-jarrets), revêtus de sa livrée, et qu'il avait fait venir de ses terres dans les environs de Brescia. Les regards de Fabrice avaient rencontré une ou deux fois ceux de ce terrible comte, lorsque le hasard lui fit entendre la Fausta. Il fut étonné de l'angélique douceur de cette voix : il ne se figurait rien de pareil ; il lui dut des sensations de bonheur suprême, qui faisaient un beau contraste avec la *placidité* de sa vie présente. Serait-ce enfin là de l'amour ? se dit-il. Fort curieux d'éprouver ce sentiment, et d'ailleurs amusé par l'action de braver ce comte M***, dont la mine était plus terrible que celle d'aucun *tambour-major*, notre héros se livra à l'enfantillage de passer beaucoup trop souvent devant le palais Tanari [2], que le comte M*** avait loué pour la Fausta.

Un jour, vers la tombée de la nuit, Fabrice, cherchant à se faire apercevoir de la Fausta, fut salué par des éclats de rire fort marqués lancés par les *buli* du comte, qui se trouvaient sur la porte du palais Tanari. Il courut chez lui, prit de bonnes armes et repassa devant ce palais. La Fausta, cachée derrière ses persiennes, attendait ce retour, et lui en tint compte. M***, jaloux de toute la terre, devint spécialement jaloux de M. Joseph Bossi, et s'emporta en propos ridicules ; sur quoi tous les matins notre héros lui faisait parvenir une lettre qui ne contenait que ces mots :

« M. Joseph Bossi détruit les insectes incommodes, et loge au *Pelegrino*, *via Larga*, n° 79. »

Le comte M***, accoutumé aux respects que lui assuraient en tous lieux son énorme fortune, son *sang bleu* et la bravoure de ses trente domestiques, ne voulut point entendre le langage de ce petit billet.

Fabrice en écrivait d'autres à la Fausta ; M *** mit des espions autour de ce rival, qui peut-être ne déplaisait pas ; d'abord il apprit son véritable nom, et ensuite que pour le moment il ne pouvait se montrer à Parme. Peu de jours

---

1. « Arrogance, insolence » (V. Del Litto).
2. Beau palais du XVIᵉ siècle.

après, le comte M***, ses *buli*, ses magnifiques chevaux et
la Fausta partirent pour Parme.

230   Fabrice, piqué au jeu, les suivit le lendemain. Ce fut en
vain que le bon Ludovic fit des remontrances pathétiques ;
Fabrice l'envoya promener, et Ludovic, fort brave lui-
même, l'admira ; d'ailleurs ce voyage le rapprochait de la
jolie maîtresse qu'il avait à Casal-Maggiore. Par les soins
de Ludovic, huit ou dix anciens soldats des régiments de
Napoléon entrèrent chez M. Joseph Bossi, sous le nom de
domestiques. Pourvu, se dit Fabrice en faisant la folie de
suivre la Fausta, que je n'aie aucune communication ni
avec le ministre de la Police, comte Mosca, ni avec la
240   duchesse, je n'expose que moi. Je dirai plus tard à ma
tante que j'allais à la recherche de l'amour, cette belle
chose que je n'ai jamais rencontrée. Le fait est que je
pense à la Fausta, même quand je ne la vois pas… Mais
est-ce le souvenir de sa voix que j'aime, ou sa personne [1] ?
Ne songeant plus à la carrière ecclésiastique, Fabrice avait
arboré des moustaches et des favoris presque aussi terribles que ceux du comte M***, ce qui le déguisait un peu.
Il établit son quartier général non à Parme, c'eût été trop
imprudent, mais dans un village des environs, au milieu
250   des bois, sur la route de *Sacca,* où était le château de sa
tante. D'après les conseils de Ludovic, il s'annonça dans
ce village comme le valet de chambre d'un grand seigneur
anglais fort original qui dépensait cent mille francs par an
pour se donner le plaisir de la chasse, et qui arriverait sous
peu du lac de Côme, où il était retenu par la pêche des
truites. Par bonheur, le joli petit palais que le comte M***
avait loué pour la belle Fausta était situé à l'extrémité
méridionale de la ville de Parme, précisément sur la route
de Sacca, et les fenêtres de la Fausta donnaient sur les
260   belles allées de grands arbres qui s'étendent sous la haute
tour de la citadelle. Fabrice n'était point connu dans ce
quartier désert ; il ne manqua pas de faire suivre le comte
M***, et, un jour que celui-ci venait de sortir de chez
l'admirable cantatrice, il eut l'audace de paraître dans la
rue en plein jour ; à la vérité, il était monté sur un excellent
cheval, et bien armé. Des musiciens, de ceux qui courent

---

1. Même hésitation que face à la Marietta.

les rues en Italie, et qui parfois sont excellents, vinrent planter leurs contrebasses sous les fenêtres de la Fausta : après avoir préludé, ils chantèrent assez bien une cantate en son honneur. La Fausta se mit à la fenêtre, et remarqua facilement un jeune homme fort poli qui, arrêté à cheval au milieu de la rue, la salua d'abord, puis se mit à lui adresser des regards fort peu équivoques. Malgré le costume anglais exagéré adopté par Fabrice, elle eut bientôt reconnu l'auteur des lettres passionnées qui avaient amené son départ de Bologne. Voilà un être singulier, se dit-elle, il me semble que je vais l'aimer. J'ai cent louis devant moi, je puis fort bien planter là ce terrible comte M***. Au fait, il manque d'esprit et d'imprévu, et n'est un peu amusant que par la mine atroce de ses gens.

Le lendemain, Fabrice ayant appris que tous les jours, vers les onze heures, la Fausta allait entendre la messe au centre de la ville, dans cette même église de Saint-Jean où se trouvait le tombeau de son grand-oncle, l'archevêque *Ascanio del Dongo*, il osa l'y suivre. À la vérité, Ludovic lui avait procuré une belle perruque anglaise avec des cheveux du plus beau rouge. À propos de la couleur de ces cheveux, qui était celle des flammes qui brûlaient son cœur, il fit un sonnet que la Fausta trouva charmant ; une main inconnue avait eu soin de le placer sur son piano. Cette petite guerre dura bien huit jours, mais Fabrice trouvait que, malgré ses démarches de tout genre, il ne faisait pas de progrès réels ; la Fausta refusait de le recevoir. Il outrait la nuance de singularité ; elle a dit depuis qu'elle avait peur de lui. Fabrice n'était plus retenu que par un reste d'espoir d'arriver à sentir ce qu'on appelle *de l'amour*, mais souvent il s'ennuyait.

– Monsieur, allons-nous-en, lui répétait Ludovic, vous n'êtes point amoureux ; je vous vois un sang-froid et un bon sens désespérants. D'ailleurs vous n'avancez point ; par pure vergogne, décampons. Fabrice allait partir au premier moment d'humeur, lorsqu'il apprit que la Fausta devait chanter chez la duchesse Sanseverina ; peut-être que cette voix sublime achèvera d'enflammer mon cœur, se dit-il ; et il osa bien s'introduire déguisé dans ce palais où tous les yeux le connaissaient. Qu'on juge de l'émotion de la duchesse, lorsque tout à fait vers la fin du concert elle

remarqua un homme en livrée de chasseur, debout près de
la porte du grand salon ; cette tournure rappelait quel-
310 qu'un. Elle chercha le comte Mosca qui seulement alors
lui apprit l'insigne et vraiment incroyable folie de Fabrice.
Il la prenait très bien. Cet amour pour une autre que la
duchesse lui plaisait fort ; le comte, parfaitement galant
homme hors de la politique, agissait d'après cette maxime
qu'il ne pouvait trouver le bonheur qu'autant que la
duchesse serait heureuse. Je le sauverai de lui-même, dit-
il à son amie ; jugez de la joie de nos ennemis si on l'arrêtait dans ce palais ! Aussi ai-je ici plus de cent hommes à
moi, et c'est pour cela que je vous ai fait demander les
320 clefs du grand château d'eau. Il se porte pour amoureux
fou de la Fausta, et jusqu'ici ne peut l'enlever au comte
M*** qui donne à cette folle une existence de reine. La
physionomie de la duchesse trahit la plus vive douleur :
Fabrice n'était donc qu'un libertin tout à fait incapable
d'un sentiment tendre et sérieux.

— Et ne pas nous voir ! c'est ce que jamais je ne pourrai
lui pardonner ! dit-elle enfin ; et moi qui lui écris tous les
jours à Bologne !

— J'estime fort sa retenue, répliqua le comte, il ne veut
330 pas nous compromettre par son équipée, et il sera plaisant
de la lui entendre raconter.

La Fausta était trop folle pour savoir taire ce qui
l'occupait : le lendemain du concert, dont ses yeux avaient
adressé tous les airs à ce grand jeune homme habillé en
chasseur, elle parla au comte M*** d'un attentif inconnu.
— Où le voyez-vous ? dit le comte furieux. — Dans les rues,
à l'église, répondit la Fausta interdite. Aussitôt elle voulut
réparer son imprudence ou du moins éloigner tout ce qui
pouvait rappeler Fabrice : elle se jeta dans une description
340 infinie d'un grand jeune homme à cheveux rouges, il avait
des yeux bleus ; sans doute c'était quelque Anglais fort
riche et fort gauche, ou quelque prince. À ce mot, le comte
M***, qui ne brillait pas par la justesse des aperçus, alla
se figurer, chose délicieuse pour sa vanité, que ce rival
n'était autre que le prince héréditaire de Parme. Ce pauvre
jeune homme mélancolique, gardé par cinq ou six gou-
verneurs, sous-gouverneurs, précepteurs, etc., etc., qui ne
le laissaient sortir qu'après avoir tenu conseil, lançait

d'étranges regards sur toutes les femmes passables qu'il lui était permis d'approcher. Au concert de la duchesse, son rang l'avait placé en avant de tous les auditeurs, sur un fauteuil isolé, à trois pas de la belle Fausta, et ses regards avaient souverainement choqué le comte M***. Cette folie d'exquise vanité : avoir un prince pour rival, amusa fort la Fausta qui se fit un plaisir de la confirmer par cent détails naïvement donnés.

– Votre race, disait-elle au comte, est aussi ancienne que celle des Farnèse à laquelle appartient ce jeune homme ?

– Que voulez-vous dire ? aussi ancienne ! Moi je n'ai point de bâtardise dans ma famille [1] *.

Le hasard voulut que jamais le comte M*** ne pût voir à son aise ce rival prétendu ; ce qui le confirma dans l'idée flatteuse d'avoir un prince pour antagoniste. En effet, quand les intérêts de son entreprise n'appelaient point Fabrice à Parme, il se tenait dans les bois vers Sacca et les bords du Pô. Le comte M*** était bien plus fier, mais aussi plus prudent depuis qu'il se croyait en passe de disputer le cœur de la Fausta à un prince ; il la pria fort sérieusement de mettre la plus grande retenue dans toutes ses démarches. Après s'être jeté à ses genoux en amant jaloux et passionné, il lui déclara fort net que son honneur était intéressé à ce qu'elle ne fût pas la dupe du jeune prince.

– Permettez, je ne serais pas sa dupe si je l'aimais ; moi, je n'ai jamais vu de prince à mes pieds.

– Si vous cédez, reprit-il avec un regard hautain, peut-être ne pourrai-je pas me venger du prince ; mais certes, je me vengerai ; et il sortit en fermant les portes à tour de bras. Si Fabrice se fût présenté en ce moment, il gagnait son procès.

– Si vous tenez à la vie, lui dit-il le soir, en prenant congé d'elle après le spectacle, faites que je ne sache jamais que le jeune prince a pénétré dans votre maison. Je

---

1. La note de Stendhal est exacte, mais il faut rappeler que les Farnèse ne régnaient plus à Parme au XIXe siècle.
* *Pierre-Louis*, le premier souverain de la famille Farnèse, si célèbre par ses vertus, fut, comme on sait, fils naturel du saint pape Paul III (NdA).

ne puis rien sur lui, morbleu ! mais ne me faites pas souvenir que je puis tout sur vous !

– Ah ! mon petit Fabrice, s'écria la Fausta ; si je savais où te prendre !

La vanité piquée peut mener loin un jeune homme riche et dès le berceau toujours environné de flatteurs. La passion très véritable que le comte M*** avait eue pour la Fausta se réveilla avec fureur : il ne fut point arrêté par la perspective dangereuse de lutter avec le fils unique du souverain chez lequel il se trouvait ; de même qu'il n'eut point l'esprit de chercher à voir ce prince, ou du moins à le faire suivre. Ne pouvant autrement l'attaquer, M*** osa songer à lui donner un ridicule. Je serai banni pour toujours des États de Parme, se dit-il, eh ! que m'importe ? S'il eût cherché à reconnaître la position de l'ennemi, le comte M*** eût appris que le pauvre jeune prince ne sortait jamais sans être suivi par trois ou quatre vieillards, ennuyeux gardiens de l'étiquette, et que le seul plaisir de son choix qu'on lui permît au monde, était la minéralogie. De jour comme de nuit, le petit palais occupé par la Fausta et où la bonne compagnie de Parme faisait foule, était environné d'observateurs ; M*** savait heure par heure ce qu'elle faisait et surtout ce qu'on faisait autour d'elle. L'on peut louer ceci dans les précautions de ce jaloux, cette femme si capricieuse n'eut d'abord aucune idée de ce redoublement de surveillance. Les rapports de tous ses agents disaient au comte M*** qu'un homme fort jeune, portant une perruque de cheveux rouges, paraissait fort souvent sous les fenêtres de la Fausta, mais toujours avec un déguisement nouveau. Évidemment c'est le jeune prince, se dit M***, autrement pourquoi se déguiser ? et parbleu ! un homme comme moi n'est pas fait pour lui céder. Sans les usurpations de la république de Venise, je serais prince souverain, moi aussi.

Le jour de San Stefano [1], les rapports des espions prirent une couleur plus sombre ; ils semblaient indiquer que la Fausta commençait à répondre aux empressements de l'inconnu. Je puis partir à l'instant avec cette femme, se dit

---

1. Soit le 26 décembre (1821). Stendhal est, dans cette scène, fidèle à son texte de départ, « Acte de vengeance… » (voir Dossier, chapitre I).

M*** ! Mais quoi ! à Bologne, j'ai fui devant del Dongo ;
ici je fuirais devant un prince ! Mais que dirait ce jeune
homme ? Il pourrait penser qu'il a réussi à me faire peur !
Et pardieu ! je suis d'aussi bonne maison que lui. M***
était furieux, mais, pour comble de misère, tenait avant
tout à ne point se donner, aux yeux de la Fausta qu'il savait
moqueuse, le ridicule d'être jaloux. Le jour de *San Stefano*
donc, après avoir passé une heure avec elle, et en avoir été
accueilli avec un empressement qui lui sembla le comble   430
de la fausseté, il la laissa sur les onze heures, s'habillant
pour aller entendre la messe à l'église de Saint-Jean. Le
comte M*** revint chez lui, prit l'habit noir râpé d'un
jeune élève en théologie, et courut à Saint-Jean ; il choisit
sa place derrière un des tombeaux qui ornent la troisième
chapelle à droite ; il voyait tout ce qui se passait dans
l'église par-dessous le bras d'un cardinal que l'on a représenté à genoux sur sa tombe ; cette statue ôtait la lumière
au fond de la chapelle et le cachait suffisamment. Bientôt
il vit arriver la Fausta plus belle que jamais ; elle était en   440
grande toilette, et vingt adorateurs appartenant à la plus
haute société lui faisaient cortège. Le sourire et la joie
éclataient dans ses yeux et sur ses lèvres ; il est évident, se
dit le malheureux jaloux, qu'elle compte rencontrer ici
l'homme qu'elle aime, et que depuis longtemps peut-être,
grâce à moi, elle n'a pu voir. Tout à coup, le bonheur le
plus vif sembla redoubler dans les yeux de la Fausta ; mon
rival est présent, se dit M***, et sa fureur de vanité n'eut
plus de bornes. Quelle figure est-ce que je fais ici, servant
de pendant à un jeune prince qui se déguise ? Mais   450
quelques efforts qu'il pût faire, jamais il ne parvint à
découvrir ce rival que ses regards affamés cherchaient de
toutes parts.

À chaque instant la Fausta, après avoir promené les
yeux dans toutes les parties de l'église, finissait par arrêter
des regards chargés d'amour et de bonheur, sur le coin
obscur où M*** s'était caché. Dans un cœur passionné,
l'amour est sujet à exagérer les nuances les plus légères, il
en tire les conséquences les plus ridicules, le pauvre M***
ne finit-il pas par se persuader que la Fausta l'avait vu, que   460
malgré ses efforts s'étant aperçue de sa mortelle jalousie,

elle voulait la lui reprocher et en même temps l'en consoler par ces regards si tendres.

Le tombeau du cardinal, derrière lequel M*** s'était placé en observation, était élevé de quatre ou cinq pieds sur le pavé de marbre de Saint-Jean. La messe à la mode finie vers les une heure, la plupart des fidèles s'en allèrent, et la Fausta congédia les *beaux* de la ville, sous un prétexte de dévotion ; restée agenouillée sur sa chaise, ses yeux, 470 devenus plus tendres et plus brillants, étaient fixés sur M*** ; depuis qu'il n'y avait plus que peu de personnes dans l'église, ses regards ne se donnaient plus la peine de la parcourir tout entière, avant de s'arrêter avec bonheur sur la statue du cardinal. Que de délicatesse, se disait le comte M*** se croyant regardé ! Enfin la Fausta se leva et sortit brusquement, après avoir fait, avec les mains, quelques mouvements singuliers.

M***, ivre d'amour et presque tout à fait désabusé de sa folle jalousie, quittait sa place pour voler au palais de sa 480 maîtresse et la remercier mille et mille fois, lorsqu'en passant devant le tombeau du cardinal il aperçut un jeune homme tout en noir ; cet être funeste s'était tenu jusque-là agenouillé tout contre l'épitaphe du tombeau, et de façon à ce que les regards de l'amant jaloux qui le cherchaient dussent passer par-dessus sa tête et ne point le voir.

Ce jeune homme se leva, marcha vite et fut à l'instant même environné par sept à huit personnages assez gauches, d'un aspect singulier et qui semblaient lui appartenir. M*** se précipita sur ses pas, mais, sans qu'il y eût 490 rien de trop marqué, il fut arrêté dans le défilé que forme le tambour de bois de la porte d'entrée, par ces hommes gauches qui protégeaient son rival ; enfin, lorsque après eux il arriva à la rue, il ne put que voir fermer la portière d'une voiture de chétive apparence, laquelle, par un contraste bizarre, était attelée de deux excellents chevaux, et en un moment fut hors de sa vue.

Il rentra chez lui haletant de fureur ; bientôt arrivèrent ses observateurs, qui lui rapportèrent froidement que ce jour-là, l'amant mystérieux, déguisé en prêtre, s'était age- 500 nouillé fort dévotement, tout contre un tombeau placé à l'entrée d'une chapelle obscure de l'église de Saint-Jean. La Fausta était restée dans l'église jusqu'à ce qu'elle fût à peu près déserte, et alors elle avait échangé rapidement certains signes avec cet inconnu ; avec les mains, elle faisait comme des croix. M*** courut chez l'infidèle ; pour la première fois elle ne put cacher son trouble ; elle raconta avec la naïveté menteuse d'une femme passionnée, que comme de coutume elle était allée à Saint-Jean, mais qu'elle n'y avait pas aperçu cet homme qui la persécutait. À ces mots, M***, hors de lui, la traita comme la dernière des créatures, lui dit tout ce qu'il avait vu lui-même, et la hardiesse des mensonges croissant avec la vivacité des accusations, il prit son poignard et se précipita sur elle. D'un grand sang-froid la Fausta lui dit :

– Eh bien ! tout ce dont vous vous plaignez est la pure vérité, mais j'ai essayé de vous la cacher afin de ne pas jeter votre audace dans des projets de vengeance insensés et qui peuvent nous perdre tous les deux ; car, sachez-le une bonne fois, suivant mes conjectures, l'homme qui me persécute de ses soins est fait pour ne pas trouver d'obstacles à ses volontés, du moins en ce pays. Après avoir rappelé fort adroitement qu'après tout M*** n'avait aucun droit sur elle, la Fausta finit par dire que probablement elle n'irait plus à l'église de Saint-Jean. M*** était éperdument amoureux, un peu de coquetterie avait pu se joindre à la prudence dans le cœur de cette jeune femme, il se sentit désarmer. Il eut l'idée de quitter Parme ; le jeune prince, si puissant qu'il fût, ne pourrait le suivre, ou s'il le suivait ne serait plus que son égal. Mais l'orgueil représenta de nouveau que ce départ aurait toujours l'air d'une fuite, et le comte M*** se défendit d'y songer.

Il ne se doute pas de la présence de mon petit Fabrice, se dit la cantatrice ravie, et maintenant nous pourrons nous moquer de lui d'une façon précieuse !

Fabrice ne devina point son bonheur, trouvant le lendemain les fenêtres de la cantatrice soigneusement fermées, et ne la voyant nulle part, la plaisanterie commença à lui sembler longue. Il avait des remords. Dans quelle situation est-ce que je mets ce pauvre comte Mosca, lui ministre de la Police ! on le croira mon complice, je serai venu dans ce pays pour casser le cou à sa fortune ! Mais si j'abandonne un projet si longtemps suivi, que dira la duchesse quand je lui conterai mes essais d'amour ?

Un soir que prêt à quitter la partie il se faisait ainsi la morale en rôdant sous les grands arbres qui séparent le palais de la Fausta de la citadelle, il remarqua qu'il était suivi par un espion de fort petite taille ; ce fut en vain que pour s'en débarrasser il alla passer par plusieurs rues, toujours cet être microscopique semblait attaché à ses pas.
550 Impatienté, il courut dans une rue solitaire située le long de la Parma, et où ses gens étaient en embuscade ; sur un signe qu'il fit ils sautèrent sur le pauvre petit espion qui se précipita à leurs genoux : c'était la *Bettina*, femme de chambre de la Fausta ; après trois jours d'ennui et de réclusion, déguisée en homme pour échapper au poignard du comte M***, dont sa maîtresse et elle avaient grand-peur, elle avait entrepris de venir dire à Fabrice qu'on l'aimait à la passion et qu'on brûlait de le voir ; mais on ne pouvait plus paraître à l'église de Saint-Jean. Il était
560 temps, se dit Fabrice, vive l'insistance !

La petite femme de chambre était fort jolie, ce qui enleva Fabrice à ses rêveries morales. Elle lui apprit que la promenade et toutes les rues où il avait passé ce soir-là étaient soigneusement gardées, sans qu'il y parût, par des espions de M***. Ils avaient loué des chambres au rez-de-chaussée ou au premier étage, cachés derrière les persiennes et gardant un profond silence, ils observaient tout ce qui se passait dans la rue, en apparence la plus solitaire, et entendaient ce qu'on y disait.

570 – Si ces espions eussent reconnu ma voix, dit la petite Bettina, j'étais poignardée sans rémission à ma rentrée au logis, et peut-être ma pauvre maîtresse avec moi.

Cette terreur la rendait charmante aux yeux de Fabrice.

– Le comte M***, continua-t-elle, est furieux, et madame sait qu'il est capable de tout… Elle m'a chargée de vous dire qu'elle voudrait être à cent lieues d'ici avec vous !

Alors elle raconta la scène du jour de la Saint-Étienne, et la fureur de M***, qui n'avait perdu aucun des regards
580 et des signes d'amour que la Fausta, ce jour-là folle de Fabrice, lui avait adressés. Le comte avait tiré son poignard, avait saisi la Fausta par les cheveux, et, sans sa présence d'esprit, elle était perdue.

Fabrice fit monter la jolie Bettina dans un petit appartement qu'il avait près de là. Il lui raconta qu'il était de Turin, fils d'un grand personnage qui pour le moment se trouvait à Parme, ce qui l'obligeait à garder beaucoup de ménagements. La Bettina lui répondit en riant qu'il était bien plus grand seigneur qu'il ne voulait paraître. Notre héros eut besoin d'un peu de temps avant de comprendre que la charmante fille le prenait pour un non moindre personnage que le prince héréditaire lui-même. La Fausta commençait à avoir peur et à aimer Fabrice ; elle avait pris sur elle de ne pas dire ce nom à sa femme de chambre, et de lui parler du prince. Fabrice finit par avouer à la jolie fille qu'elle avait deviné juste : Mais si mon nom est ébruité, ajouta-t-il, malgré la grande passion dont j'ai donné tant de preuves à ta maîtresse, je serai obligé de cesser de la voir, et aussitôt les ministres de mon père, ces méchants drôles que je destituerai un jour, ne manqueront pas de lui envoyer l'ordre de vider le pays, que jusqu'ici elle a embelli de sa présence.

Vers le matin, Fabrice combina avec la petite camériste plusieurs projets de rendez-vous pour arriver à la Fausta ; il fit appeler Ludovic et un autre de ses gens fort adroit, qui s'entendirent avec la Bettina, pendant qu'il écrivait à la Fausta la lettre la plus extravagante ; la situation comportait toutes les exagérations de la tragédie et Fabrice ne s'en fit pas faute. Ce ne fut qu'à la pointe du jour qu'il se sépara de la petite camériste, fort contente des façons du jeune prince.

Il avait été cent fois répété que, maintenant que la Fausta était d'accord avec son amant, celui-ci ne repasserait plus sous les fenêtres du petit palais que lorsqu'on pourrait l'y recevoir, et alors il y aurait signal. Mais Fabrice, amoureux de la Bettina, et se croyant près du dénouement avec la Fausta, ne put se tenir dans son village à deux lieues de Parme. Le lendemain, vers les minuit, il vint à cheval, et bien accompagné, chanter sous les fenêtres de la Fausta un air alors à la mode et dont il changeait les paroles. N'est-ce pas ainsi qu'en agissent messieurs les amants ? se disait-il.

Depuis que la Fausta avait témoigné le désir d'un rendez-vous, toute cette chasse semblait bien longue à

Fabrice. Non, je n'aime point, se disait-il en chantant
assez mal sous les fenêtres du petit palais ; la Bettina me
semble cent fois préférable à la Fausta, et c'est par elle que
je voudrais être reçu en ce moment. Fabrice, s'ennuyant
assez, retournait à son village, lorsque à cinq cents pas du
630 palais de la Fausta quinze ou vingt hommes se jetèrent sur
lui, quatre d'entre eux saisirent la bride de son cheval,
deux autres s'emparèrent de ses bras. Ludovic et les *bravi*
de Fabrice furent assaillis mais purent se sauver ; ils tirèrent quelques coups de pistolet. Tout cela fut l'affaire d'un
instant : cinquante flambeaux allumés parurent dans la rue
en un clin d'œil et comme par enchantement. Tous ces
hommes étaient bien armés. Fabrice avait sauté à bas de
son cheval, malgré les gens qui le retenaient ; il chercha à
se faire jour ; il blessa même un des hommes qui lui serrait
640 les bras avec des mains semblables à des étaux ; mais il fut
bien étonné d'entendre cet homme lui dire du ton le plus
respectueux :
– Votre Altesse me fera une bonne pension pour cette
blessure, ce qui vaudra mieux pour moi que de tomber
dans le crime de lèse-majesté, en tirant l'épée contre mon
prince.

Voici justement le châtiment de ma sottise, se dit
Fabrice, je me serai damné pour un péché qui ne me semblait point aimable.
650   À peine la petite tentative de combat fut-elle terminée,
que plusieurs laquais en grande livrée parurent avec une
chaise à porteurs dorée et peinte d'une façon bizarre :
c'était une de ces chaises grotesques dont les masques se
servent pendant le carnaval. Six hommes, le poignard à la
main, prièrent Son Altesse d'y entrer, lui disant que l'air
frais de la nuit pourrait nuire à sa voix ; on affectait les
formes les plus respectueuses, le nom de prince était
répété à chaque instant, et presque en criant. Le cortège
commença à défiler. Fabrice compta dans la rue plus de
660 cinquante hommes portant des torches allumées. Il pouvait
être une heure du matin, tout le monde s'était mis aux
fenêtres, la chose se passait avec une certaine gravité. Je
craignais des coups de poignard de la part du comte M***,
se dit Fabrice ; il se contente de se moquer de moi, je ne
lui croyais pas tant de goût. Mais pense-t-il réellement

avoir affaire au prince ? s'il sait que je ne suis que Fabrice, gare les coups de dague !

Ces cinquante hommes portant des torches et les vingt hommes armés, après s'être longtemps arrêtés sous les fenêtres de la Fausta, allèrent parader devant les plus beaux palais de la ville. Des majordomes placés aux deux côtés de la chaise à porteurs demandaient de temps à autre à Son Altesse si elle avait quelque ordre à leur donner. Fabrice ne perdit point la tête : à l'aide de la clarté que répandaient les torches, il voyait que Ludovic et ses hommes suivaient le cortège autant que possible. Fabrice se disait : Ludovic n'a que huit ou dix hommes et n'ose attaquer. De l'intérieur de sa chaise à porteurs, Fabrice voyait fort bien que les gens chargés de la mauvaise plaisanterie étaient armés jusqu'aux dents. Il affectait de rire avec les majordomes chargés de le soigner. Après plus de deux heures de marche triomphale, il vit que l'on allait passer à l'extrémité de la rue où était situé le palais Sanseverina.

Comme on tournait la rue qui y conduit, il ouvre avec rapidité la porte de la chaise pratiquée sur le devant, saute par-dessus l'un des bâtons, renverse d'un coup de poignard l'un des estafiers qui lui portait sa torche au visage ; il reçoit un coup de dague dans l'épaule, un second estafier lui brûle la barbe avec sa torche allumée, et enfin Fabrice arrive à Ludovic auquel il crie : *Tue ! tue tout ce qui porte des torches !* Ludovic donne des coups d'épée et le délivre de deux hommes qui s'attachaient à le poursuivre. Fabrice arrive en courant jusqu'à la porte du palais Sanseverina ; par curiosité, le portier avait ouvert la petite porte haute de trois pieds pratiquée dans la grande, et regardait tout ébahi ce grand nombre de flambeaux. Fabrice entre d'un saut et ferme derrière lui cette porte en miniature ; il court au jardin et s'échappe par une porte qui donnait sur une rue solitaire. Une heure après, il était hors de la ville, au jour il passait la frontière des États de Modène et se trouvait en sûreté. Le soir il entra dans Bologne. Voici une belle expédition, se dit-il ; je n'ai pas même pu parler à ma belle. Il se hâta d'écrire des lettres d'excuses au comte et à la duchesse, lettres prudentes, et qui, en peignant ce qui se passait dans son cœur, ne pouvaient rien apprendre à un

ennemi. J'étais amoureux de l'amour, disait-il à la duchesse ; j'ai fait tout au monde pour le connaître, mais il paraît que la nature m'a refusé un cœur pour aimer et
710 être mélancolique ; je ne puis m'élever plus haut que le vulgaire plaisir, etc., etc.

On ne saurait donner l'idée du bruit que cette aventure fit dans Parme. Le mystère excitait la curiosité : une infinité de gens avaient vu les flambeaux et la chaise à porteurs. Mais quel était cet homme enlevé et envers lequel on affectait toutes les formes du respect ? Le lendemain aucun personnage connu ne manqua dans la ville.

Le petit peuple qui habitait la rue d'où le prisonnier s'était échappé disait bien avoir vu un cadavre, mais au
720 grand jour, lorsque les habitants osèrent sortir de leurs maisons, ils ne trouvèrent d'autres traces du combat que beaucoup de sang répandu sur le pavé. Plus de vingt mille curieux vinrent visiter la rue dans la journée. Les villes d'Italie sont accoutumées à des spectacles singuliers, mais toujours elles savent le *pourquoi* et le *comment*. Ce qui choqua Parme dans cette occurrence, ce fut que même un mois après, quand on cessa de parler uniquement de la promenade aux flambeaux, personne, grâce à la prudence du comte Mosca, n'avait pu deviner le nom du rival qui
730 avait voulu enlever la Fausta au comte M***. Cet amant jaloux et vindicatif avait pris la fuite dès le commencement de la promenade. Par ordre du comte, la Fausta fut mise à la citadelle. La duchesse rit beaucoup d'une petite injustice que le comte dut se permettre pour arrêter tout à fait la curiosité du prince, qui autrement eût pu arriver jusqu'au nom de Fabrice.

On voyait à Parme un savant homme arrivé du nord pour écrire une histoire du Moyen Âge ; il cherchait des manuscrits dans les bibliothèques, et le comte lui avait
740 donné toutes les autorisations possibles. Mais ce savant, fort jeune encore, se montrait irascible ; il croyait, par exemple, que tout le monde à Parme cherchait à se moquer de lui. Il est vrai que les gamins des rues le suivaient quelquefois à cause d'une immense chevelure rouge clair étalée avec orgueil. Ce savant croyait qu'à l'auberge on lui demandait des prix exagérés de toutes choses, et il ne payait pas la moindre bagatelle sans en chercher le prix

dans le voyage d'une Mme Starke [1] qui est arrivé à une vingtième édition, parce qu'il indique à l'Anglais prudent le prix d'un dindon, d'une pomme, d'un verre de lait, etc., etc. 750

Le savant à la crinière rouge, le soir même du jour où Fabrice fit cette promenade forcée, devint furieux à son auberge, et sortit de sa poche de *petits pistolets* pour se venger du *cameriere* qui lui demandait deux sous d'une pêche médiocre. On l'arrêta, car porter de petits pistolets est un grand crime !

Comme ce savant irascible était long et maigre, le comte eut l'idée, le lendemain matin, de le faire passer aux yeux du prince pour le téméraire qui, ayant prétendu 760 enlever la Fausta au comte M***, avait été mystifié. Le port des pistolets de poche est puni de trois ans de galère à Parme ; mais cette peine n'est jamais appliquée. Après quinze jours de prison, pendant lesquels le savant n'avait vu qu'un avocat qui lui avait fait une peur horrible des lois atroces dirigées par la pusillanimité des gens au pouvoir contre les porteurs d'armes cachées, un autre avocat visita la prison et lui raconta la promenade infligée par le comte M*** à un rival qui était resté inconnu. La police ne veut pas avouer au prince qu'elle n'a pu savoir quel est ce 770 rival : Avouez que vous vouliez plaire à la Fausta, que cinquante brigands vous ont enlevé comme vous chantiez sous sa fenêtre, que pendant une heure on vous a promené en chaise à porteurs sans vous adresser autre chose que des honnêtetés. Cet aveu n'a rien d'humiliant, on ne vous demande qu'un mot. Aussitôt après qu'en le prononçant vous aurez tiré la police d'embarras, elle vous embarque sur une chaise de poste et vous conduit à la frontière où l'on vous souhaite le bonsoir.

Le savant résista pendant un mois ; deux ou trois fois le 780 prince fut sur le point de le faire amener au ministère de l'Intérieur, et de se trouver présent à l'interrogatoire. Mais enfin il n'y songeait plus quand l'historien, ennuyé, se détermina à tout avouer et fut conduit à la frontière. Le

---

1. Il s'agit du *Guide classique du voyageur en Italie* (8ᵉ éd. en 1833, précise M. Crouzet).

prince resta convaincu que le rival du comte M*** avait
une forêt de cheveux rouges.

Trois jours après la promenade, comme Fabrice qui se
cachait à Bologne organisait avec le fidèle Ludovic les
moyens de trouver le comte M***, il apprit que, lui aussi,
790 se cachait dans un village de la montagne sur la route de
Florence. Le comte n'avait que trois de ses *buli* avec lui ;
le lendemain, au moment où il rentrait de la promenade, il
fut enlevé par huit hommes masqués qui se donnèrent à lui
pour des sbires de Parme. On le conduisit, après lui avoir
bandé les yeux, dans une auberge deux lieues plus avant
dans la montagne, où il trouva tous les égards possibles et
un souper fort abondant. On lui servit les meilleurs vins
d'Italie et d'Espagne.

– Suis-je donc prisonnier d'État ? dit le comte.

800 – Pas le moins du monde ! lui répondit fort poliment
Ludovic masqué. Vous avez offensé un simple particulier,
en vous chargeant de le faire promener en chaise à
porteurs ; demain matin, il veut se battre en duel avec
vous. Si vous le tuez, vous trouverez deux bons chevaux,
de l'argent et des relais préparés sur la route de Gênes.

– Quel est le nom du fier-à-bras ? dit le comte irrité.

– Il se nomme *Bombace*. Vous aurez le choix des armes
et de bons témoins, bien loyaux, mais il faut que l'un des
deux meure !

810 – C'est donc un assassinat ! dit le comte M***, effrayé.

– À Dieu ne plaise ! c'est tout simplement un duel à
mort avec le jeune homme que vous avez promené dans
les rues de Parme au milieu de la nuit, et qui resterait déshonoré si vous restiez en vie. L'un de vous deux est de trop
sur la terre, ainsi tâchez de le tuer ; vous aurez des épées,
des pistolets, des sabres, toutes les armes qu'on a pu se
procurer en quelques heures, car il a fallu se presser ; la
police de Bologne est fort diligente, comme vous pouvez
le savoir, et il ne faut pas qu'elle empêche ce duel néces-
820 saire à l'honneur du jeune homme dont vous vous êtes
moqué.

– Mais si ce jeune homme est un prince…

– C'est un simple particulier comme vous, et même
beaucoup moins riche que vous, mais il veut se battre à
mort, et il vous forcera à vous battre, je vous en avertis.

– Je ne crains rien au monde ! s'écria M***.

– C'est ce que votre adversaire désire avec le plus de passion, répliqua Ludovic. Demain, de grand matin, préparez-vous à défendre votre vie ; elle sera attaquée par un homme qui a raison d'être fort en colère et qui ne vous ménagera pas ; je vous répète que vous aurez le choix des armes ; et faites votre testament.

Vers les six heures du matin, le lendemain, on servit à déjeuner au comte M***, puis on ouvrit une porte de la chambre où il était gardé, et on l'engagea à passer dans la cour d'une auberge de campagne ; cette cour était environnée de haies et de murs assez hauts, et les portes en étaient soigneusement fermées.

Dans un angle, sur une table de laquelle on invita le comte M*** à s'approcher, il trouva quelques bouteilles de vin et d'eau-de-vie, deux pistolets, deux épées, deux sabres, du papier et de l'encre ; une vingtaine de paysans étaient aux fenêtres de l'auberge qui donnaient sur la cour. Le comte implora leur pitié. – On veut m'assassiner ! s'écriait-il ; sauvez-moi la vie !

– Vous vous trompez ! ou vous voulez tromper, lui cria Fabrice qui était à l'angle opposé de la cour, à côté d'une table chargée d'armes ; il avait mis habit bas, et sa figure était cachée par un de ces masques en fils de fer qu'on trouve dans les salles d'armes.

– Je vous engage, ajouta Fabrice, à prendre le masque en fil de fer qui est près de vous, ensuite avancez vers moi avec une épée ou des pistolets ; comme on vous l'a dit hier soir, vous avez le choix des armes.

Le comte M*** élevait des difficultés sans nombre, et semblait fort contrarié de se battre ; Fabrice, de son côté, redoutait l'arrivée de la police, quoique l'on fût dans la montagne à cinq grandes lieues de Bologne ; il finit par adresser à son rival les injures les plus atroces ; enfin il eut le bonheur de mettre en colère le comte M***, qui saisit une épée et marcha sur Fabrice ; le combat s'engagea assez mollement.

Après quelques minutes, il fut interrompu par un grand bruit. Notre héros avait bien senti qu'il se jetait dans une action, qui, pendant toute sa vie, pourrait être pour lui un sujet de reproches ou du moins d'imputations calom-

nieuses. Il avait expédié Ludovic dans la campagne pour
lui recruter des témoins. Ludovic donna de l'argent à des
étrangers qui travaillaient dans un bois voisin ; ils accou-
870 rurent en poussant des cris, pensant qu'il s'agissait de tuer
un ennemi de l'homme qui payait. Arrivés à l'auberge,
Ludovic les pria de regarder de tous leurs yeux, et de voir
si l'un de ces deux jeunes gens qui se battaient, agissait en
traître et prenait sur l'autre des avantages illicites.

Le combat un instant interrompu par les cris de mort des
paysans tardait à recommencer ; Fabrice insulta de nouveau la fatuité du comte. – Monsieur le comte, lui criait-il,
quand on est insolent, il faut être brave. Je sens que la
condition est dure pour vous, vous aimez mieux payer des
880 gens qui sont braves. Le comte, de nouveau piqué, se mit
à lui crier qu'il avait longtemps fréquenté la salle d'armes
du fameux Battistin à Naples, et qu'il allait châtier son
insolence ; la colère du comte M*** ayant enfin reparu, il
se battit avec assez de fermeté, ce qui n'empêcha point
Fabrice de lui donner un fort beau coup d'épée dans la poitrine, qui le retint au lit plusieurs mois. Ludovic, en donnant les premiers soins au blessé, lui dit à l'oreille : Si
vous dénoncez ce duel à la police, je vous ferai poignarder
dans votre lit.

890 Fabrice se sauva dans Florence ; comme il s'était tenu
caché à Bologne, ce fut à Florence seulement qu'il reçut
toutes les lettres de reproches de la duchesse ; elle ne pouvait lui pardonner d'être venu à son concert et de ne pas
avoir cherché à lui parler. Fabrice fut ravi des lettres du
comte Mosca, elles respiraient une franche amitié et les
sentiments les plus nobles. Il devina que le comte avait
écrit à Bologne, de façon à écarter les soupçons qui pouvaient peser sur lui relativement au duel ; la police fut
d'une justice parfaite : elle constata que deux étrangers,
900 dont l'un seulement, le blessé, était connu (le comte
M***) s'étaient battus à l'épée, devant plus de trente paysans, au milieu desquels se trouvait vers la fin du combat
le curé du village qui avait fait de vains efforts pour
séparer les duellistes. Comme le nom de Joseph Bossi
n'avait point été prononcé, moins de deux mois après,
Fabrice osa revenir à Bologne, plus convaincu que jamais
que sa destinée le condamnait à ne jamais connaître la

partie noble et intellectuelle de l'amour. C'est ce qu'il se donna le plaisir d'expliquer fort au long à la duchesse ; il était bien las de sa vie solitaire et désirait passionnément alors retrouver les charmantes soirées qu'il passait entre le comte et sa tante. Il n'avait pas revu depuis eux les douceurs de la bonne compagnie.

« Je me suis tant ennuyé à propos de l'amour que je voulais me donner et de la Fausta, écrivait-il à la duchesse, que maintenant son caprice me fût-il encore favorable, je ne ferais pas vingt lieues pour aller la sommer de sa parole ; ainsi ne crains pas, comme tu me le dis, que j'aille jusqu'à Paris où je vois qu'elle débute avec un succès fou. Je ferais toutes les lieues possibles pour passer une soirée avec toi et avec ce comte si bon pour ses amis. »

FIN DU LIVRE PREMIER

LIVRE SECOND

Par ses cris continuels, cette république nous empêcherait de jouir de la meilleure des monarchies.

Chap. XXIII [1].

1. Citation approximative d'une phrase du chapitre XXIII du roman : « Avec ces propos de république, les fous nous empêcheraient de jouir de la meilleure des monarchies. »

CHAPITRE XIV

Pendant que Fabrice était à la chasse de l'amour dans un village voisin de Parme, le fiscal général Rassi, qui ne le savait pas si près de lui, continuait à traiter son affaire comme s'il eût été un libéral : il feignit de ne pouvoir trouver, ou plutôt intimida les témoins à décharge ; et enfin, après un travail fort savant de près d'une année, et environ deux mois après le dernier retour de Fabrice à Bologne [1], un certain vendredi, la marquise Raversi, ivre de joie, dit publiquement dans son salon que, le lendemain, la sentence qui venait d'être rendue depuis une heure contre le petit del Dongo serait présentée à la signature du prince et approuvée par lui. Quelques minutes plus tard la duchesse sut ce propos de son ennemie.

Il faut que le comte soit bien mal servi par ses agents ! se dit-elle ; encore ce matin il croyait que la sentence ne pouvait être rendue avant huit jours. Peut-être ne serait-il pas fâché d'éloigner de Parme mon jeune grand vicaire ; mais, ajouta-t-elle en chantant, nous le verrons revenir, et un jour il sera notre archevêque. La duchesse sonna :

– Réunissez tous les domestiques dans la salle d'attente, dit-elle à son valet de chambre, même les cuisiniers ; allez prendre chez le commandant de la place le permis nécessaire pour avoir quatre chevaux de poste, et enfin qu'avant

_____
1. Soit en juillet 1822 (le duel avec Giletti a eu lieu en août 1821).

une demi-heure ces chevaux soient attelés à mon landau.
Toutes les femmes de la maison furent occupées à faire
des malles, la duchesse prit à la hâte un habit de voyage,
le tout sans rien faire dire au comte ; l'idée de se moquer
30   un peu de lui la transportait de joie.

« Mes amis, dit-elle aux domestiques rassemblés, j'apprends que mon pauvre neveu va être condamné par contumace pour avoir eu l'audace de défendre sa vie contre un
furieux ; c'était Giletti qui voulait le tuer. Chacun de vous
a pu voir combien le caractère de Fabrice est doux et
inoffensif. Justement indignée de cette injure atroce, je
pars pour Florence : je laisse à chacun de vous ses gages
pendant dix ans ; si vous êtes malheureux, écrivez-moi, et
tant que j'aurai un sequin, il y aura quelque chose pour
40   vous. »

La duchesse pensait exactement ce qu'elle disait, et, à
ses derniers mots, les domestiques fondirent en larmes ;
elle aussi avait les yeux humides ; elle ajouta d'une voix
émue : « Priez Dieu pour moi et pour monseigneur Fabrice
del Dongo, premier grand vicaire du diocèse, qui demain
matin va être condamné aux galères, ou, ce qui serait
moins bête, à la peine de mort. »

Les larmes des domestiques redoublèrent et peu à peu
se changèrent en cris à peu près séditieux ; la duchesse
50   monta dans son carrosse et se fit conduire au palais du
prince. Malgré l'heure indue, elle fit solliciter une
audience par le général Fontana, aide de camp de
service ; elle n'était point en grand habit de cour, ce qui
jeta cet aide de camp dans une stupeur profonde [1]. Quant
au prince, il ne fut point surpris, et encore moins fâché de
cette demande d'audience. Nous allons voir des larmes

---

1. Balzac n'a pas hésité à voir dans la scène qui commence l'une des plus
belles du roman. Elle est, en outre, essentielle, dans la mesure où elle
illustre parfaitement le caractère des différents personnages (l'imprévisi-
bilité et l'audace de la duchesse, la courtisanerie de Mosca, la vanité du
souverain), ainsi que la vie de toute cour, Stendhal renouvelant ici les
topoï de la souveraineté féminine et de l'imbrication de la politique et de
la galanterie, et jouant de la théâtralité de cet univers toujours aléatoire,
où les fortunes se font et se défont selon l'arbitraire du prince. On constate, en effet, que l'enjeu en est finalement moins le sort de Fabrice (vite
oublié du prince et de Gina) que la conquête de la duchesse par un prince
de plus en plus libertin et sadique.

répandues par de beaux yeux, se dit-il en se frottant les
mains. Elle vient demander grâce ; enfin cette fière
beauté va s'humilier ! elle était aussi trop insupportable
avec ses petits airs d'indépendance ! Ces yeux si parlants 60
semblaient toujours me dire, à la moindre chose qui la
choquait : Naples ou Milan seraient un séjour bien autrement aimable que votre petite ville de Parme. À la vérité
je ne règne pas sur Naples ou sur Milan ; mais enfin cette
grande dame vient me demander quelque chose qui
dépend de moi uniquement et qu'elle brûle d'obtenir ;
j'ai toujours pensé que l'arrivé de ce neveu m'en ferait
tirer pied ou aile.

Pendant que le prince souriait à ces pensées et se
livrait à toutes ces prévisions agréables, il se promenait 70
dans son grand cabinet, à la porte duquel le général
Fontana était resté debout et raide comme un soldat au
port d'armes. Voyant les yeux brillants du prince, et se
rappelant l'habit de voyage de la duchesse, il crut à la
dissolution de la monarchie. Son ébahissement n'eut
plus de bornes quand il entendit le prince lui dire :
– Priez Mme la duchesse d'attendre un petit quart
d'heure. Le général aide de camp fit son demi-tour
comme un soldat à la parade ; le prince sourit encore :
Fontana n'est pas accoutumé, se dit-il, à voir attendre 80
cette fière duchesse : la figure étonnée avec laquelle il
va lui parler du *petit quart d'heure d'attente* préparera
le passage aux larmes touchantes que ce cabinet va voir
répandre. Ce petit quart d'heure fut délicieux pour le
prince, il se promenait d'un pas ferme et égal, il *régnait*.
Il s'agit ici de ne rien dire qui ne soit parfaitement à sa
place ; quels que soient mes sentiments envers la
duchesse, il ne faut point oublier que c'est une des plus
grandes dames de ma cour. Comment Louis XIV par-
lait-il aux princesses ses filles quand il avait lieu d'en 90
être mécontent ? et ses yeux s'arrêtèrent sur le portrait
du grand roi.

Le plaisant de la chose c'est que le prince ne songea
point à se demander s'il ferait grâce à Fabrice et quelle
serait cette grâce. Enfin, au bout de vingt minutes, le
fidèle Fontana se présenta de nouveau à la porte, mais
sans rien dire. – La duchesse Sanseverina peut entrer,

cria le prince d'un air théâtral [1]. Les larmes vont commencer, se dit-il, et, comme pour se préparer à un tel
100   spectacle, il tira son mouchoir.

Jamais la duchesse n'avait été aussi leste et aussi jolie ;
elle n'avait pas vingt-cinq ans [2]. En voyant son petit pas
léger et rapide effleurer à peine les tapis, le pauvre aide de
camp fut sur le point de perdre tout à fait la raison.

– J'ai bien des pardons à demander à Votre Altesse
Sérénissime, dit la duchesse de sa petite voix légère et
gaie, j'ai pris la liberté de me présenter devant elle avec un
habit qui n'est pas précisément convenable, mais Votre
Altesse m'a tellement accoutumée à ses bontés que j'ai
110   osé espérer qu'elle voudrait bien m'accorder encore cette
grâce.

La duchesse parlait assez lentement, afin de se donner le
temps de jouir de la figure du prince ; elle était délicieuse
à cause de l'étonnement profond et du reste de grands airs
que la position de la tête et des bras accusait encore. Le
prince était resté comme frappé de la foudre ; de sa
petite voix aigre et troublée, il s'écriait de temps à autre en
articulant à peine : *Comment ! comment !* La duchesse,
comme par respect, après avoir fini son compliment, lui
120   laissa tout le temps de répondre ; puis elle ajouta :

– J'ose espérer que Votre Altesse Sérénissime daigne
me pardonner l'incongruité de mon costume ; mais, en
parlant ainsi, ses yeux moqueurs brillaient d'un si vif éclat
que le prince ne put le supporter ; il regarda au plafond, ce
qui chez lui était le dernier signe du plus extrême
embarras.

– *Comment ! comment !* dit-il encore ; puis il eut le bonheur de trouver une phrase : – Madame la duchesse,
asseyez-vous donc ; il avança lui-même un fauteuil et avec
130   assez de grâce. La duchesse ne fut point insensible à cette
politesse, elle modéra la pétulance de son regard.

---

1. Encore mieux qu'ailleurs, Stendhal réussit dans toute cette scène à
déplacer la comédie dans le roman, d'où l'ambiguïté de ces pages, où le
comique omniprésent, le sens du jeu (le prince est ridicule parce qu'il
n'arrive plus à bien jouer son personnage de souverain), l'art de la
réplique ont tendance à effacer la gravité du duel à mort que se livrent
pourtant le prince et la duchesse.
2. Elle en a, en fait, trente-neuf !

– *Comment ! comment !* répéta encore le prince en s'agitant dans son fauteuil, sur lequel on eût dit qu'il ne pouvait trouver de position solide.

– Je vais profiter de la fraîcheur de la nuit pour courir la poste, reprit la duchesse, et, comme mon absence peut être de quelque durée, je n'ai point voulu sortir des États de Son Altesse Sérénissime sans la remercier de toutes les bontés que depuis cinq années elle a daigné avoir pour moi. À ces mots le prince comprit enfin ; il devint pâle : 140 c'était l'homme du monde qui souffrait le plus de se voir trompé dans ses prévisions ; puis il prit un air de grandeur tout à fait digne du portrait de Louis XIV qui était sous ses yeux. À la bonne heure, se dit la duchesse, voilà un homme.

– Et quel est le motif de ce départ subit ? dit le prince d'un ton assez ferme.

– J'avais ce projet depuis longtemps, répondit la duchesse, et une petite insulte que l'on fait à *Monsignore* del Dongo que demain l'on va condamner à mort ou aux 150 galères, me fait hâter mon départ.

– Et dans quel ville allez-vous ?

– À Naples, je pense. Elle ajouta en se levant : Il ne me reste plus qu'à prendre congé de Votre Altesse Sérénissime et à la remercier très humblement de ses *anciennes* bontés. À son tour, elle partait d'un air si ferme que le prince vit bien que dans deux secondes tout serait fini ; l'éclat du départ ayant eu lieu, il savait que tout arrangement était impossible ; elle n'était pas femme à revenir sur ses démarches. Il courut après elle. 160

– Mais vous savez bien, madame la duchesse, lui dit-il en lui prenant la main, que toujours je vous ai aimée, et d'une amitié à laquelle il ne tenait qu'à vous de donner un autre nom. Un meurtre a été commis, c'est ce qu'on ne saurait nier ; j'ai confié l'instruction du procès à mes meilleurs juges…

À ces mots, la duchesse se releva de toute sa hauteur ; toute apparence de respect et même d'urbanité disparut en un clin d'œil : la femme outragée parut clairement, et la femme outragée s'adressant à un être qu'elle sait de mau- 170 vaise foi. Ce fut avec l'expression de la colère la plus vive et même du mépris, qu'elle dit au prince en pesant sur tous les mots [1] :

– Je quitte à jamais les États de Votre Altesse Sérénissime, pour ne jamais entendre parler du fiscal Rassi, et des autre infâmes assassins qui ont condamné à mort mon neveu et tant d'autres ; si Votre Altesse Sérénissime ne veut pas mêler un sentiment d'amertume aux derniers instants que je passe auprès d'un prince poli et spirituel quand il n'est pas trompé, je la prie très humblement de ne pas me rappeler l'idée de ces juges infâmes qui se vendent pour mille écus ou une croix.

L'accent admirable et surtout vrai avec lequel furent prononcées ces paroles fit tressaillir le prince ; il craignit un instant de voir sa dignité compromise par une accusation encore plus directe, mais au total sa sensation finit bientôt par être de plaisir : il admirait la duchesse ; l'ensemble de sa personne atteignit en ce moment une beauté sublime. Grand Dieu ! qu'elle est belle, se dit le prince ; on doit passer quelque chose à une femme unique et telle que peut-être il n'en existe pas un seconde dans toute l'Italie… Eh bien ! avec un peu de bonne politique il ne serait peut-être pas impossible d'en faire un jour ma maîtresse ; il y a loin d'un tel être à cette poupée de marquise Balbi, et qui encore chaque année vole au moins trois cent mille francs à mes pauvres sujets… Mais l'ai-je bien entendu ? pensa-t-il tout à coup ; elle a dit : condamné mon neveu et tant d'autres ; alors la colère surnagea, et ce fut avec une hauteur digne du rang suprême que le prince dit, après un silence : – Et que faudrait-il faire pour que madame ne partît point ?

– Quelque chose dont vous n'êtes pas capable, répliqua la duchesse avec l'accent de l'ironie la plus amère et du mépris le moins déguisé.

Le prince était hors de lui, mais il devait à l'habitude de son métier de souverain absolu la force de résister à un premier mouvement. Il faut avoir cette femme, se dit-il, c'est ce que je me dois, puis il faut la faire mourir par le

---

1. Contrairement au diplomate Mosca, Gina ne craint pas l'affrontement direct, mais cette insolence, qui la grandit, est aussi une faiblesse, car elle présente l'inconvénient de blesser à jamais ses adversaires.

mépris... Si elle sort de ce cabinet, je ne la revois jamais.
Mais, ivre de colère et de haine comme il l'était en ce
moment, où trouver un mot qui pût satisfaire à la fois à ce
qu'il se devait à lui-même et porter la duchesse à ne pas
déserter sa cour à l'instant ? On ne peut, se dit-il, ni répéter
ni tourner en ridicule un geste, et il alla se placer entre la
duchesse et la porte de son cabinet. Peu après il entendit
gratter à cette porte.

– Quel est le jean-sucre, s'écria-t-il en jurant de toute la
force de ses poumons, quel est le jean-sucre qui vient ici
m'apporter sa sotte présence ? Le pauvre général Fontana
montra sa figure pâle et totalement renversée, et ce fut
avec l'air d'un homme à l'agonie qu'il prononça ces mots
mal articulés : Son Excellence le comte Mosca sollicite
l'honneur d'être introduit.

– Qu'il entre ! dit le prince en criant ; et comme Mosca
saluait :

– Eh bien ! lui dit-il, voici Mme la duchesse Sansever-
rina qui prétend quitter Parme à l'instant pour aller s'établir à Naples, et qui par-dessus le marché me dit des
impertinences.

– Comment ! dit Mosca pâlissant.

– Quoi ! vous ne saviez pas ce projet de départ ?

– Pas la première parole ; j'ai quitté madame à six
heures, joyeuse et contente.

Ce mot produisit sur le prince un effet incroyable.
D'abord il regarda Mosca ; sa pâleur croissante lui montra
qu'il disait vrai et n'était point complice du coup de tête de
la duchesse. En ce cas, se dit-il, je la perds pour toujours ;
plaisir et vengeance tout s'envole en même temps. À
Naples elle fera des épigrammes avec son neveu Fabrice
sur la grande colère du petit prince de Parme. Il regarda la
duchesse ; le plus violent mépris et la colère se disputaient
son cœur ; ses yeux étaient fixés en ce moment sur le
comte Mosca, et les contours si fins de cette belle bouche
exprimaient le dédain le plus amer. Toute cette figure
disait : vil courtisan ! Ainsi, pensa le prince, après l'avoir
examinée, je perds ce moyen de la rappeler en ce pays.
Encore en ce moment, si elle sort de ce cabinet elle est
perdue pour moi, Dieu sait ce qu'elle dira de mes juges à
Naples... Et avec cet esprit et cette force de persuasion

250 divine que le ciel lui a donnés, elle se fera croire de tout le
monde. Je lui devrai la réputation d'un tyran ridicule qui
se lève la nuit pour regarder sous son lit... Alors, par une
manœuvre adroite et comme cherchant à se promener pour
diminuer son agitation, le prince se plaça de nouveau
devant la porte du cabinet ; le comte était à sa droite à trois
pas de distance, pâle, défait et tellement tremblant qu'il fut
obligé de chercher un appui sur le dos du fauteuil que la
duchesse avait occupé au commencement de l'audience, et
que le prince dans un mouvement de colère avait poussé
260 au loin. Le comte était amoureux. Si la duchesse part je la
suis, se disait-il ; mais voudra-t-elle de moi à sa suite ?
voilà la question.

À la gauche du prince, la duchesse debout, les bras
croisés et serrés contre la poitrine, le regardait avec une
impertinence admirable ; une pâleur complète et profonde
avait succédé aux vives couleurs qui naguère animaient
cette tête sublime.

Le prince, au contraire des deux autres personnages,
avait la figure rouge et l'air inquiet ; sa main gauche jouait
270 d'une façon convulsive avec la croix attachée au grand
cordon de son ordre qu'il portait sous l'habit ; de la main
droite il se caressait le menton.

– Que faut-il faire ? dit-il au comte, sans trop savoir ce
qu'il faisait lui-même et entraîné par l'habitude de le
consulter sur tout.

– Je n'en sais rien en vérité, Altesse Sérénissime,
répondit le comte de l'air d'un homme qui rend le dernier
soupir. Il pouvait à peine prononcer les mots de sa
réponse. Le ton de cette voix donna au prince la première
280 consolation que son orgueil blessé eût trouvée dans cette
audience, et ce petit bonheur lui fournit une phrase heureuse pour son amour-propre.

– Eh bien ! dit-il, je suis le plus raisonnable des trois ; je
veux bien faire abstraction complète de ma position dans
le monde. Je vais parler *comme un ami*, et il ajouta, avec
un beau sourire de condescendance bien imité des temps
heureux de Louis XIV, *comme un ami parlant à des amis* :
Madame la duchesse, ajouta-t-il, que faut-il faire pour
vous faire oublier une résolution intempestive ?

– En vérité, je n'en sais rien, répondit la duchesse avec 290
un grand soupir, en vérité je n'en sais rien, tant j'ai Parme
en horreur. Il n'y avait nulle intention d'épigramme dans
ce mot, on voyait que la sincérité même parlait par sa
bouche.

Le comte se tourna vivement de son côté ; l'âme du
courtisan était scandalisée : puis il adressa au prince un
regard suppliant. Avec beaucoup de dignité et de sang-
froid le prince laissa passer un moment ; puis s'adressant
au comte :

– Je vois, dit-il, que votre charmante amie est tout à fait 300
hors d'elle-même ; c'est tout simple, elle *adore* son neveu.
Et, se tournant vers la duchesse, il ajouta, avec le regard le
plus galant et en même temps de l'air que l'on prend pour
citer le mot d'une comédie : *Que faut-il faire pour plaire
à ces beaux yeux ?*

La duchesse avait eu le temps de réfléchir [1] ; d'un ton
ferme et lent, et comme si elle eût dicté son *ultimatum*, elle
répondit :

– Son Altesse m'écrirait une lettre gracieuse, comme
elle sait si bien les faire ; elle me dirait que, n'étant point 310
convaincu de la culpabilité de Fabrice del Dongo, premier
grand vicaire de l'archevêque, elle ne signera point la sentence quand on viendra la lui présenter, et que cette procédure injuste n'aura aucune suite à l'avenir.

– Comment *injuste !* s'écria le prince en rougissant
jusqu'au blanc des yeux, et reprenant sa colère.

– Ce n'est pas tout ! répliqua la duchesse avec une fierté
romaine ; *dès ce soir*, et, ajouta-t-elle en regardant la pendule, il est déjà onze heures et un quart ; dès ce soir Son
Altesse Sérénissime enverra dire à la marquise Raversi 320
qu'elle lui conseille d'aller à la campagne pour se délasser
des fatigues qu'a dû lui causer un certain procès dont elle
parlait dans son salon au commencement de la soirée. Le
duc se promenait dans son cabinet comme un homme
furieux.

---

1. Belle illustration du caractère de Gina, incapable de prévoir, mais
habile à saisir les opportunités de l'instant et à rester ferme sur ses décisions ainsi improvisées. Elle-même avouera plus loin avoir agi sans
calcul.

– Vit-on jamais une telle femme ?… s'écriait-il ; elle me manque de respect.

La duchesse répondit avec une grâce parfaite :

– De la vie je n'ai eu l'idée de manquer de respect à Son
330 Altesse Sérénissime : Son Altesse a eu l'extrême condescendance de dire qu'elle parlait *comme un ami à des amis.* Je n'ai, du reste, aucune envie de rester à Parme, ajouta-t-elle en regardant le comte avec le dernier mépris. Ce regard décida le prince, jusqu'ici fort incertain, quoique ces paroles eussent semblé annoncer un engagement ; il se moquait fort des paroles.

Il y eut encore quelques mots d'échangés, mais enfin le comte Mosca reçut l'ordre d'écrire le billet gracieux sollicité par la duchesse. Il omit la phrase : *cette procédure*
340 *injuste n'aura aucune suite à l'avenir.* Il suffit, se dit le comte, que le prince promette de ne point signer la sentence qui lui sera présentée. Le prince le remercia d'un coup d'œil en signant.

Le comte eut grand tort [1], le prince était fatigué et eût tout signé ; il croyait se bien tirer de la scène, et toute l'affaire était dominée à ses yeux par ces mots : « Si la duchesse part, je trouverai ma cour ennuyeuse avant huit jours. » Le comte remarqua que le maître corrigeait la date et mettait celle du lendemain. Il regarda la pendule, elle
350 marquait près de minuit. Le ministre ne vit dans cette date corrigée que l'envie pédantesque de faire preuve d'exactitude et de bon gouvernement. Quant à l'exil de la marquise Raversi, il ne fit pas un pli ; le prince avait un plaisir particulier à exiler les gens.

– Général Fontana, s'écria-t-il en entrouvrant la porte.

Le général parut avec une figure tellement étonnée et tellement curieuse, qu'il y eut échange d'un regard gai entre la duchesse et le comte, et ce regard fit la paix.

– Général Fontana, dit le prince, vous allez monter dans
360 ma voiture qui attend sous la colonnade ; vous irez chez la marquise Raversi, vous vous ferez annoncer ; si elle est au lit, vous ajouterez que vous venez de ma part, et, arrivé

---

1. L'omission aura, effectivement, de graves conséquences, et Mosca ne cessera de se la reprocher, même s'il sait que le prince ne se laisse guère lier par ses mots, prononcés ou écrits.

dans sa chambre, vous direz ces précises paroles, et non d'autres : « Madame la marquise Raversi, Son Altesse Sérénissime vous engage à partir demain, avant huit heures du matin, pour votre château de Velleja ; Son Altesse vous fera connaître quand vous pourrez revenir à Parme. »

Le prince chercha des yeux ceux de la duchesse, laquelle, sans le remercier comme il s'y attendait, lui fit 370 une révérence extrêmement respectueuse et sortit rapidement.

– Quelle femme ! dit le prince en se tournant vers le comte Mosca.

Celui-ci, ravi de l'exil de la marquise Raversi qui facilitait toutes ses actions comme ministre, parla pendant une grosse demi-heure en courtisan consommé ; il voulait consoler l'amour-propre du souverain, et ne prit congé que lorsqu'il le vit bien convaincu que l'histoire anecdotique de Louis XIV n'avait pas de page plus belle que celle qu'il 380 venait de fournir à ses historiens futurs.

En rentrant chez elle, la duchesse ferma sa porte, et dit qu'on n'admît personne, pas même le comte. Elle voulait se trouver seule avec elle-même, et voir un peu quelle idée elle devait se former de la scène qui venait d'avoir lieu. Elle avait agi au hasard et pour se faire plaisir au moment même ; mais à quelque démarche qu'elle se fût laissé entraîner elle y eût tenu avec fermeté. Elle ne se fût point blâmée en revenant au sang-froid, encore moins repentie : tel était le caractère auquel elle devait d'être encore à 390 trente-six ans la plus jolie femme de la cour.

Elle rêvait en ce moment à ce que Parme pouvait offrir d'agréable, comme elle eût fait au retour d'un long voyage, tant de neuf heures à onze elle avait cru fermement quitter ce pays pour toujours.

Ce pauvre comte a fait une plaisante figure lorsqu'il a connu mon départ en présence du prince... Au fait, c'est un homme aimable et d'un cœur bien rare ! Il eût quitté ses ministères pour me suivre... Mais aussi pendant cinq année entières il n'a pas eu une distraction à me reprocher. 400 Quelles femmes mariées à l'autel pourraient en dire autant à leur seigneur et maître ? Il faut convenir qu'il n'est point important, point pédant ; il ne donne nullement l'envie de

le tromper ; devant moi il semble toujours avoir honte de
sa puissance… Il faisait une drôle de figure en présence de
son seigneur et maître ; s'il était là je l'embrasserais…
Mais pour rien au monde je ne me chargerais d'amuser un
ministre qui a perdu son portefeuille, c'est une maladie
dont on ne guérit qu'à la mort, et… qui fait mourir. Quel
410 malheur ce serait d'être ministre jeune ! Il faut que je le lui
écrive, c'est une de ces choses qu'il doit savoir officiellement avant de se brouiller avec son prince… Mais
j'oubliais mes bons domestiques.

La duchesse sonna. Ses femmes étaient toujours occupées à faire des malles ; la voiture était avancée sous le
portique et on la chargeait ; tous les domestiques qui
n'avaient pas de travail à faire entouraient cette voiture, les
larmes aux yeux. La Chékina, qui dans les grandes occasions entrait seule chez la duchesse, lui apprit tous ces
420 détails.

– Fais-les monter, dit la duchesse ; un instant après elle
passa dans la salle d'attente.

– On m'a promis, leur dit-elle, que la sentence contre
mon neveu ne serait pas signée par le *souverain* (c'est
ainsi qu'on parle en Italie) ; je suspends mon départ ; nous
verrons si mes ennemis auront le crédit de faire changer
cette résolution.

Après un petit silence, les domestiques se mirent à
crier : Vive madame la duchesse ! et applaudirent avec
430 fureur. La duchesse, qui était déjà dans la pièce voisine,
reparut comme une actrice applaudie, fit une petite révérence pleine de grâce à ses gens et leur dit : *Mes amis, je
vous remercie*. Si elle eût dit un mot, tous, en ce moment,
eussent marché contre le palais pour l'attaquer. Elle fit un
signe à un postillon, ancien contrebandier et homme
dévoué, qui la suivit.

– Tu vas t'habiller en paysan aisé, tu sortiras de Parme
comme tu pourras, tu loueras une *sediola* et tu iras aussi
vite que possible à Bologne. Tu entreras à Bologne en pro-
440 meneur et par la porte de Florence, et tu remettras à
Fabrice, qui est au *Pelegrino*, un paquet que Chékina va te
donner. Fabrice se cache et s'appelle là-bas M. Joseph
Bossi ; ne va pas le trahir par étourderie, n'aie pas l'air de
le connaître ; mes ennemis mettront peut-être des espions

à tes trousses. Fabrice te renverra ici au bout de quelques heures ou de quelques jours : c'est surtout en revenant qu'il faut redoubler de précaution pour ne pas le trahir.

– Ah ! les gens de la marquise Raversi ! s'écria le postillon ; nous les attendons, et si madame voulait ils seraient bientôt exterminés. 450

– Un jour peut-être ! mais gardez-vous sur votre tête de rien faire sans mon ordre.

C'était la copie du billet du prince que la duchesse voulait envoyer à Fabrice ; elle ne put résister au plaisir de l'amuser, et ajouta un mot sur la scène qui avait amené le billet ; ce mot devint une lettre de dix pages. Elle fit rappeler le postillon.

– Tu ne peux partir, lui dit-elle, qu'à quatre heures, à porte ouvrante.

– Je comptais passer par le grand égout, j'aurais de 460 l'eau jusqu'au menton, mais je passerais.

– Non, dit la duchesse, je ne veux pas exposer à prendre la fièvre un de mes plus fidèles serviteurs. Connais-tu quelqu'un chez monseigneur l'archevêque ?

– Le second cocher est mon ami.

– Voici une lettre pour ce saint prélat : introduis-toi sans bruit dans son palais, fais-toi conduire chez le valet de chambre ; je ne voudrais pas qu'on réveillât monseigneur. S'il est déjà renfermé dans sa chambre, passe la nuit dans le palais, et, comme il est dans l'usage de se lever avec le 470 jour, demain matin, à quatre heures, fais-toi annoncer de ma part, demande sa bénédiction au saint archevêque, remets-lui le paquet que voici, et prends les lettres qu'il te donnera peut-être pour Bologne.

La duchesse adressait à l'archevêque l'original même du billet du prince ; comme ce billet était relatif à son premier grand vicaire, elle le priait de le déposer aux archives de l'archevêché, où elle espérait que messieurs les grands vicaires et les chanoines, collègues de son neveu, voudraient bien en prendre connaissance ; le tout sous la 480 condition du plus profond secret.

La duchesse écrivait à monseigneur Landriani avec une familiarité qui devait charmer ce bon bourgeois ; la signature seule avait trois lignes ; la lettre, fort amicale, était suivie de ces mots : *Angelina-Cornelia-Isola Valserra del Dongo, duchesse Sanseverina.*

Je n'en ai pas tant écrit, je pense, se dit la duchesse en riant, depuis mon contrat de mariage avec le pauvre duc [1] ; mais on ne mène ces gens-là que par ces choses, et aux
490 yeux des bourgeois la caricature fait beauté. Elle ne put pas finir la soirée sans céder à la tentation d'écrire une lettre de persiflage au pauvre comte ; elle lui annonçait officiellement, pour sa *gouverne*, disait-elle, *dans ses rapports avec les têtes couronnées*, qu'elle ne se sentait pas capable d'amuser un ministre disgracié. « Le prince vous fait peur ; quand vous ne pourrez plus le voir, ce serait donc à moi à vous faire peur ? » Elle fit porter sur-le-champ cette lettre.

De son côté, le lendemain dès sept heures du matin, le
500 prince manda le comte Zurla, ministre de l'Intérieur.

– De nouveau, lui dit-il, donnez les ordres les plus sévères à tous les podestats [2] pour qu'ils fassent arrêter le sieur Fabrice del Dongo. On nous annonce que peut-être il osera reparaître dans nos États. Ce fugitif se trouvant à Bologne, où il semble braver les poursuites de nos tribunaux, placez des sbires qui le connaissent personnellement, 1° dans les villages sur la route de Bologne à Parme ; 2° aux environs du château de la duchesse Sanseverina, à Sacca, et de sa maison de Castelnovo [3] ; 3° autour
510 du château du comte Mosca. J'ose espérer de votre haute sagesse, monsieur le comte, que vous saurez dérober la connaissance de ces ordres de votre souverain à la pénétration du comte Mosca. Sachez que je veux que l'on arrête le sieur Fabrice del Dongo.

Dès que ce ministre fut sorti, une porte secrète introduisit chez le prince le fiscal général Rassi, qui s'avança plié en deux et saluant à chaque pas. La mine de ce coquin-là était à peindre ; elle rendait justice à toute l'infamie de son rôle, et, tandis que les mouvements
520 rapides et désordonnés de ses yeux trahissaient la connais-

---

1. Bel exemple de la variété de l'échange épistolaire dans ce roman et du plaisir, miroir de celui de l'auteur, qu'y ont les personnages à écrire.
2. « Magistrat chargé de la police et de la justice » (V. Del Litto).
3. La géographie est ici encore plausible.

sance qu'il avait de ses mérites, l'assurance arrogante et grimaçante de sa bouche montrait qu'il savait lutter contre le mépris.

Comme ce personnage va prendre une assez grande influence sur la destinée de Fabrice, on peut en dire un mot [1]. Il était grand, il avait de beaux yeux fort intelligents, mais un visage abîmé par la petite vérole ; pour de l'esprit, il en avait, et beaucoup et du plus fin ; on lui accordait de posséder parfaitement la science du droit, mais c'était surtout par l'esprit de ressource qu'il brillait. De quelque sens 530 que pût se présenter une affaire, il trouvait facilement, et en peu d'instants, les moyens fort bien fondés en droit d'arriver à une condamnation ou à un acquittement ; il était surtout le roi des finesses de procureur.

À cet homme, que de grandes monarchies eussent envié au prince de Parme, on ne connaissait qu'une passion : être en conversation intime avec de grands personnages et leur plaire par des bouffonneries. Peu lui importait que l'homme puissant rît de ce qu'il disait, ou de sa propre personne, ou fît des plaisanteries révoltantes sur 540 Mme Rassi ; pourvu qu'il le vît rire et qu'on le traitât avec familiarité, il était content. Quelquefois le prince, ne sachant plus comment abuser de la dignité de ce grand juge, lui donnait des coups de pied ; si les coups de pied lui faisaient mal, il se mettait à pleurer. Mais l'instinct de bouffonnerie était si puissant chez lui, qu'on le voyait tous les jours préférer le salon d'un ministre qui le bafouait, à son propre salon où il régnait despotiquement sur toutes les robes noires du pays. Le Rassi s'était surtout fait une position à part, en ce qu'il était impossible au noble le plus 550 insolent de pouvoir l'humilier ; sa façon de se venger des injures qu'il essuyait toute la journée était de les raconter au prince, auquel il s'était acquis le privilège de tout dire ; il est vrai que souvent la réponse était un soufflet bien appliqué et qui faisait mal, mais il ne s'en formalisait aucunement. La présence de ce grand juge distrayait le prince dans ses moments de mauvaise humeur, alors il s'amusait à l'outrager. On voit que Rassi était à peu près l'homme parfait à la cour : sans honneur et sans humeur.

---

1. Voir Présentation, p. 33.

560   – Il faut du secret avant tout, lui cria le prince sans le saluer, et le traitant tout à fait comme un cuistre, lui qui était si poli avec tout le monde. De quand votre sentence est-elle datée ?

– Altesse Sérénissime, d'hier matin.

– De combien de juges est-elle signée ?

– De tous les cinq.

– Et la peine ?

– Vingt ans de forteresse, comme Votre Altesse Sérénissime me l'avait dit.

570   – La peine de mort eût révolté, dit le prince comme se parlant à soi-même, c'est dommage ! Quel effet sur cette femme ! Mais c'est un del Dongo, et ce nom est révéré dans Parme, à cause des trois archevêques presque successifs... Vous me dites vingt ans de forteresse ?

– Oui, Altesse Sérénissime, reprit le fiscal Rassi toujours debout et plié en deux, avec, au préalable, excuse publique devant le portrait de Son Altesse Sérénissime ; de plus, jeûne au pain et à l'eau tous les vendredis et toutes les veilles de fêtes principales, *le sujet étant d'une impiété*
580 *notoire*. Ceci pour l'avenir et pour casser le cou à sa fortune.

– Écrivez, dit le prince : « Son Altesse Sérénissime ayant daigné écouter avec bonté les très humbles supplications de la marquise del Dongo, mère du coupable, et de la duchesse Sanseverina, sa tante, lesquelles ont représenté qu'à l'époque du crime leur fils et neveu était fort jeune et d'ailleurs égaré par une folle passion conçue pour la femme du malheureux Giletti, a bien voulu, malgré l'horreur inspirée par un tel meurtre, commuer la peine à
590 laquelle Fabrice del Dongo a été condamné, en celle de douze années de forteresse [1]. »

– Donnez que je signe.

– Le prince signa et data de la veille ; puis, rendant la sentence à Rassi, il lui dit : Écrivez immédiatement au-dessous de ma signature : « La duchesse Sanseverina s'étant derechef jetée aux genoux de Son Altesse, le prince

_____

1. M. Crouzet fait remarquer que Stendhal n'invente ni le procédé de la commutation de peine (le pouvoir autrichien y avait recours), ni les châtiments et faveurs mentionnés par Rassi.

a permis que tous les jeudis le coupable ait une heure de promenade sur la plate-forme de la tour carrée vulgairement appelée tour Farnèse. »

– Signez cela, dit le prince, et surtout bouche close, quoi que vous puissiez entendre annoncer par la ville. Vous direz au conseiller Dé Capitani, qui a voté pour deux ans de forteresse et qui a même péroré en faveur de cette opinion ridicule, que je l'engage à relire les lois et règlements. Derechef, silence, et bonsoir. Le fiscal Rassi fit, avec beaucoup de lenteur, trois profondes révérences que le prince ne regarda pas.

Ceci se passait à sept heures du matin. Quelques heures plus tard, la nouvelle de l'exil de la marquise Raversi se répandait dans la ville et dans les cafés, tout le monde parlait à la fois de ce grand événement. L'exil de la marquise chassa pour quelque temps de Parme cet implacable ennemi des petites villes et des petites cours, l'ennui. Le général Fabio Conti, qui s'était cru ministre, prétexta une attaque de goutte, et pendant plusieurs jours ne sortit point de sa forteresse. La bourgeoisie et par suite le petit peuple conclurent, de ce qui se passait, qu'il était clair que le prince avait résolu de donner l'archevêché de Parme à *monsignore* del Dongo. Les fins politiques de café allèrent même jusqu'à prétendre qu'on avait engagé le père Landriani, l'archevêque actuel, à feindre une maladie et à présenter sa démission ; on lui accorderait une grosse pension sur la ferme du tabac, ils en étaient sûrs : ce bruit vint jusqu'à l'archevêque qui s'en alarma fort, et pendant quelques jours son zèle pour notre héros en fut grandement paralysé. Deux mois après, cette belle nouvelle se trouvait dans les journaux de Paris, avec ce petit changement, que c'était le comte de Mosca, neveu de la duchesse de Sanseverina, qui allait être fait archevêque.

La marquise Raversi était furibonde dans son château de *Velleja* ; ce n'était point une femmelette, de celles qui croient se venger en lançant des propos outrageants contre leurs ennemis. Dès le lendemain de sa disgrâce, le chevalier Riscara et trois autres de ses amis se présentèrent au prince par son ordre, et lui demandèrent la permission d'aller la voir à son château. L'Altesse reçut ces messieurs avec une grâce parfaite, et leur arrivée à Velleja fut une

grande consolation pour la marquise. Avant la fin de la
seconde semaine, elle avait trente personnes dans son châ-
640   teau, tous ceux que le ministère libéral devait porter aux
places. Chaque soir la marquise tenait un conseil régulier
avec les mieux informés de ses amis. Un jour qu'elle avait
reçu beaucoup de lettres de Parme et de Bologne, elle se
retira de bonne heure : la femme de chambre favorite
introduisit d'abord l'amant régnant, le comte Baldi, jeune
homme d'une admirable figure et fort insignifiant ; et plus
tard, le chevalier Riscara son prédécesseur : celui-ci était
un petit homme noir au physique et au moral, qui, ayant
commencé par être répétiteur de géométrie au collège des
650   nobles à Parme [1], se voyait maintenant conseiller d'État et
chevalier de plusieurs ordres.

– J'ai la bonne habitude, dit la marquise à ces deux
hommes, de ne détruire jamais aucun papier, et bien m'en
prend ; voici neuf lettres que la Sanseverina m'a écrites en
différentes occasions. Vous allez partir tous les deux pour
Gênes, vous chercherez parmi les galériens un ex-notaire
nommé Burati, comme le grand poète de Venise, ou
Durati. Vous, comte Baldi, placez-vous à mon bureau et
écrivez ce que je vais vous dicter.

660   « Une idée me vient et je t'écris ce mot. Je vais à ma chaumière près de Castelnovo ; si tu veux venir passer douze
heures avec moi, je serai bien heureuse : il n'y a, ce me
semble, pas grand danger après ce qui vient de se passer ; les
nuages s'éclaircissent. Cependant arrête-toi avant d'entrer
dans Castelnovo ; tu trouveras sur la route un de mes gens,
ils t'aiment tous à la folie. Tu garderas, bien entendu, le nom
de Bossi pour ce petit voyage. On dit que tu as de la barbe
comme le plus admirable capucin, et l'on ne t'a vu à Parme
qu'avec la figure décente d'un grand vicaire. »

670   – Comprends-tu, Riscara ?

– Parfaitement ; mais le voyage à Gênes est un luxe
inutile ; je connais un homme dans Parme qui, à la vérité,
n'est pas encore aux galères, mais qui ne peut manquer
d'y arriver. Il contrefera admirablement l'écriture de la
Sanseverina.

---

1. Soit, dans un établissement tenu par des jésuites… Riscara n'améliore
pas leur image dans ce roman !

À ces mots, le comte Baldi ouvrit démesurément ses yeux si beaux ; il comprenait seulement.

– Si tu connais ce digne personnage de Parme, pour lequel tu espères de l'avancement, dit la marquise à Riscara, apparemment qu'il te connaît aussi ; sa maîtresse, son confesseur, son ami peuvent être vendus à la Sanseverina ; j'aime mieux différer cette petite plaisanterie de quelques jours, et ne m'exposer à aucun hasard. Partez dans deux heures comme de bons petits agneaux, ne voyez âme qui vive à Gênes et revenez bien vite. Le chevalier Riscara s'enfuit en riant, et parlant du nez comme Polichinelle : *Il faut préparer les paquets*, disait-il en courant d'une façon burlesque. Il voulait laisser Baldi seul avec la dame. Cinq jours après, Riscara ramena à la marquise son comte Baldi tout écorché : pour abréger de six lieues, on lui avait fait passer une montagne à dos de mulet ; il jurait qu'on ne le reprendrait plus à faire de *grands voyages*. Baldi remit à la marquise trois exemplaires de la lettre qu'elle lui avait dictée, et cinq ou si autres lettres de la même écriture, composées par Riscara, et dont on pourrait peut-être tirer parti par la suite. L'une de ces lettres contenait de fort jolies plaisanteries sur les pleurs que le prince avait la nuit, et sur la déplorable maigreur de la marquise Baldi, sa maîtresse, laquelle laissait, dit-on, la marque d'une pincette sur le coussin des bergères après s'y être assise un instant. On eût juré que toutes ces lettres étaient écrites de la main de Mme Sanseverina.

– Maintenant je sais à n'en pas douter, dit la marquise, que l'ami du cœur, que le Fabrice est à Bologne ou dans les environs…

– Je suis trop malade, s'écria le comte Baldi en l'interrompant ; je demande en grâce d'être dispensé de ce second voyage, ou du moins je voudrais obtenir quelques jours de repos pour remettre ma santé.

– Je vais plaider votre cause, dit Riscara ; il se leva et parla bas à la marquise.

– Eh bien ! soit, j'y consens, répondit-elle en souriant.

– Rassurez-vous, vous ne partirez point, dit la marquise à Baldi d'un air assez dédaigneux.

– Merci, s'écria celui-ci avec l'accent du cœur. En effet, Riscara monta seul en chaise de poste. Il était à peine à Bologne depuis deux jours, lorsqu'il aperçut dans une

calèche Fabrice et la petite Marietta. Diable ! se dit-il, il
paraît que notre futur archevêque ne se gêne point ; il
faudra faire connaître ceci à la duchesse, qui en sera
720 charmée. Riscara n'eut que la peine de suivre Fabrice pour
savoir son logement ; le lendemain matin, celui-ci reçut
par un courrier la lettre de fabrique génoise ; il la trouva un
peu courte, mais du reste n'eut aucun soupçon. L'idée de
revoir la duchesse et le comte le rendit fou de bonheur, et
quoi que pût dire Ludovic, il prit un cheval à la poste et
partit au galop. Sans s'en douter, il était suivi à peu de distance par le chevalier Riscara, qui, en arrivant, à six lieues
de Parme, à la poste avant Castelnovo, eut le plaisir de voir
un grand attroupement dans la place devant la prison du
730 lieu ; on venait d'y conduire notre héros, reconnu à la
poste [1], comme il changeait de cheval, par deux sbires
choisis et envoyés par le comte Zurla.

Les petits yeux du chevalier Riscara brillèrent de joie ;
il vérifia avec une patience exemplaire tout ce qui venait
d'arriver dans ce petit village, puis expédia un courrier à la
marquise Raversi. Après quoi, courant les rues comme
pour voir l'église fort curieuse, et ensuite pour chercher un
tableau du Parmesan qu'on lui avait dit exister dans le
pays, il rencontra enfin le podestat qui s'empressa de
740 rendre ses hommages à un conseiller d'État. Riscara eut
l'air étonné qu'il n'eût pas envoyé sur-le-champ à la citadelle de Parme le conspirateur qu'il avait eu le bonheur de
faire arrêter.

– On pourrait craindre, ajouta Riscara d'un air froid,
que ses nombreux amis qui le cherchaient avant-hier pour
favoriser son passage à travers les États de Son Altesse
Sérénissime, ne rencontrent les gendarmes ; ces rebelles
étaient bien douze ou quinze à cheval.

– *Intelligenti pauca* [2] *!* s'écria le podestat d'un air
750 malin.

---

1. Dupé par la fausse lettre envoyée par la Raversi, Fabrice a repassé la
frontière de la principauté de Parme, où il est sous le coup d'une arrestation pour meurtre.
2. « À qui sait comprendre peu de mots suffisent » : maxime latine souvent citée par Stendhal dans ses écrits.

CHAPITRE XV

Deux heures plus tard, le pauvre Fabrice, garni de
menottes et attaché par une longue chaîne à la *sediola*
même dans laquelle on l'avait fait monter, partait pour la
citadelle de Parme, escorté par huit gendarmes. Ceux-ci
avaient l'ordre d'emmener avec eux tous les gendarmes
stationnés dans les villages que le cortège devait traverser ; le podestat lui-même suivait ce prisonnier d'importance. Sur les sept heures après midi, la *sediola*,
escortée par tous les gamins de Parme et par trente gendarmes, traversa la belle promenade, passa devant le 10
petit palais qu'habitait la Fausta quelques mois auparavant, et enfin se présenta à la porte extérieure de la citadelle à l'instant où le général Fabio Conti et sa fille
allaient sortir. La voiture du gouverneur s'arrêta avant
d'arriver au pont-levis pour laisser entrer la *sediola* à
laquelle Fabrice était attaché ; le général cria aussitôt
que l'on fermât les portes de la citadelle, et se hâta de
descendre au bureau d'entrée pour voir un peu ce dont il
s'agissait ; il ne fut pas peu surpris quand il reconnut le
prisonnier, lequel était devenu tout raide, attaché à sa 20
sediola pendant une aussi longue route ; quatre gendarmes l'avaient enlevé et le portaient au bureau
d'écrou. J'ai donc en mon pouvoir, se dit le vaniteux
gouverneur, ce fameux Fabrice del Dongo, dont on dirait
que depuis près d'un an la haute société de Parme a juré
de s'occuper exclusivement !

Vingt fois le général l'avait rencontré à la cour, chez la duchesse et ailleurs ; mais il se garda bien de témoigner qu'il le connaissait ; il eût craint de se compromettre.

30   – Que l'on dresse, cria-t-il au commis de la prison, un procès-verbal fort circonstancié de la remise qui m'est faite du prisonnier par le digne podestat de Castelnovo.

Barbone [1], le commis, personnage terrible par le volume de sa barbe et sa tournure martiale, prit un air plus important que de coutume, on eût dit un geôlier allemand. Croyant savoir que c'était surtout la duchesse Sanseverina qui avait empêché son maître, le gouverneur, de devenir ministre de la Guerre, il fut d'une insolence plus qu'ordinaire envers le prisonnier ; il lui adressait la parole en
40   l'appelant *voi*, ce qui est en Italie la façon de parler aux domestiques.

– Je suis prélat de la sainte Église romaine, lui dit Fabrice avec fermeté, et grand vicaire de ce diocèse ; ma naissance seule me donne droit aux égards.

– Je n'en sais rien ! répliqua le commis avec impertinence ; prouvez vos assertions en exhibant les brevets qui vous donnent droit à ces titres fort respectables. Fabrice n'avait point de brevets et ne répondit pas. Le général Fabio Conti, debout à côté de son commis, le
50   regardait écrire sans lever les yeux sur le prisonnier afin de n'être pas obligé de dire qu'il était réellement Fabrice del Dongo.

Tout à coup Clélia Conti, qui attendait en voiture, entendit un tapage effroyable dans le corps de garde. Le commis Barbone faisant une description insolente et fort longue de la personne du prisonnier, lui ordonna d'ouvrir ses vêtements, afin que l'on pût vérifier et constater le nombre et l'état des égratignures reçues lors de l'affaire Giletti.

60   – Je ne puis, dit Fabrice souriant amèrement ; je me trouve hors d'état d'obéir aux ordres de monsieur, les menottes m'en empêchent !

– Quoi ! s'écria le général d'un air naïf, le prisonnier a des menottes ! dans l'intérieur de la forteresse ! cela est

---

1. Nom d'un brigand célèbre.

contre les règlements, il faut un ordre *ad hoc* ; ôtez-lui les menottes.

Fabrice le regarda. Voilà un plaisant jésuite ! pensa-t-il ; il y a une heure qu'il me voit ces menottes qui me gênent horriblement, et il fait l'étonné !

Les menottes furent ôtées par les gendarmes ; ils venaient d'apprendre que Fabrice était neveu de la duchesse Sanseverina, et se hâtèrent de lui montrer une politesse mielleuse qui faisait contraste avec la grossièreté du commis ; celui-ci en parut piqué et dit à Fabrice qui restait immobile :

– Allons donc ! dépêchons ! montrez-nous ces égratignures que vous avez reçues du pauvre Giletti, lors de l'assassinat. D'un saut, Fabrice s'élança sur le commis, et lui donna un soufflet tel, que le Barbone tomba de sa chaise sur les jambes du général. Les gendarmes s'emparèrent des bras de Fabrice qui restait immobile ; le général lui-même et deux gendarmes qui étaient à ses côtés se hâtèrent de relever le commis dont la figure saignait abondamment. Deux gendarmes plus éloignés coururent fermer la porte du bureau, dans l'idée que le prisonnier cherchait à s'évader. Le brigadier qui le commandait pensa que le jeune del Dongo ne pouvait pas tenter une fuite bien sérieuse, puisque enfin il se trouvait dans l'intérieur de la citadelle ; toutefois il s'approcha de la fenêtre pour empêcher le désordre, et par un instinct de gendarme. Vis-à-vis de cette fenêtre ouverte, et à deux pas, se trouvait arrêtée la voiture du général : Clélia s'était blottie dans le fond, afin de ne pas être témoin de la triste scène qui se passait au bureau ; lorsqu'elle entendit tout ce bruit, elle regarda.

– Que se passe-t-il ? dit-elle au brigadier.

– Mademoiselle, c'est le jeune Fabrice del Dongo qui vient d'appliquer un fier soufflet à cet insolent de Barbone !

– Quoi ! c'est M. del Dongo qu'on amène en prison ?

– Eh sans doute, dit le brigadier ; c'est à cause de la haute naissance de ce pauvre jeune homme que l'on fait tant de cérémonies ; je croyais que mademoiselle était au fait. Clélia ne quitta plus la portière ; quand les gendarmes qui entouraient la table s'écartaient un peu, elle apercevait le prisonnier. Qui m'eût dit, pensait-elle, que je le reverrais pour la première fois dans cette triste situation, quand je le rencontrai sur la route du lac de Côme ?... Il me donna la main pour monter dans le carrosse de sa mère... Il se trouvait déjà avec la duchesse ! Leurs amours avaient-ils commencé à cette époque ?

Il faut apprendre au lecteur que dans le parti libéral dirigé par la marquise Raversi et le général Conti, on affectait de ne pas douter de la tendre liaison qui devait exister entre Fabrice et la duchesse. Le comte Mosca, qu'on abhorrait, était pour sa duperie l'objet d'éternelles plaisanteries.

Ainsi, pensa Clélia, le voilà prisonnier et prisonnier de ses ennemis ! car au fond, le comte Mosca, quand on voudrait le croire un ange, va se trouver ravi de cette capture.

Un accès de gros rire éclata dans le corps de garde.

– Jacopo, dit-elle au brigadier d'une voix émue, que se passe-t-il donc ?

– Le général a demandé avec vigueur au prisonnier pourquoi il avait frappé Barbone : *monsignore* Fabrice a répondu froidement : il m'a appelé *assassin*, qu'il montre les titres et brevets qui l'autorisent à me donner ce titre ; et l'on rit [1].

Un geôlier qui savait écrire remplaça Barbone ; Clélia vit sortir celui-ci, qui essuyait avec son mouchoir le sang qui coulait en abondance de son affreuse figure : il jurait comme un païen : Ce f... Fabrice, disait-il à très haute voix, ne mourra jamais que de ma main. Je volerai le bourreau, etc., etc. Il s'était arrêté entre la fenêtre du bureau et la voiture du général pour regarder Fabrice, et ses jurements redoublaient.

– Passez votre chemin, lui dit le brigadier ; on ne jure point ainsi devant mademoiselle.

Barbone leva la tête pour regarder dans la voiture, ses yeux rencontrèrent ceux de Clélia à laquelle un cri d'horreur échappa ; jamais elle n'avait vu d'aussi près une

---

1. Une fois de plus, Fabrice fait de l'esprit dans une situation difficile, et, comme lors de la première rencontre avec Clélia, les gendarmes eux-mêmes rient. Stendhal joue, à plusieurs reprises, du rappel de cet épisode et des différents sentiments qu'il suscite en chacun des protagonistes pour ménager un contrepoint, introduire un brin de tendresse et de gaieté dans cet emprisonnement qui conduit aussi bien Fabrice à l'amour.

expression de figure tellement atroce. Il tuera Fabrice ! se
dit-elle, il faut que je prévienne don Cesare. C'était son
oncle, l'un des prêtres les plus respectables de la ville ; le
général Conti, son frère, lui avait fait avoir la place d'éco-
nome et de premier aumônier de la prison.

Le général remonta en voiture.

– Veux-tu rentrer chez toi, dit-il à sa fille, ou m'attendre
peut-être longtemps dans la cour du palais ? il faut que
j'aille rendre compte de tout ceci au souverain.

Fabrice sortait du bureau escorté par trois gendarmes ; 150
on le conduisait à la chambre qu'on lui avait destinée :
Clélia regardait par la portière, le prisonnier était fort près
d'elle. En ce moment elle répondit à la question de son
père par ces mots : *Je vous suivrai*. Fabrice, entendant prononcer ces paroles tout près de lui, leva les yeux et rencontra le regard de la jeune fille. Il fut frappé surtout de
l'expression de mélancolie de sa figure. Comme elle est
embellie, pensa-t-il, depuis notre rencontre près de Côme !
quelle expression de pensée profonde !… On a raison de
la comparer à la duchesse, quelle physionomie angélique ! 160
Barbone, le commis sanglant, qui ne s'était pas placé près
de la voiture sans intention, arrêta d'un geste les trois gendarmes qui conduisaient Fabrice, et, faisant le tour de la
voiture par-derrière, pour arriver à la portière près de
laquelle était le général :

– Comme le prisonnier a fait acte de violence dans
l'intérieur de la citadelle, lui dit-il, en vertu de l'article 157
du règlement, n'y aurait-il pas lieu de lui appliquer les
menottes pour trois jours ?

– Allez au diable ! s'écria le général, que cette arresta- 170
tion ne laissait pas d'embarrasser. Il s'agissait pour lui de
ne pousser à bout ni la duchesse ni le comte Mosca : et
d'ailleurs, dans quel sens le comte allait-il prendre cette
affaire ? au fond, le meurtre d'un Giletti était une bagatelle, et l'intrigue seule était parvenue à en faire quelque
chose.

Durant ce court dialogue, Fabrice était superbe au
milieu de ces gendarmes, c'était bien la mine la plus fière
et la plus noble ; ses traits fins et délicats, et le sourire de
mépris qui errait sur ses lèvres, faisaient un charmant 180
contraste avec les apparences grossières des gendarmes

qui l'entouraient. Mais tout cela ne formait pour ainsi dire
que la partie extérieure de sa physionomie ; il était ravi de
la céleste beauté de Clélia, et son œil trahissait toute sa
surprise. Elle, profondément pensive, n'avait pas songé à
retirer la tête de la portière ; il la salua avec le demi-sourire
le plus respectueux ; puis, après un instant :

— Il me semble, mademoiselle, lui dit-il, qu'autrefois,
près d'un lac, j'ai déjà eu l'honneur de vous rencontrer
190   avec accompagnement de gendarmes.

Clélia rougit et fut tellement interdite qu'elle ne trouva
aucune parole pour répondre. Quel air noble au milieu de
ces être grossiers ! se disait-elle au moment où Fabrice lui
adressa la parole. La profonde pitié [1], et nous dirons
presque l'attendrissement où elle était plongée, lui ôtèrent
la présence d'esprit nécessaire pour trouver un mot quelconque, elle s'aperçut de son silence et rougit encore
davantage. En ce moment on tirait avec violence les verrous de la grande porte de la citadelle, la voiture de Son
200   Excellence n'attendait-elle pas depuis une minute au
moins ? Le bruit fut si violent sous cette voûte, que, quand
même Clélia aurait trouvé quelque mot pour répondre,
Fabrice n'aurait pu entendre ses paroles.

Emportée par les chevaux qui avaient pris le galop aussitôt après le pont-levis, Clélia se disait : Il m'aura trouvée
bien ridicule ! Puis tout à coup elle ajouta : Non pas seulement ridicule ; il aura cru voir en moi une âme basse, il
aura pensé que je ne répondais pas à son salut parce qu'il
est prisonnier et moi fille du gouverneur.

210   Cette idée fut du désespoir pour cette jeune fille qui
avait l'âme élevée. Ce qui rend mon procédé tout à fait
avilissant, ajouta-t-elle, c'est que jadis, quand nous nous
rencontrâmes pour la première fois, aussi *avec accompagnement de gendarmes*, comme il le dit, c'était moi qui me
trouvais prisonnière, et lui me rendait service et me tirait
d'un fort grand embarras… Oui, il faut en convenir, mon
procédé est complet, c'est à la fois de la grossièreté et de
l'ingratitude. Hélas ! le pauvre jeune homme ! maintenant
qu'il est dans le malheur tout le monde va se montrer
220   ingrat envers lui. Il m'avait bien dit alors : Vous souvien-

---

1. Composante essentielle de l'amour, qu'incarnera Clélia.

drez-vous de mon nom à Parme ? Combien il me méprise
à l'heure qu'il est ! Un mot poli étai si facile à dire ! Il faut
l'avouer, oui, ma conduite a été atroce avec lui. Jadis, sans
l'offre généreuse de la voiture de sa mère, j'aurais dû
suivre les gendarmes à pied dans la poussière, ou, ce qui
est bien pis, monter en croupe derrière un de ces gens-là ;
c'était alors mon père qui était arrêté et moi sans défense !
Oui, mon procédé est complet. Et combien un être comme
lui a dû le sentir vivement ! Quel contraste entre sa physionomie si noble et mon procédé ! Quelle noblesse !   230
quelle sérénité ! Comme il avait l'air d'un héros entouré
de ses vils ennemis ! Je comprends maintenant la passion
de la duchesse : puisqu'il est ainsi au milieu d'un événement contrariant et qui peut avoir des suites affreuses, quel
ne doit-il pas paraître lorsque son âme est heureuse !

Le carrosse du gouverneur de la citadelle resta plus
d'une heure et demie dans la cour du palais, et toutefois
lorsque le général descendit de chez le prince, Clélia ne
trouva point qu'il y fût resté trop longtemps.

– Quelle est la volonté de Son Altesse ? demanda   240
Clélia.

– Sa parole a dit : la prison ! et son regard : la mort !

– La mort ! Grand Dieu ! s'écria Clélia.

– Allons, tais-toi ! reprit le général avec humeur ; que je
suis sot de répondre à un enfant !

Pendant ce temps, Fabrice montait les trois cent quatre-
vingts marches qui conduisaient à la tour Farnèse, nouvelle prison bâtie sur la plate-forme de la grosse tour, à une
élévation prodigieuse. Il ne songea pas une seule fois, distinctement du moins, au grand changement qui venait de   250
s'opérer dans son sort. Quel regard [1] ! se disait-il ; que de
choses il exprimait ! quelle profonde pitié ! Elle avait l'air
de dire : la vie est un tel tissu de malheurs ! Ne vous
affligez point trop de ce qui vous arrive ! est-ce que nous
ne sommes point ici-bas pour être infortunés ? Comme ses

---

1. Motif essentiel dans ce roman où il arrive à exprimer en toute sincérité
les sentiments les plus variés, le regard, qui se substitue à la parole, souvent mensongère, fixe la destinée amoureuse de Fabrice et fait de lui un
autre homme (il le reconnaîtra p. 410) : il lui délivre un message proche
de celui du lac, en lui enseignant, certes, l'amour, mais aussi la gravité
de la vie et la nécessité du détachement.

yeux si beaux restaient attachés sur moi, même quand les chevaux s'avançaient avec tant de bruit sous la voûte !

Fabrice oubliait complètement d'être malheureux.

Clélia suivit son père dans plusieurs salons ; au com-
260   mencement de la soirée, personne ne savait encore la nouvelle de l'arrestation du *grand coupable*, car ce fut le nom
que les courtisans donnèrent deux heures plus tard à ce
pauvre jeune homme imprudent.

On remarqua ce soir-là plus d'animation que de coutume dans la figure de Clélia ; or, l'animation, l'air de
prendre part à ce qui l'environnait, étaient surtout ce qui
manquait à cette belle personne. Quand on comparait sa
beauté à celle de la duchesse, c'était surtout cet air de
n'être émue par rien, cette façon d'être comme au-dessus
270   de toutes choses, qui faisaient pencher la balance en faveur
de sa rivale. En Angleterre, en France, pays de vanité, on
eût été probablement d'un avis tout opposé. Clélia Conti
était une jeune fille encore un peu trop svelte que l'on pouvait comparer aux belle figures du Guide [1] ; nous ne dissi-
mulerons point que, suivant les données de la beauté
grecque, on eût pu reprocher à cette tête des traits un peu
marqués, par exemple, les lèvres remplies de la grâce la
plus touchante étaient un peu fortes.

L'admirable singularité de cette figure dans laquelle
280   éclataient les grâces naïves et l'empreinte céleste de l'âme
la plus noble, c'est que, bien que de la plus rare et de la
plus singulière beauté, elle ne ressemblait en aucune façon
aux têtes de statues grecques. La duchesse avait au
contraire un peu trop de la beauté *connue* de l'idéal, et sa
tête vraiment lombarde rappelait le sourire voluptueux et
la tendre mélancolie des belles Hérodiades de Léonard de

1. Stendhal a vu dans le Guide (Guido Reni, dit le Guide, 1575-1642) le
peintre qui, mieux que tout autre, avait su peindre la beauté, marier
l'idéal antique à la nouvelle sensibilité chrétienne. L'un de ses portraits
lui a déjà inspiré la chronique des *Cenci*. Il reconnaît toutefois que ses
modèles peuvent manquer d'expression, aussi s'empresse-t-il de
nuancer, juste après, sa référence, en faisant de Clélia le modèle même
de la beauté gracieuse, irrégulière, certes, mais séduisante, par sa singularité et sa douce réserve. Ce portrait plus suggestif que descriptif, de
même que l'incertitude des sentiments qui va caractériser les mono-
logues intérieurs de Clélia, illustre à merveille la technique du clair-
obscur privilégiée par Stendhal (voir Présentation, p. 39-42).

Vinci [1]. Autant la duchesse était sémillante, pétillante d'esprit et de malice, s'attachant avec passion, si l'on peut parler ainsi, à tous les sujets que le courant de la conversation amenait devant les yeux de son âme, autant Clélia se 290 montrait calme et lente à s'émouvoir, soit par mépris de ce qui l'entourait, soit par regret de quelque chimère absente. Longtemps on avait cru qu'elle finirait par embrasser la vie religieuse [2]. À vingt ans on lui voyait de la répugnance à aller au bal, et si elle y suivait son père, ce n'était que par obéissance et pour ne pas nuire aux intérêts de son ambition.

Il me sera donc impossible, répétait trop souvent l'âme vulgaire du général, le ciel m'ayant donné pour fille la plus belle personne des États de notre souverain, et la plus 300 vertueuse, d'en tirer quelque parti pour l'avancement de ma fortune ! Ma vie est trop isolée, je n'ai qu'elle au monde, et il me faut de toute nécessité une famille qui m'étaie dans le monde, et qui me donne un certain nombre de salons, où mon mérite et surtout mon aptitude au ministère soient posés comme base inattaquables de tout raisonnement politique. Eh bien ! ma fille si belle, si sage, si pieuse, prend de l'humeur dès qu'un jeune homme bien établi à la cour entreprend de lui faire agréer ses hommages [3]. Ce prétendant est-il éconduit, son caractère 310 devient moins sombre, et je la vois presque gaie, jusqu'à ce qu'un autre épouseur se mette sur les rangs. Le plus bel homme de la cour, le comte Baldi, s'est présenté et a déplu : l'homme le plus riche des États de Son Altesse, le

---

1. Déjà cité pour suggérer la beauté de la marquise del Dongo (p. 63). Stendhal favorise la comparaison des deux femmes pour les opposer (le thème de leur rivalité amoureuse affleure dans tout ce chapitre), mais aussi pour les rapprocher (l'estime, l'amitié sont réciproques) et les réunir autour d'un même objectif : sauver Fabrice. (Sur cette « rivalité fraternelle », qui fait l'originalité de *La Chartreuse*, on lira l'étude de G. Durand, dans *Le Décor mythique…, op. cit.*, p. 151-158).
2. D'emblée Stendhal fait tout pour souligner l'authenticité et l'intensité de la sensibilité religieuse de Clélia, qui va affronter en chrétienne la passion et ses tourments : c'est là ce qui fera, dans ce roman, son originalité et sa force tragique.
3. Clélia s'oppose aussi d'emblée au monde de la cour, dont les valeurs lui sont radicalement étrangères.

marquis Crescenzi, lui a succédé, elle prétend qu'il ferait son malheur.

Décidément, disait d'autres fois le général, les yeux de ma fille sont plus beaux que ceux de la duchesse, en cela surtout qu'en de rares occasions ils sont susceptibles
320 d'une expression plus profonde ; mais cette expression magnifique, quand est-ce qu'on la lui voit ? Jamais dans un salon où elle pourrait lui faire honneur, mais bien à la promenade, seule avec moi, où elle se laissera attendrir, par exemple, par le malheur de quelque manant hideux. Conserve quelque souvenir de ce regard sublime, lui dis-je quelquefois, pour les salons où nous paraîtrons ce soir. Point : daigne-t-elle me suivre dans le monde, sa figure noble et pure offre l'expression assez hautaine et peu encourageante de l'obéissance passive [1]. Le général n'épar-
330 gnait aucune démarche, comme on voit, pour se trouver un gendre convenable, mais il disait vrai.

Les courtisans, qui n'ont rien à regarder dans leur âme, sont attentifs à tout : ils avaient remarqué que c'était surtout dans ces jours où Clélia ne pouvait prendre sur elle de s'élancer hors de ses chères rêveries et de feindre de l'intérêt pour quelque chose que la duchesse aimait à s'arrêter auprès d'elle et cherchait à la faire parler. Clélia avait des cheveux blonds cendrés, se détachant, par un effet très doux, sur des joues d'un coloris fin, mais en
340 général un peu trop pâle. La forme seule du front eût pu annoncer à un observateur attentif que cet air si noble, cette démarche tellement au-dessus des grâces vulgaires, tenaient à une profonde incurie pour tout ce qui est vulgaire. C'était l'absence et non pas l'impossibilité de l'intérêt pour quelque chose. Depuis que son père était gouverneur de la citadelle, Clélia se trouvait heureuse, ou du moins exempte de chagrins, dans son appartement si élevé. Le nombre effroyable de marches qu'il fallait monter pour arriver à ce palais du gouverneur, situé sur
350 l'esplanade de la grosse tour, éloignait les visites ennuyeuses, et Clélia, par cette raison matérielle, jouissait de la liberté du couvent ; c'était presque là tout l'idéal de bonheur que, dans un temps, elle avait songé à demander

---

1. Ce sera aussi le nom de la cellule de Fabrice !

à la vie religieuse. Elle était saisie d'une sorte d'horreur à
la seule pensée de mettre sa chère solitude et ses pensées
intimes à la disposition d'un jeune homme, que le titre de
mari autoriserait à troubler toute cette vie intérieure. Si par
la solitude elle n'atteignait pas au bonheur, du moins elle
était parvenue à éviter les sensations trop douloureuses.

Le jour où Fabrice fut conduit à la forteresse, la 360
duchesse rencontra Clélia à la soirée du ministre de l'Intérieur, comte Zurla ; tout le monde faisait cercle autour
d'elles : ce soir-là, la beauté de Clélia l'emportait sur celle
de la duchesse. Les yeux de la jeune fille avaient une
expression si singulière et si profonde qu'ils en étaient
presque indiscrets : il y avait de la pitié, il y avait aussi de
l'indignation et de la colère dans ses regards. La gaieté et
les idées brillantes de la duchesse semblaient jeter Clélia
dans des moments de douleur allant jusqu'à l'horreur.
Quels vont être les cris et les gémissements de la pauvre 370
femme, se disait-elle, lorsqu'elle va savoir que son amant,
ce jeune homme d'un si grand cœur et d'une physionomie
si noble, vient d'être jeté en prison ! Et ces regards du souverain qui le condamnent à mort ! Ô pouvoir absolu,
quand cesseras-tu de peser sur l'Italie [1] ! Ô âmes vénales
et basses ! Et je suis fille d'un geôlier ! et je n'ai point
démenti ce noble caractère en ne daignant pas répondre à
Fabrice ! et autrefois il fut mon bienfaiteur ! Que pense-
t-il de moi à cette heure, seul dans sa chambre et en tête à
tête avec sa petite lampe ? Révoltée par cette idée, Clélia 380
jetait des regards d'horreur sur la magnifique illumination
des salons du ministre de l'Intérieur.

Jamais, se disait-on dans le cercle de courtisans qui se
formait autour des deux beautés à la mode, et qui cherchait
à se mêler à leur conversation, jamais elles ne se sont parlé
d'un air si animé et en même temps si intime. La duchesse,

---

1. La passion réveille la douce et docile Clélia, qui surprend souvent,
dans ce roman, par son énergie et sa véhémence : Stendhal lui prête ici
les aspirations patriotiques de Métilde Dembowski, l'une de ses modèles.
Elle ira, plus loin, jusqu'à vouloir le régicide ! On sera encore sensible
aux contradictions dont souffre Clélia, héroïne tragique, dans la mesure
où l'amour est d'emblée, pour elle, source de conflits, de dilemmes (voir,
sur ce thème récurrent dans tout ce chapitre, notre article « Clélia ou le
romanesque… », cité à la note 2, p. 25).

toujours attentive à conjurer les haines excitées par le Premier ministre, aurait-elle songé à quelque grand mariage
en faveur de la Clélia ? Cette conjecture était appuyée sur
390   une circonstance qui jusque-là ne s'était jamais présentée
à l'observation de la cour : les yeux de la jeune fille
avaient plus de feu, et même, si l'on peut ainsi dire, plus
de passion que ceux de la belle duchesse. Celle-ci, de son
côté, était étonnée, et, l'on peut dire à sa gloire, ravie des
grâces si nouvelles qu'elle découvrait· dans la jeune
solitaire ; depuis une heure elle la regardait avec un plaisir
assez rarement senti à la vue d'une rivale. Mais que se
passe-t-il donc ? se demandait la duchesse ; jamais Clélia
n'a été aussi belle, et l'on peut dire aussi touchante : son
400   cœur aurait-il parlé ?… Mais en ce cas-là, certes, c'est de
l'amour malheureux, il y a de la sombre douleur au fond
de cette animation si nouvelle… Mais l'amour malheureux se tait ! S'agirait-il de ramener un inconstant par un
succès dans le monde ? Et la duchesse regardait avec
attention les jeunes gens qui les environnaient. Elle ne
voyait nulle part d'expression singulière, c'était toujours
de la fatuité plus ou moins contente. Mais il y a du miracle
ici, se disait la duchesse, piquée de ne pas deviner. Où est
le comte Mosca, cet être si fin ? Non, je ne me trompe
410   point, Clélia me regarde avec attention et comme si j'étais
pour elle l'objet d'un intérêt tout nouveau. Est-ce l'effet de
quelque ordre donné par son père, ce vil courtisan ? Je
croyais cette âme noble et jeune incapable de se ravaler à
des intérêts d'argent. Le général Fabio Conti aurait-il
quelque demande décisive à faire au comte ?

Vers les dix heures, un ami de la duchesse s'approcha et
lui dit deux mots à voix basse ; elle pâlit excessivement ;
Clélia lui prit la main et osa la lui serrer.

– Je vous remercie et je vous comprends maintenant…
420   vous avez une belle âme ! dit la duchesse, faisant effort sur
elle-même ; elle eut à peine la force de prononcer ce peu
de mots. Elle adressa beaucoup de sourires à la maîtresse
de la maison qui se leva pour l'accompagner jusqu'à la
porte du dernier salon : ces honneurs n'étaient dus qu'à
des princesses de sang et faisaient pour la duchesse un
cruel contresens avec sa position présente. Aussi elle

sourit beaucoup à la comtesse Zurla, mais malgré des
efforts inouïs ne put jamais lui adresser un seul mot.

Les yeux de Clélia se remplirent de larmes en voyant
passer la duchesse au milieu de ces salons peuplés alors de 430
ce qu'il y avait de plus brillant dans la société. Que va
devenir cette pauvre femme, se dit-elle, quand elle se trouvera seule dans sa voiture ? Ce serait une indiscrétion à
moi de m'offrir pour l'accompagner ! je n'ose… Combien
le pauvre prisonnier, assis dans quelque affreuse chambre,
tête à tête avec sa petite lampe, serait consolé pourtant s'il
savait qu'il est aimé à ce point ! Quelle solitude affreuse
que celle dans laquelle on l'a plongé ! et nous, nous
sommes ici dans ces salons si brillants ! quelle horreur ! Y
aurait-il un moyen de lui faire parvenir un mot ? Grand 440
Dieu ! ce serait trahir mon père ; sa situation est si délicate
entre les deux partis ! Que devient-il s'il s'expose à la
haine passionnée de la duchesse qui dispose de la volonté
du Premier ministre, lequel est le maître dans les trois
quarts des affaires ! D'un autre côté le prince s'occupe
sans cesse de ce qui se passe à la forteresse, et il n'entend
pas raillerie sur ce sujet ; la peur rend cruel… Dans tous les
cas, Fabrice (Clélia ne disait plus M. del Dongo) est bien
autrement à plaindre !… il s'agit pour lui de bien autre
chose que du danger de perdre une place lucrative !…. Et 450
la duchesse !… Quelle horrible passion que l'amour [1] !…
et cependant tous ces menteurs du monde en parlent
comme d'une source de bonheur ! On plaint les femmes
âgées parce qu'elles ne peuvent plus ressentir ou inspirer
de l'amour !… Jamais je n'oublierai ce que je viens de
voir ; quel changement subit ! Comme les yeux de la
duchesse, si beaux, si radieux, sont devenus mornes,
éteints, après le mot fatal que le marquis N*** est venu
lui dire !… Il faut que Fabrice soit bien digne d'être
aimé !…

Au milieu de ces réflexions fort sérieuses et qui occu- 460
paient toute l'âme de Clélia, les propos complimenteurs

---

1. À l'image de la princesse de Clèves, Clélia se méfie de l'amour, dont
elle perçoit tout de suite la gravité et les désordres. La découverte de la
passion sera de fait, pour elle, la fin de cette sérénité si jalousement préservée et l'entrée dans une vie de souffrances et de remords.

qui l'entouraient toujours lui semblèrent plus désagréables encore que de coutume. Pour s'en délivrer, elle s'approcha d'une fenêtre ouverte et à demi voilée par un rideau de taffetas ; elle espérait que personne n'aurait la hardiesse de la suivre dans cette sorte de retraite. Cette fenêtre donnait sur un petit bois d'orangers en pleine terre [1] : à la vérité, chaque hiver on était obligé de les recouvrir d'un toit. Clélia respirait avec délices le parfum de ces fleurs, et ce plaisir semblait rendre un peu de calme à son âme… Je lui ai trouvé l'air fort noble, pensa-t-elle ; mais inspirer une telle passion à une femme si distinguée !… Elle a eu la gloire de refuser les hommages du prince, et si elle eût daigné le vouloir, elle eût été la reine de ces États… Mon père dit que la passion du souverain allait jusqu'à l'épouser si jamais il fût devenu libre !… Et cet amour pour Fabrice dure depuis si longtemps ! car il y a bien cinq ans que nous les rencontrâmes près du lac de Côme !… Oui, il y a cinq ans, se dit-elle après un instant de réflexion. J'en fus frappée même alors, où tant de choses passaient inaperçues devant mes yeux d'enfant ! Comme ces deux dames semblaient admirer Fabrice !…

Clélia remarqua avec joie qu'aucun des jeunes gens qui lui parlaient avec tant d'empressement n'avait osé se rapprocher du balcon. L'un d'eux, le marquis Crescenzi, avait fait quelques pas dans ce sens, puis s'était arrêté auprès d'une table de jeu. Si au moins, se disait-elle, sous ma petite fenêtre du palais de la forteresse, la seule qui ait de l'ombre, j'avais la vue de jolis orangers, tels que ceux-ci, mes idées seraient moins tristes ! mais pour toute perspective les énormes pierres de taille de la tour *Farnèse*… Ah ! s'écria-t-elle en faisant un mouvement, c'est peut-être là qu'on l'aura placé ! Qu'il me tarde de pouvoir parler à don Cesare ! il sera moins sévère que le général. Mon père ne me dira rien certainement en rentrant à la forteresse, mais je saurai tout par don Cesare… J'ai de l'argent, je pourrais acheter quelques orangers qui, placés sous la fenêtre de ma volière, m'empêcheraient de voir ce gros mur de la tour Farnèse. Combien il va m'être plus odieux encore

---

1. Le motif romanesque de l'oranger a déjà été relevé à la page 242 et reviendra dans les chapitres suivants.

maintenant que je connais l'une des personnes qu'il cache 500
à la lumière !… Oui, c'est bien la troisième fois que je l'ai
vu ; une fois à la cour, au bal du jour de naissance de la
princesse ; aujourd'hui, entouré de trois gendarmes, pendant que cet horrible Barbone sollicitait les menottes
contre lui, et enfin près du lac de Côme… Il y a bien cinq
ans [1] de cela ; quel air de mauvais garnement il avait
alors ! quels yeux il faisait aux gendarmes, et quels
regards singuliers sa mère et sa tante lui adressaient ! Certainement il y avait ce jour-là quelque secret, quelque
chose de particulier entre eux ; dans le temps, j'eus l'idée 510
que lui aussi avait peur des gendarmes… Clélia tressaillit ;
mais que j'étais ignorante ! Sans doute, déjà dans ce
temps, la duchesse avait de l'intérêt pour lui… Comme il
nous fit rire au bout de quelques moments, quand ces
dames, malgré leur préoccupation évidente, se furent un
peu accoutumées à la présence d'une étrangère !… et ce
soir j'ai pu ne pas répondre au mot qu'il m'a adressé !…
Ô ignorance et timidité ! combien souvent vous ressem-
blez à ce qu'il y de plus noir ! Et je suis ainsi à vingt ans
passés !… J'avais bien raison de songer au cloître ; réelle- 520
ment je ne suis faite que pour la retraite ! Digne fille d'un
geôlier ! se sera-t-il dit. Il me méprise, et, dès qu'il pourra
écrire à la duchesse, il parlera de mon manque d'égard, et
la duchesse me croira une petite fille bien fausse ; car enfin
ce soir elle a pu me croire remplie de sensibilité pour son
malheur.

Clélia s'aperçut que quelqu'un s'approchait et apparemment dans le dessein de se placer à côté d'elle au
balcon de fer de cette fenêtre ; elle en fut contrariée
quoiqu'elle se fît des reproches ; les rêveries auxquelles 530
on l'arrachait n'étaient point sans quelque douceur. Voilà
un importun que je vais joliment recevoir ! pensa-t-elle.
Elle tournait la tête avec un regard altier, lorsqu'elle
aperçut la figure timide de l'archevêque qui s'approchait
du balcon par de petits mouvements insensibles. Ce saint
homme n'a point d'usage, pensa Clélia ; pourquoi venir
troubler une pauvre fille telle que moi ? Ma tranquillité est

----

1. Sept ans, en fait.

tout ce que je possède. Elle le saluait avec respect, mais aussi d'un air hautain, lorsque le prélat lui dit :

540   – Mademoiselle, savez-vous l'horrible nouvelle ?

Les yeux de la jeune fille avaient déjà pris une tout autre expression ; mais, suivant les instructions cent fois répétées de son père, elle répondit avec un air d'ignorance que le langage de ses yeux contredisait hautement :

– Je n'ai rien appris, monseigneur.

– Mon premier grand vicaire, le pauvre Fabrice del Dongo, qui est coupable comme moi de la mort de ce brigand de Giletti, a été enlevé à Bologne où il vivait sous le nom supposé de Joseph Bossi ; on l'a renfermé dans votre 550 citadelle ; il y est arrivé *enchaîné* à la voiture même qui le portait. Une sorte de geôlier nommé Barbone, qui jadis eut sa grâce après avoir assassiné un de ses frères, a voulu faire éprouver une violence personnelle à Fabrice ; mais mon jeune ami n'est point homme à souffrir une insulte. Il a jeté à ses pieds son infâme adversaire, sur quoi on l'a descendu dans un cachot vingt pieds sous terre, après lui avoir mis les menottes.

– Les menottes, non.

– Ah ! vous savez quelque chose ! s'écria l'archevêque, 560 et les traits du vieillard perdirent de leur profonde expression de découragement ; mais, avant tout, on peut approcher de ce balcon et nous interrompre : seriez-vous assez charitable pour remettre vous-même à don Cesare mon anneau pastoral que voici ?

La jeune fille avait pris l'anneau, mais ne savait où le placer pour ne pas courir la chance de le perdre.

– Mettez-le au pouce, dit l'archevêque ; et il le plaça lui-même [1]. Puis-je compter que vous remettrez cet anneau ?

570   – Oui, monseigneur.

– Voulez-vous me promettre le secret sur ce que je vais ajouter, même dans le cas où vous ne trouveriez pas convenable d'accéder à ma demande ?

– Mais oui, monseigneur, répondit la jeune fille toute tremblante en voyant l'air sombre et sérieux que le vieillard avait pris tout à coup…

---

1. Il unit ainsi, symboliquement, Clélia et Fabrice.

Notre respectable archevêque, ajouta-t-elle, ne peut que me donner des ordres dignes de lui et de moi.

– Dites à don Cesare que je lui recommande mon fils adoptif : je sais que les sbires qui l'ont enlevé ne lui ont pas donné le temps de prendre son bréviaire, je prie don Cesare de lui faire tenir le sien, et si monsieur votre oncle veut envoyer demain à l'archevêché, je me charge de remplacer le livre par lui donné à Fabrice. Je prie don Cesare de faire tenir également l'anneau que porte cette jolie main, à M. del Dongo. L'archevêque fut interrompu par le général Fabio Conti qui venait prendre sa fille pour la conduire à sa voiture ; il y eut là un petit moment de conversation, qui ne fut pas dépourvu d'adresse de la part du prélat. Sans parler en aucune façon du nouveau prisonnier, il s'arrangea de façon à ce que le courant du discours pût amener convenablement dans sa bouche certaines maximes morales et politiques ; par exemple : Il y a des moments de crise dans la vie des cours qui décident pour longtemps de l'existence des plus grands personnages ; il y aurait une imprudence notable à changer en *haine personnelle* l'état d'éloignement politique qui est souvent le résultat fort simple de positions opposées. L'archevêque, se laissant un peu emporter par le profond chagrin que lui causait une arrestation si imprévue, alla jusqu'à dire qu'il fallait assurément conserver les positions dont on jouissait, mais qu'il y aurait une imprudence bien gratuite à s'attirer pour la suite des haines furibondes en se prêtant à de certaines choses que l'on n'oublie point.

Quand le général fut dans son carrosse avec sa fille :

– Ceci peut s'appeler des menaces, lui dit-il… des menaces à un homme de ma sorte ! Il n'y eut pas d'autres paroles échangées entre le père et la fille pendant vingt minutes.

En recevant l'anneau pastoral de l'archevêque, Clélia s'était bien promis de parler à son père, lorsqu'elle serait en voiture, du petit service que le prélat lui demandait. Mais après le mot *menaces* prononcé avec colère, elle se tint pour assurée que son père intercepterait la commission ; elle recouvrait cet anneau de la main gauche et le serrait avec passion. Durant tout le temps que l'on mit pour aller du ministère de l'Intérieur à la citadelle, elle se demanda s'il serait criminel à elle de ne pas parler à son père. Elle était fort pieuse, fort timorée, et son cœur, si tranquille d'ordinaire, battait avec une violence inaccoutumée ; mais enfin le *qui vive* de la sentinelle placée sur le rempart au-dessus de la porte retentit à l'approche de la voiture, avant que Clélia eût trouvé les termes convenables pour disposer son père à ne pas refuser, tant elle avait peur d'être refusée ! En montant les trois cent soixante marches qui conduisaient au palais du gouverneur, Clélia ne trouva rien.

Elle se hâta de parler à son oncle, qui la gronda et refusa de se prêter à rien.

CHAPITRE XVI

— Eh bien ! s'écria le général, en apercevant son frère don Cesare, voilà la duchesse qui va dépenser cent mille écus pour se moquer de moi et faire sauver le prisonnier !

Mais pour le moment, nous sommes obligés de laisser Fabrice dans sa prison, tout au faîte de la citadelle de Parme ; on le garde bien, et nous l'y retrouverons peut-être un peu changé [1]. Nous allons nous occuper avant tout de la cour, où des intrigues fort compliquées, et surtout les passions d'une femme malheureuse vont décider de son sort. En montant les trois cent quatre-vingt-dix marches de sa prison à la tour *Farnèse*, sous les yeux du gouverneur, Fabrice, qui avait tant redouté ce moment, trouva qu'il n'avait pas le temps de songer au malheur.

En rentrant chez elle après la soirée du comte Zurla, la duchesse renvoya ses femmes d'un geste ; puis, se laissant tomber tout habillée sur son lit : *Fabrice*, s'écria-t-elle à haute voix, *est au pouvoir de ses ennemis, et peut-être à cause de moi ils lui donneront du poison !* Comment peindre le moment de désespoir qui suivit cet exposé de la situation, chez une femme aussi peu raisonnable, aussi esclave de la sensation présente, et, sans se l'avouer, éperdument amoureuse du jeune prisonnier [2] ? Ce furent des

---

1. L'intervention malicieuse du narrateur, pour gérer son récit, préserve, une fois de plus, l'enjouement de ces pages.
2. C'est la première fois que le narrateur dévoile avec autant de clarté le sentiment de Gina pour Fabrice.

cris inarticulés, des transports de rage, des mouvements convulsifs, mais pas une larme. Elle renvoyait ses femmes pour les cacher, elle pensait qu'elle allait éclater en sanglots dès qu'elle se trouverait seule ; mais les larmes, ce premier soulagement des grandes douleurs, lui manquèrent tout à fait [1]. La colère, l'indignation, le sentiment d'infériorité vis-à-vis du prince, dominaient trop cette âme
30   altière.

– Suis-je assez humiliée ! s'écriait-elle à chaque instant ; on m'outrage, et, bien plus, on expose la vie de Fabrice ! et je ne me vengerai pas ! Halte-là, mon prince ! vous me tuez, soit, vous en avez le pouvoir ; mais ensuite moi j'aurai votre vie. Hélas ! pauvre Fabrice, à quoi cela te servira-t-il ? Quelle différence avec ce jour où je voulus quitter Parme ! et pourtant alors je me croyais malheureuse… quel aveuglement ! J'allais briser toutes les habitudes d'une vie agréable : hélas ! sans le savoir, je touchais
40   à un événement qui allait à jamais décider de mon sort. Si, par ses infâmes habitudes de plate courtisanerie, le comte n'eût supprimé le mot *procédure injuste* dans ce fatal billet que m'accordait la vanité du prince, nous étions sauvés. J'avais eu le bonheur plus que l'adresse, il faut en convenir, de mettre en jeu son amour-propre au sujet de sa chère ville de Parme. Alors je menaçais de partir, alors j'étais libre ! Grand Dieu ! suis-je assez esclave ! Maintenant me voici clouée dans ce cloaque infâme, et Fabrice enchaîné dans la citadelle, dans cette citadelle qui pour
50   tant de gens distingués a été l'antichambre de la mort ! et je ne puis plus tenir ce tigre en respect par la crainte de me voir quitter son repaire !

Il a trop d'esprit pour ne pas sentir que je ne m'éloignerai jamais de la tour infâme où mon cœur est enchaîné. Maintenant la vanité piquée de cet homme peut lui sug-

---

1. L'attitude de Gina illustre fort bien la distinction établie par Stendhal entre la « douleur sèche » et la « douleur regrettante » : la première, vécue ici par Gina, est stérile, cruelle, parce qu'elle n'est que ressassement amer du passé, constat d'humiliation et d'impuissance ; la seconde, que connaîtra Gina, lorsque enfin elle pourra pleurer, est féconde, parce qu'elle est source d'apaisement, de réconciliation avec soi-même par la pitié, et, surtout, parce qu'elle ouvre sur un avenir et permet ainsi d'élaborer de nouveau des plans de conduite.

gérer les idées les plus singulières ; leur cruauté bizarre ne ferait que piquer au jeu son étonnante vanité. S'il revient à ses anciens propos de fade galanterie, s'il me dit : Agréez les hommages de votre esclave, ou Fabrice périt : eh bien ! la vieille histoire de Judith… [1]. Oui, mais si ce n'est qu'un suicide pour moi, c'est un assassinat pour Fabrice ; le benêt de successeur, notre prince royal, et l'infâme bourreau Rassi font pendre Fabrice comme mon complice.

La duchesse jeta des cris : cette alternative dont elle ne voyait aucun moyen de sortir torturait ce cœur malheureux. Sa tête troublée ne voyait aucune autre probabilité dans l'avenir. Pendant dix minutes elle s'agita comme une insensée ; enfin un sommeil d'accablement remplaça pour quelques instants cet état horrible, la vie était épuisée. Quelques minutes après, elle se réveilla en sursaut, et se trouva assise sur son lit ; il lui semblait qu'en sa présence le prince voulait faire couper la tête à Fabrice. Quels yeux égarés la duchesse ne jeta-t-elle pas autour d'elle ! Quand enfin elle se fut convaincue qu'elle n'avait sous les yeux ni le prince ni Fabrice, elle retomba sur son lit, et fut sur le point de s'évanouir. Sa faiblesse physique était telle qu'elle ne se sentait pas la force de changer de position. Grand Dieu ! si je pouvais mourir ! se dit-elle… Mais quelle lâcheté ! moi abandonner Fabrice dans le malheur ! Je m'égare… Voyons, revenons au vrai ; envisageons de sang-froid l'exécrable position où je me suis plongée comme à plaisir. Quelle funeste étourderie ! venir habiter la cour d'un prince absolu ! un tyran qui connaît toutes ses victimes ! chacun de leurs regards lui semble une bravade pour son pouvoir. Hélas ! c'est ce que ni le comte ni moi nous ne vîmes lorsque je quittai Milan : je pensais aux grâces d'une cour aimable ; quelque chose d'inférieur, il est vrai, mais quelque chose dans le genre des beaux jours du prince Eugène !

---

1. Personnage biblique : belle, mais pieuse et vertueuse, Judith réussit, tout en restant pure, à séduire Holopherne, qui était prêt à donner l'assaut aux siens, et à le tuer pendant son sommeil. L'idée du régicide fait son chemin dans l'esprit de Gina.

De loin nous ne nous faisions pas d'idée de ce que c'est que l'autorité d'un despote qui connaît de vue tous ses sujets. La forme extérieure du despotisme est la même que celle des autres gouvernements : il y a des juges, par exemple, mais ce sont des Rassi ; le monstre, il ne trouverait rien d'extraordinaire à faire pendre son père si le prince le lui ordonnait... il appellerait cela son devoir... Séduire Rassi ! malheureuse que je suis ! je n'en possède aucun moyen. Que puis-je lui offrir ? cent mille francs
100 peut-être ! et l'on prétend que, lors du dernier coup de poignard auquel la colère du ciel envers ce malheureux pays l'a fait échapper, le prince lui a envoyé dix mille sequins d'or dans une cassette ! D'ailleurs quelle somme d'argent pourrait le séduire ? Cette âme de boue, qui n'a jamais vu que du mépris dans les regards des hommes, a le plaisir ici d'y voir maintenant de la crainte, et même du respect ; il peut devenir ministre de la Police, et pourquoi pas ? Alors les trois quarts des habitants du pays seront ses bas courtisans, et trembleront devant lui, aussi servilement que lui-
110 même tremble devant le souverain.

Puisque je ne peux fuir ce lieu détesté, il faut que j'y sois utile à Fabrice : vivre seule, solitaire, désespérée ! que puis-je alors pour Fabrice ? Allons, *marche, malheureuse femme*, fais ton devoir ; va dans le monde, feins de ne plus penser à Fabrice... Feindre de t'oublier, cher ange !

À ce mot, la duchesse fondit en larmes ; enfin, elle pouvait pleurer. Après une heure accordée à la faiblesse humaine, elle vit avec un peu de consolation que ses idées commençaient à s'éclaircir. Avoir le tapis magique [1], se
120 dit-elle, enlever Fabrice de la citadelle, et me réfugier avec lui dans quelque pays heureux, où nous ne puissions être poursuivis, Paris, par exemple. Nous y vivrions d'abord avec les douze cents francs que l'homme d'affaires de son père me fait passer avec une exactitude si plaisante. Je pourrais bien ramasser cent mille francs des débris de ma fortune ! L'imagination de la duchesse passait en revue avec des moments d'inexprimables délices tous les détails de la vie qu'elle mènerait à trois cents lieues de Parme. Là,

---

1. Nouvel emprunt au merveilleux des *Mille et Une Nuits*. Préfiguration, encore fantaisiste, de l'évasion de Fabrice.

se disait-elle, il pourrait entrer au service sous un nom supposé… Placé dans un régiment de ces braves Français, bientôt le jeune Valserra aurait une réputation ; enfin il serait heureux.

Ces images fortunées rappelèrent une seconde fois les larmes, mais celles-ci étaient de douces larmes. Le bonheur existait donc encore quelque part ! Cet état dura longtemps ; la pauvre femme avait horreur de revenir à la contemplation de l'affreuse réalité. Enfin, comme l'aube du jour commençait à marquer d'une ligne blanche le sommet des arbres de son jardin, elle se fit violence. Dans quelques heures, se dit-elle, je serai sur le champ de bataille ; il sera question d'agir, et s'il m'arrive quelque chose d'irritant, si le prince s'avise de m'adresser quelque mot relatif à Fabrice, je ne suis pas assurée de pouvoir garder tout mon sang-froid. Il faut donc ici et sans délai *prendre des résolutions*.

Si je suis déclarée criminelle d'État, Rassi fait saisir tout ce qui se trouve dans ce palais ; le 1er de ce mois, le comte et moi nous avons brûlé, suivant l'usage, tous les papiers dont la police pourrait abuser, et il est le ministre de la Police, voilà le plaisant. J'ai trois diamants de quelque prix : demain, Fulgence, mon ancien batelier de Grianta, partira pour Genève où il les mettra en sûreté. Si jamais Fabrice s'échappe (grand Dieu ! soyez-moi propice ! et elle fit un signe de croix), l'incommensurable lâcheté du marquis del Dongo trouvera qu'il y a du péché à envoyer du pain à un homme poursuivi par un prince légitime, alors il trouvera du moins mes diamants, il aura du pain.

Renvoyer le comte… me trouver seule avec lui, après ce qui vient d'arriver, c'est ce qui m'est impossible. Le pauvre homme ! Il n'est point méchant, au contraire ; il n'est que faible. Cette âme vulgaire n'est point à la hauteur des nôtres [1]. Pauvre Fabrice ! que ne peux-tu être ici un instant avec moi, pour tenir conseil sur nos périls !

---

1. Jugement sans appel, qui écarte Mosca de l'élite héroïque du roman. Pourtant, dans la suite de son monologue, Gina sera plus nuancée, insistera sur son sens de l'honneur, sur son détachement, et aura soin de présenter leur séparation avant tout comme une tactique.

La prudence méticuleuse du comte gênerait tous mes projets, et d'ailleurs il ne faut point l'entraîner dans ma perte... Car pourquoi la vanité de ce tyran ne me jetterait-elle pas en prison ? J'aurai conspiré... quoi de plus facile à prouver ? Si c'était à sa citadelle qu'il m'envoyât et que
170 je pusse à force d'or parler à Fabrice, ne fût-ce qu'un instant, avec quel courage nous marcherions ensemble à la mort ! Mais laissons ces folies ; son Rassi lui conseille-rait de finir avec moi par le poison ; ma présence dans les rues, placée sur une charrette, pourrait émouvoir la sensi-bilité de ses chers Parmesans... Mais quoi ! toujours le roman [1] ! Hélas ! l'on doit pardonner ces folies à une pauvre femme dont le sort réel est si triste ! Le vrai de tout ceci, c'est que le prince ne m'enverra point à la mort ; mais rien de plus facile que de me jeter en prison et de m'y
180 retenir ; il fera cacher dans un coin de mon palais toutes sortes de papiers suspects comme on a fait pour ce pauvre L***. Alors trois juges pas trop coquins, car il y aura ce qu'ils appellent des *pièces probantes*, et une dou-zaine de faux témoins suffisent. Je puis donc être condamnée à mort comme ayant conspiré ; et le prince, dans sa clémence infinie, considérant qu'autrefois j'ai eu l'honneur d'être admise à sa cour, commuera ma peine en dix ans de forteresse. Mais moi, pour ne point déchoir de ce caractère violent qui a fait dire tant de sottises à la mar-
190 quise Raversi et à mes autres ennemis, je m'empoison-nerai bravement. Du moins le public aura la bonté de le croire ; mais je gage que le Rassi paraîtra dans mon cachot pour m'apporter galamment, de la part du prince, un petit flacon de strychnine ou de l'opium de Pérouse [2].

Oui, il faut me brouiller très ostensiblement avec le comte, car je ne veux pas l'entraîner dans ma perte, ce serait une infamie ; le pauvre homme m'a aimée avec tant de candeur ! Ma sottise a été de croire qu'il restait assez d'âme dans un courtisan véritable pour être capable

---

1. Les scénarios de Gina permettent à Stendhal de s'abandonner aux chi-mères du romanesque, tout en les tournant, selon son habitude, en déri-sion. Tout ce chapitre est, du reste, dévolu à l'élaboration de projets, qui aboutiront ou non.
2. Soit, de poison. Avec le coup de poignard, c'est, aux yeux de Stendhal, la manière la plus italienne de donner la mort.

d'amour. Très probablement le prince trouvera quelque 200
prétexte pour me jeter en prison ; il craindra que je ne per-
vertisse l'opinion publique relativement à Fabrice. Le
comte est plein d'honneur ; à l'instant il fera ce que les
cuistres de cette cour, dans leur étonnement profond,
appelleront une folie, il quittera la cour. J'ai bravé l'autorité du prince le soir du billet, je puis m'attendre à tout de
la part de sa vanité blessée : un homme né prince oublie-
t-il jamais la sensation que je lui ai donnée ce soir-là ?
D'ailleurs le comte brouillé avec moi est en meilleure
position pour être utile à Fabrice. Mais si le comte, que ma 210
résolution va mettre au désespoir, se vengeait ?... Voilà,
par exemple, une idée qui ne lui viendra jamais ; il n'a
point l'âme foncièrement basse du prince : le comte peut,
en gémissant, contresigner un décret infâme, mais il a de
l'honneur. Et puis, de quoi se venger ? de ce que, après
l'avoir aimé cinq ans, sans faire la moindre offense à son
amour, je lui dis : Cher comte ! j'avais le bonheur de vous
aimer ; eh bien, cette flamme s'éteint ; je ne vous aime
plus ! mais je connais le fond de votre cœur, je garde pour
vous une estime profonde, et vous serez toujours le 220
meilleur de mes amis.

Que peut répondre un galant homme à une déclaration
aussi sincère ?

Je prendrai un nouvel amant, du moins on le croira dans
le monde. Je dirai à cet amant : Au fond le prince a raison
de punir l'étourderie de Fabrice ; mais le jour de sa fête,
sans doute notre gracieux souverain lui rendra la liberté.
Ainsi je gagne six mois. Le nouvel amant désigné par la
prudence serait ce juge vendu, cet infâme bourreau, ce
Rassi... il se trouverait anobli et dans le fait, je lui donne- 230
rais l'entrée de la bonne compagnie. Pardonne, cher
Fabrice ! un tel effort est pour moi au-delà du possible.
Quoi ! ce monstre, encore tout couvert du sang du comte
P*** et de D*** ! il me ferait évanouir d'horreur en s'approchant de moi, ou plutôt je saisirais un couteau et le
plongerais dans son infâme cœur. Ne me demande pas des
choses impossibles !

Oui, surtout oublier Fabrice ! et pas l'ombre de colère
contre le prince, reprendre ma gaieté ordinaire, qui
paraîtra plus aimable à ces âmes fangeuses, premièrement, 240

parce que j'aurai l'air de me soumettre de bonne grâce à leur souverain ; en second lieu, parce que, bien loin de me moquer d'eux, je serai attentive à faire ressortir leurs jolis petits mérites ; par exemple, je ferai compliment au comte Zurla sur la beauté de la plume blanche de son chapeau qu'il vient de faire venir de Lyon par un courrier, et qui fait son bonheur.

Choisir un amant dans le parti de la Raversi... Si le comte s'en va, ce sera le parti ministériel ; là sera le pou-
250   voir. Ce sera un ami de la Raversi qui régnera sur la cita-delle, car le Fabio Conti arrivera au ministère. Comment le prince, homme de bonne compagnie, homme d'esprit, accoutumé au travail charmant du comte, pourra-t-il traiter d'affaires avec ce bœuf, avec ce roi des sots qui toute sa vie s'est occupé de ce problème capital : les soldats de Son Altesse doivent-ils porter sur leur habit, à la poitrine, sept boutons ou bien neuf ? Ce sont ces bêtes brutes fort jalouses de moi, et voilà ce qui fait ton danger, cher Fabrice ! ce sont ces bêtes brutes qui vont décider de mon
260   sort et du tien ! Donc, ne pas souffrir que le comte donne sa démission ! qu'il reste, dût-il subir des humiliations ! il s'imagine toujours que donner sa démission est le plus grand sacrifice que puisse faire un Premier ministre ; et toutes les fois que son miroir lui dit qu'il vieillit, il m'offre ce sacrifice : donc brouillerie complète, oui, et réconcilia-tion seulement dans le cas où il n'y aurait que ce moyen de l'empêcher de s'en aller. Assurément, je mettrai à son congé toute la bonne amitié possible ; mais après l'omis-sion courtisanesque des mots *procédure injuste* dans le
270   billet du prince, je sens que pour ne pas le haïr j'ai besoin de passer quelques mois sans le voir. Dans cette soirée décisive, je n'avais pas besoin de son esprit ; il fallait seu-lement qu'il écrivît sous ma dictée, il n'avait qu'à écrire ce mot, *que j'avais obtenu* par mon caractère : ses habitudes de bas courtisan l'ont emporté. Il me disait le lendemain qu'il n'avait pu faire signer une absurdité par son prince, qu'il aurait fallu des *lettres de grâce* : eh, bon Dieu ! avec de telles gens, avec des monstres de vanité et de rancune qu'on appelle des *Farnèse*, on prend ce qu'on peut.
280   À cette idée, toute la colère de la duchesse se ranima. Le prince m'a trompée, se disait-elle, et avec quelle

lâcheté !… Cet homme est sans excuse*: il a de l'esprit, de la finesse, du raisonnement ; il n'y a de bas en lui que ses passions. Vingt fois le comte et moi nous l'avons remarqué, son esprit ne devient vulgaire que lorsqu'il s'imagine qu'on a voulu l'offenser. Eh bien ! le crime de Fabrice est étranger à la politique, c'est un petit assassinat comme on en compte cent par an dans ses heureux États, et le comte m'a juré qu'il a fait prendre les renseignements les plus exacts, et que Fabrice est innocent. Ce Giletti 290 n'était point sans courage : se voyant à deux pas de la frontière, il eut tout à coup la tentation de se défaire d'un rival qui plaisait.

La duchesse s'arrêta longtemps pour examiner s'il était possible de croire à la culpabilité de Fabrice : non pas qu'elle trouvât que ce fût un bien gros péché, chez un gentilhomme du rang de son neveu, de se défaire de l'impertinence d'un histrion ; mais, dans son désespoir, elle commençait à sentir vaguement qu'elle allait être obligée de se battre pour prouver cette innocence de Fabrice. Non, 300 se dit-elle enfin, voici une preuve décisive ; il est comme le pauvre Pietranera, il a toujours des armes dans toutes ses poches, et, ce jour-là, il ne portait qu'un mauvais fusil à un coup, et encore, emprunté à l'un des ouvriers.

Je hais le prince parce qu'il m'a trompée, et trompée de la façon la plus lâche ; après son billet de pardon, il a fait enlever le pauvre garçon à Bologne, etc. Mais ce compte se réglera. Vers les cinq heures du matin, la duchesse, anéantie par ce long accès de désespoir, sonna ses femmes ; celles-ci jetèrent un cri. En l'apercevant sur son 310 lit, tout habillée, avec ses diamants, pâle comme ses draps et les yeux fermés, il leur sembla la voir exposée sur un lit de parade après sa mort. Elles l'eussent crue tout à fait évanouie, si elles ne se fussent pas rappelé qu'elle venait de les sonner. Quelques larmes fort rares coulaient de temps à autre sur ses joues insensibles ; ses femmes comprirent par un signe qu'elle voulait être mise au lit.

Deux fois après la soirée du ministre Zurla, le comte s'était présenté chez la duchesse : toujours refusé, il lui écrivit qu'il avait un conseil à lui demander pour lui- 320 même : « Devait-il garder sa position après l'affront qu'on osait lui faire ? » Le comte ajoutait : « Le jeune homme est innocent ; mais fût-il coupable, devait-on l'arrêter sans m'en prévenir ; moi, son protecteur déclaré ? » La duchesse ne vit cette lettre que le lendemain.

Le comte n'avait pas de vertu ; l'on peut même ajouter que ce que les libéraux entendent par *vertu* (chercher le bonheur du plus grand nombre) lui semblait une duperie ; il se croyait obligé à chercher avant tout le bonheur du comte Mosca della Rovère ; mais il était plein d'honneur et parfaitement sincère lorsqu'il parlait de sa démission. De la vie il n'avait dit un mensonge à la duchesse ; celle-ci du reste ne fit pas la moindre attention à cette lettre ; son parti, et un parti bien pénible, était pris, *feindre d'oublier Fabrice* ; après cet effort, tout lui était indifférent.

Le lendemain, sur le midi, le comte, qui avait passé dix fois au palais Sanseverina, enfin fut admis ; il fut atterré à la vue de la duchesse… Elle a quarante ans [1] ! se dit-il, et hier si brillante ! si jeune !… Tout le monde me dit que, durant sa longue conversation avec la Clélia Conti, elle avait l'air aussi jeune et bien autrement séduisante.

La voix, le ton de la duchesse étaient aussi étranges que l'aspect de sa personne. Ce ton, dépouillé de toute passion, de tout intérêt humain, de toute colère, fit pâlir le comte ; il lui rappela la façon d'être d'un de ses amis qui, peu de mois auparavant, sur le point de mourir, et ayant déjà reçu les sacrements, avait voulu l'entretenir.

Après quelques minutes, la duchesse put lui parler. Elle le regarda, et ses yeux restèrent éteints :

– Séparons-nous, mon cher comte, lui dit-elle d'une voix faible, mais bien articulée, et qu'elle s'efforçait de rendre aimable ; séparons-nous, il le faut ! Le ciel m'est témoin que, depuis cinq ans, ma conduite envers vous a été irréprochable. Vous m'avez donné une existence brillante, au lieu de l'ennui qui aurait été mon triste partage au château de Grianta ; sans vous j'aurais rencontré la vieillesse [2]

---

1. Trente-neuf, exactement. Gina se trompe elle aussi, plus loin, sur son âge.
2. Gina confirme que la cour est bien pour elle un lieu vital, parce qu'il préserve de la vieillesse, c'est-à-dire de l'inaction, de la solitude, de la monotonie du quotidien, et parce qu'il réveille les passions, permet les projets, bref, oblige à envisager l'avenir. Mais elle dissimule encore la vraie raison de cette demande de séparation : son amour pour Fabrice, qu'elle refuse toujours de s'avouer clairement.

quelques années plus tôt… De mon côté, ma seule occupation a été de chercher à vous faire trouver le bonheur.
C'est parce que je vous aime que je vous propose cette
séparation *à l'amiable*, comme on dirait en France.   360

Le comte ne comprenait pas ; elle fut obligée de répéter
plusieurs fois. Il devint d'une pâleur mortelle, et, se jetant
à genoux auprès de son lit, il dit tout ce que l'étonnement
profond, et ensuite le désespoir le plus vif, peuvent inspirer à un homme d'esprit passionnément amoureux. À
chaque moment il offrait de donner sa démission et de
suivre son amie dans quelque retraite à mille lieues de
Parme.

– Vous osez me parler de départ, et Fabrice est ici !
s'écria-t-elle enfin en se soulevant à demi. Mais comme   370
elle aperçut que ce nom de Fabrice faisait une impression
pénible, elle ajouta après un moment de repos et en ser-
rant légèrement la main du comte : – Non, cher ami, je ne
vous dirai pas que je vous ai aimé avec cette passion et
ces transports que l'on n'éprouve plus, ce me semble,
après trente ans, et je suis déjà bien loin de cet âge. On
vous aura dit que j'aimais Fabrice, car je sais que le bruit
en a couru dans cette cour *méchante*. (Ses yeux brillèrent
pour la première fois dans cette conversation, en prononçant ce mot *méchante*.) Je vous jure devant Dieu, et sur la   380
vie de Fabrice, que jamais il ne s'est passé entre lui et moi
la plus petite chose que n'eût pas pu souffrir l'œil d'une
tierce personne. Je ne vous dirai pas non plus que je
l'aime exactement comme ferait une sœur ; je l'aime
d'instinct, pour parler ainsi. J'aime en lui son courage si
simple et si parfait, que l'on peut dire qu'il ne s'en aperçoit pas lui-même ; je me souviens que ce genre d'admiration commença à son retour de Warterloo. Il était encore
enfant, malgré ses dix-sept ans ; sa grande inquiétude
était de savoir si réellement il avait assisté à la bataille, et   390
dans le cas du *oui*, s'il pouvait dire s'être battu, lui qui
n'avait marché à l'attaque d'aucune batterie ni d'aucune
colonne ennemie. Ce fut pendant les graves discussions
que nous avions ensemble sur ce sujet important, que je
commençai à voir en lui une grâce parfaite. Sa grande
âme se révélait à moi ; que de savants mensonges eût
étalés, à sa place, un jeune homme bien élevé ! Enfin, s'il

n'est heureux je ne puis être heureuse. Tenez, voilà un
mot qui peint bien l'état de mon cœur ; si ce n'est la
400 vérité, c'est au moins tout ce que j'en vois [1]. Le comte,
encouragé par ce ton de franchise et d'intimité, voulut lui
baiser la main : elle la retira avec une sorte d'horreur. Les
temps sont finis, lui dit-elle ; je suis une femme de trente-
sept ans, je me trouve à la porte de la vieillesse, j'en
ressens déjà tous les découragements, et peut-être même
suis-je voisine de la tombe. Ce moment est terrible, à ce
qu'on dit, et pourtant il me semble que je le désire.
J'éprouve le pire symptôme de la vieillesse : mon cœur
est éteint par cet affreux malheur, je ne puis plus aimer.
410 Je ne vois plus en vous, cher comte, que l'ombre de
quelqu'un qui me fut cher. Je dirai plus, c'est la
reconnaissance toute seule qui me fait vous tenir ce langage.

– Que vais-je devenir ? lui répétait le comte, moi qui
sens que je vous suis attaché avec plus de passion que les
premiers jours, quand je vous voyais à *la Scala* !

– Vous avouerai-je une chose, cher ami, parler
d'amour m'ennuie, et me semble indécent. Allons, dit-
elle en essayant de sourire, mais en vain, courage ! soyez
420 homme d'esprit, homme judicieux, homme à ressources
dans les occurrences. Soyez avec moi ce que vous êtes
réellement aux yeux des indifférents, l'homme le plus
habile et le plus grand politique que l'Italie ait produit
depuis des siècles.

Le comte se leva et se promena en silence pendant
quelques instants.

– Impossible, chère amie, lui dit-il enfin : je suis en
proie aux déchirements de la passion la plus violente, et

---

1. Belle illustration du clair-obscur des sentiments chez le personnage
stendhalien : le monologue de Gina montre que la passion est l'un de ces
états mystérieux sur lesquels le raisonnement, l'analyse lucide de soi
n'ont pas de prise. Gina fait, en outre, l'expérience de l'inadéquation du
langage, trop général, trop conventionnel, pour s'adapter aux nuances
d'un sentiment singulier. Elle ne peut donc dire son amour que de façon
oblique, en faisant l'éloge de l'héroïsme naïf de Fabrice et en reconnaissant l'impossibilité, désormais, pour elle, d'être heureuse (mais sur ce
point, elle se trompe encore, puisqu'elle n'aura pas de cesse, par la suite, de
détruire le bonheur de Fabrice avec Clélia).

vous me demandez d'interroger ma raison ! Il n'y a plus de raison pour moi ! 430

– Ne parlons pas de passion, je vous prie, dit-elle d'un ton sec ; et ce fut pour la première fois, après deux heures d'entretien, que sa voix prit une expression quelconque. Le comte, au désespoir lui-même, chercha à la consoler.

– Il m'a trompée, s'écriait-elle sans répondre en aucune façon aux raisons d'espérer que lui exposait le comte ; *il* m'a trompée de la façon la plus lâche ! Et sa pâleur mortelle cessa pour un instant ; mais, même dans ce moment d'excitation violente, le comte remarqua qu'elle n'avait pas la force de soulever les bras. 440

Grand Dieu ! serait-il possible, pensa-t-il, qu'elle ne fût que malade ? En ce cas pourtant ce serait le début de quelque maladie fort grave. Alors, rempli d'inquiétude, il proposa de faire appeler le célèbre Rozari [1], le premier médecin du pays et de l'Italie.

– Vous voulez donc donner à un étranger le plaisir de connaître toute l'étendue de mon désespoir ?… Est-ce là le conseil d'un traître ou d'un ami ? Et elle le regarda avec des yeux étranges.

C'en est fait, se dit-il avec désespoir, elle n'a plus 450 d'amour pour moi, et bien plus, elle ne me place plus même au rang des hommes d'honneur vulgaires.

– Je vous dirai, ajouta le comte en parlant avec empressement, que j'ai voulu avant tout avoir des détails sur l'arrestation qui nous met au désespoir, et, chose étrange ! je ne sais encore rien de positif ; j'ai fait interroger les gendarmes de la station voisine, ils ont vu arriver le prisonnier par la route de Castelnovo, et ont reçu l'ordre de suivre sa *sediola*. J'ai réexpédié aussitôt Bruno, dont vous connaissez le zèle non moins que le dévouement ; il a ordre de 460 remonter de station en station pour savoir où et comment Fabrice a été arrêté.

En entendant prononcer ce nom de Fabrice, la duchesse fut saisie d'une légère convulsion.

---

1. Rasori, en fait (1766-1837), médecin, mais aussi poète et conspirateur (contre le pouvoir autrichien). Il est l'un des modèles possibles de Ferrante Palla.

– Pardonnez, mon ami, dit-elle au comte dès qu'elle put parler ; ces détails m'intéressent fort, donnez-les-moi tous, faites-moi bien comprendre les plus petites circonstances.

– Eh bien ! madame, reprit le comte en essayant un petit air de légèreté pour tenter de la distraire un peu, j'ai envie
470   d'envoyer un commis de confiance à Bruno et d'ordonner à celui-ci de pousser jusqu'à Bologne ; c'est là, peut-être, qu'on aura enlevé notre jeune ami. De quelle date est sa dernière lettre ?

– De mardi, il y a cinq jours.

– Avait-elle été ouverte à la poste ?

– Aucune trace d'ouverture. Il faut vous dire qu'elle était écrite sur du papier horrible ; l'adresse est d'une main de femme, et cette adresse porte le nom d'une vieille blanchisseuse parente de ma femme de chambre. La blanchis-
480   seuse croit qu'il s'agit d'une affaire d'amour, et la Chékina lui rembourse les ports de lettres sans y rien ajouter. Le comte, qui avait pris tout à fait le ton d'un homme d'affaires, essaya de découvrir, en discutant avec la duchesse, quel pouvait avoir été le jour de l'enlèvement à Bologne. Il s'aperçut alors seulement, lui qui avait ordinairement tant de tact, que c'était là le ton qu'il fallait prendre. Ces détails intéressaient la malheureuse femme et semblaient la distraire un peu. Si le comte n'eût pas été amoureux, il eût eu cette idée si simple dès son entrée dans
490   la chambre. La duchesse le renvoya pour qu'il pût sans délai expédier de nouveaux ordres au fidèle Bruno. Comme on s'occupait en passant de la question de savoir s'il y avait eu sentence avant le moment où le prince avait signé le billet adressé à la duchesse, celle-ci saisit avec une sorte d'empressement l'occasion de dire au comte : Je ne vous reprocherai point d'avoir omis les mots *injuste procédure* dans le billet que vous écrivîtes et qu'il signa, c'était l'instinct de courtisan qui vous prenait à la gorge ; sans vous en douter, vous préfériez l'intérêt de votre
500   maître à celui de votre amie. Vous avez mis vos actions à mes ordres, cher comte, et cela depuis longtemps, mais il n'est pas en votre pouvoir de changer votre nature ; vous avez de grands talents pour être ministre, mais vous avez aussi l'instinct de ce métier. La suppression du mot *injuste* me perd ; mais loin de moi de vous la reprocher en aucune

façon, ce fut la faute de l'instinct et non pas celle de la volonté.

– Rappelez-vous, ajouta-t-elle en changeant de ton et de l'air le plus impérieux, que je ne suis point trop affligée de l'enlèvement de Fabrice, que je n'ai pas eu la moindre velléité de m'éloigner de ce pays-ci, que je suis remplie de respect pour le prince. Voilà ce que vous avez à dire, et voici, moi, ce que je veux vous dire : Comme je compte seule diriger ma conduite à l'avenir, je veux me séparer de vous à l'amiable, c'est-à-dire en bonne et vieille amie. Comptez que j'ai soixante ans ; la jeune femme est morte en moi, je ne puis plus m'exagérer rien au monde, je ne puis plus aimer. Mais je serais encore plus malheureuse que je ne le suis s'il m'arrivait de compromettre votre destinée. Il peut entrer dans mes projets de me donner l'apparence d'avoir un jeune amant, et je ne voudrais pas vous voir affligé. Je puis vous jurer sur le bonheur de Fabrice, elle s'arrêta une demi-minute après ce mot, que jamais je ne vous ai fait une infidélité, et cela en cinq années de temps. C'est bien long, dit-elle ; elle essaya de sourire ; ses joues si pâles s'agitèrent, mais ses lèvres ne purent se séparer. Je vous jure même que jamais je n'en ai eu le projet ni l'envie. Cela bien entendu, laissez-moi.

Le comte sortit, au désespoir, du palais Sanseverina : il voyait chez la duchesse l'intention bien arrêtée de se séparer de lui, et jamais il n'avait été aussi éperdument amoureux. C'est là une de ces choses sur lesquelles je suis obligé de revenir souvent, parce qu'elles sont improbables hors de l'Italie. En rentrant chez lui, il expédia jusqu'à six personnes différentes sur la route de Castelnovo et de Bologne, et les chargea de lettres. Mais ce n'est pas tout, se dit le malheureux comte, le prince peut avoir la fantaisie de faire exécuter ce malheureux enfant, et cela pour se venger du ton que la duchesse prit avec lui le jour de ce fatal billet. Je sentais que la duchesse passait une limite que l'on ne doit jamais franchir, et c'est pour raccommoder les choses que j'ai eu la sottise incroyable de supprimer le mot *procédure injuste*, le seul qui liât le souverain… Mais bah ! ces gens-là sont-ils liés par quelque chose ? C'est là sans doute la plus grande faute de ma vie, j'ai mis au hasard tout ce qui peut en faire le prix pour

moi : il s'agit de réparer cette étourderie à force d'activité
et d'adresse ; mais enfin si je ne puis rien obtenir, même en
sacrifiant un peu de ma dignité, je plante là cet homme ;
550   avec ses rêves de haute politique, avec ses idées de se faire
roi constitutionnel de la Lombardie [1], nous verrons comment il me remplacera… Fabio Conti n'est qu'un sot, le
talent de Rassi se réduit à faire pendre légalement un
homme qui déplaît au pouvoir.

Une fois cette résolution bien arrêtée de renoncer au
ministère si les rigueurs à l'égard de Fabrice dépassaient
celles d'une simple détention, le comte se dit : Si un caprice
de la vanité de cet homme imprudemment bravée me
coûte le bonheur, du moins l'honneur me restera… À
560   propos, puisque je me moque de mon portefeuille, je puis
me permettre cent actions qui, ce matin encore, m'eussent
semblé hors du possible. Par exemple, je vais tenter tout ce
qui est humainement faisable pour faire évader Fabrice…
Grand Dieu ! s'écria le comte en s'interrompant et ses
yeux s'ouvrant à l'excès comme à la vue d'un bonheur
imprévu, la duchesse ne m'a pas parlé d'évasion, aurait-
elle manqué de sincérité une fois en sa vie, et la brouille
ne serait-elle que le désir que je trahisse le prince ? Ma foi,
c'est fait !

570   L'œil du comte avait reprit toute sa finesse satirique. Cet
aimable fiscal Rassi est payé par le maître pour toutes les
sentences qui nous déshonorent en Europe, mais il n'est
pas homme à refuser d'être payé par moi pour trahir les
secret du maître. Cet animal-là a une maîtresse et un
confesseur, mais la maîtresse est d'une trop vile espèce
pour que je puisse lui parler, le lendemain elle raconterait
l'entrevue à toutes les fruitières du voisinage. Le comte,
ressuscité par cette lueur d'espoir, était déjà sur le chemin
de la cathédrale ; étonné de la légèreté de sa démarche, il
580   sourit malgré son chagrin : Ce que c'est, dit-il, que de
n'être plus ministre ! Cette cathédrale, comme beaucoup
d'églises en Italie, sert de passage d'une rue à l'autre, le
comte vit de loin un des grands vicaires de l'archevêque
qui traversait la nef.

---

1. Il hérite du projet caressé par son modèle, le duc de Modène.

– Puisque je vous rencontre, lui dit-il, vous serez assez bon pour épargner à ma goutte la fatigue mortelle de monter jusque chez monseigneur l'archevêque. Je lui aurais toutes les obligations du monde s'il voulait bien descendre jusqu'à la sacristie. L'archevêque fut ravi de ce message, il avait mille choses à dire au ministre au sujet de Fabrice. Mais le ministre devina que ces choses n'étaient que des phrases et ne voulut rien écouter.

– Quel homme est-ce que Dugnani, vicaire de Saint-Paul ?

– Un petit esprit et une grande ambition, répondit l'archevêque, peu de scrupules et une extrême pauvreté, car nous en avons des vices !

– Tudieu, monseigneur ! s'écria le ministre, vous peignez comme Tacite [1] ; et il prit congé de lui en riant. À peine de retour au ministère, il fit appeler l'abbé Dugnani.

– Vous dirigez la conscience de mon excellent ami le fiscal général Rassi, n'aurait-il rien à me dire ? Et, sans autres paroles ou plus de cérémonie, il renvoya le Dugnani.

---

1. Soit, avec concision et énergie.

CHAPITRE XVII

Le comte se regardait comme hors du ministère. Voyons un peu, se dit-il, combien nous pourrons avoir de chevaux après ma disgrâce, car c'est ainsi qu'on appellera ma retraite. Le comte fit l'état de sa fortune : il était entré au ministère avec quatre-vingt mille francs de bien ; à son grand étonnement, il trouva que, tout compté, son avoir actuel ne s'élevait pas à cinq cent mille francs : c'est vingt mille livres de rente tout au plus, se dit-il. Il faut convenir que je suis un grand étourdi ! Il n'y a pas un bourgeois à
10 Parme qui ne me croie cent cinquante mille livres de rente ; et le prince, sur ce sujet, est plus bourgeois qu'un autre. Quand ils me verront dans la crotte, ils diront que je sais bien cacher ma fortune. Pardieu, s'écria-t-il, si je suis encore ministre trois mois, nous la verrons doublée cette fortune. Il trouva dans cette idée l'occasion d'écrire à la duchesse, et la saisit avec avidité ; mais pour se faire pardonner une lettre dans les termes où ils en étaient, il remplit celle-ci de chiffres et de calculs. Nous n'aurons que vingt mille livres de rente, lui dit-il, pour vivre tous trois à
20 Naples, Fabrice, vous et moi. Fabrice et moi nous aurons un cheval de selle à nous deux. Le ministre venait à peine d'envoyer sa lettre, lorsqu'on annonça le fiscal général Rassi ; il le reçut avec une hauteur qui frisait l'impertinence.

– Comment, monsieur, lui dit-il, vous faites enlever à Bologne un conspirateur que je protège, de plus vous voulez lui couper le cou, et vous ne me dites rien ! Savez-vous au moins le nom de mon successeur ? Est-ce le général Conti, ou vous-même ?

Le Rassi fut atterré ; il avait trop peu d'habitude de la bonne compagnie pour deviner si le comte parlait sérieusement : il rougit beaucoup, ânonna quelques mots peu intelligibles ; le comte le regardait et jouissait de son embarras. Tout à coup le Rassi se secoua et s'écria avec une aisance parfaite et de l'air de Figaro pris en flagrant délit par Almaviva :

– Ma foi, monsieur le comte, je n'irai point par quatre chemins avec Votre Excellence : que me donnerez-vous pour répondre à toutes vos questions comme je ferais à celles de mon confesseur ?

– La croix de Saint-Paul (c'est l'ordre de Parme), ou de l'argent, si vous pouvez me fournir un prétexte pour vous en accorder.

– J'aime mieux la croix de Saint-Paul, parce qu'elle m'anoblit.

– Comment, cher fiscal, vous faites encore quelque cas de notre pauvre noblesse ?

– Si j'étais né noble, répondit le Rassi avec toute l'impudence de son métier, les parents des gens que j'ai fait pendre me haïraient, mais ils ne me mépriseraient pas.

– Eh bien ! je vous sauverai du mépris, dit le comte, guérissez-moi de mon ignorance. Que comptez-vous faire de Fabrice ?

– Ma foi, le prince est fort embarrassé : il craint que, séduit par les beaux yeux d'Armide [1], pardonnez à ce langage un peu vif, ce sont les termes précis du souverain ; il craint que, séduit par de fort beaux yeux qui l'ont un peu touché lui-même, vous ne le plantiez là, et il n'y a que vous pour les affaires de Lombardie. Je vous dirai même, ajouta Rassi en baissant la voix, qu'il y a là une fière occasion pour vous, et qui vaut bien la croix de Saint-Paul que vous me donnez. Le prince vous accorderait, comme récompense nationale, une jolie terre valant six cent mille francs qu'il distrairait de son domaine, ou une gratification

---

1. L'une des héroïnes de *La Jérusalem délivrée* du Tasse : magicienne, elle réussit à retenir le chevalier Renaud, dont elle s'était éprise, dans son palais entouré de jardins enchanteurs.

de trois cent mille francs écus, si vous vouliez consentir à
ne pas vous mêler du sort de Fabrice del Dongo, ou du
moins à ne lui en parler qu'en public.

– Je m'attendais à mieux que ça, dit le comte ; ne pas
me mêler de Fabrice c'est me brouiller avec la duchesse.

70   – Eh bien ! c'est encore ce que dit le prince : le fait est
qu'il est horriblement monté contre Mme la duchesse,
entre nous soit dit ; et il craint que, pour dédommagement
de la brouille avec cette dame aimable, maintenant que
vous voilà veuf, vous ne lui demandiez la main de sa cousine, la vieille princesse Isota, laquelle n'est âgée que de
cinquante ans.

– Il a deviné juste, s'écria le comte, notre maître est
l'homme le plus fin de ses États.

Jamais le comte n'avait eu l'idée baroque d'épouser
80   cette vieille princesse ; rien ne fût allé plus mal à un
homme que les cérémonies de cour ennuyaient à la mort.

Il se mit à jouer avec sa tabatière sur le marbre d'une
petite table voisine de son fauteuil. Rassi vit dans ce geste
d'embarras la possibilité d'une bonne aubaine ; son œil
brilla.

– De grâce, monsieur le comte, s'écria-t-il, si Votre
Excellence veut accepter, ou la terre de six cent mille
francs, ou la gratification en argent, je la prie de ne point
choisir d'autre négociateur que moi. Je me ferais fort,
90   ajouta-t-il en baissant la voix, de faire augmenter la gratification en argent ou même de faire joindre une forêt assez
importante à la terre domaniale. Si Votre Excellence
daignait mettre un peu de douceur et de ménagement dans
sa façon de parler au prince de ce morveux qu'on a coffré,
on pourrait peut-être ériger en duché la terre que lui offrirait la reconnaissance nationale. Je le répète à Votre
Excellence ; le prince, pour le quart d'heure, exècre la
duchesse, mais il est fort embarrassé, et même au point
que j'ai cru parfois qu'il y avait quelque circonstance
100   secrète qu'il n'osait pas m'avouer. Au fond on peut trouver
ici une mine d'or, moi vous vendant ses secrets les plus
intimes et fort librement, car on me croit votre ennemi
juré. Au fond, s'il est furieux contre la duchesse, il croit
aussi, et comme nous tous, que vous seul au monde
pouvez conduire à bien toutes les démarches secrètes rela-

tives au Milanais. Votre Excellence me permet-elle de lui répéter textuellement les paroles du souverain ? dit le Rassi en s'échauffant, il y a souvent une physionomie dans la position des mots, qu'aucune traduction ne saurait rendre, et vous pourrez y voir plus que je n'y vois. 110

– Je permets tout, dit le comte en continuant, d'un air distrait, à frapper la table de marbre avec sa tabatière d'or, je permets tout et je serai reconnaissant.

– Donnez-moi des lettres de noblesse transmissible, indépendamment de la croix, et je serai plus que satisfait. Quand je parle d'anoblissement au prince, il me répond : Un coquin tel que toi, noble ! Il faudrait fermer boutique dès le lendemain ; personne à Parme ne voudrait plus se faire anoblir. Pour en revenir à l'affaire du Milanais, le prince me disait, il n'y a pas trois jours : Il n'y a que ce 120 fripon-là pour suivre le fil de nos intrigues ; si je le chasse ou s'il suit la duchesse, il vaut autant que je renonce à l'espoir de me voir un jour le chef libéral et adoré de toute l'Italie.

À ce mot le comte respira : Fabrice ne mourra pas, se dit-il.

De sa vie le Rassi n'avait pu arriver à une conversation intime avec le Premier ministre : il était hors de lui de bonheur ; il se voyait à la veille de pouvoir quitter ce nom de Rassi, devenu dans le pays synonyme de tout ce qu'il y 130 a de bas et de vil ; le petit peuple donnait le nom de *Rassi* aux chiens enragés ; depuis peu des soldats s'étaient battus en duel parce qu'un de leurs camarades les avait appelés *Rassi*. Enfin il ne se passait pas de semaine sans que ce malheureux nom ne vînt s'enchâsser dans quelque sonnet atroce. Son fils, jeune et innocent écolier de seize ans, était chassé des cafés, sur son nom.

C'est le souvenir brûlant de tous ces agréments de sa position qui lui fit commettre une imprudence.

– J'ai une terre, dit-il au comte en rapprochant sa chaise 140 du fauteuil du ministre, elle s'appelle Riva, je voudrais être baron Riva.

– Pourquoi pas ? dit le ministre. Rassi était hors de lui.

– Eh bien ! monsieur le comte, je me permettrai d'être indiscret, j'oserai deviner le but de vos désirs, vous aspirez à la main de la princesse Isota, et c'est une noble ambition.

Une fois parent, vous êtes à l'abri de la disgrâce, vous *bou-
clez* notre homme. Je ne vous cacherai pas qu'il a ce
mariage avec la princesse Isota en horreur ; mais si vos
150 affaires étaient confiées à quelqu'un d'adroit et *de bien
payé*, on pourrait ne pas désespérer du succès.

– Moi, mon cher baron, j'en désespérais ; je désavoue
d'avance toutes les paroles que vous pourrez porter en
mon nom ; mais le jour où cette alliance illustre viendra
enfin combler mes vœux et me donner une si haute position dans l'État, je vous offrirai, moi, trois cent mille
francs de mon argent, ou bien je conseillerai au prince de
vous accorder une marque de faveur que vous-même vous
préférerez à cette somme d'argent.

160 Le lecteur trouve cette conversation longue ; pourtant
nous lui faisons grâce de plus de la moitié ; elle se pro-
longea encore deux heures. Le Rassi sortit de chez le
comte fou de bonheur ; le comte resta avec de grandes
espérances de sauver Fabrice, et plus résolu que jamais à
donner sa démission. Il trouvait que son crédit avait raison
d'être renouvelé par la présence au pouvoir de gens tels
que Rassi et le général Conti ; il jouissait avec délices
d'une possibilité qu'il venait d'entrevoir de se venger du
prince : Il peut faire partir la duchesse, s'écriait-il, mais
170 parbleu il renoncera à l'espoir d'être roi constitutionnel de
la Lombardie. (Cette chimère était ridicule : le prince avait
beaucoup d'esprit, mais, à force d'y rêver, il en était
devenu amoureux fou.)

Le comte ne se sentait pas de joie en courant chez la
duchesse lui rendre compte de sa conversation avec le
fiscal. Il trouva la porte fermée pour lui ; le portier n'osait
presque pas lui avouer cet ordre reçu de la bouche même
de sa maîtresse. Le comte regagna tristement le palais du
ministère, le malheur qu'il venait d'essuyer éclipsait en
180 entier la joie que lui avait donnée sa conversation avec le
confident du prince. N'ayant plus le cœur de s'occuper de
rien, le comte errait tristement dans sa galerie de tableaux,
quand, un quart d'heure après, il reçut un billet ainsi
conçu :

« Puisqu'il est vrai, cher et bon ami, que nous ne
sommes plus qu'amis, il faut ne venir me voir que trois
fois par semaine. Dans quinze jours nous réduirons ces

visites, toujours si chères à mon cœur, à deux par mois. Si vous voulez me plaire, donnez de la publicité à cette sorte de rupture ; si vous vouliez me rendre presque tout 190 l'amour que jadis j'eus pour vous, vous feriez choix d'une nouvelle amie. Quant à moi, j'ai de grands projets de dissipation : je compte aller beaucoup dans le monde, peut-être même trouverai-je un homme d'esprit pour me faire oublier mes malheurs. Sans doute en qualité d'ami la première place dans mon cœur vous sera toujours réservée ; mais je ne veux plus que l'on dise que mes démarches ont été dictées par votre sagesse ; je veux sur-tout que l'on sache bien que j'ai perdu toute influence sur vos déterminations. En un mot, cher comte, croyez que 200 vous serez toujours mon ami le plus cher, mais jamais autre chose. Ne gardez, je vous prie, aucune idée de retour, tout est bien fini. Comptez à jamais sur mon amitié. »

Ce dernier trait fut trop fort pour le courage du comte : il fit une belle lettre au prince pour donner sa démission de tous ses emplois, et il l'adressa à la duchesse avec prière de la faire parvenir au palais. Un instant après, il reçut sa démission, déchirée en quatre, et, sur un des blancs du papier, la duchesse avait daigné écrire : *Non, mille fois non !* 210

Il serait difficile de décrire le désespoir du pauvre ministre. Elle a raison, j'en conviens, se disait-il à chaque instant ; mon omission du mot *procédure injuste* est un affreux malheur ; elle entraînera peut-être la mort de Fabrice, et celle-ci amènera la mienne. Ce fut avec la mort dans l'âme que le comte, qui ne voulait pas paraître au palais du souverain avant d'y être appelé, écrivit de sa main le *motu proprio* qui nommait Rassi chevalier de l'ordre de Saint-Paul et lui conférait la noblesse transmissible ; le comte y joignit un rapport d'une demi- 220 page qui exposait au prince les raisons d'État qui conseil-laient cette mesure. Il trouva une sorte de joie mélanco-lique à faire de ces pièces deux belles copies qu'il adressa à la duchesse.

Il se perdait en suppositions ; il cherchait à deviner quel serait à l'avenir le plan de conduite de la femme qu'il aimait. Elle n'en sait rien elle-même, se disait-il ; une seule chose reste certaine, c'est que, pour rien au monde,

elle ne manquerait aux résolutions qu'elle m'aurait une
230 fois annoncées. Ce qui ajoutait encore à son malheur, c'est
qu'il ne pouvait parvenir à trouver la duchesse blâmable.
Elle m'a fait une grâce en m'aimant, elle cesse de m'aimer
après une faute involontaire, il est vrai, mais qui peut
entraîner une conséquence horrible ; je n'ai aucun droit de
me plaindre. Le lendemain matin, le comte sut que la
duchesse avait recommencé à aller dans le monde ; elle
avait paru la veille au soir dans toutes les maisons qui
recevaient. Que fût-il devenu s'il se fût rencontré avec elle
dans le même salon ? Comment lui parler ? De quel ton lui
240 adresser la parole ? Et comment ne pas lui parler ?

Le lendemain fut un jour funèbre ; le bruit se répandait
généralement que Fabrice allait être mis à mort, la ville fut
émue. On ajoutait que le prince, ayant égard à sa haute
naissance, avait daigné décider qu'il aurait la tête tranchée.

– C'est moi qui le tue, se dit le comte ; je ne puis plus
prétendre à revoir jamais la duchesse. Malgré ce raisonnement assez simple, il ne put s'empêcher de passer trois
fois à sa porte ; à la vérité, pour n'être pas remarqué, il alla
250 chez elle à pied. Dans son désespoir, il eut même le courage de lui écrire. Il avait fait appeler Rassi deux fois ; le
fiscal ne s'était point présenté. Le coquin me trahit, se dit
le comte.

Le lendemain, trois grandes nouvelles agitaient la haute
société de Parme, et même la bourgeoisie. La mise à mort
de Fabrice était plus que jamais certaine ; et, complément
bien étrange de cette nouvelle, la duchesse ne paraissait
point trop au désespoir. Selon les apparences, elle n'accordait que des regrets assez modérés à son jeune amant ; tou-
260 tefois elle profitait avec un art infini de la pâleur que venait
de lui donner une indisposition assez grave, qui était sur-
venue en même temps que l'arrestation de Fabrice. Les
bourgeois reconnaissaient bien à ces détails le cœur sec
d'une grande dame de la cour. Par décence cependant, et
comme sacrifice aux mânes du jeune Fabrice, elle avait
rompu avec le comte Mosca. Quelle immoralité !
s'écriaient les jansénistes de Parme. Mais déjà la
duchesse, chose incroyable ! paraissait disposée à écouter
les cajoleries des plus beaux jeunes gens de la cour. On

remarquait, entre autres singularités, qu'elle avait été fort 270
gaie dans une conversation avec le comte Baldi, l'amant
actuel de la Raversi, et l'avait beaucoup plaisanté sur ses
courses fréquentes au château de Velleja. La petite bourgeoisie et le peuple étaient indignés de la mort de Fabrice,
que ces bonnes gens attribuaient à la jalousie du comte
Mosca. La société de la cour s'occupait aussi beaucoup du
comte, mais c'était pour s'en moquer. La troisième des
grandes nouvelles que nous avons annoncées n'était autre
en effet que la démission du comte ; tout le monde se
moquait d'un amant ridicule qui, à l'âge de cinquante-six 280
ans, sacrifiait une position magnifique au chagrin d'être
quitté par une femme sans cœur et qui, depuis longtemps,
lui préférait un jeune homme. Le seul archevêque eut
l'esprit, ou plutôt le cœur, de deviner que l'honneur défendait au comte de rester Premier ministre dans un pays où
l'on allait couper la tête, et sans le consulter, à un jeune
homme, son protégé. La nouvelle de la démission du
comte eut l'effet de guérir de sa goutte le général Fabio
Conti, comme nous le dirons en son lieu, lorsque nous par-
lerons de la façon dont le pauvre Fabrice passait son temps 290
à la citadelle, pendant que toute la ville s'enquérait de
l'heure de son supplice.

Le jour suivant, le comte revit Bruno, cet agent fidèle
qu'il avait expédié sur Bologne ; le comte s'attendrit au
moment où cet homme entrait dans son cabinet ; sa vue lui
rappelait l'état heureux où il se trouvait lorsqu'il l'avait
envoyé à Bologne, presque d'accord avec la duchesse.
Bruno arrivait de Bologne où il n'avait rien découvert ; il
n'avait pu trouver Ludovic, que le podestat de Castelnovo
avait gardé dans la prison de son village. 300

– Je vais vous renvoyer à Bologne, dit le comte à
Bruno : la duchesse tiendra au triste plaisir de connaître
les détails du malheur de Fabrice. Adressez-vous au brigadier de gendarmerie qui commande le poste de Castelnovo…

– Mais non ! s'écria le comte en s'interrompant ; partez
à l'instant même pour la Lombardie, et distribuez de
l'argent et en grande quantité à tous nos correspondants.
Mon but est d'obtenir de tous ces gens-là des rapports de
la nature la plus encourageante. Bruno ayant bien compris 310

le but de sa mission, se mit à écrire ses lettres de créance ; comme le comte lui donnait ses dernières instructions, il reçut une lettre parfaitement fausse, mais fort bien écrite ; on eût dit un ami écrivant à son ami pour lui demander un service. L'ami qui écrivait n'était autre que le prince. Ayant ouï parler de certains projets de retraite, il suppliait son ami, le comte Mosca, de garder le ministère ; il le lui demandait au nom de l'amitié et des *dangers de la patrie* ; et le lui ordonnait comme son maître. Il ajoutait que le roi

320 de*** venant de mettre à sa disposition deux cordons de son ordre, il en gardait un pour lui, et envoyait l'autre à son cher comte Mosca.

Cet animal-là fait mon malheur ! s'écria le comte furieux, devant Bruno stupéfait, et croit me séduire par ces mêmes phrases hypocrites que tant de fois nous avons arrangées ensemble pour prendre à la glu quelque sot. Il refusa l'ordre qu'on lui offrait, et dans sa réponse parla de l'état de sa santé comme ne lui laissant que bien peu d'espérance de pouvoir s'acquitter longtemps encore des

330 pénibles travaux du ministère. Le comte était furieux. Un instant après on annonça le fiscal Rassi, qu'il traita comme un nègre.

— Eh bien ! parce que je vous ai fait noble, vous commencez à faire l'insolent ! Pourquoi n'être pas venu hier pour me remercier, comme c'était votre devoir étroit, monsieur le cuistre ?

Le Rassi était bien au-dessus des injures ; c'était sur ce ton-là qu'il était journellement reçu par le prince ; mais il voulait être baron et se justifia avec esprit. Rien n'était

340 plus facile.

— Le prince m'a tenu cloué à une table hier toute la journée ; je n'ai pu sortir du palais. Son Altesse m'a fait copier de ma mauvaise écriture de procureur une quantité de pièces diplomatiques tellement niaises et tellement bavardes que je crois, en vérité, que son but unique était de me retenir prisonnier. Quand enfin j'ai pu prendre congé, vers les cinq heures, mourant de faim, il m'a donné l'ordre d'aller chez moi directement, et de n'en pas sortir de la soirée. En effet, j'ai vu deux de ses espions particuliers, de

350 moi bien connus, se promener dans ma rue jusque sur le minuit. Ce matin, dès que je l'ai pu, j'ai fait venir une voi-

ture qui m'a conduit jusqu'à la porte de la cathédrale. Je suis descendu de voiture très lentement, puis, prenant le pas de course, j'ai traversé l'église et me voici. Votre Excellence est dans ce moment-ci l'homme du monde auquel je désire plaire avec le plus de passion.

– Et moi, monsieur le drôle, je ne suis point dupe de tous ces contes plus ou moins bien bâtis ! Vous avez refusé de me parler de Fabrice avant-hier ; j'ai respecté vos scrupules, et vos serments touchant le secret, quoique les serments pour un être tel que vous ne soient tout au plus que des moyens de défaite. Aujourd'hui, je veux la vérité : Qu'est-ce que ces bruits ridicules qui font condamner à mort ce jeune homme comme assassin du comédien Giletti !

– Personne ne peut mieux rendre compte à Votre Excellence de ces bruits, puisque c'est moi-même qui les ai fait courir par ordre du souverain ; et, j'y pense ! c'est peut-être pour m'empêcher de vous faire part de cet incident qu'hier, toute la journée, il m'a retenu prisonnier. Le prince, qui ne me croit pas un fou, ne pouvait pas douter que je ne vinsse vous apporter ma croix et vous supplier de l'attacher à ma boutonnière.

– Au fait ! s'écria le ministre, et pas de phrases.

– Sans doute le prince voudrait bien tenir une sentence de mort contre M. del Dongo, mais il n'a, comme vous le savez sans doute, qu'une condamnation en vingt années de fers, commuée par lui, le lendemain même de la sentence, en douze années de forteresse avec jeûne au pain et à l'eau tous les vendredis, et autres bamboches religieuses.

– C'est parce que je savais cette condamnation à la prison seulement, que j'étais effrayé des bruits d'exécution prochaine qui se répandent par la ville ; je me souviens de la mort du comte Palanza, si bien escamotée par vous.

– C'est alors que j'aurais dû avoir la croix ! s'écria Rassi sans se déconcerter ; il fallait serrer le bouton tandis que je le tenais, et que l'homme avait envie de cette mort. Je fus un nigaud alors, et c'est armé de cette expérience que j'ose vous conseiller de ne pas m'imiter aujourd'hui. (Cette comparaison parut du plus mauvais goût à l'interlocuteur, qui fut obligé de se retenir pour ne pas donner des coups de pied à Rassi.)

– D'abord, reprit celui-ci avec la logique d'un juris-consulte et l'assurance parfaite d'un homme qu'aucune insulte ne peut offenser, d'abord il ne peut être question de l'exécution dudit del Dongo ; le prince n'oserait ! les temps sont bien changés ! et enfin, moi, noble et espérant par vous de devenir baron, je n'y donnerais pas les mains.
Or, ce n'est que de moi, comme le sait Votre Excellence, que l'exécuteur des hautes œuvres peut recevoir des ordres [1], et, je vous le jure, le chevalier Rassi n'en donnera jamais contre le sieur del Dongo.

– Et vous ferez sagement, dit le comte en le toisant d'un air sévère.

– Distinguons ! reprit le Rassi avec un sourire. Moi je ne suis que pour les morts officielles, et si M. del Dongo vient à mourir d'une colique, n'allez pas me l'attribuer !
Le prince est outré, et je ne sais pourquoi, contre la Sanse-verina (trois jours auparavant le Rassi eût dit la duchesse, mais, comme toute la ville, il savait la rupture avec le Pre-mier ministre) ; le comte fut frappé de la suppression du titre dans une telle bouche, et l'on peut juger du plaisir qu'elle lui fit ; il lança au Rassi un regard chargé de la plus vive haine. Mon cher ange ! se dit-il ensuite, je ne puis te montrer mon amour qu'en obéissant aveuglément à tes ordres.

– Je vous avouerai, dit-il au fiscal, que je ne prends pas un intérêt bien passionné aux divers caprices de Mme la duchesse ; toutefois, comme elle m'avait présenté ce mau-vais sujet de Fabrice, qui aurait bien dû rester à Naples, et ne pas venir ici embrouiller nos affaires, je tiens à ce qu'il ne soit pas mis à mort de mon temps, et je veux bien vous donner ma parole que vous serez baron dans les huit jours qui suivront sa sortie de prison.

– En ce cas, monsieur le comte, je ne serai baron que dans douze années révolues, car le prince est furieux, et sa haine contre la duchesse est tellement vive, qu'il cherche à la cacher.

---

1. Il est amusant de voir ici Rassi se fonder sur le droit, alors que son dis-cours n'est qu'illustration de la corruption de la justice à Parme.

– Son Altesse est bien bonne ! qu'a-t-elle besoin de 430
cacher sa haine, puisque son Premier ministre ne protège
plus la duchesse ? Seulement je ne veux pas qu'on puisse
m'accuser de vilenie, ni surtout de jalousie : c'est moi qui
ai fait venir la duchesse en ce pays, et si Fabrice meurt en
prison, vous ne serez pas baron, mais vous serez peut-être
poignardé. Mais laissons cette bagatelle : le fait est que
j'ai fait le compte de ma fortune ; à peine si j'ai trouvé
vingt mille livres de rente, sur quoi j'ai le projet d'adresser
très humblement ma démission au souverain. J'ai quelque
espoir d'être employé par le roi de Naples : cette grande 440
ville m'offrira les distractions dont j'ai besoin en ce
moment, et que je ne puis trouver dans un trou tel que
Parme ; je ne resterais qu'autant que vous me feriez
obtenir la main de la princesse Isota, etc., etc. ; la conversation fut infinie dans ce sens. Comme Rassi se levait, le
comte lui dit d'un air fort indifférent :

– Vous savez qu'on a dit que Fabrice me trompait, en ce
sens qu'il était un des amants de la duchesse ; je n'accepte
point ce bruit, et pour le démentir, je veux que vous fassiez
passer cette bourse à Fabrice. 450

– Mais monsieur le comte, dit Rassi effrayé, et regardant la bourse, il y a là une somme énorme, et les règlements…

– Pour vous, mon cher, elle peut être énorme, reprit le
comte de l'air du plus souverain mépris : un bourgeois tel
que vous, envoyant de l'argent à son ami en prison, croit
se ruiner en lui donnant dix sequins ; moi, je *veux* que
Fabrice reçoive ces six mille francs, et surtout que le château ne sache rien de cet envoi.

Comme le Rassi effrayé voulait répliquer, le comte 460
ferma la porte sur lui avec impatience. Ces gens-là, se dit-
il, ne voient le pouvoir que derrière l'insolence. Cela dit,
ce grand ministre se livra à une action tellement ridicule,
que nous avons quelque peine à la rapporter [1] ; il courut
prendre dans son bureau un portrait en miniature de la
duchesse, et le couvrit de baisers passionnés. Pardon, mon
cher ange, s'écriait-il, si je n'ai pas jeté par la fenêtre et de

---

1. Pour une analyse de cette scène, voir notre article « Le roman du portrait dans *La Chartreuse de Parme* », *H.B.*, n° 1, 1997.

mes propres mains ce cuistre qui ose parler de toi avec une
nuance de familiarité, mais, si j'agis avec cet excès de
470 patience, c'est pour t'obéir ! et il ne perdra rien pour
attendre !

Après une longue conversation avec le portrait, le
comte, qui se sentait le cœur mort dans la poitrine, eut
l'idée d'une action ridicule et s'y livra avec un empressement d'enfant. Il se fit donner un habit avec des plaques,
et fut faire une visite à la vieille princesse Isota [1] ; de la vie
il ne s'était présenté chez elle qu'à l'occasion du jour de
l'an. Il la trouva entourée d'une quantité de chiens, et
parée de tous ses atours, et même avec des diamants
480 comme si elle allait à la cour. Le comte, ayant témoigné
quelque crainte de déranger les projets de Son Altesse, qui
probablement allait sortir, l'Altesse répondit au ministre
qu'une princesse de Parme se devait à elle-même d'être
toujours ainsi. Pour la première fois depuis son malheur le
comte eut un mouvement de gaieté ; j'ai bien fait de
paraître ici, se dit-il, et dès aujourd'hui il faut faire ma
déclaration. La princesse avait été ravie de voir arriver
chez elle un homme aussi renommé par son esprit et un
Premier ministre ; la pauvre vieille fille n'était guère
490 accoutumée à de semblables visites. Le comte commença
par une préface adroite, relative à l'immense distance qui
séparera toujours d'un simple gentilhomme les membres
d'une famille régnante.

– Il faut faire une distinction, dit la princesse : la fille
d'un roi de France, par exemple, n'a aucun espoir d'arriver
jamais à la couronne ; mais les choses ne vont point ainsi
dans la famille de Parme. C'est pourquoi nous autres Farnèse nous devons toujours conserver une certaine dignité
dans notre extérieur ; et moi, pauvre princesse telle que
500 vous me voyez, je ne puis pas dire qu'il soit absolument
impossible qu'un jour vous soyez mon Premier ministre.

Cette idée par son imprévu baroque donna au pauvre
comte un second instant de gaieté parfaite.

---

1. Isotta, c'est-à-dire, Yseult ! Le nom est bien sûr ironique ; la princesse
est, en outre, ridicule parce qu'elle est toujours en représentation et n'a
aucun recul face au jeu qu'impose le théâtre de la cour.

Au sortir de chez la princesse Isota, qui avait grandement rougi en recevant l'aveu de la passion du Premier ministre, celui-ci rencontra un des fourriers du palais : le prince le faisait demander en toute hâte.

– Je suis malade, répondit le ministre, ravi de pouvoir faire une malhonnêteté à son prince. Ah ! ah ! vous me poussez à bout, s'écria-t-il avec fureur, et puis vous voulez que je vous serve ! mais sachez, mon prince, qu'avoir reçu le pouvoir de la Providence ne suffit plus en ce siècle-ci, il faut beaucoup d'esprit et un grand caractère pour réussir à être despote.

Après avoir renvoyé le fourrier du palais fort scandalisé de la parfaite santé de ce malade, le comte trouva plaisant d'aller voir les deux hommes de la cour qui avaient le plus d'influence sur le général Fabio Conti. Ce qui surtout faisait frémir le ministre et lui ôtait tout courage, c'est que le gouverneur de la citadelle était accusé de s'être défait jadis d'un capitaine, son ennemi personnel, au moyen de l'*aquetta* de Pérouse [1].

Le comte savait que depuis huit jours la duchesse avait répandu des sommes folles pour se ménager des intelligences à la citadelle ; mais, suivant lui, il y avait peu d'espoir de succès, tous les yeux étaient encore trop ouverts. Nous ne raconterons point au lecteur toutes les tentatives de corruption essayées par cette femme malheureuse : elle était au désespoir, et des agents de toute sorte et parfaitement dévoués la secondaient. Mais il n'est peut-être qu'un seul genre d'affaires dont on s'acquitte parfaitement bien dans les petites cours despotiques, c'est la garde des prisonniers politiques. L'or de la duchesse ne produisit d'autre effet que de faire renvoyer de la citadelle huit ou dix hommes de tout grade.

---

1. Poison.

CHAPITRE XVIII

Ainsi, avec un dévouement complet pour le prisonnier, la duchesse et le Premier ministre n'avaient pu faire pour lui que bien peu de chose. Le prince était en colère, la cour ainsi que le public étaient *piqués* contre Fabrice et ravis de lui voir arriver malheur ; il avait été trop heureux. Malgré l'or jeté à pleines mains, la duchesse n'avait pu faire un pas dans le siège de la citadelle ; il ne se passait pas de jour sans que la marquise Raversi ou le chevalier Riscara eussent quelque nouvel avis à communiquer au général Fabio
10 Conti. On soutenait sa faiblesse.

Comme nous l'avons dit, le jour de son emprisonnement Fabrice fut conduit d'abord au *palais du gouverneur* : C'est un joli petit bâtiment construit dans le siècle dernier sur les dessins de Vanvitelli [1], qui le plaça à cent quatre-vingts pieds de haut, sur la plate-forme de l'immense tour ronde. Des fenêtres de ce petit palais, isolé sur le dos de l'énorme tour comme la bosse d'un chameau, Fabrice découvrait la campagne et les Alpes fort au loin ; il suivait de l'œil, au pied de la citadelle, le cours de la
20 Parma, sorte de torrent, qui, tournant à droite à quatre lieues de la ville, va se jeter dans le Pô. Par-delà la rive gauche de ce fleuve, qui formait comme une suite d'immenses taches blanches au milieu des campagne verdoyantes, son œil ravi apercevait distinctement chacun des

1. Architecte napolitain (1700-1773), qui fit un dessin du château Saint-Ange, modèle de la tour Farnèse.

sommets de l'immense mur que les Alpes forment au nord
de l'Italie [1]. Ces sommets, toujours couverts de neige,
même au mois d'août où l'on était alors, donnent comme
une sorte de fraîcheur par souvenir au milieu de ces campagnes brûlantes ; l'œil en peut suivre les moindres
détails, et pourtant ils sont à plus de trente lieues de la cita- 30
delle de Parme. La vue si étendue du joli palais du gouverneur est interceptée vers un angle au midi par la *tour Farnèse*, dans laquelle on préparait à la hâte une chambre
pour Fabrice. Cette seconde tour, comme le lecteur s'en
souvient peut-être [2], fut élevée sur la plate-forme de la
grosse tour, en l'honneur d'un prince héréditaire qui, fort
différent de l'Hippolyte fils de Thésée, n'avait point
repoussé les politesses d'une jeune belle-mère. La princesse mourut en quelques heures ; le fils du prince ne
recouvra sa liberté que dix-sept ans plus tard en montant 40
sur le trône à la mort de son père. Cette tour Farnèse où,
après trois quarts d'heure, l'on fit monter Fabrice, fort
laide à l'extérieur, est élevée d'une cinquantaine de pieds
au-dessus de la plate-forme de la grosse tour et garnie
d'une quantité de paratonnerres. Le prince mécontent de
sa femme, qui fit bâtir cette prison aperçue de toutes parts,
eut la singulière prétention de persuader à ses sujets
qu'elle existait depuis de longues années : c'est pourquoi
il lui imposa le nom de *tour Farnèse*. Il était défendu de
parler de cette construction, et de toutes les parties de la 50

---

1. L'impossibilité de cette vue a été maintes fois soulignée. Nous renvoyons au Dossier (chapitre IV) pour une étude de la description de la
prison et des joies qu'y connaît d'emblée Fabrice. On peut en revanche
rappeler ici que dans *Promenades dans Rome*, à la date du 1er juin 1828,
Stendhal écrivait, à propos des prisonniers détenus au château Saint-
Ange, qu'il venait de visiter : « À la fièvre près, qui peut les atteindre en
été, ils ne sont pas mal : presque tous sont tombés dans une excessive
dévotion. La vue qu'ils ont du haut de leur prison est magnifique et faite
pour changer en douce mélancolie la tristesse la plus colérique. On plane
sur la ville des tombeaux ; cette vue enseigne à mourir. » Toute l'expérience de Fabrice est en germe ici : délices de la contemplation, douce
résignation, élévation spirituelle.
2. Stendhal refait l'historique, fictif mais prémonitoire, de la tour (déjà
évoqué au chapitre VI), liée à une histoire d'amour et de crime, de bonheur et de malheur, symbole de la manipulation de l'opinion opérée par
tout régime despotique. Rappelons que Balzac a comparé Gina à Phèdre
(voir Dossier, p. 636).

ville de Parme et des plaines voisines on voyait parfaitement les maçons placer chacune des pierres qui compo-
sent cet édifice pentagone. Afin de prouver qu'elle était
ancienne, on plaça au-dessus de la porte de deux pieds de
large et de quatre de hauteur, par laquelle on y entre, un
magnifique bas-relief qui représente Alexandre Farnèse, le
général célèbre, forçant Henri IV à s'éloigner de Paris [1].
Cette tour Farnèse [2] placée en si belle vue se compose
d'un rez-de-chaussée long de quarante pas au moins, large
60 à proportion et tout rempli de colonnes fort trapues, car
cette pièce si démesurément vaste n'a pas plus de quinze
pieds d'élévation. Elle est occupée par le corps de garde,
et, du centre, l'escalier s'élève en tournant autour d'une
des colonnes : c'est un petit escalier en fer, fort léger, large
de deux pieds à peine et construit en filigrane. Par cet escalier tremblant sous le poids des geôliers qui l'escortaient,
Fabrice arriva à de vastes pièces de plus de vingt pieds de
haut, formant un magnifique premier étage. Elles furent
jadis meublées avec le plus grand luxe pour le jeune prince
70 qui y passa les dix-sept plus belles années de sa vie. À
l'une des extrémités de cet appartement, on fit voir au
nouveau prisonnier une chapelle de la plus grande
magnificence ; les murs et la voûte sont entièrement
revêtus de marbre noir ; des colonnes noire aussi et de la
plus noble proportion sont placées en lignes le long des
murs noirs, sans les toucher, et ces murs sont ornés d'une
quantité de têtes de morts en marbre blanc, de proportions
colossales, élégamment sculptées et placées sur deux os en
sautoir. Voilà bien une invention de la haine qui ne peut
80 tuer, se dit Fabrice, et quelle diable d'idée de me montrer
cela !

Un escalier en fer et en filigrane fort léger, également
disposé autour d'une colonne, donne accès au second
étage de cette prison, et c'est dans les chambres de ce
second étage, hautes de quinze pieds environ, que depuis

---

1. Alexandre Farnèse, général de Philippe II, roi d'Espagne, obligea
Henri IV à lever le siège de Paris en 1590.
2. La description qu'en propose Stendhal s'inspire de la construction du
château Saint-Ange, mais emprunte aussi aux *Mémoires* d'Andryane et,
surtout, reproduit l'imaginaire carcéral des dessins de Piranèse (ses vues
de prison, appréciées des romantiques, datent de 1750).

un an le général Fabio Conti faisait preuve de génie.
D'abord, sous sa direction, l'on avait solidement grillé les
fenêtres de ces chambres jadis occupées par les domestiques du prince et qui sont à plus de trente pieds des dalles
de pierre formant la plate-forme de la grosse tour ronde. 90
C'est par un corridor obscur placé au centre du bâtiment
que l'on arrive à ces chambres, qui toutes ont deux
fenêtres ; et dans ce corridor fort étroit, Fabrice remarqua
trois portes de fer successives formées de barreaux
énormes et s'élevant jusqu'à la voûte. Ce sont les plans,
coupes et élévations de toutes ces belles inventions, qui
pendant deux ans avaient valu au général une audience de
son maître chaque semaine. Un conspirateur placé dans
l'une de ces chambres ne pourrait pas se plaindre à l'opinion d'être traité d'une façon inhumaine, et pourtant ne 100
saurait avoir de communication avec personne au monde,
ni faire un mouvement sans qu'on l'entendît. Le général
avait fait placer dans chaque chambre de gros madriers de
chêne formant comme des bancs de trois pieds de haut, et
c'était là son invention capitale, celle qui lui donnait des
droits au ministère de la Police. Sur ces bancs il avait fait
établir une cabane en planches, fort sonore, haute de dix
pieds, et qui ne touchait au mur que du côté des fenêtres.
Des trois autres côtés il régnait un petit corridor de quatre
pieds de large, entre le mur primitif de la prison, composé 110
d'énormes pierres de taille, et les parois en planches de la
cabane. Ces parois, formées de quatre doubles de planches
de noyer, chêne et sapin, étaient solidement reliées par des
boulons de fer et par des clous sans nombre.

Ce fut dans l'une de ces chambres construites depuis un
an, et chef-d'œuvre du général Fabio Conti, laquelle avait
reçu le beau nom d'*Obéissance passive* [1], que Fabrice fut
introduit. Il courut aux fenêtres ; la vue qu'on avait de ces
fenêtres grillées était sublime : un seul petit coin de
l'horizon était caché, vers le nord-est, par le toit en galerie 120
du joli palais du gouverneur, qui n'avait que deux étages ;
le rez-de-chaussée était occupé par les bureaux de l'état-
major ; et d'abord les yeux de Fabrice furent attirés vers

---

1. Trouvé par Stendhal chez Andryane (signale M. Crouzet), mais
détourné ici de toute connotation désagréable.

une des fenêtres du second étage, où se trouvaient, dans de jolies cages, une grande quantité d'oiseaux de toute sorte [1]. Fabrice s'amusait à les entendre chanter, et à les voir saluer les derniers rayons du crépuscule du soir, tandis que les geôliers s'agitaient autour de lui. Cette fenêtre de la volière n'était pas à plus de vingt-cinq pieds
130 de l'une des siennes, et se trouvait à cinq ou six pieds en contrebas, de façon qu'il plongeait sur les oiseaux.

Il y avait lune ce jour-là, et au moment où Fabrice entrait dans sa prison, elle se levait majestueusement à l'horizon à droite, au-dessus de la chaîne des Alpes, vers Trévise. Il n'était que huit heures et demie du soir, et à l'autre extrémité de l'horizon, au couchant, un brillant crépuscule rouge orangé dessinait parfaitement les contours du mont Viso et des autre pics des Alpes qui remontent de Nice vers le mont Cenis et Turin ; sans songer autrement à
140 son malheur, Fabrice fut ému et ravi par ce spectacle sublime. C'est donc dans ce monde ravissant que vit Clélia Conti ! avec son âme pensive et sérieuse, elle doit jouir de cette vue plus qu'un autre ; on est ici comme dans des montagnes solitaires à cent lieues de Parme. Ce ne fut qu'après avoir passé plus de deux heures à la fenêtre, admirant cet horizon qui parlait à son âme, et souvent aussi arrêtant sa vue sur le joli palais du gouverneur que Fabrice s'écria tout à coup : Mais ceci est-il une prison ? est-ce là ce que j'ai tant redouté ? Au lieu d'apercevoir à
150 chaque pas des désagréments et des motifs d'aigreur, notre héros se laissait charmer par les douceurs de la prison.

Tout à coup son attention fut violemment rappelée à la réalité par un tapage épouvantable : sa chambre de bois, assez semblable à une cage et surtout fort sonore, était violemment ébranlée ; des aboiements de chien et de petits cris aigu complétaient le bruit le plus singulier. Quoi donc ! si tôt pourrais-je m'échapper ! pensa Fabrice. Un instant après, il riait comme jamais peut-être on n'a ri dans une prison. Par ordre du général, on avait fait monter en
160 même temps que les geôliers un chien anglais, fort méchant, préposé à la garde des prisonniers d'importance, et qui devait passer la nuit dans l'espace si ingénieusement

---

1. Nouvelle annonce du bonheur que peut offrir une prison.

ménagé tout autour de la cage de Fabrice. Le chien et le geôlier devaient coucher dans l'intervalle de trois pieds ménagé entre les dalles de pierre du sol primitif de la chambre et le plancher en bois sur lequel le prisonnier ne pouvait faire un pas sans être entendu.

Or, à l'arrivée de Fabrice, la chambre de l'*Obéissance passive* se trouvait occupée par une centaine de rats énormes qui prirent la fuite dans tous les sens. Le chien, 170 sorte d'épagneul croisé avec un fox anglais, n'était point beau, mais en revanche, il se montra fort alerte. On l'avait attaché sur le pavé en dalles de pierre au-dessous du plancher de la chambre de bois ; mais lorsqu'il sentit passer les rats tout près de lui il fit des efforts si extraordinaires qu'il parvint à retirer la tête de son collier ; alors advint cette bataille admirable et dont le tapage réveilla Fabrice lancé dans les rêveries des moins tristes. Les rats qui avaient pu se sauver du premier coup de dent, se réfugiant dans la chambre de bois, le chien monta après eux les six marches 180 qui conduisaient du pavé en pierre à la cabane de Fabrice. Alors commença un tapage bien autrement épouvantable : la cabane était ébranlée jusqu'en ses fondements. Fabrice riait comme un fou et pleurait à force de rire : le geôlier Grillo, non moins riant, avait fermé la porte ; le chien, courant après les rats, n'était gêné par aucun meuble, car la chambre était absolument nue ; il n'y avait pour gêner les bonds du chien chasseur qu'un poêle de fer dans un coin. Quand le chien eut triomphé de tous ses ennemis, Fabrice l'appela, le caressa, réussit à lui plaire : Si jamais celui-ci 190 me voit sautant par-dessus quelque mur, se dit-il, il n'aboiera pas. Mais cette politique raffinée était une prétention de sa part : dans la situation d'esprit où il était, il trouvait son bonheur à jouer avec ce chien. Par une bizarrerie à laquelle il ne réfléchissait point, une secrète joie régnait au fond de son âme [1].

Après qu'il se fut bien essoufflé à courir avec le chien,

– Comment vous appelez-vous, dit Fabrice au geôlier.

– Grillo, pour servir Votre Excellence dans tout ce qui est permis par le règlement. 200

---

1. Voir Dossier, p. 667.

– Eh bien ! mon cher Grillo, un nommé Giletti a voulu m'assassiner au milieu d'un grand chemin, je me suis défendu et l'ai tué ; je le tuerais encore si c'était à faire : mais je n'en veux pas moins mener joyeuse vie, tant que je serai votre hôte.

Sollicitez l'autorisation de vos chefs et allez demander du linge au palais Sanseverina ; de plus, achetez-moi force *nébieu d'Asti.* [1]

C'est un assez bon vin mousseux qu'on fabrique en Pié-
210 mont dans la patrie d'Alfieri et qui est fort estimé surtout de la classe d'amateurs à laquelle appartiennent les geô-liers. Huit ou dix de ces messieurs étaient occupés à trans-porter dans la chambre de bois de Fabrice quelques meubles antiques et fort dorés que l'on enlevait au premier étage dans l'appartement du prince ; tous recueillirent reli-gieusement dans leur pensée le mot en faveur du vin d'Asti. Quoi qu'on pût faire, l'établissement de Fabrice pour cette première nuit fut pitoyable ; mais il n'eut l'air choqué que de l'absence d'une bouteille de bon *nébieu.*
220 – Celui-là a l'air d'un bon enfant… dirent les geôliers en s'en allant… et il n'y a qu'une chose à désirer, c'est que nos messieurs lui laissent passer de l'argent.

Quand il fut seul et un peu remis de tout ce tapage : Est-il possible que ce soit là la prison, se dit Fabrice en regar-dant cet immense horizon de Trévise au mont Viso, la chaîne si étendue des Alpes, les pics couverts de neige, les étoiles, etc., et une première nuit en prison encore ! Je conçois que Clélia Conti se plaise dans cette solitude aérienne ; on est ici à mille lieues au-dessus des petitesses
230 et des méchancetés qui nous occupent là-bas. Si ces oiseaux qui sont là sous ma fenêtre lui appartiennent, je la verrai… Rougira-t-elle en m'apercevant ? Ce fut en discu-tant cette grande question que le prisonnier trouva le som-meil à une heure fort avancée de la nuit.

Dès le lendemain de cette nuit, la première passée en prison, et durant laquelle il ne s'impatienta pas une seule fois, Fabrice fut réduit à faire la conversation avec Fox le chien anglais ; Grillo le geôlier lui faisait bien toujours des

---

1. Prononciation dialectale pour *nebiolo d'Asti.* Le geôlier bon et compa-tissant est un personnage obligé de la littérature carcérale de l'époque.

yeux fort aimables, mais un ordre nouveau le rendait muet, et il n'apportait ni linge ni nébieu. 240

Verrai-je Clélia ? se dit Fabrice en s'éveillant. Mais ces oiseaux sont-ils à elle ? Les oiseaux commençaient à jeter des petits cris et à chanter, et à cette élévation c'était le seul bruit qui s'entendît dans les airs. Ce fut une sensation pleine de nouveauté et de plaisir pour Fabrice que ce vaste silence qui régnait à cette hauteur : il écoutait avec ravissement les petits gazouillements interrompus et si vifs par lesquels ses voisins les oiseaux saluaient le jour. S'ils lui appartiennent, elle paraîtra un instant dans cette chambre, là sous ma fenêtre ; et tout en examinant les immenses 250 chaînes des Alpes, vis-à-vis le premier étage desquelles la citadelle de Parme semblait s'élever comme un ouvrage avancé, ses regards revenaient à chaque instant aux magnifiques cages de citronnier et de bois d'acajou qui, garnies de fils dorés, s'élevaient au milieu de la chambre fort claire, servant de volière. Ce que Fabrice n'apprit que plus tard, c'est que cette chambre était la seule du second étage du palais qui eût de l'ombre de onze heures à quatre ; elle était abritée par la tour Farnèse.

Quel ne va pas être mon chagrin, se dit Fabrice, si, au 260 lieu de cette physionomie céleste et pensive que j'attends et qui rougira peut-être un peu si elle m'aperçoit, je vois arriver la grosse figure de quelque femme de chambre bien commune, chargée par procuration de soigner les oiseaux ! Mais si je vois Clélia, daignera-t-elle m'apercevoir ? Ma foi, il faut faire des indiscrétions pour être remarqué [1] ; ma situation doit avoir quelques privilèges ; d'ailleurs nous sommes tous deux seuls ici et si loin du monde ! Je suis un prisonnier, apparemment ce que le général Conti et les autres misérables de cette espèce 270 appellent un de leurs subordonnés... Mais elle a tant d'esprit, ou pour mieux dire tant d'âme, comme le suppose le comte, que peut-être, à ce qu'il dit, méprise-t-elle le

---

1. Dans l'épisode de la tour culmine le « complexe spectaculaire » analysé par G. Durand, *op. cit.* : d'emblée Fabrice fait preuve de cette curiosité, de ce besoin impérieux de voir sans être vu, de voir et d'être vu, auxquels répondront la réserve et le secret de Clélia, nécessaires à l'épanouissement de la passion.

métier de son père ; de là viendrait sa mélancolie ! Noble
cause de tristesse ! Mais après tout, je ne suis point précisément un étranger pour elle. Avec quelle grâce pleine
de modestie elle m'a salué hier soir ! Je me souviens fort
bien que lors de notre rencontre près de Côme je lui dis :
Un jour je viendrai voir vos beaux tableaux de Parme,
280   vous souviendrez-vous de ce nom : Fabrice del Dongo ?
L'aura-t-elle oublié ? elle était si jeune alors !

Mais à propos, se dit Fabrice étonné en interrompant
tout à coup le cours de ses pensées, j'oublie d'être en
colère ! Serais-je un de ces grands courages comme l'Antiquité en a montré quelques exemples au monde ? Suis-je
un héros sans m'en douter ? Comment ! moi qui avais tant
de peur de la prison, j'y suis, et je ne me souviens pas
d'être triste ! c'est bien le cas de dire que la peur a été cent
fois pire que le mal. Quoi ! j'ai besoin de me raisonner
290   pour être affligé de cette prison, qui, comme le dit Blanès,
peut durer dix ans comme dix mois ? Serait-ce l'étonnement de tout ce nouvel établissement qui me distrait de la
peine que je devrais éprouver ? Peut-être que cette bonne
humeur indépendante de ma volonté et peu raisonnable
cessera tout à coup, peut-être en un instant je tomberai
dans le noir malheur que je devrais éprouver.

Dans tous les cas, il est bien étonnant d'être en prison
et de devoir se raisonner pour être triste ! Ma foi, j'en
reviens à ma supposition, peut-être que j'ai un grand
300   caractère [1].

Les rêveries de Fabrice furent interrompues par le
menuisier de la citadelle, lequel venait prendre mesure
d'*abat-jour* pour ses fenêtres ; c'était la première fois que
cette prison servait, et l'on avait oublié de la compléter en
cette partie essentielle.

Ainsi, se dit Fabrice, je vais être privé de cette vue
sublime, et il cherchait à s'attrister de cette privation.

– Mais quoi ! s'écria-t-il tout à coup parlant au menuisier je ne verrai plus ces jolis oiseaux ?

---

1. L'apprenti-amoureux se trompe sur la véritable cause de son bonheur
et de son héroïsme. Sa perplexité illustre encore une fois le clair-obscur
de la conscience amoureuse.

– Ah ! les oiseaux de mademoiselle ! qu'elle aime tant ! 310
dit cet homme avec l'air de la bonté ; cachés, éclipsés,
anéantis comme tout le reste.

Parler était défendu au menuisier tout aussi strictement
qu'aux geôliers, mais cet homme avait pitié de la jeunesse
du prisonnier : il lui apprit que ces abat-jour énormes,
placés sur l'appui des deux fenêtres, et s'éloignant du mur
tout en s'élevant, ne devaient laisser aux détenus que la
vue du ciel. On fait cela pour la morale, lui dit-il, afin
d'augmenter une tristesse salutaire et l'envie de se corriger
dans l'âme des prisonniers [1] ; le général, ajouta le menui- 320
sier, a aussi inventé de leur retirer les vitres, et de les faire
remplacer à leurs fenêtres par du papier huilé.

Fabrice aima beaucoup le tour épigrammatique de cette
conversation, fort rare en Italie.

– Je voudrais bien avoir un oiseau pour me désennuyer,
je les aime à la folie ; achetez-en un de la femme de
chambre de mademoiselle Clélia Conti.

– Quoi ! vous la connaissez, s'écria le menuisier, que
vous dites si bien son nom ?

– Qui n'a pas ouï parler de cette beauté si célèbre ? 330
Mais j'ai eu l'honneur de la rencontrer plusieurs fois à la
cour.

– La pauvre demoiselle s'ennuie bien ici, ajouta le
menuisier ; elle passe sa vie là avec ses oiseaux. Ce matin
elle vient de faire acheter de beaux orangers que l'on a
placés par son ordre à la porte de la tour sous votre
fenêtre ; sans la corniche vous pourriez les voir. Il y avait
dans cette réponse des mots bien précieux pour Fabrice, il
trouva une façon obligeante de donner quelque argent au
menuisier.   340

– Je fais deux fautes à la fois, lui dit cet homme, je parle
à Votre Excellence et je reçois de l'argent. Après-demain,
en revenant pour les abat-jour, j'aurai un oiseau dans ma
poche, et si je ne suis pas seul, je ferai semblant de le
laisser envoler ; si je puis même, je vous apporterai un
livre de prières : vous devez bien souffrir de ne pas pouvoir dire vos offices.

---

1. Autre détail emprunté à Andryane.

Ainsi, se dit Fabrice, dès qu'il fut seul, ces oiseaux sont
à elle, mais dans deux jours je ne les verrai plus ! À cette
350   pensée, ses regards prirent une teinte de malheur. Mais
enfin, à son inexprimable joie, après une si longue attente
et tant de regards, vers midi Clélia vint soigner ses
oiseaux. Fabrice resta immobile et sans respiration, il était
debout contre les énormes barreaux de sa fenêtre et fort
près. Il remarqua qu'elle ne levait pas les yeux sur lui,
mais ses mouvements avaient l'air gêné, comme ceux de
quelqu'un qui se sent regardé. Quand elle l'aurait voulu, la
pauvre fille n'aurait pas pu oublier le sourire si fin qu'elle
avait vu errer sur les lèvres du prisonnier, la veille, au
360   moment où les gendarmes l'emmenaient du corps de
garde.

Quoique, suivant toute apparence, elle veillât sur ses
actions avec le plus grand soin, au moment où elle
s'approcha de la fenêtre de la volière, elle rougit fort sen-
siblement. La première pensée de Fabrice, collé contre les
barreaux de fer de sa fenêtre, fut de se livrer à l'enfantillage de frapper un peu avec la main sur ces barreaux, ce
qui produirait un petit bruit ; puis la seule idée de ce
manque de délicatesse lui fit horreur. Je mériterais que
370   pendant huit jours elle envoyât soigner ses oiseaux par sa
femme de chambre. Cette idée délicate ne lui fût point
venue à Naples ou à Novare.

Il la suivait ardemment des yeux : Certainement, se
disait-il, elle va s'en aller sans daigner jeter un regard sur
cette pauvre fenêtre, et, pourtant elle est bien en face.
Mais, en revenant du fond de la chambre que Fabrice,
grâce à sa position plus élevée, apercevait fort bien, Clélia
ne put s'empêcher de le regarder du haut de l'œil, tout en
marchant, et c'en fut assez pour que Fabrice se crût auto-
380   risé à la saluer. Ne sommes-nous pas seuls au monde ici ?
se dit-il pour s'en donner le courage. Sur ce salut, la jeune
fille resta immobile et baissa les yeux ; puis Fabrice les lui
vit relever fort lentement ; et évidemment, en faisant effort
sur elle-même, elle salua le prisonnier avec le mouvement
le plus grave et le plus *distant*, mais elle ne put imposer
silence à ses yeux ; sans qu'elle le sût probablement, ils
exprimèrent un instant la pitié la plus vive. Fabrice
remarqua qu'elle rougissait tellement que la teinte rose

s'étendait rapidement jusque sur le haut des épaules, dont
la chaleur venait d'éloigner, en arrivant à la volière, un   390
châle de dentelle noire. Le regard involontaire par lequel
Fabrice répondit à son salut redoubla le trouble de la jeune
fille. Que cette pauvre femme serait heureuse, se disait-
elle en pensant à la duchesse, si un instant seulement elle
pouvait le voir comme je le vois !

Fabrice avait eu quelque léger espoir de la saluer de
nouveau à son départ ; mais, pour éviter cette nouvelle
politesse, Clélia fit une savante retraite par échelons, de
cage en cage, comme si, en finissant, elle eût dû soigner
les oiseaux placés le plus près de la porte. Elle sortit enfin ;   400
Fabrice restait immobile à regarder la porte par laquelle
elle venait de disparaître ; il était un autre homme.

Dès ce moment l'unique objet de ses pensées fut de
savoir comment il pourrait parvenir à continuer de la voir,
même quand on aurait posé cet horrible abat-jour devant la
fenêtre qui donnait sur le palais du gouverneur.

La veille au soir, avant de se coucher, il s'était imposé
l'ennui fort long de cacher la meilleure partie de l'or qu'il
avait, dans plusieurs des trous de rats qui ornaient sa
chambre de bois. Il faut, ce soir, que je cache ma montre.   410
N'ai-je pas entendu dire qu'avec de la patience et un ressort de montre ébréché on peut couper le bois et même le
fer ? Je pourrai donc scier cet abat-jour. Ce travail de
cacher la montre, qui dura deux grandes heures, ne lui
sembla point long ; il songeait aux différents moyens de
parvenir à son but, et à ce qu'il savait faire en travaux de
menuiserie. Si je sais m'y prendre, se disait-il, je pourrai
couper bien carrément un compartiment de la planche de
chêne qui formera l'abat-jour, vers la partie qui reposera
sur l'appui de la fenêtre ; j'ôterai et je remettrai ce mor-   420
ceau suivant les circonstances ; je donnerai tout ce que je
possède à Grillo afin qu'il veuille bien ne pas s'apercevoir
de ce petit manège. Tout le bonheur de Fabrice était désormais attaché à la possibilité d'exécuter ce travail, et il ne
songeait à rien autre. Si je parviens seulement à la voir, je
suis heureux… Non pas, se dit-il ; il faut aussi qu'elle voie
que je la vois. Pendant toute la nuit, il eut la tête remplie
d'inventions de menuiserie, et ne songea peut-être pas une
seule fois à la cour de Parme, à la colère du prince, etc.,

430 etc. Nous avouerons qu'il ne songea pas davantage à la
douleur dans laquelle la duchesse devait être plongée. Il
attendait avec impatience le lendemain, mais le menuisier
ne reparut plus : apparemment qu'il passait pour libéral
dans la prison ; on eut soin d'en envoyer un autre à mine
rébarbative, lequel ne répondit jamais que par un grogne-
ment de mauvais augure à toutes les choses agréables que
l'esprit de Fabrice cherchait à lui adresser. Quelques-unes
des nombreuses tentatives de la duchesse pour lier une
correspondance avec Fabrice avaient été dépistées par les
440 nombreux agents de la marquise Raversi, et, par elle, le
général Fabio Conti était journellement averti, effrayé,
piqué d'amour-propre. Toutes les huit heures, six soldats
de garde se relevaient dans la grande salle aux cent
colonnes du rez-de-chaussée ; de plus, le gouverneur établit un geôlier de garde à chacune des trois portes de fer
successives du corridor, et le pauvre Grillo, le seul qui vît
le prisonnier, fut condamné à ne sortir de la tour Farnèse
que tous les huit jours, ce dont il se montra fort contrarié.
Il fit sentir son humeur à Fabrice qui eut le bon esprit de
450 ne répondre que par ces mots : Force *nébieu d'Asti*, mon
ami, et il lui donna de l'argent.

– Eh bien ! même cela, qui nous console de tous les
maux, s'écria Grillo indigné, d'une voix à peine assez
élevée pour être entendu du prisonnier, on nous défend de
le recevoir et je devrais le refuser, mais je le prends ; du
reste, argent perdu ; je ne puis rien vous dire sur rien.
Allez, il faut que vous soyez joliment coupable, toute la
citadelle est sens dessus dessous à cause de vous ; les
belles menées de madame la duchesse ont déjà fait ren-
460 voyer trois d'entre nous.

L'abat-jour sera-t-il prêt avant midi ? Telle fut la grande
question qui fit battre le cœur de Fabrice pendant toute
cette longue matinée ; il comptait tous les quarts d'heure
qui sonnaient à l'horloge de la citadelle. Enfin, comme les
trois quarts après onze heures sonnaient, l'abat-jour n'était
pas encore arrivé ; Clélia reparut donnant des soins à ses
oiseaux. La cruelle nécessité avait fait faire de si grands
pas à l'audace de Fabrice, et le danger de ne plus la voir
lui semblait tellement au-dessus de tout, qu'il osa, en
470 regardant Clélia, faire avec le doigt le geste de scier l'abat-

jour ; il est vrai qu'aussitôt après avoir aperçu ce geste si séditieux en prison, elle salua à demi, et se retira.

Hé quoi ! se dit Fabrice étonné, serait-elle assez déraisonnable pour voir une familiarité ridicule dans un geste dicté par la plus impérieuse nécessité ? Je voulais la prier de daigner toujours, en soignant ses oiseaux, regarder quelquefois la fenêtre de la prison, même quand elle la trouvera masquée par un énorme volet de bois ; je voulais lui indiquer que je ferai tout ce qui est humainement possible pour parvenir à la voir. Grand Dieu ! est-ce qu'elle ne 480 viendra pas demain à cause de ce geste indiscret ? Cette crainte, qui troubla le sommeil de Fabrice, se vérifia complètement ; le lendemain Clélia n'avait pas paru à trois heures [1], quand on acheva de poser devant les fenêtres de Fabrice les deux énormes abat-jour ; les diverses pièces en avaient été élevées, à partir de l'esplanade de la grosse tour, au moyen de cordes et de poulies attachées par-dehors aux barreaux de fer des fenêtres. Il est vrai que, cachée derrière une persienne de son appartement, Clélia avait suivi avec angoisse tous les mouvements des 490 ouvriers ; elle avait fort bien vu la mortelle inquiétude de Fabrice, mais n'en avait pas moins eu le courage de tenir la promesse qu'elle s'était faite.

Clélia était une petite sectaire de libéralisme ; dans sa première jeunesse elle avait pris au sérieux tous les propos de libéralisme qu'elle entendait dans la société de son père, lequel ne songeait qu'à se faire une position ; elle était partie de là pour prendre en mépris et presque en horreur le caractère flexible du courtisan : de là son antipathie pour le mariage. Depuis l'arrivée de Fabrice, elle était 500 bourrelée de remords : Voilà, se disait-elle, que mon indigne cœur se met du parti des gens qui veulent trahir mon père ! il ose me faire le geste de scier une porte !… Mais, se dit-elle aussitôt l'âme navrée, toute la ville parle de sa mort prochaine ! Demain peut être le jour fatal ! avec

---

1. Dans tout ce chapitre triomphe l'« amour de loin » : Clélia semble avoir compris que la passion exige la distance, et, dans la grande tradition courtoise, fait se succéder apparitions et absences, refus et rappels de l'amant, pour qu'il y ait toujours cette tension, cette insatisfaction qui favorisent le désir et l'idéalisation de l'être cher.

les monstres qui nous gouvernent, quelle chose au monde n'est pas possible ! Quelle douceur, quelle sérénité héroïque dans ces yeux qui peut-être vont se fermer ! Dieu ! quelles ne doivent pas être les angoisses de la
510 duchesse ! aussi on la dit tout à fait au désespoir. Moi j'irais poignarder le prince, comme l'héroïque Charlotte Corday [1].

Pendant toute cette troisième journée de sa prison Fabrice fut outré de colère, mais uniquement de ne pas avoir vu reparaître Clélia. Colère pour colère, j'aurais dû lui dire que je l'aimais, s'écriait-il [2] ; car il en était arrivé à cette découverte. Non, ce n'est point par grandeur d'âme que je ne songe pas à la prison et que je fais mentir la prophétie de Blanès, tant d'honneur ne m'ap-
520 partient point. Malgré moi je songe à ce regard de douce pitié que Clélia laissa tomber sur moi lorsque les gendarmes m'emmenaient du corps de garde ; ce regard a effacé toute ma vie passée. Qui m'eût dit que je trouverais des yeux si doux en un tel lieu ! et au moment où j'avais les regards salis par la physionomie de Barbone et par celle de M. le général gouverneur. Le ciel parut au milieu de ces êtres vils. Et comment faire pour ne pas aimer la beauté et chercher à la revoir ? Non, ce n'est point par grandeur d'âme que je suis indifférent à toutes
530 les petites vexations dont la prison m'accable. L'imagination de Fabrice, parcourant rapidement toutes les possibilités, arriva à celle d'être mis en liberté. Sans doute l'amitié de la duchesse fera des miracles pour moi. Eh bien ! je ne la remercierais de la liberté que du bout des lèvres ; ces lieux ne sont point de ceux où l'on revient ! une fois hors de prison, séparés de sociétés comme nous le sommes, je ne reverrais presque jamais Clélia ! Et, dans le fait, quel mal me fait la prison ? Si Clélia daignait ne pas m'accabler de sa colère, qu'aurais-je à demander
540 au ciel ?

---

1. Héroïne révolutionnaire (1768-1793) qui poignarda Marat dans son bain, puis fut condamnée à mort et exécutée.
2. Stendhal ne nous a pas décrit la reconnaissance de ce sentiment par Fabrice : l'ellipse confirme l'ineffable de l'amour, qui s'impose, s'éprouve, sans pouvoir être analysé.

Le soir de ce jour où il n'avait pas vu sa jolie voisine, il eut une grande idée : avec la croix de fer du chapelet que l'on distribue à tous les prisonniers à leur entrée en prison, il commença, et avec succès, à percer l'abat-jour. C'est peut-être une imprudence, se dit-il avant de commencer. Les menuisiers n'ont-ils pas dit devant moi que, dès demain, ils seront remplacés par les ouvriers peintres ? Que diront ceux-ci s'ils trouvent l'abat-jour de la fenêtre percé ? Mais si je ne commets cette imprudence, demain je ne puis la voir. Quoi ! par ma faute je resterais un jour sans 550 la voir ! et encore quand elle m'a quitté fâchée ! L'imprudence de Fabrice fut récompensée ; après quinze heures de travail, il vit Clélia, et, par excès de bonheur, comme elle ne croyait point être aperçue de lui, elle resta longtemps immobile et le regard fixé sur cet immense abat-jour ; il eut tout le temps de lire dans ses yeux les signes de la pitié la plus tendre. Sur la fin de la visite elle négligeait même évidemment les soins à donner à ses oiseaux, pour rester des minutes entières immobile à contempler la fenêtre. Son âme était profondément troublée ; elle songeait à la 560 duchesse dont l'extrême malheur lui avait inspiré tant de pitié, et cependant elle commençait à la haïr. Elle ne comprenait rien à la profonde mélancolie qui s'emparait de son caractère, elle avait de l'humeur contre elle-même. Deux ou trois fois, pendant le cours de cette visite, Fabrice eut l'impatience de chercher à ébranler l'abat-jour ; il lui semblait qu'il n'était pas heureux tant qu'il ne pouvait pas témoigner à Clélia qu'il la voyait. Cependant, se disait-il, si elle savait que je l'aperçois avec autant de facilité, timide et réservée comme elle l'est, sans doute elle se 570 déroberait à mes regards.

Il fut bien plus heureux le lendemain (de quelles misères l'amour ne fait-il pas son bonheur !) : pendant qu'elle regardait tristement l'immense abat-jour, il parvint à faire passer un petit morceau de fil de fer par l'ouverture que la croix de fer avait pratiquée, et il lui fit des signes qu'elle comprit évidemment, du moins dans ce sens qu'ils voulaient dire : je suis là et je vous vois.

Fabrice eut du malheur les jours suivants. Il voulait enlever à l'abat-jour colossal un morceau de planche 580 grand comme la main, que l'on pourrait remettre à volonté

et qui lui permettrait de voir et d'être vu, c'est-à-dire de
parler, par signes du moins, de ce qui se passait dans son
âme [1] ; mais il se trouva que le bruit de la petite scie fort
imparfaite qu'il avait fabriquée avec le ressort de sa
montre ébréché par la croix, inquiétait Grillo qui venait
passer de longues heures dans sa chambre. Il crut remarquer, il est vrai, que la sévérité de Clélia semblait diminuer
à mesure qu'augmentaient les difficultés matérielles qui
590 s'opposaient à toute correspondance [2] ; Fabrice observa
fort bien qu'elle n'affectait plus de baisser les yeux ou de
regarder les oiseaux quand il essayait de lui donner signe
de présence à l'aide de son chétif morceau de fil de fer ; il
avait le plaisir de voir qu'elle ne manquait jamais à
paraître dans la volière au moment précis où onze heures
trois quarts sonnaient, et il eut presque la présomption de
se croire la cause de cette exactitude si ponctuelle. Pourquoi ? cette idée ne semble pas raisonnable ; mais l'amour
observe des nuances invisibles à l'œil indifférent, et en tire
600 des conséquences infinies [3]. Par exemple, depuis que
Clélia ne voyait plus le prisonnier, presque immédiatement en entrant dans la volière, elle levait les yeux vers sa
fenêtre. C'était dans ces journées funèbres où personne
dans Parme ne doutait que Fabrice ne fût bientôt mis à
mort : lui seul l'ignorait ; mais cette affreuse idée ne quittait plus Clélia, et comment se serait-elle fait des
reproches du trop d'intérêt qu'elle portait à Fabrice ? il

---

1. Là est bien le mérite de tous ces signes et autres moyens indirects de
communication que les amants vont inventer : ils permettent de recréer
un langage authentique, singulier, qui n'ait rien d'arbitraire ou de
contraint, mais soit, au contraire, en adéquation parfaite avec leurs sentiments. Idéale, cette communication le devient, en dépit de sa précarité,
parce qu'au contraire de la parole altérée des courtisans elle établit un
échange d'âme à âme.
2. Il se confirme ici que toutes les mesures prises pour éprouver le prisonnier contribuent en fait à son bonheur : les obstacles matériels,
comme l'abat-jour, sont bénéfiques parce qu'ils le sauvent de l'ennui en
sollicitant son ingéniosité, et favorisent l'échange avec Clélia, rassurée
par ces écrans. La menace d'exécution aura le même effet.
3. Fabrice va connaître les deux moments de la cristallisation décrits dans
De l'amour : un premier moment d'euphorie, dominé par le travail de
l'imagination qui se plaît à idéaliser l'être cher, un second, plus tard, plus
tendu, plus angoissé, dominé par le doute, par la quête d'une preuve toujours plus certaine de la sincérité et de la réciprocité de la passion.

allait périr ! et pour la cause de la liberté ! car il était trop absurde de mettre à mort un del Dongo pour un coup d'épée à un histrion. Il est vrai que cet aimable jeune homme était attaché à une autre femme ! Clélia était profondément malheureuse, et sans s'avouer bien précisément le genre d'intérêt qu'elle prenait à son sort : Certes, se disait-elle, si on le conduit à la mort, je m'enfuirai dans un couvent, et de la vie je ne reparaîtrai dans cette société de la cour, elle me fait horreur. Assassins polis !

Le huitième jour de la prison de Fabrice, elle eut un bien grand sujet de honte : elle regardait fixement, et absorbée dans ses tristes pensées, l'abat-jour qui cachait la fenêtre du prisonnier ; ce jour-là il n'avait encore donné aucun signe de présence : tout à coup un petit morceau d'abat-jour, plus grand que la main, fut retiré par lui ; il la regarda d'un air gai, et elle vit ses yeux qui la saluaient. Elle ne put soutenir cette épreuve inattendue, elle se retourna rapidement vers ses oiseaux et se mit à les soigner ; mais elle tremblait au point qu'elle versait l'eau qu'elle leur distribuait, et Fabrice pouvait voir parfaitement son émotion ; elle ne put supporter cette situation, et prit le parti de se sauver en courant.

Ce moment fut le plus beau de la vie de Fabrice, sans aucune comparaison. Avec quels transports il eût refusé la liberté, si on la lui eût offerte en cet instant !

Le lendemain fut le jour de grand désespoir de la duchesse. Tout le monde tenait pour sûr dans la ville que c'en était fait de Fabrice ; Clélia n'eut pas le triste courage de lui montrer une dureté qui n'était pas dans son cœur, elle passa une heure et demie à la volière, regarda tous ses signes, et souvent lui répondit, au moins par l'expression de l'intérêt le plus vif et le plus sincère ; elle le quittait des instants pour lui cacher ses larmes. Sa coquetterie de femme sentait bien vivement l'imperfection du langage employé : si l'on se fût parlé, de combien de façons différentes n'eût-elle pas pu chercher à deviner quelle était précisément la nature des sentiments que Fabrice avait pour la duchesse ! Clélia ne pouvait presque plus se faire d'illusion, elle avait de la haine pour Mme Sanseverina.

Une nuit Fabrice vint à penser un peu sérieusement à sa tante : il fut étonné, il eut peine à reconnaître son image,

le souvenir qu'il conservait d'elle avait totalement
650 changé ; pour lui, à cette heure, elle avait cinquante ans.

– Grand Dieu ! s'écria-t-il avec enthousiasme, que je
fus bien inspiré de ne pas lui dire que je l'aimais ! Il en
était au point de ne presque plus pouvoir comprendre comment il l'avait trouvée si jolie. Sous ce rapport, la petite
Marietta lui faisait une impression de changement moins
sensible : c'est que jamais il ne s'était figuré que son âme
fût de quelque chose dans l'amour pour la Marietta, tandis
que souvent il avait cru que son âme tout entière appartenait à la duchesse. La duchesse d'A*** et la Marietta lui
660 faisaient l'effet maintenant de deux jeunes colombes dont
tout le charme serait dans la faiblesse et dans l'innocence,
tandis que l'image sublime de Clélia Conti, en s'emparant
de toute son âme, allait jusqu'à lui donner de la terreur. Il
sentait trop bien que l'éternel bonheur de sa vie allait le
forcer de compter avec la fille du gouverneur, et qu'il était
en son pouvoir de faire de lui le plus malheureux des
hommes. Chaque jour il craignait mortellement de voir se
terminer tout à coup, par un caprice sans appel de sa
volonté, cette sorte de vie singulière et délicieuse qu'il
670 trouvait auprès d'elle ; toutefois, elle avait déjà rempli de
félicité les deux premiers mois de sa prison. C'était le
temps où, deux fois la semaine, le général Fabio Conti
disait au prince : Je puis donner ma parole d'honneur à
Votre Altesse que le prisonnier del Dongo ne parle à âme
qui vive, et passe sa vie dans l'accablement du plus profond désespoir, ou à dormir.

Clélia venait deux ou trois fois le jour voir ses oiseaux,
quelquefois pour des instants : si Fabrice ne l'eût pas tant
aimée, il eût bien vu qu'il était aimé ; mais il avait des
680 doutes mortels à cet égard. Clélia avait fait placer un piano
dans la volière. Tout en frappant les touches, pour que le
son de l'instrument pût rendre compte de sa présence et
occupât les sentinelles qui se promenaient sous ses
fenêtres, elle répondait des yeux aux questions de Fabrice.
Sur un seul sujet elle ne faisait jamais de réponse, et
même, dans les grandes occasions, prenait la fuite, et quelquefois disparaissait pour une journée entière ; c'était
lorsque les signes de Fabrice indiquaient des sentiments

dont il était trop difficile de ne pas comprendre l'aveu :
elle était inexorable sur ce point.   690

Ainsi, quoique étroitement resserré dans une assez
petite cage, Fabrice avait une vie fort occupée ; elle était
employée tout entière à chercher la solution de ce problème si important : M'aime-t-elle ? Le résultat de milliers
d'observations sans cesse renouvelées, mais aussi sans
cesse mises en doute, était ceci : Tous ses gestes volontaires disent non, mais ce qui est involontaire dans le mouvement de ses yeux semble avouer qu'elle prend de
l'amitié pour moi.

Clélia espérait bien ne jamais arriver à un aveu [1], et c'est   700
pour éloigner ce péril qu'elle avait repoussé, avec une
colère excessive, une prière que Fabrice lui avait adressée
plusieurs fois. La misère des ressources employées par le
pauvre prisonnier aurait dû, ce semble, inspirer à Clélia
plus de pitié. Il voulait correspondre avec elle au moyen de
caractères qu'il traçait sur sa main avec un morceau de
charbon dont il avait fait la précieuse découverte dans son
poêle ; il aurait formé les mots lettre à lettre, successivement. Cette invention eût doublé les moyens de conversation en ce qu'elle eût permis de dire des choses précises.   710
Sa fenêtre était éloignée de celle de Clélia d'environ vingt-
cinq pieds ; il eût été trop chanceux de se parler par-dessus
la tête des sentinelles se promenant devant le palais du
gouverneur. Fabrice doutait d'être aimé ; s'il eût eu
quelque expérience de l'amour, il ne lui fût pas resté de
doutes : mais jamais femme n'avait occupé son cœur ; il
n'avait, du reste, aucun soupçon d'un secret qui l'eût mis
au désespoir s'il l'eût connu ; il était grandement question
du mariage de Clélia Conti avec le marquis Crescenzi,
l'homme le plus riche de la cour.   720

---

1. Nouvelle illustration de cet idéal de réticence qui consiste à repousser
l'instant qui définit et fixe le sentiment en le nommant, et à lui préférer
le clair-obscur amoureux, soit un amour qui à la fois se montre et se
voile, s'offre et se refuse.

CHAPITRE XIX

L'ambition du général Fabio Conti, exaltée jusqu'à la folie par les embarras qui venaient se placer au milieu de la carrière du Premier ministre Mosca, et qui semblaient annoncer sa chute, l'avait porté à faire des scènes violentes à sa fille ; il lui répétait sans cesse, et avec colère, qu'elle cassait le cou à sa fortune si elle ne se déterminait enfin à faire un choix ; à vingt ans passés il était temps de prendre un parti ; cet état d'isolement cruel, dans lequel son obstination déraisonnable plongeait le général, devait cesser à
10 la fin, etc., etc.

C'était d'abord pour se soustraire à ces accès d'humeur de tous les instants que Clélia s'était réfugiée dans la volière ; on n'y pouvait arriver que par un petit escalier de bois fort incommode, et dont la goutte faisait un obstacle sérieux pour le gouverneur.

Depuis quelques semaines, l'âme de Clélia était tellement agitée, elle savait si peu elle-même ce qu'elle devait désirer, que, sans donner précisément une parole à son père, elle s'était presque laissé engager. Dans un de ses
20 accès de colère, le général s'était écrié qu'il saurait bien l'envoyer s'ennuyer dans le couvent le plus triste de Parme, et que, là, il la laisserait se morfondre jusqu'à ce qu'elle daignât faire un choix.

– Vous savez que notre maison, quoique fort ancienne, ne réunit pas six mille livres de rente, tandis que la fortune du marquis Crescenzi s'élève à plus de cent mille écus par an. Tout le monde à la cour s'accorde à lui reconnaître le caractère le plus doux ; jamais il n'a donné de sujet de plainte à personne ; il est fort bel homme, jeune, fort bien vu du prince, et je dis qu'il faut être folle à lier pour 30 repousser ses hommages. Si ce refus était le premier, je pourrais peut-être le supporter ; mais voici cinq ou six partis, et des premiers de la cour, que vous refusez, comme une petite sotte que vous êtes. Et que deviendriez-vous, je vous prie, si j'étais mis à la demi-solde ? quel triomphe pour mes ennemis, si l'on me voyait logé dans quelque second étage, moi dont il a été si souvent question pour le ministère ! Non, morbleu ! voici assez de temps que ma bonté me fait jouer le rôle d'un Cassandre [1]. Vous allez me fournir quelque objection valable contre ce pauvre 40 marquis Crescenzi, qui a la bonté d'être amoureux de vous, de vouloir vous épouser sans dot [2], et de vous assigner un douaire [3] de trente mille livres de rente, avec lequel du moins je pourrai me loger ; vous allez me parler raisonnablement, ou, morbleu ! vous l'épousez dans deux mois !...

Un seul mot de tout ce discours avait frappé Clélia, c'était la menace d'être mise au couvent, et par conséquent éloignée de la citadelle, et au moment encore où la vie de Fabrice semblait ne tenir qu'à un fil, car il ne se pas- 50 sait pas de mois que le bruit de sa mort prochaine ne courût de nouveau à la ville et à la cour. Quelque raisonnement qu'elle se fît, elle ne put se déterminer à courir cette chance : Être séparée de Fabrice, et au moment où elle tremblait pour sa vie ! c'était à ses yeux le plus grand des maux, c'en était du moins le plus immédiat.

Ce n'est pas que, même en n'étant pas éloignée de Fabrice, son cœur trouvât la perspective du bonheur ; elle le croyait aimé de la duchesse, et son âme était déchirée par une jalousie mortelle. Sans cesse elle songeait aux 60 avantages de cette femme si généralement admirée. L'extrême réserve qu'elle s'imposait envers Fabrice, le langage des signes dans lequel elle l'avait confiné, de peur

---

1. Mosca s'était déjà appliqué le compliment au chapitre VI, p. 173.
2. Fabio Conti hérite du ridicule d'Harpagon.
3. « Droit (conventionnel ou coutumier) de l'épouse survivante sur les biens de son mari » (Le Robert).

de tomber dans quelque indiscrétion, tout semblait se
réunir pour lui ôter les moyens d'arriver à quelque éclair-
cissement sur sa manière d'être avec la duchesse. Ainsi,
chaque jour, elle sentait plus cruellement l'affreux malheur d'avoir une rivale dans le cœur de Fabrice, et chaque
jour elle osait moins s'exposer au danger de lui donner
70 l'occasion de dire toute la vérité sur ce qui se passait dans
ce cœur. Mais quel charme cependant de l'entendre faire
l'aveu de ses sentiments vrais ! quel bonheur pour Clélia
de pouvoir éclaircir les soupçons affreux qui empoison-
naient sa vie !

Fabrice était léger ; à Naples, il avait la réputation de
changer assez facilement de maîtresse. Malgré toute la
réserve imposée au rôle d'une demoiselle, depuis qu'elle
était chanoinesse et qu'elle allait à la cour, Clélia, sans
interroger jamais, mais en écoutant avec attention, avait
80 appris à connaître la réputation que s'étaient faite les
jeunes gens qui avaient successivement recherché sa
main ; eh bien ! Fabrice, comparé à tous ces jeunes gens,
était celui qui portait le plus de légèreté dans ses relations
de cœur. Il était en prison, il s'ennuyait, il faisait la cour à
l'unique femme à laquelle il pût parler ; quoi de plus
simple ? quoi même de *plus commun* ? et c'était ce qui
désolait Clélia. Quand même, par une révélation complète,
elle eût appris que Fabrice n'aimait plus la duchesse,
quelle confiance pouvait-elle avoir dans ses paroles ?
90 quand même elle eût cru à la sincérité de ses discours,
quelle confiance eût-elle pu avoir dans la durée de ses
sentiments ? Et enfin, pour achever de porter le désespoir
dans son cœur, Fabrice n'était-il pas déjà fort avancé dans
la carrière ecclésiastique ? n'était-il pas à la veille de se
lier par des vœux éternels ? Les plus grandes dignités ne
l'attendaient-elles pas dans ce genre de vie ? S'il me restait la moindre lueur de bon sens, se disait la malheureuse
Clélia, ne devrais-je pas prendre la fuite ? ne devrais-je pas
supplier mon père de m'enfermer dans quelque couvent
100 fort éloigné ? Et, pour comble de misère, c'est précisément la crainte d'être éloignée de la citadelle et renfermée
dans un couvent qui dirige toute ma conduite ! C'est cette
crainte qui me force à dissimuler, qui m'oblige au hideux

et déshonorant mensonge de feindre d'accepter les soins et les attentions publiques du marquis Crescenzi.

Le caractère de Clélia était profondément raisonnable ; en toute sa vie elle n'avait pas eu à se reprocher une démarche inconsidérée, et sa conduite en cette occurrence était le comble de la déraison : on peut juger de ses souffrances !… Elles étaient d'autant plus cruelles qu'elle 110 ne se faisait aucune illusion. Elle s'attachait à un homme qui était éperdument aimé de la plus belle femme de la cour, d'une femme qui, à tant de titres, était supérieure à elle Clélia ! Et cet homme même, eût-il été libre, n'était pas capable d'un attachement sérieux, tandis qu'elle, comme elle le sentait trop bien, n'aurait jamais qu'un seul attachement dans la vie.

C'était donc le cœur agité des plus affreux remords que tous les jours Clélia venait à la volière : portée en ce lieu comme malgré elle, son inquiétude changeait d'objet et 120 devenait moins cruelle, les remords disparaissaient pour quelques instants ; elle épiait, avec des battements de cœur indicibles, les moments où Fabrice pouvait ouvrir la sorte de vasistas par lui pratiqué dans l'immense abat-jour qui masquait sa fenêtre. Souvent la présence du geôlier Grillo dans sa chambre l'empêchait de s'entretenir par signes avec son amie.

Un soir, sur les onze heures, Fabrice entendit des bruits de la nature la plus étrange dans la citadelle : de nuit, en se couchant sur la fenêtre et sortant la tête hors du vasistas, il 130 parvenait à distinguer les bruits un peu forts qu'on faisait dans le grand escalier, dit *des trois cents marches*, lequel conduisait de la première cour dans l'intérieur de la tour ronde, à l'esplanade en pierre sur laquelle on avait construit le palais du gouverneur et la prison Farnèse où il se trouvait.

Vers le milieu de son développement, à cent quatre-vingts marches d'élévation, cet escalier passait du côté méridional d'une vaste cour, au côté du nord ; là se trouvait un pont en fer fort léger et fort étroit, au milieu duquel était établi un portier [1]. On relevait cet homme toutes les 140

---

1. Stendhal s'est plu à multiplier les mécanismes d'enfermement et d'isolement à l'intérieur de sa prison tout imaginaire (en dépit de ses modèles bien réels) !

six heures, et il était obligé de se lever et d'effacer le corps pour que l'on pût passer sur le pont qu'il gardait, et par lequel seul on pouvait parvenir au palais du gouverneur et à la tour Farnèse. Il suffisait de donner deux tours à un ressort, dont le gouverneur portait la clef sur lui, pour précipiter ce pont de fer dans la cour, à une profondeur de plus de cent pieds ; cette simple précaution prise, comme il n'y avait pas d'autre escalier dans toute la citadelle, et que tous les soirs à minuit un adjudant rapportait chez le gou-
150 verneur, et dans un cabinet auquel on entrait par sa chambre, les cordes de tous les puits, il restait complètement inaccessible dans son palais, et il eût été également impossible à qui que ce fût d'arriver à la tour Farnèse. C'est ce que Fabrice avait parfaitement bien remarqué le jour de son entrée à la citadelle, et ce que Grillo, qui comme tous les geôliers aimait à vanter sa prison, lui avait plusieurs fois expliqué : ainsi il n'avait guère d'espoir de se sauver. Cependant il se souvenait d'une maxime de l'abbé Blanès : « L'amant songe plus souvent à arriver à sa
160 maîtresse que le mari à garder sa femme ; le prisonnier songe plus souvent à se sauver, que le geôlier à fermer sa porte ; donc, quels que soient les obstacles, l'amant et le prisonnier doivent réussir. »

Ce soir-là Fabrice entendait fort distinctement un grand nombre d'hommes passer sur le pont en fer, dit le pont de *l'esclave*, parce que jadis un esclave dalmate avait réussi à se sauver, en précipitant le gardien du pont dans la cour.

On vient faire ici un enlèvement, on va peut-être me mener pendre ; mais il peut y avoir du désordre, il s'agit
170 d'en profiter. Il avait pris ses armes [1], il retirait déjà de l'or de quelques-unes de ses cachettes, lorsque tout à coup il s'arrêta.

— L'homme est un plaisant animal, s'écria-t-il, il faut en convenir ! Que dirait un spectateur invisible qui verrait mes préparatifs ? Est-ce que par hasard je veux me sauver ? Que deviendrais-je le lendemain du jour où je serais de retour à Parme ? est-ce que je ne ferais pas tout

---

1. Même si H. Martineau rappelle que Cellini avait lui aussi un poignard dans son cachot, on peut trouver curieux de voir ainsi Fabrice emprisonné et armé !

au monde pour revenir auprès de Clélia ? S'il y a du désordre, profitons-en pour me glisser dans le palais du gouverneur ; peut-être je pourrai parler à Clélia, peut-être autorisé par le désordre j'oserai lui baiser la main. Le général Conti, fort défiant de sa nature, et non moins vaniteux, fait garder son palais par cinq sentinelles, une à chaque angle du bâtiment, et une cinquième à la porte d'entrée, mais par bonheur la nuit est fort noire. À pas de loup, Fabrice alla vérifier ce que faisaient le geôlier Grillo et son chien : le geôlier était profondément endormi dans une peau de bœuf suspendue au plancher par quatre cordes, et entourée d'un filet grossier ; le chien Fox ouvrit le yeux, se leva, et s'avança doucement vers Fabrice pour le caresser.

Notre prisonnier remonta légèrement les six marches qui conduisaient à sa cabane de bois ; le bruit devenait tellement fort au pied de la tour Farnèse, et précisément devant la porte, qu'il pensa que Grillo pourrait bien se réveiller. Fabrice, chargé de toutes ses armes, prêt à agir, se croyait réservé cette nuit-là aux grandes aventures, quand tout à coup il entendit commencer la plus belle symphonie du monde : c'était une sérénade que l'on donnait au général ou à sa fille. Il tomba dans un accès de rire fou [1] : Et moi qui songeais déjà à donner des coups de dague ! comme si une sérénade n'était pas une chose infiniment plus ordinaire qu'un enlèvement nécessitant la présence de quatre-vingts personnes dans une prison ou qu'une révolte ! La musique était excellente et parut délicieuse à Fabrice, dont l'âme n'avait eu aucune distraction depuis tant de semaines ; elle lui fit verser de bien douces larmes ; dans son ravissement, il adressait les discours les plus irrésistibles à la belle Clélia. Mais le lendemain, à midi, il la trouva d'une mélancolie tellement sombre, elle était si pâle, elle dirigeait sur lui des regards où il lisait quelquefois tant de colère, qu'il ne se sentit pas assez

---

1. Même effet d'ironie qu'à Waterloo : l'héroïsme de Fabrice est ridicule, parce que décalé. Mais sa situation est aussi tragique, car il se trompe sur la nature de ce qui est pour lui, désormais, le seul vrai danger : perdre Clélia. Comme toujours, Stendhal pratique le contrepoint, en annonçant par une sérénade une nouvelle aussi funeste.

autorisé pour lui adresser une question sur la sérénade ; il
craignit d'être impoli.

Clélia avait grandement raison d'être triste, c'était une
sérénade que lui donnait le marquis Crescenzi ; une
démarche aussi publique était en quelque sorte l'annonce
officielle du mariage. Jusqu'au jour même de la sérénade,
et jusqu'à neuf heures du soir, Clélia avait fait la plus belle
220 résistance, mais elle avait eu la faiblesse de céder à la
menace d'être envoyée immédiatement au couvent, qui lui
avait été faite par son père.

Quoi ! je ne le verrais plus ! s'était-elle dit en pleurant.
C'est en vain que sa raison avait ajouté : Je ne le verrais
plus cet être qui fera mon malheur de toutes les façons, je
ne verrais plus cet amant de la duchesse, je ne verrais plus
cet homme léger qui a eu dix maîtresses connues à Naples,
et les a toutes trahies ; je ne verrais plus ce jeune ambitieux qui, s'il survit à la sentence qui pèse sur lui, va
230 s'engager dans les ordres sacrés ! Ce serait un crime pour
moi de le regarder encore lorsqu'il sera hors de cette citadelle, et son inconstance naturelle m'en épargnera la
tentation ; car, que suis-je pour lui ? un prétexte pour
passer moins ennuyeusement quelques heures de chacune
de ses journées de prison. Au milieu de toutes ces injures,
Clélia vint à se souvenir du sourire avec lequel il regardait
les gendarmes qui l'entouraient lorsqu'il sortait du bureau
d'écrou pour monter à la tour Farnèse [1]. Les larmes inondèrent ses yeux : Cher ami, que ne ferais-je pas pour toi !
240 Tu me perdras, je le sais, tel est mon destin ; je me perds
moi-même d'une manière atroce en assistant ce soir à cette
affreuse sérénade ; mais demain, à midi, je reverrai tes
yeux !

Ce fut précisément le lendemain de ce jour où Clélia
avait fait de si grands sacrifices au jeune prisonnier qu'elle
aimait d'une passion si vive ; ce fut le lendemain de ce
jour où, voyant tous ses défauts, elle lui avait sacrifié sa
vie, que Fabrice fut désespéré de sa froideur. Si même en
n'employant que le langage si imparfait des signes il eût
250 fait la moindre violence à l'âme de Clélia, probablement
elle n'eût pu retenir ses larmes, et Fabrice eût obtenu

---

1. Le sourire de Fabrice et le regard de Clélia ont bien scellé leur union.

l'aveu de tout ce qu'elle sentait pour lui, mais il manquait d'audace, il avait une trop mortelle crainte d'offenser Clélia, elle pouvait le punir d'une peine trop sévère. En d'autres termes, Fabrice n'avait aucune expérience du genre d'émotion que donne une femme que l'on aime ; c'était une sensation qu'il n'avait jamais éprouvée, même dans sa plus faible nuance. Il lui fallut huit jours, après celui de la sérénade, pour se remettre avec Clélia sur le pied accoutumé de bonne amitié. La pauvre fille s'armait de sévérité, mourant de crainte de se trahir, et il semblait à Fabrice que chaque jour il était moins bien avec elle.

Un jour, et il y avait alors près de trois mois que Fabrice était en prison sans avoir eu aucune communication quelconque avec le dehors, et pourtant sans se trouver malheureux, Grillo était resté fort tard le matin dans sa chambre ; Fabrice ne savait comment le renvoyer, il était au désespoir ; enfin midi et demi avait déjà sonné lorsqu'il put ouvrir les deux petites trappes [1] d'un pied de haut qu'il avait pratiquées à l'abat-jour fatal.

Clélia était debout à la fenêtre de la volière, les yeux fixés sur celle de Fabrice ; ses traits contractés exprimaient le plus violent désespoir. À peine vit-elle Fabrice, qu'elle lui fit signe que tout était perdu : elle se précipita à son piano et, feignant de chanter un récitatif de l'opéra alors à la mode [2], elle lui dit, en phrases interrompues par le désespoir et par la crainte d'être comprise par les sentinelles qui se promenaient sous la fenêtre :

« Grand Dieu ! vous êtes encore en vie ? Que ma reconnaissance est grande envers le Ciel ! Barbone, ce geôlier dont vous punîtes l'insolence le jour de votre entrée ici, avait disparu, il n'était plus dans la citadelle ; avant-hier soir il est rentré, et depuis hier j'ai lieu de croire qu'il cherche à vous empoisonner [3]. Il vient rôder dans la cuisine particulière du palais qui fournit vos repas. Je ne sais rien de sûr, mais ma femme de chambre croit que cette

260

270

280

---

1. Inadvertance ? Le narrateur n'en avait mentionné qu'une jusque-là.
2. Dans l'Italie idéale de *La Chartreuse*, la musique devait être l'expression ou l'accompagnement de l'amour, d'autant plus que Fabrice, comme l'a montré l'épisode de la Fausta, est sensible à la beauté de la voix féminine.
3. C'était un risque bien réel, à en croire la littérature carcérale italienne.

figure atroce ne vient dans les cuisines du palais que dans le dessein de vous ôter la vie. Je mourais d'inquiétude ne vous voyant point paraître, je vous croyais mort. Abstenez-
290 vous de tout aliment jusqu'à nouvel avis, je vais faire l'impossible pour vous faire parvenir quelque peu de chocolat. Dans tous les cas, ce soir à neuf heures, si la bonté du Ciel veut que vous ayez un fil, ou que vous puissiez former un ruban avec votre linge, laissez-le descendre de votre fenêtre sur les orangers, j'y attacherai une corde que vous retirerez à vous, et à l'aide de cette corde je vous ferai passer du pain et du chocolat. »

Fabrice avait conservé comme un trésor le morceau de charbon qu'il avait trouvé dans le poêle de sa chambre : il
300 se hâta de profiter de l'émotion de Clélia, et d'écrire sur sa main une suite de lettres dont l'apparition successive formait ce mots :

« Je vous aime, et la vie ne m'est précieuse que parce que je vous vois ; surtout envoyez-moi du papier et un crayon. »

Ainsi que Fabrice l'avait espéré, l'extrême terreur qu'il lisait dans les traits de Clélia empêcha la jeune fille de rompre l'entretien après ce mot si hardi, je vous aime ; elle se contenta de témoigner beaucoup d'humeur. Fabrice eut
310 l'esprit d'ajouter : Par le grand vent qu'il fait aujourd'hui, je n'entends que fort imparfaitement les avis que vous daignez me donner en chantant, le son du piano couvre la voix. Qu'est-ce que c'est, par exemple, que ce poison dont vous me parlez ?

À ce mot, la terreur de la jeune fille reparut tout entière ; elle se mit à la hâte à tracer de grandes lettres à l'encre sur les pages d'un livre qu'elle déchira, et Fabrice fut transporté de joie en voyant enfin établi, après trois mois de soins, ce moyen de correspondance qu'il avait si vaine-
320 ment sollicité. Il n'eut garde d'abandonner la petite ruse qui lui avait si bien réussi, il aspirait à écrire des lettres, et feignait à chaque instant de ne pas bien saisir les mots dont Clélia exposait successivement à ses yeux toutes les lettres.

Elle fut obligée de quitter la volière pour courir auprès de son père ; elle craignait par-dessus tout qu'il ne vînt l'y chercher ; son génie soupçonneux n'eût point été content du grand voisinage de la fenêtre de cette volière et de l'abat-jour qui masquait celle du prisonnier. Clélia elle-même avait eu l'idée quelques moments auparavant, lorsque la non-apparition de Fabrice la plongeait dans une si mortelle inquiétude, que l'on pourrait jeter une petite pierre enveloppée d'un morceau de papier vers la partie supérieure de cet abat-jour ; si le hasard voulait qu'en cet instant le geôlier chargé de la garde de Fabrice ne se trouvât pas dans sa chambre, c'était un moyen de correspondance certain.

Notre prisonnier se hâta de construire une sorte de ruban avec du linge ; et le soir, un peu après neuf heures, il entendit fort bien de petits coups frappés sur les caisses des orangers qui se trouvaient sous sa fenêtre ; il laissa glisser son ruban qui lui ramena une petite corde fort longue, à l'aide de laquelle il retira d'abord une provision de chocolat, et ensuite, à son inexprimable satisfaction, un rouleau de papier et un crayon. Ce fut en vain qu'il tendit la corde ensuite, il ne reçut plus rien ; apparemment que les sentinelles s'étaient rapprochées des orangers. Mais il était ivre de joie. Il se hâta d'écrire une lettre infinie à Clélia : à peine fut-elle terminée qu'il l'attacha à sa corde et la descendit. Pendant plus de trois heures il attendit vainement qu'on vînt la prendre, et plusieurs fois la retira pour y faire des changements. Si Clélia ne voit pas ma lettre ce soir, se disait-il, tandis qu'elle est encore émue par ses idées de poison, peut-être demain matin rejettera-t-elle bien loin l'idée de recevoir une lettre.

Le fait est que Clélia n'avait pu se dispenser de descendre à la ville avec son père : Fabrice en eut presque l'idée en entendant, vers minuit et demi, rentrer la voiture du général ; il connaissait le pas des chevaux. Quelle ne fut pas sa joie lorsque, quelques minutes après avoir entendu le général traverser l'esplanade et les sentinelles lui présenter les armes, il sentit s'agiter la corde qu'il n'avait cessé de tenir autour du bras ! On attachait un grand poids à cette corde, deux petites secousses lui donnèrent le signal de la retirer. Il eut assez de peine à faire passer au poids qu'il ramenait une corniche extrêmement saillante qui se trouvait sous sa fenêtre.

Cet objet qu'il avait eu tant de peine à faire remonter, c'était une carafe remplie d'eau et enveloppée dans un
370 châle. Ce fut avec délices que ce pauvre jeune homme, qui vivait depuis si longtemps dans une solitude si complète, couvrit ce châle de ses baisers. Mais il faut renoncer à peindre son émotion lorsque enfin, après tant de jours d'espérance vaine, il découvrit un petit morceau de papier qui était attaché au châle par une épingle.

« Ne buvez que de cette eau, vivez avec du chocolat ; demain je ferai tout au monde pour vous faire parvenir du pain, je le marquerai de tous les côtés avec de petites croix tracées à l'encre. C'est affreux à dire, mais il faut que vous
380 le sachiez, peut-être Barbone est-il chargé de vous empoisonner. Comment n'avez vous pas senti que le sujet que vous traitez dans votre lettre au crayon est fait pour me déplaire ? Aussi je ne vous écrirais pas sans le danger extrême qui vous menace. Je viens de voir la duchesse, elle se porte bien ainsi que le comte, mais elle est fort maigrie ; ne m'écrivez plus sur ce sujet : voudriez-vous me fâcher ? »

Ce fut un grand effort de vertu chez Clélia que d'écrire l'avant-dernière ligne de ce billet. Tout le monde préten-
390 dait, dans la société de la cour, que Mme Sanseverina prenait beaucoup d'amitié pour le comte Baldi, ce si bel homme, l'ancien ami de la marquise Raversi. Ce qu'il y avait de sûr, c'est qu'il s'était brouillé de la façon la plus scandaleuse avec cette marquise qui, pendant six ans, lui avait servi de mère et l'avait établi dans le monde.

Clélia avait été obligée de recommencer ce petit mot écrit à la hâte, parce que dans la première rédaction il perçait quelque chose des nouvelles amours que la malignité publique supposait à la duchesse.
400 – Quelle bassesse à moi ! s'était-elle écriée : dire du mal à Fabrice de la femme qu'il aime !…

Le lendemain matin, longtemps avant le jour, Grillo entra dans la chambre de Fabrice, y déposa un assez lourd paquet, et disparut sans mot dire. Ce paquet contenait un pain assez gros, garni de tous les côtés de petites croix tracées à la plume : Fabrice les couvrit de baisers : il était amoureux. À côté du pain se trouvait un rouleau recouvert d'un grand nombre de doubles de papier ; il renfermait six mille francs en sequins ; enfin, Fabrice trouva un beau bréviaire tout neuf : une main qu'il commençait à connaître avait tracé ces mots à la marge : 410

« Le *poison* ! Prendre garde à l'eau, au vin, à tout ; vivre de chocolat, tâcher de faire manger par le chien le dîner auquel on ne touchera pas ; il ne faut pas paraître méfiant, l'ennemi chercherait un autre moyen. Pas d'étourderie, au nom de Dieu ! pas de légèreté ! »

Fabrice se hâta d'enlever ces caractères chéris qui pouvaient compromettre Clélia, et de déchirer un grand nombre de feuillets du bréviaire, à l'aide desquels il fit plusieurs alphabets ; chaque lettre était proprement tracée 420 avec du charbon écrasé délayé dans du vin. Ces alphabets se trouvèrent secs lorsque à onze heures trois quarts Clélia parut à deux pas en arrière de la fenêtre de la volière. La grande affaire maintenant, se dit Fabrice, c'est qu'elle consente à en faire usage. Mais, par bonheur, il se trouva qu'elle avait beaucoup de choses à dire au jeune prisonnier sur la tentative d'empoisonnement : un chien des filles de service était mort pour avoir mangé un plat qui lui était destiné. Clélia, bien loin de faire des objections contre l'usage des alphabets, en avait préparé un magnifique avec 430 de l'encre. La conversation suivie par ce moyen, assez incommode dans les premiers moments, ne dura pas moins d'une heure et demie [1], c'est-à-dire tout le temps que Clélia put rester à la volière. Deux ou trois fois, Fabrice se permettant des choses défendues, elle ne répondit pas, et alla pendant un instant donner à ses oiseaux les soins nécessaires.

Fabrice avait obtenu que, le soir, en lui envoyant de l'eau, elle lui ferait parvenir un des alphabets tracés par elle avec de l'encre, et qui se voyait beaucoup mieux. Il ne 440 manqua pas d'écrire une fort longue lettre dans laquelle il eut soin de ne point placer de choses tendres, du moins d'une façon qui pût offenser. Ce moyen lui réussit ; sa lettre fut acceptée.

---

1. L'incroyable facilité des échanges, épistolaires ou autres, dans cette prison contribue grandement à auréoler cette incarcération de merveilleux et à assurer le triomphe du romanesque le plus fou.

Le lendemain, dans la conversation par les alphabets, Clélia ne lui fit pas de reproches ; elle lui apprit que le danger du poison diminuait ; le Barbone avait été attaqué et presque assommé par les gens qui faisaient la cour aux filles de cuisine du palais du gouverneur, probablement il
450 n'oserait plus reparaître dans les cuisines. Clélia lui avoua que, pour lui, elle avait osé voler du contre-poison à son père ; elle le lui envoyait : l'essentiel était de repousser à l'instant tout aliment auquel on trouverait une saveur extraordinaire.

Clélia avait fait beaucoup de questions à don Cesare, sans pouvoir découvrir d'où provenaient les six cents sequins reçus par Fabrice [1] ; dans tous les cas, c'était un signe excellent ; la sévérité diminuait.

Cet épisode du poison avança infiniment les affaires de
460 notre prisonnier ; toutefois jamais il ne put obtenir le moindre aveu qui ressemblât à de l'amour, mais il avait le bonheur de vivre de la manière la plus intime avec Clélia. Tous les matins, et souvent les soirs, il y avait une longue conversation avec les alphabets ; chaque soir, à neuf heures, Clélia acceptait une longue lettre, et quelquefois y répondait par quelques mots ; elle lui envoyait le journal et quelques livres ; enfin, Grillo avait été amadoué au point d'apporter à Fabrice du pain et du vin, qui lui étaient remis journellement par la femme de chambre de Clélia. Le geô-
470 lier Grillo en avait conclu que le gouverneur n'était pas d'accord avec les gens qui avaient chargé Barbone d'empoisonner le jeune *monsignore*, et il en était fort aise, ainsi que tous ses camarades, car un proverbe s'était établi dans la prison : il suffit de regarder en face *monsignore* del Dongo pour qu'il vous donne de l'argent.

Fabrice était devenu fort pâle ; le manque absolu d'exercice nuisait à sa santé ; à cela près, jamais il n'avait été aussi heureux. Le ton de la conversation était intime, et quelquefois fort gai, entre Clélia et lui. Les seuls moments
480 de la vie de Clélia qui ne fussent pas assiégés de prévisions funestes et de remords étaient ceux qu'elle passait à

---

1. On se souvient que Mosca a donné cette somme (en fait, six mille francs en sequins, comme il a été dit plus haut) à Rassi avec ordre de la faire passer au prisonnier (p. 393).

s'entretenir avec lui. Un jour elle eut l'imprudence de lui dire :

– J'admire votre délicatesse ; comme je suis la fille du gouverneur, vous ne me parlez jamais du désir de recouvrer la liberté !

– C'est que je me garde bien d'avoir un désir aussi absurde, lui répondit Fabrice ; une fois de retour à Parme, comment vous reverrais-je ? et la vie me serait désormais insupportable si je ne pouvais vous dire tout ce que je pense… non, pas précisément tout ce que je pense, vous y mettez bon ordre ; mais enfin, malgré votre méchanceté, vivre sans vous voir tous les jours serait pour moi un bien autre supplice que cette prison [1] ! de la vie je ne fus aussi heureux !… N'est-il pas plaisant de voir que le bonheur m'attendait en prison ?

– Il y a bien des choses à dire sur cet article, répondit Clélia d'un air qui devint tout à coup excessivement sérieux et presque sinistre.

– Comment ! s'écria Fabrice fort alarmé, serais-je exposé à perdre cette place si petite que j'ai pu gagner dans votre cœur, et qui fait ma seule joie en ce monde ?

– Oui, lui dit-elle, j'ai tout lieu de croire que vous manquez de probité envers moi, quoique passant d'ailleurs dans le monde pour fort galant homme ; mais je ne veux pas traiter ce sujet aujourd'hui.

Cette ouverture singulière jeta beaucoup d'embarras dans leur conversation, et souvent l'un et l'autre eurent les larmes aux yeux.

Le fiscal général Rassi aspirait toujours à changer de nom ; il était bien las de celui qu'il s'était fait, et voulait devenir baron Riva. Le comte Mosca, de son côté, travaillait, avec toute l'habileté dont il était capable, à fortifier chez ce juge vendu la passion de la baronnie, comme il cherchait à redoubler chez le prince la folle espérance de se faire roi constitutionnel de la Lombardie. C'étaient les seuls moyens qu'il eût pu inventer de retarder la mort de Fabrice.

Le prince disait à Rassi :

---

1. Juste pressentiment, qui annonce son retour en prison, après l'évasion.

– Quinze jours de désespoir et quinze jours d'espérance, c'est par ce régime patiemment suivi que nous par-
viendrons à vaincre le caractère de cette femme altière ;
c'est par ces alternatives de douceur et de dureté que l'on
arrive à dompter les chevaux les plus féroces. Appliquez le
caustique ferme.

En effet, tous les quinze jours on voyait renaître dans
Parme un nouveau bruit annonçant la mort prochaine de
Fabrice. Ces propos plongeaient la malheureuse duchesse
dans le dernier désespoir. Fidèle à la résolution de ne pas
entraîner le comte dans sa ruine, elle ne le voyait que deux
fois par mois ; mais elle était punie de sa cruauté envers ce
pauvre homme par les alternatives continuelles de sombre
désespoir où elle passait sa vie. En vain le comte Mosca,
surmontant la jalousie cruelle que lui inspiraient les assi-
duités du comte Baldi, ce si bel homme, écrivait à la
duchesse quand il ne pouvait la voir, et lui donnait
connaissance de tous les renseignements qu'il devait au
zèle du futur baron Riva ; la duchesse aurait eu besoin,
pour pouvoir résister aux bruits atroces qui couraient sans
cesse sur Fabrice, de passer sa vie avec un homme d'esprit
et de cœur tel que Mosca ; la nullité du Baldi, la laissant à
ses pensées, lui donnait une façon d'exister affreuse, et le
comte ne pouvait parvenir à lui communiquer ses raisons
d'espérer.

Au moyen de divers prétextes assez ingénieux, ce
ministre était parvenu à faire consentir le prince à ce que
l'on déposât dans un château ami, au centre même de la
Lombardie, dans les environs de Sarono [1], les archives de
toutes les intrigues fort compliquées au moyen desquelles
Ranuce-Ernest IV nourrissait l'espérance archifolle de se
faire roi constitutionnel de ce beau pays.

Plus de vingt de ces pièces fort compromettantes étaient
de la main du prince ou signées par lui, et dans le cas où
la vie de Fabrice serait sérieusement menacée, le comte
avait le projet d'annoncer à Son Altesse qu'il allait livrer
ces pièces à une grande puissance qui d'un mot pouvait
l'anéantir.

----

1. Saronno, entre Milan et Côme.

Le comte Mosca se croyait sûr du futur baron Riva, il ne craignait que le poison ; la tentative de Barbone l'avait profondément alarmé, et à un tel point qu'il s'était déterminé à hasarder une démarche folle en apparence. Un matin il passa à la porte de la citadelle, et fit appeler le général Fabio Conti qui descendit jusque sur le bastion au-dessus de la porte ; là, se promenant amicalement avec lui, il n'hésita pas à lui dire, après une petite préface aigre-douce et convenable :

– Si Fabrice périt d'une façon suspecte, cette mort pourra m'être attribuée, je passerai pour un jaloux, ce serait pour moi un ridicule abominable et que je suis résolu de ne pas accepter. Donc, et pour m'en laver, s'il périt de maladie, *je vous tuerai de ma main* ; comptez là-dessus. Le général Fabio Conti fit une réponse magnifique et parla de sa bravoure, mais le regard du comte resta présent à sa pensée.

Peu de jours après, et comme s'il se fût concerté avec le comte, le fiscal Rassi se permit une imprudence bien singulière chez un tel homme. Le mépris public attaché à son nom qui servait de proverbe à la canaille, le rendait malade depuis qu'il avait l'espoir fondé de pouvoir y échapper. Il adressa au général Fabio Conti une copie officielle de la sentence qui condamnait Fabrice à douze années de citadelle. D'après la loi, c'est ce qui aurait dû être fait dès le lendemain même de l'entrée de Fabrice en prison ; mais ce qui était inouï à Parme, dans ce pays de mesures secrètes, c'est que la justice se permît une telle démarche sans l'ordre exprès du souverain [1]. En effet, comment nourrir l'espoir de redoubler tous les quinze jours l'effroi de la duchesse, et de dompter ce caractère altier, selon le mot du prince, une fois qu'une copie officielle de la sentence était sortie de la chancellerie de justice ? La veille du jour où le général Fabio Conti reçut le pli officiel du fiscal Rassi, il apprit que le commis Barbone avait été roué de coups en rentrant un peu tard à la citadelle ; il en conclut qu'il n'était plus question en certain lieu de se défaire de

---

1. Nouveau paradoxe : dans le monde à l'envers qu'est la justice, à Parme, Rassi commet de nouveau (voir chapitre XVII) une folie en appliquant le droit !

Fabrice ; et, par un trait de prudence qui sauva Rassi des suites immédiates de sa folie, il ne parla point au prince, à la première audience qu'il en obtint, de la copie officielle de la sentence du prisonnier à lui transmise. Le comte avait découvert, heureusement pour la tranquillité de la pauvre duchesse, que la tentative gauche de Barbone
600 n'avait été qu'une velléité de vengeance particulière, et il avait fait donner à ce commis l'avis dont on a parlé.

Fabrice fut bien agréablement surpris quand, après cent trente-cinq jours de prison dans une cage assez étroite, le bon aumônier don Cesare vint le chercher un jeudi pour le faire promener sur le donjon de la tour Farnèse : Fabrice n'y eut pas été dix minutes que, surpris par le grand air, il se trouva mal.

Don Cesare prit prétexte de cet accident pour lui accorder une promenade d'une demi-heure tous les
610 jours. Ce fut une sottise ; ces promenades fréquentes eurent bientôt rendu à notre héros des forces dont il abusa.

Il y eut plusieurs sérénades ; le ponctuel gouverneur ne les souffrait que parce qu'elles engageaient avec le marquis Crescenzi sa fille Clélia, dont le caractère lui faisait peur : il sentait vaguement qu'il n'y avait nul point de contact entre elle et lui, et craignait toujours de sa part quelque coup de tête. Elle pouvait s'enfuir au couvent, et il restait désarmé. Du reste, le général craignait que toute cette musique, dont les sons pouvaient pénétrer jusque
620 dans les cachots les plus profonds, réservés aux plus noirs libéraux, ne contînt des signaux. Les musiciens aussi lui donnaient de la jalousie par eux-mêmes ; aussi, à peine la sérénade terminée, on les enfermait à clef dans les grandes salles basses du palais du gouverneur, qui de jour servaient de bureaux pour l'état-major, et on ne leur ouvrait la porte que le lendemain matin au grand jour. C'était le gouverneur lui-même qui, placé sur le pont de *l'esclave*, les faisait fouiller en sa présence et leur rendait la liberté, non sans leur répéter plusieurs fois qu'il ferait pendre à l'ins-
630 tant celui d'entre eux qui aurait l'audace de se charger de la moindre commission pour quelque prisonnier. Et l'on savait que dans sa peur de déplaire il était homme à tenir parole, de façon que le marquis Crescenzi était obligé de

payer triple ses musiciens fort choqués de cette nuit à passer en prison.

Tout ce que la duchesse put obtenir et à grand-peine de la pusillanimité de l'un de ces hommes, ce fut qu'il se chargerait d'une lettre pour la remettre au gouverneur. La lettre était adressée à Fabrice ; on y déplorait la fatalité qui faisait que depuis plus de cinq mois qu'il était en prison, ses amis du dehors n'avaient pu établir avec lui la moindre correspondance.

En entrant à la citadelle, le musicien gagné se jeta aux genoux du général Fabio Conti, et lui avoua qu'un prêtre, à lui inconnu, avait tellement insisté pour le charger d'une lettre adressée au sieur del Dongo, qu'il n'avait osé refuser ; mais, fidèle à son devoir, il se hâtait de la remettre entre les mains de Son Excellence.

L'Excellence fut très flattée : elle connaissait les ressources dont la duchesse disposait, et avait grand-peur d'être mystifié. Dans sa joie, le général alla présenter cette lettre au prince, qui fut ravi.

– Ainsi, la fermeté de mon administration est parvenue à me venger ! Cette femme hautaine souffre depuis cinq mois ! Mais l'un de ces jours nous allons faire préparer un échafaud, et sa folle imagination ne manquera pas de croire qu'il est destiné au petit del Dongo.

CHAPITRE XX

Une nuit, vers une heure du matin, Fabrice, couché sur sa fenêtre, avait passé la tête par le guichet pratiqué dans l'abat-jour, et contemplait les étoiles et l'immense horizon dont on jouit du haut de la tour Farnèse. Ses yeux, errant dans la campagne du côté du bas Pô et de Ferrare, remarquèrent par hasard une lumière excessivement petite, mais assez vive, qui semblait partir du haut d'une tour. Cette lumière ne doit pas être aperçue de la plaine, se dit Fabrice, l'épaisseur de la tour l'empêche d'être vue d'en
10 bas ; ce sera quelque signal pour un point éloigné. Tout à coup il remarqua que cette lueur paraissait et disparaissait à des intervalles fort rapprochés. C'est quelque jeune fille qui parle à son amant du village voisin. Il compta neuf apparitions successives : Ceci est un I, dit-il ; en effet, l'I est la neuvième lettre de l'alphabet. Il y eut ensuite, après un repos, quatorze apparitions : Ceci est un N ; puis, encore après un repos, une seule apparition : C'est un A ; le mot est *Ina*.

Quelle ne fut pas sa joie et son étonnement, quand les
20 apparitions successives, toujours séparées par de petits repos, vinrent compléter les mots suivants :

INA PENSA A TE.

Évidemment : *Gina pense à toi !*

Il répondit à l'instant par des apparitions successives de sa lampe au vasistas par lui pratiqué :

FABRICE T'AIME !

La correspondance continua jusqu'au jour. Cette nuit était la cent soixante-treizième de sa captivité [1], et on lui apprit que depuis quatre mois on faisait ces signaux [2] toutes les nuits. Mais tout le monde pouvait les voir et les comprendre ; on commença dès cette première nuit à établir des abréviations : trois apparitions se suivant très rapidement indiquaient la duchesse ; quatre, le prince ; deux, le comte Mosca ; deux apparitions rapides suivies de deux lentes voulaient dire *évasion*. On convint de suivre à l'avenir l'ancien alphabet *alla Monaca*, qui, afin de n'être pas deviné par des indiscrets, change le numéro ordinaire des lettres, et leur en donne d'arbitraires ; A, par exemple, porte le numéro 10 ; le B, le numéro 3 ; c'est-à-dire que trois éclipses successives de la lampe veulent dire B, dix éclipses successives, l'A, etc. ; un moment d'obscurité fait la séparation des mots. On prit rendez-vous pour le lendemain à une heure après minuit, et le lendemain la duchesse vint à cette tour qui était à un quart de lieue de la ville. Ses yeux se remplirent de larmes en voyant les signaux faits par ce Fabrice qu'elle avait cru mort si souvent. Elle lui dit elle-même par des apparitions de lampe : *Je t'aime, bon courage, santé, bon espoir ! Exerce tes forces dans ta chambre, tu auras besoin de la force de tes bras.* Je ne l'ai pas vu, se disait la duchesse, depuis le concert de la Fausta, lorsqu'il parut à la porte de mon salon habillé en chasseur. Qui m'eût dit alors le sort qui nous attendait !

La duchesse fit faire des signaux qui annonçaient à Fabrice que bientôt il serait délivré, GRÂCE À LA BONTÉ DU PRINCE (ces signaux pouvaient être compris) ; puis elle revint à lui dire des tendresses ; elle ne pouvait s'arracher d'auprès de lui ! Les seules représentations de Ludovic, qui, parce qu'il avait été utile à Fabrice, était devenu son factotum, purent l'engager, lorsque le jour allait déjà paraître, à discontinuer des signaux qui pouvaient attirer les regards de quelque méchant. Cette annonce plusieurs

---

1. Soit le 22 janvier 1823 (d'après la chronologie de H. Martineau).
2. L'invraisemblance d'une telle correspondance demeure, mais Stendhal a pu s'inspirer des échanges qui avaient réellement lieu entre prisonniers. On remarquera une inadvertance : le chiffrement correspond à l'alphabet français.

fois répétée d'une délivrance prochaine jeta Fabrice dans
une profonde tristesse : Clélia, la remarquant le lendemain, commit l'imprudence de lui en demander la cause.

– Je me vois sur le point de donner un grave sujet de
mécontentement à la duchesse.

– Et que peut-elle exiger de vous que vous lui refusiez ?
s'écria Clélia transportée de la curiosité la plus vive.

– Elle veut que je sorte d'ici, lui répondit-il, et c'est à
70 quoi je ne consentirai jamais.

Clélia ne put répondre, elle le regarda et fondit en
larmes. S'il eût pu lui adresser la parole de près, peut-être
alors eût-il obtenu l'aveu de sentiments dont l'incertitude
le plongeait souvent dans un profond découragement ; il
sentait vivement que la vie, sans l'amour de Clélia, ne
pouvait être pour lui qu'une suite de chagrins amers ou
d'ennuis insupportables. Il lui semblait que ce n'était plus
la peine de vivre pour retrouver ces mêmes bonheurs qui
lui semblaient intéressants avant d'avoir connu l'amour, et
80 quoique le suicide ne soit pas encore à la mode en Italie [1],
il y avait songé comme à une ressource, si le destin le
séparait de Clélia.

Le lendemain il reçut d'elle une fort longue lettre.

« Il faut, mon ami, que vous sachiez la vérité : bien souvent, depuis que vous êtes ici, l'on a cru à Parme que votre
dernier jour était arrivé. Il est vrai que vous n'êtes
condamné qu'à douze années de forteresse ; mais il est,
par malheur, impossible de douter qu'une haine toute-
puissante ne s'attache à vous poursuivre, et vingt fois j'ai
90 tremblé que le poison ne vînt mettre fin à vos jours : sai-
sissez donc tous les moyens *possibles* de sortir d'ici. Vous
voyez que pour vous je manque aux devoirs les plus
saints ; jugez de l'imminence du danger par les choses que
je me hasarde à vous dire et qui sont si déplacées dans ma
bouche. S'il le faut absolument, s'il n'est aucun autre
moyen de salut, fuyez. Chaque instant que vous passez
dans cette forteresse peut mettre votre vie dans le plus
grand péril ; songez qu'il est un parti à la cour que la perspective d'un crime n'arrêta jamais dans ses desseins. Et ne

---

1. Le suicide passait pour être courant dans les pays du Nord, l'Angleterre notamment, mais rare dans les pays du Sud.

voyez-vous pas tous les projets de ce parti sans cesse 100
déjoués par l'habileté supérieure du comte Mosca ? Or, on
a trouvé un moyen certain de l'exiler de Parme, c'est le
désespoir de la duchesse ; et n'est-on pas trop certain
d'amener ce désespoir par la mort d'un jeune prisonnier ?
Ce mot seul, qui est sans réponse, doit vous faire juger de
votre situation. Vous dites que vous avez de l'amitié pour
moi : songez d'abord que des obstacles insurmontables
s'opposent à ce que ce sentiment prenne jamais une certaine fixité entre nous. Nous nous serons rencontrés dans
notre jeunesse, nous nous serons tendu une main secou- 110
rable dans une période malheureuse ; le destin m'aura
placée en ce lieu de sévérité pour adoucir vos peines, mais
je me ferais des reproches éternels si des illusions, que
rien n'autorise et n'autorisera jamais, vous portaient à ne
pas saisir toutes les occasions possibles de soustraire votre
vie à un si affreux péril. J'ai perdu la paix de l'âme par la
cruelle imprudence que j'ai commise en échangeant avec
vous quelques signes de bonne amitié. Si nos jeux
d'enfant, avec des alphabets, vous conduisent à des illusions si peu fondées et qui peuvent vous être si fatales, ce 120
serait en vain que pour me justifier je me rappellerais la
tentative de Barbone. Je vous aurais jeté moi-même dans
un péril bien plus affreux, bien plus certain, en croyant
vous soustraire à un danger du moment [1] ; et mes imprudences sont à jamais impardonnables si elles ont fait naître
des sentiments qui puissent vous porter à résister aux
conseils de la duchesse. Voyez ce que vous m'obligez à
vous répéter ; sauvez-vous, je vous l'ordonne… »

Cette lettre était fort longue ; certains passages, tels que
le *je vous l'ordonne*, que nous venons de transcrire donnè- 130
rent des moments d'espoir délicieux à l'amour de Fabrice.
Il lui semblait que le fond des sentiments était assez
tendre, si les expressions étaient remarquablement prudentes. Dans d'autres instants, il payait la peine de sa complète ignorance en ce genre de guerre ; il ne voyait que de
la simple amitié, ou même de l'humanité fort ordinaire,
dans cette lettre de Clélia.

---

1. Clélia voit juste, en reconnaissant dans cet amour impossible le véritable danger.

Au reste, tout ce qu'elle lui apprenait ne lui fit pas
changer un instant de dessein : en supposant que les périls
140 qu'elle lui peignait fussent bien réels, était-ce trop que
d'acheter, par quelques dangers du moment, le bonheur de
la voir tous les jours ? Quelle vie mènerait-il quand il
serait de nouveau réfugié à Bologne ou à Florence ? car,
en se sauvant de la citadelle, il ne pouvait pas même
espérer la permission de vivre à Parme. Et même, quand le
prince changerait au point de le mettre en liberté (ce qui
était si peu probable, puisque lui, Fabrice, était devenu,
pour une faction puissante, un moyen de renverser le
comte Mosca), quelle vie mènerait-il à Parme, séparé de
150 Clélia par toute la haine qui divisait les deux partis ? Une
ou deux fois par mois, peut-être, le hasard les placerait
dans les mêmes salons ; mais, même alors, quelle sorte de
conversation pourrait-il avoir avec elle ? Comment retrouver cette intimité parfaite dont chaque jour maintenant il
jouissait pendant plusieurs heures ? que serait la conversation de salon, comparée à celle qu'ils faisaient avec des
alphabets ? Et, quand je devrais acheter cette vie de
délices et cette chance unique de bonheur par quelques
petits dangers, où serait le mal ? Et ne serait-ce pas encore
160 un bonheur que de trouver ainsi une faible occasion de lui
donner une preuve de mon amour ?

Fabrice ne vit dans la lettre de Clélia que l'occasion de
lui demander une entrevue : c'était l'unique et constant
objet de tous ses désirs ; il ne lui avait parlé qu'une fois, et
encore un instant, au moment de son entrée en prison, et il
y avait alors de cela plus de deux cents jours.

Il se présentait un moyen facile de rencontrer Clélia :
l'excellent abbé don Cesare accordait à Fabrice une demi-
heure de promenade sur la terrasse de la tour Farnèse tous
170 les jeudis, pendant le jour ; mais les autres jours de la
semaine, cette promenade, qui pouvait être remarquée par
tous les habitants de Parme et des environs et compromettre gravement le gouverneur, n'avait lieu qu'à la
tombée de la nuit. Pour monter sur la terrasse de la tour
Farnèse il n'y avait d'autre escalier que celui du petit clocher dépendant de la chapelle si lugubrement décorée en
marbre noir et blanc, et dont le lecteur se souvient peut-
être. Grillo conduisait Fabrice à cette chapelle, il lui

ouvrait le petit escalier du clocher : son devoir eût été de
l'y suivre, mais, comme les soirées commençaient à être 180
fraîches, le geôlier le laissait monter seul, l'enfermait à
clef dans ce clocher qui communiquait à la terrasse, et
retournait se chauffer dans sa chambre. Eh bien ! un soir,
Clélia ne pourrait-elle pas se trouver, escortée par sa
femme de chambre, dans la chapelle de marbre noir ?

Toute la longue lettre par laquelle Fabrice répondait à
celle de Clélia était calculée pour obtenir cette entrevue. Du
reste, il lui faisait confidence avec une sincérité parfaite, et
comme s'il se fût agi d'une autre personne, de toutes les raisons qui le décidaient à ne pas quitter la citadelle. 190

Je m'exposerais chaque jour à la perspective de mille
morts pour avoir le bonheur de vous parler à l'aide de nos
alphabets, qui maintenant ne nous arrêtent pas un instant,
et vous voulez que je fasse la duperie de m'exiler [1] à
Parme, ou peut-être à Bologne, ou même à Florence ! Vous
voulez que je marche pour m'éloigner de vous ! Sachez
qu'un tel effort m'est impossible ; c'est en vain que je
vous donnerais ma parole, je ne pourrais la tenir.

Le résultat de cette demande de rendez-vous fut une
absence de Clélia, qui ne dura pas moins de cinq jours ; 200
pendant cinq jours elle ne vint à la volière que dans les instants où elle savait que Fabrice ne pouvait pas faire usage
de la petite ouverture pratiquée à l'abat-jour. Fabrice fut au
désespoir ; il conclut de cette absence que, malgré certains
regards qui lui avaient fait concevoir de folles espérances,
jamais il n'avait inspiré à Clélia d'autres sentiments que
ceux d'une simple amitié. En ce cas, se disait-il, que
m'importe la vie ? que le prince me la fasse perdre, il sera
le bienvenu ; raison de plus pour ne pas quitter la forteresse. Et c'était avec un profond sentiment de dégoût que, 210
toutes les nuits, il répondait aux signaux de la petite
lampe. La duchesse le crut tout à fait fou quand elle lut,
sur le bulletin des signaux que Ludovic lui apportait tous
les matins, ces mots étranges : *je ne veux pas me sauver ;
je veux mourir ici* [2] !

---

1. Peu logique, vu qu'il y est déjà, à moins que Fabrice ne veuille subti-
lement insister sur l'exil que serait sa vie sans Clélia, même à Parme.
2. Sur ces paradoxes dus à la passion, voir Dossier, chapitre IV.

Pendant ces cinq journées, si cruelles pour Fabrice, Clélia était plus malheureuse que lui ; elle avait eu cette idée, si poignante pour une âme généreuse : mon devoir est de m'enfuir dans un couvent, loin de la citadelle ;
220 quand Fabrice saura que je ne suis plus ici, et je le lui ferai dire par Grillo et par tous les geôliers, alors il se déterminera à une tentative d'évasion. Mais aller au couvent, c'était renoncer à jamais revoir Fabrice ; et renoncer à le voir quand il donnait une preuve si évidente que les sentiments qui avaient pu autrefois le lier à la duchesse n'existaient plus maintenant ! Quelle preuve d'amour plus touchante un jeune homme pouvait-il donner ? Après sept longs mois de prison, qui avaient gravement altéré sa santé, il refusait de reprendre sa liberté. Un être léger, tel
230 que les discours des courtisans avaient dépeint Fabrice aux yeux de Clélia, eût sacrifié vingt maîtresses pour sortir un jour plus tôt de la citadelle ; et que n'eût-il pas fait pour sortir d'une prison où chaque jour le poison pouvait mettre fin à sa vie !

Clélia manqua de courage, elle commit la faute insigne de ne pas chercher un refuge dans un couvent, ce qui en même temps lui eût donné un moyen tout naturel de rompre avec le marquis Crescenzi. Une fois cette faute commise, comment résister à ce jeune homme si aimable,
240 si naturel, si tendre, qui exposait sa vie à des périls affreux pour obtenir le simple bonheur de l'apercevoir d'une fenêtre à l'autre ? Après cinq jours de combats affreux, entremêlés de moments de mépris pour elle-même, Clélia se détermina à répondre à la lettre par laquelle Fabrice sollicitait le bonheur de lui parler dans la chapelle de marbre noir. À la vérité elle refusait, et en termes assez durs ; mais de ce moment toute tranquillité fut perdue pour elle, à chaque instant son imagination lui peignait Fabrice succombant aux atteintes du poison ; elle venait six ou huit
250 fois par jour à la volière, elle éprouvait le besoin passionné de s'assurer par ses yeux que Fabrice vivait.

S'il est encore à la forteresse, se disait-elle, s'il est exposé à toutes les horreurs que la faction Raversi trame peut-être contre lui dans le but de chasser le comte Mosca, c'est uniquement parce que j'ai eu la lâcheté de ne pas m'enfuir au couvent ! Quel prétexte pour rester ici une fois qu'il eût été certain que je m'en étais éloignée à jamais ?

Cette fille si timide à la fois et si hautaine en vint à courir la chance d'un refus de la part du geôlier Grillo ; bien plus, elle s'exposa à tous les commentaires que cet homme pourrait se permettre sur la singularité de sa conduite. Elle descendit à ce degré d'humiliation de le faire appeler, et de lui dire d'une voix tremblante et qui trahissait tout son secret, que sous peu de jours Fabrice allait obtenir sa liberté, que la duchesse Sanseverina se livrait dans cet espoir aux démarches les plus actives, que souvent il était nécessaire d'avoir à l'instant même la réponse du prisonnier à de certaines propositions qui étaient faites, et qu'elle l'engageait, lui Grillo, à permettre à Fabrice de pratiquer une ouverture dans l'abat-jour qui masquait sa fenêtre, afin qu'elle pût lui communiquer par signes les avis qu'elle recevait plusieurs fois la journée de Mme Sanseverina.

Grillo sourit et lui donna l'assurance de son respect et de son obéissance. Clélia lui sut un gré infini de ce qu'il n'ajoutait aucune parole ; il était évident qu'il savait fort bien tout ce qui se passait depuis plusieurs mois.

À peine ce geôlier fut-il hors de chez elle que Clélia fit le signal dont elle était convenue pour appeler Fabrice dans les grandes occasions ; elle lui avoua tout ce qu'elle venait de faire. Vous voulez périr par le poison, ajouta-t-elle : j'espère avoir le courage un de ces jours de quitter mon père, et de m'enfuir dans quelque couvent lointain ; voilà l'obligation que je vous aurai ; alors j'espère que vous ne résisterez plus aux plans qui peuvent vous être proposés pour vous tirer d'ici ; tant que vous y êtes, j'ai des moments affreux et déraisonnables ; de la vie je n'ai contribué au malheur de personne, et il me semble que je suis cause que vous mourrez. Une pareille idée que j'aurais au sujet d'un parfait inconnu me mettrait au désespoir, jugez de ce que j'éprouve quand je viens à me figurer qu'un ami, dont la déraison me donne de graves sujets de plaintes, mais qu'enfin je vois tous les jours depuis si longtemps, est en proie dans ce moment même aux douleurs de la mort. Quelquefois je sens le besoin de savoir de vous-même que vous vivez.

C'est pour me soustraire à cette affreuse douleur que je viens de m'abaisser jusqu'à demander une grâce à un subalterne qui pouvait me la refuser, et qui peut encore me
300 trahir. Au reste, je serais peut-être heureuse qu'il vînt me dénoncer à mon père, à l'instant je partirais pour le couvent, je ne serais plus la complice bien involontaire de vos cruelles folies. Mais, croyez-moi, ceci ne peut durer longtemps, vous obéirez aux ordres de la duchesse. Êtes-vous satisfait, ami cruel ? c'est moi qui vous sollicite de trahir mon père ! Appelez Grillo, et faites-lui un cadeau.

Fabrice était tellement amoureux, la plus simple expression de la volonté de Clélia le plongeait dans une telle crainte, que même cette étrange communication ne fut
310 point pour lui la certitude d'être aimé. Il appela Grillo auquel il paya généreusement les complaisances passées, et quant à l'avenir, il lui dit que pour chaque jour qu'il lui permettrait de faire usage de l'ouverture pratiquée dans l'abat-jour, il recevrait un sequin. Grillo fut enchanté de ces conditions.

– Je vais vous parler le cœur sur la main, monseigneur : voulez-vous vous soumettre à manger votre dîner froid tous les jours ? il est un moyen bien simple d'éviter le poison. Mais je vous demande la plus profonde discrétion,
320 un geôlier doit tout voir et ne rien deviner, etc., etc. Au lieu d'un chien j'en aurai plusieurs, et vous-même vous leur ferez goûter de tous les plats dont vous aurez le projet de manger ; quant au vin, je vous donnerai du mien, et vous ne toucherez qu'aux bouteilles dont j'aurai bu. Mais si Votre Excellence veut me perdre à jamais, il suffit qu'elle fasse confidence de ces détails même à Mlle Clélia ; les femmes sont toujours femmes ; si demain elle se brouille avec vous, après-demain, pour se venger, elle raconte toute cette invention à son père, dont la plus douce joie serait
330 d'avoir de quoi faire pendre un geôlier. Après Barbone, c'est peut-être l'être le plus méchant de la forteresse, et c'est là ce qui fait le vrai danger de votre position ; il sait manier le poison, soyez-en sûr, et il ne me pardonnerait pas cette idée d'avoir trois ou quatre petits chiens.

Il y eut une nouvelle sérénade. Maintenant Grillo répondait à toutes les questions de Fabrice ; il s'était bien promis toutefois d'être prudent, et de ne point trahir Mlle Clélia, qui, selon lui, tout en étant sur le point d'épouser le marquis Crescenzi, l'homme le plus riche des États de Parme, n'en faisait pas moins l'amour, autant que les murs de la prison 340 le permettaient, avec l'aimable *monsignore* del Dongo. Il répondait aux dernières questions de celui-ci sur la sérénade, lorsqu'il eut l'étourderie d'ajouter : On pense qu'il l'épousera bientôt. On peut juger de l'effet de ce simple mot sur Fabrice. La nuit il ne répondit aux signaux de la lampe que pour annoncer qu'il était malade. Le lendemain matin, dès les dix heures, Clélia ayant paru à la volière, il lui demanda, avec un ton de politesse cérémonieuse bien nouveau entre eux, pourquoi elle ne lui avait pas dit tout simplement qu'elle aimait le marquis Crescenzi, et qu'elle était 350 sur le point de l'épouser.

– C'est que rien de tout cela n'est vrai, répondit Clélia avec impatience. Il est véritable aussi que le reste de sa réponse fut moins net : Fabrice le lui fit remarquer et profita de l'occasion pour renouveler la demande d'une entrevue. Clélia, qui voyait sa bonne foi mise en doute, l'accorda presque aussitôt, tout en lui faisant observer qu'elle se déshonorait à jamais aux yeux de Grillo. Le soir, quand la nuit fut faite, elle parut, accompagnée de sa femme de chambre, dans la chapelle de marbre noir [1] ; elle 360 s'arrêta au milieu, à côté de la lampe de veille ; la femme de chambre et Grillo retournèrent à trente pas auprès de la porte. Clélia, toute tremblante, avait préparé un beau discours : son but était de ne point faire d'aveu compromettant, mais la logique de la passion est pressante ; le profond intérêt qu'elle met à savoir la vérité ne lui permet point de garder de vains ménagements, en même temps que l'extrême dévouement qu'elle sent pour ce qu'elle aime lui ôte la crainte d'offenser. Fabrice fut d'abord ébloui de la beauté de Clélia, depuis près de huit mois il 370

---

1. Autre lieu destiné à effrayer le prisonnier, et qui, en fait, sert ses amours : dans *La Chartreuse*, la chapelle est l'un de ces lieux de l'intimité décrits par G. Durand, dans lequel s'épanouit et se transcende l'amour. L'épisode de la Fausta en a déjà donné une version parodique (l'église y était lieu de rendez-vous galant), le tête-à-tête du jeune prince et de la duchesse y ajoutera la cruauté du chantage (chapitre XXV), le sermon de Fabrice en l'église de la Visitation accomplira au contraire cette dimension mystique de l'amour (chapitre XXVIII).

n'avait vu d'aussi près que des geôliers. Mais le nom du marquis Crescenzi lui rendit toute sa fureur, elle augmenta quand il vit clairement que Clélia ne répondait qu'avec des ménagements prudents ; Clélia elle-même comprit qu'elle augmentait les soupçons au lieu de les dissiper. Cette sensation fut trop cruelle pour elle.

– Serez-vous bien heureux, lui dit-elle avec une sorte de colère et les larmes aux yeux, de m'avoir fait passer par-dessus tout ce que je me dois à moi-même ? Jusqu'au
380 3 août de l'année passée, je n'avais éprouvé que de l'éloignement pour les hommes qui avaient cherché à me plaire. J'avais un mépris sans bornes et probablement exagéré pour le caractère des courtisans, tout ce qui était heureux à cette cour me déplaisait. Je trouvai au contraire des qualités singulières à un prisonnier qui le 3 août fut amené dans cette citadelle. J'éprouvai, d'abord sans m'en rendre compte, tous les tourments de la jalousie. Les grâces d'une femme charmante, et de moi bien connue, étaient des coups de poignard pour mon cœur, parce que je croyais, et
390 je crois encore un peu, que ce prisonnier lui était attaché. Bientôt les persécutions du marquis Crescenzi, qui avait demandé ma main, redoublèrent ; il est fort riche et nous n'avons aucune fortune ; je les repoussais avec une grande liberté d'esprit, lorsque mon père prononça le mot fatal de couvent ; je compris que si je quittais la citadelle je ne pourrais plus veiller sur la vie du prisonnier dont le sort m'intéressait. Le chef-d'œuvre de mes précautions avait été que jusqu'à ce moment il ne se doutât en aucune façon des affreux dangers qui menaçaient sa vie. Je m'étais bien
400 promis de ne jamais trahir ni mon père ni mon secret ; mais cette femme d'une activité admirable, d'un esprit supérieur, d'une volonté terrible, qui protège ce prisonnier, lui offrit, à ce que je suppose, des moyens d'évasion, il les repoussa et voulut me persuader qu'il se refusait à quitter la citadelle pour ne pas s'éloigner de moi. Alors je fis une grande faute, je combattis pendant cinq jours, j'aurais dû à l'instant me réfugier au couvent et quitter la forteresse : cette démarche m'offrait un moyen bien simple de rompre avec le marquis Crescenzi. Je n'eus point le courage de
410 quitter la forteresse et je suis une fille perdue ; je me suis attachée à un homme léger : je sais quelle a été sa conduite

à Naples ; et quelle raison aurais-je de croire qu'il aura changé de caractère ? Enfermé dans une prison sévère, il a fait la cour à la seule femme qu'il pût voir, elle a été une distraction pour son ennui. Comme il ne pouvait lui parler qu'avec de certaines difficultés, cet amusement a pris la fausse apparence d'une passion. Ce prisonnier s'étant fait un nom dans le monde par son courage, il s'imagine prouver que son amour est mieux qu'un simple goût passager, en s'exposant à d'assez grands périls pour continuer à voir la personne qu'il croit aimer. Mais dès qu'il sera dans une grande ville, entouré de nouveau des séductions de la société, il sera de nouveau ce qu'il a toujours été, un homme du monde adonné aux dissipations, à la galanterie, et sa pauvre compagne de prison finira ses jours dans un couvent, oubliée de cet être léger, et avec le mortel regret de lui avoir fait un aveu [1].

Ce discours historique, dont nous ne donnons que les principaux traits, fut, comme on le pense bien, vingt fois interrompu par Fabrice. Il était éperdument amoureux, aussi il était parfaitement convaincu qu'il n'avait jamais aimé avant d'avoir vu Clélia, et que la destinée de sa vie était de ne vivre que pour elle.

Le lecteur se figure sans doute les belles choses qu'il disait [2], lorsque la femme de chambre avertit sa maîtresse que onze heures et demie venaient de sonner, et que le général pouvait rentrer à tout moment ; la séparation fut cruelle.

– Je vous vois peut-être pour la dernière fois, dit Clélia au prisonnier : une mesure qui est dans l'intérêt évident de la cabale Raversi peut vous fournir une cruelle façon de prouver que vous n'êtes pas inconstant. Clélia quitta

420

430

440

---

1. Clélia rappelle le caractère de don Juan de Fabrice, mais elle ne voit pas que Fabrice est désormais, grâce à elle, un don Juan sauvé, car converti à l'amour.

2. Comme très souvent dans le roman, le narrateur intervient ouvertement pour prévenir qu'il abrège ; seulement ici ce procédé, emprunté à la tradition du roman parodique, est moins dû au désir de compenser le lyrisme par la malice du conteur et d'éviter tout ennui au lecteur qu'au constat, maintes fois réaffirmé par l'auteur, de l'impuissance à dire la passion. Déclarations et scènes d'amour sont systématiquement éludées dans ce roman pourtant ultra-romanesque, parce que leur émotion reste ineffable et gagne à être seulement suggérée.

Fabrice étouffée par ses sanglots, et mourant de honte de ne pouvoir les dérober entièrement à sa femme de chambre ni surtout au geôlier Grillo. Une seconde conversation n'était possible que lorsque le général annoncerait devoir passer la soirée dans le monde ; et comme depuis la prison de Fabrice, et l'intérêt qu'elle inspirait à la curiosité du courtisan, il avait trouvé prudent de se donner un accès
450 de goutte presque continuel, ses courses à la ville, soumises aux exigences d'une politique savante, ne se décidaient qu'au moment de monter en voiture.

Depuis cette soirée dans la chapelle de marbre, la vie de Fabrice fut une suite de transports de joie. De grands obstacles, il est vrai, semblaient encore s'opposer à son bonheur ; mais enfin il avait cette joie suprême et peu espérée d'être aimé par l'être divin qui occupait toutes ses pensées.

La troisième journée après cette entrevue, les signaux
460 de la lampe finirent de fort bonne heure, à peu près sur le minuit ; à l'instant où ils se terminaient, Fabrice eut presque la tête cassée par une grosse balle de plomb qui, lancée dans la partie supérieure de l'abat-jour de sa fenêtre, vint briser ses vitres de papier et tomba dans sa chambre.

Cette fort grosse balle n'était point aussi pesante à beaucoup près que l'annonçait son volume ; Fabrice réussit facilement à l'ouvrir et trouva une lettre de la duchesse. Par l'entremise de l'archevêque qu'elle flattait avec soin,
470 elle avait gagné un soldat de la garnison de la citadelle. Cet homme, frondeur adroit, trompait les soldats placés en sentinelle aux angles et à la porte du palais du gouverneur ou s'arrangeait avec eux.

« Il faut te sauver avec des cordes : je frémis en te donnant cet avis étrange, j'hésite depuis plus de deux mois entiers à te dire cette parole ; mais l'avenir officiel se rembrunit chaque jour, et l'on peut s'attendre à ce qu'il y a de pis. À propos, recommence à l'instant les signaux avec ta lampe, pour nous prouver que tu as reçu cette lettre
480 dangereuse ; marque P, B et G à la *monaca*, c'est-à-dire quatre, douze et deux ; je ne respirerai pas jusqu'à ce que j'aie vu ce signal ; je suis à la tour, on répondra par N et O,

sept et cinq. La réponse reçue, ne fais plus aucun signal, et occupe-toi uniquement à comprendre ma lettre. »

Fabrice se hâta d'obéir, et fit les signaux convenus qui furent suivis des réponses annoncées, puis il continua la lecture de la lettre.

« On peut s'attendre à ce qu'il y a de pis ; c'est ce que m'ont déclaré les trois hommes [1] dans lesquels j'ai le plus de confiance, après que je leur ai fait jurer sur l'Évangile 490 de me dire la vérité, quelque cruelle qu'elle pût être pour moi. Le premier de ces hommes menaça le chirurgien dénonciateur à Ferrare de tomber sur lui avec un couteau ouvert à la main ; le second te dit à ton retour de Belgirate, qu'il aurait été plus strictement prudent de donner un coup de pistolet au valet de chambre qui arrivait en chantant dans le bois et conduisant en laisse un beau cheval un peu maigre ; tu ne connais pas le troisième, c'est un voleur de grand chemin de mes amis, homme d'exécution s'il en fut, et qui a autant de courage que toi ; c'est pourquoi surtout 500 je lui ai demandé de me déclarer ce que tu devais faire. Tous les trois m'ont dit, sans savoir chacun que j'eusse consulté les deux autres, qu'il vaut mieux s'exposer à se casser le cou que de passer encore onze années et quatre mois dans la crainte continuelle d'un poison fort probable.

« Il faut pendant un mois t'exercer dans ta chambre à monter et descendre au moyen d'une corde nouée. Ensuite, un jour de fête où la garnison de la citadelle aura reçu une gratification de vin, tu tenteras la grande entreprise. Tu auras trois cordes en soie et chanvre, de la gros- 510 seur d'une plume de cygne, la première de quatre-vingts pieds pour descendre les trente-cinq pieds qu'il y a de ta fenêtre au bois d'orangers, la seconde de trois cents pieds, et c'est là la difficulté à cause du poids, pour descendre les cent quatre-vingts pieds qu'a de hauteur le mur de la grosse tour ; une troisième de trente pieds te servira à descendre le rempart. Je passe ma vie à étudier le grand mur à l'orient, c'est-à-dire du côté de Ferrare : une fente causée par un tremblement de terre a été remplie au moyen d'un contrefort qui forme *plan incliné*. Mon voleur de grand 520 chemin m'assure qu'il se ferait fort de descendre de ce

---

1. Ludovic, Mosca et Ferrante Palla.

côté-là sans trop de difficulté et sous peine seulement de quelques écorchures, en se laissant glisser sur le plan incliné formé par ce contrefort. L'espace vertical n'est que de vingt-huit pieds tout à fait au bas ; ce côté est le moins bien gardé.

« Cependant, à tout prendre, mon voleur, qui trois fois s'est sauvé de prison, et que tu aimerais si tu le connaissais, quoiqu'il exècre les gens de ta caste ; mon voleur de
530 grand chemin, dis-je, agile et leste comme toi, pense qu'il aimerait mieux descendre par le côté du couchant, exactement vis-à-vis le petit palais occupé jadis par la Fausta, de vous bien connu. Ce qui le déciderait pour ce côté, c'est que la muraille, quoique très peu inclinée, est presque constamment garnie de broussailles ; il y a des brins de bois, gros comme le petit doigt, qui peuvent fort bien écorcher si l'on n'y prend garde, mais qui, aussi, sont excellents pour se retenir. Encore ce matin, je regardais ce côté du couchant avec une excellente lunette ; la place à
540 choisir, c'est précisément au-dessous d'une pierre neuve que l'on a placée à la balustrade d'en haut, il y a deux ou trois ans. Verticalement au-dessous de cette pierre, tu trouveras d'abord un espace nu d'une vingtaine de pieds ; il faut aller là très lentement (tu sens si mon cœur frémit en te donnant ces instructions terribles, mais le courage consiste à savoir choisir le moindre mal, si affreux qu'il soit encore) ; après l'espace nu, tu trouveras quatre-vingts ou quatre-vingt-dix pieds de broussailles fort grandes, où l'on voit voler des oiseaux, puis un espace de trente pieds
550 qui n'a que des herbes, des violiers [1] et des pariétaires [2]. Ensuite, en approchant de terre, vingt pieds de broussailles, et enfin vingt-cinq ou trente pieds récemment éparvérés.

« Ce qui me déciderait pour ce côté, c'est que là se trouve verticalement, au-dessous de la pierre neuve de la balustrade d'en haut, une cabane en bois bâtie par un soldat dans son jardin, et que le capitaine du génie employé à la forteresse veut le forcer à démolir ; elle a dix-sept pieds de haut, elle est couverte en chaume, et le toit touche au

---

1. « Giroflée rouge » (Le Robert).
2. « Plante qui pousse sur les murs » (Le Robert).

grand mur de la citadelle. C'est ce toit qui me tente ; dans le cas affreux d'un accident, il amortirait la chute. Une fois arrivé là, tu es dans l'enceinte des remparts assez négligemment gardés ; si l'on t'arrêtait là, tire des coups de pistolet et défends-toi quelques minutes. Ton ami de Ferrare et un autre homme de cœur, celui que j'appelle le voleur de grand chemin, auront des échelles, et n'hésiteront pas à escalader ce rempart assez bas, et à voler à ton secours.

« Le rempart n'a que vingt-trois pieds de haut, et un fort grand talus. Je serai au pied de ce dernier mur avec bon nombre de gens armés.

« J'ai l'espoir de te faire parvenir cinq ou six lettres par la même voie que celle-ci. Je répéterai sans cesse les mêmes choses en d'autres termes, afin que nous soyons bien d'accord. Tu devines de quel cœur je te dis que l'homme *du coup de pistolet au valet de chambre*, qui, après tout, est le meilleur des êtres et se meurt de repentir, pense que tu en seras quitte pour un bras cassé. Le voleur de grand chemin, qui a plus d'expérience de ces sortes d'expéditions, pense que, si tu veux descendre fort lentement, et surtout sans te presser, ta liberté ne te coûtera que des écorchures. La grande difficulté, c'est d'avoir des cordes ; c'est à quoi aussi je pense uniquement depuis quinze jours que cette grande idée occupe tous mes instants.

Je ne réponds pas à cette folie, la seule chose sans esprit que tu aies dite de ta vie : « Je ne veux pas me sauver ! » L'homme du coup de pistolet au valet de chambre s'écria que l'ennui t'avait rendu fou. Je ne te cacherai point que nous redoutons un fort imminent danger qui peut-être fera hâter le jour de ta fuite. Pour t'annoncer ce danger, la lampe dira plusieurs fois de suite : *Le feu a pris au château !*

Tu répondras :
Mes livres sont-ils brûlés ? »

Cette lettre contenait encore cinq ou six pages de détails ; elle était écrite en caractères microscopiques sur du papier très fin.

– Tout cela est fort beau et fort bien inventé, se dit Fabrice ; je dois une reconnaissance éternelle au comte et à la duchesse ; ils croiront peut-être que j'ai eu peur, mais je ne me sauverai point. Est-ce que jamais l'on se sauva d'un lieu où l'on est au comble du bonheur, pour aller se jeter dans un exil affreux où tout manquera, jusqu'à l'air pour respirer ? Que ferais-je au bout d'un mois que je serais à Florence ? je prendrais un déguisement pour venir rôder auprès de la porte de cette forteresse, et tâcher d'épier un regard !

Le lendemain, Fabrice eut peur ; il était à sa fenêtre vers les onze heures, regardant le magnifique paysage et attendant l'instant heureux où il pourrait voir Clélia, lorsque
610 Grillo entra hors d'haleine dans sa chambre :

– Et vite ! vite ! monseigneur, jetez-vous sur votre lit, faites semblant d'être malade ; voici trois juges qui montent ! Ils vont vous interroger : réfléchissez bien avant de parler ; ils viennent pour vous *entortiller*.

En disant ces paroles Grillo se hâtait de fermer la petite trappe de l'abat-jour, poussait Fabrice sur son lit, et jetait sur lui deux ou trois manteaux.

– Dites que vous souffrez beaucoup et parlez peu, surtout faites répéter les questions pour réfléchir.

620 Les trois juges entrèrent. Trois échappés des galères, se dit Fabrice en voyant ces physionomies basses, et non pas trois juges [1] ; ils avaient de longues robes noires. Ils saluèrent gravement, et occupèrent, sans mot dire, les trois chaises qui étaient dans la chambre.

– Monsieur Fabrice del Dongo, dit le plus âgé, nous sommes peinés de la triste mission que nous venons remplir auprès de vous. Nous sommes ici pour vous annoncer le décès de Son Excellence M. le marquis del Dongo, votre père, second grand majordome major du royaume
630 lombardo-vénitien, chevalier grand-croix des ordres de, etc., etc., etc. Fabrice fondit en larmes ; le juge continua.

– Madame la marquise del Dongo, votre mère, vous fait part de cette nouvelle par une lettre missive ; mais comme elle a joint au fait des réflexions inconvenantes, par un arrêt d'hier, la cour de justice a décidé que sa lettre vous serait communiquée seulement par extrait, et c'est cet extrait que M. le greffier Bona va vous lire.

---

1. Réflexion paradoxale qui confirme que, dans l'univers stendhalien, le juge ne saurait être qu'un assassin, un bandit, dangereux et grotesque.

Cette lecture terminée, le juge s'approcha de Fabrice toujours couché, et lui fit suivre sur la lettre de sa mère les passages dont on venait de lire les copies. Fabrice vit dans la lettre les mots *emprisonnement injuste, punition cruelle pour un crime qui n'en est pas un*, et comprit ce qui avait motivé la visite des juges. Du reste dans son mépris pour des magistrats sans probité, il ne leur dit exactement que ces paroles :

– Je suis malade, messieurs, je me meurs de langueur, et vous m'excuserez si je ne puis me lever.

Les juges sortis, Fabrice pleura encore beaucoup, puis il se dit : Suis-je hypocrite ? il me semblait que je ne l'aimais point.

Ce jour-là et les suivants, Clélia fut fort triste ; elle l'appela plusieurs fois, mais eut à peine le courage de lui dire quelques paroles. Le matin du cinquième jour qui suivit la première entrevue, elle lui dit que dans la soirée elle viendrait à la chapelle de marbre.

– Je ne puis vous adresser que peu de mots, lui dit-elle en entrant. Elle était tellement tremblante qu'elle avait besoin de s'appuyer sur sa femme de chambre. Après l'avoir renvoyée à l'entrée de la chapelle : – Vous allez me donner votre parole d'honneur, ajouta-t-elle d'une voix à peine intelligible, vous allez me donner votre parole d'honneur d'obéir à la duchesse, et de tenter de fuir le jour qu'elle vous l'ordonnera et de la façon qu'elle vous l'indiquera, ou demain matin je me réfugie dans un couvent, et je vous jure ici que de la vie je ne vous adresserai la parole.

Fabrice resta muet.

– Promettez, dit Clélia les larmes aux yeux et comme hors d'elle-même, ou bien nous nous parlons ici pour la dernière fois. La vie que vous m'avez faite est affreuse : vous êtes ici à cause de moi et chaque jour peut être le dernier de votre existence. En ce moment Clélia était si faible qu'elle fut obligée de chercher un appui sur un énorme fauteuil placé jadis au milieu de la chapelle, pour l'usage du prince prisonnier ; elle était sur le point de se trouver mal.

– Que faut-il promettre ? dit Fabrice d'un air accablé.

– Vous le savez.

– Je jure donc de me précipiter sciemment dans un malheur affreux, et de me condamner à vivre loin de tout ce
680 que j'aime au monde.

– Promettez des choses précises.

– Je jure d'obéir à la duchesse, et de prendre la fuite le
jour qu'elle le voudra et comme elle le voudra. Et que
deviendrai-je une fois loin de vous ?

– Jurez de vous sauver, quoi qu'il puisse arriver.

– Comment ! êtes-vous décidée à épouser le marquis
Crescenzi dès que je n'y serai plus ?

– Ô Dieu ! quelle âme me croyez-vous ?… Mais jurez,
ou je n'aurai plus un seul instant la paix de l'âme.

690 – Eh bien ! je jure de me sauver d'ici le jour que
Mme Sanseverina l'ordonnera, et quoi qu'il puisse arriver
d'ici là.

Ce serment obtenu, Clélia était si faible qu'elle fut
obligée de se retirer après avoir remercié Fabrice.

– Tout était prêt pour ma fuite demain matin, lui dit-elle,
si vous vous étiez obstiné à rester. Je vous aurais vu en cet
instant pour la dernière fois de ma vie, j'en avais fait le
vœu à la Madone [1]. Maintenant, dès que je pourrai sortir
de ma chambre, j'irai examiner le mur terrible au-dessous
700 de la pierre neuve de la balustrade.

Le lendemain, il la trouva pâle au point de lui faire une
vive peine. Elle lui dit de la fenêtre de la volière :

– Ne nous faisons point illusion, cher ami ; comme il y
a du péché [2] dans notre amitié, je ne doute pas qu'il ne
nous arrive malheur. Vous serez découvert en cherchant à
prendre la fuite, et perdu à jamais, si ce n'est pis ; toutefois
il faut satisfaire à la prudence humaine, elle nous ordonne
de tout tenter. Il vous faut pour descendre en dehors de la

---

1. Première occurrence de ce vœu par lequel Stendhal rejoint toute une
tradition romanesque (représentée exemplairement par *Atala* de Chateaubriand, et déjà reprise dans *L'Abbesse de Castro*) qui fait du serment
et du sacrifice qu'il impose la loi suprême de l'amour, ainsi tout à la fois
entravé et sublimé. Nouvel exemple de l'importance du culte marial dans
l'italianité idéale de Stendhal, la Madone est, pour Clélia, la figure sacrée
en qui s'incarne la loi divine, mais elle est surtout la figure de l'amour,
qui élève les amants à l'absolu de la passion.
2. Le mot est important, car il montre que Clélia a conscience que son
amour bafoue la loi divine et remet en cause son salut, d'où l'intensité de
ses remords.

grosse tour une corde solide de plus de deux cents pieds de
longueur. Quelques soins que je me donne depuis que je 710
sais le projet de la duchesse, je n'ai pu me procurer que
des cordes formant à peine ensemble une cinquantaine de
pieds. Par un ordre du jour du gouverneur, toutes les
cordes que l'on voit dans la forteresse sont brûlées, et tous
les soirs on enlève les cordes des puits, si faibles d'ailleurs
que souvent elles cassent en remontant leur léger fardeau.
Mais priez Dieu qu'il me pardonne, je trahis mon père, et
je travaille, fille dénaturée, à lui donner un chagrin mortel.
Priez Dieu pour moi, et si votre vie est sauvée, faites le
vœu d'en consacrer tous les instants à sa gloire. 720

Voici une idée qui m'est venue : dans huit jours je sor-
tirai de la citadelle pour assister aux noces d'une des sœurs
du marquis Crescenzi. Je rentrerai le soir comme il est
convenable, mais je ferai tout au monde pour ne rentrer
que fort tard, et peut-être Barbone n'osera-t-il pas m'examiner de trop près. À cette noce de la sœur du marquis se
trouveront les plus grandes dames de la cour, et sans doute
Mme Sanseverina. Au nom de Dieu ! faites qu'une de ces
dames me remette un paquet de cordes bien serrées, pas
trop grosses, et réduites au plus petit volume. Dussé-je 730
m'exposer à mille morts, j'emploierai les moyens même
les plus dangereux pour introduire ce paquet de cordes
dans la citadelle, au mépris, hélas ! de tous mes devoirs. Si
mon père en a connaissance je ne vous reverrai jamais ;
mais quelle que soit la destinée qui m'attend, je serai heureuse dans les bornes d'une amitié de sœur si je puis
contribuer à vous sauver.

Le soir même, par la correspondance de nuit au moyen
de la lampe, Fabrice donna avis à la duchesse de l'occasion unique qu'il y aurait de faire entrer dans la citadelle 740
une quantité de cordes suffisante. Mais il la suppliait de
garder le secret même envers le comte, ce qui parut
bizarre. Il est fou, pensa la duchesse, la prison l'a changé,
il prend les choses au tragique. Le lendemain, une balle de
plomb, lancée par le frondeur, apporta au prisonnier
l'annonce du plus grand péril possible : la personne qui se
chargeait de faire entrer les cordes, lui disait-on, lui sauvait positivement et exactement la vie. Fabrice se hâta de
donner cette nouvelle à Clélia. Cette balle de plomb

750 apportait aussi à Fabrice une vue fort exacte du mur du couchant par lequel il devait descendre du haut de la grosse tour dans l'espace compris entre les bastions ; de ce lieu, il était assez facile ensuite de se sauver, les remparts n'ayant que vingt-trois pieds de haut et étant assez négligemment gardés. Sur le revers du plan était écrit d'une petite écriture fine un sonnet magnifique [1] : une âme généreuse exhortait Fabrice à prendre la fuite, et à ne pas laisser avilir son âme et dépérir son corps par les onze années de captivité qu'il avait encore à subir.

760 Ici un détail nécessaire et qui explique en partie le courage qu'eut la duchesse de conseiller à Fabrice une fuite si dangereuse, nous oblige d'interrompre pour un instant l'histoire de cette entreprise hardie.

Comme tous les partis qui ne sont point au pouvoir, le parti Raversi n'était pas fort uni. Le chevalier Riscara détestait le fiscal Rassi qu'il accusait de lui avoir fait perdre un procès important dans lequel, à la vérité, lui Riscara avait tort. Par Riscara, le prince reçut un avis anonyme qui l'avertissait qu'une expédition de la sentence de
770 Fabrice avait été adressée officiellement au gouverneur de la citadelle. La marquise Raversi, cet habile chef de parti, fut excessivement contrariée de cette fausse démarche, et en fit aussitôt donner avis à son ami, le fiscal général ; elle trouvait fort simple qu'il voulût tirer quelque chose du ministre Mosca, tant que Mosca était au pouvoir. Rassi se présenta intrépidement au palais, pensant bien qu'il en serait quitte pour quelques coups de pied ; le prince ne pouvait se passer d'un jurisconsulte habile, et Rassi avait fait exiler comme libéraux un juge et un avocat, les seuls
780 hommes du pays qui eussent pu prendre sa place.

Le prince hors de lui le chargea d'injures et avançait sur lui pour le battre.

– Eh bien, c'est une distraction de commis, répondit Rassi du plus grand sang-froid ; la chose est prescrite par la loi, elle aurait dû être faite le lendemain de l'écrou du sieur del Dongo à la citadelle. Le commis plein de zèle a cru avoir fait un oubli, et m'aura fait signer la lettre d'envoi comme une chose de forme.

---

1. De Ferrante Palla, certainement.

– Et tu prétends me faire croire des mensonges aussi mal bâtis ? s'écria le prince furieux ; dis plutôt que tu t'es vendu à ce fripon de Mosca, et c'est pour cela qu'il t'a donné la croix. Mais parbleu, tu n'en seras pas quitte pour des coups : je te ferai mettre en jugement, je te révoquerai honteusement.

– Je vous défie de me faire mettre en jugement [1] ! répondit Rassi avec assurance ; il savait que c'était un sûr moyen de calmer le prince : la loi est pour moi, et vous n'avez pas un second Rassi pour savoir l'éluder. Vous ne me révoquerez pas, parce qu'il est des moments où votre caractère est sévère, vous avez soif de sang alors, mais en même temps vous tenez à conserver l'estime des Italiens raisonnables ; cette estime est un *sine qua non* pour votre ambition. Enfin, vous me rappellerez au premier acte de sévérité dont votre caractère vous fera un besoin, et, comme à l'ordinaire, je vous procurerai une sentence bien régulière rendue par des juges timides et assez honnêtes gens, et qui satisfera vos passions. Trouvez un autre homme dans vos États aussi utile que moi !

Cela dit, Rassi s'enfuit ; il en avait été quitte pour un coup de règle bien appliqué et cinq ou six coups de pied. En sortant du palais, il partit pour sa terre de Riva ; il avait quelque crainte d'un coup de poignard dans le premier mouvement de colère, mais il ne doutait pas non plus qu'avant quinze jours un courrier ne le rappelât dans la capitale. Il employa le temps qu'il passa à la campagne à organiser un moyen de correspondance sûr avec le comte Mosca ; il était amoureux fou du titre de baron, et pensait que le prince faisait trop de cas de cette chose jadis sublime, la noblesse, pour la lui conférer jamais ; tandis que le comte, très fier de sa naissance, n'estimait que la noblesse prouvée par des titres avant l'an 1400.

Le fiscal général ne s'était point trompé dans ses prévisions : il y avait à peine huit jours qu'il était à sa terre, lorsqu'un ami du prince, qui y vint par hasard, lui

---

1. Avec beaucoup d'habileté, Rassi fait ici mesurer au prince les limites de son pouvoir et de son désir, et le prend à son propre piège : il est finalement lié par sa volonté de tyran, qui requiert des Rassi.

conseilla de retourner à Parme sans délai ; le prince le reçut en riant, prit ensuite un air fort sérieux, et lui fit jurer sur l'Évangile qu'il garderait le secret sur ce qu'il allait lui confier ; Rassi jura d'un grand sérieux, et le
830 prince, l'œil enflammé de haine, s'écria qu'il ne serait pas le maître chez lui tant que Fabrice del Dongo serait en vie.

— Je ne puis, ajouta-t-il, ni chasser la duchesse ni souffrir sa présence ; ses regards me bravent et m'empêchent de vivre.

Après avoir laissé le prince s'expliquer bien au long, lui, Rassi, jouant l'extrême embarras, s'écria enfin :

— Votre Altesse sera obéie, sans doute, mais la chose est d'une horrible difficulté : il n'y a pas d'apparence de
840 condamner un del Dongo à mort pour le meurtre d'un Giletti ; c'est déjà un tour de force étonnant que d'avoir tiré de cela douze années de citadelle. De plus, je soupçonne la duchesse d'avoir découvert trois des paysans qui travaillaient à la fouille de *Sanguigna,* et qui se trouvaient hors du fossé au moment où ce brigand de Giletti attaqua del Dongo.

— Et où sont ces témoins ? dit le prince irrité.

— Cachés en Piémont, je suppose. Il faudrait une conspiration contre la vie de Votre Altesse…
850 — Ce moyen a ses dangers, dit le prince, cela fait songer à la chose.

— Mais pourtant, dit Rassi avec une feinte innocence, voilà tout mon arsenal officiel.

— Reste le poison…

— Mais qui le donnera ? Sera-ce cet imbécile de Conti ?

— Mais, à ce qu'on dit, ce ne serait pas son coup d'essai…

— Il faudrait le mettre en colère, reprit Rassi ; et d'ailleurs, lorsqu'il expédia le capitaine, il n'avait pas
860 trente ans, et il était amoureux et infiniment moins pusillanime que de nos jours. Sans doute, tout doit céder à la raison d'État ; mais, ainsi pris au dépourvu et à la première vue, je ne vois, pour exécuter les ordres du souverain, qu'un nommé Barbone, commis-greffier de la prison, et que le sieur del Dongo renversa d'un soufflet le jour qu'il y entra.

Une fois le prince mis à son aise, la conversation fut infinie ; il la termina en accordant à son fiscal général un délai d'un mois ; le Rassi en voulait deux. Le lendemain, il reçut une gratification secrète de mille sequins. Pendant trois jours il réfléchit ; le quatrième il revint à son raisonnement, qui lui semblait évident : le seul comte Mosca aura le cœur de me tenir parole parce que, en me faisant baron, il ne me donne pas ce qu'il estime ; *secundo*, en l'avertissant, je me sauve probablement un crime pour lequel je suis à peu près payé d'avance ; *tertio*, je venge les premiers coups humiliants qu'ait reçus le chevalier Rassi. La nuit suivante, il communiqua au comte Mosca toute sa conversation avec le prince.

Le comte faisait en secret la cour à la duchesse ; il est bien vrai qu'il ne la voyait toujours chez elle qu'une ou deux fois par mois, mais presque toutes les semaines et quand il savait faire naître les occasions de parler de Fabrice, la duchesse, accompagnée de *Chékina*, venait dans la soirée avancée, passer quelques instants dans le jardin du comte. Elle savait tromper même son cocher, qui lui était dévoué et qui la croyait en visite dans une maison voisine.

On peut penser si le comte, ayant reçu la terrible confidence du fiscal, fit aussitôt à la duchesse le signal convenu. Quoique l'on fût au milieu de la nuit, elle le fit prier par la Chékina de passer à l'instant chez elle. Le comte, ravi comme un amoureux de cette apparence d'intimité, hésitait cependant à tout dire à la duchesse ; il craignait de la voir devenir folle de douleur.

Après avoir cherché des demi-mots pour mitiger l'annonce fatale, il finit cependant par lui tout dire ; il n'était pas en son pouvoir de garder un secret qu'elle lui demandait. Depuis neuf mois le malheur extrême avait eu une grande influence sur cette âme ardente, elle l'avait fortifiée, et la duchesse ne s'emporta point en sanglots ou en plaintes.

Le lendemain soir elle fit faire à Fabrice le signal du grand péril.

Le feu a pris au château.

Il répondit fort bien.

Mes livres sont-ils brûlés ?

La même nuit elle eut le bonheur de lui faire parvenir une lettre dans une balle de plomb. Ce fut huit jours après qu'eut lieu le mariage de la sœur du marquis Crescenzi, où la duchesse commit une énorme imprudence dont nous rendrons compte en son lieu.

CHAPITRE XXI

À l'époque de ses malheurs il y avait déjà près d'une année que la duchesse avait fait une rencontre singulière : un jour qu'elle avait la *luna* [1], comme on dit dans le pays, elle était allée à l'improviste, sur le soir, à son château de Sacca [2], situé au-delà de Colorno, sur la colline qui domine le Pô. Elle se plaisait à embellir cette terre ; elle aimait la vaste forêt qui couronne la colline et touche au château ; elle s'occupait à y faire tracer des sentiers dans des directions pittoresques. 10

– Vous vous ferez enlever par les brigands, belle duchesse, lui disait un jour le prince ; il est impossible qu'une forêt où l'on sait que vous vous promenez, reste déserte. Le prince jetait un regard sur le comte dont il prétendait émoustiller la jalousie.

– Je n'ai pas de craintes, Altesse Sérénissime, répondit la duchesse d'un air ingénu, quand je me promène dans mes bois ; je me rassure par cette pensée : je n'ai fait de mal à personne, qui pourrait me haïr ? Ce propos fut trouvé hardi, il rappelait les injures proférées par les libé- 20 raux du pays, gens fort insolents.

---

1. Soit, qu'elle était mélancolique.
2. Sacca existe réellement au nord de Parme, près du Pô, qui sert de frontière avec l'Autriche. Dans la géographie imaginaire de *La Chartreuse*, Sacca et sa vaste forêt sont le lieu de l'aventure, le refuge des marginaux et des dissidents, bref le lieu de la contestation du pouvoir et de la société.

Le jour de la promenade dont nous parlons, le propos du prince revint à l'esprit de la duchesse, en remarquant un homme fort mal vêtu qui la suivait de loin à travers le bois. À un détour imprévu que fit la duchesse en continuant sa promenade, cet inconnu se trouva tellement près d'elle qu'elle eut peur. Dans le premier mouvement elle appela son garde-chasse qu'elle avait laissé à mille pas de là, dans le parterre de fleurs tout près du château. L'inconnu eut le temps de s'approcher d'elle et se jeta à ses pieds. Il était jeune, fort bel homme, mais horriblement mal mis ; ses habits avaient des déchirures d'un pied de long, mais ses yeux respiraient le feu d'une âme ardente.

– Je suis condamné à mort, je suis le médecin Ferrante Palla [1], je meurs de faim ainsi que mes cinq enfants.

La duchesse avait remarqué qu'il était horriblement maigre ; mais ses yeux étaient tellement beaux et remplis d'une exaltation si tendre, qu'ils lui ôtèrent l'idée du crime. Pallagi [2], pensa-t-elle, aurait bien dû donner de tels yeux au saint Jean dans le désert qu'il vient de placer à la cathédrale. L'idée de saint Jean lui était suggérée par l'incroyable maigreur de Ferrante. La duchesse lui donna trois sequins qu'elle avait dans sa bourse, s'excusant de lui offrir si peu sur ce qu'elle venait de payer un compte à son jardinier. Ferrante la remercia avec effusion. – Hélas, lui dit-il, autrefois j'habitais les villes, je voyais des femmes élégantes ; depuis qu'en remplissant mes devoirs de citoyen je me suis fait condamner à mort, je vis dans les bois, et je vous suivais, non pour vous demander l'aumône

---

1. Nous avons, au chapitre VI, p. 182, rappelé quelles étaient les sources probables de ce personnage. Avec lui, Stendhal nous fait retrouver la figure mythique du brigand italien héroïque, généreux, juste, réfugié dans ses forêts, d'où il part en guerre contre l'ordre établi (il vient de la célébrer dans *L'Abbesse de Castro*, écrite en même temps que *La Chartreuse*). Mais Ferrante Palla est plus que cette figure, quelque peu folklorique, de l'Italie stendhalienne (Balzac perçoit d'emblée son importance et sa grandeur) : jouant d'un effet de symétrie, Stendhal fait de lui un double, à la fois sublime et grotesque, de Fabrice (même enthousiasme, même admiration pour Napoléon, même statut de proscrit, même lien amoureux avec Gina), et pose à travers lui la question de la survie possible d'un idéal républicain, et celle de la place du poète dans la société.
2. Peintre et sculpteur (1775-1860). Stendhal invente le tableau dont parle la duchesse.

ou vous voler, mais comme un sauvage fasciné par une
angélique beauté. Il y a si longtemps que je n'ai vu deux
belles mains blanches [1] !

– Levez-vous donc, lui dit la duchesse ; car il était resté
à genoux.

– Permettez que je reste ainsi, lui dit Ferrante ; cette
position me prouve que je ne suis pas occupé actuellement
à voler, et elle me tranquillise ; car vous saurez que je vole
pour vivre depuis que l'on m'empêche d'exercer ma profession. Mais dans ce moment-ci je ne suis qu'un simple
mortel qui adore la sublime beauté. La duchesse comprit
qu'il était un peu fou [2], mais elle n'eut point peur ; elle
voyait dans les yeux de cet homme qu'il avait une âme
ardente et bonne, et d'ailleurs elle ne haïssait pas les physionomies extraordinaires.

– Je suis donc médecin, et je faisais la cour à la femme
de l'apothicaire *Sarasine* de Parme : il nous a surpris et l'a
chassée, ainsi que trois enfants qu'il soupçonnait avec
raison être de moi et non de lui. J'en ai eu deux depuis. La
mère et les cinq enfants vivent dans la dernière misère, au
fond d'une sorte de cabane construite de mes mains à une
lieue d'ici, dans le bois. Car je dois me préserver des gendarmes, et la pauvre femme ne veut pas se séparer de moi.
Je fus condamné à mort, et fort justement : je conspirais.
J'exècre le prince, qui est un tyran. Je ne pris pas la fuite
faute d'argent. Mes malheurs sont bien plus grands, et
j'aurais dû mille fois me tuer ; je n'aime plus la malheureuse femme qui m'a donné ces cinq enfants et s'est
perdue pour moi ; j'en aime une autre. Mais si je me tue,

---

1. Personnage ambigu, à la fois ascète, héros et bouffon, Ferrante est
divisé entre ses convictions républicaines (Gina a prévenu Fabrice qu'il
détestait les gens de sa caste) et ses goûts, au contraire, très aristocratiques. D'où l'ambiguïté du régicide, qu'il accomplira autant par amour
pour sa duchesse que par conviction politique.
2. Sur ce motif de la folie, dont Ferrante incarne au mieux toutes les
qualités (l'énergie, l'impatience de l'idéal, l'élévation, la force de
contestation du réel et de la raison), mais aussi toutes les ambiguïtés
(pathologie ou idéal ?) et tous les dangers, voir l'analyse de S. Felman,
résumée dans son article « La folie dans *La Chartreuse de Parme* »,
repris dans l'anthologie publiée dans la collection « Parcours
critique », Klincksieck, 1996.

les cinq enfants et la mère mourront littéralement de faim.
80 Cet homme avait l'accent de la sincérité.

– Mais comment vivez-vous ? lui dit la duchesse attendrie.

– La mère des enfants file ; la fille aînée est nourrie dans
une ferme de libéraux, où elle garde les moutons ; moi, je
vole sur la route de Plaisance à Gênes.

– Comment accordez-vous le vol avec vos principes
libéraux ?

– Je tiens note des gens que je vole, et si jamais j'ai
quelque chose, je leur rendrai les sommes volées. J'estime
90 qu'un tribun du peuple tel que moi exécute un travail qui,
à raison de son danger, vaut bien cent francs par mois ;
ainsi je me garde bien de prendre plus de douze cents
francs par an.

Je me trompe, je vole quelque petite somme au-delà, car
je fais face par ce moyen aux frais d'impression de mes
ouvrages.

– Quels ouvrages ?

– *La... aura-t-elle jamais une chambre et un budget ?*

– Quoi ! dit la duchesse étonnée, c'est vous, monsieur,
100 qui êtes l'un des plus grands poètes du siècle, le fameux
Ferrante Palla !

– Fameux peut-être, mais fort malheureux, c'est sûr.

– Et un homme de votre talent, monsieur, est obligé de
voler pour vivre !

– C'est peut-être pour cela que j'ai quelque talent.
Jusqu'ici tous nos auteurs qui se sont fait connaître étaient
des gens payés par le gouvernement ou par le culte qu'ils
voulaient saper. Moi, *primo*, j'expose ma vie ; *secundo*,
songez, madame, aux réflexions qui m'agitent lorsque je
110 vais voler ! Suis-je dans le vrai, me dis-je ? La place de
tribun rend-elle des services valant réellement cent francs
par mois ? J'ai deux chemises, l'habit que vous voyez,
quelques mauvaises armes, et je suis sûr de finir par la
corde : j'ose croire que je suis désintéressé. Je serais heureux sans ce fatal amour qui ne me laisse plus trouver que
malheur auprès de la mère de mes enfants. La pauvreté me
pèse comme laide : j'aime les beaux habits, les mains
blanches...

Il regardait celles de la duchesse de telle sorte que la peur la saisit.   120

– Adieu, monsieur, lui dit-elle : puis-je vous être bonne à quelque chose à Parme ?

– Pensez quelquefois à cette question : son emploi est de réveiller les cœurs et de les empêcher de s'endormir dans ce faux bonheur tout matériel que donnent les monarchies. Le service qu'il rend à ses concitoyens vaut-il cent francs par mois ?… Mon malheur est d'aimer, dit-il d'un air fort doux, et depuis près de deux ans mon âme n'est occupée que de vous, mais jusqu'ici je vous avais vue sans vous faire peur. Et il prit la fuite avec une rapidité prodi-   130 gieuse qui étonna la duchesse et la rassura. Les gendarmes auraient de la peine à l'atteindre, pensa-t-elle ; en effet, il est fou.

Il est fou, lui dirent ses gens ; nous savons tous depuis longtemps que le pauvre homme est amoureux de madame ; quand madame est ici nous le voyons errer dans les parties les plus élevées du bois, et dès que madame est partie, il ne manque pas de venir s'asseoir aux mêmes endroits où elle s'est arrêtée ; il ramasse curieusement les fleurs qui ont pu tomber de son bouquet et les conserve   140 longtemps attachées à son mauvais chapeau.

– Et vous ne m'avez jamais parlé de ces folies, dit la duchesse presque du ton du reproche.

– Nous craignions que madame ne le dît au ministre Mosca. Le pauvre Ferrante est si bon enfant ! ça n'a jamais fait de mal à personne, et parce qu'il aime notre Napoléon, on l'a condamné à mort.

Elle ne dit mot au ministre de cette rencontre, et comme depuis quatre ans c'était le premier secret qu'elle lui faisait, dix fois elle fut obligée de s'arrêter court au milieu   150 d'une phrase. Elle revint à Sacca avec de l'or. Ferrante ne se montra point. Elle revint quinze jours plus tard : Ferrante, après l'avoir suivie quelque temps en gambadant dans le bois à cent pas de distance, fondit sur elle avec la rapidité de l'épervier, et se précipita à ses genoux comme la première fois.

– Où étiez-vous il y a quinze jours ?

– Dans la montagne au-delà de Novi, pour voler des
muletiers qui revenaient de Milan où ils avaient vendu de
160 l'huile.

– Acceptez cette bourse.

Ferrante ouvrit la bourse, y prit un sequin qu'il baisa et
qu'il mit dans son sein, puis la rendit.

– Vous me rendez cette bourse et vous volez !

– Sans doute ; mon institution est telle, jamais je ne dois
avoir plus de cent francs ; or, maintenant, la mère de mes
enfants a quatre-vingts francs et moi j'en ai vingt-cinq, je
suis en faute de cinq francs, et si l'on me pendait en ce
moment j'aurais des remords. J'ai pris ce sequin parce
170 qu'il vient de vous et que je vous aime.

L'intonation de ce mot fort simple fut parfaite. Il aime
réellement, se dit la duchesse.

Ce jour-là, il avait l'air tout à fait égaré. Il dit qu'il y
avait à Parme des gens qui lui devaient six cents francs, et
qu'avec cette somme il réparerait sa cabane où maintenant
ses pauvres petits enfants s'enrhumaient.

– Mais je vous ferai l'avance de ces six cents francs, dit
la duchesse tout émue.

– Mais alors, moi, homme public, le parti contraire ne
180 pourra-t-il pas me calomnier, et dire que je me vends ?

La duchesse attendrie lui offrit une cachette à Parme s'il
voulait lui jurer que pour le moment il n'exercerait point
sa magistrature dans cette ville, que surtout il n'exécute-
rait aucun des arrêts de mort que, disait-il, il avait *in petto*.

– Et si l'on me pend par suite de mon imprudence, dit
gravement Ferrante, tous ces coquins, si nuisibles au
peuple, vivront de longues années, et à qui la faute ? Que
me dira mon père en me recevant là-haut ?

La duchesse lui parla beaucoup de ses petits enfants à
190 qui l'humidité pouvait causer des maladies mortelles ; il
finit par accepter l'offre de la cachette à Parme.

Le duc Sanseverina, dans la seule demi-journée qu'il
eût passée à Parme depuis son mariage, avait montré à la
duchesse une cachette fort singulière qui existe à l'angle
méridional du palais de ce nom. Le mur de façade, qui
date du Moyen Âge, a huit pieds d'épaisseur ; on l'a
creusé en dedans, et là se trouve une cachette de vingt
pieds de haut, mais de deux seulement de largeur. C'est

tout à côté que l'on admire ce réservoir d'eau cité dans tous les voyages, fameux ouvrage du douzième siècle, pratiqué lors du siège de Parme par l'empereur Sigismond, et qui plus tard fut compris dans l'enceinte du palais Sanseverina [1]. 200

On entre dans la cachette en faisant mouvoir une énorme pierre sur un axe de fer placé vers le centre du bloc. La duchesse était si profondément touchée de la folie du Ferrante et du sort de ses enfants, pour lesquels il refusait obstinément tout cadeau ayant une valeur, qu'elle lui permit de faire usage de cette cachette pendant assez longtemps. Elle le revit un mois après, toujours dans les 210 bois de Sacca, et comme ce jour-là il était un peu plus calme, il lui récita un de ses sonnets qui lui sembla égal ou supérieur à tout ce qu'on a fait de plus beau en Italie depuis deux siècles. Ferrante obtint plusieurs entrevues ; mais son amour s'exalta, devint importun, et la duchesse s'aperçut que cette passion suivait les lois de tous les amours que l'on met dans la possibilité de concevoir une lueur d'espérance. Elle le renvoya dans ses bois, lui défendit de lui adresser la parole : il obéit à l'instant et avec une douceur parfaite. Les choses en étaient à ce 220 point quand Fabrice fut arrêté. Trois jours après, à la tombée de la nuit, un capucin se présenta à la porte du palais Sanseverina ; il avait, disait-il, un secret important à communiquer à la maîtresse du logis. Elle était si malheureuse qu'elle fit entrer : c'était Ferrante. – Il se passe ici une nouvelle iniquité dont le tribun du peuple doit prendre connaissance, lui dit cet homme fou d'amour. D'autre part, agissant comme simple particulier, ajouta-t-il, je ne puis donner à madame la duchesse Sanseverina que ma vie, et je la lui apporte. 230

Ce dévouement si sincère de la part d'un voleur et d'un fou toucha vivement la duchesse. Elle parla longtemps à cet homme qui passait pour le plus grand poète du nord de l'Italie, et pleura beaucoup. Voilà un homme qui comprend mon cœur, se disait-elle. Le lendemain il reparut

1. Ce réservoir n'existe pas à Parme. Des erreurs sont à signaler ici : Sigismond, empereur d'Allemagne, régna au XVe siècle ; Parme fut assiégée en 1248 par Frédéric II.

toujours à l'*Ave Maria*, déguisé en domestique et portant livrée.

– Je n'ai point quitté Parme ; j'ai entendu dire une horreur que ma bouche ne répétera point ; mais me voici. Songez, madame, à ce que vous refusez ! L'être que vous voyez n'est pas une poupée de cour [1], c'est un homme ! Il était à genoux en prononçant ces paroles d'un air à leur donner de la valeur. Hier, je me suis dit, ajouta-t-il : Elle a pleuré en ma présence ; donc elle est un peu moins malheureuse !

– Mais, monsieur, songez donc quels dangers vous environnent, on vous arrêtera dans cette ville !

– Le tribun vous dira : Madame, qu'est-ce que la vie quand le devoir parle ? L'homme malheureux, et qui a la douleur de ne plus sentir de passion pour la vertu depuis qu'il est brûlé par l'amour, ajoutera : Madame la duchesse, Fabrice, un homme de cœur, va périr peut-être ; ne repoussez pas un autre homme de cœur qui s'offre à vous ! Voici un corps de fer et une âme qui ne craint au monde que de vous déplaire.

– Si vous me parlez encore de vos sentiments, je vous ferme ma porte à jamais.

La duchesse eut bien l'idée, ce soir-là, d'annoncer à Ferrante qu'elle ferait une petite pension à ses enfants, mais elle eut peur qu'il ne partît de là pour se tuer.

À peine fut-il sorti que, remplie de pressentiments funestes, elle se dit : Moi aussi je puis mourir, et plût à Dieu qu'il en fût ainsi, et bientôt ! si je trouvais un homme digne de ce nom à qui recommander mon pauvre Fabrice.

Une idée saisit la duchesse : elle prit un morceau de papier et reconnut, par un écrit auquel elle mêla le peu de mots de droit qu'elle savait, qu'elle avait reçu du sieur Ferrante Palla la somme de 25 000 francs, sous l'expresse condition de payer chaque année une rente viagère de 1 500 francs à la dame Sarasine et à ses cinq enfants. La duchesse ajouta : De plus je lègue une rente viagère de 300 francs à chacun de ses cinq enfants, sous la condition que Ferrante Palla donnera des soins comme

---

1. Autre jugement sans appel… de Mosca (Ferrante le nommera plus loin).

médecin à mon neveu Fabrice del Dongo, et sera pour lui un frère [1]. Je l'en prie. Elle signa, antidata d'un an et serra ce papier.

Deux jours après Ferrante reparut. C'était au moment où toute la ville était agitée par le bruit de la prochaine exécution de Fabrice. Cette triste cérémonie aurait-elle lieu dans la citadelle ou sous les arbres de la promenade publique ? Plusieurs hommes du peuple allèrent se promener ce soir-là devant la porte de la citadelle, pour tâcher de voir si l'on dressait l'échafaud : ce spectacle avait ému Ferrante. Il trouva la duchesse noyée dans les larmes, et hors d'état de parler ; elle le salua de la main et lui montra un siège. Ferrante, déguisé ce jour-là en capucin, était superbe ; au lieu de s'asseoir il se mit à genoux et pria Dieu dévotement à demi-voix [2]. Dans un moment où la duchesse semblait un peu plus calme, sans se déranger de sa position, il interrompit un instant sa prière pour dire ces mots : De nouveau il offre sa vie.

– Songez à ce que vous dites, s'écria la duchesse, avec cet œil hagard qui, après les sanglots, annonce que la colère prend le dessus sur l'attendrissement.

– Il offre sa vie pour mettre obstacle au sort de Fabrice, ou pour le venger.

– Il y a telle occurrence, répliqua la duchesse, où je pourrais accepter le sacrifice de votre vie.

Elle le regardait avec une attention sévère. Un éclair de joie brilla dans son regard ; il se leva rapidement et tendit les bras vers le ciel. La duchesse alla se munir d'un papier caché dans le secret d'une grande armoire de noyer. – Lisez, dit-elle à Ferrante. C'était la donation en faveur de ses enfants, dont nous avons parlé.

Les larmes et les sanglots empêchaient Ferrante de lire la fin ; il tomba à genoux.

– Rendez-moi ce papier, dit la duchesse, et, devant lui, elle le brûla à la bougie.

---

1. Gina rapproche elle-même les deux personnages. Elle reconnaîtra plus loin que Ferrante la comprend comme seul Fabrice aurait pu le faire, s'il l'avait voulu.
2. Cette dévotion et, plus loin, ses superstitions, le rapprochent encore de Fabrice.

Il ne faut pas, ajouta-t-elle, que mon nom paraisse si
310 vous êtes pris et exécuté, car il y va de votre tête.

– Ma joie est de mourir en nuisant au tyran, une bien
plus grande joie de mourir pour vous. Cela posé et bien
compris, daignez ne plus faire mention de ce détail
d'argent, j'y verrais un doute injurieux.

– Si vous êtes compromis, je puis l'être aussi, repartit la
duchesse, et Fabrice après moi : c'est pour cela, et non pas
parce que je doute de votre bravoure, que j'exige que
l'homme qui me perce le cœur soit empoisonné et non tué.
Par la même raison importante pour moi, je vous ordonne
320 de faire tout au monde pour vous sauver.

– J'exécuterai fidèlement, ponctuellement et prudemment. Je prévois, madame la duchesse, que ma vengeance
sera mêlée à la vôtre : il en serait autrement, que j'obéirais
encore fidèlement, ponctuellement et prudemment. Je puis
ne pas réussir, mais j'emploierai toute ma force d'homme.

– Il s'agit d'empoisonner le meurtrier de Fabrice.

– Je l'avais deviné, et depuis vingt-sept mois que je
mène cette vie errante et abominable, j'ai souvent songé à
une pareille action pour mon compte.

330 – Si je suis découverte et condamnée comme complice,
poursuivit la duchesse d'un ton de fierté, je ne veux point
que l'on puisse m'imputer de vous avoir séduit. Je vous
ordonne de ne plus chercher à me voir avant l'époque de
notre vengeance : il ne s'agit point de le mettre à mort
avant que je vous en aie donné le signal. Sa mort en cet
instant, par exemple, me serait funeste loin de m'être utile.
Probablement sa mort ne devra avoir lieu que dans plusieurs mois, mais elle aura lieu. J'exige qu'il meure par le
poison, et j'aimerais mieux le laisser vivre que de le voir
340 atteint d'un coup de feu. Pour des intérêts que je ne veux
pas vous expliquer, j'exige que votre vie soit sauvée.

Ferrante était ravi de ce ton d'autorité que la duchesse
prenait avec lui : ses yeux brillaient d'une profonde joie.
Ainsi que nous l'avons dit, il était horriblement maigre ;
mais on voyait qu'il avait été fort beau dans sa première
jeunesse, et il croyait être encore ce qu'il avait été jadis.
Suis-je fou, se dit-il, ou bien la duchesse veut-elle un jour,
quand je lui aurai donné cette preuve de dévouement, faire
de moi l'homme le plus heureux ? Et dans le fait, pourquoi

pas ? Est-ce que je ne vaux point cette poupée de comte 350
Mosca qui, dans l'occasion, n'a rien pu pour elle, pas
même faire évader *monsignore* Fabrice ?

– Je puis vouloir sa mort dès demain, continua la
duchesse, toujours du même air d'autorité. Vous connaissez cet immense réservoir d'eau qui est au coin du palais,
tout près de la cachette que vous avez occupée
quelquefois ; il est un moyen secret de faire couler toute
cette eau dans la rue : hé bien ! ce sera là le signal de ma
vengeance. Vous verrez, si vous êtes à Parme, ou vous
entendrez dire, si vous habitez les bois, que le grand réser- 360
voir du palais Sanseverina a crevé. Agissez aussitôt, mais
par le poison, et surtout n'exposez votre vie que le moins
possible. Que jamais personne ne sache que j'ai trempé
dans cette affaire.

– Les paroles sont inutiles, répondit Ferrante avec un
enthousiasme mal contenu : je suis déjà fixé sur les
moyens que j'emploierai. La vie de cet homme me devient
plus odieuse qu'elle n'était, puisque je n'oserai vous
revoir tant qu'il vivra. J'attendrai le signal du réservoir
crevé dans la rue. Il salua brusquement et partit. La 370
duchesse le regardait marcher.

Quand il fut dans l'autre chambre, elle le rappela.

– Ferrante ! s'écria-t-elle ; homme sublime !

Il rentra, comme impatient d'être retenu ; sa figure était
superbe en cet instant.

– Et vos enfants ?

– Madame, ils seront plus riches que moi ; vous leur
accorderez peut-être quelque petite pension.

– Tenez, lui dit la duchesse en lui remettant une sorte de
gros étui en bois d'olivier, voici tous les diamants qui me 380
restent ; ils valent cinquante mille francs.

– Ah, madame ! vous m'humiliez !... dit Ferrante avec un
mouvement d'horreur ; et sa figure changea du tout au tout.

– Je ne vous reverrai jamais avant l'action : prenez, je le
veux, ajouta la duchesse avec un air de hauteur qui atterra
Ferrante ; il mit l'étui dans sa poche et sortit.

La porte avait été refermée par lui. La duchesse le rappela de nouveau ; il rentra d'un air inquiet : la duchesse
était debout au milieu du salon ; elle se jeta dans ses bras.
Au bout d'un instant, Ferrante s'évanouit presque de 390

bonheur ; la duchesse se dégagea de ses embrassements, et des yeux lui montra la porte.

– Voilà le seul homme qui m'ait comprise, se dit-elle, c'est ainsi qu'en eût agi Fabrice, s'il eût pu m'entendre.

Il y avait deux choses dans le caractère de la duchesse, elle voulait toujours ce qu'elle avait voulu une fois ; elle ne remettait jamais en délibération ce qui avait été une fois décidé. Elle citait à ce propos un mot de son premier mari, l'aimable général Pietranera : Quelle insolence envers moi-même ! disait-il ; pourquoi croirai-je avoir plus d'esprit aujourd'hui que lorsque je pris ce parti ?

De ce moment, une sorte de gaieté reparut dans le caractère de la duchesse. Avant la fatale résolution, à chaque pas que faisait son esprit, à chaque chose nouvelle qu'elle voyait, elle avait le sentiment de son infériorité envers le prince, de sa faiblesse et de sa duperie ; le prince, suivant elle, l'avait lâchement trompée, et le comte Mosca, par suite de son génie courtisanesque, quoique innocemment, avait secondé le prince. Dès que la vengeance fut résolue [1], elle sentit sa force, chaque pas de son esprit lui donnait du bonheur. Je croirais assez que le bonheur immoral qu'on trouve à se venger en Italie tient à la force d'imagination de ce peuple ; les gens des autres pays ne pardonnent pas à proprement parler, ils oublient.

La duchesse ne revit Palla que vers les derniers temps de la prison de Fabrice. Comme on l'a deviné peut-être, ce fut lui qui donna l'idée de l'évasion : il existait dans les bois, à deux lieues de Sacca, une tour du Moyen Âge, à demi ruinée, et haute de plus de cent pieds ; avant de parler une seconde fois de fuite à la duchesse, Ferrante la supplia d'envoyer Ludovic, avec des hommes sûrs, disposer une suite d'échelles auprès de cette tour. En présence de la duchesse il y monta avec les échelles, et en descendit avec une simple corde nouée ; il renouvela trois fois l'expérience, puis il expliqua de nouveau son idée. Huit jours après, Ludovic voulut aussi descendre de cette vieille tour avec une corde nouée : ce fut alors que la duchesse communiqua cette idée à Fabrice.

---

1. On remarquera que le régicide résolu par Gina n'a aucune motivation politique.

Dans les derniers jours qui précédèrent cette tentative, qui pouvait amener la mort du prisonnier, et de plus d'une façon, la duchesse ne pouvait trouver un instant de repos qu'autant qu'elle avait Ferrante à ses côtés ; le courage de cet homme électrisait le sien ; mais l'on sent bien qu'elle devait cacher au comte ce voisinage singulier. Elle craignait, non pas qu'il se révoltât, mais elle eût été affligée de ses objections, qui eussent redoublé ses inquiétudes. Quoi ! prendre pour conseiller intime un fou reconnu comme tel, et condamné à mort ! Et, ajoutait la duchesse, se parlant à elle-même, un homme qui, par la suite, pouvait faire de si étranges choses ! Ferrante se trouvait dans le salon de la duchesse au moment où le comte vint lui donner connaissance de la conversation que le prince avait eue avec Rassi ; et, lorsque le comte fut sorti, elle eut beaucoup à faire pour empêcher Ferrante de marcher sur-le-champ à l'exécution d'un affreux dessein !

– Je suis fort maintenant ! s'écriait ce fou ; je n'ai plus de doute sur la légitimité de l'action !

– Mais, dans le moment de colère qui suivra inévitablement, Fabrice serait mis à mort !

– Mais ainsi on lui épargnerait le péril de cette descente : elle est possible, facile même, ajoutait-il ; mais l'expérience manque à ce jeune homme.

On célébra le mariage de la sœur du marquis Crescenzi, et ce fut à la fête donnée dans cette occasion que la duchesse rencontra Clélia, et put lui parler sans donner de soupçons aux observateurs de bonne compagnie. La duchesse elle-même remit à Clélia le paquet de cordes dans le jardin, où ces dames étaient allées respirer un instant. Ces cordes, fabriquées avec le plus grand soin, mi-parties de chanvre et de soie, avec des nœuds, étaient fort menues et assez flexibles ; Ludovic avait éprouvé leur solidité, et, dans toutes leurs parties, elles pouvaient porter sans se rompre un poids de huit quintaux. On les avait comprimées de façon à en former plusieurs paquets de la forme d'un volume *in-quarto* [1] ; Clélia s'en empara, et promit à la duchesse que tout ce qui était humainement

---

1. Le motif des cordes était déjà présent dans le récit de l'évasion d'Alexandre Farnèse (Dossier, chapitre I).

possible serait accompli pour faire arriver ces paquets jusqu'à la tour Farnèse.

– Mais je crains la timidité de votre caractère ; et
470 d'ailleurs, ajouta poliment la duchesse, quel intérêt peut vous inspirer un inconnu [1] ?

– M. del Dongo est malheureux, *et je vous promets que par moi il sera sauvé !*

Mais la duchesse, ne comptant que fort médiocrement sur la présence d'esprit d'une jeune personne de vingt ans, avait pris d'autres précautions dont elle se garda bien de faire part à la fille du gouverneur. Comme il était naturel de le supposer, ce gouverneur se trouvait à la fête donnée pour le mariage de la sœur du marquis Crescenzi. La
480 duchesse se dit que, si elle lui faisait donner un fort narco-tique, on pourrait croire dans le premier moment qu'il s'agissait d'une attaque d'apoplexie, et alors, au lieu de le placer dans sa voiture pour le ramener à la citadelle, on pourrait, avec un peu d'adresse, faire prévaloir l'avis de se servir d'une litière, qui se trouverait par hasard dans la maison où se donnait la fête. Là se rencontreraient aussi des hommes intelligents, vêtus en ouvriers employés pour la fête, et qui, dans le trouble général, s'offriraient obli-geamment pour transporter le malade jusqu'à son palais si
490 élevé. Ces hommes, dirigés par Ludovic, portaient une assez grande quantité de cordes, adroitement cachées sous leurs habits. On voit que la duchesse avait réellement l'esprit égaré depuis qu'elle songeait sérieusement à la fuite de Fabrice. Le péril de cet être chéri était trop fort pour son âme, et surtout durait trop longtemps. Par excès de précautions, elle faillit faire manquer cette fuite, ainsi qu'on va le voir. Tout s'exécuta comme elle l'avait projeté avec cette seule différence que le narcotique produisit un effet trop puissant ; tout le monde crut, et même les gens
500 de l'art, que le général avait une attaque d'apoplexie.

Par bonheur, Clélia, au désespoir, ne se douta en aucune façon de la tentative si criminelle de la duchesse. Le

---

1. Si la jalousie tourmente Clélia déjà depuis longtemps, on voit ici que Gina devine que cette jeune fille, dont la beauté l'a toujours frappée, est tout autant sa rivale que son auxiliaire. La vraie tragédie commence aussi pour elle.

désordre fut tel au moment de l'entrée à la citadelle de la litière où le général, à demi mort, était enfermé, que Ludovic et ses gens passèrent sans objection ; ils ne furent fouillés que pour la bonne forme au pont de *l'esclave*. Quand ils eurent transporté le général jusqu'à son lit, on les conduisit à l'office, où les domestiques les traitèrent fort bien ; mais après ce repas, qui ne finit que fort près du matin, on leur expliqua que l'usage de la prison exigeait 510 que pour le reste de la nuit, ils fussent enfermés à clef dans les salles basses du palais ; le lendemain au jour ils seraient mis en liberté par le lieutenant du gouverneur.

Ces hommes avaient trouvé le moyen de remettre à Ludovic les cordes dont ils s'étaient chargés, mais Ludovic eut beaucoup de peine à obtenir un instant d'attention de Clélia. À la fin, dans un moment où elle passait d'une chambre à une autre, il lui fit voir qu'il déposait des paquets de corde dans l'angle obscur d'un des salons du premier étage. Clélia fut profondément frappée de cette 520 circonstance étrange : aussitôt elle conçut d'atroces soupçons.

– Qui êtes-vous ? dit-elle à Ludovic.

Et, sur la réponse fort ambiguë de celui-ci, elle ajouta :

– Je devrais vous faire arrêter ; vous ou les vôtres vous avez empoisonné mon père !... Avouez à l'instant quelle est la nature du poison dont vous avez fait usage, afin que le médecin de la citadelle puisse administrer les remèdes convenables ; avouez à l'instant, ou bien, vous et vos complices, jamais vous ne sortirez de cette citadelle ! 530

– Mademoiselle a tort de s'alarmer, répondit Ludovic, avec une grâce et une politesse [1] parfaites ; il ne s'agit nullement de poison ; on a eu l'imprudence d'administrer au général une dose de laudanum, et il paraît que le domestique chargé de ce crime a mis dans le verre quelques gouttes de trop ; nous en aurons un remords éternel ; mais mademoiselle peut croire que, grâce au ciel, il n'existe aucune sorte de danger : M. le gouverneur doit être traité pour avoir pris, par erreur, une trop forte dose de laudanum ; mais, j'ai l'honneur de le répéter à mademoi- 540 selle, le laquais chargé du crime ne faisait point usage de

---

1. Bel exemple d'esprit, qui fait contrepoint à l'effroi de Clélia.

poisons véritables, comme Barbone, lorsqu'il voulut empoisonner monseigneur Fabrice. On n'a point prétendu se venger du péril qu'a couru monseigneur Fabrice ; on n'a confié à ce laquais maladroit qu'une fiole où il y avait du laudanum, j'en fais serment à mademoiselle ! Mais il est bien entendu que, si j'étais interrogé officiellement, je nierais tout.

D'ailleurs, si mademoiselle parle à qui que ce soit de
550 laudanum et de poison, fût-ce à l'excellent don Cesare, Fabrice est tué de la main de mademoiselle. Elle rend à jamais impossibles tous les projets de fuite ; et mademoiselle sait mieux que moi que ce n'est pas avec du simple laudanum que l'on veut empoisonner monseigneur ; elle sait aussi que quelqu'un n'a accordé qu'un mois de délai pour ce crime, et qu'il y a déjà plus d'une semaine que l'ordre fatal a été reçu. Ainsi, si elle me fait arrêter, ou si seulement elle dit un mot à don Cesare ou à tout autre, elle retarde toutes nos entreprises de bien plus d'un mois, et
560 j'ai raison de dire qu'elle tue de sa main monseigneur Fabrice.

Clélia était épouvantée de l'étrange tranquillité de Ludovic.

Ainsi, me voilà en dialogue réglé, se disait-elle, avec l'empoisonneur de mon père, et qui emploie des tournures polies pour me parler ! Et c'est l'amour qui m'a conduite à tous ces crimes !…

Le remords lui laissait à peine la force de parler ; elle dit à Ludovic :
570 – Je vais vous enfermer à clef dans ce salon. Je cours apprendre au médecin qu'il ne s'agit que de laudanum ; mais, grand Dieu ! comment lui dirai-je que je l'ai appris moi-même ? Je reviens ensuite vous délivrer.

Mais, dit Clélia revenant en courant d'auprès de la porte, Fabrice savait-il quelque chose du laudanum ?

– Mon Dieu non, mademoiselle, il n'y eût jamais consenti. Et puis, à quoi bon faire une confidence inutile ? nous agissons avec la prudence la plus stricte. Il s'agit de sauver la vie à monseigneur, qui sera empoisonné d'ici à
580 trois semaines ; l'ordre en a été donné par quelqu'un qui d'ordinaire ne trouve point d'obstacle à ses volontés ; et,

pour tout dire à mademoiselle, on prétend que c'est le terrible fiscal général Rassi qui a reçu cette commission.

Clélia s'enfuit épouvantée : elle comptait tellement sur la parfaite probité de don Cesare, qu'en employant certaine précaution, elle osa lui dire qu'on avait administré au général du laudanum, et pas autre chose. Sans répondre, sans questionner, don Cesare courut au médecin.

Clélia revint au salon, où elle avait enfermé Ludovic dans l'intention de le presser de questions sur le laudanum. Elle ne l'y trouva plus : il avait réussi à s'échapper. Elle vit sur une table une bourse remplie de sequins, et une petite boîte renfermant diverses sortes de poisons. La vue de ces poisons la fit frémir. Qui me dit, pensa-t-elle, que l'on n'a donné que du laudanum à mon père, et que la duchesse n'a pas voulu se venger de la tentative de Barbone ?

– Grand Dieu ! s'écria-t-elle, me voici en rapport avec les empoisonneurs de mon père ! Et je les laisse s'échapper ! Et peut-être cet homme, mis à la question, eût avoué autre chose que du laudanum !

Aussitôt Clélia tomba à genoux fondant en larmes, et pria la Madone avec ferveur.

Pendant ce temps, le médecin de la citadelle, fort étonné de l'avis qu'il recevait de don Cesare, et d'après lequel il n'avait affaire qu'à du laudanum, donna les remèdes convenables qui bientôt firent disparaître les symptômes les plus alarmants. Le général revint un peu à lui comme le jour commençait à paraître. Sa première action marquant de la connaissance fut de charger d'injures le colonel commandant en second la citadelle, et qui s'était avisé de donner quelques ordres les plus simples du monde pendant que le général n'avait pas sa connaissance.

Le gouverneur se mit ensuite dans une fort grande colère contre une fille de cuisine qui, en lui apportant un bouillon, s'avisa de prononcer le mot d'apoplexie.

– Est-ce que je suis d'âge, s'écria-t-il, à avoir des apoplexies ? Il n'y a que mes ennemis acharnés qui puissent se plaire à répandre de tels bruits. Et d'ailleurs, est-ce que j'ai été saigné, pour que la calomnie elle-même ose parler d'apoplexie ?

Fabrice, tout occupé des préparatifs de sa fuite, ne put concevoir les bruits étranges qui remplissaient la citadelle au moment où l'on y rapportait le gouverneur à demi mort. D'abord il eut quelque idée que sa sentence était changée, et qu'on venait le mettre à mort. Voyant ensuite que personne ne se présentait dans sa chambre, il pensa que Clélia avait été trahie, qu'à sa rentrée dans la forteresse on lui avait enlevé les cordes que probablement elle rapportait, et 630 qu'enfin ses projets de fuite étaient désormais impossibles. Le lendemain, à l'aube du jour, il vit entrer dans sa chambre un homme à lui inconnu, qui, sans dire mot, y déposa un panier de fruits : sous les fruits était cachée la lettre suivante :

« Pénétrée des remords les plus vifs par ce qui a été fait, non pas, grâce au ciel, de mon consentement, mais à l'occasion d'une idée que j'avais eue, j'ai fait vœu à la très sainte Vierge que si, par l'effet de sa sainte intercession, mon père est sauvé, jamais je n'opposerai un refus à ses 640 ordres ; j'épouserai le marquis aussitôt que j'en serai requise par lui, et jamais je ne vous reverrai. Toutefois, je crois qu'il est de mon devoir d'achever ce qui a été commencé. Dimanche prochain, au retour de la messe où l'on vous conduira à ma demande (songez à préparer votre âme, vous pouvez vous tuer dans la difficile entreprise) ; au retour de la messe, dis-je, retardez le plus possible votre rentrée dans votre chambre ; vous y trouverez ce qui vous est nécessaire pour l'entreprise méditée. Si vous périssez, j'aurai l'âme navrée ! Pourrez-vous m'accuser d'avoir 650 contribué à votre mort ? La duchesse elle-même ne m'a-t-elle pas répété à diverses reprises que la faction Raversi l'emporte ? on veut lier le prince par une cruauté qui le sépare à jamais du comte Mosca. La duchesse, fondant en larmes, m'a juré qu'il ne reste que cette ressource : vous périssez si vous ne tentez rien. Je ne puis plus vous regarder, j'en ai fait le vœu [1] ; mais si dimanche, vers le soir, vous me voyez entièrement vêtue de noir, à la fenêtre accoutumée, ce sera le signal que la nuit suivante tout sera disposé autant qu'il est possible à mes faibles moyens.

---

1. Réitération du vœu, qui frappe d'interdit le regard, principal véhicule de l'amour dans ce roman.

Après onze heures, peut-être seulement à minuit ou une 660
heure, une petite lampe paraîtra à ma fenêtre, ce sera l'instant décisif ; recommandez-vous à votre saint patron, prenez en hâte les habits de prêtre dont vous êtes pourvu, et marchez.

« Adieu, Fabrice, je serai en prière, et répandant les larmes les plus amères, vous pouvez le croire, pendant que vous courrez de si grands dangers. Si vous périssez, je ne vous survivrai point ; grand Dieu ! qu'est-ce que je dis ? mais si vous réussissez, je ne vous reverrai jamais. Dimanche, après la messe, vous trouverez dans votre 670 prison l'argent, les poisons, les cordes, envoyés par cette femme terrible qui vous aime avec passion, et qui m'a répété jusqu'à trois fois qu'il fallait prendre ce parti. Dieu vous sauve et la sainte Madone ! »

Fabio Conti était un geôlier toujours inquiet, toujours malheureux, voyant toujours en songe quelqu'un de ses prisonniers lui échapper : il était abhorré de tout ce qui était dans la citadelle ; mais le malheur inspirant les mêmes résolutions à tous les hommes, les pauvres prisonniers, ceux-là mêmes qui étaient enchaînés dans des 680 cachots hauts de trois pieds, larges de trois pieds et de huit pieds de longueur et où ils ne pouvaient se tenir debout ou assis, tous les prisonniers, même ceux-là, dis-je, eurent l'idée de faire chanter à leur frais un *Te Deum* lorsqu'ils surent que leur gouverneur était hors de danger. Deux ou trois de ces malheureux firent des sonnets en l'honneur de Fabio Conti. Ô effet du malheur sur ces hommes ! Que celui qui les blâme soit conduit par sa destinée à passer un an dans un cachot haut de trois pieds, avec huit onces de pain par jour et *jeûnant* les vendredis [1]. 690

Clélia, qui ne quittait la chambre de son père que pour aller prier dans la chapelle, dit que le gouverneur avait décidé que les réjouissances n'auraient lieu que le dimanche. Le matin de ce dimanche, Fabrice assista à la messe et au *Te Deum* ; le soir il y eut feu d'artifice, et dans les salles basses du château l'on distribua aux soldats une quantité de vin quadruple de celle que le gouverneur avait accordée ; une main inconnue avait même envoyé plu-

---

1. Voir Dossier, p. 664.

sieurs tonneaux d'eau-de-vie que les soldats défoncèrent.
700 La générosité des soldats qui s'enivraient ne voulut pas
que les cinq soldats qui faisaient faction comme sentinelles autour du palais souffrissent de leur position ; à
mesure qu'ils arrivaient à leurs guérites, un domestique
affidé leur donnait du vin, et l'on ne sait par quelle main
ceux qui furent placés en sentinelle à minuit et pendant le
reste de la nuit reçurent aussi un verre d'eau-de-vie, et l'on
oubliait à chaque fois la bouteille auprès de la guérite
(comme il a été prouvé au procès qui suivit).

Le désordre dura plus longtemps que Clélia ne l'avait
710 pensé, et ce ne fut que vers une heure que Fabrice, qui,
depuis plus de huit jours, avait scié deux barreaux de sa
fenêtre, celle qui ne donnait pas vers la volière, commença
à démonter l'abat-jour ; il travaillait presque sur la tête des
sentinelles qui gardaient le palais du gouverneur, ils
n'entendirent rien. Il avait fait quelques nouveaux nœuds
seulement à l'immense corde nécessaire pour descendre
de cette terrible hauteur de cent quatre-vingts pieds. Il
arrangea cette corde en bandoulière autour de son corps :
elle le gênait beaucoup, son volume étant énorme ; les
720 nœuds l'empêchaient de former masse, et elle s'écartait à
plus de dix-huit pouces du corps. Voilà le grand obstacle,
se dit Fabrice.

Cette corde arrangée tant bien que mal, Fabrice prit
celle avec laquelle il comptait descendre les trente-cinq
pieds qui séparaient sa fenêtre de l'esplanade où était le
palais du gouverneur. Mais comme pourtant, quelque eni-
vrées que fussent les sentinelles, il ne pouvait pas descendre exactement sur leurs têtes, il sortit, comme nous
l'avons dit, par la seconde fenêtre de sa chambre, celle qui
730 avait jour sur le toit d'une sorte de vaste corps de garde.
Par une bizarrerie de malade, dès que le général Fabio
Conti avait pu parler, il avait fait monter deux cents soldats
dans cet ancien corps de garde abandonné depuis un
siècle. Il disait qu'après l'avoir empoisonné on voulait
l'assassiner dans son lit, et ces deux cents soldats devaient
le garder. On peut juger de l'effet que cette mesure
imprévue produisit sur le cœur de Clélia : cette fille pieuse
sentait fort bien jusqu'à quel point elle trahissait son père,
et un père qui venait d'être presque empoisonné dans

l'intérêt du prisonnier qu'elle aimait. Elle vit presque dans 740 l'arrivée imprévue de ces deux cents hommes un arrêt de la Providence qui lui défendait d'aller plus avant et de rendre la liberté à Fabrice [1].

Mais tout le monde dans Parme parlait de la mort prochaine du prisonnier. On avait encore traité ce triste sujet à la fête même donnée à l'occasion du mariage de la *signora* Giulia Crescenzi. Puisque pour une pareille vétille, un coup d'épée maladroit donné à un comédien, un homme de la naissance de Fabrice n'était pas mis en liberté au bout de neuf mois de prison et avec la protection 750 du Premier ministre, c'est qu'il y avait de la politique dans son affaire. Alors, inutile de s'occuper davantage de lui, avait-on dit ; s'il ne convenait pas au pouvoir de le faire mourir en place publique, il mourrait bientôt de maladie. Un ouvrier serrurier qui avait été appelé au palais du général Fabio Conti parla de Fabrice comme d'un prisonnier expédié depuis longtemps et dont on taisait la mort par politique. Le mot de cet homme décida Clélia.

---

1. Persuadée de la nature criminelle de sa passion pour Fabrice, Clélia s'imaginera encore, dans les chapitres suivants, que les moindres obstacles à ses entreprises sont des manifestations de la colère divine. Elle n'en a que plus de mérite à oser, malgré tout, poursuivre dans cette voie.

CHAPITRE XXII

Dans la journée Fabrice fut attaqué par quelques réflexions sérieuses et désagréables, mais à mesure qu'il entendait sonner les heures qui le rapprochaient du moment de l'action, il se sentait allègre et dispos. La duchesse lui avait écrit qu'il serait surpris par le grand air, et qu'à peine hors de sa prison il se trouverait dans l'impossibilité de marcher ; dans ce cas il valait mieux pourtant s'exposer à être repris que se précipiter du haut d'un mur de cent quatre-vingts pieds. Si ce malheur m'arrive, disait Fabrice, je me coucherai contre le parapet, je dormirai une heure, puis je recommencerai ; puisque je l'ai juré à Clélia, j'aime mieux tomber du haut d'un rempart, si élevé qu'il soit, que d'être toujours à faire des réflexions sur le goût du pain que je mange. Quelles horribles douleurs ne doit-on pas éprouver avant la fin, quand on meurt empoisonné ! Fabio Conti n'y cherchera pas de façons, il me fera donner de l'arsenic avec lequel il tue les rats de sa citadelle.

Vers le minuit un de ces brouillards épais et blancs que le Pô jette quelquefois sur ses rives s'étendit d'abord sur la ville, et ensuite gagna l'esplanade et les bastions au milieu desquels s'élève la grosse tour de la citadelle. Fabrice crut voir que du parapet de la plate-forme, on n'apercevait plus les petits acacias qui environnaient les jardins établis par les soldats au pied du mur de cent quatre-vingts pieds. Voilà qui est excellent, pensa-t-il.

Un peu après que minuit et demi eut sonné [1], le signal de la petite lampe parut à la fenêtre de la volière. Fabrice était prêt à agir ; il fit un signe de croix, puis attacha à son lit la petite corde destinée à lui faire descendre les trente-cinq pieds qui le séparaient de la plate-forme où était le palais [2]. Il arriva sans encombre sur le toit du corps de garde occupé depuis la veille par les deux cents hommes de renfort dont nous avons parlé. Par malheur les soldats, à minuit trois quarts qu'il était alors, n'étaient pas encore endormis ; pendant qu'il marchait à pas de loup sur le toit de grosses tuiles creuses, Fabrice les entendait qui disaient que le diable était sur le toit, et qu'il fallait essayer de le tuer d'un coup de fusil. Quelques voix prétendaient que ce souhait était d'une grande impiété, d'autres disaient que si l'on tirait un coup de fusil sans tuer quelque chose, le gouverneur les mettrait tous en prison pour avoir alarmé la garnison inutilement. Toute cette belle discussion faisait que Fabrice se hâtait le plus possible en marchant sur le toit et qu'il faisait beaucoup plus de bruit. Le fait est qu'au moment où, pendu à sa corde, il passa devant les fenêtres, par bonheur à quatre ou cinq pieds de distance à cause de l'avance du toit, elles étaient hérissées de baïonnettes. Quelques-uns ont prétendu que [3] Fabrice toujours fou eut l'idée de jouer le rôle du diable, et qu'il jeta à ces soldats une poignée de sequins. Ce qui est sûr, c'est qu'il avait semé des sequins sur le plancher de sa chambre, et il en sema aussi sur la plate-forme dans son trajet de la tour Far-

---

1. Fabrice s'évade un dimanche de mai 1823.
2. On constate, là encore, que si l'exploit de Fabrice doit beaucoup à des récits d'évasions célèbres (celles de Cellini et du cardinal de Retz notamment) et est raconté avec abondance de détails réalistes, il n'en reste pas moins auréolé de merveilleux (le brouillard est l'un de ces hasards romanesques fort opportuns, il est question du diable, Fabrice lui-même se dit poussé par une force « surnaturelle ») et oscille entre sérieux et légèreté, puique le jeu et la plaisanterie n'en sont pas absents. Rappelons, en outre, que Stendhal récrit, en l'ennoblissant, l'évasion d'Alexandre Farnèse, déjà rapportée dans ses textes de départ (Dossier, chapitre I).
3. La situation narrative est ici particulièrement complexe et le point de vue choisi ne cesse de changer. On notera par ailleurs que ce récit est fait ultérieurement, à un moment où l'exploit est déjà entré dans l'ordre de la légende : l'héroïsme de Fabrice est ainsi d'emblée élevé à la hauteur de l'épopée.

nèse au parapet, afin de se donner la chance de distraire les
soldats qui auraient pu se mettre à le poursuivre.

Arrivé sur la plate-forme et entouré de sentinelles qui
ordinairement criaient tous les quarts d'heure une phrase
entière : *Tout est bien autour de mon poste*, il dirigea ses
pas vers le parapet du couchant et chercha la pierre neuve.

60 Ce qui paraît incroyable et pourrait faire douter du fait
si le résultat n'avait eu pour témoin une ville entière, c'est
que les sentinelles placées le long du parapet n'aient pas
vu et arrêté Fabrice ; à la vérité, le brouillard dont nous
avons parlé commençait à monter, et Fabrice a dit que
lorsqu'il était sur la plate-forme, le brouillard lui semblait
arrivé déjà jusqu'à moitié de la tour Farnèse. Mais ce
brouillard n'était point épais, et il apercevait fort bien les
sentinelles dont quelques-unes se promenaient. Il ajoutait
que, poussé comme par une force surnaturelle, il alla se
70 placer hardiment entre deux sentinelles assez voisines. Il
défit tranquillement la grande corde qu'il avait autour du
corps et qui s'embrouilla deux fois ; il lui fallut beaucoup
de temps pour la débrouiller et l'étendre sur le parapet. Il
entendait les soldats parler de tous les côtés, bien résolu à
poignarder le premier qui s'avancerait vers lui. Je n'étais
nullement troublé, ajoutait-il, il me semblait que j'accom-
plissais une cérémonie.

Il attacha sa corde enfin débrouillée à une ouverture pratiquée dans le parapet pour l'écoulement des eaux, il
80 monta sur ce même parapet, et pria Dieu avec ferveur [1] ;
puis, comme un héros des temps de chevalerie, il pensa un
instant à Clélia. Combien je suis différent, se dit-il, du
Fabrice léger et libertin qui entra ici il y a neuf mois [2] !
Enfin il se mit à descendre cette étonnante hauteur. Il agissait mécaniquement, dit-il, et comme il eût fait en plein
jour, descendant devant des amis, pour gagner un pari.
Vers le milieu de la hauteur, il sentit tout à coup ses bras

---

1. Comme le fit Cellini pendant son évasion.
2. Le chiffre est symbolique : la prison est bien le lieu où s'est préparée,
pour Fabrice, une nouvelle naissance, son avènement à la vraie vie, c'est-
à-dire à l'amour, à l'idéal chevaleresque. C'est renforcer le rôle maternel
de Clélia (déjà illustré par le fait qu'elle nourrit le prisonnier), qui se
substitue en cela à Gina, figure équivoque de mère travaillée de désirs
incestueux, et désormais dégradée par la jalousie.

perdre leur force ; il croit même qu'il lâcha la corde un instant ; mais bientôt il la reprit ; peut-être, dit-il, il se retint aux broussailles sur lesquelles il glissait et qui l'écorchaient. Il éprouvait de temps à autre une douleur atroce entre les épaules, elle allait jusqu'à lui ôter la respiration. Il y avait un mouvement d'ondulation fort incommode ; il était renvoyé sans cesse de la corde aux broussailles. Il fut touché par plusieurs oiseaux assez gros qu'il réveillait et qui se jetaient sur lui en s'envolant. Les premières fois il crut être atteint par des gens descendant de la citadelle par la même voie que lui pour le poursuivre, et il s'apprêtait à se défendre. Enfin il arriva au bas de la grosse tour sans autre inconvénient que d'avoir les mains en sang. Il raconte que depuis le milieu de la tour, le talus qu'elle forme lui fut fort utile ; il frottait le mur en descendant, et les plantes qui croissaient entre les pierres le retenaient beaucoup. En arrivant en bas dans les jardins des soldats il tomba sur un acacia qui, vu d'en haut, lui semblait avoir quatre ou cinq pieds de hauteur, et qui en avait réellement quinze ou vingt. Un ivrogne qui se trouvait là endormi le prit pour un voleur. En tombant de cet arbre, Fabrice se démit presque le bras gauche. Il se mit à fuir vers le rempart, mais, à ce qu'il dit, ses jambes lui semblaient comme du coton ; il n'avait plus aucune force. Malgré le péril, il s'assit et but un peu d'eau-de-vie qui lui restait. Il s'endormit quelques minutes au point de ne plus savoir où il était ; en se réveillant il ne pouvait comprendre comment, se trouvant dans sa chambre, il voyait des arbres. Enfin la terrible vérité revint à sa mémoire. Aussitôt il marcha vers le rempart ; il y monta par un grand escalier. La sentinelle, qui était placée tout près, ronflait dans sa guérite. Il trouva une pièce de canon gisant dans l'herbe ; il y attacha sa troisième corde ; elle se trouva un peu trop courte, et il tomba dans un fossé bourbeux où il pouvait y avoir un pied d'eau. Pendant qu'il se relevait et cherchait à se reconnaître, il se sentit saisi par deux hommes : il eut peur un instant ; mais bientôt il entendit prononcer près de son oreille et à voix basse : Ah ! *monsignore* ! *monsignore* ! Il comprit vaguement que ces hommes appartenaient à la duchesse ; aussitôt il s'évanouit profondément. Quelque temps après il sentit qu'il

était porté par des hommes qui marchaient en silence et
130 fort vite ; puis on s'arrêta, ce qui lui donna beaucoup
d'inquiétude. Mais il n'avait ni la force de parler ni celle
d'ouvrir les yeux ; il sentait qu'on le serrait ; tout à coup il
reconnut le parfum des vêtements de la duchesse. Ce
parfum le ranima ; il ouvrit les yeux ; il put prononcer les
mots : Ah ! chère amie ! puis il s'évanouit de nouveau profondément.

Le fidèle Bruno, avec une escouade de gens de police
dévoués au comte, était en réserve à deux cents pas ; le
comte lui-même était caché dans une petite maison tout
140 près du lieu où la duchesse attendait. Il n'eût pas hésité,
s'il l'eût fallu, à mettre l'épée à la main avec quelques officiers à demi-solde, ses amis intimes ; il se regardait
comme obligé de sauver la vie à Fabrice, qui lui semblait
grandement exposé, et qui jadis eût eu sa grâce signée du
prince, si lui Mosca n'eût eu la sottise de vouloir éviter
une sottise écrite au souverain.

Depuis minuit la duchesse, entourée d'hommes armés
jusqu'aux dents, errait dans un profond silence devant les
remparts de la citadelle ; elle ne pouvait rester en place,
150 elle pensait qu'elle aurait à combattre pour enlever Fabrice
à des gens qui le poursuivraient. Cette imagination ardente
avait pris cent précautions, trop longues à détailler ici, et
d'une imprudence incroyable. On a calculé que plus de
quatre-vingts agents étaient sur pied cette nuit-là, s'attendant à se battre pour quelque chose d'extraordinaire. Par
bonheur, Ferrante et Ludovic étaient à la tête de tout cela,
et le ministre de la Police n'était pas hostile ; mais le
comte lui-même remarqua que la duchesse ne fut trahie
par personne, et qu'il ne sut rien comme ministre.

160 La duchesse perdit la tête absolument en revoyant
Fabrice ; elle le serrait convulsivement dans ses bras, puis
fut au désespoir en se voyant couverte de sang : c'était
celui des mains de Fabrice ; elle le crut dangereusement
blessé. Aidée d'un de ses gens, elle lui ôtait son habit pour
le panser, lorsque Ludovic, qui, par bonheur, se trouvait là,
mit d'autorité la duchesse et Fabrice dans une des petites
voitures qui étaient cachées dans un jardin près de la porte
de la ville, et l'on partit ventre à terre pour aller passer le
Pô près de Sacca. Ferrante, avec vingt hommes bien

armés, faisait l'arrière-garde, et avait promis sur sa tête 170
d'arrêter la poursuite. Le comte, seul et à pied, ne quitta
les environs de la citadelle que deux heures plus tard,
quand il vit que rien ne bougeait. Me voici en haute
trahison ! se disait-il ivre de joie [1].

Ludovic eut l'idée excellente de placer dans une voiture
un jeune chirurgien attaché à la maison de la duchesse, et
qui avait beaucoup de la tournure de Fabrice.

– Prenez la fuite, lui dit-il, du côté de Bologne ; soyez
fort maladroit, tâchez de vous faire arrêter ; alors coupez-
vous dans vos réponses, et enfin avouez que vous êtes 180
Fabrice del Dongo ; surtout gagnez du temps. Mettez de
l'adresse à être maladroit, vous en serez quitte pour un
mois de prison, et madame vous donnera 50 sequins.

– Est-ce qu'on songe à l'argent quand on sert madame ?

Il partit, et fut arrêté quelques heures plus tard [2], ce qui
causa une joie bien plaisante au général Fabio Conti et à
Rassi, qui, avec le danger de Fabrice, voyait s'envoler sa
baronnie.

L'évasion ne fut connue à la citadelle que sur les six
heures du matin, et ce ne fut qu'à dix qu'on osa en ins- 190
truire le prince. La duchesse avait été si bien servie que,
malgré le profond sommeil de Fabrice, qu'elle prenait
pour un évanouissement mortel, ce qui fit que trois fois
elle fit arrêter la voiture, elle passait le Pô dans une barque
comme quatre heures sonnaient. Il y avait des relais sur la
rive gauche ; on fit encore deux lieues avec une extrême
rapidité, puis on fut arrêté plus d'une heure pour la vérifi-
cation des passeports. La duchesse en avait de toutes les
sortes pour elle et pour Fabrice ; mais elle était folle ce
jour-là, elle s'avisa de donner dix napoléons au commis de 200
la police autrichienne, et de lui prendre la main en fondant en larmes. Ce commis, fort effrayé, recommença
l'examen. On prit la poste ; la duchesse payait d'une façon

---

1. De tels traits d'esprit font incontestablement la saveur de ce personnage, toujours capable de déceler le piquant d'une situation et de se
tourner en dérision.
2. Tout cela est parfaitement logique : en se dirigeant vers Bologne, le
chirurgien passe par le duché de Modène, dans lequel il existe, avec
Parme, une convention d'échange des criminels (il en a été question au
chapitre XI, p. 272).

si extravagante, que partout elle excitait les soupçons en ce pays où tout étranger est suspect. Ludovic lui vint encore en aide ; il dit que Mme la duchesse était folle de douleur, à cause de la fièvre continue du jeune comte Mosca, fils du Premier ministre de Parme, qu'elle emmenait avec elle consulter les médecins de Pavie.

210   Ce ne fut qu'à dix lieues par-delà le Pô que le prisonnier se réveilla tout à fait, il avait une épaule luxée et force écorchures. La duchesse avait encore des façons si extraordinaires que le maître d'une auberge de village, où l'on dîna, crut avoir affaire à une princesse du sang impérial, et allait lui faire rendre les honneurs qu'il croyait lui être dus, lorsque Ludovic dit à cet homme que la princesse le ferait immanquablement mettre en prison s'il s'avisait de faire sonner les cloches.

Enfin, sur les six heures du soir, on arriva au territoire
220   piémontais. Là seulement Fabrice était en toute sûreté ; on le conduisit dans un petit village écarté de la grande route ; on pansa ses mains, et il dormit encore quelques heures.

Ce fut dans ce village que la duchesse se livra à une action non seulement horrible aux yeux de la morale, mais qui fut encore bien funeste à la tranquillité du reste de sa vie [1]. Quelques semaines avant l'évasion de Fabrice, et un jour que tout Parme était allé à la porte de la citadelle pour tâcher de voir dans la cour l'échafaud qu'on dressait en son honneur, la duchesse avait montré à Ludovic, devenu
230   le factotum de sa maison, le secret au moyen duquel on faisait sortir d'un petit cadre de fer, fort bien caché, une des pierres formant le fond du fameux réservoir d'eau du palais Sanseverina, ouvrage du treizième siècle, et dont nous avons parlé. Pendant que Fabrice dormait dans la *trattoria* de ce petit village, la duchesse fit appeler Ludovic ; il la crut devenue folle, tant les regards qu'elle lui lançait étaient singuliers.

– Vous devez vous attendre, lui dit-elle, que je vais vous donner quelques milliers de francs : eh bien ! non ; je vous
240   connais, vous êtes un poète, vous auriez bientôt mangé cet argent. Je vous donne la petite terre de la Ricciarda, à une

---

1. L'ironie semble absente de ce jugement. Il en va de même lorsque, plus loin, le narrateur annonce le récit du soulèvement à Parme.

lieue de Casal-Maggiore. Ludovic se jeta à ses pieds fou de joie, et protestant avec l'accent du cœur que ce n'était point pour gagner de l'argent qu'il avait contribué à sauver *monsignore* Fabrice ; qu'il l'avait toujours aimé d'une façon particulière depuis qu'il avait eu l'honneur de le conduire une fois en sa qualité de troisième cocher de madame. Quand cet homme, qui réellement avait du cœur, crut avoir assez occupé de lui une aussi grande dame, il prit congé ; mais elle, avec des yeux étincelants, lui dit : 250

– Restez.

Elle se promenait sans mot dire dans cette chambre de cabaret, regardant de temps à autre Ludovic avec des yeux incroyables. Enfin cet homme, voyant que cette étrange promenade ne prenait point de fin, crut devoir adresser la parole à sa maîtresse.

– Madame m'a fait un don tellement exagéré, tellement au-dessus de tout ce qu'un pauvre homme tel que moi pouvait s'imaginer, tellement supérieur surtout aux faibles services que j'ai eu l'honneur de rendre, que je crois en 260 conscience ne pas pouvoir garder sa terre de la Ricciarda. J'ai l'honneur de rendre cette terre à madame, et de la prier de m'accorder une pension de quatre cents francs.

– Combien de fois en votre vie, lui dit-elle avec la hauteur la plus sombre, combien de fois avez-vous ouï dire que j'avais déserté un projet une fois énoncé par moi ?

Après cette phrase, la duchesse se promena encore durant quelques minutes ; puis, s'arrêtant tout à coup, elle s'écria :

– C'est par hasard et parce qu'il a su plaire à cette petite 270 fille, que la vie de Fabrice a été sauvée ! S'il n'avait été aimable, il mourait [1]. Est-ce que vous pourrez me nier cela ? dit-elle en marchant sur Ludovic avec des yeux où éclatait la plus sombre fureur. Ludovic recula de quelques pas et la crut folle, ce qui lui donna de vives inquiétudes pour la propriété de sa terre de la Ricciarda.

– Eh bien ! reprit la duchesse du ton le plus doux et le plus gai, et changée du tout au tout, je veux que mes bons

---

1. La jalousie empoisonne désormais la vie de la duchesse, dont le principal projet (le mariage de Clélia et du marquis) est maintenant destiné à ruiner le bonheur de son protégé trop aimé.

habitants de Sacca aient une journée folle et de laquelle ils
280 se souviennent longtemps. Vous allez retourner à Sacca,
avez-vous quelque objection ? Pensez-vous courir quelque
danger ?

– Peu de chose, madame : aucun des habitants de Sacca
ne dira jamais que j'étais de la suite de *monsignore*
Fabrice. D'ailleurs, si j'ose le dire à madame, je brûle de
voir *ma* terre de la Ricciarda : il me semble si drôle d'être
propriétaire !

– Ta gaieté me plaît. Le fermier de la Ricciarda me doit,
je pense, trois ou quatre ans de son fermage : je lui fais
290 cadeau de la moitié de ce qu'il me doit, et l'autre moitié de
tous ces arrérages, je te la donne, mais à cette condition :
tu vas aller à Sacca, tu diras qu'après-demain est le jour de
la fête d'une de mes patronnes, et, le soir qui suivra ton
arrivée, tu feras illuminer mon château de la façon la plus
splendide. N'épargne ni argent ni peine : songe qu'il s'agit
du plus grand bonheur de ma vie. De longue main j'ai préparé cette illumination ; depuis plus de trois ans j'ai réuni
dans les caves du château tout ce qui peut servir à cette
noble fête ; j'ai donné en dépôt au jardinier toutes les
300 pièces d'artifice nécessaires pour un feu magnifique : tu le
feras tirer sur la terrasse qui regarde le Pô. J'ai quatre-
vingt-neuf grands tonneaux de vin dans mes caves, tu feras
établir quatre-vingt-neuf fontaines de vin dans mon parc.
Si le lendemain il reste une bouteille de vin qui ne soit pas
bue, je dirai que tu n'aimes pas Fabrice. Quand les fontaines de vin, l'illumination et le feu d'artifice seront bien
en train, tu t'esquiveras prudemment, car il est possible, et
c'est mon espoir, qu'à Parme toutes ces belles choses-là
paraissent une insolence.

310 – C'est ce qui n'est pas possible, seulement c'est sûr ;
comme il est certain aussi que le fiscal Rassi, qui a signé
la sentence de *monsignore*, en crèvera de rage. Et même…
ajouta Ludovic avec timidité, si madame voulait faire plus
de plaisir à son pauvre serviteur que de lui donner la
moitié des arrérages de la Ricciarda, elle me permettrait de
faire une petite plaisanterie à ce Rassi…

– Tu es un brave homme ! s'écria la duchesse avec
transport, mais je te défends absolument de rien faire à
Rassi ; j'ai le projet de le faire pendre en public, plus tard.

Quant à toi, tâche de ne pas te faire arrêter à Sacca, tout 320
serait gâté si je te perdais.

– Moi, madame ! Quand j'aurai dit que je fête une des
patronnes de madame, si la police envoyait trente gendarmes pour déranger quelque chose, soyez sûre qu'avant
d'être arrivés à la croix rouge qui est au milieu du village,
pas un d'eux ne serait à cheval. Ils ne se mouchent pas du
coude [1], non, les habitants de Sacca ; tous contrebandiers
finis et qui adorent madame.

– Enfin, reprit la duchesse d'un air singulièrement
dégagé, si je donne du vin à mes braves gens de Sacca, je 330
veux inonder les habitants de Parme, le même soir où mon
château sera illuminé, prends le meilleur cheval de mon
écurie, cours à mon palais, à Parme, et ouvre le réservoir [2].

– Ah ! l'excellente idée qu'a madame ! s'écria Ludovic,
riant comme un fou, du vin aux braves gens de Sacca, de
l'eau aux bourgeois de Parme qui étaient si sûrs, les misérables, que *monsignore* Fabrice allait être empoisonné
comme le pauvre L***.

La joie de Ludovic n'en finissait point ; la duchesse
regardait avec complaisance ses rires fous ; il répétait sans 340
cesse : Du vin aux gens de Sacca et de l'eau à ceux de
Parme ! Madame sait sans doute mieux que moi que
lorsqu'on vida imprudemment le réservoir, il y a une vingtaine d'années, il y eut jusqu'à un pied d'eau dans plusieurs des rues de Parme.

– Et de l'eau aux gens de Parme, répliqua la duchesse
en riant. La promenade devant la citadelle eût été remplie
de monde si l'on eût coupé le cou à Fabrice... Tout le
monde l'appelle *le grand coupable*... Mais, surtout, fais
cela avec adresse, que jamais personne vivante ne sache 350
que cette inondation a été faite par toi, ni ordonnée par

---

1. « Ne pas y aller de main morte » : H. Martineau signale que cette
expression argotique était utilisée par les soldats du premier Empire.
2. C'est le signal convenu pour le régicide (dont Ludovic n'a pas
connaissance). Balzac voyait là une décision digne de Lucrèce Borgia :
de fait, le crime, la fureur vengeresse sont bien présents, mais ils sont
inextricablement mêlés à la gaieté la plus folle, dans une scène dont
M. Crouzet a bien souligné les affinités avec l'opéra (voir la fin de son
article, « *La Chartreuse de Parme*, roman de l'esprit », repris dans *Le
Roman stendhalien*, *op. cit.*, p. 127-128).

moi. Fabrice, le comte lui-même, doivent ignorer cette folle plaisanterie… Mais j'oubliais les pauvres de Sacca ; va-t'en écrire une lettre à mon homme d'affaires, que je signerai ; tu lui diras que pour la fête de ma sainte patronne il distribue cent sequins aux pauvres de Sacca et qu'il t'obéisse en tout pour l'illumination, le feu d'artifice et le vin ; que le lendemain surtout il ne reste pas une bouteille pleine dans mes caves.

360   – L'homme d'affaires de madame ne se trouvera embarrassé qu'en un point : depuis cinq ans que madame a le château, elle n'a pas laissé dix pauvres dans Sacca.

– *Et de l'eau pour les gens de Parme !* reprit la duchesse en chantant. Comment exécuteras-tu cette plaisanterie ?

– Mon plan est tout fait : je pars de Sacca sur les neuf heures, à dix et demie mon cheval est à l'auberge des *Trois Ganaches*, sur la route de Casal-Maggiore et de *ma* terre de la Ricciarda ; à onze heures je suis dans ma chambre au palais, et à onze heures et un quart de l'eau pour les gens

370   de Parme, et plus qu'ils n'en voudront, pour boire à la santé du grand coupable. Dix minutes plus tard je sors de la ville par la route de Bologne. Je fais, en passant, un profond salut à la citadelle, que le courage de *monsignore* et l'esprit de madame viennent de déshonorer ; je prends un sentier dans la campagne, de moi bien connu, et je fais mon entrée à la Ricciarda.

Ludovic leva les yeux sur la duchesse et fut effrayé : elle regardait fixement la muraille nue à six pas d'elle et, il faut en convenir, son regard était atroce. Ah ! ma pauvre

380   terre ! pensa Ludovic ; le fait est qu'elle est folle ! La duchesse le regarda et devina sa pensée.

– Ah ! monsieur Ludovic le grand poète, vous voulez une donation par écrit : courez me chercher une feuille de papier. Ludovic ne se fit pas répéter cet ordre, et la duchesse écrivit de sa main une longue reconnaissance antidatée d'un an, et par laquelle elle déclarait avoir reçu de Ludovic San Micheli la somme de 80 000 francs, et lui avoir donné en gage la terre de la Ricciarda. Si après douze mois révolus la duchesse n'avait pas rendu lesdits

390   80 000 francs à Ludovic, la terre de la Ricciarda resterait sa propriété.

Il est beau, se disait la duchesse, de donner à un serviteur fidèle le tiers à peu près de ce qui me reste pour moi-même.

– Ah ça ! dit la duchesse à Ludovic, après la plaisanterie du réservoir, je ne te donne que deux jours pour te réjouir à Casal-Maggiore. Pour que la vente soit valable, dis que c'est une affaire qui remonte à plus d'un an. Reviens me rejoindre à Belgirate, et cela sans le moindre délai ; Fabrice ira peut-être en Angleterre où tu le suivras. 400

Le lendemain de bonne heure la duchesse et Fabrice étaient à Belgirate [1].

On s'établit dans ce village enchanteur ; mais un chagrin mortel attendait la duchesse sur ce beau lac. Fabrice était entièrement changé ; dès les premiers moments où il s'était réveillé de son sommeil, en quelque sorte léthargique, après sa fuite, la duchesse s'était aperçue qu'il se passait en lui quelque chose d'extraordinaire. Le sentiment profond par lui caché avec beaucoup de soin était assez bizarre, ce n'était rien moins que ceci : il était au 410 désespoir d'être hors de prison. Il se gardait bien d'avouer cette cause de sa tristesse, elle eût amené des questions auxquelles il ne voulait pas répondre.

– Mais quoi ! lui disait la duchesse étonnée, cette horrible sensation lorsque la faim te forçait à te nourrir, pour ne pas tomber, d'un de ces mets détestables fournis par la cuisine de la prison, cette sensation, y a-t-il ici quelque goût singulier, est-ce que je m'empoisonne en cet instant, cette sensation ne te fait pas horreur ?

– Je pensais à la mort, répondait Fabrice, comme je sup- 420 pose qu'y pensent les soldats : c'était une chose possible que je pensais bien éviter par mon adresse.

Ainsi quelle inquiétude, quelle douleur pour la duchesse ! Cet être adoré, singulier, vif, original, était désormais sous ses yeux en proie à une rêverie profonde ; il préférait la solitude même au plaisir de parler de toutes choses, et à cœur ouvert, à la meilleure amie qu'il eût au monde. Toujours il était bon, empressé, reconnaissant auprès de la duchesse, il eût comme jadis donné cent fois sa vie pour elle ; mais son âme était ailleurs. On faisait 430

1. Fabrice s'y était déjà rendu au chapitre VIII.

souvent quatre ou cinq lieues sur ce lac sublime sans se
dire une parole. La conversation, l'échange de pensées
froides désormais possible entre eux, eût peut-être semblé
agréable à d'autres : mais eux se souvenaient encore, la
duchesse surtout, de ce qu'était leur conversation avant ce
fatal combat avec Giletti qui les avait séparés. Fabrice
devait à la duchesse l'histoire des neuf mois passés dans
une horrible prison, et il se trouvait que sur ce séjour il
n'avait à dire que des paroles brèves et incomplètes [1].

440   Voilà ce qui devait arriver tôt ou tard, se disait la
duchesse avec une tristesse sombre. Le chagrin m'a
vieillie, ou bien il aime réellement, et je n'ai plus que la
seconde place dans son cœur. Avilie, atterrée par ce plus
grand des chagrins possibles, la duchesse se disait
quelquefois : Si le ciel voulait que Ferrante fût devenu tout
à fait fou ou manquât de courage, il me semble que je
serais moins malheureuse. Dès ce moment ce demi-
remords empoisonna l'estime que la duchesse avait pour
son propre caractère. Ainsi, se disait-elle avec amertume,
450 je me repens d'une résolution prise : Je ne suis donc plus
une del Dongo !

    Le ciel l'a voulu, reprenait-elle : Fabrice est amoureux,
et de quel droit voudrais-je qu'il ne fût pas amoureux ?
Une seule parole d'amour véritable a-t-elle jamais été
échangée entre nous ?

    Cette idée si raisonnable lui ôta le sommeil, et enfin ce
qui montrait que la vieillesse et l'affaiblissement de l'âme
étaient arrivées pour elle avec la perspective d'une illustre
vengeance, elle était cent fois plus malheureuse à Belgi-
460 rate qu'à Parme. Quant à la personne qui pouvait causer
l'étrange rêverie de Fabrice, il n'était guère possible
d'avoir des doutes raisonnables : Clélia Conti, cette fille si
pieuse, avait trahi son père puisqu'elle avait consenti à enivrer la garnison, et jamais Fabrice ne parlait de Clélia !
Mais, ajoutait la duchesse se frappant la poitrine avec

---

1. Cette réticence tranche avec le plaisir pris jusque-là à raconter, le plus
souvent à plusieurs reprises, les moindres événements de sa vie : elle
illustre bien le changement profond qui s'est produit en Fabrice et isole
l'épisode de l'évasion, en le soustrayant à ce jeu de réitérations qui donnait sa structure du roman.

désespoir, si la garnison n'eût pas été enivrée, toutes mes inventions, tous mes soins devenaient inutiles ; ainsi c'est elle qui l'a sauvé !

C'était avec une extrême difficulté que la duchesse obtenait de Fabrice des détails sur les événements de cette nuit, qui, se disait la duchesse, autrefois eût formé entre nous le sujet d'un entretien sans cesse renaissant ! Dans ces temps fortunés, il eût parlé tout un jour et avec une verve et une gaieté sans cesse renaissantes sur la moindre bagatelle que je m'avisais de mettre en avant.

Comme il fallait tout prévoir, la duchesse avait établi Fabrice au port de Locarno, ville suisse à l'extrémité du lac Majeur [1]. Tous les jours elle allait le prendre en bateau pour de longues promenades sur le lac. Eh bien ! une fois qu'elle s'avisa de monter chez lui, elle trouva sa chambre tapissée d'une quantité de vues de la ville de Parme qu'il avait fait venir de Milan ou de Parme même, pays qu'il aurait dû tenir en abomination. Son petit salon, changé en atelier, était encombré de tout l'appareil d'un peintre à l'aquarelle, et elle le trouva finissant une troisième vue de la tour Farnèse et du palais du gouverneur [2].

– Il ne te manque plus, lui dit-elle d'un air piqué, que de faire de souvenir le portrait de cet aimable gouverneur qui voulait seulement t'empoisonner. Mais j'y songe, continua la duchesse, tu devrais lui écrire une lettre d'excuses d'avoir pris la liberté de te sauver et de donner un ridicule à sa citadelle [3].

La pauvre femme ne croyait pas dire si vrai : à peine arrivé en lieu de sûreté, le premier soin de Fabrice avait été d'écrire au général Fabio Conti une lettre parfaitement polie et dans un certain sens bien ridicule ; il lui demandait pardon de s'être sauvé, alléguant pour excuse qu'il avait pu croire que certain subalterne de la prison avait été chargé de lui administrer du poison. Peu lui importait ce

---

1. Il y est effectivement plus en sécurité qu'en territoire piémontais.
2. La peinture est l'un de ces moyens de communication qui permettent d'exprimer ce qui ne peut être dit et servent ici d'annonce narrative. L'interdit qui semble peser sur la représentation de Clélia (Fabrice ne fait pas son portrait, mais peint la prison) contribue à la sacraliser (voir à ce propos notre article « Le roman du portrait... », *op. cit.*
3. Voir Dossier, p. 672.

500 qu'il écrivait, Fabrice espérait que les yeux de Clélia ver-
raient cette lettre [1], et sa figure était couverte de larmes en
l'écrivant. Il la termina par une phrase bien plaisante : il
osait dire que, se trouvant en liberté, souvent il lui arrivait
de regretter sa petite chambre de la tour Farnèse. C'était là
la pensée capitale de sa lettre, il espérait que Clélia la com-
prendrait. Dans son humeur écrivante, et dans l'espoir
d'être lu par quelqu'un, Fabrice adressa des remerciements à don Cesare, ce bon aumônier qui lui avait prêté
des livres de théologie. Quelques jours plus tard, Fabrice
510 engagea le petit libraire de Locarno à faire le voyage de
Milan, où ce libraire, ami du célèbre bibliomane Reina [2],
acheta les plus magnifiques éditions qu'il pût trouver des
ouvrages prêtés par don Cesare. Le bon aumônier reçut
ces livres et une belle lettre qui lui disait que, dans des
moments d'impatience, peut-être pardonnables à un
pauvre prisonnier, on avait chargé les marges de ces livres
de notes ridicules. On le suppliait en conséquence de les
remplacer dans sa bibliothèque par les volumes que la plus
vive reconnaissance se permettait de lui présenter.

520 Fabrice était bien bon de donner le simple nom de notes
aux griffonnages infinis dont il avait chargé les marges
d'un exemplaire in-folio des œuvres de saint Jérôme. Dans
l'espoir qu'il pourrait renvoyer ce livre au bon aumônier,
et l'échanger contre un autre, il avait écrit jour par jour sur
les marges un journal fort exact de tout ce qui lui arrivait
en prison ; les grands événements n'étaient autre chose
que des extases d'*amour divin* [3] (ce mot divin en rempla-
çait un autre qu'on n'osait écrire). Tantôt cet amour divin
conduisait le prisonnier à un profond désespoir, d'autres
530 fois une voix entendue à travers les airs rendait quelque
espérance et causait des transports de bonheur. Tout cela,

---

1. Premier exemple de ces méthodes indirectes de communication
(Fabrice vise Clélia à travers divers destinataires) que les amants excellent à utiliser.
2. Érudit que Stendhal a fréquenté à Milan.
3. Cellini, dont les *Mémoires* ont inspiré le récit de l'incarcération de
Fabrice, avait traversé en prison une véritable crise mystique et écrivait
lui aussi, dans les marges de la Bible, des textes proches de ceux composés par Fabrice. On peut voir là autant d'indices d'un cheminement
spirituel dans lequel Clélia fait office de guide.

heureusement, était écrit avec une encre de prison, formée de vin, de chocolat et de suie, et don Cesare n'avait fait qu'y jeter un coup d'œil en replaçant dans sa bibliothèque le volume de saint Jérôme. S'il en avait suivi les marges, il aurait vu qu'un jour le prisonnier, se croyant empoisonné, se félicitait de mourir à moins de quarante pas de distance de ce qu'il avait aimé le mieux dans ce monde. Mais un autre œil que celui du bon aumônier avait lu cette page depuis la fuite. Cette belle idée : *Mourir près de ce qu'on aime* [1] ! exprimée de cent façons différentes, était suivie d'un sonnet où l'on voyait que l'âme séparée, après des tourments atroces, de ce corps fragile qu'elle avait habité pendant vingt-trois ans, poussée par cet instinct de bonheur naturel à tout ce qui exista une fois, ne remonterait pas au ciel se mêler aux chœurs des anges aussitôt qu'elle serait libre et dans le cas où le jugement terrible lui accorderait le pardon de ses péchés mais que, plus heureuse après la mort qu'elle n'avait été durant la vie, elle irait à quelques pas de la prison, où si longtemps elle avait gémi, se réunir à tout ce qu'elle avait aimé au monde. Et ainsi, disait le dernier vers du sonnet, j'aurai trouvé mon paradis sur la terre.

Quoiqu'on ne parlât de Fabrice à la citadelle de Parme que comme d'un traître infâme qui avait violé les devoirs les plus sacrés, toutefois le bon prêtre don Cesare fut ravi par la vue des beaux livres qu'un inconnu lui faisait parvenir ; car Fabrice avait eu l'attention de n'écrire que quelques jours après l'envoi, de peur que son nom ne fît renvoyer tout le paquet avec indignation. Don Cesare ne parla point de cette attention à son frère, qui entrait en fureur au seul nom de Fabrice ; mais depuis la fuite de ce dernier, il avait repris toute son ancienne intimité avec son aimable nièce ; et comme il lui avait enseigné jadis quelques mots de latin, il lui fit voir les beaux ouvrages qu'il recevait. Tel avait été l'espoir du voyageur. Tout à coup Clélia rougit extrêmement, elle venait de reconnaître l'écriture de Fabrice. De grands morceaux fort étroits de

---

1. Héritier de Pétrarque, Fabrice sait faire preuve de virtuosité dans l'expression du sentiment amoureux. Il enverra plus loin à Clélia un sonnet de ce poète.

papier jaune étaient placés en guise de signets en divers
570 endroits du volume. Et comme il est vrai de dire qu'au
milieu des plats intérêts d'argent, et de la froideur déco-
lorée des pensées vulgaires qui remplissent notre vie, les
démarches inspirées par une vraie passion manquent rarement de produire leur effet ; comme si une divinité propice
prenait le soin de les conduire par la main, Clélia, guidée
par cet instinct et par la pensée d'une seule chose au
monde, demanda à son oncle de comparer l'ancien exemplaire de saint Jérôme avec celui qu'il venait de recevoir.
Comment dire son ravissement au milieu de la sombre
580 tristesse où l'absence de Fabrice l'avait plongée, lorsqu'elle trouva sur les marges de l'ancien saint Jérôme le
sonnet dont nous avons parlé, et les mémoires, jour par
jour, de l'amour qu'on avait senti pour elle !

Dès le premier jour elle sut le sonnet par cœur ; elle le
chantait, appuyée sur sa fenêtre, devant la fenêtre désormais solitaire, où elle avait vu si souvent une petite ouverture se démasquer dans l'abat-jour. Cet abat-jour avait été
démonté pour être placé sur le bureau du tribunal et servir
de pièce de conviction dans un procès ridicule que Rassi
590 instruisait contre Fabrice, accusé du crime de s'être sauvé,
ou, comme disait le fiscal en en riant lui-même, *de s'être
dérobé à la clémence d'un prince magnanime* [1] *!*

Chacune des démarches de Clélia était pour elle l'objet
d'un vif remords, et depuis qu'elle était malheureuse les
remords étaient plus vifs. Elle cherchait à apaiser un peu
les reproches qu'elle s'adressait, en se rappelant le vœu *de
ne jamais revoir Fabrice*, fait par elle à la Madone lors du
demi-empoisonnement du général, et depuis chaque jour
renouvelé.

600 Son père avait été malade de l'évasion de Fabrice, et, de
plus, il avait été sur le point de perdre sa place, lorsque le
prince, dans sa colère, destitua tous les geôliers de la tour
Farnèse, et les fit passer comme prisonniers dans la prison
de la ville. Le général avait été sauvé en partie par l'intercession du comte Mosca, qui aimait mieux le voir enfermé

---

1. Sous le trait d'esprit se cache une formule d'usage, à l'époque, pour
désigner, par exemple, les commutations de peine consenties par le pouvoir (M. Crouzet).

au sommet de sa citadelle, que rival actif et intrigant dans les cercles de la cour.

Ce fut pendant les quinze jours que dura l'incertitude relativement à la disgrâce du général Fabio Conti, réelle- 610
ment malade, que Clélia eut le courage d'exécuter le sacri-
fice qu'elle avait annoncé à Fabrice. Elle avait eu l'esprit d'être malade le jour des réjouissances générales, qui fut aussi celui de la fuite du prisonnier, comme le lecteur s'en souvient peut-être ; elle fut malade aussi le lendemain, et, en un mot, sut si bien se conduire, qu'à l'exception du geôlier Grillo, chargé spécialement de la garde de Fabrice, personne n'eut de soupçons sur sa complicité, et Grillo se tut.

Mais aussitôt que Clélia n'eut plus d'inquiétudes de ce côté, elle fut plus cruellement agitée encore par ses justes 620
remords. Quelle raison au monde, se disait-elle, peut dimi-
nuer le crime d'une fille qui trahit son père ?

Un soir, après une journée passée presque tout entière à la chapelle et dans les larmes, elle pria son oncle, don Cesare, de l'accompagner chez le général, dont les accès de fureur l'effrayaient d'autant plus, qu'à tout propos il y mêlait des imprécations contre Fabrice, cet abominable traître.

Arrivée en présence de son père, elle eut le courage de lui dire que si toujours elle avait refusé de donner la main 630
au marquis Crescenzi, c'est qu'elle ne sentait aucune incli-
nation pour lui, et qu'elle était assurée de ne point trouver le bonheur dans cette union. À ces mots, le général entra en fureur ; et Clélia eut assez de peine à reprendre la parole. Elle ajouta que si son père, séduit par la grande fortune du marquis, croyait devoir lui donner l'ordre précis de l'épouser, elle était prête à obéir. Le général fut tout étonné de cette conclusion, à laquelle il était loin de s'attendre ; il finit pourtant par s'en réjouir. Ainsi, dit-il à son frère, je ne serai pas réduit à loger dans un second 640
étage, si ce polisson de Fabrice me fait perdre ma place par son mauvais procédé.

Le comte Mosca ne manquait pas de se montrer profon-
dément scandalisé de l'évasion de ce *mauvais sujet* de Fabrice, et répétait dans l'occasion la phrase inventée par Rassi sur le plat procédé de ce jeune homme, fort vulgaire

d'ailleurs, qui s'était soustrait à la clémence du prince.
Cette phrase spirituelle, consacrée par la bonne compagnie, ne prit point dans le peuple. Laissé à son bon sens, et
650 tout en croyant Fabrice fort coupable, il admirait la résolution qu'il avait fallu pour se lancer d'un mur si haut. Pas
un être de la cour n'admira ce courage. Quant à la police,
fort humiliée de cet échec, elle avait découvert officiellement qu'une troupe de vingt soldats gagnés par les distri-
butions d'argent de la duchesse, cette femme si atrocement
ingrate, et dont on ne prononçait plus le nom qu'avec un
soupir, avaient tendu à Fabrice quatre échelles liées
ensemble, et de quarante-cinq pieds de longueur chacune :
Fabrice ayant tendu une corde qu'on avait liée aux
660 échelles n'avait eu que le mérite fort vulgaire d'attirer ces
échelles à lui. Quelques libéraux connus par leur imprudence, et entre autres le médecin C***, agent payé directement par le prince, ajoutaient, mais en se compromettant, que cette police atroce avait eu la barbarie de faire
fusiller huit des malheureux soldats qui avaient facilité la
fuite de cet ingrat Fabrice. Alors il fut blâmé même des
libéraux véritables, comme ayant causé par son imprudence la mort de huit pauvres soldats. C'est ainsi que
les petits despotismes réduisent à rien la valeur de
670 l'opinion [1] *.

---

1. Plusieurs lectures ont été proposées pour ce nouveau cryptogramme.
La plus plausible, fournie par L.F. Benedetto (« Une énigme stendhalienne », *Le Divan*, n° 216, fév. 1938), est : « Troubles, janvier, février,
mars 1831 » : Stendhal ferait référence aux troubles survenus dans le
duché de Modène à cette date, dont il s'inspire vraisemblablement, dans
le chapitre suivant, pour raconter les émeutes survenues à Parme après
l'assassinat du prince.
* Tr. J.F.M. 31 (NdA).

CHAPITRE XXIII

Au milieu de ce déchaînement général, le seul archevêque Landriani se montra fidèle à la cause de son jeune ami ; il osait répéter, même à la cour de la princesse, la maxime de droit suivant laquelle, dans tout procès, il faut réserver une oreille pure de tout préjugé pour entendre les justifications d'un absent.

Dès le lendemain de l'évasion de Fabrice, plusieurs personnes avaient reçu un sonnet assez médiocre qui célébrait cette fuite comme une des belles actions du siècle, et comparait Fabrice à un ange arrivant sur la terre les ailes étendues. Le surlendemain soir, tout Parme répétait un sonnet sublime. C'était le monologue de Fabrice se laissant glisser le long de la corde, et jugeant les divers incidents de sa vie. Ce sonnet lui donna rang dans l'opinion par deux vers magnifiques, tous les connaisseurs reconnurent le style de Ferrante Palla.

Mais ici il me faudrait chercher le style épique : où trouver des couleurs pour peindre les torrents d'indignation qui tout à coup submergèrent tous les cœurs bien pensants, lorsqu'on apprit l'effroyable insolence de cette illumination du château de Sacca ? Il n'y eut qu'un cri contre la duchesse ; même les libéraux véritables trouvèrent que c'était compromettre d'une façon barbare les pauvres suspects retenus dans les diverses prisons, et exaspérer inutilement le cœur du souverain. Le comte Mosca déclara qu'il ne restait plus qu'une ressource aux anciens amis de la duchesse, c'était de l'oublier. Le concert d'exé-

cration fut donc unanime : un étranger passant par la ville
eût été frappé de l'énergie de l'opinion publique. Mais en
30 ce pays où l'on sait apprécier le plaisir de la vengeance,
l'illumination de Sacca et la fête admirable donnée dans
le parc à plus de six mille paysans eurent un immense
succès. Tout le monde répétait à Parme que la duchesse
avait fait distribuer mille sequins à ses paysans ; on expliquait ainsi l'accueil un peu dur fait à une trentaine de gendarmes que la police avait eu la nigauderie d'envoyer
dans ce petit village, trente-six heures après la soirée
sublime et l'ivresse générale qui l'avait suivie. Les gendarmes, accueillis à coups de pierres, avaient pris la fuite,
40 et deux d'entre eux, tombés de cheval, avaient été jetés
dans le Pô.

Quant à la rupture du grand réservoir d'eau du palais
Sanseverina, elle avait passé à peu près inaperçue [1] : c'était
pendant la nuit que quelques rues avaient été plus ou
moins inondées, le lendemain on eût dit qu'il avait plu.
Ludovic avait eu soin de briser les vitres d'une fenêtre du
palais, de façon que l'entrée des voleurs était expliquée.

On avait même trouvé une petite échelle. Le seul comte
Mosca reconnut le génie de son amie.

50 Fabrice était parfaitement décidé à revenir à Parme aussitôt qu'il le pourrait ; il envoya Ludovic porter une longue
lettre à l'archevêque, et ce fidèle serviteur revint mettre à la
poste au premier village du Piémont, à Sannazaro, au couchant de Pavie, une épître latine que le digne prélat adressait
à son jeune protégé. Nous ajouterons un détail qui, comme
plusieurs autres sans doute, fera longueur dans les pays où
l'on n'a plus besoin de précautions. Le nom de Fabrice del
Dongo n'était jamais écrit ; toutes les lettres qui lui étaient
destinées étaient adressées à Ludovic San Micheli, à
60 Locarno en Suisse, ou à Belgirate en Piémont. L'enveloppe
était faite d'un papier grossier, le cachet mal appliqué,
l'adresse à peine lisible, et quelquefois ornée de recomman-

---

1. La plaisanterie a donc échoué : toute à sa passion, Gina, dominée par
son imagination, ne s'est pas donné les moyens de faire comprendre le
tour qu'elle jouait (voir, sur ce point, l'article de P. Pavet, « Ridicule
ostentatoire et ridicule intime dans *La Chartreuse de Parme* », dans
Stendhal, La Chartreuse de Parme, éd. InterUniversitaires, 1996, p. 265-
277).

dations dignes d'une cuisinière ; toutes les lettres étaient datées de Naples six jours avant la date véritable.

Du village piémontais de Sannazaro, près de Pavie, Ludovic retourna en toute hâte à Parme : il était chargé d'une mission à laquelle Fabrice mettait la plus grande importance ; il ne s'agissait de rien moins que de faire parvenir à Clélia Conti un mouchoir de soie sur lequel était imprimé un sonnet de Pétrarque. Il est vrai qu'un mot était changé à ce sonnet ; Clélia le trouva sur sa table deux jours après avoir reçu les remerciements du marquis Crescenzi qui se disait le plus heureux des hommes, et il n'est pas besoin de dire quelle impression cette marque d'un souvenir toujours constant produisit sur son cœur.

Ludovic devait chercher à se procurer tous les détails possibles sur ce qui se passait à la citadelle. Ce fut lui qui apprit à Fabrice la triste nouvelle que le mariage du marquis Crescenzi semblait désormais une chose décidée ; il ne se passait presque pas de journée sans qu'il donnât une fête à Clélia, dans l'intérieur de la citadelle. Une preuve décisive du mariage c'est que ce marquis, immensément riche et par conséquent fort avare, comme c'est l'usage parmi les gens opulents du nord de l'Italie, faisait des préparatifs immenses, et pourtant il épousait une fille *sans dot*. Il est vrai que la vanité du général Fabio Conti, fort choquée de cette remarque, la première qui se fût présentée à l'esprit de tous ses compatriotes, venait d'acheter une terre de plus de 300 000 francs, et cette terre, lui qui n'avait rien, il l'avait payée comptant, apparemment des deniers du marquis. Aussi le général avait-il déclaré qu'il donnait cette terre en mariage à sa fille. Mais les frais d'acte et autres, montant à plus de 12 000 francs, semblèrent une dépense fort ridicule au marquis Crescenzi, être éminemment logique. De son côté il faisait fabriquer à Lyon des tentures magnifiques de couleurs, fort bien agencées et calculées par l'agrément de l'œil, par le célèbre Pallagi [1], peintre de Bologne. Ces tentures, dont chacune contenait une partie prise dans les armes de la famille Crescenzi, qui, comme

---

1. Déjà cité au chapitre XXI par Gina, p. 460.

l'univers le sait, descend du fameux Crescentius [1], consul
de Rome en 985, devaient meubler les dix-sept salons
qui formaient le rez-de-chaussée du palais du marquis. Les
tentures, les pendules et les lustres rendus à Parme coûtèrent
plus de 350 000 francs ; le prix des glaces nouvelles, ajou-
tées à celles que la maison possédait déjà, s'éleva à
200 000 francs. À l'exception de deux salons, ouvrages
célèbres du Parmesan, le grand peintre du pays après le
110 divin Corrège, toutes les pièces du premier et du second
étage étaient maintenant occupées par les peintres célèbres
de Florence, de Rome et de Milan, qui les ornaient de
peintures à fresque. Fokelberg [2], le grand sculpteur suédois,
Tenerani de Rome, et Marchesi de Milan, travaillaient
depuis un an à dix bas-reliefs représentant autant de belles
actions de Crescentius, ce véritable grand homme. La plupart des plafonds, peints à fresque, offraient aussi quelque
allusion à sa vie. On admirait généralement le plafond où
Hayez, de Milan, avait représenté Crescentius reçu dans les
120 Champs-Élysées par François Sforce ; Laurent le Magnifique, le roi Robert, le tribun Cola di Rienzi, Machiavel, le
Dante et les autres grands hommes du Moyen Âge [3]. L'admiration pour ces âmes d'élite est supposée faire épigramme
contre les gens au pouvoir.

Tous ces détails magnifiques occupaient exclusivement
l'attention de la noblesse et des bourgeois de Parme, et
percèrent le cœur de notre héros lorsqu'il les lut racontés,
avec une admiration naïve, dans une longue lettre de plus
de vingt pages que Ludovic avait dictée à un douanier de
130 Casal-Maggiore.

Et moi je suis si pauvre ! se disait Fabrice, quatre mille
livres de rente en tout et pour tout ! c'est vraiment une

---

1. Johannes Crescentius Nomentanus, consul du IXᵉ siècle : en conflit
avec le pouvoir papal, il fut assiégé au château Saint-Ange par des
troupes germaniques et exécuté (Stendhal raconte les faits dans *Promenades dans Rome*, à la date du 20 novembre 1828).
2. Ces peintres ou sculpteurs vivaient bien en Italie dans les années où se
déroule le roman.
3. Francesco Sforza (1401-1466), duc de Milan ; Laurent de Médicis, dit
Laurent le Magnifique (1448-1492) ; Robert Guiscard (vers 1015-1085),
fondateur du royaume de Naples ; Cola Rienzi (1313-1354), tribun
romain. Pour Machiavel et Dante, voir p. 111 et p. 162. Des noms peu à
leur place chez un marquis bien vu du prince.

insolence à moi d'oser être amoureux de Clélia Conti, pour qui se font tous ces miracles.

Un seul article de la longue lettre de Ludovic, mais celui-là écrit de sa mauvaise écriture, annonçait à son maître qu'il avait rencontré le soir, et dans l'état d'un homme qui se cache, le pauvre Grillo son ancien geôlier, qui avait été mis en prison, puis relâché. Cet homme lui avait demandé un sequin par charité, et Ludovic lui en avait donné quatre au nom de la duchesse. Les anciens geôliers récemment mis en liberté, au nombre de douze, se préparaient à donner une fête à coups de couteau (un *trattamento di coltellate*) aux nouveaux geôliers leurs successeurs, si jamais ils parvenaient à les rencontrer hors de la citadelle. Grillo avait dit que presque tous les jours il y avait sérénade à la forteresse, que mademoiselle Clélia Conti était fort pâle, souvent malade, et *autres choses semblables*. Ce mot ridicule fit que Ludovic reçut, courrier par courrier, l'ordre de revenir à Locarno. Il revint, et les détails qu'il donna de vive voix furent encore plus tristes pour Fabrice.

On peut juger de l'amabilité dont celui-ci était pour la pauvre duchesse ; il eût souffert mille morts plutôt que de prononcer devant elle le nom de Clélia Conti. La duchesse abhorrait Parme ; et, pour Fabrice, tout ce qui rappelait cette ville était à la fois sublime et attendrissant.

La duchesse avait moins que jamais oublié sa vengeance ; elle était si heureuse avant l'incident de la mort de Giletti ! et maintenant, quel était son sort ! elle vivait dans l'attente d'un événement affreux dont elle se serait bien gardée de dire un mot à Fabrice, elle qui autrefois, lors de son arrangement avec Ferrante, croyait tant réjouir Fabrice en lui apprenant qu'un jour il serait vengé.

On peut se faire quelque idée maintenant de l'agrément des entretiens de Fabrice avec la duchesse : un silence morne régnait presque toujours entre eux. Pour augmenter les agréments de leurs relations, la duchesse avait cédé à la tentation de jouer un mauvais tour à ce neveu trop chéri. Le comte lui écrivait presque tous les jours ; apparemment il envoyait des courriers comme du temps de leurs amours, car ses lettres portaient toujours le timbre de quelque petite ville de la Suisse. Le pauvre homme se torturait

l'esprit pour ne pas parler trop ouvertement de sa tendresse, et pour construire des lettres amusantes, à peine si
on les parcourait d'un œil distrait. Que fait, hélas ! la fidélité d'un amant estimé, quand on a le cœur percé par la
froideur de celui qu'on lui préfère ?

En deux mois de temps la duchesse ne lui répondit
180 qu'une fois et ce fut pour l'engager à sonder le terrain
auprès de la princesse, et à voir si, malgré l'insolence du
feu d'artifice, on recevrait avec plaisir une lettre d'elle
duchesse. La lettre qu'il devait présenter, s'il le jugeait à
propos, demandait la place de chevalier d'honneur de la
princesse, devenue vacante depuis peu, pour le marquis
Crescenzi, et désirait qu'elle lui fût accordée en considération de son mariage. La lettre de la duchesse était un
chef-d'œuvre : c'était le respect le plus tendre et le mieux
exprimé ; on n'avait pas admis dans ce style courtisa-
190 nesque le moindre mot dont les conséquences, même les
plus éloignées, pussent n'être pas agréables à la princesse.
Aussi la réponse respirait-elle une amitié tendre et que
l'absence met à la torture [1].

« Mon fils et moi, lui disait la princesse, n'avons pas eu
une soirée un peu passable depuis votre départ si brusque.
Ma chère duchesse ne se souvient donc plus que c'est elle
qui m'a fait rendre une voix consultative dans la nomination des officiers de ma maison ? Elle se croit donc obligée
de me donner des motifs pour la place du marquis, comme
200 si son désir exprimé n'était pas pour moi le premier des
motifs ? Le marquis aura la place, si je puis quelque
chose ; et il y en aura toujours une dans mon cœur, et la
première, pour mon aimable duchesse. Mon fils se sert
absolument des mêmes expressions, un peu fortes pourtant
dans la bouche d'un grand garçon de vingt et un ans, et
vous demande des échantillons de minéraux de la vallée
d'Orta, voisine de Belgirate. Vous pouvez adresser vos
lettres, que j'espère fréquentes, au comte, qui vous déteste
toujours et que j'aime surtout à cause de ces sentiments.
210 L'archevêque aussi vous est resté fidèle. Nous espérons
tous vous revoir un jour : rappelez-vous qu'il le faut. La

---

1. Cette lettre, longuement citée, est ouvertement, pour l'auteur, un exercice de style.

marquise Ghisleri, ma grande maîtresse, se dispose à quitter ce monde pour un meilleur : la pauvre femme m'a fait bien du mal ; elle me déplaît encore en s'en allant mal à propos ; sa maladie me fait penser au nom que j'eusse mis autrefois avec tant de plaisir à la place du sien, si toutefois j'eusse pu obtenir ce sacrifice de l'indépendance de cette femme unique qui, en nous fuyant, a emporté avec elle toute la joie de ma petite cour, etc., etc. »

C'était donc avec la conscience d'avoir cherché à hâter, autant qu'il était en elle, le mariage qui mettait Fabrice au désespoir, que la duchesse le voyait tous les jours. Aussi passaient-ils quelquefois quatre ou cinq heures à voguer ensemble sur le lac, sans se dire un seul mot [1]. La bienveillance était entière et parfaite du côté de Fabrice ; mais il pensait à d'autres choses, et son âme naïve et simple ne lui fournissait rien à dire. La duchesse le voyait, et c'était son supplice.

Nous avons oublié de raconter en son lieu que la duchesse avait pris une maison à Belgirate, village charmant, et qui tient tout ce que son nom promet (voir un beau tournant du lac). De la porte-fenêtre de son salon, la duchesse pouvait mettre le pied dans sa barque. Elle en avait pris une fort ordinaire, et pour laquelle quatre rameurs eussent suffi ; elle en engagea douze, et s'arrangea de façon à avoir un homme de chacun des villages situés aux environs de Belgirate. La troisième ou quatrième fois qu'elle se trouva au milieu du lac avec tous ces hommes bien choisis, elle fit arrêter le mouvement des rames.

– Je vous considère tous comme des amis, leur dit-elle, et je veux vous confier un secret. Mon neveu Fabrice s'est sauvé de prison ; et peut-être, par trahison, on cherchera à le reprendre, quoiqu'il soit sur votre lac, pays de franchise. Ayez l'oreille au guet, et prévenez-moi de tout ce que vous apprendrez. Je vous autorise à entrer dans ma chambre le jour et la nuit.

---

1. On notera l'inversion radicale par rapport aux parties de plaisir qu'étaient les promenades sur le lac des premiers chapitres : désormais le lac n'est plus un milieu bienfaisant, il est impuissant à rétablir la paix dans les cœurs.

Les rameurs répondirent avec enthousiasme ; elle savait
se faire aimer. Mais elle ne pensait pas qu'il fût question
250   de reprendre Fabrice : c'était pour elle qu'étaient tous ces
soins et, avant l'ordre fatal d'ouvrir le réservoir du palais
Sanseverina, elle n'y eût pas songé.

Sa prudence l'avait aussi engagée à prendre un appartement au port de Locarno pour Fabrice ; tous les jours il
venait la voir, ou elle-même allait en Suisse. On peut juger
de l'agrément de leurs perpétuels tête-à-tête par ce détail :
La marquise et ses filles vinrent les voir deux fois, et la
présence de ces étrangères leur fit plaisir ; car, malgré les
liens du sang, on peut appeler étrangère une personne qui
260   ne sait rien de nos intérêts les plus chers, et que l'on ne
voit qu'une fois par an.

La duchesse se trouvait un soir à Locarno, chez Fabrice,
avec la marquise et ses deux filles. L'archiprêtre du pays et
le curé étaient venus présenter leurs respects à ces dames :
l'archiprêtre, qui était intéressé dans une maison de commerce, et se tenait fort au courant des nouvelles, s'avisa de
dire :

– Le prince de Parme est mort !

La duchesse pâlit extrêmement ; elle eut à peine le cou-
270   rage de dire :

– Donne-t-on des détails ?

– Non, répondit l'archiprêtre ; la nouvelle se borne à
dire la mort, qui est certaine.

La duchesse regarda Fabrice. J'ai fait cela pour lui, se
dit-elle ; j'aurais fait mille fois pis, et le voilà qui est là
devant moi indifférent et songeant à une autre ! Il était au-
dessus des forces de la duchesse de supporter cette
affreuse pensée ; elle tomba dans un profond évanouissement. Tout le monde s'empressa pour la secourir ; mais, en
280   revenant à elle, elle remarqua que Fabrice se donnait
moins de mouvement que l'archiprêtre et le curé ; il rêvait
comme à l'ordinaire.

– Il pense à retourner à Parme, se dit la duchesse, et
peut-être à rompre le mariage de Clélia avec le marquis ;
mais je saurai l'empêcher. Puis, se souvenant de la présence des deux prêtres, elle se hâta d'ajouter :

– C'était un grand prince, et qui a été bien calomnié !
C'est une perte immense pour nous !

Les deux prêtres prirent congé, et la duchesse, pour être seule, annonça qu'elle allait se mettre au lit.   290

– Sans doute, se disait-elle, la prudence m'ordonne d'attendre un mois ou deux avant de retourner à Parme ; mais je sens que je n'aurai jamais cette patience ; je souffre trop ici. Cette rêverie continuelle, ce silence de Fabrice, sont pour mon cœur un spectacle intolérable. Qui me l'eût dit que je m'ennuierais en me promenant sur ce lac charmant, en tête à tête avec lui, et au moment où j'ai fait pour le venger plus que je ne puis lui dire ! Après un tel spectacle, la mort n'est rien. C'est maintenant que je paie les transports de bonheur et de joie enfantine que je   300 trouvais dans mon palais à Parme lorsque j'y reçus Fabrice revenant de Naples. Si j'eusse dit un mot, tout était fini, et peut-être que, lié avec moi, il n'eût pas songé à cette petite Clélia ; mais ce mot me faisait une répugnance horrible [1]. Maintenant elle l'emporte sur moi. Quoi de plus simple ? elle a vingt ans ; et moi, changée par les soucis, malade, j'ai le double de son âge !... Il faut mourir, il faut finir ! Une femme de quarante ans n'est plus quelque chose que pour les hommes qui l'ont aimée dans sa jeunesse ! Maintenant je ne trouverai plus que des jouissances de vanité ;   310 et cela vaut-il la peine de vivre ? Raison de plus pour aller à Parme, et pour m'amuser. Si les choses tournaient d'une certaine façon, on m'ôterait la vie. Eh bien ! où est le mal ? Je ferai une mort magnifique, et, avant que de finir, mais seulement alors, je dirai à Fabrice : Ingrat ! c'est pour toi !... Oui, je ne puis trouver d'occupation pour ce peu de vie qui me reste qu'à Parme ; j'y ferai la grande dame. Quel bonheur si je pouvais être sensible maintenant à toutes ces distinctions qui autrefois faisaient le malheur de la Raversi ! Alors, pour voir mon bonheur, j'avais   320 besoin de regarder dans les yeux de l'envie... Ma vanité a un bonheur ; à l'exception du comte peut-être, personne n'aura pu deviner quel a été l'événement qui a mis fin à la vie de mon cœur... J'aimerai Fabrice, je serai dévouée à sa fortune, mais il ne faut pas qu'il rompe le mariage de la

---

1. La lucidité de Gina est désormais totale, mais elle ne fait qu'accroître sa tragédie.

Clélia, et qu'il finisse par l'épouser... Non, cela ne sera pas !

La duchesse en était là de son triste monologue lorsqu'elle entendit un grand bruit dans la maison.

330 – Bon ! se dit-elle, voilà qu'on vient m'arrêter ; Ferrante se sera laissé prendre, il aura parlé. Eh bien, tant mieux ! je vais avoir une occupation, je vais leur disputer ma tête. Mais *primo*, il ne faut pas se laisser prendre.

La duchesse, à demi vêtue, s'enfuit au fond de son jardin : elle songeait déjà à passer par-dessus un petit mur et à se sauver dans la campagne ; mais elle vit qu'on entrait dans sa chambre. Elle reconnut Bruno, l'homme de confiance du comte : il était seul avec sa femme de chambre. Elle s'approcha de la porte-fenêtre. Cet homme 340 parlait à la femme de chambre des blessures qu'il avait reçues. La duchesse rentra chez elle, Bruno se jeta presque à ses pieds, la conjurant de ne pas dire au comte l'heure ridicule à laquelle il arrivait.

– Aussitôt la mort du prince, ajouta-t-il, M. le comte a donné l'ordre, à toutes les postes, de ne pas fournir de chevaux aux sujets des États de Parme. En conséquence, je suis allé jusqu'au Pô avec les chevaux de la maison ; mais au sortir de la barque, ma voiture a été renversée, brisée, abîmée, et j'ai eu des contusions si graves que je n'ai pu 350 monter à cheval, comme c'était mon devoir.

– Eh bien ! dit la duchesse, il est trois heures du matin : je dirai que vous êtes arrivé à midi ; vous n'allez pas me contredire.

– Je reconnais bien les bontés de madame.

La politique dans une œuvre littéraire, c'est un coup de pistolet au milieu d'un concert [1], quelque chose de grossier et auquel pourtant il n'est pas possible de refuser son attention.

Nous allons parler de fort vilaines choses, et que, 360 pour plus d'une raison, nous voudrions taire ; mais nous sommes forcés d'en venir à des événements qui sont de

---

1. Stendhal n'a cessé d'exprimer cette idée : on trouve la même formule dans *Armance* (fin du chapitre XIV) et dans *Le Rouge et le Noir* (chapitre XXII).

notre domaine, puisqu'ils ont pour théâtre le cœur des personnages.

– Mais, grand Dieu ! comment est mort ce grand prince ? dit la duchesse à Bruno.

– Il était à la chasse des oiseaux de passage, dans les marais, le long du Pô, à deux lieues de Sacca. Il est tombé dans un trou caché par une touffe d'herbe : il était tout en sueur, et le froid l'a saisi ; on l'a transporté dans une maison isolée, où il est mort au bout de quelques heures. D'autres prétendent que MM. Catena et Borone sont morts aussi, et que tout l'accident provient des casseroles de cuivre du paysan chez lequel on est entré, qui étaient remplies de vert-de-gris. On a déjeuné chez cet homme. Enfin, les têtes exaltées, les jacobins, qui racontent ce qu'ils désirent, parlent de poison. Je sais que mon ami Toto, fourrier de la cour, aurait péri sans les soins généreux d'un manant qui paraissait avoir de grandes connaissances en médecine, et lui a fait faire des remèdes fort singuliers. Mais on ne parle déjà plus de cette mort du prince : au fait, c'était un homme cruel. Lorsque je suis parti, le peuple se rassemblait pour massacrer le fiscal général Rassi : on voulait aussi aller mettre le feu aux portes de la citadelle, pour tâcher de faire sauver les prisonniers. Mais on prétendait que Fabio Conti tirerait ses canons. D'autres assuraient que les canonniers de la citadelle avaient jeté de l'eau sur leur poudre et ne voulaient pas massacrer leurs concitoyens. Mais voici qui est bien plus intéressant : tandis que le chirurgien de Sandolaro arrangeait mon pauvre bras, un homme est arrivé de Parme, qui a dit que le peuple ayant trouvé dans les rues Barbone, ce fameux commis de la citadelle, l'a assommé, et ensuite on est allé le pendre à l'arbre de la promenade qui est le plus voisin de la citadelle. Le peuple était en marche pour aller briser cette belle statue du prince qui est dans les jardins de la cour. Mais M. le comte a pris un bataillon de la garde, l'a rangé devant la statue, et a fait dire au peuple qu'aucun de ceux qui entreraient dans les jardins n'en sortirait vivant, et le peuple avait peur. Mais ce qui est bien singulier, et que cet homme arrivant de Parme, et qui est un ancien gendarme, m'a répété plusieurs fois, c'est que M. le comte a donné des coups de pied au général P***, commandant la garde

du prince, et l'a fait conduire hors du jardin par deux fusi-
liers, après lui avoir arraché ses épaulettes.

– Je reconnais bien là le comte, s'écria la duchesse avec
un transport de joie qu'elle n'eût pas prévu une minute
auparavant : il ne souffrira jamais qu'on outrage notre
princesse ; et quant au général P***, par dévouement pour
ses maîtres légitimes, il n'a jamais voulu servir l'usurpa-
410 teur, tandis que le comte, moins délicat, a fait toutes les
campagnes d'Espagne, ce qu'on lui a souvent reproché à
la cour [1].

La duchesse avait ouvert la lettre du comte, mais en
interrompait la lecture pour faire cent questions à
Bruno.

La lettre était bien plaisante ; le comte employait les
termes les plus lugubres, et cependant la joie la plus vive
éclatait à chaque mot ; il évitait les détails sur le genre de
mort du prince, et finissait sa lettre par ces mots :

420   « Tu vas revenir sans doute, mon cher ange ! mais je te
conseille d'attendre un jour ou deux le courrier que la
princesse t'enverra, à ce que j'espère, aujourd'hui ou
demain ; il faut que ton retour soit magnifique comme ton
départ a été hardi. Quant au grand criminel qui est auprès
de toi, je compte bien le faire juger par douze juges
appelés de toutes les parties de cet État. Mais, pour faire
punir ce monstre-là comme il le mérite, il faut d'abord que
je puisse faire des papillotes avec la première sentence, si
elle existe. »

430   Le comte avait rouvert sa lettre :

    « Voici bien une autre affaire : je viens de faire distri-
buer des cartouches aux deux bataillons de la garde ; je
vais me battre et mériter de mon mieux ce surnom de
Cruel dont les libéraux m'ont gratifié depuis si longtemps.
Cette vieille momie de général P*** a osé parler dans la
caserne d'entrer en pourparlers avec le peuple à demi
révolté. Je t'écris du milieu de la rue ; je vais au palais, où
l'on ne pénétrera que sur mon cadavre. Adieu ! Si je

---

1. Nouveau paradoxe : en sa qualité d'ancien des campagnes napoléoniennes, le comte réussit à empêcher toute révolution et à maintenir le
pouvoir en place, tandis que le général, qui avait toujours servi les
princes, n'arrive à rien.

meurs, ce sera en t'adorant *quand même* [1], ainsi que j'ai
vécu ! N'oublie pas de faire prendre 300 000 francs dépo- 440
sés en ton nom chez D***, à Lyon.

Voilà ce pauvre diable de Rassi pâle comme la mort, et
sans perruque ; tu n'as pas d'idée de cette figure ! Le peuple
veut absolument le pendre ; ce serait un grand tort qu'on lui
ferait, il mérite d'être écartelé. Il se réfugiait à mon palais,
et m'a couru après dans la rue ; je ne sais trop qu'en faire…
je ne veux pas le conduire au palais du prince, ce serait faire
éclater la révolte de ce côté. F*** verra si je l'aime ; mon
premier mot à Rassi a été : Il me faut la sentence contre
M. del Dongo, et toutes les copies que vous pouvez en 450
avoir, et dites à tous ces juges iniques, qui sont cause de
cette révolte, que je les ferai tous pendre, ainsi que vous,
mon cher ami, s'ils soufflent un mot de cette sentence, qui
n'a jamais existé. Au nom de Fabrice, j'envoie une compagnie de grenadiers à l'archevêque. Adieu, cher ange ! mon
palais va être brûlé, et je perdrai les charmants portraits que
j'ai de toi. Je cours au palais pour faire destituer cet infâme
général P***, qui fait des siennes ; il flatte bassement le
peuple, comme autrefois il flattait le feu prince. Tous ces
généraux ont une peur du diable ; je vais, je crois, me faire 460
nommer général en chef. »

La duchesse eut la malice de ne pas envoyer réveiller
Fabrice ; elle se sentait pour le comte un accès d'admiration qui ressemblait fort à de l'amour. Toutes réflexions
faites, se dit-elle, il faut que je l'épouse. Elle le lui écrivit
aussitôt, et fit partir un de ses gens. Cette nuit, la duchesse
n'eut pas le temps d'être malheureuse.

Le lendemain, sur le midi, elle vit une barque montée
par dix rameurs et qui fendait rapidement les eaux du lac ;
Fabrice et elles reconnurent bientôt un homme portant la 470
livrée du prince de Parme : c'était en effet un de ses courriers qui, avant de descendre à terre, cria à la duchesse :
– La révolte est apaisée ! Ce courrier lui remit plusieurs
lettres du comte, une lettre admirable de la princesse et
une ordonnance du prince Ranuce-Ernest V, sur parchemin, qui la nommait duchesse de San Giovanni et
grande maîtresse de la princesse douairière. Ce jeune

---

1. Peut-être reprise de la formule ultra : « Vive le roi quand même ! »

prince, savant en minéralogie, et qu'elle croyait un imbécile, avait eu l'esprit de lui écrire un petit billet ; mais il y
480 avait de l'amour à la fin [1]. Le billet commençait ainsi :

« Le comte dit, madame la duchesse, qu'il est content de
moi ; le fait est que j'ai essuyé quelques coups de fusil à ses
côtés et que mon cheval a été touché : à voir le bruit qu'on
fait pour si peu de chose, je désire vivement assister à une
vraie bataille [2], mais que ce ne soit pas contre mes sujets. Je
dois tout au comte ; tous mes généraux, qui n'ont pas fait la
guerre, se sont conduits comme des lièvres ; je crois que
deux ou trois se sont enfuis jusqu'à Bologne. Depuis qu'un
grand et déplorable événement m'a donné le pouvoir, je n'ai
490 point signé d'ordonnance qui m'ait été aussi agréable que
celle qui vous nomme grande maîtresse de ma mère. Ma
mère et moi, nous nous sommes souvenus qu'un jour vous
admiriez la belle vue que l'on a du *palazzeto* de San Giovanni, qui jadis appartint à Pétrarque [3], du moins on le dit ;
ma mère a voulu vous donner cette petite terre ; et moi, ne
sachant que vous donner, et n'osant vous offrir tout ce qui
vous appartient, je vous ai faite duchesse dans mon pays ; je
ne sais si vous êtes assez savante pour savoir que Sansève-
rina est un titre romain. Je viens de donner le grand cordon
500 de mon ordre à notre digne archevêque, qui a déployé une
fermeté bien rare chez les hommes de soixante-dix ans.
Vous ne m'en voudrez pas d'avoir rappelé toutes les dames
exilées. On me dit que je ne dois plus signer, dorénavant,
qu'après avoir écrit les mots *votre affectionné* : je suis fâché
que l'on me fasse prodiguer une assurance qui n'est complètement vraie que quand je vous écris.

Votre affectionné,
Ranuce-Ernest. »

Qui n'eût dit, d'après ce langage, que la duchesse allait
510 jouir de la plus haute faveur ? Toutefois elle trouva quelque
chose de fort singulier dans d'autres lettres du comte,
qu'elle reçut deux heures plus tard. Il ne s'expliquait point

---

1. Nouvelle annonce narrative : le fils est le digne successeur du père.
2. Comme Fabrice au début : le nouveau prince serait donc son double
ridicule.
3. Pétrarque pourrait avoir séjourné, à Parme, dans une maison du Borgo
San Giovanni.

autrement, mais lui conseillait de retarder de quelques jours son retour à Parme, et d'écrire à la princesse qu'elle était fort indisposée. La duchesse et Fabrice n'en partirent pas moins pour Parme aussitôt après dîner. Le but de la duchesse, que toutefois elle ne s'avouait pas, était de presser le mariage du marquis Crescenzi : Fabrice, de son côté, fit la route dans des transports de bonheur fous, et qui semblèrent ridicules à sa tante. Il avait l'espoir de revoir bientôt Clélia ; il comptait bien l'enlever, même malgré elle, s'il n'y avait que ce moyen de rompre son mariage.

Le voyage de la duchesse et de son neveu fut très gai. À une poste avant Parme, Fabrice s'arrêta un instant pour reprendre l'habit ecclésiastique ; d'ordinaire il était vêtu comme un homme en deuil. Quand il rentra dans la chambre de la duchesse :

— Je trouve quelque chose de louche et d'inexplicable, lui dit-elle, dans les lettres du comte. Si tu m'en croyais, tu passerais ici quelques heures ; je t'enverrai un courrier dès que j'aurai parlé à ce grand ministre.

Ce fut avec beaucoup de peine que Fabrice se rendit à cet avis raisonnable. Des transports de joie dignes d'un enfant de quinze ans marquèrent la réception que le comte fit à la duchesse, qu'il appelait sa femme. Il fut longtemps sans vouloir parler politique, et, quand enfin on en vint à la triste raison :

— Tu as fort bien fait d'empêcher Fabrice d'arriver officiellement ; nous sommes ici en pleine réaction. Devine un peu le collègue que le prince m'a donné comme ministre de la Justice ! c'est Rassi, ma chère, Rassi, que j'ai traité comme un gueux qu'il est, le jour de nos grandes affaires. À propos, je t'avertis qu'on a supprimé tout ce qui s'est passé ici. Si tu lis notre gazette, tu verras qu'un commis de la citadelle, nommé Barbone, est mort d'une chute de voiture. Quant aux soixante et tant de coquins [1]

---

1. Peut-être allusion à *Candide*, à la bataille entre le roi des Bulgares et le roi des Arabes, au cours de laquelle « la mousqueterie ôta du meilleur des mondes environ neuf à dix mille coquins qui en infectaient la surface » (chapitre III). Le personnage de Mosca gagne ici en ambiguïté, puisqu'il n'hésite pas, certes par pragmatisme (il est convaincu que la république est impossible), à diriger la répression et à recourir aux pires méthodes de manipulation de l'opinion.

que j'ai fait tuer à coups de balles, lorsqu'ils attaquaient la statue du prince dans les jardins, ils se portent fort bien, seulement ils sont en voyage. Le comte Zurla, ministre de
550 l'Intérieur, est allé lui-même à la demeure de chacun de ces héros malheureux, et a remis quinze sequins à leurs familles ou à leurs amis, avec ordre de dire que le défunt était en voyage, et menace très expresse de la prison, si l'on s'avisait de faire entendre qu'il avait été tué. Un homme de mon propre ministère, les Affaires étrangères, a été envoyé en mission auprès des journalistes de Milan et de Turin, afin qu'on ne parle pas du *malheureux événement*, c'est le mot consacré ; cet homme doit pousser jusqu'à Paris et Londres, afin de démentir dans tous les
560 journaux, et presque officiellement, tout ce qu'on pourrait dire de nos troubles. Un autre agent s'est acheminé vers Bologne et Florence. J'ai haussé les épaules.

Mais le plaisant, à mon âge, c'est que j'ai eu un moment d'enthousiasme en parlant aux soldats de la garde et arrachant les épaulettes de ce pleutre de général P***. En cet instant j'aurais donné ma vie, sans balancer, pour le prince ; j'avoue maintenant que c'eût été une façon bien bête de finir. Aujourd'hui, le prince, tout bon jeune homme qu'il est, donnerait cent écus pour que je mourusse de
570 maladie ; il n'ose pas encore me demander ma démission mais nous nous parlons le plus rarement possible, et je lui envoie une quantité de petits rapports par écrit, comme je le pratiquais avec le feu prince, après la prison de Fabrice. À propos, je n'ai point fait des papillotes avec la sentence signée contre lui, par la grande raison que ce coquin de Rassi ne me l'a point remise. Vous avez donc fort bien fait d'empêcher Fabrice d'arriver ici officiellement. La sentence est toujours exécutoire ; je ne crois pas pourtant que le Rassi osât faire arrêter notre neveu aujourd'hui, mais il
580 est possible qu'il l'ose dans quinze jours. Si Fabrice veut absolument rentrer en ville, qu'il vienne loger chez moi.

– Mais la cause de tout ceci ? s'écria la duchesse étonnée.

– On a persuadé au prince que je me donne des airs de dictateur et de sauveur de la patrie, et que je veux le mener comme un enfant ; qui plus est, en parlant de lui, j'aurais prononcé le mot fatal : cet *enfant*. Le fait peut être vrai, j'étais exalté ce jour-là : par exemple, je le voyais un grand homme, parce qu'il n'avait point trop de peur au milieu des premiers coups de fusil qu'il entendît 590 de sa vie. Il ne manque point d'esprit, il a même un meilleur ton que son père : enfin, je ne saurais trop le répéter, le fond du cœur est honnête et bon ; mais ce cœur sincère et jeune se crispe quand on lui raconte un tour de fripon, et croit qu'il faut avoir l'âme bien noire soi-même pour apercevoir de telles choses : songez à l'éducation qu'il a reçue !...

– Votre Excellence devait songer qu'un jour il serait le maître, et placer un homme d'esprit auprès de lui.

– D'abord, nous avons l'exemple de l'abbé de Condil- 600 lac [1], qui, appelé par le marquis de Felino, mon prédéces- seur, ne fit de son élève que le roi des nigauds. Il allait à la procession, et, en 1796, il ne sut pas traiter avec le général Bonaparte, qui eût triplé l'étendue de ses États. En second lieu, je n'ai jamais cru rester ministre dix ans de suite. Maintenant que je suis désabusé de tout, et cela depuis un mois, je veux réunir un million, avant de laisser à elle- même cette pétaudière que j'ai sauvée. Sans moi, Parme eût été république pendant deux mois, avec le poète Ferrante Palla pour dictateur. 610

Ce mot fit rougir la duchesse. Le comte ignorait tout.

– Nous allons retomber dans la monarchie ordinaire du dix-huitième siècle : le confesseur et la maîtresse. Au fond, le prince n'aime que la minéralogie, et peut-être vous, madame. Depuis qu'il règne, son valet de chambre dont je viens de faire le frère capitaine, ce frère a neuf mois de service, ce valet de chambre, dis-je, est allé lui fourrer dans la tête qu'il doit être plus heureux qu'un autre parce que son profil va se trouver sur les écus. À la suite de cette belle idée est arrivé l'ennui. 620

---

1. Étienne Bonnot de Condillac (1714-1780) fut précepteur de Ferdinand III, qui régna à Parme à partir de 1765. Le marquis de Felino est le Français Du Tillot (1711-1774), l'un des modèles de Mosca, qui fut successivement Premier ministre du duc don Philippe et de Ferdinand III. Stendhal fait allusion à la maladresse du souverain qui, en 1796, s'étant rallié aux Autrichiens, dut payer fort cher le traité de paix avec Bonaparte. À sa mort, en 1802, Napoléon annexa son duché.

Maintenant il lui faut un aide de camp, remède à l'ennui. Eh bien ! quand il m'offrirait ce fameux million qui nous est nécessaire pour bien vivre à Naples ou à Paris, je ne voudrais pas être son remède de l'ennui, et passer chaque jour quatre ou cinq heures avec Son Altesse. D'ailleurs, comme j'ai plus d'esprit que lui, au bout d'un mois il me prendrait pour un monstre.

Le feu prince était méchant et envieux, mais il avait fait la guerre et commandé des corps d'armée, ce qui lui avait
630 donné de la tenue ; on trouvait en lui l'étoffe d'un prince, et je pouvais être ministre bon ou mauvais. Avec cet honnête homme de fils candide et vraiment bon, je suis forcé d'être un intrigant. Me voici le rival de la dernière femmelette du château, et rival fort inférieur, car je mépriserai cent détails nécessaires. Par exemple, il y a trois jours, une de ces femmes qui distribuent les serviettes blanches tous les matins dans les appartements a eu l'idée de faire perdre au prince la clef d'un de ses bureaux anglais. Sur quoi Son Altesse a refusé de s'occuper de toutes les affaires dont les
640 papiers se trouvent dans ce bureau ; à la vérité pour vingt francs on peut faire détacher les planches qui en forment le fond, ou employer de fausses clefs ; mais Ranuce-Ernest V m'a dit que ce serait donner de mauvaises habitudes au serrurier de la cour.

Jusqu'ici il lui a été absolument impossible de garder trois jours de suite la même volonté. S'il fût né monsieur le marquis Untel, avec de la fortune, ce jeune prince eût été un des hommes les plus estimables de sa cour, une sorte de Louis XVI ; mais comment, avec sa naïveté
650 pieuse, va-t-il résister à toutes les savantes embûches dont il est entouré ? Aussi le salon de votre ennemie la Raversi est plus puissant que jamais ; on y a découvert que moi, qui ai fait tirer sur le peuple, et qui étais résolu à tuer trois mille hommes s'il le fallait, plutôt que de laisser outrager la statue du prince qui avait été mon maître, je suis un libéral [1] enragé, je voulais faire signer une Constitution, et cent absurdités pareilles. Avec ces propos de république, les fous nous empêcheraient de jouir de la meilleure des

---

1. Nouvelle preuve de la vanité des étiquettes politiques à Parme, que chacun manipule à son gré. Mosca a changé de camp !

monarchies... [1]. Enfin, madame, vous êtes la seule personne du parti libéral actuel dont mes ennemis me font le chef, sur le compte de qui le prince ne se soit pas expliqué en termes désobligeants ; l'archevêque, toujours parfaitement honnête homme, pour avoir parlé en termes raisonnables de ce que j'ai fait le *jour malheureux*, est en pleine disgrâce.

Le lendemain du jour qui ne s'appelait pas encore *malheureux*, quand il était encore vrai que la révolte avait existé, le prince dit à l'archevêque que, pour que vous n'eussiez pas à prendre un titre inférieur en m'épousant, il me ferait duc. Aujourd'hui je crois que c'est Rassi, anobli par moi lorsqu'il me vendait les secrets du feu prince, qui va être fait comte. En présence d'un tel avancement je jouerai le rôle d'un nigaud.

– Et le pauvre prince se mettra dans la crotte.

– Sans doute : mais au fond il *est le maître* [2], qualité qui, en moins de quinze jours, fait disparaître le *ridicule*. Ainsi, chère duchesse, faisons comme au jeu [3] de tric-trac, *allons-nous-en*.

– Mais nous ne serons guère riches.

– Au fond, ni vous ni moi n'avons besoin de luxe. Si vous me donnez à Naples une place dans une loge à San Carlo [4] et un cheval, je suis plus que satisfait ; ce ne sera jamais le plus ou moins de luxe qui nous donnera un rang à vous et à moi, c'est le plaisir que les gens d'esprit du pays pourront trouver peut-être à venir prendre une tasse de thé chez vous.

– Mais, reprit la duchesse, que serait-il arrivé, le *jour malheureux*, si vous vous étiez tenu à l'écart comme j'espère que vous le ferez à l'avenir ?

– Les troupes fraternisaient avec le peuple, il y avait trois jours de massacre et d'incendie (car il faut cent ans à ce pays pour que la république n'y soit pas une absurdité), puis quinze jours de pillage, jusqu'à ce que deux ou trois

---

1. C'est, approximativement, l'épigraphe du livre II.
2. Allusion à la fable de La Fontaine, « Le Vieillard et l'Âne » : « Notre ennemi, c'est notre Maître. »
3. Nouvelle mention de ce « jeu », tout aléatoire, qu'est la vie de cour.
4. Théâtre de Naples, le deuxième d'Italie après la Scala.

régiments fournis par l'étranger fussent venus mettre le holà [1]. Ferrante Palla était au milieu du peuple, plein de courage et furibond comme à l'ordinaire ; il avait sans doute une douzaine d'amis qui agissaient de concert avec lui, ce dont Rassi fera une superbe conspiration. Ce qu'il y a de sûr, c'est que, porteur d'un habit d'un délabrement incroyable, il distribuait l'or à pleines mains.

700

La duchesse, émerveillée de toutes ces nouvelles, se hâta d'aller remercier la princesse.

Au moment de son entrée dans la chambre, la dame d'atours lui remit la petite clef d'or que l'on porte à la ceinture, et qui est la marque de l'autorité suprême dans la partie du palais qui dépend de la princesse. Clara Paolina se hâta de faire sortir tout le monde ; et, une fois seule avec son amie, persista pendant quelques instants à ne s'expliquer qu'à demi. La duchesse ne comprenait pas trop ce que tout cela voulait dire, et ne répondait qu'avec beaucoup de réserve. Enfin, la princesse fondit en larmes, et, se jetant dans les bras de la duchesse, s'écria : Les temps de mon malheur vont recommencer : mon fils me traitera plus mal que ne l'a fait son père !

710

– C'est ce que j'empêcherai, répliqua vivement la duchesse. Mais d'abord j'ai besoin, continua-t-elle, que Votre Altesse Sérénissime daigne accepter ici l'hommage de toute ma reconnaissance et de mon profond respect.

– Que voulez-vous dire ? s'écria la princesse remplie d'inquiétude, et craignant une démission.

720

– C'est que toutes les fois que Votre Altesse Sérénissime me permettra de tourner à droite le menton tremblant de ce magot qui est sur sa cheminée, elle me permettra aussi d'appeler les choses par leur vrai nom [2].

– N'est-ce que ça, ma chère duchesse ? s'écria Clara Paolina en se levant, et courant elle-même mettre le magot

---

1. Comme l'annonçait le cryptogramme précédent, ce sont les événements réellement survenus à Modène et à Parme en 1831 que Stendhal évoque à travers le scénario envisagé par Mosca : lors des troubles fomentés par les patriotes, les troupes autrichiennes intervinrent pour rétablir l'ordre et replacer sur leur trône les souverains régnants.
2. De même, dans *Le Rouge et le Noir*, le marquis de La Mole fait revêtir à Julien des habits différents, selon le genre de conversation qu'il veut avoir avec lui (p. 274-281).

en bonne position ; parlez donc en toute liberté, madame la grande maîtresse, dit-elle avec un ton de voix charmant.

– Madame, reprit celle-ci, Votre Altesse a parfaitement vu la position ; nous courons, vous et moi, les plus grands dangers ; la sentence contre Fabrice n'est point révoquée ; par conséquent, le jour où l'on voudra se défaire de moi et vous outrager, on le remet en prison. Notre position est aussi mauvaise que jamais. Quant à moi personnellement, j'épouse le comte, et nous allons nous établir à Naples ou à Paris. Le dernier trait d'ingratitude dont le comte est victime en ce moment, l'a entièrement dégoûté des affaires et, sauf l'intérêt de Votre Altesse Sérénissime, je ne lui conseillerais de rester dans ce gâchis qu'autant que le prince lui donnerait une somme énorme. Je demanderai à Votre Altesse la permission de lui expliquer que le comte, qui avait 130 000 francs en arrivant aux affaires, possède à peine aujourd'hui 20 000 livres de rente. C'était en vain que depuis longtemps je le pressais de songer à sa fortune. Pendant mon absence, il a cherché querelle aux fermiers généraux du prince, qui étaient des fripons ; le comte les a remplacés par d'autres fripons qui lui ont donné 800 000 francs.

– Comment ! s'écria la princesse étonnée, mon Dieu ! que je suis fâchée de cela !

– Madame, répliqua la duchesse d'un très grand sang-froid, faut-il retourner le nez du magot à gauche ?

– Mon Dieu, non, s'écria la princesse ; mais je suis fâchée qu'un homme du caractère du comte ait songé à ce genre de gain.

– Sans ce vol, il était méprisé de tous les honnêtes gens.

– Grand Dieu ! est-il possible !

– Madame, reprit la duchesse, excepté mon ami, le marquis Crescenzi, qui a 3 ou 400 000 livres de rente, tout le monde vole ici ; et comment ne volerait-on pas dans un pays où la reconnaissance des plus grands services ne dure pas tout à fait un mois ? Il n'y a donc de réel et de survivant à la disgrâce que l'argent. Je vais me permettre, madame, des vérités terribles.

– Je vous les permets, moi, dit la princesse avec un profond soupir, et pourtant elles me sont cruellement désagréables.

– Eh bien ! madame, le prince votre fils, parfaitement
honnête homme, peut vous rendre bien plus malheureuse
770 que ne fit son père ; le feu prince avait du caractère à peu
près comme tout le monde. Notre souverain actuel n'est
pas sûr de vouloir la même chose trois jours de suite ; par
conséquent, pour qu'on puisse être sûr de lui, il faut vivre
continuellement avec lui et ne le laisser parler à personne.
Comme cette vérité n'est pas bien difficile à deviner, le
nouveau parti ultra, dirigé par ces deux bonnes têtes, Rassi
et la marquise Raversi, va chercher à donner une maîtresse
au prince. Cette maîtresse aura la permission de faire sa
fortune et de distribuer quelques places subalternes, mais
780 elle devra répondre au parti de la constante volonté du
maître.

Moi, pour être bien établie à la cour de Votre Altesse,
j'ai besoin que le Rassi soit exilé et conspué ; je veux, de
plus, que Fabrice soit jugé par les juges les plus honnêtes
que l'on pourra trouver : si ces messieurs reconnaissent,
comme je l'espère, qu'il est innocent, il sera naturel
d'accorder à monsieur l'archevêque que Fabrice soit son
coadjuteur avec future succession. Si j'échoue, le comte et
moi nous nous retirons ; alors, je laisse en partant ce
790 conseil à Votre Altesse Sérénissime : elle ne doit jamais
pardonner à Rassi, et jamais non plus sortir des États de
son fils. De près, ce bon fils ne lui fera pas de mal sérieux.

– J'ai suivi vos raisonnements avec toute l'attention
requise, répondit la princesse en souriant ; faudra-t-il donc
que je me charge du soin de donner une maîtresse à mon
fils ?

– Non pas, madame, mais faites d'abord que votre salon
soit le seul où il s'amuse.

La conversation fut infinie dans ce sens, les écailles tom-
800 baient des yeux [1] de l'innocente et spirituelle princesse.

Un courrier de la duchesse alla dire à Fabrice qu'il pouvait entrer en ville, mais en se cachant. On l'aperçut à
peine : il passait sa vie déguisé en paysan dans la baraque
en bois d'un marchand de marrons, établi vis-à-vis de la
porte de la citadelle, sous les arbres de la promenade.

---

1. Retour de la formule jusque-là appliquée à Fabrice. Gina se permet
d'éduquer la princesse, comme elle le fit, au début, avec Fabrice.

CHAPITRE XXIV

La duchesse organisa des soirées charmantes au palais, qui n'avait jamais vu tant de gaieté ; jamais elle ne fut plus aimable que cet hiver [1], et pourtant elle vécut au milieu des plus grands dangers ; mais aussi, pendant cette saison critique, il ne lui arriva pas deux fois de songer avec un certain degré de malheur à l'étrange changement de Fabrice. Le jeune prince venait de fort bonne heure aux soirées aimables de sa mère, qui lui disait toujours :

– Allez-vous-en donc gouverner ; je parie qu'il y a sur votre bureau plus de vingt rapports qui attendent un oui ou un non, et je ne veux pas que l'Europe m'accuse de faire de vous un roi fainéant pour régner à votre place.

Ces avis avaient le désavantage de se présenter toujours dans les moments les plus inopportuns, c'est-à-dire quand Son Altesse, ayant vaincu sa timidité, prenait part à quelque charade en action qui l'amusait fort. Deux fois la semaine il y avait des parties de campagne où, sous prétexte de conquérir au nouveau souverain l'affection de son peuple, la princesse admettait les plus jolies femmes de la bourgeoisie. La duchesse, qui était l'âme de cette cour joyeuse, espérait que ces belles bourgeoises, qui toutes voyaient avec une envie mortelle la haute fortune du bourgeois Rassi, raconteraient au prince quelqu'une des friponneries sans nombre de ce ministre. Or, entre autres idées enfantines, le prince prétendait avoir un ministère *moral*.

---

1. 1823-1824.

Rassi avait trop de sens pour ne pas sentir combien ces soirées brillantes de la cour de la princesse, dirigées par son ennemie, étaient dangereuses pour lui. Il n'avait pas voulu remettre au comte Mosca la sentence fort légale
30 rendue contre Fabrice ; il fallait donc que la duchesse ou lui disparussent de la cour.

Le jour de ce mouvement populaire, dont maintenant il était de bon ton de nier l'existence, on avait distribué de l'argent au peuple. Rassi partit de là : plus mal mis encore que de coutume, il monta dans les maisons les plus misérables de la ville, et passa des heures entières en conversation réglée avec leurs pauvres habitants. Il fut bien récompensé de tant de soins : après quinze jours de ce genre de vie il eut la certitude que Ferrante Palla avait été le chef
40 secret de l'insurrection, et bien plus, que cet être, pauvre toute sa vie comme un grand poète, avait fait vendre huit ou dix diamants à Gênes.

On citait entre autres cinq pierres de prix qui valaient réellement plus de 40 000 francs, et que, *dix jours avant la mort du prince*, on avait laissées pour 35 000 francs, parce que, disait-on, *on avait besoin d'argent*.

Comment peindre les transports de joie du ministre de la Justice à cette découverte ? Il s'apercevait que tous les jours on lui donnait des ridicules à la cour de la princesse
50 douairière, et plusieurs fois le prince, parlant d'affaires avec lui, lui avait ri au nez avec toute la naïveté de la jeunesse. Il faut avouer que le Rassi avait des habitudes singulièrement plébéiennes : par exemple, dès qu'une discussion l'intéressait, il croisait les jambes et prenait son soulier dans la main ; si l'intérêt croissait, il étalait son mouchoir de coton rouge sur sa jambe, etc., etc. Le prince avait beaucoup ri de la plaisanterie d'une des plus jolies femmes de la bourgeoisie, qui, sachant d'ailleurs qu'elle avait la jambe fort bien faite, s'était mise à imiter ce geste
60 élégant du ministre de la Justice.

Rassi sollicita une audience extraordinaire et dit au prince :

– Votre Altesse voudrait-elle donner cent mille francs pour savoir au juste quel a été le genre de mort de son auguste père ? avec cette somme, la justice serait mise à même de saisir les coupables, s'il y en a.

La réponse du prince ne pouvait être douteuse.

À quelque temps de là, la *Chékina* avertit la duchesse qu'on lui avait offert une grosse somme pour laisser examiner les diamants de sa maîtresse par un orfèvre ; elle avait refusé avec indignation. La duchesse la gronda d'avoir 70 refusé ; et, à huit jours de là, la Chékina eut des diamants à montrer. Le jour pris pour cette exhibition des diamants, le comte Mosca plaça deux hommes sûrs auprès de chacun des orfèvres de Parme, et sur le minuit il vint dire à la duchesse que l'orfèvre curieux n'était autre que le frère de Rassi. La duchesse, qui était fort gaie ce soir-là (on jouait au palais une comédie *dell'arte*, c'est-à-dire où chaque personnage invente le dialogue à mesure qu'il le dit, le plan seul de la comédie est affiché dans la coulisse) [1], la duchesse, qui jouait un rôle, avait pour amoureux dans la pièce le comte Baldi, 80 l'ancien ami de la marquise Raversi, qui était présente. Le prince, l'homme le plus timide de ses États, mais fort joli garçon et doué du cœur le plus tendre, étudiait le rôle du comte Baldi, et voulait le jouer à la seconde représentation.

– J'ai bien peu de temps, dit la duchesse au comte, je parais à la première scène du second acte ; passons dans la salle des gardes.

Là, au milieu de vingt gardes du corps, tous fort éveillés et fort attentifs aux discours du Premier ministre et de la grande maîtresse, la duchesse dit en riant à son ami :   90

– Vous me grondez toujours quand je dis des secrets inutilement. C'est par moi que fut appelé au trône Ernest V ; il s'agissait de venger Fabrice, que j'aimais alors bien plus qu'aujourd'hui, quoique toujours fort innocemment. Je sais bien que vous ne croyez guère à cette innocence, mais peu importe, puisque vous m'aimez malgré mes crimes. Eh bien ! voici un crime véritable : j'ai donné tous mes diamants à une espèce de fou fort intéressant, nommé Ferrante Palla, je l'ai même embrassé pour qu'il fît périr l'homme qui voulait faire empoisonner 100 Fabrice. Où est le mal [2] ?

---

1. Sur l'importance de l'improvisation dans ce roman, voir Présentation, p. 24.
2. Le problème est précisément qu'il n'y a pas de réponse certaine, univoque, à cette question dans l'univers théâtral de *La Chartreuse*, où le sens du jeu et l'ironie semblent bien l'emporter.

– Ah ! voilà donc où Ferrante avait pris de l'argent pour son émeute ! dit le comte, un peu stupéfait ; et vous me racontez tout cela dans la salle des gardes !

– C'est que je suis pressée, et voici le Rassi sur les traces du crime. Il est bien vrai que je n'ai jamais parlé d'insurrection, car j'abhorre les jacobins. Réfléchissez là-dessus, et dites-moi votre avis après la pièce.

– Je vous dirai tout de suite qu'il faut inspirer de 110 l'amour au prince… Mais en tout bien tout honneur, au moins !

On appelait la duchesse pour son entrée en scène, elle s'enfuit.

Quelques jours après, la duchesse reçut par la poste une grande lettre ridicule, signée du nom d'une ancienne femme de chambre à elle ; cette femme demandait à être employée à la cour, mais la duchesse avait reconnu du premier coup d'œil que ce n'était ni son écriture ni son style. En ouvrant la feuille pour lire la seconde page, la 120 duchesse vit tomber à ses pieds une petite image miracu-leuse de la Madone, pliée dans une feuille imprimée d'un vieux livre. Après avoir jeté un coup d'œil sur l'image, la duchesse lut quelques lignes de la vieille feuille imprimée. Ses yeux brillèrent, et elle y trouvait ces mots :

« Le tribun a pris cent francs par mois, non plus ; avec le reste on voulut ranimer le feu sacré dans des âmes qui se trouvèrent glacées par l'égoïsme. Le renard est sur mes traces, c'est pourquoi je n'ai pas cherché à voir une der-130 nière fois l'être adoré. Je me suis dit, elle n'aime pas la république, elle qui m'est supérieure par l'esprit autant que par les grâces et la beauté. D'ailleurs, comment faire une république sans républicains ? Est-ce que je me tromperais ? Dans six mois, je parcourrai, le microscope à la main, et à pied, les petites villes d'Amérique [1], je verrai si je dois encore aimer la seule rivale que vous ayez dans

---

1. Ferrante réalise le vœu exprimé par Fabrice (p. 195). Cet exil fait comprendre que l'idéal républicain n'a pas sa place à Parme (Ferrante le reconnaît en faisant de l'esprit), voire qu'il est une chimère, car l'on peut douter, vu ce qui a déjà été dit de ce pays, qu'il soit comblé par l'Amé-rique. C'est aussi une façon de chasser le poète hors de la cité.

mon cœur. Si vous recevez cette lettre, madame la baronne, et qu'aucun œil profane ne l'ait lue avant vous, faites briser un des jeunes frênes plantés à vingt pas de l'endroit où j'osai vous parler pour la première fois. Alors je ferai enterrer, sous le grand buis du jardin que vous remarquâtes une fois en mes jours heureux, une boîte où se trouveront de ces choses qui font calomnier les gens de mon opinion. Certes, je me fusse bien gardé d'écrire si le renard n'était sur mes traces, et ne pouvait arriver à cet être céleste ; voir le buis dans quinze jours. »

Puisqu'il a une imprimerie à ses ordres, se dit la duchesse, bientôt nous aurons un recueil de sonnets, Dieu sait le nom qu'il m'y donnera !

La coquetterie de la duchesse voulut faire un essai ; pendant huit jours elle fut indisposée, et la cour n'eut plus de jolies soirées. La princesse, fort scandalisée de tout ce que la peur qu'elle avait de son fils l'obligeait de faire dès les premiers moments de son veuvage, alla passer ces huit jours dans un couvent attenant à l'église où le feu prince était inhumé. Cette interruption des soirées jeta sur les bras du prince une masse énorme de loisir, et porta un échec notable au crédit du ministre de la Justice. Ernest V comprit tout l'ennui qui le menaçait si la duchesse quittait la cour, ou seulement cessait d'y répandre la joie. Les soirées recommencèrent, et le prince se montra de plus en plus intéressé par les comédies *dell'arte*. Il avait le projet de prendre un rôle, mais n'osait avouer cette ambition. Un jour, rougissant beaucoup, il dit à la duchesse : Pourquoi ne jouerais-je pas moi aussi [1] ?

– Nous sommes tous ici aux ordres de Votre Altesse ; si elle daigne m'en donner l'ordre, je ferai arranger le plan d'une comédie, toutes les scènes brillantes du rôle de Votre Altesse seront avec moi, et comme les premiers

---

1. Ce chapitre est une parfaite illustration de la confusion qui existe, dans le monde de la cour et de la politique, entre réalité et représentation : la scène rejoint en effet la réalité lorsque le prince l'utilise pour dire son amour à la duchesse, mais elle sert aussi à celle-ci de révélateur, puisque le jeu du prince est fonction de la situation politique. Le théâtre structure encore la longue délibération qui suit, puisque les personnages jouent, se jouent les uns des autres, et trouvent dans leur rôle une issue à la crise qui les rassemble.

170 jours tout le monde hésite un peu, si Votre Altesse veut me
regarder avec quelque attention, je lui dirai les réponses
qu'elle doit faire. Tout fut arrangé et avec une adresse
infinie. Le prince fort timide avait honte d'être timide ; les
soins que se donna la duchesse pour ne pas faire souffrir
cette timidité innée firent une impression profonde sur le
jeune souverain.

Le jour de son début, le spectacle commença une demi-
heure plus tôt qu'à l'ordinaire, et il n'y avait dans le salon,
au moment où l'on passa dans la salle de spectacle, que
180 huit ou dix femmes âgées. Ces figures-là n'imposaient
guère au prince, et d'ailleurs, élevées à Munich dans les
vrais principes monarchiques, elles applaudissaient toujours. Usant de son autorité comme grande maîtresse, la
duchesse ferma à clef la porte par laquelle le vulgaire des
courtisans entrait au spectacle. Le prince, qui avait de
l'esprit *littéraire* et une belle figure, se tira fort bien de ses
premières scènes ; il répétait avec intelligence les phrases
qu'il lisait dans les yeux de la duchesse, ou qu'elle lui
indiquait à demi-voix. Dans un moment où les rares spec-
190 tateurs applaudissaient de toutes leurs forces, la duchesse
fit un signe, la porte d'honneur fut ouverte, et la salle de
spectacle occupée en un instant par toutes les jolies
femmes de la cour, qui, trouvant au prince une figure charmante et l'air fort heureux, se mirent à applaudir ; le
prince rougit de bonheur. Il jouait le rôle d'un amoureux
de la duchesse. Bien loin d'avoir à lui suggérer des
paroles, bientôt elle fut obligée de l'engager à abréger les
scènes ; il parlait d'amour avec un enthousiasme qui souvent embarrassait l'actrice ; ses répliques duraient cinq
200 minutes. La duchesse n'était plus cette beauté éblouissante
de l'année précédente ; la prison de Fabrice, et, bien plus
encore, le séjour sur le lac Majeur avec Fabrice, devenu
morose et silencieux, avait donné dix ans de plus à la belle
Gina. Ses traits s'étaient marqués, ils avaient plus d'esprit
et moins de jeunesse.

Ils n'avaient plus que bien rarement l'enjouement du
premier âge ; mais à la scène, avec du rouge et tous les
secours que l'art fournit aux actrices, elle était encore la
plus jolie femme de la cour. Les tirades passionnées, débi-
210 tées par le prince, donnèrent l'éveil aux courtisans ; tous

se disaient ce soir-là : Voici la Balbi [1] de ce nouveau règne. Le comte se révolta intérieurement. La pièce finie, la duchesse dit au prince devant toute la cour :

– Votre Altesse joue trop bien ; on va dire que vous êtes amoureux d'une femme de trente-huit ans [2], ce qui fera manquer mon établissement avec le comte. Ainsi, je ne jouerai plus avec Votre Altesse, à moins que le prince ne me jure de m'adresser la parole comme il le ferait à une femme d'un certain âge, à Mme la marquise Raversi, par exemple.

On répéta trois fois la même pièce ; le prince était fou de bonheur ; mais, un soir, il parut fort soucieux.

– Ou je me trompe fort, dit la grande maîtresse à sa princesse, ou le Rassi cherche à nous jouer quelque tour ; je conseillerais à Votre Altesse d'indiquer un spectacle pour demain ; le prince jouera mal, et, dans son désespoir, il vous dira quelque chose.

Le prince joua fort mal en effet ; on l'entendait à peine, et il ne savait plus terminer ses phrases. À la fin du premier acte, il avait presque les larmes aux yeux ; la duchesse se tenait auprès de lui, mais froide et immobile. Le prince, se trouvant un instant seul avec elle, dans le foyer des acteurs, alla fermer la porte.

– Jamais, lui dit-il, je ne pourrai jouer le second et le troisième acte ; je ne veux pas absolument être applaudi par complaisance ; les applaudissements qu'on me donnait ce soir me fendaient le cœur. Donnez-moi un conseil, que faut-il faire ?

– Je vais m'avancer sur la scène, faire une profonde révérence à Son Altesse, une autre au public, comme un véritable directeur de comédie, et dire que l'acteur qui jouait le rôle de *Lélio*, se trouvant subitement indisposé, le spectacle se terminera par quelques morceaux de musique. Le comte Rusca et la petite Ghisolfi seront ravis de pouvoir montrer à une aussi brillante assemblée leurs petites voix aigrelettes.

220

230

240

---

1. Rappelons que la marquise Balbi était la maîtresse de Ranuce-Ernest IV.
2. Gina a en fait quarante ans.

Le prince prit la main de la duchesse, et la baisa avec transport.

– Que n'êtes-vous un homme, lui dit-il, vous me donne-
250 riez un bon conseil : Rassi vient de déposer sur mon bureau cent quatre-vingt-deux dépositions contre les pré-tendus assassins de mon père. Outre les dépositions, il y a un acte d'accusation de plus de deux cents pages ; il me faut lire tout cela, et, de plus, j'ai donné ma parole de n'en rien dire au comte. Ceci mène tout droit à des supplices ; déjà il veut que je fasse enlever en France, près d'Antibes, Ferrante Palla, ce grand poète que j'admire tant. Il est là sous le nom de Poncet [1].

– Le jour où vous ferez pendre un libéral, Rassi sera
260 lié au ministère par des chaînes de fer, et c'est ce qu'il veut avant tout ; mais Votre Altesse ne pourra plus annoncer une promenade deux heures à l'avance. Je ne parlerai ni à la princesse, ni au comte du cri de douleur qui vient de vous échapper ; mais, comme d'après mon serment je ne dois avoir aucun secret pour la princesse, je serais heureuse si Votre Altesse voulait dire à sa mère les mêmes choses qui lui sont échappées avec moi.

Cette idée fit diversion à la douleur d'acteur *chuté* qui
270 accablait le souverain.

– Eh bien ! allez avertir ma mère, je me rends dans son grand cabinet.

Le prince quitta les coulisses, traversa le salon par lequel on arrivait au théâtre, renvoya d'un air dur le grand chambellan et l'aide de camp de service qui le suivaient ; de son côté la princesse quitta précipitamment le spec-tacle ; arrivée dans le grand cabinet, la grande maîtresse fit une profonde révérence à la mère et au fils, et les laissa seuls. On peut juger de l'agitation de la cour, ce sont là les
280 choses qui la rendent si amusante [2]. Au bout d'une heure le prince lui-même se présenta à la porte du cabinet et

---

1. Rappelons que l'un de ses modèles, Ferrante Pallavicino, fut arrêté à Avignon, où il séjournait sous un faux nom, et décapité (p. 182).
2. Le narrateur porte sur la cour le même jugement que Gina et Mosca : la cour plaît par ces orages, par ces constants retournements de fortune, qui tiennent en haleine ceux dont le sort est en jeu.

appela la duchesse ; la princesse était en larmes, son fils avait une physionomie tout altérée.

Voici des gens faibles qui ont de l'humeur, se dit la grande maîtresse, et qui cherchent un prétexte pour se fâcher contre quelqu'un. D'abord la mère et le fils se disputèrent la parole pour raconter les détails à la duchesse, qui dans ses réponses eut grand soin de ne mettre en avant aucune idée. Pendant deux mortelles heures les trois acteurs de cette scène ennuyeuse ne sortirent pas des rôles que nous venons d'indiquer. Le prince alla chercher lui-même les deux énormes portefeuilles que Rassi avait déposés sur son bureau ; en sortant du grand cabinet de sa mère, il trouva toute la cour qui attendait. – Allez-vous-en, laissez-moi tranquille ! s'écria-t-il, d'un ton fort impoli et qu'on ne lui avait jamais vu. Le prince ne voulait pas être aperçu portant lui-même les deux portefeuilles, un prince ne doit rien porter. Les courtisans disparurent en un clin d'œil. En repassant le prince ne trouva plus que les valets de chambre qui éteignaient les bougies ; il les renvoya avec fureur, ainsi que le pauvre Fontana, aide de camp de service, qui avait eu la gaucherie de rester, par zèle.

– Tout le monde prend à tâche de m'impatienter ce soir, dit-il avec humeur à la duchesse, comme il rentrait dans le cabinet ; il lui croyait beaucoup d'esprit et il était furieux de ce qu'elle s'obstinait évidemment à ne pas ouvrir un avis.

Elle, de son côté, était résolue à ne rien dire qu'autant qu'on lui demanderait son avis *bien expressément*. Il s'écoula encore une grosse demi-heure avant que le prince, qui avait le sentiment de sa dignité, se déterminât à lui dire : – Mais, madame, vous ne dites rien.

– Je suis ici pour servir la princesse, et oublier bien vite ce qu'on dit devant moi.

– Eh bien ! madame, dit le prince en rougissant beaucoup, je vous ordonne de me donner votre avis.

– On punit les crimes pour empêcher qu'ils ne se renouvellent. Le feu prince a-t-il été empoisonné ? C'est ce qui est fort douteux ; a-t-il été empoisonné par les jacobins ? c'est ce que Rassi voudrait bien prouver, car alors il devient pour Votre Altesse un instrument nécessaire à tout jamais. Dans ce cas, Votre Altesse, qui commence son règne, peut se promettre bien des soirées comme celle-ci. Vos sujets disent généralement, ce qui est de toute vérité, que Votre Altesse a de la bonté dans le caractère ; tant qu'elle n'aura pas fait pendre quelque libéral, elle jouira de cette réputation, et bien certainement personne ne songera à lui préparer du poison.

330   – Votre conclusion est évidente, s'écria la princesse avec humeur ; vous ne voulez pas que l'on punisse les assassins de mon mari !

– C'est qu'apparemment, madame, je suis liée à eux par une tendre amitié.

La duchesse voyait dans les yeux du prince qu'il la croyait parfaitement d'accord avec sa mère pour lui dicter un plan de conduite. Il y eut entre les deux femmes une succession assez rapide d'aigres reparties, à la suite desquelles la duchesse protesta qu'elle ne dirait plus une seule parole, et elle fut fidèle à sa résolution ; mais le prince,
340   après une longue discussion avec sa mère, lui ordonna de nouveau de dire son avis.

– C'est ce que je jure à Vos Altesses de ne point faire !

– Mais c'est un véritable enfantillage ! s'écria le prince.

– Je vous prie de parler, madame la duchesse, dit la princesse d'un air digne.

– C'est ce dont je vous supplie de me dispenser, madame ; mais Votre Altesse, ajouta la duchesse en s'adressant au prince, lit parfaitement le français ; pour calmer nos esprits agités, voudrait-elle *nous* lire une fable
350   de La Fontaine ?

La princesse trouva ce *nous* fort insolent, mais elle eut l'air à la fois étonné et amusé, quand la grande maîtresse, qui était allée du plus grand sang-froid ouvrir la bibliothèque, revint avec un volume des *Fables* de La Fontaine ; elle le feuilleta quelques instants, puis dit au prince, en le lui présentant :

– Je supplie Votre Altesse de lire *toute* la fable [1].

---

1. Stendhal ne cite pas toute la fable : il manque le tableau du déjeuner au cours duquel le seigneur profite largement des provisions du jardinier et des bonnes grâces de sa fille. Modèle de cette gaieté enjouée que Stendhal cherche à retrouver dans sa narration, La Fontaine est l'un des écrivains les plus régulièrement cités dans *La Chartreuse*. Non commentée, la fable contribue ici à la mise en scène ironique de la délibération.

LE JARDINIER ET SON SEIGNEUR

Un amateur de jardinage,
Demi bourgeois, demi manant,   360
Possédait en certain village
Un jardin assez propre, et le clos attenant.
Il avait de plant vif fermé cette étendue.
Là croissait à plaisir l'oseille et la laitue,
De quoi faire à Margot pour sa fête un bouquet,
Peu de jasmin d'Espagne et force serpolet.
Cette félicité par un lièvre troublée
Fit qu'au seigneur du bourg notre homme se plaignit.
Ce maudit animal vient prendre sa goulée
Soir et matin, dit-il, et des pièges se rit ;   370
Les pierres, les bâtons y perdent leur crédit :
Il est sorcier, je crois. – Sorcier ? je l'en défie,
Repartit le seigneur : fût-il diable, Miraut,
En dépit de ses tours, l'attrapera bientôt.
Je vous en déferai, bonhomme, sur ma vie.
– Et quand ? – Et dès demain, sans tarder plus longtemps.
La partie ainsi faite, il vient avec ses gens.
                              [...]
– Çà, déjeunons, dit-il : vos poulets sont-ils tendres ?
L'embarras des chasseurs succède au déjeuner.
Chacun s'anime et se prépare :   380
Les trompes et les cors font un tel tintamarre
Que le bonhomme est étonné.
Le pis fut que l'on mit en piteux équipage
Le pauvre potager. Adieu planches, carreaux ;
Adieu chicorée et poireaux ;
Adieu de quoi mettre au potage.
                              [...]
Le bonhomme disait : Ce sont là jeux de prince.
Mais on le laissait dire ; et les chiens et les gens
Firent plus de dégât en une heure de temps
Que n'en auraient fait en cent ans   390
Tous les lièvres de la province.

Petits princes, videz vos débats entre vous ;
De recourir aux rois vous seriez de grands fous.
Il ne les faut jamais engager dans vos guerres,
Ni les faire entrer sur vos terres.

Cette lecture fut suivie d'un long silence. Le prince se promenait dans le cabinet, après être allé lui-même remettre le volume à sa place.

– Eh bien ! madame, dit la princesse, daignerez-vous
400 parler ?

– Non pas, certes, madame ! tant que Son Altesse ne m'aura pas nommée ministre ; en parlant ici, je courrais risque de perdre ma place de grande maîtresse.

Nouveau silence d'un gros quart d'heure ; enfin la princesse songea au rôle que joua jadis Marie de Médicis, mère de Louis XIII : tous les jours précédents, la grande maîtresse avait fait lire par la lectrice l'excellente *Histoire de Louis XIII*, de M. Bazin [1]. La princesse, quoique fort piquée, pensa que la duchesse pourrait fort bien quitter le
410 pays, et alors Rassi, qui lui faisait une peur affreuse, pourrait bien imiter Richelieu et la faire exiler par son fils. Dans ce moment, la princesse eût donné tout au monde pour humilier sa grande maîtresse ; mais elle ne pouvait : elle se leva, et vint, avec un sourire un peu exagéré, prendre la main de la duchesse et lui dire :

– Allons, madame, prouvez-moi votre amitié en parlant.

– Eh bien ; deux mots sans plus : brûler, dans la cheminée que voilà, tous les papiers réunis par cette vipère de Rassi, et ne jamais lui avouer qu'on les a brûlés.

420 Elle ajouta tout bas, et d'un air familier, à l'oreille de la princesse.

– Rassi peut être Richelieu !

– Mais, diable ! ces papiers me coûtent plus de quatre-vingt mille francs ! s'écria le prince fâché.

– Mon prince, répliqua la duchesse avec énergie, voilà ce qu'il en coûte d'employer des scélérats de basse naissance. Plût à Dieu que vous pussiez perdre un million, et ne jamais prêter créance aux bas coquins qui ont empêché

---

1. Anachronisme : cet ouvrage, lu par Stendhal peu avant la composition de *La Chartreuse*, ne commença à paraître qu'en 1837. La princesse craint que ne se reproduise la journée des Dupes (11 novembre 1630) : les adversaires de Richelieu (dont Marie de Médicis, mère de Louis XIII) avaient cru triompher de lui et avaient obtenu son renvoi ; or, Louis XIII changea d'avis et lui livra ses ennemis. Marie de Médicis fut obligée de s'exiler.

votre père de dormir pendant les six dernières années de
son règne.

430

Le mot *basse naissance* avait plu extrêmement à la princesse, qui trouvait que le comte et son amie avaient une
estime trop exclusive pour l'esprit, toujours un peu cousin
germain du jacobinisme [1].

Durant le court moment de profond silence, rempli par
les réflexions de la princesse, l'horloge du château sonna
trois heures. La princesse se leva, fit une profonde révérence à son fils, et lui dit : – Ma santé ne me permet pas de
prolonger davantage la discussion. Jamais de ministre de
basse naissance ; vous ne m'ôterez pas de l'idée que votre
Rassi vous a volé la moitié de l'argent qu'il vous a fait
dépenser en espionnage. La princesse prit deux bougies
dans les flambeaux et les plaça dans la cheminée, de façon
à ne pas les éteindre ; puis, s'approchant de son fils, elle
ajouta : – La fable de La Fontaine l'emporte, dans mon
esprit, sur le juste désir de venger un époux. Votre Altesse
veut-elle me permettre de brûler *ces écritures* ? Le prince
restait immobile.

440

Sa physionomie est vraiment stupide, se dit la
duchesse ; le comte a raison : le feu prince ne nous eût pas
fait veiller jusqu'à trois heures du matin, avant de prendre
un parti.

450

La princesse, toujours debout, ajouta :

– Ce petit procureur serait bien fier, s'il savait que ses
paperasses, remplies de mensonges, et arrangées pour procurer son avancement, ont fait passer la nuit aux deux plus
grands personnages de l'État.

Le prince se jeta sur un des portefeuilles comme un
furieux, et en vida tout le contenu dans la cheminée. La
masse des papiers fut sur le point d'étouffer les deux
bougies ; l'appartement se remplit de fumée. La princesse
vit dans les yeux de son fils qu'il était tenté de saisir une
carafe et de sauver ces papiers, qui lui coûtaient quatre-
vingt mille francs.

460

– Ouvrez donc la fenêtre ! cria-t-elle à la duchesse avec
humeur. La duchesse se hâta d'obéir ; aussitôt tous les

---

1. *Leitmotiv* du roman : Gina avait mis en garde Fabrice contre les dangers de l'esprit (p. 161 et p. 197).

papiers s'enflammèrent à la fois ; il se fit un grand bruit dans la cheminée, et bientôt il fut évident qu'elle avait pris feu.

470   Le prince avait l'âme petite pour toutes les choses d'argent ; il crut voir son palais en flammes, et toutes les richesses qu'il contenait détruites ; il courut à la fenêtre et appela la garde d'une voix toute changée. Les soldats en tumulte étant accourus dans la cour à la voix du prince, il revint près de la cheminée qui attirait l'air de la fenêtre ouverte avec un bruit réellement effrayant ; il s'impatienta, jura, fit deux ou trois tours dans le cabinet comme un homme hors de lui, et, enfin, sortit en courant.

La princesse et sa grande maîtresse restèrent debout, 480 l'une vis-à-vis de l'autre, et gardant un profond silence.

– La colère va-t-elle recommencer ? se dit la duchesse ; ma foi, mon procès est gagné. Et elle se disposait à être fort impertinente dans ses répliques, quand une pensée l'illumina ; elle vit le second portefeuille intact. Non, mon procès n'est gagné qu'à moitié ! Elle dit à la princesse, d'un air assez froid :

– Madame m'ordonne-t-elle de brûler le reste de ces papiers ?

– Et où les brûlerez-vous ? dit la princesse avec humeur.

490   – Dans la cheminée du salon ; en les y jetant l'un après l'autre, il n'y a pas de danger.

La duchesse plaça sous son bras le portefeuille regorgeant de papiers, prit une bougie et passa dans le salon voisin. Elle prit le temps de voir que ce portefeuille était celui des dépositions, mit dans son châle cinq ou six liasses de papiers, brûla le reste avec beaucoup de soin, puis disparut sans prendre congé de la princesse.

– Voici une bonne impertinence, se dit-elle en riant ; mais elle a failli, par ses affectations de veuve inconso-500 lable, me faire perdre la tête sur un échafaud.

En entendant le bruit de la voiture de la duchesse, la princesse fut outrée contre sa grande maîtresse.

Malgré l'heure indue, la duchesse fit appeler le comte ; il était au feu du château, mais parut bientôt avec la nouvelle que tout était fini. – Ce petit prince a réellement montré beaucoup de courage, et je lui en ai fait mon compliment avec effusion.

– Examinez bien vite ces dépositions, et brûlons-les au plus tôt.

Le comte lut et pâlit.

– Ma foi, ils arrivaient bien près de la vérité ; cette procédure est fort adroitement faite, ils sont tout à fait sur les traces de Ferrante Palla ; et, s'il parle, nous avons un rôle difficile.

– Mais il ne parlera pas, s'écria la duchesse ; c'est un homme d'honneur celui-là : brûlons, brûlons.

– Pas encore. Permettez-moi de prendre les noms de douze ou quinze témoins dangereux, et que je me permettrai de faire enlever, si jamais le Rassi veut recommencer.

– Je rappellerai à Votre Excellence que le prince a donné sa parole de ne rien dire à son ministre de la Justice de notre expédition nocturne.

– Par pusillanimité, et de peur d'une scène, il la tiendra.

– Maintenant, mon ami, voici une nuit qui avance beaucoup notre mariage ; je n'aurais pas voulu vous apporter en dot un procès criminel, et encore pour un péché que me fit commettre mon intérêt pour un autre.

Le comte était amoureux, lui prit la main, s'exclama ; il avait les larmes aux yeux.

– Avant de partir, donnez-moi des conseils sur la conduite que je dois tenir avec la princesse ; je suis excédée de fatigue, j'ai joué une heure la comédie sur le théâtre, et cinq heures dans le cabinet.

– Vous vous êtes assez vengée des propos aigrelets de la princesse, qui n'étaient que de la faiblesse, par l'impertinence de votre sortie. Reprenez demain avec elle sur le ton que vous aviez ce matin ; le Rassi n'est pas encore en prison ou exilé, nous n'avons pas encore déchiré la sentence de Fabrice.

Vous demandiez à la princesse de prendre une décision, ce qui donne toujours de l'humeur aux princes et même aux Premiers ministres ; enfin vous êtes sa grande maîtresse, c'est-à-dire sa petite servante. Par un retour, qui est immanquable chez les gens faibles, dans trois jours le Rassi sera plus en faveur que jamais ; il va chercher à faire prendre quelqu'un : tant qu'il n'a pas compromis le prince, il n'est sûr de rien.

Il y a eu un homme blessé à l'incendie de cette nuit ;
c'est un tailleur, qui a, ma foi, montré une intrépidité
550 extraordinaire. Demain, je vais engager le prince à
s'appuyer sur mon bras, et à venir avec moi faire une visite
au tailleur ; je serai armé jusqu'aux dents et j'aurai l'œil
au guet ; d'ailleurs ce jeune prince n'est point encore haï.
Moi, je veux l'accoutumer à se promener dans les rues,
c'est un tour que je joue au Rassi, qui certainement va me
succéder, et ne pourra plus permettre de telles imprudences. En revenant de chez le tailleur, je ferai passer le
prince devant la statue de son père ; il remarquera les
coups de pierre qui ont cassé le jupon à la romaine dont le
560 nigaud de statuaire l'a affublé ; et, enfin, le prince aura
bien peu d'esprit si de lui-même il ne fait pas cette
réflexion : Voilà ce qu'on gagne à faire pendre des jacobins. À quoi je répliquerai : Il faut en pendre dix mille ou
pas un : la Saint-Barthélemy a détruit les protestants en
France.

Demain, chère amie, avant ma promenade, faites-vous
annoncer chez le prince, et dites-lui : Hier soir, j'ai fait
auprès de vous le service de ministre, je vous ai donné des
conseils, et, par vos ordres, j'ai encouru le déplaisir de la
570 princesse ; il faut que vous me payiez. Il s'attendra à une
demande d'argent, et froncera le sourcil ; vous le laisserez
plongé dans cette idée malheureuse le plus longtemps que
vous pourrez ; puis vous direz : Je prie Votre Altesse
d'ordonner que Fabrice soit jugé *contradictoirement* (ce
qui veut dire lui présent) par les douze juges les plus res-
pectés de vos États. Et, sans perdre de temps, vous lui pré-
senterez à signer une petite ordonnance écrite de votre
belle main, et que je vais vous dicter ; je vais mettre, bien
entendu, la clause que la première sentence est annulée. À
580 cela, il n'y a qu'une objection ; mais, si vous menez
l'affaire chaudement, elle ne viendra pas à l'esprit du
prince. Il peut vous dire : Il faut que Fabrice se constitue
prisonnier à la citadelle. À quoi vous répondrez : Il se
constituera prisonnier à la prison de la ville (vous savez
que j'y suis le maître, tous les soirs, votre neveu viendra
vous voir). Si le prince vous répond : Non, sa fuite a
écorné l'honneur de ma citadelle, et je veux, pour la
forme, qu'il rentre dans la chambre où il était ; vous

répondrez à votre tour : Non, car là il serait à la disposition de mon ennemi Rassi ; et, par une de ces phrases de femme que vous savez si bien lancer, vous lui ferez entendre que, pour fléchir Rassi, vous pourrez bien lui raconter l'*auto-da-fé* de cette nuit ; s'il insiste, vous annoncerez que vous allez passer quinze jours à votre château de Sacca.

Vous allez faire appeler Fabrice et le consulter sur cette démarche qui peut le conduire en prison. Pour tout prévoir, si, pendant qu'il est sous les verrous, Rassi, trop impatient, me fait empoisonner, Fabrice peut courir des dangers. Mais la chose est peu probable ; vous savez que j'ai fait venir un cuisinier français, qui est le plus gai des hommes, et qui fait des calembours ; or, le calembour est incompatible avec l'assassinat [1]. J'ai déjà dit à notre ami Fabrice que j'ai retrouvé tous les témoins de son action belle et courageuse ; ce fut évidemment ce Giletti qui voulut l'assassiner. Je ne vous ai pas parlé de ces témoins, parce que je voulais vous faire une surprise, mais ce plan a manqué ; le prince n'a pas voulu signer. J'ai dit à notre Fabrice que, certainement, je lui procurerai une grande place ecclésiastique ; mais j'aurai bien de la peine si ses ennemis peuvent objecter en cour de Rome une accusation d'assassinat.

Sentez-vous, Madame, que, s'il n'est pas jugé de la façon la plus solennelle, toute sa vie le nom de Giletti sera désagréable pour lui ? Il y aurait une grande pusillanimité à ne pas se faire juger, quand on est sûr d'être innocent. D'ailleurs, fût-il coupable, je le ferais acquitter. Quand je lui ai parlé, le bouillant jeune homme ne m'a pas laissé achever, il a pris l'almanach officiel, et nous avons choisi ensemble les douze juges les plus intègres et les plus savants ; la liste faite, nous avons effacé six noms, que nous avons remplacés par six jurisconsultes, mes ennemis personnels, et, comme nous n'avons pu trouver que deux ennemis, nous y avons suppléé par quatre coquins dévoués à Rassi.

---

1. Raisonnement bien stendhalien : l'enjouement est une valeur, il est forcément le signe d'un caractère bon et noble.

Cette proposition du comte inquiéta mortellement la duchesse, et non sans cause ; enfin, elle se rendit à la raison, et, sous la dictée du ministre, écrivit l'ordonnance qui nommait les juges.

630   Le comte ne la quitta qu'à six heures du matin ; elle essaya de dormir, mais en vain. À neuf heures, elle déjeuna avec Fabrice, qu'elle trouva brûlant d'envie d'être jugé ; à dix heures, elle était chez la princesse, qui n'était point visible ; à onze heures, elle vit le prince, qui tenait son lever, et qui signa l'ordonnance sans la moindre objection. La duchesse envoya l'ordonnance au comte, et se mit au lit.

Il serait peut-être plaisant de raconter la fureur de Rassi, quand le comte l'obligea à contresigner, en présence du 640   prince, l'ordonnance signée le matin par celui-ci ; mais les événements nous pressent.

Le comte discuta le mérite de chaque juge, et offrit de changer les noms. Mais le lecteur est peut-être un peu las de tous ces détails de procédure, non moins que de toutes ces intrigues de cour [1]. De tout ceci, on peut tirer cette morale, que l'homme qui approche de la cour compromet son bonheur, s'il est heureux, et, dans tous les cas, fait dépendre son avenir des intrigues d'une femme de chambre.

650   D'un autre côté, en Amérique, dans la république, il faut s'ennuyer toute la journée à faire une cour sérieuse aux boutiquiers de la rue, et devenir aussi bête qu'eux, et là, pas d'Opéra.

La duchesse, à son lever du soir, eut un moment de vive inquiétude : on ne trouvait plus Fabrice ; enfin, vers minuit, au spectacle de la cour, elle reçut une lettre de lui. Au lieu de se constituer prisonnier *à la prison de la ville*, où le comte était le maître, il était allé reprendre son ancienne chambre à la citadelle, trop heureux d'habiter à 660   quelques pas de Clélia.

---

1. Le narrateur feint l'ennui, mais son raisonnement prouve, par la suite, que la vie de cour est, à tout prendre, la plus intéressante et ne saurait donc nuire au plaisir de son récit. On sait au demeurant que Stendhal prêtait lui-même beaucoup d'attention à de tels « détails de procédure ».

Ce fut un événement d'une immense conséquence : en ce lieu il était exposé au poison plus que jamais. Cette folie mit la duchesse au désespoir ; elle en pardonna la cause, un fol amour pour Clélia, parce que décidément dans quelques jours elle allait épouser le riche marquis Crescenzi. Cette folie rendit à Fabrice toute l'influence qu'il avait eue jadis sur l'âme de la duchesse.

C'est ce maudit papier que je suis allée faire signer qui lui donnera la mort ! Que ces hommes sont fous avec leurs idées d'honneur ! Comme s'il fallait songer à l'honneur dans les gouvernements absolus, dans les pays où un Rassi est ministre de la Justice ! Il fallait bel et bien accepter la grâce que le prince eût signée tout aussi facilement que la convocation de ce tribunal extraordinaire. Qu'importe, après tout, qu'un homme de la naissance de Fabrice soit plus ou moins accusé d'avoir tué lui-même, et l'épée au poing, un histrion tel que Giletti !

À peine le billet de Fabrice reçu, la duchesse courut chez le comte, qu'elle trouva tout pâle.

– Grand Dieu ! chère amie, j'ai la main malheureuse avec cet enfant, et vous allez encore m'en vouloir. Je puis vous prouver que j'ai fait venir hier soir le geôlier de la prison de la ville ; tous les jours, votre neveu serait venu prendre du thé chez vous. Ce qu'il y a d'affreux, c'est qu'il est impossible à vous et à moi de dire au prince que l'on craint le poison, et le poison administré par Rassi ; ce soupçon lui semblerait le comble de l'immoralité [1]. Toutefois, si vous l'exigez, je suis prêt à monter au palais ; mais je suis sûr de la réponse. Je vais vous dire plus ; je vous offre un moyen que je n'emploierais pas pour moi. Depuis que j'ai le pouvoir en ce pays, je n'ai pas fait périr un seul homme, et vous savez que je suis tellement nigaud de ce côté-là, que quelquefois, à la chute du jour, je pense encore à ces deux espions que je fis fusiller un peu légèrement en Espagne. Eh bien ; voulez-vous que je vous défasse de Rassi ? Le danger qu'il fait courir à Fabrice est sans bornes ; il tient là un moyen sûr de me faire déguerpir.

_____

1. Ironie du sort : le prince moral est plus dangereux que son père !

Cette proposition plut extrêmement à la duchesse ; mais
700 elle ne l'adopta pas.

– Je ne veux pas, dit-elle au comte, que, dans notre
retraite, sous ce beau ciel de Naples, vous ayez des idées
noires le soir.

– Mais, chère amie, il me semble que nous n'avons que
le choix des idées noires. Que devenez-vous, que deviens-
je moi-même, si Fabrice est emporté par une maladie ?

La discussion reprit de plus belle sur cette idée, et la
duchesse la termina par cette phrase :

– Rassi doit la vie à ce que je vous aime mieux que
710 Fabrice ; non, je ne veux pas empoisonner toutes les soirées de la vieillesse que nous allons passer ensemble.

La duchesse courut à la forteresse ; le général Fabio
Conti fut enchanté d'avoir à lui opposer le texte formel des
lois militaires : personne ne peut pénétrer dans une prison
d'État sans un ordre signé du prince.

– Mais le marquis Crescenzi et ses musiciens viennent
chaque jour à la citadelle ?

– C'est que j'ai obtenu pour eux un ordre du prince.

La pauvre duchesse ne connaissait pas tous ses mal-
720 heurs. Le général Fabio Conti s'était regardé comme personnellement déshonoré par la fuite de Fabrice : lorsqu'il
le vit arriver à la citadelle, il n'eût pas dû le recevoir, car il
n'avait aucun ordre pour cela. Mais, se dit-il, c'est le ciel
qui me l'envoie pour réparer mon honneur et me sauver du
ridicule qui flétrirait ma carrière militaire. Il s'agit de ne
pas manquer à l'occasion : sans doute on va l'acquitter, et
je n'ai que peu de jours pour me venger.

CHAPITRE XXV

L'arrivée de notre héros mit Clélia au désespoir : la pauvre fille, pieuse et sincère avec elle-même, ne pouvait se dissimuler qu'il n'y aurait jamais de bonheur pour elle loin de Fabrice ; mais elle avait fait vœu à la Madone, lors du demi-empoisonnement de son père, de faire à celui-ci le sacrifice d'épouser le marquis Crescenzi. Elle avait fait le vœu de ne jamais revoir Fabrice, et déjà elle était en proie aux remords les plus affreux, pour l'aveu auquel elle avait été entraînée dans la lettre qu'elle avait écrite à Fabrice la veille de sa fuite. Comment peindre ce qui se passa dans ce triste cœur lorsque, occupée mélancoliquement à voir voltiger ses oiseaux, et levant les yeux par habitude et avec tendresse vers la fenêtre de laquelle autrefois Fabrice la regardait, elle l'y vit de nouveau qui la saluait avec un tendre respect.

Elle crut à une vision que le ciel permettait pour la punir ; puis l'atroce réalité apparut à sa raison. Ils l'ont repris, se dit-elle, et il est perdu ! Elle se rappelait les propos tenus dans la forteresse après la fuite ; les derniers des geôliers s'estimaient mortellement offensés. Clélia regarda Fabrice, et malgré elle ce regard peignit en entier la passion qui la mettait au désespoir.

Croyez-vous, semblait-elle dire à Fabrice, que je trouverai le bonheur dans ce palais somptueux qu'on prépare pour moi ? Mon père me répète à satiété que vous êtes aussi pauvre que nous ; mais, grand Dieu ! avec quel bonheur je partagerais cette pauvreté ! Mais, hélas ! nous ne devons jamais nous revoir.

Clélia n'eut pas la force d'employer les alphabets : en
30 regardant Fabrice elle se trouva mal et tomba sur une chaise à côté de la fenêtre. Sa figure reposait sur l'appui de cette fenêtre ; et, comme elle avait voulu le voir jusqu'au dernier moment, son visage était tourné vers Fabrice, qui pouvait l'apercevoir en entier. Lorsque après quelques instants elle rouvrit les yeux, son premier regard fut pour Fabrice : elle vit des larmes dans ses yeux ; mais ces larmes étaient l'effet de l'extrême bonheur ; il voyait que l'absence ne l'avait point fait oublier. Les deux pauvres jeunes gens restèrent quelque temps comme enchantés
40 dans la vue l'un de l'autre. Fabrice osa chanter, comme s'il s'accompagnait de la guitare, quelques mots improvisés et qui disaient : *C'est pour vous revoir* que je suis revenu en prison : *on va me juger.*

Ces mots semblèrent réveiller toute la vertu de Clélia : elle se leva rapidement, se cacha les yeux, et, par les gestes les plus vifs, chercha à lui exprimer qu'elle ne devait jamais le revoir ; elle l'avait promis à la Madone, et venait de le regarder par oubli. Fabrice osant encore exprimer son amour, Clélia s'enfuit indignée et se jurant à elle-même
50 que jamais elle ne le reverrait, car tels étaient les termes précis de son vœu à la Madone : *Mes yeux ne le reverront jamais.* Elle les avait inscrits dans un petit papier que son oncle Cesare lui avait permis de brûler sur l'autel au moment de l'offrande, tandis qu'il disait la messe.

Mais, malgré tous les serments, la présence de Fabrice dans la tour Farnèse avait rendu à Clélia toutes ses anciennes façons d'agir. Elle passait ordinairement toutes ses journées seule, dans sa chambre. À peine remise du trouble imprévu où l'avait jetée la vue de Fabrice, elle se
60 mit à parcourir le palais, et pour ainsi dire à renouveler connaissance avec tous ses amis subalternes. Une vieille femme très bavarde employée à la cuisine lui dit d'un air de mystère : Cette fois-ci, le seigneur Fabrice ne sortira pas de la citadelle.

– Il ne commettra plus la faute de passer par-dessus les murs, dit Clélia ; mais il sortira par la porte, s'il est acquitté.

– Je dis et je puis dire à Votre Excellence qu'il ne sortira que les pieds les premiers de la citadelle.

Clélia pâlit extrêmement, ce qui fut remarqué de la vieille femme, et arrêta tout court son éloquence. Elle se dit qu'elle avait commis une imprudence en parlant ainsi devant la fille du gouverneur, dont le devoir allait être de dire à tout le monde que Fabrice était mort de maladie. En remontant chez elle, Clélia rencontra le médecin de la prison, sorte d'honnête homme timide qui lui dit d'un air tout effaré que Fabrice était bien malade. Clélia pouvait à peine se soutenir, elle chercha partout son oncle, le bon abbé don Cesare, et enfin le trouva à la chapelle, où il priait avec ferveur ; il avait la figure renversée. Le dîner sonna. À table, il n'y eut pas une parole d'échangée entre les deux frères ; seulement, vers la fin du repas, le général adressa quelques mots fort aigres à son frère. Celui-ci regarda les domestiques, qui sortirent.

– Mon général, dit don Cesare au gouverneur, j'ai l'honneur de vous prévenir que je vais quitter la citadelle : je donne ma démission.

– Bravo ! bravissimo ! pour me rendre suspect !… Et la raison, s'il vous plaît ?

– Ma conscience.

– Allez, vous n'êtes qu'un cabotin ! vous ne connaissez rien à l'honneur.

Fabrice est mort, se dit Clélia ; on l'a empoisonné à dîner, ou c'est pour demain. Elle courut à la volière, résolue de chanter en s'accompagnant avec le piano. Je me confesserai, se dit-elle, et l'on me pardonnera d'avoir violé mon vœu pour sauver la vie d'un homme. Quelle ne fut pas sa consternation lorsque, arrivée à la volière, elle vit que les abat-jour venaient d'être remplacés par des planches attachées aux barreaux de fer ! Éperdue, elle essaya de donner un avis au prisonnier par quelques mots plutôt criés que chantés. Il n'y eut de réponse d'aucune sorte ; un silence de mort régnait déjà dans la tour Farnèse. Tout est consommé, se dit-elle. Elle descendit hors d'elle-même, puis remonta afin de se munir du peu d'argent qu'elle avait et de petites boucles d'oreilles en diamants ; elle prit aussi, en passant, le pain qui restait du dîner, et qui avait été placé dans un buffet. S'il vit encore,

mon devoir est de le sauver. Elle s'avança d'un air hau-
110 tain vers la petite porte de la tour ; cette porte était
ouverte, et l'on venait seulement de placer huit soldats
dans la pièce aux colonnes du rez-de-chaussée. Elle
regarda hardiment ces soldats ; Clélia comptait adresser
la parole au sergent qui devait les commander : cet
homme était absent. Clélia s'élança sur le petit escalier
de fer qui tournait en spirale autour d'une colonne ; les
soldats la regardèrent d'un air fort ébahi, mais, apparemment à cause de son châle de dentelle et de son chapeau,
n'osèrent rien lui dire. Au premier étage il n'y avait
120 personne ; mais, en arrivant au second, à l'entrée du corridor qui, si le lecteur s'en souvient, était fermé par trois
portes en barreaux de fer et conduisait à la chambre de
Fabrice, elle trouva un guichetier à elle inconnu, et qui lui
dit d'un air effaré :

— Il n'a pas encore dîné.

— Je le sais bien, dit Clélia avec hauteur. Cet homme
n'osa l'arrêter. Vingt pas plus loin, Clélia trouva assis sur
la première des six marches en bois qui conduisaient à la
chambre de Fabrice un autre guichetier fort âgé et fort
130 rouge qui lui dit résolument :

— Mademoiselle, avez-vous un ordre du gouverneur ?

— Est-ce que vous ne me connaissez pas ?

Clélia, en ce moment, était animée d'une force surnaturelle, elle était hors d'elle-même [1]. Je vais sauver mon
mari, se disait-elle.

Pendant que le vieux guichetier s'écriait : Mais mon
devoir ne me permet pas... Clélia montait rapidement les
six marches ; elle se précipita contre la porte : une clef
énorme était dans la serrure ; elle eut besoin de toutes ses
140 forces pour la faire tourner. À ce moment, le vieux guichetier à demi ivre saisissait le bas de sa robe ; elle entra vivement dans la chambre, referma la porte en déchirant sa
robe, et, comme le guichetier la poussait pour entrer après
elle, elle la ferma avec un verrou qui se trouvait sous sa

---

1. Nouvel exemple de cette surprenante énergie que la passion suscite en
Clélia et qui s'empare d'elle sans qu'elle puisse la contrôler : son attitude
prouve combien le personnage stendhalien reste une énigme, y compris
pour lui-même.

main [1]. Elle regarda dans la chambre et vit Fabrice assis devant une fort petite table où était son dîner. Elle se précipita sur la table, la renversa, et, saisissant le bras de Fabrice, lui dit :

– As-tu mangé ?

Ce tutoiement ravit Fabrice. Dans son trouble, Clélia 150 oubliait pour la première fois la retenue féminine, et laissait voir son amour.

Fabrice allait commencer ce fatal repas : il la prit dans ses bras et la couvrit de baisers. Ce dîner était empoisonné, pensa-t-il : si je lui dis que je n'y ai pas touché, la religion reprend ses droits et Clélia s'enfuit. Si elle me regarde au contraire comme un mourant, j'obtiendrai d'elle qu'elle ne me quitte point. Elle désire trouver un moyen de rompre son exécrable mariage, le hasard nous le présente : les geôliers vont s'assembler, ils enfonceront la porte, et voici 160 une esclandre telle que peut-être le marquis Crescenzi en sera effrayé, et le mariage rompu.

Pendant l'instant de silence occupé par ces réflexions, Fabrice sentit que déjà Clélia cherchait à se dégager de ses embrassements.

– Je ne me sens point encore de douleurs, lui dit-il, mais bientôt elles me renverseront à tes pieds ; aide-moi à mourir.

– Ô mon unique ami ! lui dit-elle, je mourrai avec toi. Elle le serrait dans ses bras, comme par un mouvement 170 convulsif.

Elle était si belle, à demi vêtue et dans cet état d'extrême passion, que Fabrice ne put résister à un mouvement presque involontaire. Aucune résistance ne fut opposée [2].

---

1. Il est curieux de constater que le prisonnier peut s'enfermer dans sa cellule !
2. Comme toujours, ellipse de la scène d'amour. On sait au demeurant que, pour Stendhal, les premières manifestations de l'amour, les premiers gestes, les premiers regards échangés (encore si complaisamment décrits au début de ce chapitre) sont plus propices au romanesque, parce que tout n'est alors que rêve, que promesse. Dans *De l'amour*, il écrivait déjà : « Le plus grand bonheur que puisse donner l'amour, c'est le premier serrement de main d'une femme qu'on aime. [...] Dans l'amour-passion, l'intimité n'est pas tant le bonheur parfait que le dernier pas pour y arriver » (p. 109).

Dans l'enthousiasme de passion et de générosité qui suit un bonheur extrême, il lui dit étourdiment :

– Il ne faut pas qu'un indigne mensonge vienne souiller les premiers instants de notre bonheur : sans ton courage
180 je ne serais plus qu'un cadavre, ou je me débattrais contre d'atroces douleurs ; mais j'allais commencer à dîner lorsque tu es entrée, et je n'ai point touché à ces plats.

Fabrice s'étendait sur ces images atroces pour conjurer l'indignation qu'il lisait dans les yeux de Clélia. Elle le regarda quelques instants, combattue par deux sentiments violents et opposés, puis elle se jeta dans ses bras. On entendit un grand bruit dans le corridor, on ouvrait et on fermait avec violence les trois portes de fer, on parlait en criant.

190 – Ah ! si j'avais des armes ! s'écria Fabrice ; on me les a fait rendre pour me permettre d'entrer. Sans doute ils viennent pour m'achever ! Adieu, ma Clélia, je bénis ma mort puisqu'elle a été l'occasion de mon bonheur. Clélia l'embrassa et lui donna un petit poignard à manche d'ivoire, dont la lame n'était guère plus longue que celle d'un canif.

– Ne te laisse pas tuer, lui dit-elle, et défends-toi jusqu'au dernier moment ; si mon oncle l'abbé a entendu le bruit, il a du courage et de la vertu, il te sauvera ; je vais
200 leur parler. En disant ces mots elle se précipita vers la porte.

– Si tu n'es pas tué, dit-elle avec exaltation, en tenant le verrou de la porte, et tournant la tête de son côté, laisse-toi mourir de faim plutôt que de toucher à quoi que ce soit. Porte ce pain toujours sur toi. Le bruit s'approchait, Fabrice la saisit à bras-le-corps, prit sa place auprès de la porte, et ouvrant cette porte avec fureur, il se précipita sur l'escalier de bois de six marches. Il avait à la main le petit poignard à manche d'ivoire, et fut sur le point d'en percer
210 le gilet du général Fontana, aide de camp du prince, qui recula bien vite, en s'écriant tout effrayé : – Mais je viens vous sauver, monsieur del Dongo.

Fabrice remonta les six marches, dit dans la chambre : *Fontana vient me sauver* ; puis, revenant près du général sur les marches de bois, s'expliqua froidement avec lui. Il le pria fort longuement de lui pardonner un premier mouvement de colère. – On voulait m'empoisonner ; ce dîner qui est là devant moi est empoisonné ; j'ai eu l'esprit de ne pas y toucher, mais je vous avouerai que ce procédé m'a choqué. En vous entendant monter, j'ai cru qu'on venait m'achever à coups de dague… Monsieur le général, je vous requiers d'ordonner que personne n'entre dans ma chambre : on ôterait le poison, et notre bon prince doit tout savoir.

Le général, fort pâle et tout interdit, transmit les ordres indiqués par Fabrice aux geôliers d'élite qui le suivaient : ces gens, tout penauds de voir le poison découvert, se hâtèrent de descendre ; ils prenaient les devants, en apparence, pour ne pas arrêter dans l'escalier si étroit l'aide de camp du prince, et en effet pour se sauver et disparaître. Au grand étonnement du général Fontana, Fabrice s'arrêta un gros quart d'heure au petit escalier de fer autour de la colonne du rez-de-chaussée ; il voulait donner le temps à Clélia de se cacher au premier étage.

C'était la duchesse qui, après plusieurs démarches folles, était parvenue à faire envoyer le général Fontana à la citadelle ; elle y réussit par hasard. En quittant le comte Mosca aussi alarmé qu'elle, elle avait couru au palais. La princesse, qui avait une répugnance marquée pour l'énergie qui lui semblait vulgaire, la crut folle, et ne parut pas du tout disposée à tenter en sa faveur quelque démarche insolite. La duchesse, hors d'elle-même, pleurait à chaudes larmes, elle ne savait que répéter à chaque instant :

– Mais, madame, dans un quart d'heure Fabrice sera mort par le poison !

En voyant le sang-froid parfait de la princesse, la duchesse devint folle de douleur. Elle ne fit point cette réflexion morale, qui n'eût pas échappé à une femme élevée dans une de ces religions du Nord qui admettent l'examen personnel : j'ai employé le poison la première, et je péris par le poison [1]. En Italie, ces sortes de réflexions, dans les moments passionnés, paraissent de l'esprit fort plat, comme ferait à Paris un calembour en pareille circonstance.

---

1. Inconséquence déjà relevée chez Fabrice (p. 141).

La duchesse, au désespoir, hasarda d'aller dans le salon où se tenait le marquis Crescenzi, de service ce jour-là. Au retour de la duchesse à Parme, il l'avait remerciée avec effusion de la place de chevalier d'honneur à laquelle, sans
260 elle, il n'eût jamais pu prétendre. Les protestations de dévouement sans bornes n'avaient pas manqué de sa part. La duchesse l'aborda par ces mots :

– Rassi va faire empoisonner Fabrice qui est à la citadelle. Prenez dans votre poche du chocolat et une bouteille d'eau que je vais vous donner. Montez à la citadelle, et donnez-moi la vie en disant au général Fabio Conti que vous rompez avec sa fille s'il ne vous permet pas de remettre vous-même à Fabrice cette eau et ce chocolat.

Le marquis pâlit, et sa physionomie, loin d'être animée
270 par ces mots, peignit l'embarras le plus plat ; il ne pouvait croire à un crime si épouvantable dans une ville aussi morale que Parme, et où régnait un si grand prince, etc. ; et encore, ces platitudes, il les disait lentement. En un mot, la duchesse trouva un homme honnête, mais faible au possible et ne pouvant se déterminer à agir. Après vingt phrases semblables interrompues par les cris d'impatience de Mme Sanseverina, il tomba sur une idée excellente : le serment qu'il avait prêté comme chevalier d'honneur lui défendait de se mêler de manœuvres contre le gouverne-
280 ment.

Qui pourrait se figurer l'anxiété et le désespoir de la duchesse, qui sentait que le temps volait ?

– Mais, du moins, voyez le gouverneur, dites-lui que je poursuivrai jusqu'aux enfers les assassins de Fabrice !…

Le désespoir augmentait l'éloquence naturelle de la duchesse, mais tout ce feu ne faisait qu'effrayer davantage le marquis et redoubler son irrésolution ; au bout d'une heure, il était moins disposé à agir qu'au premier moment.

Cette femme malheureuse, parvenue aux dernières
290 limites du désespoir, et sentant bien que le gouverneur ne refuserait rien à un gendre aussi riche, alla jusqu'à se jeter à ses genoux : alors la pusillanimité du marquis Crescenzi sembla augmenter encore ; lui-même, à la vue de ce spectacle étrange, craignit d'être compromis sans le savoir ; mais il arriva une chose singulière : le marquis, bon homme au fond, fut touché des larmes et de la position, à

ses pieds, d'une femme aussi belle et surtout aussi puissante.

Moi-même, si noble et si riche, se dit-il, peut-être un jour je serai aussi aux genoux de quelque républicain ! Le marquis se mit à pleurer, et enfin il fut convenu que la duchesse, en sa qualité de grande maîtresse, le présenterait à la princesse, qui lui donnerait la permission de remettre à Fabrice un petit panier dont il déclarerait ignorer le contenu.

La veille au soir, avant que la duchesse sût la folie faite par Fabrice d'aller à la citadelle, on avait joué à la cour une comédie *dell'arte* ; et le prince, qui se réservait toujours les rôles d'amoureux à jouer avec la duchesse, avait été tellement passionné en lui parlant de sa tendresse, qu'il eût été ridicule, si, en Italie, un homme passionné ou un prince pouvait jamais l'être !

Le prince, fort timide, mais toujours prenant fort au sérieux les choses d'amour, rencontra dans l'un des corridors du château la duchesse qui entraînait le marquis Crescenzi, tout troublé, chez la princesse. Il fut tellement surpris et ébloui par la beauté pleine d'émotion que le désespoir donnait à la grande maîtresse, que, pour la première fois de sa vie, il eut du caractère. D'un geste plus qu'impérieux il renvoya le marquis et se mit à faire une déclaration d'amour dans toutes les règles à la duchesse. Le prince l'avait sans doute arrangée longtemps à l'avance, car il y avait des choses assez raisonnables.

– Puisque les convenances de mon rang me défendent de me donner le suprême bonheur de vous épouser, je vous jurerai sur la sainte hostie consacrée, de ne jamais me marier sans votre permission par écrit. Je sens bien, ajoutait-il, que je vous fais perdre la main d'un Premier ministre, homme d'esprit et fort aimable ; mais enfin il a cinquante-six ans [1], et moi je n'en ai pas encore vingt-deux. Je croirais vous faire injure et mériter vos refus si je vous parlais des avantages étrangers à l'amour ; mais tout ce qui tient à l'argent dans ma cour parle avec admiration de la preuve d'amour que le comte vous donne, en vous laissant la dépositaire de tout ce qui lui appartient. Je serai

---

1. Cinquante-quatre, exactement.

trop heureux de l'imiter en ce point. Vous ferez un meilleur usage de ma fortune que moi-même, et vous aurez l'entière disposition de la somme annuelle que mes ministres remettent à l'intendant général de ma couronne ;

340 de façon que ce sera vous, madame la duchesse, qui déciderez des sommes que je pourrai dépenser chaque mois. La duchesse trouvait tous ces détails bien longs ; les dangers de Fabrice lui perçaient le cœur.

– Mais vous ne savez donc pas, mon prince s'écriat-elle, qu'en ce moment, on empoisonne Fabrice dans votre citadelle ! Sauvez-le ! je crois tout.

L'arrangement de cette phrase était d'une maladresse complète. Au seul mot de poison, tout l'abandon, toute la bonne foi que ce pauvre prince moral apportait dans cette

350 conversation disparurent en un clin d'œil ; la duchesse ne s'aperçut de cette maladresse que lorsqu'il n'était plus temps d'y remédier, et son désespoir fut augmenté, chose qu'elle croyait impossible. Si je n'eusse pas parlé de poison, se dit-elle, il m'accordait la liberté de Fabrice. Ô cher Fabrice ! ajouta-t-elle, il est donc écrit que [1] c'est moi qui dois te percer le cœur par mes sottises !

La duchesse eut besoin de beaucoup de temps et de coquetteries pour faire revenir le prince à ses propos d'amour passionné ; mais il resta profondément effa-

360 rouché. C'était son esprit seul qui parlait ; son âme avait été glacée par l'idée du poison d'abord, et ensuite par cette autre idée, aussi désobligeante que la première était terrible : on administre du poison dans mes États, et cela sans me le dire ! Rassi veut donc me déshonorer aux yeux de l'Europe ! Et Dieu sait ce que je lirai le mois prochain dans les journaux de Paris !

Tout à coup l'âme de ce jeune homme si timide se taisant, son esprit arriva à une idée.

– Chère duchesse ! vous savez si je vous suis attaché.

370 Vos idées atroces sur le poison ne sont pas fondées, j'aime à le croire ; mais enfin elles me donnent aussi à penser, elles me font presque oublier pour un instant la passion que j'ai pour vous, et qui est la seule que de ma vie j'ai

---

1. Comme Fabrice, la duchesse s'exprime à la manière de Jacques, le personnage de Diderot.

éprouvée. Je sens que je ne suis pas aimable ; je ne suis qu'un enfant bien amoureux ; mais enfin mettez-moi à l'épreuve.

Le prince s'animait assez en tenant ce langage.

– Sauvez Fabrice, et je crois tout ! Sans doute je suis entraînée par les craintes folles d'une âme de mère ; mais envoyez à l'instant chercher Fabrice à la citadelle, que je 380 le voie. S'il vit encore, envoyez-le du palais à la prison de la ville, où il restera des mois entiers, si Votre Altesse l'exige, et jusqu'à son jugement.

La duchesse vit avec désespoir que le prince, au lieu d'accorder d'un mot une chose aussi simple, était devenu sombre ; il était fort rouge, il regardait la duchesse, puis baissait les yeux et ses joues pâlissaient. L'idée de poison, mal à propos mise en avant, lui avait suggéré une idée digne de son père ou de Philippe II : mais il n'osait l'exprimer. 390

– Tenez, madame, lui dit-il enfin comme se faisant violence, et d'un ton fort peu gracieux, vous me méprisez comme un enfant, et de plus, comme un être sans grâces : eh bien ! je vais vous dire une chose horrible, mais qui m'est suggérée à l'instant par la passion profonde et vraie que j'ai pour vous. Si je croyais le moins du monde au poison, j'aurais déjà agi, mon devoir m'en faisait une loi ; mais je ne vois dans votre demande qu'une fantaisie passionnée, et dont peut-être, je vous demande la permission de le dire, je ne vois pas toute la portée. Vous voulez que 400 j'agisse sans consulter mes ministres, moi qui règne depuis trois mois à peine ! vous me demandez une grande exception à ma façon d'agir ordinaire, et que je crois fort raisonnable, je l'avoue. C'est vous, madame, qui êtes ici en ce moment le souverain absolu, vous me donnez des espérances pour l'intérêt qui est tout pour moi ; mais, dans une heure, lorsque cette imagination de poison, lorsque ce cauchemar aura disparu, ma présence vous deviendra importune, vous me disgracierez, madame. Eh bien ! il me faut un serment : jurez, madame, que si Fabrice vous est 410 rendu sain et sauf, j'obtiendrai de vous, d'ici à trois mois, tout ce que mon amour peut désirer de plus heureux ; vous assurerez le bonheur de ma vie entière en mettant à ma disposition une heure de la vôtre, et vous serez toute à moi.

En cet instant, l'horloge du château sonna deux heures. Ah ! il n'est plus temps peut-être, se dit la duchesse.

– Je le jure, s'écria-t-elle avec des yeux égarés.

Aussitôt le prince devint un autre homme ; il courut à
420 l'extrémité de la galerie où se trouvait le salon des aides de camp.

– Général Fontana, courez à la citadelle ventre à terre, montez aussi vite que possible à la chambre où l'on garde M. del Dongo et amenez-le-moi, il faut que je lui parle dans vingt minutes, et dans quinze s'il est possible.

– Ah ! général, s'écria la duchesse qui avait suivi le prince, une minute peut décider de ma vie. Un rapport faux sans doute me fait craindre le poison pour Fabrice : criez-lui dès que vous serez à portée de la voix, de ne pas
430 manger. S'il a touché à son repas, faites-le vomir, dites-lui que c'est moi qui le veux, employez la force s'il le faut ; dites-lui que je vous suis de bien près, et croyez-moi votre obligée pour la vie.

– Madame la duchesse, mon cheval est sellé, je passe pour savoir manier un cheval, et je cours ventre à terre, je serai à la citadelle huit minutes avant vous.

– Et moi, madame la duchesse, s'écria le prince, je vous demande quatre de ces huit minutes.

L'aide de camp avait disparu, c'était un homme qui
440 n'avait pas d'autre mérite que celui de monter à cheval. À peine eut-il refermé la porte, que le jeune prince, qui semblait avoir du caractère, saisit la main de la duchesse.

– Daignez, madame, lui dit-il avec passion, venir avec moi à la chapelle.

La duchesse, interdite pour la première fois de sa vie, le suivit sans mot dire. Le prince et elle parcoururent en courant toute la longueur de la grande galerie du palais, la chapelle se trouvant à l'autre extrémité. Entré dans la chapelle, le prince se mit à genoux, presque autant devant la
450 duchesse que devant l'autel.

– Répétez le serment, dit-il avec passion ; si vous aviez été juste, si cette malheureuse qualité de prince ne m'eût pas nui, vous m'eussiez accordé par pitié pour mon amour ce que vous me devez maintenant parce que vous l'avez juré.

– Si je revois Fabrice non empoisonné, s'il vit encore dans huit jours, si Son Altesse le nomme coadjuteur avec future succession de l'archevêque Landriani, mon honneur, ma dignité de femme, tout par moi sera foulé aux pieds, et je serai à Son Altesse. 460

– Mais, *chère amie*, dit le prince avec une timide anxiété et une tendresse mélangées et bien plaisantes, je crains quelque embûche que je ne comprends pas, et qui pourrait détruire mon bonheur ; j'en mourrais. Si l'archevêque m'oppose quelqu'une de ces raisons ecclésiastiques qui font durer les affaires des années entières, qu'est-ce que je deviens ? Vous voyez que j'agis avec une entière bonne foi ; allez-vous être avec moi un petit jésuite ?

– Non : de bonne foi, si Fabrice est sauvé, si, de tout votre pouvoir, vous le faites coadjuteur et futur arche- 470 vêque, je me déshonore et je suis à vous.

Votre Altesse s'engage à mettre *approuvé* en marge d'une demande que monseigneur l'archevêque vous présentera d'ici à huit jours.

– Je vous signe un papier en blanc, régnez sur moi et sur mes États, s'écria le prince rougissant de bonheur et réellement hors de lui. Il exigea un second serment. Il était tellement ému, qu'il en oubliait la timidité qui lui était si naturelle, et, dans cette chapelle du palais où ils étaient seuls, il dit à voix basse à la duchesse des choses qui, dites 480 trois jours auparavant, auraient changé l'opinion qu'elle avait de lui. Mais chez elle le désespoir que lui causait le danger de Fabrice avait fait place à l'horreur de la promesse qu'on lui avait arrachée.

La duchesse était bouleversée de ce qu'elle venait de faire. Si elle ne sentait pas encore toute l'affreuse amertume du mot prononcé, c'est que son attention était occupée à savoir si le général Fontana pourrait arriver à temps à la citadelle.

Pour se délivrer des propos follement tendres de cet 490 enfant et changer un peu le discours, elle loua un tableau célèbre du Parmesan, qui était au maître-autel de cette chapelle.

– Soyez assez bonne pour me permettre de vous
l'envoyer, dit le prince.

– J'accepte, reprit la duchesse ; mais souffrez que je
coure au-devant de Fabrice.

D'un air égaré, elle dit à son cocher de mettre ses chevaux au galop. Elle trouva sur le pont du fossé de la cita-
500   delle le général Fontana et Fabrice, qui sortaient à pied.

– As-tu mangé ?

– Non, par miracle.

La duchesse se jeta au cou de Fabrice, et tomba dans un
évanouissement qui dura une heure et donna des craintes
d'abord pour sa vie, et ensuite pour sa raison.

Le gouverneur Fabio Conti avait pâli de colère à la vue
du général Fontana : il avait apporté de telles lenteurs à
obéir à l'ordre du prince, que l'aide de camp, qui supposait
que la duchesse allait occuper la place de maîtresse
510   régnante, avait fini par se fâcher. Le gouverneur comptait
faire durer la maladie de Fabrice deux ou trois jours, et
voilà, se disait-il, que le général, un homme de la cour, va
trouver cet insolent se débattant dans les douleurs qui me
vengent de sa fuite.

Fabio Conti, tout pensif, s'arrêta dans le corps de garde
du rez-de-chaussée de la tour Farnèse, d'où il se hâta de
renvoyez les soldats ; il ne voulait pas de témoins à la
scène qui se préparait. Cinq minutes après il fut pétrifié
d'étonnement en entendant parler Fabrice, et le voyant, vif
520   et alerte, faire au général Fontana la description de la
prison. Il disparut.

Fabrice se montra un parfait *gentleman* dans son
entrevue avec le prince. D'abord il ne voulut point avoir
l'air d'un enfant qui s'effraie à propos de rien. Le
prince lui demandant avec bonté comment il se trouvait :
– Comme un homme, Altesse Sérénissime, qui meurt de
faim, n'ayant par bonheur ni déjeuné, ni dîné. Après avoir
eu l'honneur de remercier le prince, il sollicita la permission de voir l'archevêque avant de se rendre à la prison de
530   la ville. Le prince était devenu prodigieusement pâle,
lorsque arriva dans sa tête d'enfant l'idée que le poison
n'était point tout à fait une chimère de l'imagination de la
duchesse. Absorbé dans cette cruelle pensée, il ne répondit
pas d'abord à la demande de voir l'archevêque, que

Fabrice lui adressait ; puis il se crut obligé de réparer sa distraction par beaucoup de grâces.

– Sortez seul, monsieur, allez dans les rues de ma capitale sans aucune garde. Vers les dix ou onze heures vous vous rendrez en prison, où j'ai l'espoir que vous ne resterez pas longtemps.

Le lendemain de cette grande journée, la plus remarquable de sa vie, le prince se croyait un petit Napoléon ; il avait lu que ce grand homme avait été bien traité par plusieurs des jolies femmes de sa cour. Une fois Napoléon par les bonnes fortunes, il se rappela qu'il l'avait été devant les balles. Son cœur était encore tout transporté de la fermeté de sa conduite avec la duchesse. La conscience d'avoir fait quelque chose de difficile en fit un tout autre homme pendant quinze jours ; il devint sensible aux raisonnements généreux ; il eut quelque caractère.

Il débuta ce jour-là par brûler la patente de comte dressée en faveur de Rassi, qui était sur son bureau depuis un mois. Il destitua le général Fabio Conti, et demanda au colonel Lange [1], son successeur, la vérité sur le poison. Lange, brave militaire polonais, fit peur aux geôliers, et dit au prince qu'on avait voulu empoisonner le déjeuner de M. del Dongo ; mais il eût fallu mettre dans la confidence un trop grand nombre de personnes. Les mesures furent mieux prises pour le dîner ; et, sans l'arrivée du général Fontana, M. del Dongo était perdu. Le prince fut consterné ; mais, comme il était réellement fort amoureux, ce fut une consolation pour lui de pouvoir se dire : Il se trouve que j'ai réellement sauvé la vie à M. del Dongo, et la duchesse n'osera pas manquer à la parole qu'elle m'a donnée. Il arriva à une autre idée : Mon métier est bien plus difficile que je ne le pensais ; tout le monde convient que la duchesse a infiniment d'esprit, la politique est ici d'accord avec mon cœur. Il serait divin pour moi qu'elle voulût être mon Premier ministre.

Le soir, le prince était tellement irrité des horreurs qu'il avait découvertes, qu'il ne voulut pas se mêler de la comédie.

---

1. Dans *Rome, Naples et Florence*, Stendhal mentionne un colonel ainsi nommé (p. 317).

– Je serais trop heureux, dit-il à la duchesse, si vous vouliez régner sur mes États comme vous régnez sur mon cœur.
Pour commencer, je vais vous dire l'emploi de ma journée.
Alors il lui conta tout fort exactement : la brûlure de la
patente de comte de Rassi, la nomination de Lange, son rapport sur l'empoisonnement, etc., etc. Je me trouve bien peu
d'expérience pour régner. Le comte m'humilie par ses plai-
580   santeries, il plaisante même au conseil, et, dans le monde, il
tient des propos dont vous allez contester la vérité ; il dit
que je suis un enfant qu'il mène où il veut. Pour être prince,
madame, on n'en est pas moins homme [1], et ces choses-là
fâchent. Afin de donner de l'invraisemblance aux histoires
que peut faire M. Mosca, l'on m'a fait appeler au ministère
ce dangereux coquin Rassi, et voilà ce général Conti qui le
croit encore tellement puissant, qu'il n'ose avouer que c'est
lui ou la Raversi qui l'ont engagé à faire périr votre neveu ;
j'ai bonne envie de renvoyer tout simplement par-devant les
590   tribunaux le général Fabio Conti ; les juges verront s'il est
coupable de tentative d'empoisonnement.

– Mais, mon prince, avez-vous des juges ?

– Comment ? dit le prince étonné.

– Vous avez des jurisconsultes savants et qui marchent
dans la rue d'un air grave ; du reste, ils jugeront toujours
comme il plaira au parti dominant dans votre cour.

Pendant que le jeune prince, scandalisé, prononçait des
phrases qui montraient sa candeur bien plus que sa sagacité, la duchesse se disait :

600   – Me convient-il bien de laisser déshonorer Conti ?
Non, certainement, car alors le mariage de sa fille avec ce
plat honnête homme de marquis Crescenzi devient impossible.

Sur ce sujet, il y eut un dialogue infini entre la duchesse
et le prince. Le prince fut ébloui d'admiration. En faveur
du mariage de Clélia Conti avec le marquis Crescenzi,
mais avec cette condition expresse, par lui déclarée avec
colère à l'ex-gouverneur, il lui fit grâce sur sa tentative
d'empoisonnement ; mais, par l'avis de la duchesse, il
610   l'exila jusqu'à l'époque du mariage de sa fille. La

---

1. « Ah ! pour être dévot, je n'en suis pas moins homme », réplique Tartuffe à Elmire, surprise par sa déclaration (III, III).

duchesse croyait n'aimer plus Fabrice d'amour, mais elle désirait encore passionnément le mariage de Clélia Conti avec le marquis ; il y avait là le vague espoir que peu à peu elle verrait disparaître la préoccupation de Fabrice.

Le prince, transporté de bonheur, voulait, ce soir-là, destituer avec scandale le ministre Rassi. La duchesse lui dit en riant :

– Savez-vous un mot de Napoléon ? Un homme placé dans un lieu élevé, et que tout le monde regarde, ne doit point se permettre de mouvements violents. Mais ce soir il est trop tard, renvoyons les affaires à demain.

Elle voulait se donner le temps de consulter le comte, auquel elle raconta fort exactement tout le dialogue de la soirée, en supprimant, toutefois, les fréquentes allusions faites par le prince à une promesse qui empoisonnait sa vie. La duchesse se flattait de se rendre tellement nécessaire qu'elle pourrait obtenir un ajournement indéfini en disant au prince : Si vous avez la barbarie de vouloir me soumettre à cette humiliation, que je ne vous pardonnerais point, le lendemain je quitte vos États.

Consulté par la duchesse sur le sort de Rassi, le comte se montra très philosophe. Le général Fabio Conti et lui allèrent voyager en Piémont.

Une singulière difficulté s'éleva pour le procès de Fabrice : les juges voulaient l'acquitter par acclamation, et dès la première séance. Le comte eut besoin d'employer la menace pour que le procès durât au moins huit jours, et que les juges se donnassent la peine d'entendre tous les témoins. Ces gens sont toujours les mêmes, se dit-il.

Le lendemain de son acquittement, Fabrice del Dongo prit enfin possession de la place de grand vicaire du bon archevêque Landriani. Le même jour, le prince signa les dépêches nécessaires pour obtenir que Fabrice fût nommé coadjuteur avec future succession, et, moins de deux mois après, il fut installé dans cette place.

Tout le monde faisait compliment à la duchesse sur l'air grave de son neveu ; le fait est qu'il était au désespoir. Dès le lendemain de sa délivrance, suivie de la destitution et de l'exil du général Fabio Conti, et de la haute faveur de la duchesse, Clélia avait pris refuge chez la comtesse Canta-rini, sa tante, femme fort riche, fort âgée, et uniquement

occupée des soins de sa santé. Clélia eût pu voir Fabrice :
mais quelqu'un qui eût connu ses engagements antérieurs,
et qui l'eût vue agir maintenant, eût pu penser qu'avec les
dangers de son amant son amour pour lui avait cessé. Non
seulement Fabrice passait le plus souvent qu'il le pouvait
décemment devant le palais Cantarini, mais encore il avait
réussi, après des peines infinies, à louer un petit appartement vis-à-vis les fenêtres du premier étage. Une fois,
660   Clélia s'étant mise à la fenêtre à l'étourdie, pour voir passer
une procession, se retira à l'instant, et comme frappée de
terreur ; elle avait aperçu Fabrice, vêtu de noir, mais comme
un ouvrier fort pauvre, qui la regardait d'une des fenêtres de
ce taudis qui avait des vitres de papier huilé, comme sa
chambre à la tour Farnèse. Fabrice eût bien voulu pouvoir
se persuader que Clélia le fuyait par suite de la disgrâce de
son père, que la voix publique attribuait à la duchesse ; mais
il connaissait trop une autre cause de cet éloignement, et
rien ne pouvait le distraire de sa mélancolie.

670   Il n'avait été sensible ni à son acquittement, ni à son installation dans de belles fonctions, les premières qu'il eût
eues à remplir dans sa vie, ni à sa belle position dans le
monde, ni enfin à la cour assidue que lui faisaient tous les
ecclésiastiques et tous les dévots du diocèse. Le charmant
appartement qu'il avait au palais Sanseverina ne se trouva
plus suffisant. À son extrême plaisir, la duchesse fut
obligée de lui céder tout le second étage de son palais et
deux beaux salons au premier, lesquels étaient toujours
remplis de personnages attendant l'instant de faire leur
680   cour au jeune coadjuteur. La clause de future succession
avait produit un effet surprenant dans le pays ; on faisait
maintenant des vertus à Fabrice de toutes ces qualités
fermes de son caractère, qui autrefois scandalisaient si fort
les courtisans pauvres et nigauds.

Ce fut une grande leçon de philosophie pour Fabrice
que de se trouver parfaitement insensible à tous ces honneurs, et beaucoup plus malheureux dans cet appartement
magnifique, avec dix laquais portant sa livrée, qu'il n'avait
été dans sa chambre de bois de la tour Farnèse, environné
690   de hideux geôliers, et craignant toujours pour sa vie. Sa
mère et sa sœur, la duchesse V ***, qui vinrent à Parme
pour le voir dans sa gloire, furent frappées de sa profonde

tristesse. La marquise del Dongo, maintenant la moins romanesque des femmes, en fut si profondément alarmée qu'elle crut qu'à la tour Farnèse on lui avait fait prendre quelque poison lent. Malgré son extrême discrétion, elle crut devoir lui parler de cette tristesse si extraordinaire, et Fabrice ne répondit que par des larmes.

Une foule d'avantages, conséquence de sa brillante position, ne produisaient chez lui d'autre effet que de lui donner 700 de l'humeur. Son frère, cette âme vaniteuse et gangrenée par le plus vil égoïsme, lui écrivit une lettre de congratulation presque officielle, et à cette lettre était joint un mandat de 50 000 francs, afin qu'il pût, disait le nouveau marquis, acheter des chevaux et une voiture dignes de son nom. Fabrice envoya cette somme à sa sœur cadette, mal mariée.

Le comte Mosca avait fait faire une belle traduction, en italien, de la généalogie de la famille Valserra del Dongo, publiée jadis en latin par l'archevêque de Parme, Fabrice. Il la fit imprimer magnifiquement avec le texte latin en 710 regard ; les gravures avaient été traduites par de superbes lithographies faites à Paris. La duchesse avait voulu qu'un beau portrait de Fabrice fût placé vis-à-vis celui de l'ancien archevêque. Cette traduction fut publiée comme étant l'ouvrage de Fabrice pendant sa première détention. Mais tout était anéanti chez notre héros, même la vanité si naturelle à l'homme ; il ne daigna pas lire une seule page de cet ouvrage qui lui était attribué [1]. Sa position dans le monde lui fit une obligation d'en présenter un exemplaire magnifiquement relié au prince, qui crut lui devoir un 720 dédommagement pour la mort cruelle dont il avait été si près, et lui accorda les grandes entrées de sa chambre, faveur qui donne l'*excellence* [2] *.

---

1. Une fois de plus, l'attitude de Fabrice permet de mesurer l'étendue de son changement, puisque dès ce moment (et le chapitre XXVI dans lequel revient la généalogie le confirmera), il devient clair qu'il renonce à cette glorieuse carrière pour un autre sacerdoce, celui de sa passion pour Clélia.
2. On pense que ce nouveau cryptogramme fait allusion aux dates de composition du roman et de lecture des épreuves ; la seconde ligne renverrait à la liaison de Stendhal avec Giulia Rinieri.
* 4. 9. 28. 26. x. 38 fir. s. 6. f. last 26 m. 29.
3 Ri d. f. g. p. ha. s. so. p. (N.d.A.).

CHAPITRE XXVI

Les seuls instants pendant lesquels Fabrice eut quelque chance de sortir de sa profonde tristesse, étaient ceux qu'il passait caché derrière un carreau de vitre, par lequel il avait fait remplacer un carreau de papier huilé à la fenêtre de son appartement vis-à-vis le palais Contarini, où, comme on sait, Clélia s'était réfugiée ; le petit nombre de fois qu'il l'avait vue depuis qu'il était sorti de la citadelle, il avait été profondément affligé d'un changement frappant, et qui lui semblait du plus mauvais augure. Depuis sa faute, la physionomie de Clélia avait pris un caractère de noblesse et de sérieux vraiment remarquable ; on eût dit qu'elle avait trente ans [1]. Dans ce changement si extraordinaire, Fabrice aperçut le reflet de quelque ferme résolution. À chaque instant de la journée, se disait-il, elle se jure à elle-même d'être fidèle au vœu qu'elle a fait à la Madone, et de ne jamais me revoir.

Fabrice ne devinait qu'en partie les malheurs de Clélia ; elle savait que son père, tombé dans une profonde disgrâce, ne pouvait rentrer à Parme et reparaître à la cour (chose sans laquelle la vie était impossible pour lui) que le jour de son mariage avec le marquis de Crescenzi, elle écrivit à son père qu'elle désirait ce mariage. Le général était alors réfugié à Turin, et malade de chagrin. À la vérité, le contrecoup de cette grande résolution avait été de la vieillir de dix ans.

---

1. Elle en a vingt et un.

Elle avait fort bien découvert que Fabrice avait une fenêtre vis-à-vis le palais Contarini ; mais elle n'avait eu le malheur de le regarder qu'une fois ; dès qu'elle apercevait un air de tête ou une tournure d'homme ressemblant un peu à la sienne, elle fermait les yeux à l'instant. Sa piété profonde et sa confiance dans le secours de la Madone étaient désormais ses seules ressources. Elle avait la douleur de ne pas avoir d'estime pour son père ; le caractère de son futur mari lui semblait parfaitement plat et à la hauteur des façons de sentir du grand monde ; enfin, elle adorait un homme qu'elle ne devait jamais revoir, et qui pourtant avait des droits sur elle. Cet ensemble de destinée lui semblait le malheur parfait, et nous avouerons qu'elle avait raison. Il eût fallu, après son mariage, aller vivre à deux cents lieues de Parme.

Fabrice connaissait la profonde modestie de Clélia ; il savait combien toute entreprise extraordinaire, et pouvant faire anecdote, si elle était découverte, était assurée de lui déplaire. Toutefois, poussé à bout par l'excès de sa mélancolie et par ces regards de Clélia qui constamment se détournaient de lui, il osa essayer de gagner deux domestiques de Mme Contarini, sa tante. Un jour, à la tombée de la nuit, Fabrice, habillé comme un bourgeois de campagne, se présenta à la porte du palais, où l'attendait l'un des domestiques gagnés par lui ; il s'annonça comme arrivant de Turin, et ayant pour Clélia des lettres de son père. Le domestique alla porter son message, et le fit monter dans une immense antichambre, au premier étage du palais. C'est en ce lieu que Fabrice passa peut-être le quart d'heure de sa vie le plus rempli d'anxiété. Si Clélia le repoussait, il n'y avait plus pour lui d'espoir de tranquillité. *Afin de couper court aux soins importuns dont m'accable ma nouvelle dignité, j'ôterai à l'Église un mauvais prêtre, et, sous un nom supposé, j'irai me réfugier dans quelque chartreuse* [1]. Enfin, le domestique vint lui annoncer que Mlle Clélia Conti était disposée à le recevoir. Le courage manqua tout à fait à notre héros ;

---

1. Première annonce du dénouement.

il fut sur le point de tomber de peur en montant l'escalier du second étage [1].

Clélia était assise devant une petite table qui portait une seule bougie. À peine elle eut reconnu Fabrice sous son déguisement, qu'elle prit la fuite et alla se cacher au fond du salon.

70 – Voilà comment vous êtes soigneux de mon salut, lui cria-t-elle, en se cachant la figure avec les mains. Vous le savez pourtant, lorsque mon père fut sur le point de périr par suite du poison, je fis vœu à la Madone de ne jamais vous voir. Je n'ai manqué à ce vœu que ce jour, le plus malheureux de ma vie, où je crus en conscience devoir vous soustraire à la mort. C'est déjà beaucoup que, par une interprétation forcée et sans doute criminelle, je consente à vous entendre.

Cette dernière phrase étonna tellement Fabrice, qu'il lui 80 fallut quelques secondes pour s'en réjouir. Il s'était attendu à la plus vive colère, et à voir Clélia s'enfuir ; enfin la présence d'esprit lui revint et il éteignit la bougie unique [2]. Quoiqu'il crût avoir bien compris les ordres de Clélia, il était tout tremblant en avançant vers le fond du salon où elle s'était réfugiée derrière un canapé ; il ne savait s'il ne l'offenserait pas en lui baisant la main ; elle était toute tremblante d'amour, et se jeta dans ses bras.

– Cher Fabrice, lui dit-elle, combien tu as tardé de temps à venir ! Je ne puis te parler qu'un instant, car c'est 90 sans doute un grand péché ; et lorsque je promis de ne te voir jamais, sans doute j'entendais aussi promettre de ne te point parler. Mais comment as-tu pu poursuivre avec tant de barbarie l'idée de vengeance qu'a eue mon pauvre père ? car enfin c'est lui d'abord qui a été presque empoisonné pour faciliter ta fuite. Ne devais-tu pas faire quelque

---

1. Comme Mosca à la Scala, s'apprêtant à aller retrouver Gina (chapitre VI) : dans les deux cas, le ridicule de l'amoureux se change en sublime.
2. La fin du roman redonne toute sa place au « complexe spectaculaire » analysé par G. Durand dans *Le Décor mythique de La Chartreuse de Parme* (*op. cit.*) et à l'histoire d'*Amour et Psyché* que semblent rejouer les deux amants : mais ici, à la curiosité masculine s'opposent l'interdit féminin, la sacralisation de l'amour par le secret et les ténèbres. Néanmoins Clélia se permet déjà des accommodements.

chose pour moi qui ai tant exposé ma bonne renommée afin de te sauver ? Et d'ailleurs te voilà tout à fait lié aux ordres sacrés ; tu ne pourrais plus m'épouser quand même je trouverais un moyen d'éloigner cet odieux marquis. Et puis comment as-tu osé, le soir de la procession, prétendre me voir en plein jour, et violer ainsi, de la façon la plus criante, la sainte promesse que j'ai faite à la Madone ? 100

Fabrice la serrait dans ses bras, hors de lui de surprise et de bonheur.

Un entretien qui commençait avec cette quantité de choses à se dire ne devait pas finir de longtemps. Fabrice lui raconta l'exacte vérité sur l'exil de son père ; la duchesse ne s'en était mêlée en aucune sorte, par la grande raison qu'elle n'avait pas cru un seul instant que l'idée du poison appartînt au général Conti ; elle avait toujours pensé que c'était un trait d'esprit de la faction Raversi, qui voulait chasser le comte Mosca. Cette vérité historique longuement développée rendit Clélia fort heureuse ; elle était désolée de devoir haïr quelqu'un qui appartenait à Fabrice. Maintenant elle ne voyait plus la duchesse d'un œil jaloux. 110

Le bonheur que cette soirée établit ne dura que quelques jours.

L'excellent don Cesare arriva de Turin ; et, puisant de la hardiesse dans la parfaite honnêteté de son cœur, il osa se faire présenter à la duchesse. Après lui avoir demandé sa parole de ne point abuser de la confiance qu'il allait lui faire, il avoua que son frère, abusé par un faux point d'honneur, et qui s'était cru bravé et perdu dans l'opinion par la fuite de Fabrice, avait cru devoir se venger. 120

Don Cesare n'avait pas parlé deux minutes, que son procès était gagné : sa vertu parfaite avait touché la duchesse, qui n'était point accoutumée à un tel spectacle. Il lui plut comme nouveauté.

– Hâtez le mariage de la fille du général avec le marquis Crescenzi, et je vous donne ma parole que je ferai tout ce qui est en moi pour que le général soit reçu comme s'il revenait de voyage. Je l'inviterai à dîner ; êtes-vous content ? Sans doute il y aura du froid dans les commencements, et le général ne devra point se hâter de demander sa place de gouverneur de la citadelle. Mais vous savez 130 que j'ai de l'amitié pour le marquis, et je ne conserverai point de rancune contre son beau-père.

Armé de ces paroles, don Cesare vint dire à sa nièce
140 qu'elle tenait en ses mains la vie de son père, malade de désespoir. Depuis plusieurs mois il n'avait paru à aucune cour.

Clélia voulut aller voir son père, réfugié, sous un nom supposé, dans un village près de Turin ; car il s'était figuré que la cour de Parme demandait son extradition à celle de Turin, pour le mettre en jugement. Elle le trouva malade et presque fou. Le soir même elle écrivit à Fabrice une lettre d'éternelle rupture. En recevant cette lettre, Fabrice, qui développait un caractère tout à fait semblable à celui de sa
150 maîtresse [1], alla se mettre en retraite au couvent de Velleja, situé dans les montagnes à dix lieues de Parme. Clélia lui écrivait une lettre de dix pages : elle lui avait juré jadis de ne jamais épouser le marquis sans son consentement ; maintenant elle le lui demandait, et Fabrice le lui accorda du fond de sa retraite de Velleja, par une lettre remplie de l'amitié la plus pure.

En recevant cette lettre dont, il faut l'avouer, l'amitié l'irrita, Clélia fixa elle-même le jour de son mariage, dont les fêtes vinrent encore augmenter l'éclat dont brilla cet
160 hiver la cour de Parme.

Ranuce-Ernest V était avare au fond ; mais il était éperdument amoureux, et il espérait fixer la duchesse à sa cour : il pria sa mère d'accepter une somme fort considérable, et de donner des fêtes. La grande maîtresse sut tirer un admirable parti de cette augmentation de richesses ; les fêtes de Parme, cet hiver-là [2], rappelèrent les beaux jours de la cour de Milan et de cet aimable prince Eugène, viceroi d'Italie, dont la bonté laisse un si long souvenir.

Les devoirs du coadjuteur l'avaient rappelé à Parme
170 mais il déclara que, par des motifs de piété, il continuerait sa retraite dans le petit appartement que son protecteur, monseigneur Landriani, l'avait forcé de prendre à l'archevêché ; et il alla s'y enfermer, suivi d'un seul

---

1. Autre indice de l'influence spirituelle qu'exerce Clélia sur Fabrice. Le couvent de Velleja a déjà été mentionné p. 277.
2. 1824.

domestique. Ainsi il n'assista à aucune des fêtes si brillantes de la cour, ce qui lui valut à Parme et dans son futur diocèse une immense réputation de sainteté. Par un effet inattendu de cette retraite qu'inspirait seule à Fabrice sa tristesse profonde et sans espoir, le bon archevêque Landriani, qui l'avait toujours aimé, et qui, dans le fait, avait eu l'idée de le faire coadjuteur, conçut contre lui un peu de jalousie. L'archevêque croyait avec raison devoir aller à toutes les fêtes de la cour, comme il est d'usage en Italie. Dans ces occasions, il portait son costume de grande cérémonie, qui, à peu de chose près, est le même que celui qu'on lui voyait dans le chœur de sa cathédrale. Les centaines de domestiques réunis dans l'antichambre en colonnade du palais ne manquaient pas de se lever et de demander sa bénédiction à monseigneur, qui voulait bien s'arrêter et la leur donner. Ce fut dans un de ces moments de silence solennel que monseigneur Landriani entendit une voix qui disait : Notre archevêque va au bal, et *monsignore* del Dongo ne sort pas de sa chambre !

De ce moment prit fin à l'archevêché l'immense faveur dont Fabrice y avait joui ; mais il pouvait voler de ses propres ailes. Toute cette conduite, qui n'avait été inspirée que par le désespoir où le plongeait le mariage de Clélia, passa pour l'effet d'une piété simple et sublime, et les dévotes lisaient, comme un livre d'édification, la traduction de la généalogie de sa famille, où perçait la vanité la plus folle. Les libraires firent une édition lithographiée de son portrait, qui fut enlevée en quelques jours, et surtout par les gens du peuple ; le graveur, par ignorance, avait reproduit autour du portrait de Fabrice plusieurs des ornements qui ne doivent se trouver qu'aux portraits des évêques, et auxquels un coadjuteur ne saurait prétendre. L'archevêque vit un de ces portraits, et sa fureur ne connut plus de bornes ; il fit appeler Fabrice, et lui adressa les choses les plus dures, et dans des termes que la passion rendit quelquefois fort grossiers. Fabrice n'eut aucun effort à faire, comme on le pense bien, pour se conduire comme l'eût fait Fénelon [1] en pareille occurrence ; il

---

1. L'homme, cette fois, après ses écrits, est cité en exemple : Stendhal admirait son caractère, sa mansuétude, mais aussi sa droiture.

écouta l'archevêque avec toute l'humilité et tout le respect
possibles ; et, lorsque ce prélat eut cessé de parler, il lui
raconta toute l'histoire de la traduction de cette généalogie
faite par les ordres du comte Mosca, à l'époque de sa première prison. Elle avait été publiée dans des fins mondaines, et qui toujours lui avaient semblé peu convenables
pour un homme de son état. Quant au portrait, il avait été
parfaitement étranger à la seconde édition, comme à la
220 première ; et le libraire lui ayant adressé à l'archevêché,
pendant sa retraite, vingt-quatre exemplaires de cette
seconde édition, il avait envoyé son domestique en acheter
un vingt-cinquième ; et, ayant appris par ce moyen que ce
portrait se vendait trente sous, il avait envoyé cent francs
comme paiement des vingt-quatre exemplaires.

Toutes ces raisons, quoique exposées du ton le plus raisonnable par un homme qui avait bien d'autres chagrins
dans le cœur, portèrent jusqu'à l'égarement la colère de
l'archevêque ; il alla jusqu'à accuser Fabrice d'hypocrisie.
230 – Voilà ce que c'est que les gens du commun, se dit
Fabrice, même quand ils ont de l'esprit !

Il avait alors un souci plus sérieux ; c'étaient les lettres
de sa tante, qui exigeait absolument qu'il vînt reprendre
son appartement au palais Sanseverina, ou que du moins il
vînt la voir quelquefois. Là Fabrice était certain d'entendre
parler des fêtes splendides données par le marquis Crescenzi à l'occasion de son mariage : or, c'est ce qu'il n'était
pas sûr de pouvoir supporter sans se donner en spectacle.

Lorsque la cérémonie du mariage eut lieu, il y avait huit
240 jours entiers que Fabrice s'était voué au silence le plus
complet, après avoir ordonné à son domestique et aux gens
de l'archevêché avec lesquels il avait des rapports de ne
jamais lui adresser la parole.

Monsignore Landriani ayant appris cette nouvelle affectation, fit appeler Fabrice beaucoup plus souvent qu'à
l'ordinaire, et voulut avoir avec lui de fort longues
conversations ; il l'obligea même à des conférences avec
certains chanoines de campagne, qui prétendaient que
l'archevêché avait agi contre leurs privilèges. Fabrice prit
250 toutes ces choses avec l'indifférence parfaite d'un homme
qui a d'autres pensées. Il vaudrait mieux pour moi, pen-

sait-il, me faire chartreux [1] ; je souffrirais moins dans les rochers de Velleja.

Il alla voir sa tante, et ne put retenir ses larmes en l'embrassant. Elle le trouva tellement changé, ses yeux encore agrandis par l'extrême maigreur, avaient tellement l'air de lui sortir de la tête, et lui-même avait une apparence tellement chétive et malheureuse, avec son petit habit noir et râpé de simple prêtre, qu'à ce premier abord la duchesse, elle aussi, ne put retenir ses larmes ; mais un 260 instant après, lorsqu'elle se fut dit que tout ce changement dans l'apparence de ce beau jeune homme était causé par le mariage de Clélia, elle eut des sentiments presque égaux en véhémence à ceux de l'archevêque, quoique plus habilement contenus. Elle eut la barbarie de parler longuement de certains détails pittoresques qui avaient signalé les fêtes charmantes données par le marquis Crescenzi. Fabrice ne répondait pas ; mais ses yeux se fermèrent un peu par un mouvement convulsif, et il devint encore plus pâle qu'il ne l'était, ce qui d'abord eût semblé impossible. Dans ces 270 moments de vive douleur, sa pâleur prenait une teinte verte.

Le comte Mosca survint, et ce qu'il voyait, et qui lui semblait incroyable, le guérit enfin tout à fait de la jalousie que jamais Fabrice n'avait cessé de lui inspirer. Cet homme habile employa les tournures les plus délicates et les plus ingénieuses pour chercher à redonner à Fabrice quelque intérêt pour les choses de ce monde. Le comte avait toujours eu pour lui beaucoup d'estime et assez d'amitié ; cette amitié, n'étant plus contrebalancée par la 280 jalousie, devint en ce moment presque dévouée. En effet, il a bien acheté sa belle fortune, se disait-il, en récapitulant ses malheurs. Sous prétexte de lui faire voir le tableau du Parmesan que le prince avait envoyé à la duchesse, le comte prit à part Fabrice :

– Ah ça, mon ami, parlons en hommes ! Puis-je vous être bon à quelque chose ? Vous ne devez point redouter de questions de ma part ; mais enfin l'argent peut-il vous être utile, le pouvoir peut-il vous servir ? Parlez, je suis à vos ordres ; si vous aimez mieux écrire, écrivez-moi. 290

---

1. Nouvelle annonce narrative.

Fabrice l'embrassa tendrement et parla du tableau.

– Votre conduite est le chef-d'œuvre de la plus fine politique, lui dit le comte en revenant au ton léger de la conversation ; vous vous ménagez un avenir fort agréable, le prince vous respecte, le peuple vous vénère, votre petit habit noir râpé fait passer de mauvaises nuits à *monsignore* Landriani. J'ai quelque habitude des affaires, et je puis vous jurer que je ne saurais quel conseil vous donner pour perfectionner ce que je vois. Votre premier pas dans
300   le monde à vingt-cinq ans vous fait atteindre à la perfection. On parle beaucoup de vous à la cour ; et savez-vous à quoi vous devez cette distinction unique à votre âge ? au petit habit noir râpé. La duchesse et moi nous disposons, comme vous le savez, de l'ancienne maison de Pétrarque sur cette belle colline au milieu de la forêt, aux environs du Pô [1] : si jamais vous êtes las des petits mauvais procédés de l'envie, j'ai pensé que vous pourriez être le successeur de Pétrarque, dont le renom augmentera le vôtre. Le comte se mettait l'esprit à la torture pour faire naître un
310   sourire sur cette figure d'anachorète, mais il n'y put parvenir. Ce qui rendait le changement plus frappant, c'est qu'avant ces derniers temps, si la figure de Fabrice avait un défaut, c'était de présenter quelquefois, hors de propos, l'expression de la volupté et de la gaieté.

Le comte ne le laissa point partir sans lui dire que, malgré son état de retraite, il y aurait peut-être de l'affectation à ne pas paraître à la cour le samedi suivant, c'était le jour de naissance de la princesse. Ce mot fut un coup de poignard pour Fabrice. Grand Dieu ! pensa-t-il, que suis-
320   je venu faire dans ce palais ! Il ne pouvait penser sans frémir à la rencontre qu'il pouvait faire à la cour. Cette idée absorba toutes les autres ; il pensa que l'unique ressource qui lui restât était d'arriver au palais au moment précis où l'on ouvrirait les portes des salons.

En effet, le nom de *monsignore* del Dongo fut un des premiers annoncés à la soirée de grand gala, et la princesse le reçut avec toute la distinction possible. Les yeux de

---

1. Stendhal semble avoir inventé cette nouvelle demeure de Pétrarque. Involontairement, le comte est cruel, en proposant à Fabrice de jouer le rôle, qu'il sait désormais impossible, du poète amoureux.

Fabrice étaient fixés sur la pendule, et, à l'instant où elle marqua la vingtième minute de sa présence dans ce salon, il se levait pour prendre congé, lorsque le prince entra chez sa mère. Après lui avoir fait la cour quelques instants, Fabrice se rapprochait de la porte par une savante manœuvre, lorsque vint éclater à ses dépens un de ces petits riens de cour que la grande maîtresse savait si bien ménager : le chambellan de service lui courut après pour lui dire qu'il avait été désigné pour faire le whist du prince. À Parme, c'est un honneur insigne et bien au-dessus du rang que le coadjuteur occupait dans le monde. Faire le whist était un honneur marqué même pour l'archevêque. À la parole du chambellan, Fabrice se sentit percer le cœur, et quoique ennemi mortel de toute scène publique, il fut sur le point d'aller lui dire qu'il avait été saisi d'un étourdissement subit ; mais il pensa qu'il serait en butte à des questions et à des compliments de condoléance, plus intolérables encore que le jeu. Ce jour-là il avait horreur de parler.

Heureusement le général des frères mineurs se trouvait au nombre des grands personnages qui étaient venus faire leur cour à la princesse. Ce moine, fort savant, digne émule des Fontana et des Duvoisin [1], s'était placé dans un coin reculé du salon : Fabrice prit poste debout devant lui de façon à ne point apercevoir la porte d'entrée, et lui parla théologie. Mais il ne put faire que son oreille n'entendît pas annoncer M. le marquis et Mme la marquise Crescenzi. Fabrice, contre son attente, éprouva un violent mouvement de colère.

– Si j'étais *Borso Valserra*, se dit-il (c'était un des généraux du premier Sforce), j'irais poignarder [2] ce lourd marquis, précisément avec ce petit poignard à manche d'ivoire que Clélia me donna ce jour heureux, et je lui apprendrais s'il doit avoir l'insolence de se présenter avec cette marquise dans un lieu où je suis !

Sa physionomie changea tellement, que le général des frères mineurs lui dit :

---

1. Francesco Fontana (1750-1822) avait partagé l'exil de Pie VII en France et devint cardinal en 1815 ; Jean-Baptiste Duvoisin (1744-1813), évêque de Nantes en 1802, choisit de s'allier à Napoléon contre Pie VII. Tous deux étaient connus pour leur érudition.
2. Nouveau projet d'assassinat sous le coup de la colère (voir p. 145).

– Est-ce que Votre Excellence se trouve incommodée ?

– J'ai un mal à la tête fou… ces lumières me font mal… et je ne reste que parce que j'ai été nommé pour la partie de whist du prince.

À ce mot, le général des frères mineurs, qui était un bourgeois, fut tellement déconcerté, que, ne sachant plus que faire, il se mit à saluer Fabrice, lequel, de son côté,
370 bien autrement troublé que le général des mineurs, se prit à parler avec une volubilité étrange ; il entendait qu'il se faisait un grand silence derrière lui et ne voulait pas regarder. Tout à coup un archet frappa un pupitre ; on joua une ritournelle, et la célèbre madame P*** [1] chanta cet air de Cimarosa autrefois si célèbre [2] :

Quelle pupille tenere !

Fabrice tint bon aux premières mesures, mais bientôt sa colère s'évanouit, et il éprouva un besoin extrême de répandre des larmes. Grand Dieu ! se dit-il, quelle scène
380 ridicule ! et avec mon habit encore ! Il crut plus sage de parler de lui.

– Ces maux de tête excessifs, quand je les contrarie, comme ce soir, dit-il au général des frères mineurs, finissent par des accès de larmes qui pourraient donner pâture à la médisance dans un homme de notre état ; ainsi je prie Votre Révérence Illustrissime de permettre que je pleure en la regardant, et de n'y pas faire autrement attention.

– Notre père provincial de Catanzara est atteint de la même incommodité, dit le général des mineurs. Et il com-
390 mença à voix basse une histoire infinie.

Le ridicule de cette histoire, qui avait amené le détail des repas du soir de ce père provincial, fit sourire Fabrice, ce qui ne lui était pas arrivé depuis longtemps ; mais bien-

---

1. Il s'agit certainement de Giuditta Pasta (1797-1865), cantatrice célèbre, que Stendhal fréquenta à Paris en 1821 et dont il brosse « un portrait musical » dans la *Vie de Rossini* (chapitre XXV).
2. Air de l'opéra *Gli Orazi e Curiazi* (« les Horaces et les Curiaces »), « Ces yeux si tendres ! ». Domenico Cimarosa (1749-1801), compositeur italien qui connut très vite le succès à travers toute l'Europe, et dont Stendhal appréciait plus que tout *Le Mariage secret* (1791) : il a dit à plusieurs reprises avoir trouvé dans ses opéras un idéal esthétique, « ce mélange de gaieté et de tendresse », d'émotion et de rire, qu'il cherche à retrouver dans sa façon de raconter et dont cette scène, où passion et ridicule alternent sans fin, est précisément la parfaite illustration.

tôt il cessa d'écouter le général des mineurs. Madame P***
chantait, avec un talent divin, un air de Pergolèse [1] (la princesse aimait la musique surannée). Il se fit un petit bruit à
trois pas de Fabrice ; pour la première fois de la soirée il
détourna les yeux. Le fauteuil qui venait d'occasionner ce
petit craquement sur le parquet était occupé par la marquise Crescenzi, dont les yeux remplis de larmes ren-   400
contrèrent en plein ceux de Fabrice, qui n'étaient guère en
meilleur état. La marquise baissa la tête ; Fabrice continua
à la regarder quelques secondes : il faisait connaissance
avec cette tête chargée de diamants ; mais son regard
exprimait la colère et le dédain. Puis, se disant : *et mes
yeux ne te regarderont jamais*, il se retourna vers son père
général, et lui dit :

– Voici mon incommodité qui me prend plus fort que
jamais.

En effet, Fabrice pleura à chaudes larmes pendant   410
plus d'une demi-heure. Par bonheur, une symphonie de
Mozart, horriblement écorchée, comme c'est l'usage en
Italie [2], vint à son secours et l'aida à sécher ses larmes.

Il tint ferme et ne tourna pas les yeux vers la marquise
Crescenzi ; mais madame P*** chanta de nouveau, et l'âme
de Fabrice, soulagée par les larmes, arriva à un état de
repos parfait [3]. Alors la vie lui apparut sous un nouveau
jour. Est-ce que je prétends, se dit-il, pouvoir l'oublier
entièrement dès les premiers moments ? cela me serait-il

---

1. Compositeur italien (1710-1736) très prisé de Stendhal. Dans sa
« Lettre sur l'état actuel de la musique en Italie », Stendhal avouait : « En
musique, comme pour beaucoup d'autres choses, hélas ! je suis un
homme d'un autre siècle », et il ajoutait ne pas comprendre « le peu
d'empressement que l'on montre en Italie pour Pergolèse et les grands
maîtres ses contemporains » (voir *L'Âme et la musique*, p. 246-247).
2. Dans la *Vie de Rossini*, Stendhal constate que les Italiens eurent du mal
à bien jouer Mozart et à bien le « sentir ». Il raconte qu'en 1806 la représentation de *L'Enlèvement au sérail* tourna au « charivari » : « les morceaux d'ensemble, et surtout les finales, produisaient une cacophonie
épouvantable ; on eût dit un sabbat de diables en colère » (p. 372-373).
3. Nouvelle manifestation salutaire de la « douleur regrettante ». Mais la
musique fait plus que soulager Fabrice : en devenant le substitut d'un
langage interdit, le chant permet le rétablissement d'un échange entre les
amants, les unit dans une même émotion et exprime, en dépit de la présence de courtisans insensibles, la vérité de leur amour.

420   possible ? Il arriva à cette idée : Puis-je être plus malheureux que je ne le suis depuis deux mois ? et si rien ne peut
augmenter mon angoisse, pourquoi résister au plaisir de la
voir. Elle a oublié ses serments, elle est légère : toutes les
femmes ne le sont-elles pas ? Mais qui pourrait lui refuser
une beauté céleste ? Elle a un regard qui me ravit en
extase [1], tandis que je suis obligé de faire effort sur moi-
même pour regarder les femmes qui passent pour les plus
belles ! eh bien ! pourquoi ne pas me laisser ravir ? ce sera
du moins un moment de répit.

430   Fabrice avait quelque connaissance des hommes ; mais
aucune expérience des passions, sans quoi il se fût dit que
ce plaisir d'un moment, auquel il allait céder, rendrait inutiles tous les efforts qu'il faisait depuis deux mois pour
oublier Clélia.

Cette pauvre femme n'était venue à cette fête que forcée
par son mari ; elle voulait du moins se retirer après une
demi-heure, sous prétexte de santé, mais le marquis lui
déclara que, faire avancer sa voiture pour partir, quand
beaucoup de voitures arrivaient encore, serait une chose
440   tout à fait hors d'usage, et qui pourrait même être interprétée comme une critique indirecte de la fête donnée par
la princesse.

– En ma qualité de chevalier d'honneur, ajouta le marquis, je dois me tenir dans le salon aux ordres de la princesse, jusqu'à ce que tout le monde soit sorti : il peut y
avoir et il y aura sans doute des ordres à donner aux gens,
ils sont si négligents ! Et voulez-vous qu'un simple écuyer
de la princesse usurpe cet honneur ?

Clélia se résigna ; elle n'avait pas vu Fabrice, elle espé-
450   rait encore qu'il ne serait pas venu à cette fête. Mais au
moment où le concert allait commencer, la princesse ayant
permis aux dames de s'asseoir, Clélia, fort peu alerte pour
ces sortes de choses, se laissa ravir les meilleures places
auprès de la princesse, et fut obligée de venir chercher un
fauteuil au fond de la salle, jusque dans le coin reculé où
Fabrice s'était réfugié. En arrivant à son fauteuil, le costume singulier en un tel lieu du général des frères mineurs
arrêta ses yeux, et d'abord elle ne remarqua pas l'homme

---

1. Nouvel indice de la dimension mystique de cet amour.

mince et revêtu d'un simple habit noir qui lui parlait ; toutefois un certain mouvement secret arrêtait ses yeux sur cet homme. Tout le monde ici a des uniformes ou des habits richement brodés : quel peut être ce jeune homme en habit noir si simple ? Elle le regardait profondément attentive, lorsqu'une dame, en venant se placer, fit faire un mouvement à son fauteuil. Fabrice tourna la tête : elle ne le reconnut pas, tant il était changé. D'abord elle se dit : Voilà quelqu'un qui lui ressemble, ce sera son frère aîné ; mais je ne le croyais que de quelques années plus âgé que lui, et celui-ci est un homme de quarante ans [1]. Tout à coup elle le reconnut à un mouvement de la bouche.

Le malheureux, qu'il a souffert ! se dit-elle ; et elle baissa la tête accablée par la douleur, et non pour être fidèle à son vœu. Son cœur était bouleversé par la pitié ; qu'il était loin d'avoir cet air après neuf mois de prison ! Elle ne le regarda plus ; mais, sans tourner précisément les yeux de son côté, elle voyait tous ses mouvements.

Après le concert, elle le vit se rapprocher de la table de jeu du prince, placée à quelques pas du trône ; elle respira quand Fabrice fut ainsi fort loin d'elle.

Mais le marquis Crescenzi avait été fort piqué de voir sa femme reléguée aussi loin du trône ; toute la soirée il avait été occupé à persuader à une dame assise à trois fauteuils de la princesse, et dont le mari lui avait des obligations d'argent, qu'elle ferait bien de changer de place avec la marquise. La pauvre femme résistant, comme il était naturel, il alla chercher le mari débiteur, qui fit entendre à sa moitié la triste voix de la raison, et enfin le marquis eut le plaisir de consommer l'échange, il alla chercher sa femme.

– Vous serez toujours trop modeste, lui dit-il ; pourquoi marcher ainsi les yeux baissés ? on vous prendra pour une de ces bourgeoises tout étonnées de se trouver ici, et que tout le monde est étonné d'y voir. Cette folle de grande maîtresse n'en fait jamais d'autres ! Et l'on parle de retarder les progrès du jacobinisme ! Songez que votre mari occupe la première place mâle de la cour de la princesse ; et quand même les républicains parviendraient

---

1. En 1825, Fabrice a vingt-sept ans.

à supprimer la cour et même la noblesse, votre mari serait
encore l'homme le plus riche de cet État. C'est là une idée
500   que vous ne vous mettez point assez dans la tête.

Le fauteuil où le marquis eut le plaisir d'installer sa
femme n'était qu'à six pas de la table de jeu du prince ;
elle ne voyait Fabrice qu'en profil, mais elle le trouva tellement maigri, il avait surtout l'air tellement au-dessus de
tout ce qui pouvait arriver en ce monde, lui qui autrefois ne
laissait passer aucun incident sans dire son mot, qu'elle
finit par arriver à cette affreuse conclusion : Fabrice était
tout à fait changé ; il l'avait oubliée ; s'il était tellement
maigri, c'était l'effet des jeûnes sévères auxquels sa piété
510   se soumettait. Clélia fut confirmée dans cette triste idée
par la conversation de tous ses voisins : le nom du coadjuteur était dans toutes les bouches ; on cherchait la cause de
l'insigne faveur dont on le voyait l'objet : lui, si jeune, être
admis au jeu du prince ! On admirait l'indifférence polie et
les airs de hauteur avec lesquels il jetait ses cartes, même
quand il coupait Son Altesse.

– Mais cela est incroyable, s'écriaient de vieux
courtisans ; la faveur de sa tante lui tourne tout à fait la
tête… mais, grâce au ciel, cela ne durera pas ; notre sou-
520   verain n'aime pas que l'on prenne de ces petits airs de
supériorité. La duchesse s'approcha du prince ; les courtisans qui se tenaient à distance fort respectueuse de la table
de jeu, de façon à ne pouvoir entendre de la conversation
du prince que quelques mots au hasard, remarquèrent que
Fabrice rougissait beaucoup. Sa tante lui aura fait la leçon,
se dirent-ils, sur ses grands airs d'indifférence. Fabrice
venait d'entendre la voix de Clélia, elle répondait à la princesse qui, en faisant son tour dans le bal, avait adressé la
parole à la femme de son chevalier d'honneur. Arriva le
530   moment où Fabrice dut changer de place au whist ; alors il
se trouva précisément en face de Clélia, et se livra plusieurs fois au bonheur de la contempler. La pauvre marquise, se sentant regardée par lui, perdait tout à fait conte-
nance. Plusieurs fois elle oublia ce qu'elle devait à son
vœu : dans son désir de deviner ce qui se passait dans le
cœur de Fabrice, elle fixait les yeux sur lui.

Le jeu du prince terminé, les dames se levèrent pour
passer dans la salle du souper. Il y eut un peu de désordre.

Fabrice se trouva tout près de Clélia ; il était encore très résolu, mais il vint à reconnaître un parfum très faible qu'elle mettait dans ses robes ; cette sensation renversa tout ce qu'il s'était promis. Il s'approcha d'elle et prononça à demi-voix et comme se parlant à soi-même, deux vers de ce sonnet de Pétrarque, qu'il lui avait envoyé du lac Majeur, imprimé sur un mouchoir de soie : « Quel n'était pas mon bonheur quand le vulgaire me croyait malheureux, et maintenant que mon sort est changé ! »

Non, il ne m'a point oubliée, se dit Clélia, avec un transport de joie. Cette belle âme n'est point inconstante !

> *Non, vous ne me verrez jamais changer,*
> *Beaux yeux qui m'avez appris à aimer.*

Clélia osa se répéter à elle-même ces deux vers de Pétrarque [1].

La princesse se retira aussitôt après le souper ; le prince l'avait suivie jusque chez elle, et ne reparut point dans les salles de réception. Dès que cette nouvelle fut connue, tout le monde voulut partir à la fois ; il y eut un désordre complet dans les antichambres ; Clélia se trouva tout près de Fabrice ; le profond malheur peint dans ses traits lui fit pitié. – Oublions le passé, lui dit-elle, et gardez ce souvenir d'*amitié*. En disant ces mots, elle plaçait son éventail de façon à ce qu'il pût le prendre.

Tout changea aux yeux de Fabrice : en un instant il fut un autre homme ; dès le lendemain il déclara que sa retraite était terminée, et revint prendre son magnifique appartement au palais Sanseverina. L'archevêque dit et crut que la faveur que le prince lui avait faite en l'admettant à son jeu avait fait perdre entièrement la tête à ce nouveau saint : la duchesse vit qu'il était d'accord avec Clélia. Cette pensée, venant redoubler le malheur que donnait le souvenir d'une promesse fatale, acheva de la déterminer à faire une absence. On admira sa folie. Quoi ! s'éloigner de la cour au moment où la faveur dont elle était l'objet paraissait sans bornes ! Le comte, parfaitement heureux depuis qu'il voyait qu'il n'y avait point d'amour entre

---

1. Qui sont, en fait, de Métastase (poète italien, 1698-1782).

Fabrice et la duchesse, disait à son amie : – Ce nouveau prince est la vertu incarnée, mais je l'ai appelé *cet enfant* : me pardonnera-t-il jamais ? Je ne vois qu'un moyen de me remettre excellemment bien avec lui, c'est l'absence. Je vais me montrer parfait de grâces et de respects, après quoi je suis malade et je demande mon congé. Vous me le permettrez, puisque la fortune de Fabrice est assurée. Mais me ferez-vous le sacrifice immense, ajouta-t-il en riant, de changer le titre sublime de duchesse contre un autre bien inférieur ? Pour m'amuser, je laisse toutes les affaires ici dans un désordre inextricable ; j'avais quatre ou cinq travailleurs dans mes divers ministères, je les ai fait mettre à la pension depuis deux mois, parce qu'ils lisent les journaux français ; et je les ai remplacés par des nigauds incroyables.

Après notre départ, le prince se trouvera dans un tel embarras, que, malgré l'horreur qu'il a pour le caractère de Rassi, je ne doute pas qu'il ne soit obligé de le rappeler, et moi je n'attends qu'un ordre du tyran qui dispose de mon sort, pour écrire une lettre de tendre amitié à mon ami Rassi, et lui dire que j'ai tout lieu d'espérer que bientôt on rendra justice à son mérite [1] *.

---

1. Ce cryptogramme fait référence au séjour que firent les demoiselles de Montijo (déjà désignées par le premier cryptogramme) à Oloron en mars 1839.
* P y E in Olo.

CHAPITRE XXVII

Cette conversation sérieuse eut lieu le lendemain du retour de Fabrice au palais Sanseverina ; la duchesse était encore sous le coup de la joie qui éclatait dans toutes les actions de Fabrice. Ainsi, se disait-elle, cette petite dévote m'a trompée ! Elle n'a pas su résister à son amant seulement pendant trois mois.

La certitude d'un dénouement heureux avait donné à cet être si pusillanime, le jeune prince, le courage d'aimer ; il eut quelque connaissance des préparatifs de départ que l'on faisait au palais Sanseverina ; et son valet de chambre 10 français, qui croyait peu à la vertu des grandes dames, lui donna du courage à l'égard de la duchesse. Ernest V se permit une démarche qui fut sévèrement blâmée par la princesse et par tous les gens sensés de la cour ; le peuple y vit le sceau de la faveur étonnante dont jouissait la duchesse. Le prince vint la voir dans son palais.

– Vous partez, lui dit-il d'un ton sérieux qui parut odieux à la duchesse, vous partez ; vous allez me trahir et manquer à vos serments ! Et pourtant, si j'eusse tardé dix minutes à vous accorder la grâce de Fabrice, il était mort. 20 Et vous me laissez malheureux ! et sans vos serments je n'eusse jamais eu le courage de vous aimer comme je fais ! Vous n'avez donc pas d'honneur !

– Réfléchissez mûrement, mon prince. Dans toute votre vie y a-t-il eu d'espace égal en bonheur aux quatre mois qui viennent de s'écouler ? Votre gloire comme souverain, et, j'ose le croire, votre bonheur comme homme aimable,

ne se sont jamais élevés à ce point. Voici le traité que je
vous propose : si vous daignez y consentir, je ne serai pas
30 votre maîtresse pour un instant fugitif, et en vertu d'un serment extorqué par la peur, mais je consacrerai tous les instants de ma vie à faire votre félicité, je serai toujours ce
que j'ai été depuis quatre mois, et peut-être l'amour
viendra-t-il couronner l'amitié. Je ne jurerais pas du
contraire.

– Eh bien ! dit le prince ravi, prenez un autre rôle, soyez
plus encore, régnez à la fois sur moi et sur mes États,
soyez mon Premier ministre ; je vous offre un mariage tel
qu'il est permis par les tristes convenances de mon rang ;
40 nous en avons un exemple près de nous : le roi de Naples
vient d'épouser la duchesse de Partana [1]. Je vous offre tout
ce que je puis faire, un mariage du même genre. Je vais
ajouter une idée de triste politique pour vous montrer que
je ne suis plus un enfant, et que j'ai réfléchi à tout. Je ne
vous ferai point valoir la condition que je m'impose d'être
le dernier souverain de ma race, le chagrin de voir de mon
vivant les grandes puissances disposer de ma succession ;
je bénis ces désagréments fort réels, puisqu'ils m'offrent
un moyen de plus de vous prouver mon estime et ma pas-
50 sion.

La duchesse n'hésita pas un instant ; le prince
l'ennuyait, et le comte lui semblait parfaitement aimable ;
il n'y avait au monde qu'un homme qu'on pût lui
préférer [2]. D'ailleurs elle régnait sur le comte, et le prince,
dominé par les exigences de son rang, eût plus ou moins
régné sur elle. Et puis, il pouvait devenir inconstant et
prendre des maîtresses ; la différence d'âge semblerait,
dans peu d'années, lui en donner le droit.

Dès le premier instant, la perspective de s'ennuyer avait
60 décidé de tout ; toutefois la duchesse, qui voulait être charmante, demanda la permission de réfléchir.

Il serait trop long de rapporter ici les tournures de
phrases presque tendres et les termes infiniment gracieux

---

1. Allusion au mariage morganatique (1815) de Ferdinand Ier avec Lucie
d'Artano, d'abord mariée avec le prince de Partana.
2. Gina a pourtant déclaré au comte : « Rassi doit la vie à ce que je vous
aime mieux que Fabrice » (p. 540).

dans lesquels elle sut envelopper son refus. Le prince se mit en colère ; il voyait tout son bonheur lui échapper. Que devenir après que la duchesse aurait quitté sa cour ? D'ailleurs, quelle humiliation d'être refusé ! Enfin qu'est-ce que va me dire mon valet de chambre français quand je lui conterai ma défaite ?

La duchesse eut l'art de calmer le prince, et de ramener peu à peu la négociation à ses véritables termes [1].

– Si Votre Altesse daigne consentir à ne point presser l'effet d'une promesse fatale, et horrible à mes yeux, comme me faisant encourir mon propre mépris, je passerai ma vie à sa cour, et cette cour sera toujours ce qu'elle a été cet hiver ; tous mes instants seront consacrés à contribuer à son bonheur comme homme, et à sa gloire comme souverain. Si elle exige que j'obéisse à mon serment, elle aura flétri le reste de ma vie, et à l'instant elle me verra quitter ses États pour n'y jamais rentrer. Le jour où j'aurai perdu l'honneur sera aussi le dernier jour où je vous verrai.

Mais le prince était obstiné comme les êtres pusillanimes ; d'ailleurs son orgueil d'homme et de souverain était irrité du refus de sa main ; il pensait à toutes les difficultés qu'il eût eues à surmonter pour faire accepter ce mariage, et que pourtant il s'était résolu à vaincre.

Durant trois heures on se répéta de part et d'autre les mêmes arguments, souvent mêlés de mots fort vifs. Le prince s'écria :

– Vous voulez donc me faire croire, madame, que vous manquez d'honneur ? Si j'eusse hésité aussi longtemps le jour où le général Fabio Conti donnait du poison à Fabrice, vous seriez occupée aujourd'hui à lui élever un tombeau dans une des églises de Parme.

– Non pas à Parme, certes, dans ce pays d'empoisonneurs.

– Eh bien ! partez, madame la duchesse, reprit le prince avec colère, et vous emporterez mon mépris.

---

1. Cette scène fait pendant à l'audience sollicitée par Gina pour prendre congé de Ranuce-Ernest IV (chapitre XIV) : Gina se permet la même insolence et suscite chez le nouveau prince la même crainte, celle de dépérir d'ennui dans une cour sans éclat, mais le fils ne remporte pas la manche, comme l'avait fait, par ruse, le père. Il va bel et bien perdre la duchesse.

Comme il s'en allait, la duchesse lui dit à voix basse :

100 – Eh bien ! présentez-vous ici à dix heures du soir, dans le plus strict incognito, et vous ferez un marché de dupe. Vous m'aurez vue pour la dernière fois, et j'eusse consacré ma vie à vous rendre aussi heureux qu'un prince absolu peut l'être dans ce siècle de jacobins. Et songez à ce que sera votre cour quand je n'y serai plus pour la tirer par force de sa platitude et de sa méchanceté naturelles.

– De votre côté, vous refusez la couronne de Parme, et mieux que la couronne, car vous n'eussiez point été une

110 princesse vulgaire, épousée par politique, et qu'on n'aime point ; mon cœur est tout à vous, et vous vous fussiez vue à jamais la maîtresse absolue de mes actions comme de mon gouvernement.

– Oui, mais la princesse votre mère eût eu le droit de me mépriser comme une vile intrigante.

– Eh bien ! j'eusse exilé la princesse avec une pension.

Il y eut encore trois quarts d'heure de répliques incisives. Le prince, qui avait l'âme délicate, ne pouvait se résoudre ni à user de son droit, ni à laisser partir la

120 duchesse. On lui avait dit qu'après le premier moment obtenu, n'importe comment, les femmes reviennent.

Chassé par la duchesse indignée, il osa reparaître tout tremblant et fort malheureux à dix heures moins trois minutes. À dix heures et demie, la duchesse montait en voiture et partait pour Bologne [1]. Elle écrivit au comte dès qu'elle fut hors des États du prince :

« Le sacrifice est fait. Ne me demandez pas d'être gaie pendant un mois. Je ne verrai plus Fabrice ; je vous attends à Bologne, et quand vous voudrez je serai la comtesse

130 Mosca. Je ne vous demande qu'une chose, ne me forcez jamais à reparaître dans le pays que je quitte, et songez toujours qu'au lieu de 150 000 livres de rentes, vous allez en avoir 30 ou 40 tout au plus. Tous les sots vous regardaient bouche béante, et vous ne serez plus considéré qu'autant que vous voudrez bien vous abaisser à com-

---

1. La précision temporelle ajoute au ridicule du prince et suffit à rendre comique une scène par ailleurs cruelle.

prendre toutes leurs petites idées. Tu l'as voulu, George Dandin [1] ! »

Huit jours après [2], le mariage se célébrait à Pérouse dans une église où les ancêtres du comte ont leurs tombeaux. Le prince était au désespoir. La duchesse avait reçu de lui trois ou quatre courriers, et n'avait pas manqué de lui renvoyer sous enveloppes ses lettres non décachetées. Ernest V avait fait un traitement magnifique au comte, et donné le grand cordon de son ordre à Fabrice.

– C'est là surtout ce qui m'a plu de ses adieux. Nous nous sommes séparés, disait le comte à la nouvelle comtesse Mosca della Rovère, les meilleurs amis du monde ; il m'a donné un grand cordon espagnol, et des diamants qui valent bien le grand cordon. Il m'a dit qu'il me ferait duc, s'il ne voulait se réserver ce moyen pour vous rappeler dans ses États. Je suis donc chargé de vous déclarer, belle mission pour un mari, que si vous daignez revenir à Parme, ne fût-ce que pour un mois, je serai fait duc, sous le nom que vous choisirez, et vous aurez une belle terre.

C'est ce que la duchesse refusa avec une sorte d'horreur.

Après la scène qui s'était passée au bal de la cour, et qui semblait assez décisive, Clélia parut ne plus se souvenir de l'amour qu'elle avait semblé partager un instant ; les remords les plus violents s'étaient emparés de cette âme vertueuse et croyante. C'est ce que Fabrice comprenait fort bien, et malgré toutes les espérances qu'il cherchait à se donner, un sombre malheur ne s'en était pas moins emparé de son âme. Cette fois cependant le malheur ne le conduisit point dans la retraite, comme à l'époque du mariage de Clélia.

Le comte avait prié *son neveu* de lui mander avec exactitude ce qui se passait à la cour, et Fabrice, qui commençait à comprendre tout ce qu'il lui devait, s'était promis de remplir cette mission en honnête homme.

---

1. Une fois de plus, un personnage du roman se voit assigner un grand rôle du répertoire comique français : personnage de la comédie de Molière qui porte ce nom (1668), George Dandin est un riche paysan qui a fait la bêtise d'épouser une femme d'un rang plus élevé que le sien, et qui sera, par elle, trompé et ridiculisé.
2. Nous sommes alors au printemps 1825.

Ainsi que la ville et la cour, Fabrice ne doutait pas que son ami n'eût le projet de revenir au ministère, et avec plus de pouvoir qu'il n'en avait jamais eu. Les prévisions du comte ne tardèrent pas à se vérifier : moins de six semaines après son départ, Rassi était Premier ministre ; Fabio Conti, ministre de la Guerre, et les prisons, que le comte avait presque vidées, se remplissaient de nouveau. Le prince, en appelant ces gens-là au pouvoir, crut se venger de la duchesse ; il était fou d'amour et haïssait sur-
180 tout le comte Mosca comme un rival.

Fabrice avait bien des affaires ; monseigneur Landriani, âgé de soixante-douze ans, étant tombé dans un grand état de langueur et ne sortant presque plus de son palais, c'était au coadjuteur à s'acquitter de presque toutes ses fonctions.

La marquise Crescenzi, accablée de remords, et effrayée par le directeur de sa conscience, avait trouvé un excellent moyen pour se soustraire aux regards de Fabrice. Prenant prétexte de la fin d'une première grossesse, elle s'était donné pour prison son propre palais ; mais ce palais
190 avait un immense jardin. Fabrice sut y pénétrer et plaça dans l'allée que Clélia affectionnait le plus des fleurs arrangées en bouquets, et disposées dans un ordre qui leur donnait un langage [1], comme jadis elle lui en faisait parvenir tous les soirs dans les derniers jours de sa prison à la tour Farnèse.

La marquise fut très irritée de cette tentative ; les mouvements de son âme étaient dirigés tantôt par les remords, tantôt par la passion. Durant plusieurs mois elle ne se permit pas de descendre une seule fois dans le jardin de
200 son palais ; elle se faisait même scrupule d'y jeter un regard.

Fabrice commençait à croire qu'il était séparé d'elle pour toujours, et le désespoir commençait aussi à s'emparer de son âme. Le monde où il passait sa vie lui déplaisait mortellement, et s'il n'eût été intimement per-

---

1. Autre substitut de la parole interdite, très volontiers utilisé dans le roman contemporain : on pense tout particulièrement au *Lys dans la vallée* de Balzac publié en 1835 (Stendhal cite Mme de Mortsauf dans ses brouillons de réponse à Balzac) et aux bouquets que Félix a soin de composer pour la comtesse afin de contourner l'interdit de l'aveu et d'exprimer l'amour, et surtout le désir, qui le tourmente.

suadé que le comte ne pouvait trouver la paix de l'âme
hors du ministère, il se fût mis en retraite dans son petit
appartement de l'archevêché. Il lui eût été doux de vivre
tout à ses pensées, et de n'entendre plus la voix humaine
que dans l'exercice officiel de ses fonctions.   210

Mais, se disait-il, dans l'intérêt du comte et de la comtesse Mosca, personne ne peut me remplacer.

Le prince continuait à le traiter avec une distinction qui
le plaçait au premier rang dans cette cour, et cette faveur il
la devait en grande partie à lui-même. L'extrême réserve
qui, chez Fabrice, provenait d'une indifférence allant
jusqu'au dégoût pour toutes les affectations ou les petites
passions qui remplissent la vie des hommes, avait piqué la
vanité du jeune prince ; il disait souvent que Fabrice avait
autant d'esprit que sa tante. L'âme candide du prince   220
s'apercevait à demi d'une vérité : c'est que personne
n'approchait de lui avec les mêmes dispositions de cœur
que Fabrice. Ce qui ne pouvait échapper, même au vulgaire des courtisans, c'est que la considération obtenue par
Fabrice n'était point celle d'un simple coadjuteur, mais
l'emportait même sur les égards que le souverain montrait
à l'archevêque. Fabrice écrivait au comte que si jamais le
prince avait assez d'esprit pour s'apercevoir du gâchis
dans lequel les ministres Rassi, Fabio Conti, Zurla et
autres de même force avaient jeté ses affaires, lui, Fabrice,   230
serait le canal naturel par lequel il ferait une démarche,
sans trop compromettre son amour-propre.

Sans le souvenir du mot fatal, *cet enfant*, disait-il à la
comtesse Mosca, appliqué par un homme de génie à une
auguste personne, l'auguste personne se serait déjà
écriée : Revenez bien vite et chassez-moi tous ces va-nu-
pieds. Dès aujourd'hui, si la femme de l'homme de génie
daignait faire une démarche, si peu significative qu'elle
fût, on rappellerait le comte avec transport ; mais il ren-
trera par une bien plus belle porte, s'il veut attendre que le   240
fruit soit mûr. Du reste, on s'ennuie à ravir dans les salons
de la princesse, on n'y a pour se divertir que la folie du
Rassi, qui, depuis qu'il est comte, est devenu maniaque de
noblesse. On vient de donner des ordres sévères pour que
toute personne qui ne peut pas prouver huit quartiers de
noblesse *n'ose plus* se présenter aux soirées de la prin-

cesse (ce sont les termes du rescrit). Tous les hommes qui
sont en possession d'entrer le matin dans la grande galerie,
et de se trouver sur le passage du souverain lorsqu'il se
250 rend à la messe, continueront à jouir de ce privilège ; mais
les nouveaux arrivants devront faire preuve des huit quartiers. Sur quoi l'on a dit qu'on voit bien que Rassi est sans
quartier.

On pense que de telles lettres n'étaient point confiées à
la poste. La comtesse Mosca répondait de Naples : « Nous
avons un concert tous les jeudis, et conversation tous les
dimanches ; on ne peut pas se remuer dans nos salons. Le
comte est enchanté de ses fouilles, il y consacre mille
francs par mois, et vient de faire venir des ouvriers des
260 montagnes de l'Abruzze, qui ne lui coûtent que vingt-trois
sous par jour. Tu devrais bien venir nous voir. Voici plus de
vingt fois, monsieur l'ingrat, que je vous fais cette
sommation. »

Fabrice n'avait garde d'obéir : la simple lettre qu'il écrivait tous les jours au comte ou à la comtesse lui semblait
une corvée presque insupportable. On lui pardonnera
quand on saura qu'une année entière se passa ainsi, sans
qu'il pût adresser une parole à la marquise. Toutes ses tentatives pour établir quelque correspondance avaient été
270 repoussées avec horreur. Le silence habituel que, par ennui
de la vie, Fabrice gardait partout, excepté dans l'exercice
de ses fonctions et à la cour, joint à la pureté parfaite de ses
mœurs, l'avait mis dans une vénération si extraordinaire
qu'il se décida enfin à obéir aux conseils de sa tante.

« Le prince a pour toi une vénération telle, lui écrivait-
elle, qu'il faut t'attendre bientôt à une disgrâce ; il te pro-
diguera les marques d'inattention et les mépris atroces des
courtisans suivront les siens. Ces petits despotes, si honnêtes qu'ils soient, sont changeants comme la mode et par
280 la même raison : l'ennui. Tu ne peux trouver de forces
contre le caprice du souverain que dans la prédication. Tu
improvises si bien en vers [1] ! essaye de parler une demi-
heure sur la religion ; tu diras des hérésies dans les

---

1. Les sermons de Fabrice illustrent eux aussi les vertus de l'improvisation dans ce roman, et montrent que l'on ne joue bien que lorsque l'on
est d'abord soi-même.

commencements ; mais paye un théologien savant et discret qui assistera à tes sermons, et t'avertira de tes fautes, tu les répareras le lendemain. »

Le genre de malheur que porte dans l'âme un amour contrarié, fait que toute chose demandant de l'attention et de l'action devient une atroce corvée. Mais Fabrice se dit que son crédit sur le peuple, s'il en acquérait, pourrait un 290 jour être utile à sa tante et au comte, pour lequel sa vénération augmentait tous les jours, à mesure que les affaires lui apprenaient à connaître la méchanceté des hommes. Il se détermina à prêcher, et son succès, préparé par sa maigreur et son habit râpé, fut sans exemple. On trouvait dans ses discours un parfum de tristesse profonde, qui, réuni à sa charmante figure et aux récits de la haute faveur dont il jouissait à la cour, enleva tous les cœurs de femme. Elles inventèrent qu'il avait été un des plus braves capitaines de l'armée de Napoléon. Bientôt ce fait absurde fut hors de 300 doute. On faisait garder des places dans les églises où il devait prêcher ; les pauvres s'y établissaient par spéculation dès cinq heures du matin [1].

Le succès fut tel que Fabrice eut enfin l'idée qui changea tout dans son âme, que, ne fût-ce que par simple curiosité, la marquise Crescenzi pourrait bien un jour venir assister à l'un de ses sermons. Tout à coup le public ravi s'aperçut que son talent redoublait ; il se permettait, quand il était ému, des images dont la hardiesse eût fait frémir les orateurs les plus exercés ; quelquefois, s'oubliant soi-même, il se livrait à des moments d'inspiration 310 passionnée, et tout l'auditoire fondait en larmes. Mais c'était en vain que son œil *aggrottato* [2] cherchait parmi tant de figures tournées vers la chaire celle dont la présence eût été pour lui un si grand événement.

---

1. Stendhal n'invente pas le succès mondain, théâtral des sermons de Fabrice. Dans l'article qu'elle leur consacre, R.G. Bezzola rappelle qu'encore au début du XIXᵉ siècle les prêches étaient fort à la mode en Italie, s'adressaient à tout le monde, et étaient de véritables spectacles où l'on allait pour le plaisir d'être ému, d'avoir peur, et même de rire (voir « Les sermons de "monsignore" Fabrice Del Dongo », dans *Stendhal, La Chartreuse de Parme*, éd. InterUniversitaires, p. 71-85).
2. C'est-à-dire, froncé, fixé, aux aguets : expression utilisée pour signifier l'irritation, et donc impropre, ici (V. Del Litto).

Mais si jamais j'ai ce bonheur, se dit-il, ou je me trouverai mal, ou je resterai absolument court. Pour parer à ce
dernier inconvénient, il avait composé une sorte de prière
tendre et passionnée qu'il plaçait toujours dans sa chaire,
320 sur un tabouret ; il avait le projet de se mettre à lire ce morceau, si jamais la présence de la marquise venait le mettre
hors d'état de trouver un mot.

Il apprit un jour, par ceux des domestiques du marquis
qui étaient à sa solde, que des ordres avaient été donnés
afin que l'on préparât pour le lendemain la loge de la *Casa
Crescenzi* au grand théâtre. Il y avait une année que la
marquise n'avait paru à aucun spectacle, et c'était un ténor
qui faisait fureur et remplissait la salle tous les soirs qui la
faisait déroger à ses habitudes. Le premier mouvement de
330 Fabrice fut une joie extrême. Enfin je pourrai la voir toute
une soirée ! On dit qu'elle est bien pâle. Et il cherchait à
se figurer ce que pouvait être cette tête charmante, avec
des couleurs à demi effacées par les combats de l'âme.

Son ami Ludovic, tout consterné de ce qu'il appelait la
folie de son maître, trouva, mais avec beaucoup de peine,
une loge au quatrième rang, presque en face de celle de la
marquise. Une idée se présenta à Fabrice : J'espère lui
donner l'idée de venir au sermon, et je choisirai une église
fort petite, afin d'être en état de la bien voir. Fabrice prê
340 chait ordinairement à trois heures. Dès le matin du jour où
la marquise devait aller au spectacle, il fit annoncer qu'un
devoir de son état le retenant à l'archevêché pendant toute
la journée, il prêcherait par extraordinaire à huit heures et
demie du soir, dans la petite église de Sainte-Marie-de-la-
Visitation [1], située précisément en face d'une des ailes du
palais Crescenzi. Ludovic présenta de sa part une quantité
énorme de cierges aux religieuses de la Visitation, avec
prière d'illuminer à jour leur église. Il eut toute une compagnie de grenadiers de la garde, et l'on plaça une senti
350 nelle, la baïonnette au bout du fusil, devant chaque chapelle, pour empêcher les vols.

Le sermon n'était annoncé que pour huit heures et
demie, et à deux heures l'église étant entièrement remplie,
l'on peut se figurer le tapage qu'il y eut dans la rue soli-

---

1. Elle n'existe pas à Parme.

taire que dominait la noble architecture du palais Crescenzi. Fabrice avait fait annoncer qu'en l'honneur de *Notre-Dame de Pitié*, il prêcherait sur la pitié qu'une âme généreuse doit avoir pour un malheureux, même quand il serait coupable [1].

Déguisé avec tout le soin possible [2], Fabrice gagna sa loge au théâtre au moment de l'ouverture des portes, et quand rien n'était encore allumé. Le spectacle commença vers huit heures, et quelques minutes après il eut cette joie qu'aucun esprit ne peut concevoir s'il ne l'a pas éprouvée, il vit la porte de la loge Crescenzi s'ouvrir ; peu après, la marquise entra ; il ne l'avait pas vue aussi bien depuis le jour où elle lui avait donné son éventail. Fabrice crut qu'il suffoquerait de joie ; il sentait des mouvements si extraordinaires, qu'il se dit : Peut-être je vais mourir ! Quelle façon charmante de finir cette vie si triste ! Peut-être je vais tomber dans cette loge ; les fidèles réunis à la Visitation ne me verront point arriver, et demain, ils apprendront que leur futur archevêque s'est oublié dans une loge de l'Opéra, et encore, déguisé en domestique et couvert d'une livrée ! Adieu toute ma réputation ! Et que me fait ma réputation !

Toutefois, vers les huit heures trois quarts, Fabrice fit effort sur lui-même ; il quitta sa loge des quatrièmes et eut toutes les peines du monde à gagner, à pied, le lieu où il devait quitter son habit de demi-livrée et prendre un vêtement plus convenable. Ce ne fut que vers les neuf heures qu'il arriva à la Visitation, dans un état de pâleur et de faiblesse tel que le bruit se répandit dans l'église que M. le coadjuteur ne pourrait pas prêcher ce soir-là. On peut juger des soins que lui prodiguèrent les religieuses, à la grille de leur parloir intérieur où il s'était réfugié. Ces dames parlaient beaucoup ; Fabrice demanda à être seul quelques instants, puis il courut à sa chaire. Un de ses aides de camp lui avait annoncé, vers les trois heures, que l'église de la Visitation était entièrement remplie, mais de gens apparte-

---

1. Le thème du sermon n'est pas choisi au hasard : l'amour, en Clélia, est d'abord suscité par la pitié.
2. Fabrice amoureux a recours aux mêmes stratagèmes que Mosca pour contempler l'être cher (voir chapitre VI).

nant à la dernière classe et attirés apparemment par le spectacle de l'illumination. En entrant en chaire, Fabrice fut agréablement surpris de trouver toutes les chaises occupées par les jeunes gens à la mode et par les personnages de la plus haute distinction.

Quelques phrases d'excuses commencèrent son sermon et furent reçues avec des cris comprimés d'admiration. Ensuite [1] vint la description passionnée du malheureux dont il faut avoir pitié pour honorer dignement la *Madone de Pitié*, qui, elle-même, a tant souffert sur la terre. L'orateur était fort ému ; il y avait des moments où il pouvait à peine prononcer les mots de façon à être entendu dans toutes les parties de cette petite église. Aux yeux de toutes les femmes et de bon nombre des hommes, il avait l'air lui-même du malheureux dont il fallait prendre pitié, tant sa pâleur était extrême. Quelques minutes après les phrases d'excuses par lesquelles il avait commencé son discours, on s'aperçut qu'il était hors de son assiette ordinaire : on le trouvait ce soir-là d'une tristesse plus profonde et plus tendre que de coutume. Une fois on lui vit les larmes aux yeux : à l'instant il s'éleva dans l'auditoire un sanglot général et si bruyant, que le sermon en fut tout à fait interrompu.

Cette première interruption fut suivie de dix autres ; on poussait des cris d'admiration, il y avait des éclats de larmes ; on entendait à chaque instant des cris tels que : Ah ! sainte Madone ! Ah ! grand Dieu ! L'émotion était si générale et si invincible dans ce public d'élite, que personne n'avait honte de pousser des cris, et les gens qui y

---

1. Stendhal connaissait les grands textes français de la tradition oratoire sacrée (il avait lu Bossuet, Massillon, Bourdaloue), et appréciait tout particulièrement le style de Fénelon, sa douceur et, surtout, son expressivité : faire pleurer est l'idéal que lui enseigne Fénelon et dont hérite Fabrice. Mais ces sermons, quoique non cités, permettent encore à Stendhal de prendre part à un débat rhétorique contemporain sur l'éloquence sacrée. Comme l'a rappelé M. Bury (dans son article « Le choix du "simple" dans *La Chartreuse de Parme* », dans *Stendhal, La Chartreuse de Parme*, éd. InterUniversitaires, p. 209), le modèle de Fabrice est surtout Lacordaire, prédicateur à succès comme lui, avec lequel il a des ressemblances physiques (la simplicité de la tenue, par exemple), et le même idéal d'éloquence, autorisant l'expression du moi et de ses sentiments, et recherchant un échange plus sincère et plus efficace avec l'auditoire.

étaient entraînés ne semblaient point ridicules à leurs voi- 420
sins.

Au repos qu'il est d'usage de prendre au milieu du
sermon, on dit à Fabrice qu'il n'était resté absolument personne au spectacle ; une seule dame se voyait encore dans
sa loge, la marquise Crescenzi. Pendant ce moment de
repos on entendit tout à coup beaucoup de bruit dans la
salle : c'étaient les fidèles qui votaient une statue à M. le
coadjuteur. Son succès dans la seconde partie du discours
fut tellement fou et mondain, les élans de contrition chrétienne furent tellement remplacés par des cris d'admira- 430
tion tout à fait profanes, qu'il crut devoir adresser, en quittant la chaire, une sorte de réprimande aux auditeurs. Sur
quoi tous sortirent à la fois avec un mouvement qui avait
quelque chose de singulier et de compassé ; et, en arrivant
à la rue, tous se mettaient à applaudir avec fureur et à
crier : *E viva del Dongo !*

Fabrice consulta sa montre avec précipitation, et courut
à une petite fenêtre grillée qui éclairait l'étroit passage de
l'orgue à l'intérieur du couvent. Par politesse envers la
foule incroyable et insolite qui remplissait la rue, le suisse 440
du palais Crescenzi avait placé une douzaine de torches
dans ces mains de fer que l'on voit sortir des murs de face
des palais bâtis au Moyen Âge. Après quelques minutes, et
longtemps avant que les cris eussent cessé, l'événement
que Fabrice attendait avec tant d'anxiété arriva, la voiture
de la marquise, revenant du spectacle, parut dans la rue ; le
cocher fut obligé de s'arrêter, et ce ne fut qu'au plus petit
pas, et à force de cris, que la voiture put gagner la porte.

La marquise avait été touchée de la musique sublime,
comme le sont les cœurs malheureux, mais bien plus 450
encore de la solitude parfaite du spectacle lorsqu'elle en
apprit la cause. Au milieu du second acte, et le *ténor* admirable étant en scène, les gens même du parterre avaient
tout à coup déserté leurs places pour aller tenter fortune et
essayer de pénétrer dans l'église de la Visitation. La marquise, se voyant arrêtée par la foule devant sa porte, fondit
en larmes. Je n'avais pas fait un mauvais choix ! se dit-
elle.

Mais précisément à cause de ce moment d'attendrissement elle résista avec fermeté aux instances du marquis et 460

de tous les amis de la maison, qui ne concevaient pas qu'elle n'allât point voir un prédicateur aussi étonnant. Enfin, disait-on, il l'emporte même sur le meilleur ténor de l'Italie ! Si je le vois, je suis perdue ! se disait la marquise.

Ce fut en vain que Fabrice, dont le talent semblait plus brillant chaque jour, prêcha encore plusieurs fois dans cette même petite église, voisine du palais Crescenzi, jamais il n'aperçut Clélia, qui même à la fin prit de l'humeur de cette affectation à venir troubler sa rue soli-
470 taire, après l'avoir déjà chassée de son jardin.

En parcourant les figures de femmes qui l'écoutaient, Fabrice remarquait depuis assez longtemps une petite figure brune fort jolie, et dont les yeux jetaient des flammes. Ces yeux magnifiques étaient ordinairement baignés de larmes dès la huitième ou dixième phrase du sermon. Quand Fabrice était obligé de dire des choses longues et ennuyeuses pour lui-même, il reposait assez volontiers ses regards sur cette tête dont la jeunesse lui plaisait. Il apprit que cette jeune personne s'appelait
480 Anetta Marini [1], fille unique et héritière du plus riche marchand drapier de Parme, mort quelques mois auparavant.

Bientôt le nom de cette Anetta Marini, fille du drapier, fut dans toutes les bouches ; elle était devenue éperdument amoureuse de Fabrice. Lorsque les fameux sermons commencèrent, son mariage était arrêté avec Giacomo Rassi, fils aîné du ministre de la Justice, lequel ne lui déplaisait point ; mais à peine eut-elle entendu deux fois *monsignore* Fabrice, qu'elle déclara qu'elle ne voulait plus se marier ; et, comme on lui demandait la cause d'un si singulier
490 changement, elle répondit qu'il n'était pas digne d'une honnête fille d'épouser un homme en se sentant éperdument éprise d'un autre. Sa famille chercha d'abord sans succès quel pouvait être cet autre.

Mais les larmes brûlantes qu'Anetta versait au sermon mirent sur la voie de la vérité ; sa mère et ses oncles lui ayant demandé si elle aimait *monsignore* Fabrice, elle

---

1. Stendhal se souvient, à travers ce nouveau personnage, d'une des beautés de Milan qu'il avait connue en 1800. Dans ces derniers chapitres, Anetta est le double, bourgeois, ridicule, de Clélia, dont elle va, comme Gina, susciter la jalousie.

répondit avec hardiesse que, puisqu'on avait découvert la vérité, elle ne s'avilirait point par un mensonge ; elle ajouta que, n'ayant aucun espoir d'épouser l'homme qu'elle adorait, elle voulait du moins n'avoir plus les yeux offensés par la figure ridicule du *contino* Rassi. Ce ridicule donné au fils d'un homme que poursuivait l'envie de toute la bourgeoisie devint, en deux jours, l'entretien de toute la ville. La réponse d'Anetta Marini parut charmante, et tout le monde la répéta. On en parla au palais Crescenzi comme on en parlait partout.

Clélia se garda bien d'ouvrir la bouche sur un tel sujet dans son salon ; mais elle fit des questions à sa femme de chambre, et, le dimanche suivant, après avoir entendu la messe à la chapelle de son palais, elle fit monter sa femme de chambre dans sa voiture, et alla chercher une seconde messe à la paroisse de Mlle Marini. Elle y trouva réunis tous les beaux de la ville attirés par le même motif ; ces messieurs se tenaient debout près de la porte. Bientôt, au grand mouvement qui se fit parmi eux, la marquise comprit que cette Mlle Marini entrait dans l'église ; elle se trouva fort bien placée pour la voir, et, malgré sa piété, ne donna guère d'attention à la messe. Clélia trouva à cette beauté bourgeoise un petit air décidé qui, suivant elle, eût pu convenir tout au plus à une femme mariée depuis plusieurs années. Du reste elle était admirablement bien prise dans sa petite taille, et ses yeux, comme l'on dit en Lombardie, semblaient faire la conversation avec les choses qu'ils regardaient. La marquise s'enfuit avant la fin de la messe.

Dès le lendemain, les amis de la maison Crescenzi, lesquels venaient tous les soirs passer la soirée, racontèrent un nouveau trait ridicule de l'Anetta Marini. Comme sa mère, craignant quelque folie de sa part, ne laissait que peu d'argent à sa disposition, Anetta était allée offrir une magnifique bague en diamants, cadeau de son père, au célèbre Hayez, alors à Parme pour les salons du palais Crescenzi, et lui demander le portrait de M. del Dongo [1] ; mais elle voulut que ce portrait fût vêtu simplement de

_____

1. Retour du motif du portrait, déterminant dans l'intrigue amoureuse (voir notre article « Le roman du portrait... », *op. cit.*).

noir, et non point en habit de prêtre. Or, la veille, la mère de la petite Anetta avait été bien surprise, et encore plus scandalisée de trouver dans la chambre de sa fille un magnifique portrait de Fabrice del Dongo, entouré du plus beau cadre que l'on eût doré à Parme depuis vingt ans.

CHAPITRE XXVIII

Entraîné par les événements [1], nous n'avons pas eu le temps d'esquisser la race comique de courtisans qui pullulent à la cour de Parme et faisaient de drôles de commentaires sur les événements par nous racontés. Ce qui rend en ce pays-là un petit noble, garni de ses trois ou quatre mille livres de rente, digne de figurer en bas noirs, aux *levers* du prince, c'est d'abord de n'avoir jamais lu Voltaire et Rousseau [2] : cette condition est peu difficile à remplir. Il fallait ensuite savoir parler avec attendrissement du rhume du souverain, ou de la dernière caisse de minéralogie qu'il avait reçue de Saxe. Si après cela on ne manquait pas à la messe un seul jour de l'année, si l'on pouvait compter au nombre de ses amis intimes deux ou trois gros moines, le prince daignait vous adresser une fois la parole tous les ans, quinze jours avant ou quinze jours après le premier janvier, ce qui vous donnait un grand relief dans votre paroisse, et le percepteur des contributions n'osait pas trop vous vexer si vous étiez en retard sur la somme annuelle de

10

---

1. Rappelons que Stendhal s'est reproché de ne pas avoir assez développé le portrait des courtisans (il avait pensé introduire un nouveau personnage burlesque, le comte Zorafi) et a bien vu qu'il y avait maladresse à introduire ainsi, sans l'avoir annoncé, le bouffon Gonzo (voir Dossier, p. 646-647).
2. Donnant ses consignes à Fabrice, Gina lui avait recommandé de ne jamais parler des philosophes des Lumières, accusés d'avoir favorisé le déclenchement de la Révolution (p. 197).

cent francs à laquelle étaient imposées vos petites pro-
20 priétés.

M. Gonzo [1] était un pauvre hère de cette sorte, fort
noble, qui, outre qu'il possédait quelque petit bien, avait
obtenu par le crédit du marquis Crescenzi une place
magnifique, rapportant mille cent cinquante francs par an.
Cet homme eût pu dîner chez lui, mais il avait une
passion : il n'était à son aise et heureux que lorsqu'il se
trouvait dans le salon de quelque grand personnage qui lui
dît de temps à autre : *Taisez-vous, Gonzo, vous n'êtes
qu'un sot*. Ce jugement était dicté par l'humeur, car Gonzo
30 avait presque toujours plus d'esprit que le grand personnage. Il parlait à propos de tout et avec assez de grâce : de
plus, il était prêt à changer d'opinion sur une grimace du
maître de la maison. À vrai dire, quoique d'une adresse
profonde pour ses intérêts, il n'avait pas une idée, et quand
le prince n'était pas enrhumé, il était quelquefois embarrassé au moment d'entrer dans un salon.

Ce qui dans Parme avait valu une réputation à Gonzo,
c'était un magnifique chapeau à trois cornes garni d'une
plume noire un peu délabrée, qu'il mettait, même en frac ;
40 mais il fallait voir la façon dont il portait cette plume, soit
sur la tête, soit à la main ; là était le talent et l'importance.
Il s'informait avec une anxiété véritable de l'état de santé
du petit chien de la marquise, et si le feu eût pris au palais
Crescenzi, il eût exposé sa vie pour sauver un de ces beaux
fauteuils de brocart d'or, qui depuis tant d'années accro-
chaient sa culotte de soie noire, quand par hasard il osait
s'y asseoir un instant.

Sept ou huit personnages de cette espèce arrivaient tous
les soirs à sept heures dans le salon de la marquise Cres-
50 cenzi. À peine assis, un laquais magnifiquement vêtu
d'une livrée jonquille toute couverte de galons d'argent,
ainsi que la veste rouge qui en complétait la magnificence,
venait prendre les chapeaux et les cannes des pauvres
diables. Il était immédiatement suivi d'un valet de
chambre apportant une tasse de café infiniment petite, sou-

---

1. Le mot signifie en italien « sot », « bête ». La présence de ce fantoche
suffit, dans ce dernier chapitre, à maintenir l'équilibre, cher à Stendhal,
entre comique et émotion, légèreté et sérieux, théâtre et réalité.

tenue par un pied d'argent en filigrane ; et toutes les demi-heures un maître d'hôtel, portant épée et habit magnifique à la française, venait offrir des glaces.

Une demi-heure après les petits courtisans râpés, on voyait arriver cinq ou six officiers parlant haut et d'un air tout militaire et discutant habituellement sur le nombre et l'espèce des boutons que doit porter l'habit du soldat pour que le général en chef puisse remporter des victoires. Il n'eût pas été prudent de citer dans ce salon un journal français ; car, quand même la nouvelle se fût trouvée des plus agréables, par exemple cinquante libéraux fusillés en Espagne, le narrateur n'en fût pas moins resté convaincu d'avoir lu un journal français. Le chef-d'œuvre de l'habileté de tous ces gens-là était d'obtenir tous les dix ans une augmentation de pension de cent cinquante francs. C'est ainsi que le prince partage avec sa noblesse le plaisir de régner sur les paysans et sur les bourgeois.

Le principal personnage, sans contredit, du salon Crescenzi, était le chevalier Foscarini, parfaitement honnête homme ; aussi avait-il été un peu en prison sous tous les régimes. Il était membre de cette fameuse Chambre des députés qui, à Milan, rejeta la loi de l'enregistrement présentée par Napoléon, trait peu fréquent dans l'histoire [1]. Le chevalier Foscarini, après avoir été vingt ans l'ami de la mère du marquis, était resté l'homme influent dans la maison. Il avait toujours quelque conte plaisant à faire, mais rien n'échappait à sa finesse, et la jeune marquise, qui se sentait coupable au fond du cœur, tremblait devant lui.

Comme Gonzo avait une véritable passion pour le grand seigneur, qui lui disait des grossièretés et le faisait pleurer une ou deux fois par an, sa manie était de chercher à lui rendre de petits services ; et, s'il n'eût été paralysé par les habitudes d'une extrême pauvreté, il eût pu réussir quelquefois, car il n'était pas sans une certaine dose de finesse et une beaucoup plus grande d'effronterie.

Le Gonzo, tel que nous le connaissons, méprisait assez la marquise Crescenzi, car de sa vie elle ne lui avait

---

1. Stendhal a plusieurs fois rappelé cette opposition des députés à l'Empereur, alors tout-puissant.

adressé une parole peu polie ; mais enfin elle était la femme de ce fameux marquis Crescenzi, chevalier d'honneur de la princesse, et qui, une fois ou deux par mois, disait à Gonzo :

– Tais-toi, Gonzo, tu n'es qu'une bête.

Le Gonzo remarqua que tout ce qu'on disait de la petite
100 Anetta Marini faisait sortir la marquise, pour un instant, de l'état de rêverie et d'incurie où elle restait habituellement plongée jusqu'au moment où onze heures sonnaient, alors elle faisait le thé, et en offrait à chaque homme présent, en l'appelant par son nom. Après quoi, au moment de rentrer chez elle, elle semblait trouver un moment de gaieté, c'était l'instant qu'on choisissait pour lui réciter les sonnets satiriques.

On en fait d'excellents en Italie : c'est le seul genre de littérature qui ait encore un peu de vie ; à la vérité il n'est
110 pas soumis à la censure, et les courtisans de la *casa* Crescenzi annonçaient toujours leur sonnet par ces mots : Madame la marquise veut-elle permettre que l'on récite devant elle un bien mauvais sonnet ? et quand le sonnet avait fait rire et avait été répété deux ou trois fois, l'un des officiers ne manquait pas de s'écrier : M. le ministre de la Police devrait bien s'occuper de faire un peu pendre les auteurs de telles infamies. Les sociétés bourgeoises, au contraire, accueillent ces sonnets avec l'admiration la plus franche, et les clercs de procureurs en vendent des copies.
120 D'après la sorte de curiosité montrée par la marquise, Gonzo se figura qu'on avait trop vanté devant elle la beauté de la petite Marini, qui d'ailleurs avait un million de fortune, et qu'elle en était jalouse. Comme avec son sourire continu et son effronterie complète envers tout ce qui n'était pas noble, Gonzo pénétrait partout, dès le lendemain il arriva dans le salon de la marquise, portant son chapeau à plumes d'une certaine façon triomphante et qu'on ne lui voyait guère qu'une fois ou deux chaque année lorsque le prince lui avait dit : *Adieu, Gonzo.*
130 Après avoir salué respectueusement la marquise, Gonzo ne s'éloigna point comme de coutume pour aller prendre place sur le fauteuil qu'on venait de lui avancer. Il se plaça au milieu du cercle, et s'écria brutalement : – J'ai vu le portrait de monseigneur del Dongo. Clélia fut tellement

surprise qu'elle fut obligée de s'appuyer sur le bras de son fauteuil ; elle essaya de faire tête à l'orage, mais bientôt fut obligée de déserter le salon.

– Il faut convenir, mon pauvre Gonzo, que vous êtes d'une maladresse rare, s'écria avec hauteur l'un des officiers qui finissait sa quatrième glace. Comment ne savez-vous pas que le coadjuteur, qui a été l'un des plus braves colonels de l'armée de Napoléon, a joué jadis un tour pendable au père de la marquise, en sortant de la citadelle où le général Conti commandait, comme il fût sorti de la *Steccata* (la principale église de Parme) [1] ?

– J'ignore en effet bien des choses, mon cher capitaine, et je suis un pauvre imbécile qui fais des bévues toute la journée.

Cette réplique, tout à fait dans le goût italien, fit rire aux dépens du brillant officier. La marquise rentra bientôt ; elle s'était armée de courage, et n'était pas sans quelque vague espérance de pouvoir elle-même admirer ce portrait de Fabrice, que l'on disait excellent. Elle parla des éloges du talent de Hayez, qui l'avait fait. Sans le savoir elle adressait des sourires charmants au Gonzo qui regardait l'officier d'un air malin. Comme tous les autres courtisans de la maison se livraient au même plaisir, l'officier prit la fuite, non sans vouer une haine mortelle au Gonzo ; celui-ci triomphait, et, le soir, en prenant congé, fut engagé à dîner pour le lendemain.

– En voici bien d'une autre ! s'écria Gonzo, le lendemain, après le dîner, quand les domestiques furent sortis, n'arrive-t-il pas que notre coadjuteur est tombé amoureux de la petite Marini !…

On peut juger du trouble qui s'éleva dans le cœur de Clélia en entendant un mot aussi extraordinaire. Le marquis lui-même fut ému.

– Mais Gonzo, mon ami, vous battez la campagne comme à l'ordinaire ! et vous devriez parler avec un peu plus de retenue d'un personnage qui a eu l'honneur de faire onze fois la partie de whist de Son Altesse !

---

1. Église du XVIe siècle en forme de croix grecque, située au centre de Parme.

– Eh bien ! monsieur le marquis, répondit le Gonzo avec la grossièreté des gens de cette espèce, je puis vous jurer qu'il voudrait bien aussi faire la partie de la petite Marini. Mais il suffit que ces détails vous déplaisent ; ils n'existent plus pour moi, qui veux avant tout ne pas choquer mon adorable marquis.

Toujours, après le dîner, le marquis se retirait pour faire la sieste. Il n'eut garde, ce jour-là ; mais le Gonzo se serait
180 plutôt coupé la langue que d'ajouter un mot sur la petite Marini ; et, à chaque instant, il commençait un discours, calculé de façon à ce que le marquis pût espérer qu'il allait revenir aux amours de la petite bourgeoise. Le Gonzo avait supérieurement cet esprit italien qui consiste à différer avec délices de lancer le mot désiré. Le pauvre marquis, mourant de curiosité, fut obligé de faire des avances : il dit à Gonzo que, quand il avait le plaisir de dîner avec lui, il mangeait deux fois davantage. Gonzo ne comprit pas, et se mit à décrire une magnifique galerie de tableaux que for-
190 mait la marquise Balbi, la maîtresse du feu prince ; trois ou quatre fois il parla de Hayez, avec l'accent plein de lenteur de l'admiration la plus profonde. Le marquis se disait : Bon ! il va arriver enfin au portrait commandé par la petite Marini ! Mais c'est ce que Gonzo n'avait garde de faire. Cinq heures sonnèrent, ce qui donna beaucoup d'humeur au marquis, qui était accoutumé à monter en voiture à cinq heures et demie, après sa sieste, pour aller au *Corso*.

– Voilà comment vous êtes, avec vos bêtises ! dit-il
200 grossièrement au Gonzo ; vous me ferez arriver au *Corso* après la princesse, dont je suis le chevalier d'honneur, et qui peut avoir des ordres à me donner. Allons ! dépêchez ! dites-moi en peu de paroles, si vous le pouvez, ce que c'est que ces prétendus amours de monseigneur le coadjuteur ?

Mais le Gonzo voulait réserver ce récit pour l'oreille de la marquise, qui l'avait invité à dîner ; il *dépêcha* donc, en fort peu de mots, l'histoire réclamée, et le marquis, à moitié endormi, courut faire sa sieste. Le Gonzo prit une tout autre manière avec la pauvre marquise. Elle était
210 restée tellement jeune et naïve au milieu de sa haute fortune, qu'elle crut devoir réparer la grossièreté avec laquelle le marquis venait d'adresser la parole au Gonzo.

Charmé de ce succès, celui-ci retrouva toute son éloquence, et se fit un plaisir, non moins qu'un devoir, d'entrer avec elle dans des détails infinis.

La petite Anetta Marini donnait jusqu'à un sequin par place qu'on lui retenait au sermon ; elle arrivait toujours avec deux de ses tantes et l'ancien caissier de son père. Ces places, qu'elle faisait garder dès la veille, étaient choisies en général presque vis-à-vis la chaire, mais un peu du côté du grand autel, car elle avait remarqué que le coadjuteur se tournait souvent vers l'autel. Or, ce que le public avait remarqué aussi, c'est que *non rarement* les yeux si parlants du jeune prédicateur s'arrêtaient avec complaisance sur la jeune héritière, cette beauté si piquante ; et apparemment avec quelque attention, car, dès qu'il avait les yeux fixés sur elle, son sermon devenait savant ; les citations y abondaient, l'on n'y trouvait plus de ces mouvements qui partent du cœur ; et les dames, pour qui l'intérêt cessait presque aussitôt, se mettaient à regarder la Marini et à en médire.

Clélia se fit répéter jusqu'à trois fois tous ces détails singuliers. À la troisième, elle devint fort rêveuse ; elle calculait qu'il y avait justement quatorze mois qu'elle n'avait vu Fabrice. Y aurait-il un bien grand mal, se disait-elle, à passer une heure dans une église, non pour voir Fabrice, mais pour entendre un prédicateur célèbre ? D'ailleurs, je me placerai loin de la chaire, et je ne regarderai Fabrice qu'une fois en entrant et une autre fois à la fin du sermon... Non, se disait Clélia, ce n'est pas Fabrice que je vais voir, je vais entendre le prédicateur étonnant ! Au milieu de tous ces raisonnements, la marquise avait des remords ; sa conduite avait été si belle depuis quatorze mois ! Enfin, se dit-elle, pour trouver quelque paix avec elle-même, si la première femme qui viendra ce soir a été entendre prêcher *monsignore* del Dongo, j'irai aussi ; si elle n'y est point allée, je m'abstiendrai.

Une fois ce parti pris, la marquise fit le bonheur du Gonzo en lui disant :

– Tâchez de savoir quel jour le coadjuteur prêchera, et dans quelle église ? Ce soir, avant que vous ne sortiez, j'aurai peut-être une commission à vous donner.

À peine Gonzo parti pour le *Corso*, Clélia alla prendre l'air dans le jardin de son palais. Elle ne se fit pas l'objection que depuis dix mois elle n'y avait pas mis les pieds. Elle était vive, animée ; elle avait des couleurs. Le soir, à chaque ennuyeux qui entrait dans le salon, son cœur palpitait d'émotion. Enfin on annonça le Gonzo, qui, du premier coup d'œil, vit qu'il allait être l'homme nécessaire

260   pendant huit jours ; la marquise est jalouse de la petite Marini, et ce serait, ma foi, une comédie bien montée, se dit-il, que celle dans laquelle la marquise jouerait le premier rôle, la petite Anetta la soubrette, et *monsignore* del Dongo l'amoureux ! Ma foi, le billet d'entrée ne serait pas trop payé à deux francs. Il ne se sentait pas de joie, et, pendant toute la soirée, il coupait la parole à tout le monde et racontait les anecdotes les plus saugrenues (par exemple, la célèbre actrice et le marquis de Pequigny, qu'il avait apprise la veille d'un voyageur français) [1]. La marquise, de

270   son côté, ne pouvait tenir en place ; elle se promenait dans le salon, elle passait dans une galerie voisine du salon, où le marquis n'avait admis que des tableaux coûtant chacun plus de vingt mille francs. Ces tableaux avaient un langage si clair ce soir-là qu'ils fatiguaient le cœur de la marquise à force d'émotion. Enfin, elle entendit ouvrir les deux battants, elle courut au salon ; c'était la marquise Raversi ! Mais en lui adressant les compliments d'usage, Clélia sentait que la voix lui manquait. La marquise lui fit répéter deux fois la question :

280   – Que dites-vous du prédicateur à la mode ? qu'elle n'avait point entendue d'abord.

– Je le regardais comme un petit intrigant, très digne neveu de l'illustre comtesse Mosca ; mais à la dernière fois qu'il a prêché, tenez, à l'église de la Visitation, vis-à-vis de chez vous, il a été tellement sublime, que, toute haine cessante, je le regarde comme l'homme le plus éloquent que j'aie jamais entendu.

– Ainsi vous avez assisté à un de ses sermons ? dit Clélia toute tremblante de bonheur.

---

1. Cette anecdote raconterait la rivalité de Beaumarchais et de M. de Pecquigny à propos d'une actrice (M. Crouzet).

– Mais, comment, dit la marquise en riant, vous ne m'écoutiez donc pas ? Je n'y manquerais pas pour tout au monde. On dit qu'il est attaqué de la poitrine, et que bientôt il ne prêchera plus !

À peine la marquise sortie, Clélia appela le Gonzo dans la galerie.

– Je suis presque résolue, lui dit-elle, à entendre ce prédicateur si vanté. Quand prêchera-t-il ?

– Lundi prochain, c'est-à-dire dans trois jours ; et l'on dirait qu'il a deviné le projet de Votre Excellence ; car il vient prêcher à l'église de la Visitation.

Tout n'était pas expliqué ; mais Clélia ne trouvait plus de voix pour parler ; elle fit cinq ou six tours dans la galerie, sans ajouter une parole. Gonzo se disait : Voilà la vengeance qui la travaille. Comment peut-on être assez insolent pour se sauver d'une prison, surtout quand on a l'honneur d'être gardé par un héros tel que le général Fabio Conti !

– Au reste, il faut se presser, ajouta-t-il avec une fine ironie ; il est touché à la poitrine. J'ai entendu le docteur Rambo dire qu'il n'a pas un an de vie ; Dieu le punit d'avoir rompu son ban en se sauvant traîtreusement de la citadelle.

La marquise s'assit sur le divan de la galerie, et fit signe à Gonzo de l'imiter. Après quelques instants, elle lui remit une petite bourse où elle avait préparé quelques sequins.

– Faites-moi retenir quatre places.

– Sera-t-il permis au pauvre Gonzo de se glisser à la suite de Votre Excellence ?

– Sans doute ; faites retenir cinq places… Je ne tiens nullement, ajouta-t-elle, à être près de la chaire ; mais j'aimerais à voir Mlle Marini, que l'on dit si jolie.

La marquise ne vécut pas pendant les trois jours qui la séparaient du fameux lundi, jour du sermon. Le Gonzo, pour qui c'était un insigne honneur d'être vu en public à la suite d'une aussi grande dame, avait arboré son habit français avec l'épée ; ce n'est pas tout, profitant du voisinage du palais, il fit porter dans l'église un fauteuil doré magnifique destiné à la marquise, ce qui fut trouvé de la dernière insolence par les bourgeois. On peut penser ce que devint la pauvre marquise, lorsqu'elle aperçut ce fauteuil, et qu'on l'avait placé précisément vis-à-vis la chaire. Clélia était si confuse, baissant les yeux, et réfugiée dans un coin de cet immense fauteuil, qu'elle n'eut pas même le courage de regarder la petite Marini, que le Gonzo lui indiquait de la main, avec une effronterie dont elle ne pouvait revenir. Tous les êtres non nobles n'étaient absolument rien aux yeux du courtisan.

Fabrice parut dans la chaire ; il était si maigre, si pâle, tellement *consumé* [1], que les yeux de Clélia se remplirent de larmes à l'instant. Fabrice dit quelques paroles, puis
340 s'arrêta, comme si la voix lui manquait tout à coup ; il essaya vainement de commencer quelques phrases ; il se retourna, et prit un papier écrit.

– Mes frères, dit-il, une âme malheureuse et bien digne de toute votre pitié vous engage, par ma voix, à prier pour la fin de ses tourments, qui ne cesseront qu'avec sa vie.

Fabrice lut la suite de son papier fort lentement ; mais l'expression de sa voix était telle, qu'avant le milieu de la prière tout le monde pleurait, même le Gonzo. – Au moins on ne me remarquera pas, se disait la marquise en fondant
350 en larmes.

Tout en lisant le papier écrit, Fabrice trouva deux ou trois idées sur l'état de l'homme malheureux pour lequel il venait solliciter les prières des fidèles. Bientôt les pensées lui arrivèrent en foule. En ayant l'air de s'adresser au public, il ne parlait qu'à la marquise. Il termina son discours un peu plus tôt que de coutume, parce que, quoi qu'il pût faire, les larmes le gagnaient à un tel point qu'il ne pouvait plus prononcer d'une manière intelligible. Les bons juges trouvèrent ce sermon singulier, mais égal au moins, pour le pathé-
360 tique, au fameux sermon prêché aux lumières. Quant à Clélia, à peine eut-elle entendu les dix premières lignes de la prière lue par Fabrice, qu'elle regarda comme un crime atroce d'avoir pu passer quatorze mois sans le voir. En ren-

---

1. Stendhal reprend ici des lieux communs de la tradition amoureuse, mais les renouvelle en leur donnant force de réalité ; ce qui n'était qu'artifice (la maigreur, la pâleur) ou image (la flamme amoureuse) devient ici la réalité d'un corps miné par la douleur d'aimer en vain. La citation du sermon est inutile : par sa seule apparition, par la seule intonation de sa voix, Fabrice réussit à provoquer cet attendrissement, cette pitié qui, comme lors du récital de Mme P***, suffisent à réconcilier les amants.

trant chez elle, elle se mit au lit pour pouvoir penser à Fabrice en toute liberté ; et le lendemain d'assez bonne heure, Fabrice reçut un billet ainsi conçu :

« On compte sur votre honneur ; cherchez quatre *braves* de la discrétion desquels vous soyez sûr, et demain au moment où minuit sonnera à la *Steccata*, trouvez-vous près d'une petite porte qui porte le numéro 19, dans la rue Saint-Paul [1]. Songez que vous pouvez être attaqué, ne venez pas seul. »

En reconnaissant ces caractères divins, Fabrice tomba à genoux et fondit en larmes : Enfin, s'écria-t-il, après quatorze mois et huit jours ! Adieu les prédications.

Il serait bien long de décrire tous les genres de folies auxquels furent en proie, ce jour-là, les cœurs de Fabrice et de Clélia. La petite porte indiquée dans le billet n'était autre que celle de l'orangerie du palais Crescenzi, et, dix fois dans la journée, Fabrice trouva le moyen de la voir. Il prit des armes, et seul, un peu avant minuit, d'un pas rapide, il passait près de cette porte, lorsque à son inexprimable joie, il entendit une voix bien connue, dire d'un ton très bas :

– Entre ici, ami de mon cœur [2].

Fabrice entra avec précaution, et se trouva à la vérité dans l'orangerie, mais vis-à-vis une fenêtre fortement grillée et élevée, au-dessus du sol, de trois ou quatre pieds. L'obscurité était profonde, Fabrice avait entendu quelque bruit dans cette fenêtre, et il en reconnaissait la grille avec la main, lorsqu'il sentit une main, passée à travers les barreaux [3], prendre la sienne et la porter à des lèvres qui lui donnèrent un baiser.

– C'est moi, lui dit une voix chérie, qui suis venue ici pour te dire que je t'aime, et pour te demander si tu veux m'obéir.

---

1. Actuelle via Giordani, où l'on trouve, dans un long mur, une petite porte qui conduit au couvent Saint-Paul, célèbre pour ses « chambres » décorées par le Corrège. Clélia est donc, une fois de plus, associée au Corrège et au motif du couvent : les « beaux tableaux de Parme » d'emblée évoqués par Fabrice, lors de leur première rencontre (p. 152), l'ont bien conduit jusqu'à elle.
2. Dans l'exemplaire Chaper, Stendhal a préféré écrire ces paroles en italien, qui, pour lui, reste la langue de l'amour.
3. Voir Dossier, chapitre IV, p. 673.

On peut juger de la réponse, de la joie, de l'étonnement de Fabrice ; après les premiers transports, Clélia lui dit :

– J'ai fait vœu à la Madone, comme tu sais, de ne jamais te voir ; c'est pourquoi je te reçois dans cette obscurité pro-
400 fonde. Je veux bien que tu saches que, si jamais tu me for-
çais à te regarder en plein jour, tout serait fini entre nous. Mais d'abord, je ne veux pas que tu prêches devant Anetta Marini, et ne va pas croire que c'est moi qui ai eu la sottise de faire porter un fauteuil dans la maison de Dieu.

– Mon cher ange, je ne prêcherai plus devant qui que ce soit ; je n'ai prêché que dans l'espoir qu'un jour je te verrais.

– Ne parle pas ainsi, songe qu'il ne m'est pas permis, à moi, de te voir.

410 Ici, nous demandons la permission de passer, sans en dire un seul mot, sur un espace de trois années [1].

À l'époque où reprend notre récit, il y avait déjà long-
temps que le comte Mosca était de retour à Parme, comme Premier ministre, plus puissant que jamais.

Après ces trois années de bonheur divin, l'âme de Fabrice eut un caprice de tendresse qui vint tout changer. La mar-
quise avait un charmant petit garçon de deux ans, *Sandrino* [2], qui faisait la joie de sa mère ; il était toujours avec elle ou sur les genoux du marquis Crescenzi ; Fabrice, au contraire, ne

---

1. Nouvelle ellipse due à l'ineffable du bonheur amoureux. Il n'est pas sûr, néanmoins, que Stendhal suive ici seulement ses habitudes et ses préférences de romancier : on sait que l'éditeur l'a obligé à écourter, qu'il se proposait, lors de ses relectures critiques du roman, de « développer convenablement les scènes de la fin » et a notamment regretté de ne pas avoir assez tiré parti de « l'exposition des amours de Clélia » pour amener « des scènes doucement attendris-
santes » (notes de l'exemplaire Chaper). Mais nous n'avons pas trace de tels rajouts : les a-t-il composés ? Aurait-il vraiment voulu les insérer ?
2. Diminutif d'Alexandre. S'il a été question d'une première grossesse de Clélia, la naissance de cet enfant n'a pas été signalée. Effacée, sa présence dans le roman n'en est pas moins capitale, puisqu'elle fournit la catastrophe qui provoque les morts en cascade de la fin. En outre, Stendhal a plusieurs fois affirmé que cet événement lui avait servi de phare pendant toute la composition du roman (voir la Présentation, p. 38). Dans la marge du manuscrit de *Lamiel* il avait encore noté : « Je pensais à la mort de Sandrino, cela seul m'a fait entreprendre le roman. »

le voyait presque jamais ; il ne voulut pas qu'il s'accoutumât   420
à chérir un autre père. Il conçut le dessein d'enlever l'enfant
avant que ses souvenirs fussent bien distincts.

Dans les longues heures de chaque journée où la marquise ne pouvait voir son ami, la présence de Sandrino la
consolait ; car nous avons à avouer une chose qui semblera
bizarre au nord des Alpes : malgré ses erreurs elle était
restée fidèle à son vœu ; elle avait promis à la Madone,
l'on se le rappelle peut-être, de ne *jamais voir* Fabrice ;
telles avaient été ses paroles précises : en conséquence elle
ne le recevait que de nuit, et jamais il n'y avait de lumières   430
dans l'appartement.

Mais tous les soirs il était reçu par son amie ; et, ce qui
est admirable, au milieu d'une cour dévorée par la curiosité et par l'ennui, les précautions de Fabrice avaient été si
habilement calculées, que jamais cette *amicizia*, comme
on dit en Lombardie [1], ne fut même soupçonnée. Cet
amour était trop vif pour qu'il n'y eût pas des brouilles ;
Clélia était fort sujette à la jalousie, mais presque toujours
les querelles venaient d'une autre cause. Fabrice avait
abusé de quelque cérémonie publique pour se trouver dans   440
le même lieu que la marquise et la regarder, elle saisissait
alors un prétexte pour sortir bien vite, et pour longtemps
exilait son ami.

On était étonné à la cour de Parme de ne connaître
aucune intrigue à une femme aussi remarquable par sa
beauté et l'élévation de son esprit ; elle fit naître des passions qui inspirèrent bien des folies, et souvent Fabrice
aussi fut jaloux.

Le bon archevêque Landriani était mort depuis
longtemps ; la piété, les mœurs exemplaires, l'éloquence   450
de Fabrice l'avaient fait oublier ; son frère aîné était mort
et tous les biens de la famille lui étaient arrivés. À partir de
cette époque il distribua chaque année aux vicaires et aux
curés de son diocèse les cent et quelque mille francs que
rapportait l'archevêché de Parme.

Il eût été difficile de rêver une vie plus honorée, plus
honorable et plus utile que celle que Fabrice s'était faite,

---

1. Stendhal a souvent fait remarquer qu'en Italie on emploie rarement le
mot « amour ».

lorsque tout fut troublé par ce malheureux caprice de tendresse.

460   – D'après ce vœu que je respecte et qui fait pourtant le
malheur de ma vie puisque tu ne veux pas me voir de jour,
dit-il un jour à Clélia, je suis obligé de vivre constamment
seul, n'ayant d'autre distraction que le travail ; et encore le
travail me manque. Au milieu de cette façon sévère et
triste de passer les longues heures de chaque journée, une
idée s'est présentée, qui fait mon tourment et que je combats en vain depuis six mois : mon fils ne m'aimera point,
il ne m'entend jamais nommer. Élevé au milieu du luxe
aimable du palais Crescenzi, à peine s'il me connaît. Le
470 petit nombre de fois que je le vois, je songe à sa mère, dont
il me rappelle la beauté céleste et que je ne puis regarder,
et il doit me trouver une figure sérieuse, ce qui, pour les
enfants, veut dire triste.

   – Eh bien ! dit la marquise, où tend tout ce discours qui
m'effraye ?

   – À ravoir mon fils ! Je veux qu'il habite avec moi ; je
veux le voir [1] tous les jours, je veux qu'il s'accoutume à
m'aimer ; je veux l'aimer moi-même à loisir. Puisqu'une
fatalité unique au monde veut que je sois privé de ce bon-
480 heur dont jouissent tant d'âmes tendres, et que je ne passe
pas ma vie avec tout ce que j'adore, je veux du moins avoir
auprès de moi un être qui te rappelle à mon cœur, qui te
remplace en quelque sorte. Les affaires et les hommes me
sont à charge dans ma solitude forcée ; tu sais que l'ambition a toujours été un mot vide pour moi, depuis l'instant
où j'eus le bonheur d'être écroué par Barbone, et tout ce
qui n'est pas sensation de l'âme me semble ridicule dans
la mélancolie qui loin de toi m'accable.

   On peut comprendre la vive douleur dont le chagrin de
490 son ami remplit l'âme de la pauvre Clélia ; sa tristesse fut
d'autant plus profonde qu'elle sentait que Fabrice avait
une sorte de raison. Elle alla jusqu'à mettre en doute si elle
ne devait pas tenter de rompre son vœu. Alors elle eût reçu
Fabrice de jour comme tout autre personnage de la société,
et sa réputation de sagesse était trop bien établie pour

---

1. C'est bien « le péché de Psyché » (G. Durand) qui amène la fin tragique du roman.

qu'on en médît. Elle se disait qu'avec beaucoup d'argent elle pourrait se faire relever de son vœu ; mais elle sentait aussi que cet arrangement tout mondain ne tranquilliserait pas sa conscience, et peut-être le ciel irrité la punirait de ce nouveau crime.   500

D'un autre côté, si elle consentait à céder au désir si naturel de Fabrice, si elle cherchait à ne pas faire le malheur de cette âme tendre qu'elle connaissait si bien, et dont son vœu singulier compromettait si étrangement la tranquillité, quelle apparence d'enlever le fils unique d'un des plus grands seigneurs d'Italie sans que la fraude fût découverte ? Le marquis Crescenzi prodiguerait des sommes énormes, se mettrait lui-même à la tête des recherches, et tôt ou tard l'enlèvement serait connu. Il n'y avait qu'un moyen de parer à ce danger, il fallait envoyer   510 l'enfant au loin, à Édimbourg, par exemple, ou à Paris ; mais c'est à quoi la tendresse d'une mère ne pouvait se résoudre. L'autre moyen proposé par Fabrice, et en effet le plus raisonnable, avait quelque chose de sinistre augure et de presque encore plus affreux aux yeux de cette mère éperdue ; il fallait, disait Fabrice, feindre une maladie ; l'enfant serait de plus en plus mal, enfin il viendrait à mourir pendant une absence du marquis Crescenzi.

Une répugnance qui, chez Clélia, allait jusqu'à la terreur, causa une rupture qui ne put durer.   520

Clélia prétendait qu'il ne fallait pas tenter Dieu ; que ce fils si chéri était le fruit d'un crime, et que, si encore l'on irritait la colère céleste, Dieu ne manquerait pas de le retirer à lui [1]. Fabrice reparlait de sa destinée singulière : L'état que le hasard m'a donné, disait-il à Clélia, et mon amour m'obligent à une solitude éternelle, je ne puis, comme la plupart de mes confrères avoir les douceurs

---

1. C'est cette logique toute romanesque qui va l'emporter : seules les craintes superstitieuses de Clélia peuvent expliquer, par la suite, la mort énigmatique de l'enfant. Stendhal reprend encore une fois un *topos* du roman contemporain : le sentiment de culpabilité de la mère adultère qui se persuade qu'elle est cause de la maladie ou de la mort de son enfant. Mme de Mortsauf, dans *Le Lys dans la vallée*, mais aussi Mme de Rênal dans *Le Rouge et le Noir*, l'héroïne de *Volupté*, le roman de Sainte-Beuve, ont connu de tels tourments ; Mme Arnoux, dans *L'Éducation sentimentale*, en souffrira encore.

d'une société intime, puisque vous ne voulez me recevoir
que dans l'obscurité, ce qui réduit à des instants, pour ainsi
530 dire, la partie de ma vie que je puis passer avec vous.

Il y eut bien des larmes répandues. Clélia tomba
malade ; mais elle aimait trop Fabrice pour se refuser
constamment au sacrifice terrible qu'il lui demandait. En
apparence, Sandrino tomba malade ; le marquis se hâta de
faire appeler les médecins les plus célèbres, et Clélia rencontra dès cet instant un embarras terrible qu'elle n'avait
pas prévu ; il fallait empêcher cet enfant adoré de prendre
aucun des remèdes ordonnés par les médecins ; ce n'était
pas une petite affaire.

540 L'enfant, retenu au lit plus qu'il ne fallait pour sa santé,
devint réellement malade. Comment dire au médecin la
cause de ce mal ? Déchirée par deux intérêts contraires et
si chers, Clélia fut sur le point de perdre la raison. Fallait-
il consentir à une guérison apparente, et sacrifier ainsi tout
le fruit d'une feinte si longue et si pénible ? Fabrice, de
son côté, ne pouvait ni se pardonner la violence qu'il exerçait sur le cœur de son amie, ni renoncer à son projet. Il
avait trouvé le moyen d'être introduit toutes les nuits
auprès de l'enfant malade, ce qui avait amené une autre
550 complication. La marquise venait soigner son fils, et quelquefois Fabrice était obligé de la voir à la clarté des bougies, ce qui semblait au pauvre cœur malade de Clélia un
péché horrible et qui présageait la mort de Sandrino.
C'était en vain que les casuistes les plus célèbres, consul-
tés sur l'obéissance à un vœu, dans le cas où l'accomplissement en serait évidemment nuisible, avaient répondu
que le vœu ne pouvait être considéré comme rompu d'une
façon criminelle, tant que la personne engagée par une
promesse envers la Divinité s'abstenait non pour un vain
560 plaisir des sens, mais pour ne pas causer un mal évident.
La marquise n'en fut pas moins au désespoir, et Fabrice vit
le moment où son idée bizarre allait amener la mort de
Clélia et celle de son fils.

Il eut recours à son ami intime, le comte Mosca, qui tout
vieux ministre qu'il était, fut attendri de cette histoire
d'amour qu'il ignorait en grande partie.

– Je vous procurerai l'absence du marquis pendant cinq
ou six jours au moins : quand la voulez-vous ?

À quelque temps de là, Fabrice vint dire au comte que tout était préparé pour que l'on pût profiter de l'absence. 570

Deux jours après, comme le marquis revenait à cheval d'une de ses terres aux environs de Mantoue, des brigands, soldés apparemment par une vengeance particulière, l'enlevèrent, sans le maltraiter en aucune façon, et le placèrent dans une barque, qui employa trois jours à descendre le Pô et à faire le même voyage que Fabrice avait exécuté autrefois après la fameuse affaire Giletti. Le quatrième jour, les brigands déposèrent le marquis dans une île déserte du Pô, après avoir eu le soin de le voler complètement, et de ne lui laisser ni argent ni aucun effet ayant 580 la moindre valeur. Le marquis fut deux jours entiers avant de pouvoir regagner son palais à Parme ; il le trouva tendu de noir et tout son monde dans la désolation.

Cet enlèvement, fort adroitement exécuté, eut un résultat bien funeste : Sandrino, établi en secret dans une grande et belle maison où la marquise venait le voir presque tous les jours, mourut au bout de quelques mois [1]. Clélia se figura qu'elle était frappée par une juste punition, pour avoir été infidèle à son vœu à la Madone : elle avait vu si souvent Fabrice aux lumières, et même deux fois en 590 plein jour et avec des transports si tendres, durant la maladie de Sandrino ! Elle ne survécut que de quelques mois à ce fils si chéri, mais elle eut la douceur de mourir dans les bras de son ami.

Fabrice était trop amoureux et trop croyant pour avoir recours au suicide ; il espérait retrouver Clélia dans un meilleur monde, mais il avait trop d'esprit pour ne pas sentir qu'il avait beaucoup à réparer.

Peu de jours après la mort de Clélia, il signa plusieurs actes par lesquels il assurait une pension de mille francs à chacun 600

---

1. Stendhal s'est peut-être inspiré d'un fait réel, la mort de Bathilde Curial en 1827, fille de l'une de ses maîtresses. R. Bolster pense plutôt que Stendhal a trouvé l'idée de ce dénouement dans un roman anonyme anglais, l'*Histoire d'Éléonore de Parme* (University of Exeter Press, 1997), qu'il a lu avec enthousiasme en 1810. Mais cette mort, qui reste étonnante, renvoie aussi bien au roman familial de l'auteur et aux troubles de la paternité dans son œuvre (voir, sur ce point, l'article de J.-J. Hamm, « La mort de Sandrino », dans *La Chartreuse de Parme. Chant et tombeau, op. cit.*, p. 127-134).

de ses domestiques, et se réservait, pour lui-même, une pension égale ; il donnait des terres, valant cent milles livres de rente à peu près, à la comtesse Mosca ; pareille somme à la marquise del Dongo, sa mère, et ce qui pouvait rester de la fortune paternelle, à l'une de ses sœurs mal mariée. Le lendemain après avoir adressé à qui de droit la démission de son archevêché et de toutes les places dont l'avaient successivement comblé la faveur d'Ernest V et l'amitié du Premier ministre, il se retira à la *Chartreuse de Parme*, située dans les
610 bois voisins du Pô, à deux lieues de Sacca [1].

La comtesse Mosca avait fort approuvé, dans le temps, que son mari reprît le ministère, mais jamais elle n'avait voulu consentir à rentrer dans les États d'Ernest V. Elle tenait sa cour à Vignano, à un quart de lieue de Casal-Maggiore, sur la rive gauche du Pô, et par conséquent dans les États de l'Autriche. Dans ce magnifique palais de Vignano, que le comte lui avait fait bâtir, elle recevait les jeudis toute la haute société de Parme, et tous les jours ses nombreux amis. Fabrice n'eût pas manqué un jour de venir
620 à Vignano. La comtesse en un mot réunissait toutes les apparences du bonheur, mais elle ne survécut que fort peu de temps à Fabrice, qu'elle adorait, et qui ne passa qu'une année dans sa Chartreuse [2].

Les prisons de Parme étaient vides, le comte immensément riche, Ernest V adoré de ses sujets qui comparaient son gouvernement à celui des grands-ducs de Toscane [3].

TO THE HAPPY FEW [4]

1. Première mention du titre. Le fait qu'il existe bien une chartreuse près de Parme ne doit pas faire oublier l'admiration de Stendhal pour la Grande Chartreuse proche de Grenoble, à qui cette fin, très énigmatique, rend peut-être hommage.
2. Il meurt en 1830.
3. Cité en exemple pour sa justice, sa douceur et sa prospérité. Mais la comparaison n'est pas seulement élogieuse, car un tel régime est aussi ennuyeux. Sur l'ironie généralisée de cette fin, sur le sort peu enviable fait à Mosca, on lira avec profit l'article de P.-L. Rey, « L'après-dénouement de *La Chartreuse de Parme* », dans *La Chartreuse de Parme. Chant et tombeau*, *op. cit.*, p. 135-143.
4. Stendhal a déjà placé cette devise à la fin des *Promenades dans Rome* et du *Rouge et le Noir*. Il l'a probablement empruntée au *Vicaire de Wakefield*, roman de Goldsmith, qu'il a lu en 1804.

D O S S I E R

1 — Sources

2 — Balzac et Stendhal

3 — Waterloo ou la naissance
du héros ?

4 — La prison d'amour
ou l'héroïsme romanesque

On connaît la source immédiate de *La Chartreuse* : des manuscrits que Stendhal, alors consul à Civita-Vecchia, découvrit sans doute à Rome, en 1833, qu'il fit copier et annota avec un zèle croissant, et utilisa finalement comme matière des récits aujourd'hui recueillis sous le titre *Chroniques italiennes*. Ces textes, qui le ramenaient à l'Italie des XVIe et XVIIe siècles, lui plurent d'abord par leur véracité et leur naïveté apparentes : Stendhal les prit comme des documents authentiques, écrits par des témoins sincères et naïfs, qui pouvaient donner l'illusion du fait vrai et constituer ainsi un miroir fidèle des mœurs, de l'histoire, des passions de cette Italie du passé qui le fascinait. Mais il épuisa vite les richesses de ce gisement, et en 1838, avec *L'Abbesse de Castro* et *La Chartreuse*, œuvres, nous l'avons vu, dont les rédactions se croisent, il passe de la chronique à la fiction, de la simple traduction ou adaptation à un véritable travail d'invention, prenant donc de plus en plus de distance par rapport à son texte de départ.

Pour *La Chartreuse*, il utilise, comme pré-texte, une courte biographie romancée, non exempte d'erreurs et d'affabulations, celle d'Alexandre Farnèse, devenu pape sous le nom de Paul III, qui appartient à la tradition napolitaine des récits scandaleux racontant la vie privée des familles nobles et divulguant leurs secrets les mieux gardés, car les plus grivois. De fait, l'« Origine des grandeurs de la famille Farnèse » est d'abord un pamphlet contre les Farnèse, destiné à flétrir leur gloire en rappelant qu'ils doivent leur fortune à la « prostitution » d'une des leurs, Vandozza Farnèse, favorite du cardinal Rodéric, futur pape Alexandre VI (1492-1503). À lire ce texte, que Pierre Martino traduisit pour la première fois en 1928 dans son édition du roman chez Bossard, on s'aperçoit que si Stendhal a pu y trouver des noms (Cléria, bien proche de Clélia !), des aventures (l'emprisonnement au château

Saint-Ange, modèle de la tour Farnèse, suivi d'évasion), et, somme toute, le parcours de Fabrice, sa bâtardise probable, son ascension sous la houlette d'une tante liée à un homme puissant, ses amours clandestines avec la femme de son cœur, et sa retraite, il n'en a pas moins considérablement modifié le caractère de son héros, dont les valeurs contredisent l'hédonisme insolent de cet arriviste débauché.

ORIGINE DES GRANDEURS DE LA FAMILLE FARNÈSE[1]

La vérité sur la famille Farnèse ? À ce que racontent certains de ses serviteurs on lui peut attribuer une antique noblesse et grandeur. On ne peut nier que certains personnages de cette famille, avant le pontificat de Paul III, ont vécu assez noblement et fait quelques mariages avec des personnes notables ; mais le début, le fondement et la cause de la grandeur dans laquelle elle se trouve aujourd'hui, ce n'est pas les grandes qualités ni la valeur des membres de cette famille ; c'est la grâce, la beauté et la mauvaise conduite d'une dame de cette famille qui l'a fait monter à un si haut point. Voici ce qu'on raconte. Ranuce Farnèse, gentilhomme romain de médiocre fortune, eut entre autres trois enfants : Pierre-Louis, Julie et Jeannette dite la Vandozza. Pierre-Louis se maria avec Jeannette Gaetano ; et c'est de lui, pouvons-nous croire, que naquit Alexandre. Mais il est des gens qui veulent que celui-ci ait été engendré par Jean Bozzuto, gentilhomme napolitain qui eut une liaison avec la Gaetano. Alexandre parvint au sommet des honneurs et des grandeurs. Julie fut la femme de Jean Bozzuto ; et Vandozza, quand elle fut devenue grande, fut, à cause de sa grâce et de sa beauté, la proie de nombreux amants. Parmi eux il y eut Rodéric Lenzuoli, neveu par une sœur de Calixte III, frère de la mère de ce Rodéric. Lequel [Rodéric] se greffa dans la maison Borgia, fut porté à la pourpre en 1456. Calixte lui donna la charge de vice-chevalier avec un revenu de nombreux milliers d'écus, et d'autres gras bénéfices ; c'était le plus riche cardinal. Il s'adonna fort aux amours ; il devait ses succès partie aux sentiments qu'il inspirait, partie à l'argent qu'il dépensait largement avec un

---

1. Les textes suivants sont cités d'après l'édition de *La Chartreuse* de H. Martineau.

grand nombre de nobles jeunes dames romaines ; parmi elles il y eut Vandozza Farnèse ; et par elle il fut tellement pris comme à la glu qu'il abandonna toutes les autres ; nuit et jour il se donnait la jouissance de l'avoir, comme si elle avait été vraiment sa femme ; pour elle il dépensa joyeusement de grandes sommes d'argent ; cet argent et les faveurs dont il disposait à la cour éblouirent si bien les yeux des parents, qu'ils ne donnaient pas attention à ce que Rodéric faisait avec leur fille à leur grande honte. De ces relations illicites naquirent de nombreux enfants (en négligeant ceux qui moururent en bas âge) : François, César, Godeffroy et Lucrèce, que leur père éleva avec beaucoup de faste et de grandeur. Quant à Alexandre, fils de Pierre-Louis et de Jeannette Gaetano, il naquit en 1458 [1], et fut dans son enfance élevé avec beaucoup de soin. Quand il fut un adolescent, bien qu'il étudiât avec beaucoup de talent les lettres grecques et latines, il se donna aux plaisirs de la chair ; à vingt ans, il fut mis au service du cardinal Rodéric, qui faisait grand cas de lui, comme le neveu de la Vandozza tant aimée ; aussi devint-il extraordinairement insolent et de plus en plus débauché. Un jour il fit enlever une jeune noble dame, qui allait en voiture hors de Rome ; il la garda avec lui de nombreux jours dans une petite maison qu'il avait, comme si elle eût vraiment été sa femme. On porta plainte auprès du souverain pontife Innocent VIII ; celui-ci le fit emprisonner au château [Saint-Ange] ; ensuite par l'entremise du cardinal [Rodéric] et de son parent Pierre Marzano on le fit s'enfuir hors de sa prison ; au moyen d'une corde il put gagner la rue. Pendant la vie de ce pape il resta abandonné de la fortune. Mais quand le cardinal Rodéric parvint à la papauté sous le nom d'Alexandre VI, il revint aussitôt à Rome ; il fut bien vu du pape et de sa tante Vandozza, grâce à elle, à vingt-quatre ans il obtint la pourpre, et s'enrichit de bénéfices de gros revenus (tel est le pouvoir d'une femme !) ; et se donna plus que jamais à la débauche et au vice ; ce fut à ce point qu'il prit son plaisir pendant de nombreuses années avec une noble dame du nom de Cléria ; ce fut comme si elle était sa femme et elle lui donna deux enfants, l'un Pierre-Louis, l'autre Constance qu'il maria richement. Parvenu dans les dernières années de son âge mûr, il changea de vie et de mœurs, ou du moins feignit d'en changer ; il devint un homme de grande sagesse, affable,

---

1. 1468, en fait.

libéral, plein d'un esprit sublime ; il n'en continua pas moins ses amours avec Cléria ; le secret fut tel qu'il n'en résulta aucun scandale. Et voilà le premier pas de cette famille vers tant de grandeur, par le moyen de la prostitution de Vandozza Farnèse, sa tante. Parvenu à l'âge de soixante-sept ans, en 1534, à la suite de la mort de Clément VIII, Alexandre accéda au pontificat, sous le nom de Paul III, par le vote unanime des cardinaux. Il se débarrassa de toute la honte du monde et poussa ses parents aux grandeurs et aux honneurs. À Pierre-Louis, son fils, il donna Parme et Plaisance qui appartenaient à l'Église ; et ses autres enfants, Alexandre et Ranuce [il les fit] cardinaux. De ces deux, Mgr della Casa a parlé dans le vers : *Alessandro e Ranuccio*... Un autre qui s'appelait Horace fut duc de Castro ; à Octave, qui était l'aîné, il fit donner pour femme Marguerite d'Autriche, veuve d'Alexandre de Médicis, duc de Florence, fille naturelle de l'empereur Charles-Quint, avec vingt-cinq mille écus de dot. Cet Octave fut duc de Parme et de Plaisance ; pareillement l'ont été et le sont ses fils. À la fin cette famille devint l'égale de n'importe quelle famille princière d'Italie ; et tout cela arriva grâce à Vandozza Farnèse, qui fut l'origine.

Séduit par la teneur scandaleuse de cette histoire et par son accent de vérité, Stendhal pensa d'abord, semble-t-il, la traduire, et écrivit en 1838 un texte, publié en 1855 par son cousin Romain Colomb, sous la forme d'une lettre dont la date et le lieu sont faux, dans lequel on s'accorde à reconnaître la première esquisse romanesque de ce qui allait être *La Chartreuse*. De fait, il transforme profondément sa source, centrant désormais le récit sur la jeunesse du héros, dont il entend avant tout célébrer la fortune. Certes, celui-ci se signale toujours par ses frasques et par « la volupté la plus effrénée », mais l'essentiel est ailleurs, dans cette témérité d'aventurier, dans cette énergie héroïque dont le pare Stendhal, en idéalisant, par exemple, les épisodes de l'enlèvement et de l'évasion, et surtout, dans cette vocation au bonheur, dans cette protection quasi surnaturelle qui fit de lui un élu, « l'un des hommes les plus heureux du XVIᵉ siècle », l'un des hommes les plus capables, à ses yeux, d'incarner précisément la grandeur de la civilisation italienne, dont il fait dans le même texte un éloge inconditionnel. Rédigée cette fois dans une intention nettement apologétique, cette vie, que Stendhal feint au demeurant d'avoir lue comme un roman, est coupée de digressions qui mettent en valeur le personnage de Vandozza et les parties de plaisir féeriques dont elle est la merveilleuse organisatrice. Certes, celle-ci est bien toujours la « catin » qui assure la fortune des siens par sa liaison avec le cardinal Borgia, mais il ne reste plus rien, ici, de la crudité de l'« Origine ». Rompant avec sa source, Stendhal se permet déjà d'inventer des scènes, comme la fête sur le Tibre, où Vandozza, sauvée de la noyade par un amant comme le sera Gina… par Fabrice, triomphe avec les mêmes armes qu'elle, plus tard, à la cour de Parme : la beauté, certes, mais surtout le brio, la gaieté, l'esprit, le génie de la fête et de l'improvisation. Stendhal compose déjà le portrait de la Sanseverina lorsqu'il dépeint Vandozza comme une femme recherchée pour cet « *aimable volcan* d'idées nouvelles et brillantes que lui fournissait l'imagination la plus féconde et la plus joyeuse qui fut jamais ». On remarquera enfin que, dans un tout autre registre, il donne au châtiment infligé à Alexandre après l'enlèvement une dimension politique, et, partant, un sérieux (le prisonnier est réellement menacé) qu'il n'avait pas dans l'« Origine », et qui tranche avec le ton gai et léger du reste du texte : c'est une façon, comme le souligne judicieusement Mariella Di Maio, de « sortir » du texte, en le changeant [1].

LA JEUNESSE D'ALEXANDRE FARNÈSE

Palerme, le 27août 1832.

Courier avait bien raison : c'est par une ou plusieurs catins que la plupart des grandes familles de la noblesse ont fait fortune. Cela est impossible à New York ; mais on bâille à se rompre la mâchoire à New York. Voici la famille Farnèse qui fait fortune par une catin, la célèbre Vandozza Farnèse.

---

1. Voir Mariella Di Maio, « L'Origine », dans M. Crouzet (éd.), *Stendhal, La Chartreuse de Parme*, Éditions InterUniversitaires, 1996, p. 7-25.

Lors de la composition des *Promenades dans Rome*, nous nous sommes souvent entretenus de Paul III ; j'ai du nouveau sur ce vénérable pontife, et je t'en fais part. Alexandre Farnèse monta sur le trône, comme tu sais, le 12 octobre 1534, à l'âge de soixante-huit ans, et mourut le 10 novembre 1549.

Je prends quelques-unes des aventures de cet homme aimable dans un manuscrit moitié en patois napolitain, et moitié en mauvais italien, et dont le principal mérite est la naïveté. Les récits que j'y trouve sont de ceux que les historiens graves font profession de mépriser. Toutefois, leur dirais-je, que nous importe aujourd'hui un interdit lancé contre les Vénitiens, ou l'histoire d'un des cent traités de paix signés par la cour de Rome avec Naples ? tandis qu'on voit avec intérêt la façon de se venger d'un rival ou de plaire à une femme, en usage au XVIᵉ siècle. J'ai lu ce manuscrit comme un roman ; mais il est incroyablement difficile à traduire, et ce n'est pas une petite affaire que de le réduire à une forme décente.

Il y a de tout, même de la magie. Il faut convenir que cet Alexandre Farnèse fut un des hommes les plus heureux du XVIᵉ siècle. *Heureux selon le monde* ne manque pas de répéter, à plusieurs reprises, notre auteur napolitain, qui me semble un homme de cour, devenu dévot en prenant de l'âge. Outre le péché d'indécence, dans lequel il tombe assez souvent, sa narration est obscurcie par une foule de raisonnements inintelligibles, pour la plupart empruntés à Platon. C'était l'esprit du temps ; qui nous dit que le nôtre ne semblera pas aussi ridicule dans trois siècles ?

J'abrège infiniment cette histoire scandaleuse qui, dans l'original, n'a pas moins de quatre cent quatre-vingts pages in-4°. L'auteur explique beaucoup de faits par la magie ; il est naïf et croit ce qu'il raconte ; mais je ne conseillerais pas au lecteur de l'imiter en ce point. Il ne faut chercher ici ni la gravité ni la certitude historiques, mais des habitudes et des usages, suivant lesquels on cherchait le bonheur en Italie, vers l'an 1515, à l'époque où ce beau pays comptait parmi ses citoyens l'Arioste, Machiavel, Raphaël, Michel-Ange, le Corrège, le Titien et tant d'autres.

Quelques personnes prendront peut-être la liberté de croire que cette civilisation-là valait celle qui fait notre orgueil au XIXᵉ siècle. Mais nous avons de plus deux bien belles choses : la décence et l'hypocrisie.

Il y aurait, du reste, une grande ignorance à juger les actions des contemporains de Raphaël d'après la morale et surtout la façon de sentir d'aujourd'hui. Au XVIe siècle, on mettait moins d'importance à donner et à recevoir. La vie *toute seule*, séparée des choses qui la rendent heureuse, n'était pas estimée une propriété si importante. Avant de plaindre l'homme qui la perdait, on examinait le degré de bonheur dont cet homme jouissait ; et, dans ce calcul, les femmes tenaient une place bien plus grande que de nos jours : il n'y avait point de honte à faire tout pour elles. La vanité et le *qu'en-dira-t-on* naissaient à peine ; et, par exemple, on ne prenait point au sérieux les honneurs décernés par les princes ; l'opinion ne les chargeait point d'assigner les rangs dans la société ; lorsque Charles-Quint fit le Titien comte, personne n'y prit garde, et le Titien lui-même eût préféré un diamant de cinquante sequins. J'achèverai le tableau en rappelant qu'on avait alors une sensibilité extrême pour la poésie, et que la moindre phrase, contenant un peu d'esprit, faisait, pendant une année entière, l'entretien de la ville de Rome. De là tant d'épigrammes célèbres qui, aujourd'hui, paraissent dénuées de sel : le monde était jeune.

Notre pruderie n'a pas la plus petite idée de la civilisation qui, à cette époque, a régné dans le royaume de Naples et à Rome. Il faudrait un courage bien brutal pour oser l'expliquer d'une façon claire. Mais, par compensation, toutes nos vertus *momières* eussent semblé complètement ridicules aux contemporains de l'Arioste et de Raphaël : c'est qu'alors on n'estimait dans un homme que ce qui lui est personnel, et ce n'était pas une qualité personnelle que d'être comme tout le monde ; on voit que les sots n'avaient pas de ressource.

Extrait de la préface de l'auteur napolitain.

« Sur la fin de mon séjour à Rome, époque de ma vie bien heureuse, *selon le monde*, le hasard m'ayant procuré la faveur de ce qu'il y avait de plus grand et de plus aimable, mon oreille fut mise en possession de certaines vérités curieuses ; de façon que maintenant, du sein de ma retraite, je puis donner au monde l'explication de ce qu'on a appelé le *génie familier* d'Alexandre Farnèse. Toutefois, l'illustration des choses anciennes ne devant point faire oublier le juste soin de la sécurité présente, mes paroles seront pondérées de façon à n'être comprises en entier que par les intelligents. Quant aux circonstances délicates et qui passent la portée naturelle des esprits, je n'ai aucun scrupule ; tandis que les sages sentiront et goûteront l'importance des choses, le vulgaire s'étonnera de leur importance et doutera. Qu'importe ! Le vulgaire n'est-il pas fait pour douter de tout et pour tout ignorer ? Que connaît-il avec certitude, au-delà du nombre de ducats qu'il a dans sa poche ? »

On ne saurait contester qu'avant le pontificat de Paul III quelques membres de la famille Farnèse n'aient vécu noblement et contracté des alliances avec certaines familles nobles, soit d'Orvieto, soit des bords de la Fiora, petit fleuve qui, à travers diverses époques, a fait la séparation de la Toscane et des États du pape.

Ranuccio Farnèse, gentilhomme d'une très médiocre fortune, en vivant par économie dans sa terre, loin de la capitale, eut plusieurs enfants. Je ne parlerai ici que de trois d'entre eux, savoir : Pierre-Louis, Julie et Jeanne, si connue depuis sous le nom de Vandozza.

Pierre-Louis se maria avec Giovanella Gaetano, de l'illustre famille qui a donné à l'Église le fameux pape Boniface VIII, mort en 1303. On dit que de ce mariage naquit Alexandre, mais on prétendait à Rome, lorsque les grandes qualités de ce jeune homme commencèrent à le faire distinguer, que son père véritable avait été Jean Bozzuto, gentilhomme napolitain : tout Rome savait qu'il était favori de la signora Gaetano.

Julie se maria aussi à Rome, à un gentilhomme, mais assez pauvre. Vandozza, la cadette, venait souvent de son village, pour passer plusieurs semaines à Rome, soit dans la maison de son frère, soit dans celle de sa sœur. Elle croissait en beauté et en grâce et devint bientôt la merveille de cette capitale du monde et l'origine de l'étonnante fortune de sa famille. Aucune femme, soit parmi la noblesse, soit dans la bourgeoisie, soit parmi ce monde infini de nobles courtisanes, dont la beauté et la richesse firent toujours l'admiration des étrangers, ne put jamais soutenir la moindre comparaison avec Vandozza. Et, quand bien même elle eût été tout à fait dénuée de cette divine beauté, si calme, si noble, si saisissante, qui la fit la reine de Rome pendant tant d'années, et l'on peut dire sans exagération jusqu'au moment de sa mort, elle eût été une des femmes les plus recherchées à cause de cet *aimable volcan* d'idées nouvelles et brillantes que lui fournissait l'imagination la plus féconde et la plus joyeuse qui fut jamais.

Étant encore jeune fille et du temps qu'elle venait à Rome, de la campagne, seulement pour passer le temps du carnaval et voir les *moccoletti*, elle habitait chez son frère Pierre-Louis, qui possédait alors une assez pauvre maison vers l'arc des Portugais, au bord du Tibre. Elle inventait les parties de plaisir les plus singulières, les plus divertissantes et qui le lendemain, lorsque la renommée les racontait dans Rome, donnaient le désir aux courtisans les plus heureux, aux cardinaux les plus puissants, d'être admis dans la société de ce petit gentilhomme. J'ai encore ouï parler, dans ma jeunesse, d'une partie de plaisir qui eut lieu la nuit, sur les eaux du Tibre ; c'était pendant les grandes chaleurs de l'été, quelques jours après la Saint-Pierre. Sur le minuit, la société de Pierre-Louis monta dans les barques par un beau clair de lune. Après avois joué sur les eaux, descendu et remonté le Tibre, les barques allèrent se ranger le long de la *Longara*, dans un lieu que le Janicule couvrait de son ombre et où les rayons de la lune ne pénétraient point. Deux barques s'éloignèrent des autres et tirèrent un petit feu d'artifice fort agréable. Après le feu, on but d'excellents vins et on prit des glaces, plusieurs mêlaient leurs glaces dans le vin.

La lune, dans sa course, étant venue à illuminer même cet endroit de la *Longara*, Vandozza qui se balançait avec grâce à la pointe d'une des barques tomba à l'eau, et dans le moment où toute la société s'alarmait de cet accident, changeant de vêtement avec une promptitude incroyable, elle parut dans l'eau vêtue en naïade. Après qu'on eut admiré ses grâces sous ce costume, elle récita, au grand enchantement de tous, une pièce de vers de Carletto, qui passait alors pour le premier poète de Rome. Ces vers, fort élégants, étaient des compliments pour la plupart des membres de la société, et adressaient des plaisanteries satiriques à quelques autres, ce qui fit beaucoup rire. Vandozza nageait fort bien, et, en récitant ses vers, s'appuyait avec grâce sur deux corbeilles de fleurs, du milieu desquelles elle semblait sortir. Ces fleurs étaient fixées sur de grosses masses de liège, de façon que la jeune fille ne courait en apparence aucun danger ; mais les ondes du Tibre sont traîtresses et semées de tourbillons. Comme Vandozza achevait de raconter son idylle, les deux corbeilles de fleurs s'éloignèrent peu à peu des barques et commençaient à être entraînées dans un mouvement circulaire, lorsqu'un jeune abbé qui passait pour l'amant favori de Vandozza se jeta à l'eau tout habillé et bientôt la charmante naïade fut en sûreté dans une barque. Comme l'on s'inquiétait fort de cet accident arrivé à une personne si charmante, Vandozza improvisa un sonnet dans lequel elle disait à ses amis qu'ils avaient tort de s'alarmer, que l'on savait bien qu'*une naïade ne pouvait se noyer*.

Le lendemain, tout Rome retentit des récits de cette nuit délicieuse ; plusieurs soutenaient que le péril couru par Vandozza n'avait pas été réel et que tout était préparé entre elle et son amant pour lui donner occasion de réciter le charmant sonnet de la naïade.

Rodéric Lenzuoli, neveu du pape régnant, Calixte III, jeune homme qui brillait fort en ce temps à la cour de son oncle, improvisa un sonnet dans lequel il faisait parler le Tibre ; le fleuve s'écriait : « Qu'il n'avait pas eu de moments plus glorieux depuis celui où il vit déposer sur ses bords Romulus et Remus. » La fin de ce sonnet est encore dans la mémoire de tous, à cause de la séduisante description que le Tibre fait des membres de la jeune fille qu'il avait eu le bonheur de serrer un instant dans son sein. Ce fut à cette occasion que Rodéric connut Vandozza. Bientôt il abandonne pour elle toutes ses autres maîtresses ; il en avait de deux sortes : celles dont il obtenait les bontés par amour, car c'était un fort agréable cavalier, rempli de courage, de bizzarreries et fort digne de commander à une ville telle que Rome ; celles auprès desquelles, nouvelles Danaé, les difficultés étaient aplanies par la pluie d'or. Rodéric dépensait des sommes énormes, son oncle ne le laissant jamais manquer d'argent. Bientôt après, en 1456, il fut créé cardinal ; il eut la charge de vice-chancelier de l'Église, l'une des mieux rétribuées de Rome ; il y réunit plusieurs riches bénéfices et il passait pour le cardinal le plus opulent de cette cour si resplendissante de richesse et de luxe. Le peuple romain, toujours enclin à la satire, ne jugeait de l'importance d'un homme que par sa dépense et la hardiesse de ses actions.

Le cardinal Rodéric était tellement épris de Vandozza Farnèse, qu'il cessa toutes ses autres pratiques d'amour, et Rome fut amusée par le désespoir de plusieurs dames illustres. Cet événement fournit durant quelques mois aux satires du fameux Marforio. Le cardinal fit la fortune de tous les parents de Vandozza qui ne manquèrent pas de fermer les yeux sur tout ce que Rome savait, et qui faisait leur honte. Rodéric avait commencé par exiler au fond de la Lombardie, au moyen d'un petit évêché de deux ou trois mille écus de rente, l'abbé qui s'était jeté dans le Tibre pour sauver Vandozza.

De ces amours, réprouvées par notre sainte religion, naquirent beaucoup d'enfants. Laissant de côté ceux qui moururent jeunes, nous ne noterons ici que François, César, Loffredo et Lucrèce, élevés tous par leur père au milieu du luxe et des grandeurs et comme s'ils eussent appartenu aux princes les plus puissants.

Pendant que le cardinal passait toutes ses journées dans la maison de Pierre-Louis, il y vit naître Alexandre, fils de Giovanella Gaetano ; cet enfant partagea tout le luxe et l'éducation de ses cousins ; il eut tout l'esprit de sa tante Vandozza et fit des progrès étonnants dans les lettres grecques et latines ; il était cité comme le jeune prince le plus savant de Rome ; mais, à peine arrivé à la première jeunesse, il laissa de côté tous les bons auteurs pour s'abandonner aux appâts décevants de la volupté la plus effrénée. À vingt ans, il eut une charge à la cour du cardinal Rodéric, et l'on peut juger de quelle faveur il y jouit, étant neveu de Vandozza, pour laquelle la passion du vice-chancelier semblait s'accroître tous les jours.

Il faut être juste : un jeune homme de cet âge, qui a été élevé comme le sont les fils de rois et qui a joui dans son enfance de tous les honneurs que dans les écoles on accorde aux plus savants, ne doit guère connaître la modération, surtout quand le ciel lui a accordé une rare beauté, ce dont la postérité pourra juger par sa statue, qui est restée dans Rome et dans le lieu le plus honorable, comme nous le dirons en son temps. Alexandre étant fort téméraire, fut plusieurs fois surpris par des maris irrités ; il ne put sauver sa vie qu'en se défendant à coups de dague et de poignard ; plusieurs fois il fut blessé. Alors, comme il fallait surtout que de telles choses ne parvinssent pas à la connaissance du saint pontife Innocent VIII, qui occupait la chaire de Saint-Pierre, le cardinal Rodéric lui donnait quelque mission hors de Rome. Alexandre fut le héros de beaucoup d'aventures dont on parle encore de temps en temps à Rome, et qui, dans ma jeunesse, étaient dans la bouche de tout le monde ; il eut des aventures innombrables et surtout périlleuses ; là où les autres s'arrêtaient comme devant chose impossible, lui espérait et entreprenait. Il ne redoutait qu'une chose au monde : la justice inexorable du saint pape Innocent VIII, qui régna de 1484 à 1491. Alexandre avait près de trente ans lorsque la rage et la jalousie lui firent oublier la crainte que lui inspirait le pape, et le portèrent à une action qui augmenta de beaucoup la puissance dont il jouissait dans Rome, mais qui fut généralement abhorrée des gens pieux.

Je reprendrai les choses d'un peu loin. Alexandre, se promenant à cheval, à deux lieues de Rome, au milieu de la plaine solitaire qui s'étend du côté de Tivoli, s'arrêta pour examiner des fouilles qu'il faisait faire par cinq ou six paysans venus de l'Aquila ; il vit passer une jeune femme, appartenant à une famille noble de Rome et qui s'en allait dans son carrosse à Tivoli, escortée par trois hommes armés. Alexandre Farnèse fut tellement frappé de sa beauté qu'il n'hésita pas à attaquer l'escorte. « Arrêtez, cria-t-il au cocher, ces chevaux m'appartiennent, et vous me les avez volés ! » À ces mots, les trois hommes de l'escorte le chargèrent. Alexandre seul était bien armé, les deux domestiques qui le suivaient n'avaient qu'une épée fort courte et prirent bientôt la fuite ; Alexandre se vit sur le point d'être tué. « À moi, braves Aquilans ! » s'écria-t-il. Les ouvriers sortirent de leur fouille, au moment où il était entouré par les trois hommes armés. Ce qui le mettait en fureur, ce n'était pas son danger personnel ; depuis un moment, le cocher, le voyant occupé, avait mis ses chevaux au galop et s'éloignait rapidement. « Courez après le carrosse, dit Alexandre aux deux plus braves des Aquilans, et tuez un des chevaux. »

Son bonheur voulut que l'ordre qu'il adressait seulement à deux de ses ouvriers fût entendu à demi par tous. Deux se détachèrent après le carrosse, attaquèrent avec furie les chevaux des trois hommes armés qui en voulaient à la vie du jeune Farnèse ; il blessa mortellement l'un d'eux ; les deux autres tombèrent de cheval et s'enfuirent à pied. Alexandre avait reçu plusieurs blessures légères, ce qui ne l'empêcha pas de courir après la dame. Elle était profondément évanouie ; il la fit transporter à travers champs, à une petite villette qu'il possédait à deux lieues de distance, sur la route de Palestrine. Là, il vécut parfaitement heureux pendant un mois, personne dans Rome, à l'exception du cardinal, ne sachant ce qu'il était devenu.

Le jour du crime, Alexandre avait eu la prudence de donner six sequins à chacun de ses ouvriers d'Aquila, en leur ordonnant de partir à l'instant pour Tivoli et de rentrer dans le royaume de Naples, par Rio Freddo, en se gardant bien d'aller chercher leurs outils à la fouille. Au moyen de cet ordre, fidèlement exécuté, le crime resta secret pendant assez longtemps ; mais enfin il parvint aux oreilles du pape. Le cardinal Rodéric ne voulut pas passer pour être l'auteur de l'enlèvement, d'autant mieux que, quelques mois auparavant, il s'était rendu coupable d'un crime semblable, et, quoi que Vandozza pût faire pour ce neveu chéri, il fut mis au château Saint-Ange.

Innocent VIII ordonna au gouverneur de Rome de suivre ce procès avec activité. Le gouverneur fit mettre en prison tous les domestiques d'Alexandre. C'étaient des hommes d'élite, qui d'abord refusèrent de parler ; mais la *question* leur fit dire la vérité ; le gouvernement sut par eux que les ouvriers de la fouille, seuls témoins du fait, étaient d'Aquila ; il y envoya des sbires déguisés, qui enivrèrent ces paysans, et, sous divers prétextes, les engagèrent à passer la frontière voisine et à rentrer dans les États du pape ; ils y furent aussitôt arrêtés ; on les interrogea, et, après plusieurs mois, le procès étant fait et refait, Alexandre, toujours sévèrement gardé au château Saint-Ange, courait des dangers sérieux. Alors le cardinal Rodéric et Pierre Marzano, parents des Farnèse, parvinrent à faire remettre une corde à Alexandre. Avec cette corde, il eut le courage de descendre du haut du château Saint-Ange, où était sa chambre, jusque dans les fossés. La corde avait bien trois cents pieds de long, elle était d'un poids énorme.

Tout le monde sait que le château Saint-Ange, où l'on gardait Alexandre, est une immense tour ronde, qui fut jadis le tombeau de l'empereur Adrien. Le mur antique est construit avec d'énormes blocs de pierre ; l'architecte moderne l'a continué avec des briques, de façon que le haut de cette tour se trouve élevé de quelques centaines de pieds au-dessus du sol.

On a construit plusieurs bâtiments sur la plate-forme de la tour, qui est très vaste ; un de ces bâtiments est le palais du gouverneur. Vis-à-vis s'élève la prison, dont toutes les fenêtres auraient une vue magnifique sur la campagne de Rome, si on ne les avait masquées avec des abat-jour.

Il faut te contenter aujourd'hui de cet échantillon de la jeunesse de Paul III, car je n'ai ni le temps ni le courage de continuer son histoire.

Voici, enfin, la chronique dont Stendhal s'est servi pour l'épisode de la Fausta. Il a laissé plusieurs notes dans lesquelles il résume ce fait divers qui l'avait marqué. Au bas de l'une d'elles, il avait d'ailleurs écrit : « to take ». On sera attentif au changement de ton opéré par Stendhal, qui reprend, par ailleurs, toutes les étapes de l'aventure racontée : on constate en effet que ce récit tragique et sanglant d'un acte de vengeance amoureuse est devenu, sous sa plume, un épisode burlesque, carnavalesque, foncièrement ludique et gai, où triomphe le climat bouffe qu'il prisait tant.

ACTE DE VENGEANCE COMMIS PAR LE CARDINAL ALDOBRANDINI SUR LA PERSONNE DE GIROLAMO LONGOBARDI, CHEVALIER ROMAIN

Le cardinal Aldobrandini, neveu du pape Clément VIII, était chargé de l'administration tant spirituelle que temporelle des États de l'Église. Le pontife tenait avant tout à ce que sous son règne la justice fût équitablement et rigoureusement rendue ; et c'est pourquoi il avait investi son propre neveu de ce poste de confiance.

Pourtant, si beaucoup de coupables furent châtiés, plusieurs crimes restèrent impunis ; tel fut l'assassinat du chevalier romain Girolamo Longobardi. On trouva un matin de samedi saint, sur la place Saint-Pierre, sa tête plantée au bout d'une pique, avec cette incription y appendue : « Tu as commandé avec trop de tyrannie, et ce que tu voulais faire aux autres on l'a fait à toi-même. »

Girolamo Longobardi, jeune seigneur de vingt ans à peine, doué de toutes les qualités, bien fait de sa personne et très estimé de tous les barons romains, était haï jusqu'à la mort sans qu'on en connût les motifs, par le cardinal Aldobrandini. Ce prince offre d'ailleurs un assez triste personnage, fort peu aimé et tellement luxurieux, que le pape son oncle, le revêtant de la pourpre, lui recommanda en présence des autres cardinaux de ne point souiller par ses vices l'habit qu'il allait porter. « Tâche de ne pas déshonorer ton nouveau titre, car je t'avertis que, dans ce cas, ta situation de neveu du pape ne te servirait de rien. »

Longobardi avait pour maîtresse une jeune chanteuse de grand talent et d'une remarquable beauté, nommée Anna Felice Brocchi. Le cardinal neveu apprit par des racontars de la cour et de la ville les qualités et le charme de cette personne, et il désira fort la connaître ; un jour, il l'aperçut accoudée à sa fenêtre, et comme il était très luxurieux et très lascif il s'en éprit aussitôt violemment ; puis chercha le moyen de lui déclarer son amour. Mais se sachant surveillé par son oncle, il avait l'habitude d'agir avec la plus extrême circonspection. Il enrageait surtout de savoir que cette femme appartenait à Longobardi qu'il haïssait.

Aussitôt la chanteuse avait deviné l'état de cœur du cardinal. Elle s'en assura lorsqu'elle le vit passer devant sa demeure vers midi, heure où elle avait coutume de se rendre pour ses dévotions à l'église Sainte-Marie-de-la-Paix. Il y parvint en même temps qu'elle et l'adora des yeux pendant tout l'office, en cherchant à lui imposer des signes d'intelligence.

La comédie dura un an et demi, sans qu'Aldobrandini pût correspondre avec Anna autrement que par signes, et savoir d'une manière certaine si son amour la touchait.

Un jour enfin, la cantatrice bien convaincue de la passion nourrie pour elle par l'amoureux en pourpre, raconta tout à Longobardi.

Dès cette révélation le jeune homme déclara à sa maîtresse que cela pourrait finir très mal par suite de l'antagonisme persistant entre lui et le cardinal. Il l'engagea donc à tenir la plus grande réserve, à ne jamais croire aux promesses menteuses que pourrait lui adresser Aldobrandini, surtout à ne jamais recevoir cet ennemi juré. Il lui enjoignit même de ne plus le regarder ni saluer, sous peine d'encourir sa colère.

Cependant, mis en éveil par ces aveux et peu confiant dans les protestations de la jeune femme, il fit garder à vue les abords de son hôtel et la fit suivre par des espions. Tout cela fut mené avec tant de mystère qu'Anna ne soupçonnait rien.

Longobardi sut bientôt par sa police que loin de cesser, l'intrigue se liait. Pour s'en convaincre, il alla lui-même le jour de la Saint-Mathieu, à l'église Sainte-Marie-de-la-Paix et là, caché au fond d'une chapelle, il put observer à loisir le manège galant d'Anna et du cardinal. Ses doutes s'évanouirent complètement lorsqu'il l'aperçut, à la sortie de l'église, s'incliner amoureusement devant la chanteuse qui lui rendit son salut avec une œillade facilement intelligible.

Le pauvre chevalier courut furieux chez la chanteuse, entama une scène des plus violentes, lui reprochant ses excursions à l'église malgré sa défense et ses saluts au cardinal. Anna avoua s'être rendue à Sainte-Marie-de-la-Paix, mais nia la rencontre d'Aldobrandini. Et comme elle persistait à nier, malgré les instances de Longobardi il saisit un stylet et la menaça de mort. Terrifiée, la jeune femme dit avoir vu et salué le cardinal, mais d'un salut banal, simple réponse au sien. Si elle avait feint d'abord à son amant, c'était surtout pour éviter une querelle entre les deux hommes.

Le jeune cavalier, un peu calmé par cette explication, renouvela alors toutes les anciennes recommandations, lui interdit l'église Sainte-Marie-de-la-Paix, avec défense de saluer et à plus forte raison de recevoir jamais le cardinal ; sans quoi, ajouta-t-il, il pourrait vous en coûter la vie.

Bien contre son gré, la chanteuse promit obéissance aux injonctions de son amant.

Aldobrandini, qui s'était morfondu inutilement à plusieurs reprises dans l'église Sainte-Marie-de-la-Paix, épuisa les conjonctures sur l'absence inexplicable de sa bien-aimée. Il cherchait les moyens d'en pénétrer la cause, lorsqu'on lui révéla que la chanteuse se mettait sous sa protection, le suppliant de la tirer des mains de Longobardi qui la traitait avec la dernière dureté.

Le cardinal, furieux contre ce qu'il appelait l'insolence du chevalier, et de plus en plus enamouré de la perfide Anna, affirma qu'il lui consacrait son dévouement, et ne s'occupa plus que d'accomplir sa vengeance envers le rival… Peu de jours après on trouvait plantée au bout d'une pique la tête du chevalier Girolamo Longobardi.

Les soupçons se portèrent aussitôt sur Aldobrandini que l'on savait fréquenter assidûment la chanteuse, au point de susciter le scandale. Mais tout le monde fut stupéfié que la justice n'ordonnât qu'une enquête dérisoire. On s'étonnait du silence du pape en cette affaire.

Entouré des créatures du cardinal, Clément VIII n'avait rien pu comprendre. Les amis ne cessaient de lui vanter les vertus de son neveu. Il aurait probablement gardé ses illusions familiales, et Aldobrandini aurait ainsi continué à jouir de toute la confiance papale sans un fait qui vint révéler au pontife la conduite du trop amoureux cardinal.

Au cours d'une discussion, celui-ci outragea gravement l'ambassadeur d'Espagne, homme de la première noblesse et d'un esprit des plus fins qui, pour ne pas troubler les relations diplomatiques entre la cour d'Espagne et le Saint-Siège, dissimula l'affront reçu, mais ne chercha qu'une occasion d'en tirer vengeance.

Or, il apprit par ses rapports secrets l'intrigue d'Aldobrandini avec la cantatrice, l'impunité scandaleuse du cardinal et l'ignorance qui cachait au pape les crimes de son neveu. Il connut l'heure à laquelle le galant courait à ses rendez-vous d'amour, il se convainquit qu'il partait sur les quatre heures de nuit, avec le plus grand mystère, pour rejoindre seul, par une rue détournée, son carrosse et sa suite stationnant à quelque distance.

Le plan de vengeance de l'ambassadeur se combina immédiatement.

Il envoya un de ses laquais chez Anna Brocchi pour la prier de vouloir bien lui permettre de venir entendre cette nuit-là même sa merveilleuse voix. En même temps, il la priait de n'en parler à personne afin que cette visite ne laissât prise aux soupçons.

La chanteuse, flattée d'avoir été remarquée par un si haut personnage, lui fit répondre qu'il lui ferait le plus grand plaisir et que personne n'aurait connaissance de sa venue. Avant de se rendre chez Anna Brocchi, l'ambassadeur prit soin d'envoyer devant et de faire cacher dans l'antichambre quatre de ses laquais munis de torches, enfermées dans de grosses lanternes fabriquées à cette intention, avec ordre d'éclairer le cardinal quand il descendrait et de l'accompagner jusqu'à son carrosse.

Quand Aldobrandini quitta mystérieusement le logis de sa belle, quatre grands diables de laquais, sortant subitement de leur cachette, l'entourèrent et s'offrirent à l'accompagner, par honneur, disaient-ils. Le cardinal, qui craignait à bon droit la lueur traîtresse des torches, voulut les renvoyer. Mais, devant leur insistance, et pour éviter un surcroît de scandale, il dut consentir à se laisser escorter non sans avoir soin de se cacher le visage sous le manteau.

Peine inutile. La chose occasionna si grand tapage, qu'elle parvint cette fois aux oreilles du pape. Clément VIII, courroucé, retira toute sa confiance à son neveu, le priva du poste d'honneur auquel il tenait tant, ainsi que de toutes ses charges, titres et bénéfices. Puis, ayant vu se confirmer par la suite les soupçons qui pesaient sur l'Aldobrandini, au sujet de l'assassinat de Longobardi, il lui recommanda de ne jamais reparaître en sa présence, sous peine de perdre son chapeau de cardinal.

La Chartreuse n'est pourtant pas sortie tout entière du fonds italien. Stendhal a aussi utilisé des textes qu'il avait déjà écrits, et qui relevaient d'un autre genre que le roman. Ainsi en va-t-il du chapitre liminaire, dans lequel il se souvient d'une note de la *Vie de Rossini*, évoquant l'armée milanaise et ses « vingt-quatre coquins habillés de rouge », ainsi que « les prodiges d'Arcole et de Rivoli », « ces grandes journées » qui réveillèrent l'Italie [1]. Le chapitre IV de la *Vie de Napoléon* précise le tableau : brossant un portrait élogieux de Bonaparte, de ce « jeune homme de 26 ans » qui, à la tête d'« une pauvre petite armée qui manquait de tout », avait remporté des « victoires immortelles » et avait ainsi « effacé en une année les Alexandre, les César, les Annibal, les Frédéric », il lui rendait grâce d'avoir su joindre aux « lauriers de Mars l'olivier de la civilisation », et d'avoir permis la renaissance de la Lombardie, rendue à « son antique vertu [2] ». Stendhal revient encore à maintes reprises sur ce prodige dans *Rome, Naples et Florence*, mais le texte le plus proche du début de *La Chartreuse* reste le chapitre VII des *Mémoires sur Napoléon*. Il lui manque, certes, l'essentiel, cette allégresse débridée,

1. Stendhal, *Vie de Rossini*, éd. P. Brunel, Gallimard, 1992, p. 45.
2. Stendhal, *Vie de Napoléon*, Payot, 1969, p. 42-43.

cette folle gaieté, ce vertige du sens qui ruine tout sérieux et fait de ces premières pages, selon l'heureuse formule de Michel Crouzet, de l'« histoire écoutée aux portes de l'opéra-bouffe [1] » ; mais des motifs d'importance sont bien là, l'énergie, la jeunesse, la gaité unie à la pauvreté, la galanterie d'une armée dilettante, assidue à la Scala, aussi passionnée que brave et « admirablement disposée pour faire tourner les têtes », la beauté enchanteresse des femmes, heureusement délivrées du « *mal de l'ennui* », et des paysages (l'« admirable chaîne des Alpes » !), et le chapitre s'ouvre déjà sur l'anecdote exemplaire du lieutenant Robert.

Extrait des *Mémoires sur Napoléon* [2]

J'avouerai au lecteur que j'ai renoncé à toute noblesse de style. Afin de donner une idée de la misère de l'armée, le lecteur me permettra-t-il de raconter celle d'un lieutenant de mes amis ?

M. Robert, un des plus beaux officiers de l'armée, arriva à Milan le 15 mai au matin et fut engagé à dîner par la marquise A…, pour le palais de laquelle il avait reçu un billet de logement. Il fit une toilette très soignée, mais il n'avait absolument pas de souliers ; il avait, comme de coutume, quand il entrait dans les villes, des empeignes assez bien cirées par son chasseur ; il les attacha soigneusement avec de petites cordes ; mais il y avait absence complète de semelles. Il trouva la marquise si belle, et eut tant de crainte que sa pauvreté n'eût été aperçu par les laquais en magnifique livrée qui servaient à table, qu'en se levant il leur donna adroitement un écu de six francs : c'était tout ce qu'il possédait au monde.

M. Robert m'a juré qu'entre les trois officiers de sa compagnie, ils n'avaient qu'une paire de souliers passable conquise sur un officier aurichien, tué à Lodi, et dans toutes les demi-brigades on était de même. […]

Je supprime d'autres détails de ce genre ; ils seraient peu croyables aujourd'hui ; rien n'égalait la misère de l'armée, que son extrême bravoure et sa gaîté. C'est ce que l'on comprendra aisément, si on veut bien se rappeler que, soldats et

---

1. Voir M. Crouzet, « Viva la libertà. Viva l'ilarità ! », *Le Roman stendhalien, La Chartreuse de Parme,* Paradigme, 1996, p. 15.
2. Éd. Climats, 1997.

officiers, tous étaient de la première jeunesse. L'immense majorité appartenait au Languedoc, au Dauphiné, à la Provence, au Roussillon. Il n'y avait d'exception que pour quelques hussards de Berchiny, que le brave Stengel avait amenés d'Alsace. Souvent les soldats, en voyant passer leur général qui était si fluet et avait l'air si jeune, remarquaient que, cependant, il était leur aîné à tous. Or, en mai 1796, lors de son entrée à Milan, Napoléon, né en 1769, avait vingt-six ans et demi. [...]

La bonne compagnie est presque partout comme le peuple ; elle n'aime un gouvernement que par haine pour un autre ; serait-ce qu'un gouvernement n'est qu'un *mal nécessaire* ? La haute société de Milan éprouvait un tel dégoût pour le gros archiduc qui, à ce qu'on nous dit, vendait du blé en cachette et profitait des disettes ou les faisait naître, qu'elle accueillit avec enthousiasme l'armée française, qui lui demandait des chevaux, des souliers, des habits, des millions, mais lui permettait de s'administrer elle-même. Dès le 16 mai, on vendait partout une caricature qui représentait l'archiduc vice-roi, lequel déboutonnait sa veste galonnée et il en tombait du blé. Les Français ne comprenaient rien à cette figure.

Ils étaient arrivés à Milan si misérables, tellement dépourvus d'habits et de chemises, que bien peu s'avisèrent de se montrer fats dans le vilain sens du mot ; ils n'étaient qu'aimables, gais et fort entreprenants.

Si les Milanais étaient fous d'enthousiasme, les officiers français étaient fous de bonheur, et cet état d'ivresse continua jusqu'à la séparation. Les relations particulières durèrent également jusqu'au départ et souvent avec dévouement des deux côtés. À la suite du retour, après Marengo en 1800, plusieurs Français rappelés en France eurent la folie de donner leur démission pour vivre pauvres à Milan plutôt que de s'éloigner de leurs affections.

On peut répéter ici, parce que cela fait un étrange contraste avec l'esprit que le Consulat fit régner dans l'armée, qu'il eût été difficile de désigner à Milan vingt officiers dans les emplois subalternes qui eussent sérieusement l'ambition des grades. Les plus terre à terre étaient fous de bonheur d'avoir du linge blanc et de belles bottes neuves. Tous aimaient la musique ; beaucoup faisaient, nous l'avons dit, une lieue par la pluie, pour venir occuper une place du parterre à la Scala. Aucun, je pense, quelque prosaïque, ambitieux et cupide qu'il ait pu devenir par la suite, n'a oublié le séjour à Milan. Ce fut le plus beau moment d'une belle jeunesse.

Il est certainement excessif de voir en Stendhal un romancier méconnu que Balzac aurait révélé, mais il faut reconnaître que l'article qu'il consacra à *La Chartreuse* dans le troisième et dernier numéro de sa *Revue parisienne*, le 25 septembre 1840, occupe une place à part dans l'histoire de la réception du roman, parce qu'il consacrait son auteur et voyait en lui (Stendhal dut apprécier) l'écrivain d'une élite, parce qu'il proposait un commentaire paradoxalement génial et aveugle du chef-d'œuvre, et allait, un temps au moins, décider Stendhal à le remanier. Cet article avait en fait été précédé de deux lettres de Balzac à Stendhal [1], l'une, semble-t-il, du 30 ou du 31 mars 1839, dans laquelle, enthousiasmé par la lecture de l'épisode de Waterloo qu'il venait de découvrir dans *Le Constitutionnel*, Balzac avouait qu'il avait « été saisi d'un accès de jalousie à cette superbe et vraie description de la bataille qu'[il] rêvai[t] pour [ses] *Scènes de la vie militaire* », l'autre, le 5 avril 1839, rédigée, cette fois-ci, après la lecture de tout le roman, dans laquelle l'éloge « absolu, sincère » s'accompagnait déjà de quelques « observations » : Balzac regrettait que Stendhal ait situé son roman et ne s'en soit pas tenu à l'imagination de son lecteur ; pour autant, Stendhal ne variera pas, il n'envisagera jamais de renoncer à Parme. Balzac soulignait l'insuffisance des portraits et souhaitait voir le début écourté, mais la fin étoffée : il rejoignait sur ce dernier point Stendhal lui-même, qui, dans ses notes, se disait fâché d'avoir dû « sabrer » la fin et de s'être ainsi privé de « scènes doucement attendrissantes ». On remarquera néanmoins qu'il ne semble pas avoir jamais entrepris de reprendre les passages sacrifiés, dont nous n'avons aucune trace.

---

1. On trouvera ces deux lettres dans la *Correspondance* de Balzac, éd. R. Pierrot, Garnier, 1964, t. III, p. 583-586.

Nous donnons ici un extrait significatif de l'article de la *Revue parisienne* [1]. On verra que le mérite de Balzac est, sans nul doute, d'avoir attiré l'attention sur la dimension politique du roman, et notamment sur son ancrage dans la réalité contemporaine. Son tort est en revanche de le lire uniquement comme un roman historique, certes magistralement conduit, dans la mesure où, selon lui, Stendhal réussit à sauvegarder miraculeusement la simplicité et la lisibilité de l'œuvre, en dépit de l'abondance des faits et de l'enchevêtrement des situations. Balzac est en effet fasciné par la puissante illusion de vérité que donne la peinture de la cour et du monde politique. Pour lui, le trait de génie de Stendhal, dans *La Chartreuse*, est d'avoir réussi à faire concurrence à l'histoire, d'avoir véritablement inventé un chapitre de la vie des cours. Autant dire que Balzac interprète *La Chartreuse* comme un roman balzacien, en appréciant son réalisme (la vraisemblance et la profondeur de son tableau politique) et sa technique (l'intelligence de sa construction), mais sans rien dire de sa poésie, de son esthétique, de ses valeurs essentielles. D'où ses reproches et ses conseils, logiques, à partir du moment où il faisait de la cour de Parme le centre du roman : supprimer les personnages inutiles, Blanès, par exemple, commencer directement par la bataille de Waterloo et faire raconter ultérieurement par Fabrice ou un tiers les événements de Milan et de son enfance, ne pas prolonger le roman au-delà du moment où Fabrice, sauvé, est devenu archevêque. Plus généralement, on verra que Balzac s'en prend à la manière de Stendhal (l'entrée successive des personnages, la suite linéaire des aventures, l'absence de descriptions) et, surtout, dénonce avec vigueur le style, ses incorrections, ses phrases mal construites.

M. Beyle a fait un livre où le sublime éclate de chapitre en chapitre. Il a produit, à l'âge où les hommes *trouvent* rarement des sujets grandioses et après avoir écrit une vingtaine de volumes extrêmement spirituels, une œuvre qui ne peut être appréciée que par les âmes et par les gens vraiment supérieurs. Enfin, il a écrit *Le Prince moderne*, le roman que Machiavel écrirait, s'il vivait banni de l'Italie au XIXᵉ siècle.

---

1. D'après l'édition de V. Del Litto, Slatkine Reprints, 1997.

Aussi, le plus grand obstacle au renom mérité de M. Beyle vient-il de ce que *La Chartreuse de Parme* ne peut trouver de lecteurs habiles à la goûter que parmi les diplomates, les ministres, les observateurs, les gens du monde les plus éminents, les artistes les plus distingués, enfin, parmi les douze ou quinze cents personnes qui sont à la tête de l'Europe. Ne soyez donc pas étonnés que, depuis dix mois que cette œuvre surprenante a été publiée, il n'y ait pas un seul journaliste qui l'ait ni lue, ni comprise, ni étudiée, qui l'ait annoncée, analysée et louée, qui même y ait fait allusion. Moi, qui crois m'y connaître un peu, je l'ai lue pour la troisième fois, ces jours-ci : j'ai trouvé l'œuvre encore plus belle, et j'ai senti dans mon âme l'espèce de bonheur que cause une bonne action à faire.

N'est-ce pas faire une bonne action que d'essayer de rendre justice à un homme d'un talent immense, qui n'aura de génie qu'aux yeux de quelques êtres privilégiés et à qui la transcendance de ses idées ôte cette immédiate mais passagère popularité que recherchent les courtisans du peuple et que méprisent les grandes âmes ? Si les gens médiocres savaient qu'ils ont une chance de s'élever jusqu'aux gens sublimes en les comprenant, *La Chartreuse de Parme* aurait autant de lecteurs qu'en a eus *Clarisse Harlowe* à son apparition. […]

Certes, après avoir lu le livre, il est impossible de ne pas reconnaître, dans le comte Mosca, le plus remarquable portrait qu'on puisse jamais faire du prince de Metternich ; mais transporté de la grande chancellerie de l'empire d'Autriche, dans le modeste État de Parme. L'État de Parme et le fameux Ernest IV me semblent également être le prince de Modène et son duché. M. Beyle dit d'Ernest IV qu'il est un des princes les plus riches de l'Europe, la fortune du duc de Modène est célèbre. Afin d'éviter les personnalités, l'auteur a dépensé plus de talent qu'il n'en a fallu à Walter Scott pour faire le plan de Kenilworth. En effet, ces deux ressemblances sont assez vagues à l'extérieur pour être niées, et si réelles à l'intérieur, que les connaisseurs ne peuvent pas s'y tromper. M. Beyle a tant exalté le sublime caractère du Premier ministre de l'État de Parme, qu'il est douteux que le prince de Metternich soit aussi grand que Mosca, quoique le cœur de ce célèbre homme d'État offre, à qui sait bien sa vie, un ou deux exemples de passions d'une étendue au moins égale à celle de Mosca. Ce n'est pas calomnier le ministre autrichien que de le croire capable de toutes les grandeurs secrètes de Mosca. Quant à ce qu'est Mosca dans tout l'ouvrage, quant à la conduite de l'homme que la Gina regarde *comme le plus grand diplomate de l'Italie*, il a fallu du génie pour créer les incidents, les événements et les trames innombrables et renaissantes au milieu desquelles cet immense caractère se déploie. Tout ce que M. de Metternich a fait dans sa longue carrière, n'est pas plus extraordinaire que ce que vous voyez faire à Mosca. Quand on vient à songer que l'auteur a tout inventé, tout débrouillé, comme les choses se brouillent et se débrouillent dans une cour, l'esprit le plus intrépide et à qui les conceptions sont familières reste étourdi, stupide devant un pareil travail. Quant à moi, je crois à *quelque lampe merveilleuse littéraire*. Avoir osé mettre en scène un homme de génie de la force de M. de Choiseul, de Potemkine, de M. de Metternich, le créer, prouver la création par l'action même de la créature, le faire mouvoir dans un lieu qui lui soit propre et où ses facultés se déploient, ce n'est pas l'œuvre d'un homme, mais d'une fée, d'un enchanteur. Figurez-vous que les plans les plus savamment compliqués de Walter Scott n'arrivent pas à l'admirable simplicité qui règne dans le récit de ces événements si nombreux, si *feuillus*, pour employer la célèbre expression de Diderot. [...]

La duchesse est une de ces magnifiques statues qui font tout à la fois admirer l'art et maudire la nature, avare de pareils modèles. La Gina, quand vous aurez lu le livre, restera devant vos yeux comme une statue sublime : ce ne sera ni la Vénus de Milo, ni la Vénus de Médicis : mais la Diane avec la volupté de la Vénus, avec la suavité des vierges de Raphaël et le mouvement de la passion italienne. La duchesse n'a surtout rien de français. Oui, le Français qui a modelé, râpé, travaillé ce marbre, n'y a rien mis du terroir. Corinne, sachez-le bien, est une ébauche misérable auprès de cette vivante et ravissante créature. Vous la trouverez grande, spirituelle, passionnée, toujours vraie, et cependant l'auteur a soigneusement caché le côté sensuel. Il n'y a pas dans l'ouvrage un mot qui puisse faire penser aux voluptés de l'amour ni les inspirer. Quoique la duchesse, Mosca, Fabrice, le prince et son fils, Clélia, quoique le livre et les personnages soient, de part et d'autre, la passion avec toutes ses fureurs ; quoique ce soit l'Italie telle qu'elle est, avec sa finesse, sa dissimulation, sa ruse, son sang-froid, sa ténacité, sa haute politique à tout propos ; *La Chartreuse de Parme* est plus chaste que le plus puritain des romans de Walter Scott. Faire un personnage noble, grandiose, presque irréprochable d'une duchesse qui rend un Mosca heureux, et ne lui cache rien, d'une tante qui adore son neveu Fabrice, n'est-ce pas un chef-d'œuvre ? La Phèdre de Racine, ce rôle sublime de la scène française, que le jansénisme n'osait condamner, n'est ni si beau, ni si complet, ni si animé. [...]

Ce grand ouvrage n'a pu être conçu ni exécuté que par un homme de cinquante ans, dans toute la force de l'âge et dans la maturité de tous les talents. On s'aperçoit de la perfection en toute chose. Le rôle du prince est tracé de main de maître, et c'est, comme je vous l'ai dit, *Le Prince*. On le conçoit admirablement comme homme et comme souverain. Cet homme serait à la tête de l'Empire russe, il serait capable de le mener, il serait grand ; mais l'homme resterait ce qu'il est, susceptible de vanité, de jalousie, de passion. Au XVIIe siècle, à Versailles, il serait Louis XIV, et se vengerait de la duchesse, comme Louis XIV, de Fouquet. La critique ne peut rien reprocher au plus grand comme au plus petit personnage : ils sont tous ce qu'ils doivent être. Là est la vie et surtout la vie des cours, non pas dessinée en caricature comme Hoffmann a tenté de le faire, mais sérieusement et malicieusement. Enfin, ce livre vous explique admirablement tout ce que la camarilla de Louis XIII faisait souffrir à Richelieu. Cet ouvrage, appliqué à des intérêts vastes comme ceux du cabinet de Louis XIV, du cabinet de Pitt, du cabinet de Napoléon ou du cabinet russe, eût été impossible à cause des longueurs et des explications qu'auraient voulues tant d'intérêts voilés ; tandis que vous embrassez bien l'État de Parme ; et Parme vous fait comprendre, *mutato nomine*, les intrigues de la cour la plus élevée. Les choses étaient ainsi sous le pape Borgia, à la cour de Tibère, à la cour de Philippe II ; elles doivent être ainsi à la cour de Pékin ! [...]

Voici cependant les erreurs que je relève, moins au point de vue de l'art, qu'en vue des sacrifices que tout auteur doit savoir faire au plus grand nombre.

Si j'ai trouvé de la confusion à la première lecture, cette impression sera celle de la foule, et dès lors évidemment ce livre manque de méthode. M. Beyle a bien disposé les événements, comme ils se sont passés ou comme ils devraient se passer ; mais il a commis dans l'arrangement des faits la faute que commettent quelques auteurs, en prenant un sujet vrai dans la nature qui ne l'est pas dans l'art. En voyant un paysage, un grand peintre se gardera bien de le copier servilement, il nous en doit moins la Lettre que l'Esprit. Ainsi, dans sa manière simple, naïve et sans apprêt de conter, M. Beyle a risqué de paraître confus. Le mérite qui veut être étudié, court le risque de rester inaperçu. Aussi souhaiterais-je, dans l'intérêt du livre, que l'auteur commençât par sa magnifique esquisse de la bataille de Waterloo, qu'il réduisît tout ce qui la précède à quelque récit fait par Fabrice ou sur Fabrice pendant qu'il gît dans le village de Flandre où il est blessé. Certes, l'œuvre y gagnerait en légèreté. Les Del Dongo père et fils, les détails sur Milan, tout cela n'est pas le livre : le drame est à Parme, les principaux personnages sont le prince et son fils, Mosca, Rassi, la duchesse, Palla Ferrante, Ludovic, Clélia, son père, la Raversi, Giletti, Marietta. D'habiles conseillers ou des amis doués du simple bon sens, auraient pu faire développer quelques portions que l'auteur n'a pas cru aussi intéressantes qu'elles le sont, auraient demandé le retranchement de plusieurs détails inutiles malgré leur finesse. Ainsi l'ouvrage ne perdrait rien à ce que l'abbé Blanès disparût entièrement.

J'irai plus loin, et ne transigerai point devant cette belle œuvre sur les vrais principes de l'Art. La loi dominatrice est l'Unité dans la composition ; que vous placiez cette unité, soit dans l'idée mère, soit dans le plan, sans elle, il n'y a que confusion. Donc, en dépit du titre, l'ouvrage est terminé quand le comte et la comtesse Mosca rentrent à Parme et que Fabrice est archevêque. La grande comédie de la cour est finie. Elle est si bien finie et l'auteur l'a si bien senti, que c'est en cet endroit qu'il place sa MORALITÉ, comme faisaient autrefois nos devanciers au bout de leurs fabulations.

« On en peut tirer cette morale, dit-il :

L'homme qui approche de la cour compromet son bonheur, s'il est heureux ; et, dans tous les cas, fait dépendre son avenir des intrigues d'une femme de chambre.

D'un autre côté, en Amérique, dans la république, il faut s'ennuyer toute la journée à faire une cour sérieuse aux boutiquiers de la rue et devenir aussi bête qu'eux ; et là, pas d'opéra. »

Si, sous la pourpre romaine et la tête sous la mitre, Fabrice aime Clélia devenue marquise de Crescenzi, et que vous nous le racontiez, vous voulez alors faire, de la vie de ce jeune homme, le sujet de votre livre. Mais, si vous vouliez peindre toute la vie de Fabrice, vous deviez, vous homme si sagace, appeler votre livre FABRICE, *ou l'Italien au XIXᵉ siècle*. Pour se lancer dans une pareille entreprise, Fabrice aurait dû ne pas se trouver primé par des figures aussi typiques, aussi poétiques que le sont les princes, la Sanseverina, Mosca, Palla Ferrante. Fabrice aurait dû représenter le jeune Italien de ce temps-ci. En faisant de ce jeune homme la principale figure du drame, l'auteur eût été obligé de lui donner une grande pensée, de le douer d'un sentiment qui le rendît supérieur aux gens de génie qui l'entouraient et qui lui manque. En effet, le Sentiment est égal au Talent. *Sentir* est le rival de *Comprendre*, comme *Agir* est l'antagonisme de *Penser*. L'ami d'un homme de génie peut s'élever jusqu'à lui par l'affection, par la compréhension. Sur le terrain du cœur, un homme médiocre peut l'emporter sur le plus grand artiste. Là est la justification des femmes qui aiment des imbéciles. Ainsi, dans un drame, une des ressources les plus ingénieuses de l'artiste est (dans le cas où nous supposons M. Beyle) de rendre supérieur par le Sentiment un héros qui ne peut lutter par le Génie avec les personnages qui l'entourent. Sous ce rapport, le rôle de Fabrice exigerait une refonte. Le Génie du catholicisme devrait le pousser de sa main divine vers *La Chartreuse de Parme*, et ce Génie devrait de temps en temps l'accabler par les sommations de la Grâce. Mais alors l'abbé Blanès ne pourrait pas remplir ce rôle, car il est impossible de cultiver l'astrologie judiciaire et d'être un saint selon l'Église. L'ouvrage doit donc être ou plus court ou plus long.

Peut-être, les longueurs du commencement, peut-être cette fin qui recommence un livre et où le sujet est étranglé, nuiront-elles au succès, peut-être lui ont-elles déjà nui. M. Beyle s'est d'ailleurs permis, dans ce livre, quelques redites, sensibles seulement pour ceux qui connaissent ses premiers livres, mais ceux-là mêmes sont nécessairement des connaisseurs, et se montrent difficiles. M. Beyle, préoccupé de ce grand principe : malheur en amour comme dans les arts, à qui dit tout ! ne doit pas se répéter, lui, toujours concis et qui laisse beaucoup à deviner. Malgré ses habitudes de sphinx, il est moins énigmatique ici que dans ses autres ouvrages, et ses vrais amis l'en féliciteront.

Les portraits sont courts. Peu de mots suffisent à M. Beyle, qui peint ses personnages et par l'action et par le dialogue ; il ne fatigue pas de descriptions, il court au drame et y arrive par un mot, par une réflexion. Ses paysages, d'un dessin un peu sec qui convient d'ailleurs au pays, sont faits lestement. Il s'attache à un arbre, au coin où il se trouve, il vous montre les lignes des Alpes qui de tous côtés environnent le théâtre de l'action, et le paysage est achevé. Le livre est surtout précieux aux voyageurs qui ont erré autour du lac de Côme, dans la Brianza, qui ont côtoyé les dernières masses des Alpes et parcouru les plaines de la Lombardie. L'esprit de ces paysages y est finement accusé, leur beau caractère est bien senti. On les voit.

Le côté faible de cette œuvre est le style en tant qu'arrangement de mots, car la pensée éminemment française soutient la phrase. Les fautes que commet M. Beyle sont purement grammaticales : il est négligé, incorrect à la manière des écrivains du XVIIe siècle. Les citations que j'ai faites montrent à quelles sortes de fautes il se laisse aller. Tantôt un désaccord de temps dans les verbes, quelquefois l'absence du verbe ;

tantôt des *c'est*, des *ce que*, des *que*, qui fatiguent le lecteur, et font à l'esprit l'effet d'un voyage dans une voiture mal suspendue sur une route de France. Ces fautes assez grossières annoncent un défaut de travail. Mais si le français est un vernis mis sur la pensée, on doit être aussi indulgent pour ceux chez lesquels il couvre de beaux tableaux, que l'on est sévère pour ceux qui n'ont que le vernis. Si, chez M. Beyle, ce vernis est ici quelque peu jaune, là et ailleurs écaillé par places, il laisse voir du moins une suite de pensées qui se déduisent d'après les lois de la logique. Sa phrase longue est mal construite, sa phrase courte est sans rondeur. Il écrit à peu près dans le genre de Diderot, qui n'était pas écrivain ; mais la conception est grande et forte ; mais la pensée est originale, et souvent bien rendue. Ce système n'est pas à imiter. Il serait trop dangereux de laisser les auteurs se croire de profonds penseurs.

M. Beyle se sauve par le sentiment profond qui anime la pensée. Tous ceux à qui l'Italie est chère, qui l'ont étudiée ou comprise, liront *La Chartreuse de Parme* avec délices. L'esprit, le génie, les mœurs, l'âme de cette belle contrée vivent dans ce long drame toujours attachant, dans cette vaste fresque si bien peinte, si fortement colorée, qui remue le cœur profondément et satisfait l'esprit le plus difficile, le plus exigeant. La Sanseverina est l'Italienne, figure rendue avec le bonheur que Carlo Dolci a eu pour sa fameuse tête de la Poésie, Allori pour sa Judith, et Guercino pour sa Sibylle de la galerie Manfrini. Dans Mosca, il peint l'homme de génie en politique aux prises avec l'amour. C'est bien l'amour sans phrases (la phrase est le défaut de Clarisse), l'amour agissant, toujours semblable à lui-même, l'amour plus fort que les affaires, l'amour comme les femmes le rêvent et qui donne un intérêt de plus aux moindres choses de la vie. Fabrice est bien le jeune Italien moderne aux prises avec le despotisme assez maladroit qui comprime l'imagination de ce beau pays ; mais comme je viens de le dire, la pensée dominatrice ou le sentiment qui le pousse à se démettre de ses dignités et à finir à la Chartreuse manque de développements. Ce livre exprime admirablement l'amour comme il est dans le Midi. Évidemment, le Nord n'aime pas ainsi. Tous ces personnages ont un sang chaud, fébrile, une vivacité de main, une rapidité spirituelle que n'ont ni les Anglais, ni les Allemands, ni les Russes, qui n'arrivent aux mêmes résultats que par les calculs de la rêverie, par les méditations solitaires, par le raisonnement de l'âme éprise, par l'incendie de leur lymphe. M. Beyle a donné en ceci à cet ouvrage le sens profond, le sentiment qui assure la vie d'une conception littéraire.

Stendhal reçut le numéro de la *Revue parisienne* le 14 octobre 1840, alors qu'il était à Civita-Vecchia. Son cousin, Romain Colomb, eut beau le dire bouleversé de bonheur, on sait que sa joie ne fut pas sans mélange, car il voyait bien que cet article, d'une intelligence et d'une générosité sans égales, faussait le sens de son œuvre et s'en prenait à ce style qu'il avait mûrement réfléchi et qui faisait sa fierté. Aussi ne lui fallut-il pas moins de trois brouillons pour tenter de lui répondre, lettre dont nous ne savons pas, au demeurant, si elle fut jamais envoyée (Stendhal l'annonce encore dans un billet à Balzac, le 4 avril 1841). Nous reproduisons ici le troisième de ces brouillons [1] : ce sont des documents essentiels, car, au-delà des projets de remaniement qu'y envisage Stendhal, ils nous apprennent beaucoup sur sa manière de composer, sur ses personnages et leurs modèles, sur ses goûts littéraires et sur son style.

[III] [2]
[28-29 octobre 1840]

J'ai été bien surpris hier soir, Monsieur. Je pense que jamais personne ne fut traité ainsi dans une revue, et par le meilleur juge de la matière. Vous avez eu pitié d'un orphelin abandonné au milieu de la rue. J'ai dignement répondu à cette bonté, j'ai lu la revue hier soir, et ce matin, j'ai réduit à 4 ou 5 pages les cinquante-quatre premières pages de l'ouvrage que vous poussez dans le monde.

La cuisine de la littérature m'aurait dégoûté du plaisir d'écrire ; j'ai renvoyé [3] les jouissances sur l'imprimé à 20 ou 30 ans d'ici. Un ravaudeur littéraire ferait la découverte des ouvrages dont vous exagérez si étrangement le mérite.

Votre illusion va bien loin, par exemple *Phèdre*. Je vous avouerai que j'ai été scandalisé, moi qui suis assez bien disposé pour l'auteur.

---

1. D'après l'édition de V. Del Litto, *Correspondance générale,* t. VI, p. 409-414.
2. F.S.G. R. 5896 (1), fᵒˢ 32 à 40, 26 à 31, aut.
3. D'abord : *Je pensais.* – Ensuite : *Je pense depuis 20 ans que dans 20 ou 30…*

Puisque vous avez pris la peine de lire trois fois ce roman [1], je vous ferai bien des questions à la première rencontre [2], sur le boulevard.

1º Est-il permis d'appeler Fabrice *notre héros* ? Il s'agissait de ne pas répéter si souvent le mot Fabrice.

2º Faut-il supprimer l'épisode de *Fausta*, qui est devenu bien long en le faisant ? Fabrice saisit l'occasion qui se présente de démontrer à la duchessse qu'il n'est pas susceptible d'amour.

3º Les 54 premières pages me semblaient une introduction gracieuse. J'eus bien quelques remords en corrigeant les épreuves, mais je songeais aux premiers demi-volumes si ennuyeux de Walter Scott et au préambule si long de la divine *Princesse de Clèves*.

J'abhorre le style contourné et je vous avouerai que bien des pages de *La Chart[reuse]* ont été imprimées sur la dictée originale. Je dirai comme les enfants : je n'y retournerai plus. Je crois cependant que, depuis la destruction de la cour, en 1792, la part de la forme devient plus mince chaque jour. Si M. Villemain, que je cite comme le plus distingué des académiciens, traduisait *La Chart[reuse]* en français, il lui faudrait 3 volumes pour exprimer ce que l'on a donné en deux. La plupart des fripons étant emphatiques et éloquents, on prendra en haine le ton déclamatoire. À 17 ans j'ai failli me battre en duel pour la *cime indéterminée des forêts* de M. de Chateaubriand, qui comptait beaucoup d'admirateurs au 6e de dragons. Je n'ai jamais lu la *Chaumière indienne*, je ne puis souffrir M. de Maistre.

Mon Homère, ce sont les *Mémoires* du Maréchal Gouvion-Saint-Cyr ; Montesquieu et les *Dialogues* de Fénelon me semblent bien écrits. Excepté Madame de Mortsauf et ses compagnons, je n'ai rien lu de ce qu'on a imprimé depuis 30 ans. Je lis l'Arioste dont j'aime les récits. La duchesse est copiée du Corrège. Je vois l'histoire future des lettres françaises dans l'histoire de la peinture. Nous en sommes aux élèves de Pierre de Cortone, qui travaillait vite et outrait toutes les expressions, comme Mme Cottin qui fait marcher les pierres de taille des îles Borromées. Après ce roman, je n'en ai… En composant *La Chartreuse*, pour prendre le ton je lisais chaque matin 2 ou 3 pages du code civil.

Permettez-moi un mot sale : je ne veux pas branler l'âme du lecteur. Ce pauvre lecteur laisse passer les mots ambitieux,

1. D'abord : *cet ouvrage*.
2. D'abord : *vue*.

par exemple *le vent qui déracine les vagues*, mais ils lui reviennent après l'instant de l'émotion. Je veux au contraire que, si le lecteur pense au comte Mosca, *il ne trouve rien à abattre*.

4° Je vais faire paraître au foyer de l'opéra Rassi, Riscara, envoyés à Paris comme espions après Waterloo par Ranuce-Ernest IV. Fabrice revenant d'Amiens remarquera leur regard italien, et leur milanais *serré* que ces observateurs ne croient jamais compris par personne. Tout le monde me dit qu'il faut annoncer les personnages. Je réduirai beaucoup le bon abbé Blanès. Je croyais qu'il fallait des personnages ne faisant rien, et seulement touchant l'âme du lecteur, et ôtant l'air romanesque.

Je vais vous sembler un monstre d'orgueil.

Ces grands académiciens eussent vu le public fou de leurs écrits, s'ils fussent nés en 1780 ; leur chance de grandeur tenait à l'ancien régime.

À mesure que les demi-sots deviennent plus nombreux, la part de la *forme* diminue. Si *La Chart[reuse]* était traduite en français par Mme Sand, elle aurait du succès, mais, pour exprimer ce qui se trouve dans les 2 volumes actuels, il en eût fallu 3 ou 4. Pesez cette excuse.

Le demi-sot tient par-dessus tout aux vers de Racine, car il comprend ce que c'est qu'une ligne non finie, mais tous les jours le vers devient une moindre partie du mérite de Racine. Le public, en se faisant plus nombreux, moins mouton, veut un plus grand nombre de *petits faits vrais*, sur une passion, sur une situation de la vie, etc. Combien Voltaire, Racine, etc., tous enfin, excepté Corneille, ne sont-ils pas obligés de faire de vers *chapeaux* pour la rime ; eh bien ! ces vers occupent la place qui était due légitimement à [1] de petits faits vrais.

Dans cinquante ans, M. Bignan, et les Bignans de la prose, auront tant ennuyé avec des productions élégantes et dépourvues de tout autre mérite, que les demi-sots seront bien en peine ; leur vanité voulant toujours qu'ils parlent de littérature et qu'ils fassent semblant de penser, que deviendront-ils quand ils ne pourront plus s'accrocher à la forme ? Ils finiront par faire leur dieu de Voltaire. L'esprit ne dure que 200 ans : en 1978 Voltaire sera Voiture ; mais *Le Père Goriot* sera toujours *Le Père Goriot*. Peut-être les demi-sots seront-ils tellement peinés de n'avoir plus leurs chères règles à admirer qu'il est fort possible qu'ils se dégoûtent de la littérature et se

Dossier

---

1. D'abord : *devait être occupée par…*

fassent dévots. Tous les coquins politiques ayant un ton déclamatoire et éloquent, l'on en sera dégoûté en 1880. Alors peut-être on lira *La Chart[reuse]*.

La part de la *forme* devient plus mince chaque jour. Voyez Hume ; supposez une histoire de France de 1740 à 1840 écrite avec le bon sens de Hume ; on la lirait, fût-elle écrite en patois ; elle est écrite comme le code civil. Je vais corriger le style de *La Chart[reuse]*, puisqu'il vous blesse, mais je serai bien en peine. Je n'admire pas le style à la mode, il m'impatiente. Je vois des Claudiens, des Sénèques, des Ausones. On me dit depuis un an qu'il faut quelquefois délasser le lecteur en décrivant le paysage, les habits. Ces choses m'ont tant ennuyé chez les autres ! J'essaierai.

Quant au succès contemporain, auquel je n'aurais pas songé sans la *Revue parisienne*, il y a bien quinze ans que je me suis dit : « Je deviendrais un candidat pour l'Académie si j'obtenais la main de Mlle Bertin, qui me ferait louer 3 fois la semaine. » Quand la société ne sera plus *tachée* d'enrichis grossiers, prisant avant tout la noblesse, justement parce qu'ils sont ignobles, elle ne sera plus à genoux devant le journal de l'aristocratie. Avant 1793, la bonne compagnie était la vraie juge des livres, maintenant elle rêve le retour de 93, elle a peur, elle n'est plus juge. Voyez le catalogue qu'un petit libraire près Saint-Thomas-d'Aquin (rue du Bac, vers le n° 110) prête à la noblesse sa voisine. C'est l'argument qui m'a le plus convaincu de l'impossibilité de plaire à ces peureux hébétés par l'oisiveté.

Je n'ai point copié M. de Met[ternich], que je n'ai pas vu depuis 1810 à Saint-Cloud, quand il portait un bracelet des cheveux de Caroline Murat, si belle alors. Je n'ai nullement regret à tout ce qui ne doit pas arriver. Je suis fataliste et je m'en cache [1]. Je songe que j'aurai peut-être un peu de succès vers 1860 ou [18]80. Alors on parlera bien peu de M. de Met[ternich] et encore moins du petit prince. Qui était premier ministre d'Angleterre du temps de Malherbe ? Si je n'ai pas le malheur de tomber sur Cromwell, je suis sûr de l'inconnu.

La mort nous fait changer de rôle avec ces gens-là. Ils peuvent tout sur nos corps pendant leur vie, mais, à l'instant de la mort, l'oubli les enveloppe à jamais. Qui parlera de M. de Villèle, de M. de Martignac, dans cent ans ? M. de Talleyrand lui-même ne sera sauvé que par ses *Mémoires*, s'il en a laissé de bons. Tandis que le *Roman comique* est

---

1. D'abord : *Je n'ai nullement regret à tout ce qui ne doit pas arriver,*
   je place mon ambition à avoir un peu de succès.

aujourd'hui, ce que *Le Père Goriot* sera en 1980. C'est Scarron qui fait connaître le nom du Rothschild de son temps, M. de Montauron, qui fut aussi, moyennant 50 louis, le protecteur de Corneille.

Vous avez bien senti, Monsieur, avec le tact d'un homme qui a agi, que *La Chart[reuse]* ne pouvait pas s'attaquer à un grand État, comme la France, l'Espagne, Vienne, à cause des détails d'administration. Restaient les petits princes d'Allemagne ou d'Italie.

Mais les Allemands sont tellement à genoux devant un cordon, ils sont si bêtes ! J'ai passé plusieurs années chez eux, et j'ai oublié leur langue par mépris. Vous verrez bien que mes personnages ne pouvaient être allemands. Si vous suivez cette idée, vous trouverez que j'ai été conduit par la main à une dynastie éteinte, à un Farnèse, le moins obscur de ces *éteints*, à cause des généraux, ses grands-pères.

Je prends un personnage de moi bien connu [1], je lui laisse les habitudes qu'il a contractées dans l'art d'aller tous les matins à la chasse du bonheur, ensuite je lui donne plus d'esprit. Je n'ai jamais vu Mme de Belgio[joso]. Rassi était allemand ; je lui ai parlé 200 fois. J'ai appris le Prince en séjournant à Saint-Cloud en 1810 et 1811.

Ouf ! J'espère que vous aurez lu cette brochure en 2 fois. Vous dites, Monsieur, que vous ne savez pas l'anglais ; vous avez à Paris le style *bourgeois* de Walter Scott dans la prose pesante de M. Delécluze, rédacteur des *Débats*, et auteur d'une *Mademoiselle de Liron* où il y a quelque chose. La prose de Walter Scott est inélégante et surtout prétentieuse. On voit un nain [2] qui ne veut pas perdre une ligne de sa taille.

Cet article étonnant, tel que jamais écrivain ne le reçut d'un autre, je l'ai lu, j'ose maintenant vous l'avouer, en éclatant de rire. Toutes les fois que j'arrivais à une louange un peu forte, et j'en rencontrais à chaque pas [3], je voyais la mine que feraient mes amis en le lisant.

Par exemple, le ministre d'Argout, étant auditeur au conseil d'État, était mon égal et de plus ce qu'on appelle un ami. 1830 arrive, il est ministre ; ses commis, que je ne connais pas, pensent qu'il y a une trentaine d'artistes [4].

Dossier

---

1. D'abord : *que j'ai connu.*
2. D'abord : *C'est un nain.*
3. D'abord : *En arrivant aux louanges un peu fortes et j'y arrivais à tous les pas...*
4. D'abord : *lui présentent une liste de 30 personnes.*

Avant même d'avoir reçu l'article de Balzac, Stendhal avait, en fait, entrepris un travail de relecture critique de son roman. Nous n'avons pas le manuscrit de *La Chartreuse*, mais l'on peut se faire une idée des modifications qu'il prévoyait, en consultant les trois exemplaires annotés du roman qui nous sont parvenus. À lire les notes marginales de l'exemplaire le plus riche [1], l'exemplaire Chaper, reproduit en fac-similé par Édouard Champion (1921), puis par Tchou (1966), on constate que Stendhal, réagissant aux critiques de Balzac, entreprit de « corriger le style » de son roman, de le rendre plus « facile » et « même amusant », en ajoutant des « détails faciles à comprendre » et des « bouts de description », « pour augmenter la clarté » et « pour aider l'imagination du lecteur à se figurer les choses ». Mais on sent bien qu'il le faisait sans conviction (dans le brouillon de réponse que nous citons, il se dit, au demeurant, « bien en peine » de corriger ce style et avoue une nouvelle fois l'ennui que lui causent les descriptions !), tant il dit encore abhorrer le « style un peu enflé », « ces grâces à la Villemain », tant il se montre attaché au « style simple » qui, d'après lui, « convient le mieux au roman », parce qu'il est le seul capable de saisir les nuances du sentiment. Stendhal dit encore travailler à « annoncer les personnages » dès le commencement, pour éviter à *La Chartreuse* de ressembler à des Mémoires. On trouve en effet, dans l'exemplaire Crozet-Paul Royer de *La Chartreuse*, un épisode, esquissé avant la lecture de l'article de Balzac (Stendhal en parle dans le brouillon de réponse que nous reproduisons) et amplifié par la suite, dans lequel Fabrice, de retour de Waterloo, a maille à partir avec les espions envoyés à Paris par Ranuce-Ernest IV, parmi lesquels figure Rassi [2]. D'autres passages recomposés par Stendhal méritent encore d'être signalés : dans le même exemplaire, le récit de l'arrivée de Fabrice à

---

1. On trouvera ces notes, par exemple, dans l'édition de H. Martineau de *La Chartreuse de Parme*, Garnier, 1961, p. 522-528.
2. Tous les passages recomposés auxquels nous faisons ici référence se trouvent dans l'édition de H. Martineau de *La Chartreuse de Parme*, p. 496-514. Signalons que les pages venant de l'exemplaire Crozet-Paul Royer ont été publiées dans la *Revue de Paris* par Louis Royer le 1er mars 1935.

Paris, destiné à devenir le début du roman, et ailleurs, un fragment grenoblois, intitulé « L'avant-scène racontée par Birague dans la société de Madame Le Baron à Amiens, six semaines après Waterloo », destiné, pour sa part, à faire connaître, après le récit de la bataille, les événements contemporains de la naissance de Fabrice, prouvent que Stendhal eut bien, un temps, l'intention d'écouter Balzac et de sacrifier tout le début du roman pour l'ouvrir avec Waterloo. Notons encore qu'il pensa ajouter une longue description peignant la « beauté sublime » de « la forêt entre Lugano et Grianta », ainsi que le portrait d'un personnage burlesque, le comte Zorafi, qui devait égayer le tableau de la cour de Parme, trop pauvre, selon lui, en comique, et plaire au prince en le flattant dans le « style pompeux », « le style à la Chateaubriand », qui a sa préférence [1].

Peu à peu, néanmoins, Stendhal réussit à s'arracher à l'influence de Balzac et renonça à vouloir reprendre son roman. Au risque de dérouter son lecteur, habitué à un autre style, mais en conformité avec son idéal égotiste, il décida de privilégier son propre plaisir d'écrivain et de rester fidèle à lui-même, à sa manière. Il se rendit compte, surtout, qu'il ne pouvait sacrifier le début, précisément parce que, comme il le dit lui-même à Balzac dans le premier brouillon de sa réponse, il avait « le plaisir le plus vif à écrire ces 54 pages », à parler « des choses qu'[il] adore », parce qu'il était donc, dit-il encore dans ses notes, « amoureux de ce temps-là » et trouvait que « cette introduction *engage[ait]* mieux le cœur ». Quoique non aboutis, ces projets de révision restent précieux, parce qu'ils éclairent sa conception du roman et du style, parce qu'ils illustrent son goût de la mobilité du texte, la joie

Dossier

1. « La forêt entre Lugano et Grianta » figure dans l'exemplaire Crozet-Paul Royer ; les pages sur Zorafi, esquissées dès le 5 mai 1840, se trouvent à la bibliothèque municipale de Grenoble (manuscrit autographe). C'est dans les notes de l'exemplaire Chaper que Stendhal fait part de son projet d'« ajouter un personnage comique qui joue à la cour de Parme le rôle du *Journal des débats* (Ranuce-Ernest IV fait blâmer ses ministres) et de plus le rôle de M. de Fontanes. Il flatte en beau style, et le prince aime surtout le style pompeux, le style à la Chateaubriand ».

trouvée à le refaire, à l'enrichir, mais aussi les risques d'une telle pratique, qui le ramenait à sa première tendance à théoriser, à cette quête finalement stérilisante d'une perfection par définition inaccessible.

$$\boxed{3}\!\!-\!\!- \quad \textit{Waterloo}$$
ou la naissance du héros ?

FORTUNE DE L'ÉPISODE

Depuis Balzac et sa lecture enthousiaste de la bataille, *La Chartreuse de Parme* doit en partie son succès à cet épisode, dont la nécessité a pourtant été contestée : Zola a beau trouver le récit « remarquable », il n'en conclut pas moins qu'il « ne tient en rien au roman [1] » ; Julien Gracq l'affirme encore : Waterloo est bien un morceau de bravoure qui signe le talent de Stendhal, mais il « ne réussit pas à se souder parfaitement au reste du récit », aussi propose-t-il de le lire comme un « hors-d'œuvre, qu'il faut prendre au meilleur sens du mot : apéritif et gastronomique [2] ». Cette lecture, qui vise à faire de Waterloo une digression brillante dans le roman, est contestable, parce qu'elle néglige le rôle formateur de cette bataille pour Fabrice et ne rend pas compte du retentissement formidable qu'eut l'échec impérial au XIXe siècle, de ce sentiment terrible que tous eurent alors que Waterloo était plus qu'une bataille perdue, qu'une impressionnante catastrophe militaire, que c'était bien plutôt « le changement de front de l'univers », selon la belle formule de Hugo dans *Les Misérables*, l'écroulement d'un monde et de toutes les valeurs, politiques et morales, qui l'avaient soutenu. Or, il est évident que l'univers romanesque de *La Chartreuse* ne peut se comprendre sans cette liquidation du monde napoléonien et des idéaux, des espoirs qui lui étaient attachés, d'abord parce que la chute de l'Empereur décide directement de la réalité politique que va décrire Stendhal pour

---

1. Ce jugement se trouve dans un article sur Stendhal, publié d'abord dans la revue russe *Le Messager de l'Europe*, en mai 1880, recueilli ensuite dans *Les Romanciers naturalistes* (1881). Voir *Stendhal*, Presses de l'Université de Paris-Sorbonne, coll. « Mémoire de la critique », 1996, p. 451.
2. J. Gracq, *En lisant, en écrivant*, José Corti, 1980, p. 68.

en faire la satire, le renoncement contraint de l'Italie à la liberté, son émiettement en principautés miniatures et despotiques régies par la peur, ensuite et surtout parce que cette débâcle marque l'entrée dans un monde à la fois grotesque et angoissant, où il n'y a plus de place pour l'héroïsme et la gloire, où l'histoire reste désespérément incapable de s'élever à la hauteur de cette épopée, qu'avait, un temps, rendue possible l'entrée des troupes françaises à Milan.

HISTOIRE ET AUTOBIOGRAPHIE

En montrant ainsi le poids des événements historiques sur le destin des personnages, en situant d'emblée le récit dans une réalité datable et localisable, l'épisode de Waterloo contribue à inscrire *La Chartreuse* dans le genre du roman historique, et témoigne donc de l'influence persistante sur Stendhal de Walter Scott, encore regardé comme le grand maître du genre. De fait, c'est avant tout la présence de Waterloo qui rattache *La Chartreuse* à l'histoire du XIXe siècle, dans la mesure où, à partir du chapitre V, le roman crée sa propre tranche d'histoire, en toute autonomie, et voit donc disparaître les allusions précises à l'histoire contemporaine. Au contraire, Stendhal fait tout, ici, pour consolider l'ancrage historique de son récit : il présente d'emblée, et à plusieurs reprises, cette bataille comme un fait historique [1], et soigne la précision et la vraisemblance en y faisant, par exemple, comparaître des héros bien réels de l'armée napoléonienne, dans l'ordre où ils ont effectivement paru devant elle ce jour-là, et en respectant fidèlement le déroulement chronologique de la bataille, ainsi que ses principales péripéties (notamment l'arrivée décisive des Prussiens, qui enleva la victoire à Napoléon) [2].

Mais en évoquant ainsi l'un des grands moments de l'histoire de son siècle, Stendhal se donne encore le plaisir de raconter sa vie, de revenir aux souvenirs qui le ravis-

---

1. Voir p. 97-98 (« on était à la veille de la bataille de Waterloo »,
« c'étaient les préliminaires de Waterloo »).
2. P. 117.

sent, des années où il avait lui-même participé à l'épopée napoléonienne. Certes, il n'était pas à Waterloo, et l'on a du reste pensé qu'en y expédiant son héros, il cherchait en quelque sorte à se racheter, à compenser cette défection, due à un motif peu glorieux (la Pietragrua l'avait retenu de force !), qu'il semble avoir regrettée. Pour autant, cela ne l'empêche pas de renouer avec le fil de l'autobiographie, en transposant sur ce récit de bataille, qu'il ne connaît que par ouï-dire, toutes les impressions, tous les souvenirs, amassés au cours de ses années de service dans l'armée napoléonienne. Ainsi, plus qu'un fait historique précis et ô combien célèbre la bataille de Waterloo devient sous sa plume la synthèse, le modèle de toute bataille, ce qui contribue à son grandissement, mais nous renvoie aussi, paradoxalement, à la découverte faite par Stendhal que toutes les batailles se valent, se ressemblent, sont interchangeables, puisqu'elles offrent surtout le spectacle d'une agitation chaotique et incertaine. Dans son *Journal*, à propos de la bataille de Bautzen, livrée le 19 mai 1813, il avait noté : « Nous voyons fort bien, de midi à trois heures, tout ce qu'on peut voir d'une bataille, c'est-à-dire rien. Le plaisir consiste à ce qu'on est un peu ému par la certitude qu'on a, que là se passe une chose qu'on sait être terrible. Le bruit majestueux du canon est pour beaucoup dans cet effet [1]. » Rien n'illustre mieux son expérience de la guerre, comme mélange curieux d'ironie et de sublime terrible.

UNE NOUVEAUTÉ TECHNIQUE : LE POINT DE VUE

Conscient que la guerre n'est, pour qui la vit de l'intérieur, qu'une suite de chocs, d'énigmes, de méprises, d'accidents, dont le sens échappe sur le moment, Stendhal opte pour une technique narrative qui lui permet de rester fidèle à cette réalité de tout champ de bataille. C'est donc par souci de vérité qu'il choisit de décrire la bataille en épousant le point de vue d'un combattant anonyme, pour qui le

---

1. Stendhal, *Journal*, dans *Œuvres intimes*, Gallimard, Bibliothèque de la Pléiade, 1955, p. 1227.

combat sera moins un affrontement héroïque qu'une suite d'épreuves, de dangers, de tracas, pour la plupart dépourvus de grandeur, dont il s'agit avant tout de sortir indemne. Ainsi, pour Fabrice, Waterloo sera moins un assaut militaire qu'une bataille à mener contre la faim, le dénuement, la fatigue, l'abattement, la boue, la saleté, le « tapage effroyable », l'horreur des cadavres et des blessés, et c'est du reste à vaincre ces petites misères qu'il emploiera l'essentiel de son énergie. La vivandière le lui enseigne d'emblée : faire la guerre, c'est d'abord savoir « manger un morceau » quand on en a le temps, cacher son argent, négocier l'achat d'un bon cheval et ne pas se le faire voler, se procurer des armes et recourir à l'eau-de-vie, en guise de remontant ! Ajoutons que si Fabrice rêvait de faire la guerre avec les plus grands, aux côtés de l'Empereur, c'est surtout auprès des humbles qu'il se trouvera. Stendhal n'est certes pas le premier à nous montrer ainsi la guerre vue de l'intérieur et à hauteur d'homme, avec « toutes les petites misères de la grande gloire des batailles [1] ». Chateaubriand l'avait fait avant lui, notamment dans le récit de la campagne de 1792 qu'il insère dans les *Mémoires d'outre-tombe*, et dans lequel il insiste sur son aspect dérisoire de contre-épopée, en ayant soin de peindre d'abord les coulisses de la guerre, tous ces petits riens, ces soucis peu glorieux, ces scènes de la vie quotidienne au cœur d'une armée qui, en dépit de leur mesquinerie ou de leur insignifiance, sont le vrai visage de la guerre pour le commun des soldats.

Reconnaissons néanmoins que Stendhal amplifie le procédé et donne avec l'épisode de Waterloo l'exemple le plus parfait d'un récit de bataille délivré de toutes les conventions de l'histoire officielle et de l'épopée [2], parce que réduit au point de vue limité et fragmentaire d'un particulier, pour qui la bataille restera une aventure disconti-

---

1. Pour reprendre l'expression d'A. Bussière, dans son article de 1843 sur *La Chartreuse*, reproduit p. 213 dans l'anthologie citée à la p. 649.
2. Il faut en cela l'opposer à Hugo qui, dans *Les Misérables*, peint cette bataille comme un affrontement gigantesque, mais bien réglé, embrassé dans sa totalité par un narrateur omniscient capable d'en dévoiler les moindres péripéties et d'en évaluer à sa juste mesure la portée historique, voire providentielle.

nue, incohérente, incompréhensible, notamment parce qu'il n'en saisira jamais que des détails. De fait, comme l'a bien vu Georges Blin, l'intérêt du morceau tient en grande partie à la méthode des restrictions de champ que Stendhal y applique avec une efficacité encore inégalée [1]. Il est vrai que, la plupart du temps, nous ne voyons du spectacle de la bataille que les événements, les hommes, les « coins » de décor que peut découvrir Fabrice, en fonction de la position qu'il occupe [2], et c'est en fonction de cette position que nous nous situons dans l'espace, tout comme nous interprétons paroles et actes à partir du jugement que Fabrice porte sur ses comparses. Du reste, la topographie accentue le caractère fragmentaire de cette vision, dans la mesure où le regard de Fabrice se heurte sans cesse au vallonnement du terrain, aux rideaux d'arbres ou de fumée qui limitent tour à tour la perspective [3]. Il en résulte une succession de perceptions isolées, de séquences narratives sans lien entre elles (d'où le fait que l'on a parlé de style « impressionniste » ou « cubiste »), d'expériences apparemment incohérentes, qui nous promènent dans un espace et une temporalité désorientés, où manque cruellement un centre à partir duquel structurer l'ensemble et lui donner sens. De fait, la bataille, telle que la découvre Fabrice, détail après détail, ne semble pas avoir de cœur stratégique, de mouvements coordonnés, de plan d'attaque et de repli calculé : à la place de troupes de soldats savamment dirigées et opérant dans un but précis, nous ne voyons que de petites unités qui se déplacent au galop et en tous sens, sans esquisser la moindre manœuvre concertée, sans que ces incessants va-et-vient soient jamais expliqués ou orientés, et il est significatif de voir que l'Empereur, qui devrait assurer l'organisation, l'unité du combat autour de son commandement, passe lui aussi au

---

1. Voir l'étude fort détaillée du système de la focalisation dans l'épisode de Waterloo : G. Blin, *Stendhal et les problèmes du roman*, José Corti, 1954, p. 165 *sq.*
2. Il est en effet significatif de voir qu'à un des rares moments où Fabrice se trouve sur une hauteur, il ne peut encore apercevoir « assez bien » qu'« un coin de la bataille », p. 104.
3. Par exemple, p. 104 (la « rangée de saules, très touffus » et la « fumée blanche »), p. 109 (« la fumée empêchait de rien distinguer… »).

galop et disparaît, dissimulé par les crinières des casques des dragons. On comprend dès lors que dans cet espace éclaté, sans règle ni repère, livré à la plus grande confusion, la grande affaire soit d'arriver à s'orienter et à deviner sur qui l'on va tomber : Fabrice et la cantinière passent leur temps à se demander où ils sont et à chercher leurs troupes, et le chaos est finalement tel que le « bêta de général » prend les Prussiens pour ses hommes et provoque ainsi la catastrophe, au dire de la cantinière [1] !

Une mise en scène ironique

Parcellaire, limitée, la vision que nous avons de la bataille de Waterloo l'est encore parce que le point de vue le plus souvent adopté est celui d'un novice qui découvre le feu pour la première fois, qui voit donc sans savoir, et de bout en bout ne comprend rien, ou comprend mais avec du retard [2]. Inexpérimenté, naïf, Fabrice va d'étonnement en étonnement : son activité principale est bien de « regard[er] de tous ses yeux [3] », et sa réaction au spectacle est toujours la surprise. Or cette ingénuité du héros est capitale, parce qu'elle est source de poésie et de grâce par la fraîcheur adolescente qu'elle confère au tableau, mais aussi parce qu'elle est source de moquerie, ce qui souligne la mobilité du texte, dont les procédés de focalisation sont en fait beaucoup plus complexes et instables que ne l'avait dit Georges Blin.

De fait, tout au long de l'épisode, Stendhal « surveille son débutant » avec amusement, mais aussi avec ironie, et ne lui épargne pas les railleries. Ainsi, Fabrice se voit sans cesse traité de « blanc-bec », ce qui ne saurait nous étonner, puisque nous le voyons multiplier bévues et maladresses, et se signaler par un zèle et un enthousiasme qui

---

1. P. 117.
2. L'aveu de l'incompréhension de Fabrice revient comme un *leitmotiv*. Voir p. 107-108, etc. Cette incompréhension s'explique par l'inexpérience et la candeur de Fabrice, mais aussi par le fait qu'il est un Italien perdu au milieu d'étrangers dont les réactions le déconcertent. Ajoutons que Fabrice comprend d'autant moins la situation qu'à deux reprises, sous l'effet de l'eau-de-vie et du sommeil, il perd le fil des événements…
3. P. 112.

deviennent comiques parce qu'ils sont toujours en complet décalage avec la réalité de la guerre et le caractère des hommes qui la font. Les situations ridicules se multiplient donc, au point de remettre sérieusement en question l'héroïsme de ce jeune homme, qui est près de se trouver mal à la vue d'un cadavre, se fait voler sa monture de façon grotesque, se trouve toujours avec des armes disproportionnées à sa taille, dont il ne sait du reste pas se servir… ou utilise à contretemps, s'enivre au point de ne pouvoir distinguer cet Empereur pour qui il a fait le voyage en France, s'endort à l'apogée de la bataille, et n'est finalement capable de tuer son homme et de se distinguer quelque peu que lorsque l'armée est en pleine déroute ! Or, il importe de remarquer que Stendhal ne se contente pas de montrer son héros ridicule : la plupart du temps, il accompagne de commentaires railleurs les déconvenues et les ratages de son apprenti-soldat [1], ce qui les met d'autant plus en valeur et a surtout pour conséquence d'établir entre lui et son lecteur, au-dessus du personnage, une connivence moqueuse, qui dégage dans tout le passage un effet essentiel d'ironie. Mais alors, il faut le souligner, le point de vue de Fabrice se trouve débordé par une vision supérieure qui nous avertit malicieusement de ses ridicules et nous permet de les jauger du haut de notre expérience et de notre savoir. Autant dire que le point de vue n'est plus simple, mais bien double : nous sommes à la fois dans et au-dessus de Fabrice, nous sentons et nous voyons avec lui, mais nous pouvons aussi prendre du recul et rire gentiment de lui, parce que le narrateur intervient assez pour nous orienter vers une interprétation ironique.

Il faut donc revenir sur cette pratique de la restriction de champ et insister sur le fait que, là aussi, l'interventionnisme est illimité et la focalisation le plus souvent indécidable. Comme l'a bien montré Didier Philippot [2], lorsque

---

1. On pense bien sûr à son commentaire lorsque Fabrice s'embrouille : « Nous avouerons que notre héros était fort peu héros en ce moment », p. 107.
2. Voir D. Philippot, « Le réalisme subjectif dans *La Chartreuse de Parme* : une idée reçue ? », dans *Stendhal, La Chartreuse de Parme*, éd. InterUniversitaires, p. 325-352.

l'ironie l'exige, le narrateur n'hésite pas à contrevenir aux règles du perspectivisme et à se montrer dans son omniscience, par exemple pour nous donner les moyens de comprendre, avant Fabrice, ce qui lui arrive et de mesurer ainsi, dans toute son étendue, le ridicule de ses actes et de ses déductions. Il résulte de cela que ce qui nous étonne, ce sont finalement moins les mésaventures de Fabrice en elles-mêmes – nous les pressentons toujours à l'avance – que son incroyable retard de compréhension, son aveuglement ingénu.

Un effet de sublime

Beaucoup moins systématique qu'on a bien voulu le croire, la restriction de champ ne saurait en outre être tenue pour un simple procédé de démythification. Stendhal l'utilise tout autant comme un contrepoint ironique et burlesque, destiné à exhausser, par contraste, le sublime et l'héroïsme de la guerre. De fait, en laissant à l'arrière-plan la bataille, en n'en montrant que des bribes dérisoires, il ne suggère que mieux la grandeur terrible de la guerre, en laissant précisément comprendre que celle-ci est indicible, inépuisable, toujours au-delà des mots et des images. Fidèle à sa manière, il choisit de dire peu, de montrer peu, pour suggérer beaucoup. Ainsi, loin de réduire l'aura épique de la guerre, la technique de la restriction de champ l'intensifie plutôt, en donnant le détail visible et dérisoire comme le signe d'une grandeur cachée et terrible, accessible seulement à l'imagination.

Quant à l'héroïsme de Fabrice, il devient, certes, suspect, parce que cette naïveté, cette insouciance face au danger, qui font tout son charme, sont aussi bien les signes d'une légèreté, d'une irresponsabilité, d'un défaut de pensée, que viendront confirmer ses niaiseries en politique. Ridiculisé et moqué, il a tout d'un anti-héros, tombé pour son plus grand malheur dans une bataille absurde et chaotique, aux allures de contre-épopée. Mais il faut souligner que l'ironie de l'auteur à son égard n'est jamais sévère et laisse intacte notre sympathie, et peut-être notre admiration, pour le personnage : Stendhal, en fervent lecteur de Cervantes, dont le souvenir est du reste très présent dans cet épisode, sait que pour être sympathique un héros doit précisément avoir des ridicules et des faiblesses, et doit pouvoir susciter une ironie tendre, une familiarité moqueuse. En outre, si Fabrice manque cruellement d'expérience, il ne manque pas de courage et d'énergie, cherche à se battre, y réussit, certes tardivement et finalement contre les siens (lorsqu'il défend le pont), mais cela lui suffit pour gagner la bonne opinion de la vivandière, du caporal Aubry, du colonel Le Baron et du maréchal des logis, c'est-à-dire des vrais, des nobles héros de cette bataille, et plus tard pour voir son équipée napoléonienne se transformer en légende [1]. L'héroïsme, finalement, est sauf, mais il n'est pas là où on l'attendait : ce sont les humbles, à quelques exceptions près, qui en sont capables, mais comme par hasard et par erreur. Par son comportement à Waterloo, Fabrice nous révèle que cet héroïsme est moins à chercher dans les grands exploits que dans ces petits actes, sans éclat et parfois piteux, qui sont le lot quotidien des soldats. Waterloo, avant la prison, nous apprend donc que l'héroïsme, chez Stendhal, est essentiellement dissonant, parce qu'il se découpe sur un fond de dérision et de légèreté, et n'amène à la grandeur que par la simplicité et le naturel.

Ajoutons que la conduite de Fabrice à la guerre contribue encore à le grandir, dans la mesure où elle accentue son caractère chevaleresque et, partant, romanesque. On a souvent remarqué que Fabrice, sur le champ de bataille, était obsédé par la volonté de se battre, moins pour donner la victoire aux siens que pour se mettre à l'épreuve et pouvoir témoigner de son courage et de son énergie [2]. C'est dire, comme le remarque avec justesse Michel Crouzet [3], qu'il traverse l'espace de la bataille « comme un espace spécifiquement romanesque, celui de la quête, et de l'épreuve, en "chevalier errant", qui ne fait la guerre que

Dossier

---

1. Les femmes qui viennent écouter ses sermons « inventèrent qu'il avait été un des plus braves capitaines de l'armée de Napoléon. Bientôt ce fait absurde fut hors de doute », p. 585.
2. Voir, par exemple, le début du chapitre III : Fabrice ne cesse de répéter qu'il veut se battre, pour s'illustrer et prouver qu'il n'est pas un lâche.
3. M. Crouzet, « L'espace et l'aventure. Lieux et lieux communs », _Le Roman stendhalien, op. cit._, p. 19-54.

pour son propre compte ». D'où la « déconstruction » de la vision de la bataille, son atomisation en une série linéaire de rencontres singulières répondant au désir du héros d'éprouver sa valeur en un combat singulier, d'homme à homme, et d'accomplir ainsi un exploit pour lui-même, pour la gloire. D'où encore le rôle imparti au hasard, qui révèle en Fabrice un mode d'être héroïque, dans la mesure où il donne alors la preuve de sa confiance en son destin et, surtout, de son humilité et de son courage, en se montrant ainsi toujours prêt à relever n'importe quel défi. Ainsi Fabrice cède-t-il à la volonté de son cheval et s'en va-t-il rejoindre l'escorte des hussards vers laquelle il l'entraîne, en s'exclamant : « Eh bien soit [1]. » Loin de le rabaisser, cet abandon aux hasards de la bataille est bien plutôt « un acquiescement fidéiste et héroïque, au fortuit, au Destin, à soi ». Comme l'écrit encore Michel Crouzet dans le même article : « Fabrice n'est peut-être jamais si grand que parce qu'il est ainsi toujours prêt, toujours décidé à ce qui lui est "réservé", qu'il s'agisse de la grande aventure, ou du moindre incident. » Attendue, acceptée à l'avance, l'aventure est ainsi pour lui un pari généreux sur l'avenir et sur sa destinée : comme les signes et les présages qui jalonnent sa vie, elle est peut-être surtout le signe visible d'une obscure élection, qui grandit le héros parce qu'il accepte de s'y soumettre spontanément, joyeusement.

Et pourtant l'engagement de Fabrice à Waterloo est en partie un échec, parce qu'il est un rendez-vous manqué avec l'histoire. Fabrice arrive trop tard, et le fait qu'il ne peut vraiment se battre qu'au moment de la débâcle est sur ce point tout à fait symbolique. De fait, Fabrice se joint aux troupes napoléoniennes à un moment où les idéaux qui avaient motivé son départ sont en complet décalage avec la réalité historique. L'échec est prévisible dès le début, parce que sa décision est prise sur un malentendu.

---

1. P. 105.

Fabrice, on le sait, part pour des raisons patriotiques et personnelles, voulant à la fois défendre l'Empereur qui a si bien servi la cause italienne et qui a eu « tant d'amitié » pour le mari de Gina [1]. Il part donc dans l'espoir de revivre les faits d'armes glorieux de ses ancêtres et de participer à son tour à l'une de ces formidables campagnes napoléoniennes dont les gravures et les récits du comte Pietranera lui ont donné une image enchantée. L'homme qu'il veut rejoindre, c'est Bonaparte, et non Napoléon ; la vie qu'il veut mener, il se la figure à l'image de ces temps de gloire et d'allégresse qu'ont été les années de l'occupation française à Milan, régime auquel Gina et son mari sont précisément, à ses yeux, associés. Or, en 1815, l'heure n'est plus à cet enthousiasme héroïque et à cette gaieté libératrice. Ce décalage constant à Waterloo entre la réalité historique et les projets, les rêves de Fabrice, rien ne le montre mieux que la rencontre ratée avec son père probable, et, surtout, le nouveau visage, sec, terrible, de l'ancien lieutenant Robert [2], qui à lui seul témoigne de la ruine des idéaux de 1796.

Ce divorce entre Fabrice et la réalité historique explique, autant que l'échec impérial ou que son incompétence, son renoncement à toute forme de carrière militaire ou politique. Certes, Fabrice restera toujours fidèle et enthousiaste au souvenir de l'Empereur, mais cette loyauté ne le conduira à rien de concret. Comme l'a bien vu Julien Gracq, après Waterloo, Fabrice « est comme opéré inexplicablement d'une des dimensions de sa vie » ; il n'est plus qu'un « très jeune renonçant », « un étrange retraité adolescent de la grandeur [3] ». Pour l'heure, sa participation à la bataille de Waterloo lui ouvre la carrière d'un héros aventurier, voué à l'errance, à l'exil, à la clandestinité, à la fuite, toujours et partout. Fabrice devient le type même du fugitif, illégal, volontiers batailleur, toujours prêt à « prendre la clé des champs », à se dérober par le premier chemin de traverse trouvé, à brouiller son itinéraire en multipliant détours et

1. P. 88.
2. P. 113.
3. J. Gracq, *En lisant, en écrivant, op. cit.*, p. 54-55.

déguisements [1]. Il est surtout celui qui se joue des frontières et des passeports, qui a le don de disparaître, d'esquiver tout contrôle, parce qu'il se joue de son identité et joue les autres en changeant de nom à sa guise [2]. Les multiples noms que Fabrice est obligé de se donner à Waterloo sont donc déjà l'illustration de ce pouvoir quasi magique qu'il a de décider qui il veut être, de devenir un autre quand bon lui semble, en dépit des limites imposées par l'état civil et la condition humaine. Fabrice dispose ainsi d'une infinité de moi possibles, ce qui lui donne une liberté supérieure et merveilleuse, ce qui signale aussi qu'il n'a pas encore de moi bien défini : il appartiendra à l'amour de combler cette vacance de l'identité en le révélant à lui-même.

L'épisode de Waterloo est bien sûr beaucoup plus que cet éveil de Fabrice à la débrouillardise. C'est une initiation, au sens fort du terme [3], à la guerre, à sa vérité, faite essentiellement de quiproquos et de trahisons, mais aussi, plus généralement, à la vie, au réel, à l'humanité, que Fabrice découvre sous ses deux visages, sublime et terrible. Dans l'épreuve, dans le danger, il apprend à peu près tout ce qu'il est nécessaire de savoir pour s'en sortir dans la vie telle qu'elle est, ce qui veut dire aussi qu'il commence par désapprendre, par se délivrer de tous ces idéaux, de toute cette candeur romanesque dont les livres avaient rempli son esprit [4]. Waterloo est ainsi d'abord un formidable désillusionnement, un déniaisement cynique, que l'on pourrait résumer par cette seule phrase : « Les écailles tombèrent des yeux de Fabrice [5]. » Comme le souligne

---

1. P.-L. Rey développe ce point dans son article « Fabrice ou la clef des champs », dans *Stendhal, La Chartreuse de Parme ou la « chimère absente »*, *op. cit.,* p. 53-59.
2. Sur ces points, voir M. Crouzet « L'espace et l'aventure… », article cité.
3. M. Nerlich a vu dans l'épisode de Waterloo la transposition moderne d'une initiation orphique. Voir son livre *Apollon et Dionysos ou La Science incertaine des signes*, Marburg, Hitzeroth, 1989.
4. Il finit, nous dit Stendhal avec son ironie habituelle, « délivré de toute la partie romanesque de son caractère », p. 139.
5. P. 126. On pense aussi à cette autre phrase : « Il défaisait un à un tous ses beaux rêves d'amitié chevaleresque et sublime, comme celle des héros de *La Jérusalem délivrée* » (p. 114).

Shoshana Felman, l'initiation qu'y reçoit Fabrice est avant tout un apprentissage linguistique, dans la mesure où il s'agit, pour lui, d'apprendre à se taire, à ne parler qu'à bon escient, et surtout de comprendre, d'éprouver le langage. Là comme ailleurs, Fabrice est mû par une quête du sens, de la signification des mots : il veut savoir ce que c'est que se battre, comme il voudra plus tard apprendre ce que c'est qu'aimer [1]. Certes, cette quête reste en partie déçue, puisqu'il a du mal à faire coïncider son expérience de la bataille avec le sens attendu du mot, et qu'il reste avec ces questions, sans cesse réitérées : « Ce qu'il avait vu, était-ce une bataille, et en second lieu, cette bataille était-elle Waterloo [2] ? » Cette préoccupation, Stendhal l'attribue à un reste d'enfance en Fabrice… On aurait tort de ne voir là qu'un trait d'ironie. En fait, en résistant « sur ce point » à l'impitoyable leçon de réalisme qu'est pour lui la bataille de Waterloo, Fabrice sauve l'essentiel, cette qualité de jeunesse, de grâce et de fraîcheur, qui fait sa sympathie autant que sa grandeur.

Dossier

---

1. Voir son livre *La « Folie » dans l'œuvre romanesque de Stendhal*, José Corti, 1971, p. 194 *sq*.
2. P. 143.

— *La prison d'amour*
ou l'héroïsme romanesque

UN LIEU COMMUN ROMANESQUE

Le caractère extraordinaire que garde le séjour de Fabrice en prison ne doit pas faire oublier que Stendhal n'a pas inventé cette expérience paradoxale de la prison heureuse, qui était bien plutôt, en son temps, un lieu commun romanesque. Il importe, de fait, de se rappeler que cet épisode de *La Chartreuse* s'inscrit dans toute une tradition de la littérature carcérale qui joue précisément de cette ambivalence et que le romantisme amplifie. Victor Brombert a ainsi bien montré, dans son livre sur *La Prison romantique* (Paris, José Corti, 1975), que l'expérience de la prison repose depuis toujours sur un paradoxe essentiel, dans la mesure où, redoutée, haïe, comme lieu de séquestration, de souffrances physiques et morales, elle est en même temps idéalisée, rêvée comme lieu propice à la méditation poétique et à la ferveur religieuse, quand elle n'est pas souhaitée comme un refuge où l'on se sent protégé des dangers extérieurs, libéré des contraintes de la vie en société. En poétisant l'espace de la prison, le romantisme ne fait donc que radicaliser cette dialectique, cette tension inhérente à l'expérience carcérale entre l'horreur de l'oppression et le rêve d'une liberté totale, d'un approfondissement du moi, d'une évasion spirituelle facilités par la solitude, le dénuement, le silence retrouvés en prison. Qu'il s'agisse des détails matériels de la vie carcérale ou de la découverte de l'amour, voire d'une spiritualité, en prison, Stendhal a pu tout trouver dans trois livres à succès, les *Mémoires* de Benvenuto Cellini, publiés au XVIIIᵉ siècle, traduits en français en 1822, *Mes Prisons* de Silvio Pellico, publié en 1832, les *Mémoires* d'Andryane, parus en 1837. On pourrait ajouter le roman de Saintine, *Picciola*, et les *Mémoires* de Mme de Staal-De Launay, parus en 1755, qui développent tous deux le thème de la découverte de l'amour en prison.

UNE PRISON D'ÉTAT

Si de tels emprunts étaient de nature à confirmer, aux yeux de Stendhal, que la vie est bien toujours la plus sûre pourvoyeuse de romanesque, ils prouvent encore son intention d'inclure dans son roman la peinture des affres de l'injustice et de la captivité, et de ne pas oublier la menace réelle, terrible, que représentait le Spielberg dans l'Europe de la Sainte-Alliance. Du reste, l'image de la prison autrichienne revient souvent hanter les pages de *La Chartreuse,* et l'on se rappelle que Mosca et Fabrice la décrivent ou l'imaginent toujours comme le lieu de toutes les souffrances et de toutes les horreurs. De même, la tour Farnèse est bien d'abord une prison d'État, outil détestable de la tyrannie politique, où des prisonniers, vite arrêtés et jugés, croupissent dans les pires conditions de détention. La description de leur cachot, le récit des différentes humiliations et privations dont ils sont les victimes ne nous sont pas épargnés : que l'on songe, par exemple, aux simulacres d'exécutions organisés pour frapper les imaginations par Rassi, passé ainsi maître dans l'art de la torture morale [1]. Le sort de ces prisonniers inspire à Stendhal l'un des passages les plus véhéments du roman, lorsqu'il dénonce, cette fois sans ambiguïté, par la voix du narrateur, le degré d'avilissement, de servitude auquel sont rendus des captifs qui ont l'idée « de faire chanter à leurs frais un *Te Deum* » ou d'écrire des sonnets pour célébrer la guérison de leur gouverneur. Nous avons là un constat terrifiant sur l'entreprise de dégradation de l'homme que constitue la prison, d'autant plus que le narrateur laisse supposer que tout homme placé dans les mêmes conditions serait capable d'une telle aliénation, d'une telle servilité [2]. On ne s'étonnera donc pas qu'au début du roman la citadelle de Parme soit présentée à Gina comme un décor de roman noir, un lieu qui fait la « terreur de

---

1. P. 170. Pour la description du cachot, voir p. 477.
2. P. 477.

toute la Lombardie », sur lequel « on raconte des choses horribles », une prison « reine, de par la peur », et qui inquiète d'autant plus qu'elle passe pour inviolable et que le prince n'accorde jamais de grâce pour en sortir [1].

De la même manière, la « visite » par Fabrice de la prison est d'abord la longue découverte du raffinement de la barbarie pénitentiaire, de l'ingéniosité déployée pour rendre la séquestration toujours plus efficace et plus terrifiante. Ainsi en va-t-il de la chapelle noire, ornée de têtes de morts, que l'on montre à Fabrice et que ce dernier perçoit tout de suite comme un moyen de terrorisme moral, l'expression d'une « haine » qui veut, sinon tuer, du moins impressionner, accabler, effrayer [2]. Vient ensuite le long inventaire de toutes les mesures prises pour assurer l'isolement maximal du prisonnier, inventions dues au « génie » de Conti et qui lui ont valu ce petit rien qui est tout à la cour de Parme, comme dans tout régime despotique soumis à l'arbitraire d'un homme : la faveur du prince [3]. Par la suite, les menaces réitérées d'exécution ou d'empoisonnement seront là pour rappeler que la prison peut être très sérieusement pour lui l'antichambre de la mort, qu'il y risque réellement sa vie. Et pourtant, il faut reconnaître que ce n'est pas cette image-là que nous gardons de la tour Farnèse, car la réalité de la prison d'État est très largement effacée par la vision de ce lieu de délices qu'elle devient, à partir du moment où Fabrice se surprend à y trouver le bonheur.

LES « DOUCEURS DE LA PRISON » (p. 400)

L'image de la prison heureuse n'est toutefois aussi vite acceptée que parce qu'elle est patiemment préparée tout au long du roman. De fait, l'ambivalence de la prison ne se découvre pas au moment où Fabrice pénètre pour la première fois dans la tour Farnèse. Auparavant, de multiples indices laissaient supposer que le séjour en prison tant redouté par Fabrice ne serait précisément pas qu'un lieu de

1. P. 169 et 191.
2. P. 398.
3. P. 399.

contraintes et de souffrances. Ainsi, la seule « prison » qui soit vraiment négative dans *La Chartreuse* est peut-être le château ancestral de Grianta, dans la mesure où toutes les forces vives, l'énergie, la gaieté, s'y trouvent paralysées [1]. Pour le reste, la prison apparaît déjà sous un jour favorable, comme un possible lieu de prédilection pour vivre une passion, lorsque Fabrice, ren-contrant Clélia pour la première fois, voit immédiatement en elle « une charmante compagne de prison [2] ». Quant à la prédiction de l'abbé Blanès, elle est foncièrement ambivalente, puisqu'elle prévoit à la fois une prison éprouvante, « dure », « terrible », et une fin sereine, austère, mais pacifiée, dans un dépouillement intérieur et extérieur qui est aussi accès à une forme ultime de sagesse [3]. Le roman tout entier joue donc de l'ambiguïté de cette prévision, qui explique que la prison y soit redoutée en tant que prison, mais aussi obscurément désirée comme lieu du bonheur, de la paix, du détachement des faux biens.

La tour Farnèse elle-même s'impose d'emblée à nous dans son ambivalence. Présentée à Gina comme une prison terrifiante, mystérieuse, aux atrocités légendaires, elle se révèle au contraire à elle, lors d'une promenade, comme un lieu de délices où il fait bon être. Le passage est, bien sûr, ironique, dans la mesure où Gina découvre alors des plaisirs qui feront plus tard son désespoir, en lui ravissant son neveu, lui aussi tombé sous le charme de cette prison et de ses hôtes. Comme lui, Gina apprécie d'abord cet air frais que donne l'altitude et qui s'oppose à l'atmosphère accablante de Parme ; comme lui, cette découverte l'étonne et l'enchante en même temps, et provoque en elle le désir de prolonger la visite [4]. De même, dans la longue description de la tour Farnèse qui nous est faite au moment de l'installation de Fabrice (début du chapitre XVIII), il est facile de voir que les éléments inquiétants sont sans cesse contrebalancés et finalement com-

---

1. Sur ce point, voir l'article de M. Crouzet, « L'espace et l'aventure… », p. 34.
2. P. 150.
3. P. 237-238.
4. P. 190.

pensés par des éléments de bonheur et de douceur, tandis que toutes les mesures prises pour gêner le prisonnier finissent par servir son amour. Quant à l'impression de séquestration due à la masse, à la hauteur de la citadelle, et surtout aux multiples mécanismes d'enfermement que Stendhal s'est plu à y accumuler, elle est largement compensée par la sensation toute contraire d'espace, d'infini, que suffisent à ménager les belles échappées sur le paysage environnant.

Grâce à lui, Fabrice retrouve un lieu qui l'a toujours comblé, qui lui a toujours apporté plénitude et bonheur, ce qui signifie encore que la situation de la tour se donne à lire en termes spirituels : si elle est comme le lac, mieux que le lac, l'espace de l'idéal, c'est que Fabrice y contemple « un horizon qui parle à son âme [1] », c'est qu'elle est un espace qui rend l'âme à l'âme. De fait, comme l'avait bien vu Proust, le sentiment de l'altitude est ici lié, comme, du reste, toujours chez Stendhal, à la vie spirituelle : s'élever, pour Fabrice, c'est aussi s'élever au-dessus des autres, de l'humanité moyenne, c'est s'éloigner de Parme, c'est s'établir à « mille lieues au-dessus des petitesses et des méchancetés qui nous occupent là-bas [2] ». Comme le lac, la tour s'impose dans le roman comme le contraire de la ville, de la cour, de la société, de l'intrigue et de la politique qui y triomphent. Si la cour donne à voir la réalité, le monde temporel, l'homme ordinaire, si elle appelle la satire, la tour, elle, sera sa contrepartie idéale et spirituelle, qui appelle le triomphe du romanesque, le triomphe des valeurs absolues et sacrées. Comme Julien dans sa prison, Fabrice abandonne là tous ses rôles pour redevenir une personne, un moi à part entière qui se découvre et se consacre enfin à sa vraie vocation. D'où le fait qu'avant même la découverte de l'amour, Fabrice a le pressentiment d'être arrivé au terme de sa quête, d'avoir enfin trouvé ce bonheur sublime que lui avait fait entrevoir son séjour dans la « prison » du clocher de l'abbé Blanès. D'où encore cette exubérance intérieure qui l'anime, cette « secrète joie », ce ravissement surnaturel qu'il ne peut

Dossier

1. P. 400.
2. P. 402.

s'expliquer, qu'il ne peut raisonner, précisément parce que cette joie échappe à toute logique, relève d'une émotion, d'un sentiment sur lesquels son intelligence n'a pas de prise [1]. Irrationnelle, objet d'une certitude intérieure, elle est pour Fabrice le signe que la prison est bien le lieu où son âme a atteint son monde et sa destinée de pur amour.

L'HÉROÏSME DE FABRICE CAPTIF

On aurait tort de mépriser et de ramener à une simple marque de puérilité ou d'inconscience, voire de stupidité, ce ravissement de Fabrice oubliant sa condition de prisonnier, ses accès de fou rire, sa surprise, tout à coup, à se découvrir peut-être héroïque, parce que insensible au sérieux de sa situation [2]. En fait, ces explosions de gaieté en prison ont une importance considérable, d'abord parce qu'une nouvelle fois dans le roman le rire se fait séditieux et met en échec le despotisme. Il faut, de fait, ne pas oublier que l'allégresse de Fabrice a une vertu politique, dans la mesure où elle s'affiche, inconsciemment peut-être, comme une forme de résistance face à un pouvoir qui échoue à imposer à son prisonnier de la tristesse et de la gravité. Le rire de Fabrice est donc éminemment libérateur et provocateur : il est un pied de nez fait au despote qui croira toujours que sa victime se morfond en prison [3]. En outre, par son rire, Fabrice se délivre de la peur, alors que le tyran et le geôlier resteront toujours enfermés dans leurs terreurs fantastiques. Les premières victimes de la prison sont ainsi dans *La Chartreuse…* les geôliers eux-mêmes, qui restent séquestrés dans leurs propres peurs, dans leurs propres palais-refuges. La gaieté fait ici encore le partage entre les héros et leurs bourreaux, entre les purs et les impurs.

---

1. Bel exemple, ici, de l'indétermination, du flou, du mystère, que Stendhal laisse planer sur la psychologie de ses personnages.
2. P. 404.
3. P. 414 (Conti croit pouvoir affirmer au prince que « le prisonnier del Dongo ne parle à âme qui vive et passe sa vie dans l'accablement du plus profond désespoir, ou à dormir »).

Cette gaieté de Fabrice en prison est encore essentielle dans la mesure où elle renvoie à un trait constitutif de sa personnalité : sa prédisposition au bonheur. Rien ne montre mieux que ce séjour en prison cette pure allégresse de vivre qui l'anime et que rien ne peut entamer, ce don de la joie qu'il semble avoir reçu en naissant et qui reste totalement indépendant des circonstances de sa vie. Comme Waterloo, la tour révèle cette aptitude merveilleuse de Fabrice à être heureux toujours et partout, à s'accorder à tout, à se satisfaire toujours du présent quel qu'il soit, bref, à faire bon accueil à l'imprévu, fût-il inquiétant. Mais si Fabrice, comme du reste son modèle Alexandre Farnèse, est un homme « fortuné », qui paraît voué au bonheur, né pour être heureux, c'est encore que dans la tour comme à Waterloo, il est dégagé parce qu'il fait confiance à son destin. Il est clair, au fond, que pas plus là qu'ailleurs Fabrice ne se sent réellement menacé, ne pense sérieusement que la vie pourrait lui faire du mal. Guidé, à son insu peut-être, vers un but, sa grandeur est d'être prêt à faire bonne figure à tous les défis du hasard, à parier généreusement sur son destin.

Mais il faut aller plus loin, car cette extraordinaire capacité qu'a Fabrice de tourner tout, même la prison, en divertissement, de trouver partout des situations « plaisantes », qu'il s'agisse de la course folle d'un chien, de l'épigramme d'un menuisier ou, plus généralement, de ce bon tour que lui fait son destin en transformant sa prison en un lieu de délices, ce sens du jeu, donc, qui lui est inné est éminemment précieux, car il le conduit à ne jamais rien prendre au sérieux et, surtout, à ne jamais se prendre au sérieux, et par là même lui permet d'atteindre à une forme absolue de grandeur. Il faut, en effet, comprendre que c'est finalement par le rire, par la vertu de son enjouement que Fabrice s'élève au sublime, et d'abord parce qu'il atteint alors au véritable héroïsme qui, chez Stendhal, ne se conçoit pas sans naturel, et presque sans ingénuité. Il convient ici de se souvenir de cette remarque de Stendhal, inscrite dans l'un de ses cahiers de « Pensées » : « Le vrai héros fait sa belle action sans se douter qu'elle est belle », à laquelle fait écho, dans *La Chartreuse*, cet éloge de Fabrice par Gina : « J'aime en lui son courage si simple et si parfait, que l'on peut dire qu'il ne s'en aperçoit pas lui-même [1]. » Fabrice est grand parce qu'il ne joue pas de rôle, parce que son courage n'est pas calculé, qu'il ne recherche pas un effet. Autant dire que Fabrice est grand parce qu'il n'agit pas par vanité, c'est-à-dire en fonction du regard et du jugement des autres sur lui. Il ne joue que son propre rôle, il se contente d'être, et cet être-là est sublime. Ainsi, mieux que Waterloo encore, la prison nous enseigne qu'au cœur de l'héroïsme stendhalien il y a la simplicité, qualité essentielle, tant sur le plan esthétique que sur le plan éthique, par laquelle se révèle l'excellence d'une âme [2].

Mais si le rire fait accéder Fabrice à une forme de sagesse, c'est encore qu'il fait de lui un être infiniment libre, dégagé, distrait, qui ne tient à rien et que par conséquent rien ne peut retenir. Sa gaieté est ainsi l'autre visage de ce détachement souverain qui l'éloigne des choses de ce monde et le déprend de ses fausses valeurs. C'est dire que cette légèreté devient paradoxalement source d'élévation : en radicalisant le détachement de Fabrice, la tour le rend enfin totalement libre, disponible, ouvert à la seule loi qui puisse avoir du prix à ses yeux, comme l'avait, du reste, très bien vu le toujours très perspicace Mosca : « Elle [la tête de Fabrice] semble dire : Il n'y a que l'amour et le bonheur qu'il donne qui soient choses sérieuses en ce monde [3]. »

LA PRISON D'AMOUR : *LA CHARTREUSE* ET LA TRADITION COURTOISE

Il est, de fait, indéniable que si la prison devient curieusement un lieu de « félicité », si Fabrice s'y élève jusqu'à cette joie, jusqu'à cet héroïsme qui l'étonnent lui-même, c'est d'abord parce que la prison devient le lieu de la découverte de l'amour, tel qu'il l'avait rêvé. Certes, aupara-

---

1. P. 375.
2. Sur cet idéal stendhalien de la simplicité, qui concerne autant son esthétique que son éthique, voir l'article de M. Bury, dans M. Crouzet (éd.), *Stendhal, La Chartreuse de Parme, op. cit.*, p. 205-216.
3. P. 218.

vant, Fabrice a aimé, mais à la manière d'un don Juan qui finissait lui-même pas se demander s'il connaîtrait jamais « la partie noble et intellectuelle de l'amour [1] ». Cette ignorance de la passion, que n'a même pas pu combler la tentation de l'inceste avec Gina, fait donc de lui, une fois de plus, un novice, dont les erreurs, les ridicules, comme à Waterloo, seront plaisamment notés et commentés par le narrateur narquois. S'il éprouve en prison une passion qui peut faire figure d'idéal amoureux, c'est que celle-ci réalise, dans son éthique comme dans son vécu, le modèle de l'amour courtois, de cet « amour de loin », célébré dans *De l'amour*, et fondé sur l'exacerbation du désir par l'éloignement, la réserve, le retard de l'aveu, l'idéalisation par la promesse [2]. Stendhal reprend et développe un motif qui appartient en propre à la poésie des troubadours : chez les poètes provençaux, l'amour est comparé à une force qui soumet l'amant à sa dame comme le prisonnier à son geôlier. En outre, déjà chez eux, cet état de captivité amoureuse est décrit en termes ambivalents, puisque, si l'amant souffre de ces liens, il leur trouve aussi de l'agrément, les recherche, finit par ne plus vouloir en être délivré et par faire l'éloge de sa condition de captif. On constate donc que déjà dans la tradition courtoise le thème de la prison heureuse a pour pendant celui du malheur de la délivrance.

Stendhal reste fidèle à cette tradition, mais il la renouvelle aussi, dans la mesure où, dans *La Chartreuse*, l'enchaînement ne trouve pas son origine dans l'amour : c'est au contraire la passion qui naît de l'emprisonnement. Comme l'a très bien vu Michel Crouzet, à l'origine de ce lieu romanesque paradoxal, il y a donc un cliché verbal, une pointe, une figure rhétorique que le romancier développe en récit [3]. Ici, la métaphore de la prison d'amour, héritée de la tradition courtoise, est en quelque sorte prise au

Dossier

---

1. P. 323. N. Prince a analysé la reprise du mythe de don Juan à travers l'itinéraire amoureux de Fabrice dans son article « *De l'amour* dans *La Chartreuse de Parme* : Fabrice et don Juan », *H. B.*, n° 2, 1998, p. 217-226.
2. On lira sur ce point avec profit l'article de S. Moussa, « La tradition de l'amour courtois dans *De l'amour* et dans *La Chartreuse de Parme* », *Romantisme*, n° 91, 1996, p. 53-65.
3. Voir son article « L'espace et l'aventure… », *op. cit.*, p. 42.

pied de la lettre ; ce qui n'était jusque-là qu'image devient séquence narrative et inscrit désormais dans l'espace, dans le monde de la fiction, ce que les poètes chantaient comme un symbole de l'attachement indéfectible de l'amant à sa dame. Ce n'est du reste pas la première fois, dans *La Chartreuse*, que s'opère ce passage d'une métaphore au récit. Ainsi, le thème de la prison d'amour était déjà apparu développé en récit lors de la première rencontre de Clélia et de Fabrice, au moment où Clélia était tombée « dans les bras » de Fabrice : l'enlacement était déjà une forme de capture amoureuse [1]. Ce lyrisme médiéval, Stendhal se permet de le radicaliser, en se livrant, à propos de la tour, à une véritable surenchère de paradoxes, puisque la découverte de l'amour y rend possible l'impossible : c'est désormais la captivité qui est « félicité », « liberté », « vie de délices », tandis que l'évasion est un malheur qu'il faut refuser, la vie hors de la prison un « exil », une « source de désespoir [2] ». Si l'amour autorise ce qui relève de la pure folie, de l'impensable, c'est surtout que Fabrice choisit, de son plein gré, de revenir en prison et va jusqu'à s'excuser de son évasion [3] ! En cela, l'épisode de la prison est bien le triomphe le plus absolu du romanesque, parce qu'il nous installe en plein paradoxe, en plein illogisme, dans un autre ordre, qui est celui de la fable.

Parce qu'elle favorise la distance, le secret, le clair-obscur amoureux et se prête à ces moyens indirects de communication qui ont la préférence des amants stendhaliens, la prison devient donc, pour eux, le lieu le plus propice à l'épanouissement de leur amour. Il est à ce propos tout à fait significatif de voir que Fabrice et Clélia, hors de la prison, tendent à recréer le cadre et les conditions de la vie en prison, se vouent d'eux-mêmes à la claustration [4], au silence, à cette autre forme de distance qu'est l'interdit

---

1. P. 150.
2. P. 491.
3. P. 493. Gina croit faire de l'esprit en recommandant à Fabrice d'écrire à Conti pour s'excuser de s'être évadé… elle ne prévoit pas que l'amour l'a précisément poussé à faire ce qui, à ses yeux, n'était que plaisanterie, absurdité, folie.
4. Par exemple p. 566 et p. 582.

de se voir, le respect du secret courtois (rappelons que l'amour courtois est incompatible avec le mariage et avec la déclaration publique du nom de la dame). Un détail peut suffire à illustrer cette obsession carcérale des amants : la présence, dans la fameuse scène de l'orangerie du palais Crescenzi, d'une fenêtre « fortement grillée et élevée », munie de barreaux, donc, entre lesquels Clélia glisse sa main à Fabrice… [1]. La scène prouve que la prison demeure le cadre idéal de l'amour, parce qu'elle offre naturellement ce qu'il réclame – la réclusion, le renoncement à tout autre bien, l'obstacle, le lointain, bref ce rêve dont, selon Jean Prévost, Stendhal ne s'est jamais lassé : « La conquête par les moyens les plus lointains d'une femme inaccessible [2]. »

La prison nous apparaît comme le lieu essentiel de ce roman, parce que s'y réalise pleinement cette vocation à l'amour que Mosca lisait sur le visage de Fabrice, enfant de l'amour, destiné à l'amour, plus précisément destiné à trouver au plus profond de ce sentiment son ultime grandeur. En effet, à la suite de Gilbert Durand, il importe de noter que l'originalité de Stendhal dans *La Chartreuse* est de s'éloigner du modèle épique traditionnel qui fait de la captivité amoureuse un contretemps dans la trajectoire ascensionnelle du héros, un obstacle, un piège qu'il lui faut savoir déjouer, surmonter, pour atteindre à sa véritable grandeur. Or, il y a bien renversement de ce schéma héroïque dans *La Chartreuse*, puisque loin d'être une épreuve redoutable, parce que funeste à la gloire du héros, la prison d'amour devient l'occasion unique de sa révélation à soi et de son épanouissement. C'est en effet en s'abandonnant à ces liens de la passion que Fabrice connaît l'accomplissement de son être, arrive à cette élévation sublime que permet seul le vécu d'un amour, dont

Dossier

---

1. P. 603.
2. J. Prévost, *La Création chez Stendhal*, Mercure de France, 1951, p. 353.

la sacralisation va ici jusqu'à son terme. « Pivot symbolique de la réversion du héros épique en héros romanesque [1] », le séjour en prison l'est bien, en effet, parce qu'il est ainsi le lieu d'une apothéose, dans l'ordre du romanesque et de la mystique, parce que s'y opère une véritable conversion, celle d'un libertin à une authentique mystique du cœur.

Mais comme toujours dans le romanesque dissonant que ménage Stendhal, l'amour le plus parfait porte en lui le tragique, et la joie se mêle de gravité. On a souvent remarqué qu'à partir des chapitres sur la prison le roman s'assombrissait, perdait de sa gaieté et de son enjouement. Il conviendrait d'être plus nuancé, car Stendhal n'abandonne jamais totalement cette technique du contrepoint, du mélange des tons, du rire et de l'émotion, du comique et du tragique, qu'il appréciait tout particulièrement, par exemple, dans l'esthétique de l'« opera buffa [2] ». Il faut néanmoins reconnaître que cette légèreté, ce détachement, cette allégresse qui avaient longtemps dominé dans la narration stendhalienne s'estompent vers la fin, parce que le jeu, qui triomphait à la cour, n'est plus possible face aux exigences absolues de la passion. Ainsi, ce que découvre Fabrice en voyant naître sa passion pour Clélia, c'est tout d'abord le sérieux, la gravité de ce sentiment, le risque immense qu'il lui fait courir, en faisant dépendre d'un seul être « l'éternel bonheur de sa vie [3] », en l'obligeant à engager son être entier dans ce pari fou. Si l'amour est joie en prison, il est aussi rapidement source de « terreur », parce qu'il est l'entrée dans un autre ordre, auquel il faut adhérer corps et âme, dans lequel il faut vivre, et non plus

---

1. G. Durand, *Le Décor mythique de La Chartreuse de Parme,* p. 173. Poursuivant et précisant l'analyse de G. Durand, J. West-Sooby propose un parallèle entre Fabrice et Perceval, qui auraient en commun la même élévation au mysticisme. Voir « Quête et mythe : Fabrice del Dongo et le *Conte du Graal* », *L'Année Stendhal,* n° 1, 1997, p. 117-130.
2. Voir sur ce point l'article très suggestif de J.-L. Seylaz, « L'effet Cimarosa dans les romans stendhaliens », *Stendhal Club,* n° 97, 1982, p. 40-49, ou celui, plus récent, de C. Mariette, « Lyrisme et ironie dans *La Chartreuse de Parme* », dans D. Sangsue (éd.), *La Chartreuse de Parme. Chant et tombeau,* p. 77-82.
3. P. 414.

jouer. C'est, du reste, tout ce qui fait la grandeur sublime de Clélia dans ce roman : comprendre tout de suite cette gravité terrifiante de la passion. Si Clélia devient ainsi une héroïne tragique, c'est que l'amour prend d'emblée, pour elle, le visage du conflit, du dilemme, de l'interdit, du péché, qu'il l'installe aussitôt dans une situation de déchirement, dont elle ne pourra sortir que par la mort [1].

Ainsi, au terme de la quête amoureuse, l'amour conduit bien au plus absolu des malheurs : la mort d'un enfant, assez scandaleuse pour miner la grandeur de Fabrice, la mort des amants. Pour autant, l'amour aura permis à Fabrice ce que n'avait plus permis le champ de bataille : vivre dans le romanesque, dans le fabuleux. De fait, lorsque Fabrice rêvait à l'amour, on se souvient qu'il aspirait à connaître « l'amour d'Othello, l'amour de Tancrède [2] ». Or c'est bien cet amour-là qu'il lui est donné de vivre avec Clélia, amour conflictuel, amour interdit, amour criminel, qui ne s'accomplit vraiment que dans l'union spirituelle des deux amants, après la mort.

Dossier

---

1. Sur le personnage de Clélia et sur ce conflit qui la définit, voir notre article : « Clélia ou le romanesque des "combats intérieurs de l'âme" dans *La Chartreuse de Parme* », dans M. Crouzet (éd.), *Stendhal, La Chartreuse de Parme, op. cit.*, p. 295-310.
2. P. 302.

BIBLIOGRAPHIE

ÉTUDES SUR STENDHAL ROMANCIER

Alain, *Stendhal*, PUF, coll. « Quadrige », 1994 (rééd.).
André Robert, *Écriture et pulsions dans le roman stendhalien*, Champion, 1997 (rééd.).
Attuel Josiane, *Le Style de Stendhal. Efficacité et romanesque*, Nizet, 1980.
Bardèche Maurice, *Stendhal romancier*, La Table Ronde, 1947 (chap. x et xi sur *La Chartreuse*).
Berthier Philippe, *Stendhal et ses peintres italiens*, Droz, 1977.
–, *Stendhal et la sainte famille*, Droz, 1983.
–, *Stendhal et Chateaubriand. Essai sur les ambiguïtés d'une antipathie*, Droz, 1987.
Blin Georges, *Stendhal et les problèmes du roman*, Corti, 1954.
–, *Stendhal et les problèmes de la personnalité*, Corti, 1958.
Boll Johansen Hans, *Stendhal et le roman. Essai sur la structure du roman stendhalien*, Éditions du Grand-Chêne et Akademisk Forlag, 1979.
Brombert Victor, *Stendhal et la voie oblique*, PUF, 1954.
–, *La Prison romantique. Essai sur l'imaginaire*, Corti, 1975.
Collet Annie, *Stendhal et Milan. De la vie au roman*, Corti, 1986-1987 (t. II en partie sur *La Chartreuse*).
Crouzet Michel, *Stendhal et le langage,* Gallimard, 1981.
–, *Stendhal et l'italianité. Essai de mythologie romantique*, Corti, 1982.
–, *La Poétique de Stendhal. Forme et société. Le Sublime*, Flammarion, 1983.
–, *Nature et société chez Stendhal. La révolte romantique*, Presses Universitaires de Lille, 1985.
–, *Le Naturel, la Grâce et le Réel dans la poétique de Stendhal*, Flammarion, 1986.
–, *Le Héros fourbe chez Stendhal*, Sedes, 1987.
–, *Stendhal ou Monsieur Moi-même*, Flammarion, 1990 (biographie).

–, *Le Rouge et le Noir. Essai sur le romanesque stendhalien*, PUF, 1995.

Del Litto Victor, *La Vie intellectuelle de Stendhal. Genèse et évolution de ses idées (1802-1821)*, PUF, 1959.

–, *Essais et articles stendhaliens*, Slatkine, 1981.

Felman Shoshana, *La « Folie » dans l'œuvre romanesque de Stendhal*, Corti, 1971.

Fernandez Dominique, *Le Musée idéal de Stendhal*, Stock, 1995.

Genette Gérard, *Figures II*, Le Seuil, 1969 (p. 155-194 sur Stendhal).

Gracq Julien, *En lisant, en écrivant*, Corti, 1980.

Guérin Michel, *La Politique de Stendhal*, PUF, 1982.

Imbert Henri-François, *Les Métamorphoses de la liberté ou Stendhal devant la Restauration et le Risorgimento*, Slatkine reprints, 1989.

–, *Variétés beylistes*, Champion, 1996.

Jefferson Ann, *Reading Realism in Stendhal*, Cambridge University Press, 1988 (cinquième partie sur *La Chartreuse de Parme*).

Landry François, *L'Imaginaire chez Stendhal. Formation et expression*, L'Âge d'homme, 1982 (chap. III de la troisième partie sur *La Chartreuse*).

Leoni Margherita, *Stendhal. La peinture à l'œuvre*, L'Harmattan, 1996 (quatrième partie sur *La Chartreuse*).

Lukacs Georg, *Balzac et le réalisme français*, Maspero, 1973 (p. 69-91 sur « Balzac, critique de Stendhal »).

Michel François, *Études stendhaliennes*, Mercure de France, 1958 (plusieurs articles sur *La Chartreuse*).

Mourot Jean, *Stendhal et le roman*, Presses Universitaires de Nancy, 1987 (chap. VI sur *La Chartreuse*).

Nerlich Michaël, *Apollon et Dionysos ou La Science incertaine des signes*, Hitzeroth, 1989 (deuxième partie sur *La Chartreuse*).

Pascal Gabrielle, *Rires, sourires et larmes chez Stendhal. Une initiation poétique,* Droz, 1993 (chap. IV sur *La Chartreuse*).

Pearson Roger, *Stendhal's Violin*, Oxford University Press, 1988 (chap. V sur *La Chartreuse*).

Prévost Jean, *La Création chez Stendhal*, Mercure de France, 1951 (Gallimard, rééd.).

Richard Jean-Pierre, *Stendhal et Flaubert*, Le Seuil, 1954.

Ringger Kurt, *L'Âme et la page. Trois essais sur Stendhal*, Éditions du Grand-Chêne, 1982.

Starobinski Jean, *L'Œil vivant*, Gallimard, 1961 (« Stendhal pseudonyme », p. 193-244).

Valéry Paul, *Œuvres*, Gallimard, Bibliothèque de la Pléiade, 1957, t. I, p. 553-582.

Ouvrages entièrement consacrés à *La Chartreuse de Parme*

Benedetto L. F., *La Parma di Stendhal*, Sansoni, 1950.

Berthier Philippe, *La Chartreuse de Parme de Stendhal*, Gallimard, coll. « Foliothèque », 1995.

Crouzet Michel, *Le Roman stendhalien, La Chartreuse de Parme*, Paradigme, 1996.

Durand Gilbert, *Le Décor mythique de La Chartreuse de Parme*, Corti, 1961.

Rey Pierre-Louis, *Stendhal, La Chartreuse de Parme*, PUF, coll. « Études littéraires », 1992.

Scheiber Claude, *Stendhal et l'écriture de La Chartreuse de Parme*, Minard, 1988.

Thompson C.W., *Le Jeu de l'ordre et de la liberté dans La Chartreuse de Parme*, Éditions du Grand Chêne, 1982.

Recueils d'articles

Omaggio a Stendhal, II (Actes du 6e congrès international stendhalien), Aurea Parma, 1967.

Stendhal e Bologna (Actes du 9e congrès international stendhalien), « L'Archiginnasio », 1971-1973, 2 vol.

Stendhal et Balzac (Actes du 7e congrès international stendhalien), Éditions du Grand Chêne, 1972.

Stendhal, n° spécial de la revue *Europe*, juillet-août-septembre 1972.

Stendhal et Balzac II, Réalisme et cinéma (Actes du 8e congrès international stendhalien), Presses Universitaires de Grenoble, 1978.

Stendhal e Milano (Actes du 14e congrès international stendhalien), Leo Olschki, 1982, 2 vol.

Stendhal. La paix au cœur, n° spécial de la revue *Europe*, août-septembre 1983.

Stendhal : l'écrivain, la société et le pouvoir (colloque du bicentenaire), Presses Universitaires de Grenoble, 1984.

Stendhal et le romantisme (Actes du 15e congrès international stendhalien), Éditions du Grand Chêne, 1984.

Stendhal, n° spécial de la *RHLF*, mars-avril 1984.

Stendhal (colloque de Cerisy-la-Salle, 1982), Aux Amateurs de livres, 1984.

La Création romanesque chez Stendhal (Actes du 16e congrès international stendhalien), Droz, 1985.

Stendhal, Roma, l'Italia (Actes du congrès international de Rome), Edizioni di storia e letteratura, 1985.

Le Symbolisme stendhalien (Actes du colloque universitaire de Nantes), Éditions ACL, 1986.

Stendhal, Paris et le mirage italien (colloque pour le 150ᵉ anniversaire de la mort de Stendhal), Paris, 1992.

Stendhal, la politique et l'histoire, Recherches et Travaux, n° 46, 1994.

Stendhal Europeo, Nizet, 1996.

Stendhal, Presses de l'université de Paris-Sorbonne, coll. « Mémoire de la critique », 1996.

Stendhal, revue *Dix-neuf/Vingt*, n° 2, 1996.

Stendhal et le comique, textes réunis et présentés par D. Sangsue, ELLUG, 1999.

RECUEILS D'ARTICLES ENTIÈREMENT CONSACRÉS À *LA CHARTREUSE DE PARME*

La Chartreuse de Parme revisitée, textes réunis par Ph. Berthier, *Recherches et Travaux*, n° 10, 1991.

Stendhal, La Chartreuse de Parme (Actes du colloque international de Paris IV-Sorbonne 1996), textes réunis par M. Crouzet, Éditions InterUniversitaires, 1996.

Stendhal, La Chartreuse de Parme ou « la chimère absente », textes réunis par J.-L. Diaz, Sedes (Colloques Romantisme), 1996.

Stendhal, La Chartreuse de Parme, textes présentés par P.-L. Rey, Klincksieck, coll. « Parcours critique », 1996.

La Chartreuse de Parme, Chant et tombeau, textes réunis et présentés par D. Sangsue, *Recherches et Travaux*, Hors série n° 13, 1997.

AUTRES ARTICLES
(NON PUBLIÉS DANS CES RECUEILS OU REVUES) [1]

Algazi Lisa, « Throw away the key ; the prison as maternal space in the stendhalian novel », *Nineteenth Century French Studies*, printemps-été 1998.

---

1. La revue *Stendhal Club* s'est arrêtée en 1995. Deux autres revues ont pris la relève : *L'Année Stendhal* et *H.B.*

Barbéris Pierre, « Le 15 mai 1796 : comment commencer un roman ou qu'est-ce qui commence avec un roman ? », *H.B.*, n° 1, 1997.

–, « Parme après *La Chartreuse* : nom de pays. Parme et *La Chartreuse* de Proust », *H.B.*, n° 2, 1998.

Bauer Lydia, « Stendhal et Dante. Sur la figure de Ferrante Palla dans *La Chartreuse de Parme* », *L'Année Stendhal*, n° 2, 1998.

Bellemin-Noël Jean, « Le motif des orangers dans *La Chartreuse de Parme* », *Littérature*, février 1972, p. 26-33.

Bercegol Fabienne, « Le roman du portrait dans *La Chartreuse de Parme* », *H.B.*, n° 1, 1997.

Berg William, « Cryptographie et communication dans *La Chartreuse de Parme* », *Stendhal Club*, n° 78, 15 janvier 1978.

Berthier Philippe, « Le personnage stendhalien et l'ère du soupçon », dans *Personnage et Histoire littéraire*, PUM, 1991.

–, « Fabrice ou l'amour peintre », dans *Stendhal Image et texte/ Text und Bild*, Tübingen, G. Narr, Stendhal Hefte, n° 4, 1994.

–, « Stendhal contre Balzac », dans *Balzac. Une poétique du roman*, sous la dir. de S. Vachon, Presses Universitaires de Vincennes, 1996.

–, « Les grands airs de *La Chartreuse de Parme* », *Littératures*, automne 1996.

Best Janice, « Prisons et exils », *Nineteenth Century French Studies*, automne-hiver 1994-1995.

Bochem Daniel, « Stendhal cryptographe. La mort de Sandrino dans *La Chartreuse de Parme* », *Stendhal Club*, n° 124, 15 juillet 1989.

Bolster Richard, « Sandrino retrouvé : la fin d'un mystère stendhalien », *RHLF*, mars-avril 1994.

Bourgeois René, « Les oubliés de *La Chartreuse de Parme*. Personnages secondaires et comparses », *Stendhal Club*, n° 141, 15 octobre 1993.

Brook Peter, « L'invention de l'écriture et du langage dans *La Chartreuse de Parme* », *Stendhal Club*, n° 78, 1978.

Calvino Italo, « *La Chartreuse*. Un grand roman italien ? », *Le Magazine littéraire*, janvier 1983.

Daprini Pierre, « Le moraliste sans foi ou la structure anthropologique de *La Chartreuse de Parme* », *Stendhal Club*, n° 98, 15 janvier 1983.

Di Maio Mariella, « Stendhal et le Tasse », *H.B.*, n° 1, 1997.

Dufour Philippe, « Stendhal, la parole, le politique », *L'Information littéraire*, mars-avril 1997.

Engelhardt Klaus, « Le langage des yeux dans *La Chartreuse de Parme* », *Stendhal Club*, n° 54, 15 janvier 1972.

Ferrier Ginette, « Sur un personnage de *La Chartreuse de Parme* : le comte Mosca », *Stendhal Club*, n° 49, 15 octobre 1970.

Golsan Katherine, « History's Waterloo. Prediction in *La Chartreuse de Parme* », *Nineteenth Century French Studies*, printemps-été 1996.

Greaves A.E., « Some reflections on the conclusion to *La Chartreuse de Parme* », *Nineteenth Century French Studies*, printemps-été 1994.

Hirsch Michèle, « Fabrice ou la poétique du nuage », *Littérature*, n° 23, 1976.

Hubert J.D., « Note sur la dévaluation du réel dans *La Chartreuse de Parme* », *Stendhal Club*, n° 5, 15 octobre 1959.

Ischikawa Hiroshi, « Milan dans *La Chartreuse de Parme*. Réalité et cristallisation », *Stendhal Club*, n° 127, 15 avril 1990.

Jefferson Ann, « Représentation de la politique, politique de la représentation : *La Chartreuse de Parme* », *Stendhal Club*, n° 107, 15 avril 1983.

Jousset Philippe, « Chute, cadence et chance », *Poétique*, septembre 1997.

Kurisu Kosei, « Les *Mémoires* d'Andryane et la création de *La Chartreuse de Parme* », *Stendhal Club*, n° 127, 15 avril 1990.

–, « La création de *La Chartreuse de Parme* et quelques sources françaises », *H.B.*, n° 1, 1997.

Merler Grazia, « Description et espace dans *La Chartreuse de Parme* », *Stendhal Club*, n° 89, 15 octobre 1980.

Moussa Sarga, « La tradition de l'amour courtois dans *De l'amour* et dans *La Chartreuse de Parme* de Stendhal », *Romantisme*, n° 91, 1996.

–, « Pâleurs de *La Chartreuse de Parme* », *L'Année Stendhal*, n° 2, 1998.

Neira Helena, « L'apostrophe au lecteur dans *La Chartreuse de Parme* », *L'Année Stendhal*, n° 1, 1997.

Niderst Alain, « *La Chartreuse de Parme* et *La Princesse de Clèves* », *Papers on French Seventeenth Century Literature*, n° 47, 1997.

Nishikawa Nagao, « L'illégitimité romanesque dans *La Chartreuse de Parme* », *Stendhal Club*, n° 127, 15 avril 1990.

Pavet Jörg Pierrette, « Les duels stendhaliens », *H.B.*, n° 2, 1998.

Perry Catherine, « Paysages du souvenir et du rêve dans la chasse au bonheur chez Stendhal », *Nineteenth Century French Studies*, printemps-été 1998.

Petitot Jean, « Mythe, scène et décor dans *La Chartreuse de Parme* », dans *Stendhal Image et texte/Text und Bild*, Tübingen, G. Narr, Stendhal Hefte, n° 4, 1994.

Philippot Didier, « *La Chartreuse*-bouffe ou la folie de la gaieté », *H.B.*, n° 1, 1997.

Prince Nathalie, « De l'amour dans *La Chartreuse de Parme* : Fabrice et don Juan », *H.B.*, n° 2, 1998.

Rallo Élisabeth, « Fabrice assassin », *L'Année Stendhal*, n° 2, 1998.

Rhéault Raymond, « Inadvertances et imprécisions dans *La Chartreuse de Parme* », *Stendhal Club*, n° 73, 15 octobre 1973.

Russel Lois Ann, « Les jeux de l'écriture dans *La Chartreuse de Parme* », *Stendhal Club*, n° 97, 15 octobre 1982.

Serodes Serge, « Pas une gravure passable dans la maison ! », *L'Année Stendhal,* n° 2, 1998.

Servoise René, « La musicalité des titres chez Stendhal », *H.B.*, n° 1, 1997.

–, « Le merveilleux dans *La Chartreuse de Parme* », *RHLF*, novembre-décembre 1999.

Seylaz Jean-Luc, « L'effet Cimarosa dans les romans de Stendhal », *Stendhal Club*, n° 97, 1982.

Stivale Charles, « Temporalité fictive et réalisme subjectif dans *La Chartreuse de Parme* », *Stendhal Club*, n° 108, 15 juillet 1985, et n° 109, 15 octobre 1985.

Ward Martin, « Fabrice del Dongo ou Perceval le Gallois : intertextualité ? », *Stendhal Club*, n° 119, 15 avril 1988.

West-Sooby John, « Quête et mythe : Fabrice del Dongo et le *Conte du Graal* », *L'Année Stendhal*, n° 1, 1997.

DERNIÈRES PARUTIONS

ARISTOTE
Petits Traités d'histoire naturelle (979)
Physique (887)

AVERROÈS
L'Intelligence et la pensée (974)

BALZAC
La Peau de chagrin (899)

BAUDELAIRE
Au-delà du romantisme. Écrits sur l'art (1010)

BERKELEY
Trois Dialogues entre Hylas et Philonous (990)

BOÈCE
Traités de théologie (876)

LE BOUDDHA
Dhammapada (849)

CHRÉTIEN DE TROYES
Perceval ou le Conte du graal (bilingue) (814)

COMTE
Discours sur l'ensemble du positivisme (991)

DESCARTES
Le Discours de la méthode (1091)

DUMAS
Le Comte de Monte-Cristo (1004-1009)

ÉPICTÈTE
Manuel (797)

EURIPIDE
Théâtre complet I (856).

FABLIAUX DU MOYEN ÂGE
(bilingue) (972)

FÉVAL
Le Bossu (997)

GALIEN
Traités philosophiques et logiques (876)

HEGEL
Principes de la philosophie du droit (664)

HIPPOCRATE
L'Art de la médecine (838)

HISTOIRES EXTRAORDINAIRES ET RÉCITS FANTASTIQUES DE LA CHINE ANCIENNE (1014)

IDRÎSÎ
La Première Géographie de l'Occident (1069)

JAMES
L'Espèce particulière et autres nouvelles (996)

KÂMA SÛTRA (1000)

KANT
Critique de la faculté de juger (1088)

LAFORGUE
Les Complaintes (897)

LORRIS
Le Roman de la Rose (bilingue) (1003)

LUCRÈCE
De la nature (bilingue) (993)

MALLARMÉ
Écrits sur l'art (1029)

MARLOWE
Le Docteur Faust (bilingue) (875)

MARX & ENGELS
Manifeste du parti communiste (1002)

MONTAIGNE
Apologie de Raymond Sebond (1054)

MUSSET
Premières Poésies (998)
Poésies nouvelles (1067)

NIETZSCHE
Ainsi parlait Zarathoustra (881)
Le Gai Savoir (718)
Par-delà bien et mal (1057)

PLATON
Alcibiade (987)
Apologie de Socrate. Criton (848)
Banquet (988)
Cratyle (954)
Protagoras (761)

PONGE
Comment une figue de paroles et pourquoi (901)

POUCHKINE
Boris Godounov. Théâtre complet (1055)

PROUST
Écrits sur l'art (1053)

RODENBACH
Bruges-la-Morte (1011)

ROUSSEAU
Dialogues. Le Lévite d'Éphraïm (1021)

SHAKESPEARE
Antoine et Cléopâtre (bilingue) (895)

MME DE STAËL
Delphine (1099-1100)

STENDHAL
Le Rose et le Vert (901)

STRINDBERG
Mademoiselle Julie. Le Pélican (970)

TITE LIVE
Histoire romaine. Les Progrès de l'hégémonie romaine (1005-1035)

THOMAS D'AQUIN
Contre Averroès (713)
Somme contre les Gentils (1045-1048, 4 vol. sous coffret 1049)

MIGUEL TORGA
La Création du monde (1042)

WILDE
Le Portrait de Mr. W.H. (1007)

GF - CORPUS

L'Illusion (3035)
La Justice (3050)

La Société (3041)
La Violence (3042)

GF - DOSSIER

BEAUMARCHAIS
Le Mariage de Figaro (977)

CHATEAUBRIAND
Mémoires d'outre-tombe, livres I à V (906)

CORNEILLE
L'Illusion comique (951)
Trois Discours sur le poème
dramatique (1025)

DIDEROT
Jacques le fataliste (904)

ESCHYLE
L'Orestie (1125)
Les Perses (1127)

FLAUBERT
Bouvard et Pécuchet (1063)

FONTENELLE
Entretiens sur la pluralité des mondes (1024)

GOGOL
Nouvelles de Pétersbourg (1018)

HOMÈRE
Iliade (1124)

HUGO
Les Châtiments (1017)
Hernani (968)
Ruy Blas (908)

JAMES
Le Tour d'écrou (bilingue) (1034)

LESAGE
Turcaret (982)

MARIVAUX
La Double Inconstance (952)
Les Fausses Confidences (1065)
L'Île des esclaves (1064)
Le Jeu de l'amour et du hasard (976)

MAUPASSANT
Bel-Ami (1071)

MOLIÈRE
Dom Juan (903)
Le Misanthrope (981)
Tartuffe (995)

MONTAIGNE
Sans commencement et sans fin. Extraits des
Essais (980)

MUSSET
Les Caprices de Marianne (971)
Lorenzaccio (1026)
On ne badine pas avec l'amour (907)

LE MYTHE DE TRISTAN ET ISEULT
(1133)

PLAUTE
Amphitryon (bilingue) (1015)

RACINE
Bérénice (902)
Iphigénie (1022)
Les Plaideurs (999)

ROTROU
Le Véritable Saint Genest (1052)

ROUSSEAU
Les Rêveries du promeneur solitaire
(905)

SÉNÈQUE
Médée (992)

SHAKESPEARE
Henry V (bilingue) (1120)

SOPHOCLE
Antigone (1023)

STENDHAL
La Chartreuse de Parme (1119)

ZOLA
L'Assommoir (1085)
Au Bonheur des Dames (1086)
Germinal (1072)
Nana (1106)

GF Flammarion

00/08/81198-VIII-2000 — Impr. MAURY Eurolivres, 45300 Manchecourt.
N° d'édition FG111903. — mai 2000. — Printed in France.